太极食神之初展锋芒

TAI CHI CHEF
{PART ONE} ①

宋别离■著

新世界出版社
NEW WORLD PRESS

图书在版编目（CIP）数据

太极食神之初展锋芒 / 宋别离著. -- 北京 : 新世界出版社,2017.11

ISBN 978-7-5104-6425-6

Ⅰ. ①太… Ⅱ. ①宋… Ⅲ. ①长篇小说－中国－当代 Ⅳ. ①I247.5

中国版本图书馆CIP数据核字(2017)第247188号

太极食神之初展锋芒

作　　者：宋别离
责任编辑：黄　倩
责任印制：王宝根
责任校对：宣　慧
出版发行：新世界出版社
社　　址：北京西城区百万庄大街24号(100037)
发 行 部：(010)6899 5968　(010)6899 8705（传真）
总 编 室：(010)6899 5424　(010)6832 6679（传真）
http://www.nwp.cn
http://www.nwp.com.cn
版 权 部：+8610 6899 6306
版权部电子信箱：nwpcd@sina.com
印　　刷：三河市骏杰印刷有限公司
经　　销：新华书店
开　　本：880mm×1230mm　1/32
字　　数：390千字　印张：12.75
版　　次：2017年11月第1版　2017年11月第1次印刷
书　　号：ISBN 978-7-5104-6425-6
定　　价：42.90元

目录
CONTENTS

引 子

斧头高高地抡起来，呼地劈下，划出一道漂亮的弧线，狠狠地咬进那张酸枝木做成的方桌上。啪啦一声响，桌面当即碎成了片儿，溅飞出去。

刀疤利落地抽回手，斧柄在腕上旋转两下，舞出几个花儿，方才别回了腰间。他却并不忙着转身，晃晃脖子，发出咯吱咯吱的响声，待小弟把点着的雪茄塞进他嘴里，才慢吞吞地转过身。

抬手把架在鼻梁上的墨镜戳了戳，他徐徐吐出一口白烟儿，斜眼看向那一对男女，问："如何，这一手还入得两位的法眼？"

大厅里有二十几人塞着，有些满当，差不多都是黑褂子、黑礼帽的弟兄，个个腰间别着斧头。中间那两人，女的长得清秀，像个时髦的月份牌女郎；男的模样可就猥琐了，三角眼，神色阴鸷，左边腮帮子上还长颗猪皮痣，年纪四十左右。

"好！"女郎甚至鼓起了掌，刀疤听了不禁得意，但人家还有下文，女郎笑嘻嘻地吐出一句，"这斧头嘛，劈柴火那是最合用了！"

刀疤狠狠地把雪茄拔出来，眼珠子瞪得滚溜圆，正要开口，那个三角眼男子却开了腔："少他娘的废话，快叫谢东云出来！"

刀疤和众兄弟听他敢直呼老大的名字，无不色变，虽然对方的来头不小，可"秋水"的人怎么了？"秋水"的人就敢对斧头帮帮主不敬？

"找死！"

刀疤一声斥骂，十几名弟兄早抽出了斧头，扑向那个三角眼。眼前却是一花，那家伙早蹿到跟前，刀疤还没等反应过来，两人的脸皮就贴个正着。那人鼻孔喷出的热气弄得他墨镜一片模糊。跟着，手里的雪茄也给拔了去。三角眼一个弹身，早闪出两丈开外，贴着墙角站了，冷笑一声，把雪茄放嘴里吸吮了两口，也喷出一股浓浓的白雾。

刀疤又惊又怒，一挥手："砍了他！"

呼呼，十几把斧头飞出去。这些斧头帮的人平时没少练"飞斧劈人"的本事，极有准头。三角眼不敢怠慢，早嗷的一声蹦上来，伸长手臂一划拉，竟然把那十几把斧子尽数捞在手里。

他呸的一声，先把嘴里的雪茄吐了，然后喊声："去吧！"手臂一挥，那些斧头闪电般掷回来。

刀疤和那些帮众没想到他轻易就接得住这些斧头，惊呆了，斧头甩回来竟也忘了躲。女郎在旁边看了，赶忙抬脚，把另一张方桌踢飞，啪啪啪啪，那些斧头都剁在上面，跟着旋出去。它撞到墙上后，也哗啦成了碎片。

女郎摇摇头："可惜，又废了一张！"

刀疤脑门上尽是冷汗，腿肚子一阵发软，颤声道："斧头帮可……可不是侬撒野的地方……"

女郎咯咯一笑："放心，我们今天登门不是来找碴子的！相反，是请斧头帮的弟兄来帮忙的！"

"有这话，侬早说好啦！"刀疤这才舒了一口气，顾得上擦把冷汗了。三角眼冷笑一声，目光依旧阴冷。

刀疤也不看他，只管朝那女的道："秋水老祖宗的大名，我们也早听说了，既然有青帮几位大佬出面，啥事都好说啦！"

女郎微笑道："其实也没多难为，不过是借斧头帮弟兄的耳目，帮着打听个人！"

"啥额人？"

"太极杨家的人！"

刀疤听了倒吸口凉气。太极门如今在上海滩势力不小，不管是政界、军界、商界都有要人拜入门下，哪是斧头帮随便就敢惹的？

"怎么，怕了？"三角眼再次冷笑。

"那我还是带两位去见帮主吧！"刀疤脑门又冒出了汗。一干人赶紧簇拥着来客朝门口奔去。

大门一开，门外的清新空气就扑面而来，女郎大步走出去，三角眼紧跟其后。外面上海滩的春光正浓重。

1920年十里洋场的繁华气息照样挡不住滚滚而来的杀气。三角眼目光射向远处的黄浦江，心说姓杨的，老子这些年找你找得很辛苦，总算老天开眼，挖你个正着，那些陈年旧账早该清算清算了！

同样是想着那个隐藏在上海滩的杨家人，女郎的心思却又是异样的，她不得不面对自己心里的小秘密。原来，她并不真的恨那个人，而是不知不觉中早被他吸引。

算起来，她还要叫那姓杨的一声姐夫，故而她只能摆出一副凶巴巴的面孔来。

杨兆龙，多年没见，你还记得“秋水”的风云雷电吗？

第一章 突变

江湖说起来凶险，比武说起来刺激，可有时候，它偏偏不敌一屉热乎乎、香喷喷的小笼包。

在林宝看来，阿木做的包子跟高手的绝招一样具有杀伤力，尤其是在他一大早起来，肚子咕噜咕噜惨叫时。

那笼屉挪开时，先是热雾和香气噗地溢开来，会叫林宝打个舒服的颤儿。睁眼细瞧，包子皮薄馅多，半透明，一眼辨得出韭菜的绿、木耳的黑、胡萝卜丝的红；一口咬下去，肉汤先喷进嘴巴，在口腔里打个旋儿，方才慢悠悠地滑进喉咙里，鲜美得叫人恨不得连舌头都吞下去。

包子是好包子，算得上上海滩的头一份儿，可做包子的人却不怎么考究。阿木是个三针扎不出个屁的家伙，直隶人，厨艺不赖，听说以前在北平、烟台的大酒楼都干过，鲁菜烧得顶呱呱，就是人活得窝囊，不会争抢，以至于后来连老婆都给人拐走了。

两年前，精瘦的他带着八岁的儿子，拿一封信来投，却是林宝在烟台时的师父宋文鼎写的。其人是螳螂门第一高手，二十岁便因战胜日本空手道高手宫本一郎而名声大噪，外号螳螂王。林宝曾拜他门下学过半年螳螂拳，虽不精通，却也得了几分功夫。

当时，齐凤楼并不缺大厨，一向抠门儿的掌柜林贵根本没收留阿木的意思。不过冲着宋文鼎这个荐头的脸面，才试着让他下厨炒了两个菜。谁想，阿木戴上帽子，拿起菜刀，拎起炒瓢，登时便换了个人。

那两个最家常的菜烧得绝了。不但是掌柜林贵吃得口滑，连他儿子林宝、女儿林凤都吃得两眼放光，更别说其他伙计和厨子了。

从那以后，阿木和儿子小木头便在上海安顿下了，齐凤楼的生意也跟着火爆起来。更有一样，此后林宝和林凤每天早上也离不了阿木的包子和点心了。

想吃阿木的早点，得有十足的耐心。就拿这几笼包子来说，面发不好不中，馅儿调不好不成，火候不到不行，忒多讲究。

以往，林宝贪那口腹之欲，也不多计较。可今天这日子不同，那臭木头，自己明明昨晚就跟他说过，让他辛苦一下，赶明儿早点把东西弄好，他吃完后好赶往七浦路北的致柔拳社拜师。谁知到这时辰点了，包子还不见上来。因而，林宝肚子里不免憋了火气。

今早上，陪着他一起等的还有跑堂的阿明和小木头。阿明是机灵鬼儿，手脚麻利，嘴巴和眼力见儿更是利索。瞧见林宝脸色不善，赶忙端了一碗茶过来，说去后面瞧瞧，便脚不点地地闪人了。

林宝一口把茶水干了，险些烫着，他把茶碗重重往桌上一拍，瞪了旁边小木头一眼，问："你起这么早干什么？"

小木头跟他爹可不一样，满脸精怪之气，听林宝这一问，笑嘻嘻地说："姑姑也早早起来了。"

他嘴里的姑姑便是林凤。林宝一听妹子早起了，不禁皱下眉头："她哪儿去了？"

"在后面帮我爹忙呢！"

林宝听了这话，脸色顿时一沉。他早就瞧出来了，家姐对阿木有点意思，他可不想让她嫁那么一个窝囊废，更何况还拖着个半大的孩子。

此时，后院还很冷清，老掌柜和伙计厨子犹在大梦周公，但后厨的灶间里却传来了响动。那里面白雾腾腾，林凤也在里面忙活。她虽是老闺女，额头也添了皱纹，可这会儿脸蛋红扑扑的，笑成一朵花，透出少女活泼泼的气息。

"哎呀，我的口水都快流下了！"她大着嗓门说。

阿木瘦削的脸上表情淡然，几天没刮胡子，人更显得老气："趁热端出去吧！我再弄点小菜。"转身又去调弄小凉菜。跟林凤比起来，他的嗓音更像蚊子叫。

又见阿明抬腿跨进去，笑问：“早点好了没？”

“你来得正好，快帮我把手！”林凤大大咧咧地说着，一巴掌拍在阿明肩膀上，险些将他打个趔趄。她倒没事似的，先端几笼点心走了。

阿明一咧嘴，暗叫了声“男人婆”，又听见菜板子一阵叮叮响，阿木飞快地切着萝卜丝、辣椒丝，根根细得像棉线。

阿明撇撇嘴，这家伙的刀工真是没得说。他打心眼里服气。

饭堂内，林宝还在生闷气，小木头依旧笑眯眯地瞧着他。猛听一阵嗒嗒的脚步响，林凤人还没到，嗓门先响开了:“饭来了！”

热气腾腾的笼子一搁到桌上，林宝的表情就融化了。当笼子拿开，几个人不由得都发出“啊”的惊叹。里面并不是包子，而是六只晶莹剔透的蒸饺。

再揭开一个笼子，却是六只清香扑鼻的裹蒸粽子。阿明跟着揭开他端来的笼子，分别是金黄灿灿的老婆饼和绿意茵茵的豆板酥。

林宝看呆了。林凤笑吟吟地说:“看傻了吧，为了预祝你今天拜师顺利，阿木可费了不少心思！”

林宝飞快地夹了个蒸饺塞进嘴里，边嚼边说:“就冲这些好东西，我今天也一定顺！”

他一动手，其他人也不闲着，等阿木将小菜端上来后，大家更是吃得欢畅。阿木见儿子心不在焉，用筷子轻轻敲了敲他的碗边，低声说：“快吃，不上学了？”

“你忙你的，待会儿我送他去学堂。”林凤说着，朝小木头眨了下眼。小家伙心领神会，马上大口大口地吃起来。

每天早上，阿木和阿明都要帮着林掌柜去办弄食材，小木头饭后自会跑去就读的浦东小学。但有时林凤闲了，也会去接送。两人处得很好，外人见了还以为是娘儿俩。

孩子少了娘，生活便多委屈，林凤因而平常也多怜惜着他爷俩，阿木岂能不清楚。今天林凤一大早便起来帮他忙活，饭后还要去送小木头，心里很是过意不去，却也只能小声说句，“太麻烦你了！”

“瞎客套！”林凤撇撇嘴，“活像个娘儿们！”说这话时，她着实有些恼火，因为打心里不喜欢阿木跟她这么见外。

林宝在旁看了，不免有些酸味，一抹嘴巴，嚷道：“走了，走了！”说着大步跨出齐凤楼。

大多数印象中，当厨师的人都是胖乎乎的、油光光的。但阿木偏偏精瘦，唯独一双手，雪白嫩滑，就算女人的手怕也比不上。他饭量不大，不喝酒也不吸烟，每天除了亲自去市场挑选食材外，便是窝在厨房里忙活，往往一天下来，也说不上三句话。

这天早上，待林掌柜洗漱完毕，草草吃过早点，阿木便跟着掌柜的去了菜市场。

别看老板伙计跟着，但走到各个菜摊前，选什么要什么，只能阿木说了算。林掌柜只管着付账，另外一个伙计阿明只管往拖车上装货。

这阿木也是个脾性怪的，虽然平日里少言寡语，从不跟人争，但有一条规矩却守得紧。那就是从不在食材上面糊弄客人，什么都挑最新鲜的，材质最好的。所以每次来市场，林掌柜都心疼得直哆嗦。因为每个银圆都是从他钱袋里哗哗流出去的。

自然，每次他都会忍不住嘀咕，但阿木只当是耳旁风。这点他是绝对不会让步的，除非齐凤楼不让他掌勺。这规矩还是传他厨艺的卫璜师父定下的，身为一名厨子，一菜一饭便是天大的事，丝毫马虎不得。

林贵尽管是出了名的老抠，但并不糊涂，嘴上啰唆，最终还是会听阿木的话。谁叫人家是棵摇钱树呢，光他知道的，便有三家大酒楼想重金挖他走。还好，阿木不贪财，还愿意待在齐凤楼。

可今天，这家伙却做得有些过分了，刚捞上来的石斑鱼，一下子就要了两条；雪白的长裙竹荪，一次抓了三两。林掌柜心疼得捂住了胸口：“阿木，你挑这么贵的东西想卖给谁？没听说今天要给谁家办大席啊？”

阿木淡淡地道：“阿宝说了，今天他中午要请客！”

林掌柜气得一跺脚：“这死小子，净给我添乱！”一挥手，“我不管了，你看着办！”

“你先走一步也成，不过要把账结完！”

林掌柜翻了白眼，将钱袋扔给阿明，气呼呼地走了。走了两步又停下来，他转身指着阿明说："小子，给我省着点儿……"

阿明笑嘻嘻地鞠了躬："放心吧，掌柜的！"看着林贵走远，晃晃手里的钱袋，"木哥，还要买什么，尽管声张！"

"不了，再买，掌柜今晚就别想睡了！"

尽管是句玩笑话，但阿木脸上还像往常那样绷着。两人将小拖车的食材整理好，一个拉一个推，慢慢出了菜场。

转过街口时，拉车的阿明突然停下了。阿木刚要问，便看到前面有两个穿黑绸衫、戴黑礼帽的人挡道。他们嘴里叼着烟卷，腰间别着斧头，透出阵阵杀气。

天哪，怎么碰上斧头帮的人了！阿明慌忙掉过车头，想绕道走，便听到一人拖长了嗓门说："站住！"

阿明身子一僵，转过身时，脸上已赔着笑："几位爷……有什么吩咐？"

"没你的事，滚一边去！"

阿明还没反应过来，脸上早挨了一巴掌，一头栽到墙根。阿木赶忙把车停好，上前要扶他，早被那人当胸一把揪过去，拖到另外一人跟前。这个戴墨镜的家伙显然是个头目，冷冷地问："知道我们是谁吗？"

阿木摇摇头。啪一声，腮帮子早挨了一巴掌："老实说话！"先前打阿明的那人显然非常喜欢打人脸面。

头目慢慢摘下墨镜，从底下往上瞅着阿木："我给你提个醒，大浦东酒楼前些天找过你是不是？"

阿木摸着发麻的脸皮，想了想，点点头。爱打人耳光的家伙火了："你他妈的哑巴了？"正要再扇巴掌，被头目瞪眼制止。

"知道大浦东是谁的产业吗？"头目边说边竖起了大拇指，"谢东云，谢先生！"

"别给你脸你不要脸！"旁边那家伙恶狠狠地说，"谢先生要你去大浦东，那是抬举你，再不识相小心你的狗命……"

头目见同伙老抢话，有些恼了，抬手也给了他一耳光："娘的，到底是你出头还是我出头？"

"是，大哥！"那家伙摸着脸退到一边。头目这才缓了脸色，拍拍阿木的肩膀:“这次算是教训，回去好好想清楚，别叫谢先生等恼了。”

旁边那家伙又忍不住插嘴:“没错，下次再让我们碰上，就不是打耳光，那得剁手挖眼……”

“你他妈的就是条疯狗！”头目又狠狠地瞪了他一眼，那家伙才好容易把下面的话咽下去。

阿木还是没有言语，头目慢条斯理地从口袋里掏出一方手绢，凑上去给他擦擦嘴角的血迹，又将手绢塞进阿木口袋，方才冷笑着走开。那个同伙临走时，还不忘拔出腰间的斧头，朝阿木阴毒地比画两下。

尽管是暮春，寒气还是一阵阵地冒出来。阿木的眼睛里流露出一丝悲愁，怎么到哪里都惹事端?

等食材拉回齐凤楼时，已比往常晚了半个时辰。其间可把林掌柜给急坏了，暗暗后悔不该把钱袋子丢给阿明，有了大把的银圆，这两块货还不敞开了花?

待看到两人腮帮子都肿了，林掌柜吃了一惊，赶忙问怎么回事。阿木淡淡地说，他们不小心撞了墙。林贵再一看车上，还是他临走前买的那些食材，悬着的心才悠悠落了地，笑道:“阿木，你手艺是没得说，就是本钱高，咱们赚的就利儿少！”

他摇晃着脑袋，将阿明拽到一边，要回钱袋子，掂了掂。阿明忍耐不住，凑到他的耳根说起了今天遭遇斧头帮的事。林贵听后脸色大变，心下噼里啪啦打开了算盘。

他掏出一包品元牌香烟，点上一支，抽了几口，心里盘算着明后的事，满脸皱纹锁成一团儿。一支烟还没等抽完，便听到外面轰隆的脚步声，林凤的大嗓门响开了：“爹，我回来了！”

林贵脸上不由得露出苦笑，这孩子走到哪里都打雷下雨的。林凤大步踏进来，一把抓起桌上的茶壶，杯子也不用，仰头就咕咕灌下去。

“你就不能斯文着点儿！”

林凤一摸嘴巴，嘿嘿笑道：“斯文能当饭吃啊！”转身就往外跑。

林掌柜随后追出来：“你哪儿去？”赶紧也跟着去了厨房。还没进门口，就听到林凤叽叽喳喳地跟阿木说个不停，不时还笑得前仰后合。

阿木一边备料，一边答应着，脸上依旧没什么笑意。林掌柜看到女儿的嘴巴快贴到他的耳根了，心下便不痛快，迈进去说：“阿木，别费心张罗，凑合着办一桌得了！”

“不好吧爹，阿宝请的可是杨氏太极掌门。”林凤插嘴，“你要是上菜寒酸了，多丢脸面。”

阿木听到杨氏掌门几个字，心头一震。林掌柜见女儿依旧近靠着阿木，实在看不过眼：“这里没你什么事，快出去！”

林凤偏偏就不吃他老子这一套，抬起杠来：“爹，你让我出去，我偏就不出去了。”

林贵气得直跺脚，说：“你这丫头，脾气这么倔，将来怎么嫁出去？”

林凤又顶嘴：“爹，你让我嫁人，我偏就不嫁了。”

跑堂的阿明搬着一筐菜进来，听到父女二人打嘴仗，扑哧乐了。

在上海滩的十里洋场，提起致柔拳社来那可是响当当的。社长陈微明本身就是个传奇人物，他原为清史馆纂修，却好习武。先拜孙禄堂门下学八卦形意，后入杨兆鹰门下习练太极七载，尽得杨氏拳、剑、刀、枪、推手、散手之精髓。

到上海后，更是一心一意以推广太极为毕生事业，在英租界七浦路北周紫珊家创办了“致柔拳社”。社名典出《老子》“专气致柔能婴儿乎”一语。

林宝正是看了拳社在报纸上登的广告，才寻上门的。其后杨氏太极的现任掌门杨兆鹰来到上海，更是一心想拜到他的门下。好说歹说，陈微明才答应替他当引荐人。

杨兆鹰因初到上海，应酬多，还有不少人情需要打点，故而在馆里的时间很少。陈微明地头熟，少不了要陪他左右，将拳社里的事务暂交给几个徒弟打理，自己早早就陪着师父出去了。所以尽管林宝起了个大早，却赶了个晚集，只能在馆里等着。

十点多的时候，大家正凑在一起看两位师兄推手，突然听到木屐吧嗒吧嗒地脆响，几个带刀的日本浪人闯进来。

带头的家伙冷笑道，眼光瞟了瞟：“哪位是这里管事的？”

年龄最大的刘鹞子站出来。那浪人傲然道："石田盛特来拜会杨兆鹰杨先生，请他出来吧。"

"杨师父不在。"刘鹞子道。

"那我们就在这里等！"石田盛转身朝另外两个浪人点下头。他们也不理会拳社的弟子，自顾在武馆的角落里盘膝坐下，还闭上了眼睛。

林宝等人见了，气得牙痒痒，一时间又不便赶他们走。可是有这么几个家伙坐在那里，确实败坏了众人练武的心情。

刘鹞子招呼众人："别理会他们，咱们练咱们的！"

看着他们慢悠悠地打起拳架子，日本浪人们突然哄堂大笑。石田盛还伸出一根小指，慢腔慢调地说："你们中国功夫，是这个！"

林宝肺都要气炸了，头一个就冲上去，一式大翻车，双拳雨点般打过来。石田盛也大喝一声，迎头逼上，双手拦截几下，猛地顺势下蹲，又将林宝举起掷出去。

林宝几曾吃过这样的亏，翻身爬起，叫道："老子跟你拼了！"像头疯牛一样冲过去。

要知道，遇敌对垒时最忌讳心浮气躁，林宝胡乱抢攻时，自己空门暴露更多，顺势又被石田盛制伏，死死地按于地上。他偏偏还学林宝的口气逼问："你服不服？"

林宝号叫着："老子死也不服！"

刘鹞子在旁边见了，朝自己弟兄吼："瞪什么眼，一起上啊！"

一班人就围着三个浪人乱打起来，林宝也趁势挣脱，加入战团。刘鹞子虽然跟随陈微明有两年，但缺少实战，闪挪间腿还没来得及收回，已被别住，右手臂也遭对方锁住，无法动弹。石田盛狞笑一声，便要将他右臂折断。

"且慢！"一只手凭空插进，浪人只觉脸皮一热，血往上灌，身子腾腾腾地退后几步，刚要站稳，没想到那股力道绵长，他双脚如同踏在摇晃的船上，再次往后退去。

另外两名日本人见了，吃惊不少，赶忙上去扶他。这一顶倒是拦住了，谁知身前又像裂出个大坑，三人失去平衡，又要往前栽倒。

他们便像喝醉了酒一般，摇晃好一阵子，方才站实了。个个心惊胆战，如临深渊。

林宝在旁都看傻了，浑没想到世上还有这等神奇的武功。屋里不知何时多了两人，替他们解围的是一位儒雅的中年人，满头白发，看面貌时却不过四十左右。他头戴礼帽，身着长衫，手摇折扇，显得气度不凡。此人正是社长陈微明。

身后的另一个中年人则长得高大魁梧，上下粗如铜钟，脸形饱满，眉浓眼亮，就地一站便有泰山压顶的气势，正是杨兆鹰。

石田盛惊魂稍定，哪里还敢小觑杨家的功夫，心存几分敬意，双手托出一封信，恭敬地递给杨兆鹰："杨先生，这是虹口道场馆主小津绳艺先生亲笔信，请接纳！"

杨兆鹰听了，微微一笑："我猜，这封信是挑战书吧。"

"杨先生猜得没错，听说杨氏太极传到这一代已经失传了。所以我们馆主和三位武士想印证一下……"

"放你娘的屁！"刘鹞子听了破口大骂。

杨兆鹰脸色也为之一变。石田盛只觉他的目光像刀锋一样刺过来，下意识地扭头一躲，竟然打了寒战，拿战书的手不觉有些颤抖。

杨兆鹰探出一只手来接。石田盛的双手在下，杨兆鹰的右手在上，一经接触，他们的手便粘在一起。石田盛吃了一惊，先是觉得手臂酸麻无力，跟着筋骨也酥软了，接着脚跟也站立不稳，身子簌簌乱抖，几欲跌倒。

另外两个日本人见了，大为惊异，赶忙过去搀扶，才碰到石田盛的身子，顿时如同遭到雷击，双脚起跳，向后踉踉跄跄地跌出好几步。

林宝见了，心头怦怦乱跳，两眼放光，没想到外形看上去软绵绵的拳法，施展出来却如此神通，真是不可思议。

再看场中，杨兆鹰已将信封抽过来，石田盛的身子晃了几下，总算是没有跌倒，他脸白惨惨的，不见一丝血色，脑门上净是汗珠。

杨兆鹰抽出信来，瞅了两眼，上面写得很清楚，共有四名东洋高手要向太极门挑战，分别是"一刀流"山口太郎、"那霸手"小津绳艺、忍者九鬼贺、日本全国柔道冠军坂恒一雄。

看罢，他朝陈微明点了下头，后者心领神会，马上对石田盛道："回去告诉小津绳艺，挑战书我们收下了，至于何时何地比武，选定后自会告知。"

三个浪人已为杨兆鹰的身手折服，恭恭敬敬地朝他鞠了一躬，在林宝和刘鹞子的讥笑声中退了出去。

拳社里的弟子们见杨兆鹰接了战书，个个兴奋不已。陈微明却知道比武不是件简单的事，马上引杨兆鹰去到静室商议："师父，你有什么打算？"

他知道，东洋人既然找上门来，事关民族气节和太极门的声威，杨兆鹰定会应战。正因为杨家名气太大，乃是武林中的金字招牌，所以对于类似于比武的事情，更得慎重。

杨兆鹰果然神情庄重，在太极门里，他素来豁达稳重，平日里最喜欢研读的并不是太极拳理，而是《孙子兵法》，并吃透其中三昧。他虽然是个练武的人，心底却最瞧不起那些鲁莽无知、大字不识的武夫。

凡事，他都喜欢顺势而为。

像这次来上海闯荡，为了太极杨家这一派的威名，他不惜放下架子，跟上海滩的三教九流都讨了交情，为的就是造势。为此，他将太极拳柔化的手段融进了交际中，很快就有所斩获。

本来，初到上海这样的大都会，以杨兆鹰的性格是不会轻易生事的。但今天这东洋人下挑战书一事，却又不同。一是关系到民族气节，他万万不能退却；二是与倭人之战，取胜之时便是杨家人在上海滩出头之日。

太极杨家素来在北平一带威名显赫，南面却还未打开应有的局面，故而，有这么一场比武来造势也是好的。

只不过，东洋人在上海滩的势力不容小觑。那些日本武士的武功也素以狠辣犀利见长，杨兆鹰便如同面对一盘难下的棋，需要周密部署，细心谋划才成。

所以陈微明这一问，他并没有马上回答，而是盘算了片刻才道："那四个东洋高手不可小瞧，这次比武，少不得要请孙家和吴家前来助拳。"

"田佳轩和李明轩两位师兄，难道不足以代表太极门出战吗？"陈微明有些诧异，觉得杨兆鹰此举未免过于慎重。

“他们二人虽然得了我的真传，可上台并无十足把握。”杨兆鹰道，“你可能不知道，杨家两代无敌，传到我这一辈，其实是有些弱了。还记得先父手里有一张图，上面绘有太极门十三台阶，最高一层便是南天门。那是羽化成仙。慕侠公坐于第八层，我父亲坐于第六层。”

“那么师父您呢？”

“惭愧，我不过才达到第四层。”杨兆鹰叹息，“你也知道，我年轻时并不喜欢武技，可时运造化，掌门的位子最终还是落在我的肩上，无奈，三十五岁才发奋努力，将杨家的武学基本继承下来。”

陈微明点点头：“我明白了，师父您是想把事情办得稳妥些，那您尽管拟个名单，我好派人去请。”

“吴氏太极的吴清泉、武氏太极的郝为真，都是我的至交，有他们前来助阵，太极门便有七成胜算。”

“可是对方有四人出场？”

“还有一人，我是做梦都盼着他能出世，只是不知道他愿不愿意插手。”

陈微明跟随杨兆鹰也有些年头，对于他推崇的人可以说是了如指掌，但若说到是太极方面的高手，却一时间想不起是谁来：“您说的这个人，练的是哪一派的太极？”

“刚才我不是跟你说过太极门十三台阶吗？”

“是，师父您说自己目前坐于第四台阶。现今在世的杨氏太极高手里面，您的位置最高。”

“不对，据我所知，杨家还有一个人超过了我，他至少达到了六层以上，甚至可能更高。”

陈微明闻听吃了一惊，到底是谁呢？要是这人真这么厉害，那他的武学造诣岂不是超过杨兆鹰的父亲杨云鹏，直追太师爷杨慕侠了吗？

齐凤楼里，杨兆鹰的出现让阿木的心底起了波澜，再怎么说，他们也是直隶老乡，亲不亲，家乡人嘛！他转头看看那新采办回来的食材，心里面暗自庆幸，这些东西做出来都合北方人口味，也能让他好好地露两手。

手里面忙活，脑里面盘算，很快，他就把中午招待贵客的食单给拟好了。

十一点时，外面已经有客人上座了。跑堂的阿明吆喝起来："散客一位，白玉鸡脯、烧南北，外带一碗素面！"

听到有人点这两道菜品，阿木有些好奇，因为这些并没有列在菜单上。偏偏自己今天还都进了材料，它们可都是地道的河北菜。

尽管心里装着疑惑，阿木还是手脚麻利地开始掌勺。所谓烧南北，就是以塞北口蘑和江南竹笋为主料，将它们切成薄片，入旺火油锅煸炒，加上一些调料和鲜汤，烧开勾芡，淋上鸡油即成。

当这盘色泽银红、香味浓烈的"烧南北"装盘时，阿木小声问前来上菜的阿明："这菜是你向客人推荐的？"

"没有啊，那位少爷一落座，就问我齐凤楼有没有这两样菜。我一想，今天咱们不是进这些料了嘛，就应承下来了。"

阿木沉吟了下，又问："那人长什么样？"

"是个年轻的小开，打扮得很新潮。估计是听说你手艺好，前来尝新的。"阿明说着，不免有些奇怪，阿木今天有些反常，他以前可不是这么多话的！

阿木回到案板前，默默地准备材料，他把嫩鸡肉去皮、去骨，剁成鸡茸，加葱、姜、水，往一个方向搅。之后又加上鸡蛋清、精盐，再搅上劲。这道菜再次惹动了他的心思，妻子武云可是最喜欢吃这道"白玉鸡脯"了。

自从她离开自己和孩子以后，阿木就再没做过这道菜。可今天，那位客人偏偏就点了这两道菜单上没有写的菜。

炒锅里放下猪油，烧热，阿木将鸡茸糊放进去，哧啦一声响，他的心事也像炸开了锅。但尽管如此，阿木还是强打起精神，烹制这道河北名菜。二十多年的食味熏陶，他深深领悟了，厨艺之道关键在于用心。

他的嗅觉、触角慢慢被调动起来，身心全部投入烹调中。他轻轻晃动炒锅，用温油慢慢滑熟鸡茸糊的一面，然后利落地将其翻身，一直到两面涨发成形、色白光亮时，方才捞出沥油。

每个动作都充满韵律感。他拿勺的动作轻巧，油汁滑入锅内的回旋，花椒和大料瓣油炸时的吱吱响声，白花花的玉兰片和绿油油的菜心，先后下进锅中煸炒，一起翩翩起舞。它们纠缠在一起，随着炒锅的颠落而翻转。跟着，主角上场了，嫩鸡脯从上空落下，跳入“舞伴”中，混合了油盐、胡椒粉，它们在鲜汤中欢舞。

锅底下的火呼呼地燃烧，汤汁沸腾了，肉和菜各自吐出了自己独有的滋味，然后融为一体，末了被湿淀粉勾芡即成。

最后的成菜色泽洁白，肉质细嫩，吃起来清香爽口。阿木装盘后，交给阿明。他以前没见过这道菜，不由得咽了咽口水。

这道菜是和素面一起上的，客人靠着墙根坐着，头上戴一顶小结子瓜皮帽，身穿一件白色的熟罗长衫，配方格纺绸的短衫裤，着一双白底缎鞋。脸庞白皙，戴一架金边眼镜，留两道精心修剪过的八字胡。

他食量不少，“烧南北”很快吃光，待“白玉鸡脯”和素面上来，再次吃得酣畅淋漓。末了，又徐徐送下半碗汤，方才发出满意的叹息：“伙计，算账！”

阿明赶紧上去：“您老吃好了，承惠小洋八角六元。”

“便宜！”客人说着，拍出一枚银圆，说声不用找了，起身离去。

阿明直待他不见了背影，才转回厨房去，跟阿木说：“那客人走了，还多留下几个小钱！”

“他……没问起什么？”

“就说了两个字。”阿明把那块银圆往上一抛，又伸手接住，“便宜！”

看得出，阿木松了一口气。就在这时，外面传来喧闹声，林凤大声招呼着：“杨师父，陈先生，你们过来了！”

阿明赶忙出去迎客。阿木手中的炒锅啪啪敲着，外面已经订出四桌散客，他要先弄出几个菜让他们先吃着，然后才能多在林宝这桌上动点心思。

不光是他，面案和二厨也忙得团团转。每到这个辰点，店里人手就不够，林凤和林掌柜同样要帮着跑前跑后。

还好，阿木早就拟就了菜单，料也备好了。先嘱咐二厨预备些小凉菜，片刻之后，阿明便端了四个冷盘上楼，分别是麒麟菜、茭瓜脯、香干丝和小醉虾。

阿木则专心地烹制头一道热菜“改刀肉”。这是一道极为考验厨师刀功的菜品，要选四成猪臀尖瘦肉，一成猪脖颈肥肉，先削成薄如纸的肉片，然后肥瘦搭配起来，再切成细细的肉丝。粗细要匀，不能连刀。

对阿木来说，这没什么难度，他闭着眼都能将它们切好。他左手按着肉，右手比着刀，菜板上发出齐整的沙沙声响，眼睛却瞟向厨房门口，因为小木头正探头探脑地往里瞧。

“爹！”他怯怯地叫了声。

阿木瞄了他一眼，问：“放学了？”

阿木已经将肉丝切好，抓起来轻轻放入水中，顿时便像一朵粉红的菊花绽开了：“你赶紧让凤姨弄点饭，吃完好上学。”

小木头答应着，又随了句：“爹，我也想学武功。”

阿木又将发泡好的水笋放在菜板上，跟肉一样，先削成薄薄的片状，再顶刀切成如发的细丝：“你想也别想！”

“为啥？”

“先给我把书念好了再说！”阿木飞快地抓起切好的笋丝，轻轻放进水里，顿时开成了一朵白菊。

小木头噘着嘴，还要磨叽，阿木瞪了他一眼：“没墨水，练武也不成大器，顶多是个武夫！”轻轻在他屁股上踢了一脚，“去吧！”

小木头只好嘟囔着走开，这一幕被刚进门的阿明看到了，笑说：“阿木，今天你话多了，真稀罕！”

阿木没应腔，锅里下了油，开始煸炒肉丝。待肉质收紧，又放笋丝同炒。锅里的油花也烧着了，一团红光上下飞舞，映着他一张没有表情的脸。

这道“改刀肉”出锅后，阿明趁热端起，送到二楼的单间里。里面除了林宝外，还有三位客人，主客是杨兆鹰，二客是陈微明，跟林宝不打不相识的刘鹞子则忝居末席。

他们正在热络络地说些太极门的逸事，头道热菜一上来，杨兆鹰为之惊喜：“怎么，你这齐凤楼里还能做改刀肉？”

要知道，这菜原是道光年间的御厨刘德才所创，后流到民间，成为北方的一道名菜。

“嘿嘿，别看俺这齐凤楼铺面小，做出的菜品可是响当当的！”林宝得意地替客人一一布菜。

杨兆鹰和陈微明才吃了一口，便齐声赞好。他们在京城时可都是有名的吃家，“改刀肉”也吃过几十回，竟然没有超过这家做的，不免惊奇，问起了这厨子的来历。

林宝说：“他叫阿木，以前在京城的大酒楼也干过。”

陈微明道：“他要是在京城待过的话，我们老早便尝过他的手艺。”

杨兆鹰眼睛一亮：“说不定还是河北乡亲呢！”

正说着话，第二道热菜上来了，却是一品“扒镶口蘑”。此菜是用张家口产的口蘑跟鸡肉蒸制而成，质地软熟，鲜嫩味美，又是河北地面上流传极广的美味。

杨兆鹰连吃几筷子，大赞口味地道。刘鹞子吃得口滑，叹道：“林宝，我不佩服你拳脚，却眼馋你有个好爹！”

“这话怎么说？”

“你想啊，摊上这么个好爹，开了这么一家好店，请了这么好的厨子，还不是十全大补啊！”大家听了都笑倒。

此后，笏板鸡、雪桥八仙、龙凤大虾、金毛狮子鱼等大菜一一上来，吃得众人眉飞色舞，再加上几斤花雕送菜，当真是心魂俱醉。

吃到这时，宴席也接近尾声，阿明却又端上一个大瓷碗来，上面加了盖子。大家都寻思，今天的口福不浅，已吃得肠肥肚满，却不知这阿木厨师最后怎的收场，让众人留有余味？

随着阿明揭开盖子，众人都不由得发出惊叹，却是一味太极图形的浓羹，那“阴阳鱼”中的白色是蛋清，绿色是青菜剁成的碎末，好看而别致。阿明跟着报出菜名——太极护国菜羹。

陈微明忍不住赞道：“缺了最后这汤，便失了画龙点睛之笔！”

众人也都惊叹道：“太极大师喝太极菜羹，这彩头讨得好！”

杨兆鹰含笑道：“难为阿木师傅这么用心！来，我们尝尝。”

众人纷纷伸勺取用，菜羹自有一股淡淡的清香，在经过前番的大鱼大肉后，再来这么一道素菜羹，便使得肠胃清爽了好些，于是个个赞不绝口。

主食是每人一碗荞面饸饹，就着新烤制的驴肉火烧，同样是河北的特色小吃。那杨兆鹰素来食大，刘鹞子几个正值身强力壮，也不遑多让，个个吃得嘴角流油、啧啧有声。

这顿饭足足吃了两个时辰才完，之后上了一壶浓茶喝着消食。杨兆鹰喝了半碗后，说："阿宝，我们下去见见阿木师傅吧，毕竟他和我乡里乡亲。"

陈微明也笑道："我也对这位大厨好奇，不瞒各位，御膳厨房的菜品我也尝过，可还不及这位阿木师傅的手艺呢！"

刘鹞子呼啦站起来："那咱们还等什么，下去瞧瞧就是了！"

"慢着慢着！"林宝一把将刘鹞子按住，转头对杨兆鹰说，"师父，厨房那地方乱，阿木现在又是一身油腻，不方便过来。你看这样中不中，我先下去瞧瞧他忙完没有，要是得闲了，再叫他洗洗换换，上来见见？"

杨兆鹰沉吟了下，说："也好，但你别忘了加个请字！"

"对！"陈微明摇着折扇说，"只说我们想请他来喝杯茶，聊一聊。"

"好嘞！"林宝答应着，腾腾下了楼。不多会儿便转回来，神色有些异样。刘鹞子忙问："怎么了，人呢？"

"阿木不在厨房！阿明说，做完菜他就走了，好像是送小木头去了学堂。"

"活该他没这个福分！"刘鹞子叫起来，"杨师父这样的太极大师，平日里想见都没处见去。"

杨兆鹰和陈微明交换了眼神，林宝忙笑道："这样吧师父，阿木回来后，我让他带着小木头专程去致柔拳社走一趟……"

"这也不必勉强。"杨兆鹰淡淡地一笑，"日后总是有机会的。"

经历了这么一回，大家对阿木这人的兴趣愈发浓了。他如此高的厨艺，偏偏隐在这间小小的齐凤楼，行为本身就有些超乎常理。

饭后，又喝了会儿茶，林宝便趁机端来笔和砚台，请杨兆鹰留下一幅墨宝。他早就听人说，杨家的这代掌门自命儒雅，好读书，也写得一手好字，平日里走到哪里，印章也是不离身的。

杨兆鹰这一顿饭吃得爽心，豪兴大发，下笔也有如神助，居然一口气写了四张。连刘鹞子也拿到一个斗方，乐得合不拢嘴巴。

林宝拜入杨兆鹰门下，已有三天，至此齐凤楼里的事便全然抛到脑后，什么也不管不顾，只一门心思去练武。因为致柔拳社所在的地方，离他这边换乘电车不方便，所以他特意买了一辆英国产的凤头牌脚踏车，来往其间。

这天早上，天气格外地好，不太热也不太凉，骑车在街道上游荡十分惬意。邻近拳社的街道很宽，种了三行法国梧桐，由此分成四条行道。

林宝吹着口哨，飞快地蹬着脚踏车，心里面浮想联翩。如今他拜在杨家门下，自觉腰杆子更直了，江湖上以后也便有了名号。三山五岳的朋友再见他，也都得带着几分敬意。

正准备在前面转弯时，身后传来丁零声，另一辆自行车箭一般追上来，还没看清人影，一股香风就钻进林宝的鼻孔。老天，竟是个穿黄色便装、戴粉色小帽的女郎。

她冲着林宝一笑，险些把他的魂儿勾飞了："这位先生，打听个道儿？"

"你，你说……"

"北江西路怎么走？"

林宝一指前面："路口往右转就是。"

"谢了！"女郎说完，使劲一踩，脚踏车划个弧，拐进右边的路口。林宝哪里肯舍，赶忙使劲踩两下，追上去跟她并行："嘿，我们同道！"

女郎微微一笑，露出雪白的牙齿。林宝何曾见过长相如此齐整的女子，简直可媲美那些月份牌女郎了。他心咚咚跳得急促，就算是跟人比武斗狠，也不曾这么紧张："小姐，贵姓……"

女郎瞄了他一眼，好一会儿才轻轻吐出两个字："姓武！"

"我姓林，林宝。"一顿，又问，"武小姐这是要去哪儿？"

"致柔拳社！"

"啊，这么巧！"林宝大声叫起来，觉得心花怒放，真是天助我也。

"不会又是同路吧？"女郎脸上露出嘲讽的表情。要知道，上海的街头极多追蜂扑蝶的阿飞小开，很惹人烦。

"真的是同路啊！"林宝赶忙说，"我四天前才正式拜在杨兆鹰先生门下的。”

女郎方才正眼打量起林宝来：“这么说，如果我今天也入了门，那你就是我师兄喽。”

林宝开心地哈哈一笑，还了句：“没错！”有这么一位漂亮女郎做伴，顿觉天地间无比地美好，倒是盼着这条路越长越好，最好没有尽头。

很快，林宝便获知女郎全名武蕾，家在徐家汇，今年十九岁，自幼喜欢运动，打球跳舞样样精通。前天在报纸上看到致柔拳社的启事，便想着过来瞧瞧。

他们赶到致柔拳社时，恰好陈微明陪着杨兆鹰外出了，林宝便帮武蕾报了名，入了社，之后就以师兄的身份，教她一些基本功。刘鹞子见林宝朝女郎大献殷勤，不免打趣他。

中午时，林宝极力邀请武蕾去他家的齐凤楼尝尝鲜。武蕾一开始还婉拒，待听说杨兆鹰等人都极力推崇阿木的厨艺，才欣然答应了。

那林掌柜看到儿子带着一个年轻貌美的女郎上门，如何能不惊喜。林凤更是热络地拉着武蕾的手问东问西，简直是把对方当成弟媳妇待了。抽个空子，林宝问林凤：“姐，你觉得她人怎么样？”

林凤高兴地戳了他一指头：“臭小子，有眼光！”

林宝得意地去到厨房，来找阿木。平日里他是很少进后厨的，但今天不同，女朋友头一回来齐凤楼，可得好好装脸面。所以，林宝一反常态地搂住阿木的脖子，笑说：“老哥，今天我有顶要紧的客人来，麻烦你弄些最最拿手的菜出来……”

阿木低头自顾忙手头的活儿，过了会儿才问：“比前些天的杨大师还重要？”

“两码事！”林宝道，“四天前那桌，你确实做得好，杨大师他们真吃服了。今天这人不一样，她是我新交的朋友，头一回来……”

阿木明白了，脸上浮出一丝笑意：“她是上海人？”

“老家苏州。”

阿木略一沉吟，说：“依我看，你们人少，吃不多，我就不上硬菜了，弄几个清爽的上海本帮菜吧。”

“上海菜你也会？”林宝瞪大眼睛，“我还以为你只会做北方菜呢！”

阿木笑笑：“人在上海，吃吃就会做了。”

林宝高兴地谢礼走了。不多会儿，阿明先送上四个小围碟，分别是冷糟钵头、黄泥螺、酸菜笋、呛蟹。这些小菜确实开胃，武蕾一吃就闭不上嘴巴，连连夸赞。

接下来是三道热菜，分别为百果烧元菜、清炒虾仁、虾子大乌参。最后上了一道汤菜：鸡鸭血汤。这一席菜饭吃下来，武蕾赞不绝口，两腮红扑扑的，额头也渗出细细的汗粒，最后一碗汤下肚后，竟有飘飘欲仙的感觉。

自然，她也有些好奇，这齐凤楼的店面不大，位置也冷僻，偏偏雇有这么一位好厨子。

太极门应战东洋四大高手的消息很快就传遍了整个上海滩，并在《申报》《晶报》等刊发了快讯，十天后，比武将在张家花园举行。

这段时间，林宝忙着帮陈微明跑腿，天一亮就跑出去，往往到深夜才赶回来。其间，他又带着武蕾来过齐凤楼几次，吃了不少美味。她还特地让林宝带自己去厨房参观了一下，瞧见阿木做菜时的刀法、手法，简直像玩魔术一样，不禁大加赞叹。

厨房里面充斥着各种各样的气味，但阿木那灵敏异常的鼻子还是嗅到了一股特别的香味，不像是擦了香水，也不像是脂粉，淡淡的有些花木气息。

因为这香味，连带着对这少女也有了好感。所以他特意为她做了几道别致的菜肴。

当然喽，每次武蕾来，林宝都是最得意、最欢喜的一个。阿木却也爱见这位武小姐来，每回给做的菜肴也非常用心。他隐约察觉到，武蕾对他的兴趣大于林宝。每来齐凤楼，她必到后厨一趟，虽然不多话，却喜欢默默在旁边看他做菜，眼睛里流露出异样的神情。

林掌柜此时早将武蕾当作未来的儿媳妇对待，一改从前的小气，也出手大方起来。林凤自然也欢喜弟弟的这个女友，但让她感到不痛快的是，武蕾自看到小木头后便像得了宝似的，给他这个给他那个，让林凤多少吃了醋。还有，她不喜欢武蕾瞧阿木的眼神。

这天是周末，中午客人多，楼上楼下的位子全部满了。阿木在后面干得热火朝天，阿明和另外一个跑堂的伙计更是忙得前脚掌打后脑勺，但他还是趁着进来端菜的空儿，凑到阿木耳根说：“我觉得前面有些不对头。”

阿木边翻炒着菜肴，边问：“怎么了？”

“前几天在路上截我们的那两个混蛋，你还记得吗？他们现在就坐在前头。”

阿木脑海里马上闪过那两个斧头帮弟子的模样，其中那个戴墨镜的是头目，临走前警告过他，这几天要他好好想清楚。

“他们点菜了吗？”

阿明一努嘴：“你现在炒的就是他们的菜！”

这是一道清炒虾仁，阿木刚刚给它上了浆，现正在滑炒。阿明的话丝毫没有影响他，继续加入胡萝卜丁，旺火翻炒。待盛入盘后，阿木叮嘱了一句：“快点上菜，别让他们挑了刺去。”

但阿明却做出一个意外的举动，他伸手指捏了一个虾仁扔进嘴巴里，咂吧着嘴皮说：“好吃！”

阿木一皱眉：“你干什么？”

“我给他们加点调料！”阿明说着，往虾仁里面吐了几口唾沫，转身端走。

前面闹哄哄的，林凤也穿梭其中，帮着林掌柜招呼。他们也看出来了，今天有几桌客人来者不善，好像是黑帮中人，联想到他们前几天威胁过阿木，不禁都捏了把汗。

阿明端着清炒虾仁过来，那一桌除了当日打他耳光的狠角色和墨镜头目外，还有两个剃光头的家伙，脸色阴狠，胳膊上的刺青很扎眼。他手脚不觉打起颤来，赔着笑脸，把菜放下：“清炒虾仁，请慢用！”

刚要走，墨镜头目喝道：“慢着！”

阿明吓得一哆嗦，慢慢转身，不等他问询，墨镜早把一封信拍在他手里：“去，把它交给厨师阿木！”

阿明拿着信，还在支吾，屁股早被踹了一脚：“快去！”

林凤看到阿明打个趔趄，一溜烟地跑去后面，气不打一处来。林掌柜知道这些人惹不得，使劲拽着闺女的手，让她安生坐在柜台里头。

厨房里，阿木打开阿明转来的信，见白纸上盖了方血红的印章，却是秋水二字。他脸色大变，拿信的手微微颤抖。

阿明担心地问了句，怎么了？阿木眉头紧锁，脸上的肌肉不时地抽搐，像有蝎子爬过。阿明见一道“蟹黄豆腐”做好了，不敢耽搁，端起来就快步走向前厅。

还没等走进，便听轰隆一声响，尖叫和斥骂声四起，阿明赶紧跑过去，只见前厅已乱成一团，林宝和刘鹞子跟斧头帮的打了起来。林掌柜吓得躲进柜台里不出来，林凤则破口大骂，还不时抓起酒瓶子往那些人身上扔。

阿明见黑帮人多，林宝和刘鹞子有些吃紧，只能背靠背抵挡，但他们手里的板凳腿哪里能跟那些锋利的斧头比，眼看着抵挡不住，只能边打边退。噗地一下，林宝手臂上被斧头削了下，他大怒，一脚将那家伙踢出去。

阿明见势不好，呼地将手中的那盘“蟹黄豆腐”砸过去。他的手头倒准，热热的豆腐都糊在那墨镜头目的脸上。那家伙狼狈地用袖子擦拭，骂声兔崽子！抡起斧头杀过来。

阿明吓得转身就跑，不承想一头扎进人的怀里，却是阿木转出来。阿明还没等反应过来，忽觉得右腿酥麻，像触电一般，不由自主地就向后踢去。墨镜头目正好举着斧头赶到，被阿明一脚踹中心窝，号叫着跌倒在地。

阿木将阿明推到一边去，扫了一眼，见店里共有八九个斧头帮的人围着林宝和刘鹞子打，门外又有黑帮人员抡着斧头冲进来。阿木大步闯出去，眼看与两名黑帮成员撞到一起。

“你小心！”林凤大叫着。

谁想，眼前一花，阿木居然转到了那两人的身后。他们的斧头砍了个空，往前打个趔趄，险些栽个跟头。

噗噗，两把斧头剁在柜台上，林凤和林掌柜吓得钻进桌子下面。阿明却看了个清楚，只见阿木双手闪电般拍去，两个斧头帮弟子的脖子一起变歪，咣咣倒地。

阿明看傻了眼，阿木像鬼魅一样冲过去，人一碰着就跌出老远。转眼间他就蹿到林宝和刘鹞子跟前。七八柄斧头一下子就招呼到他身上。可是不知道他使了什么妖法，那些斧头各自转弯，尽数劈在黑帮弟子的身上。他们惨叫着倒地，滚成一团。

阿明、林宝和刘鹞子看得眼睛发直，林凤大着胆子从桌子底下爬出来，眼珠子也瞪圆了，合不拢嘴巴。外面呼啦涌进七八个斧头帮弟子，阿木身子一晃，就冲到他们跟前，只听啪啪啪啪啪一阵脆响。

那些人的脖子尽数往右边歪去，阿木像拧葱白一样，将他们全部放倒。那些人横七竖八地倒在地上后，还是个个歪着脖子。

跟在后面的还有三个斧头帮弟子，眼见自己人稀里哗啦地倒了一片，吓得哪敢再靠身，呼呼呼将手中的斧头扔过来。阿木脚尖一点地，唰地转到一旁，随即又滑了回来。他的身法太快，好像刚才一直站在原地，并没有移动一样，但斧头都劈空了。

那三个黑帮弟子吓得转身就跑，阿木随手从桌上捞起个盘子，呼地扔出去。那盘子呼呼旋转着，接连打中三人，居然在空中转个弯儿，又飞回来了。阿木抬手接住后，把它又轻轻放下。

酒楼里静下来，只听到黑帮弟子的呻吟声。林宝好容易才结结巴巴地发出声来："好……厉害！"

阿木看了他一眼，没有应声，转身蹿出门去。"阿木！"林凤大声叫着，从柜台跑出来。但街道上哪里还有他的影子，唯有旁观的路人远远地堵在街口。

林宝随后跟了出来，林凤跺着脚，眼泪簌簌落下："他走了，他走了！"

林宝伸手摸了把汗水，颤声说："真没想到，他居然是个武林高手！"

刘鹞子随后跑出来，问："林宝，刚才那人是谁啊？"

"你没看到他穿着白衣服吗？我们齐凤楼的厨师阿木啊！"

刘鹞子恍然道："原来他就是小木头的爹，怪不得杨兆鹰师父想见他呢！"

林宝突然伸手给了自己一记耳光，把林凤和刘鹞子吓了一跳："你疯了，干吗扇自己耳光！”

“我活该挨打！”林宝喘着粗气说，“高手明明就在跟前，我偏偏眼瞎看不见！”他已经看出来了，阿木的武功造诣竟比杨兆鹰还高，虽然他看不出他使的是什么招式。

再说阿木，一蹿出酒楼门后，便拐进了右面的弄堂，飞快地往东边跑去。刚才打开那封信，看到那个红色的印章，他便知道仇家到了。他们已经发现自己的藏身之所。

这些斧头帮的弟子不可怕，可怕的是那些躲在暗处的仇家。现在他和小木头的处境很危险，必须马上离开这里。

从胡同里钻出来后，他马上又抄近路往小木头就读的浦东小学跑去。眼前人流拥挤，小贩们的叫卖声此起彼落，他只得放慢脚步，嘴里喊着借光借光，在人群中见缝插针，往里钻去。

蓦然，他觉得右面有腾腾的杀气传来，转头一瞧，一个戴黑礼帽、穿青色褂子的汉子正分开路人，朝这边挤来。阿木知道这是劲敌，不想与他纠缠，身子像滑溜的泥鳅，从人缝里钻来钻去，很快又拐进另一条巷子。

忽听身后嘈杂声、尖叫声炸开了，他扭头一瞧，只见那汉子怒气冲冲地甩开膀子，挡住路的人群像水路一样从中分开，稀里哗啦地倒向两边。那些路边的摊子也给砸坏，闹得鸡飞狗跳。

阿木不敢耽搁，蹿进弄堂就往里跑，巷子弯弯曲曲，门口有摆小食摊的，开小杂货铺的，还有不少住家将衣服和被褥挂出来晒。他晃动着身子，绕过人和障碍物，很快又折向另一条弄堂。

听到身后没有脚步声了，他暗中舒了口气。在这种巷弄里，对手看不到他的背影，肯定会跟丢了。忽听得上方哗啦哗啦响，转头一瞅，老天，那汉子竟然跳上房顶，居高临下追到了。

阿木心中一凛，正要加快步子，便听那人吼道：“哪里走？”嗖的一声响，一枚飞镖射过来。阿木听风辨器，知道飞镖离自己身子尚远，正诧异那人暗器的准头。咔嚓一声，飞镖射中前方的一根竹竿，它登时断成两截，上面晒的衣服、被单兜头蒙罩下来。

阿木挥手将那些衣物扒拉开，不过缓了一缓，那人已经追到，如大雕般从上空直扑而下。两人扎稳了步子，四只手便像蛇一样缠在一起，唰唰唰几十下，你克制我，我反制你，竟是谁也挣脱不了，但身法都如流水行云。

阿木猛地一声大喝，那人的双手稍稍慢了些，没黏住，便被击落了礼帽，幸好他及时低头躲避，才没被打中要害。

阿木趁势唰地后退数步，见那人脸盘瘦削，眼细得像用刀片割了一条缝，眼光却寒光闪闪。看去有四十多岁，脸皮上有一颗黑色猪皮痣："原来是你！武风！"

武风冷笑："几年不见，你的功夫居然还没落下。"

阿木面无表情地说："你武风倒是没什么长进！"

武风闻言脸色一变，咬牙道："找死！"脚尖一点，蹿上来。阿木冷言讥讽，就是为了激怒他。见他来势凶猛，也闪电般地迎上去，使出一式"揽雀尾"。

武风本以为打实，突然觉得身子悬空，惊得赶忙后撤。噗地一下，被阿木就势送了一程，身子向后飞出去，跌进了墙根的垃圾堆里。

两人斗了二十多年，阿木太熟悉武风的打法，一招得手后，亦敢不耽搁，转身往前冲去。武风又羞又怒，顺手抓起一根竹竿，使劲一抖，那竿子嗖地射出去，像蛇一样直咬阿木的后心。眼前一花，阿木的身影呼啦消失了，竹竿噗地插进弄堂旁边的一棵老枣树干里，颤悠悠地直晃。

阿木从巷子里冲出来后，马上跳到街道的另一边去。隔着能有一箭之地，看到浦东小学的大门口人头攒动，孩子们已经中午放学了。阿木眼尖，一下子就看到小木头，可他的手却被另一个人挽着，正拐向旁边的弄堂。

那人穿着米色西装，头戴白色的鸭舌帽，个子瘦矮。阿木情急之下，喊了声："木熙！"

喊声刚发出，背后就传来尖啸声。他赶忙闪身，武风的匕首落了空。周遭的孩子们见两人恶斗，轰的一声炸了。

阿木闪躲着对手的刺杀，百忙中扫了一眼，小木头正在挣扎，却被那人拦腰夹起来，往前冲去。阿木不禁心慌，一不留神，武风的匕首已扎中他的胸膛，幸好他应变得快，一个含胸扒背，匕首刺穿衣衫，擦着他的皮肉削过去。

阿木眼见儿子被绑走，心急如焚，更不想跟武风纠缠，转身往前滑去。眼前挤满惊慌尖叫的孩子，让他无法快速前行，猛地一跺脚，在众人的惊呼声中轻轻跃上墙头，飞快地朝那条巷弄追去。

但前方已经看不到孩子和鸭舌帽的踪影，阿木心急火燎地往前冲，顺着墙壁嗖嗖下到地面。迎面而来的是拿篮子的妇人、挑担子的小贩，以及推车子的汉子，给他冷不丁一冲，惊得东倒西歪。但他脚下滑溜，竟然连他们的衣襟也没擦上。

他一蹿出巷弄，眼前一亮，却是一条宽敞的大街。可是人还没站稳，一辆福特轿车就轰然撞过来。还好，阿木反应快，嗖地蹦到一边去。那汽车司机使劲地按着喇叭，从他旁边驶过后，吹胡子瞪眼，不住声地咒骂。

阿木哪里还顾得这些，身子慌得团团转，四下找寻孩子的身影。大街上人流滚滚，哪里还寻得见。他呼哧呼哧地喘息着，手脚微微颤抖。该来的总是要来，可这灾难不能落到孩子身上。

四周的喧哗声一浪接一浪地涌来，阿木的心乱如麻团。他抬头看天，天上密布着阴云，环顾左右，十里洋场的浮华影像声浪浩浩荡荡。

这一刻，他的身子微微有些佝偻，像是一只要淹没其中的虫蚁。

“从今天起，我不该再叫阿木了！”他心想。

第二章　秋水

齐凤楼内一片狼藉，那些被阿木打倒在地、失去反抗能力的斧头帮众人苏醒后，相互帮衬着，哼哼唧唧地离开，大多数的脖子没直起来，依旧歪向右边。林凤本来有些糟心，看到他们此等滑稽模样，扑哧乐了。

林宝和刘鹞子暗自称奇，阿木出手太快，瞬间放倒十几号人，他们竟是没看清他使的是什么拳招。不过有一点可以肯定，阿木是他们平生见过的武功最厉害的人，甚至超过了杨兆鹰。阿明等人也凑过来，你一嘴、我一舌地夸赞阿木，谁能想到一个厨师原是深藏不露的武林高手呢！他们说着说着，不免产生幻想，好像自己在厨房忙活中多少也练出一点功夫来。

唯有林掌柜哀号不止，桌子和杯盘被砸个稀巴烂不说，连带着七八桌的饭菜也赔上了。他家底薄，哪禁得起这般折腾？说着说着，就怨到阿木身上去了，要不是他招惹了斧头帮，齐凤楼哪能摊上这样的祸事！

林凤正惦记着阿木的去留，听林贵嘀咕个没完，更觉得心烦，忍不住道："爹，您那张老嘴就不能先闭上，光埋怨阿木，你忘了这两年他替齐凤楼赚多少钱了。"

"我付他工钱了！"林贵一翻眼白道，"我早看出来了，他就是个祸害，指不定以前犯过什么大案，才偷偷躲在齐凤楼里当厨子。这倒好，现在露了马脚，让斧头帮给盯上了。你说咱们齐凤楼日后还有清闲吗？他走了最好，真要回来，我也要他马上卷铺盖滚蛋！"

林凤一听急了，还没等她开口，林宝就吆喝起来："不能让阿木走，这样的高人你请都请不到，还往外赶？"

林凤涨红了脸："爹，你要是赶阿木出门，我就敢跟他走，你信不信？"

"哎哟，我怎么养了你们这两个活宝？"林掌柜痛心疾首，抡起拳头噗噗地捶打着胸膛。刘鹞子看到他们父女对垒，哈哈笑起来。阿明几个也忍俊不禁，小声嘀咕着。

正在这时，林凤突然叫道："阿木！"

大家转头一瞧，果然阿木出现在门口。如今他在众人的眼中，再也不是从前那个沉默寡言的大厨了，身上充满着神秘感，因而个头像高出了一截，面相也更威严。阿明几个一时间竟不知该怎么跟他打招呼。

林凤一激动，眼睛里居然冒出了泪花："你回来真是太……太好了！"

林宝上前几步，打量阿木："木大侠，你深藏不露啊！"

刘鹞子也用异样的眼神看着对方："阿木师傅，你那手打歪人脖子的功夫太神奇了，到底是怎么练的？"

阿木却无意回答这些，径直走到林掌柜跟前："东家，给您添麻烦了。"

林掌柜本来一肚子牢骚，瞧着儿子闺女不住地使眼色，只好悻悻地说："我还以为，你跑了就不会再回来了。"

林凤忍不住又问："阿木，刚才你去哪儿了？"

"去接木熙了！"

"那小木头呢？"

阿木脸上闪过一丝痛苦："被人绑走了！"

众人吃了一惊。林宝问："是斧头帮干的吗？"

"不，"阿木摇摇头，"斧头帮还没那能耐，他们身后另外有人。"说着，从怀里掏出那张盖着秋水印章的纸。

林宝和刘鹞子看后，一头雾水："这个秋水是谁？"

"一个老对头了！"

林宝等顿时明白了，这"秋水"铁定是个极难缠的主儿，不然以阿木的武功，哪里用躲在这里当厨师？林凤这时想到的却是小木头的娘，她当年离阿木而去，会不会也跟这秋水有关呢？

"阿木，我还不知道你真名呢？"林凤用幽怨的眼神瞧着他。

阿木沉吟了下，微微一笑："你们还是叫我阿木吧。"他似乎不愿意当众透露身世，转身又朝着林掌柜鞠躬，“东家，这两年多谢你收留我们爷儿俩。”

他这般有礼数，林贵也不好继续摆脸子：“谈不上，你不是这里当大厨嘛！”

“那我……先告辞了。”

林凤叫起来：“你要哪儿去？”

“我要去斧头帮走一趟。”阿木眼中精光一闪，“木熙虽不是他们绑的，但脱不了干系，总能找出点线索来！”

“我跟你去！”林宝忙道。

刘鹞子岂肯落后，一拍胸脯：“也算我一个！”

“等等！”林掌柜急了，他林家只有这一根独苗，如何肯让林宝去那种危险地方，万一有个三长两短，岂不叫他绝了后！

林凤道：“爹，你就让他们去吧，多一个人，就多一分照应！”

“死丫头，你懂什么！”林掌柜气急败坏地说。

阿木郑重地朝林宝和刘鹞子抱拳：“多谢两位好意，那斧头帮虽然不是什么龙潭虎穴，却也有些凶险。我一个人倒还从容，人多了反而不便。再说，我不过是去探探风。”这意思很明白，以阿木的武功闯进去，全身而退不成问题，但如果林刘二人跟着，反倒是个拖累。

“那好，我们便送木兄一程。”

阿木却回头看向门外，果然又有人来了，竟是武蕾，白衣黑裙，圆口布鞋，像个清纯女学生。她瞧见齐凤楼里乱糟糟的，吃惊不少，忙问林宝：“出什么事了？”

林宝见她来到，自然欣喜：“斧头帮的人来捣乱，被赶跑了！”

林掌柜早就把武蕾当成未来的儿媳，连连招手：“阿蕾，你过来这边坐，别跟他们瞎掺和！”

武蕾好奇地打量着阿木，觉得他跟平时大不一样，打他身边过时，好好地瞅了几眼。阿木便又闻到她身上那股淡淡的香味，不像雪花膏那样香得刺鼻，倒有些像茉莉花瓣的馨香。心下不免发出声叹息，自己的那个她，也爱用这种香膏。

他知道，越早赶去斧头帮越好，便不敢再逗留。林凤送阿木三个出门，总是有些放心不下，走到街上，忍不住拽住了阿木的衣襟:“喂，你答应我一件事。”

“你说。”

“你一定要回来！”林凤咬着嘴唇，眼圈红了，“你要是不回来，我，我也不活了……”

阿木叹了口气:“怎么能说出这么不吉利的话来，东家就你这么一个闺女，还盼着你嫁个好人家呢。”

林凤来气了，甩开他的手，尖叫起来:“阿木，你就是块臭木头！”转身跑进门去。

林宝在旁看着，不禁摇头，老姐哪儿都好，只是脾气差些。他这时倒是愿意她能跟阿木结成姻缘，不过从阿木言语态度看，人家好像并没那意思。此人既然不是“窝囊废”，所谓的妻子被人拐跑一事只能是胡传，他武功这么好，怕也没几个人敢打他老婆的主意吧？这里面肯定有隐情。

阿木行动快速，第一站就赶去位于爱多亚路的斧头帮总坛。这两年他虽然隐身于齐凤楼，可对周围的环境并不缺少了解。尤其是当斧头帮的人威胁他后，对于这个帮派的底细更是了如指掌。有天深夜，他还特意来到这里仔细勘察了一番。

但今天赶来这里时，却扑了个空，总坛里面没几个人。他抓住一个，查问帮主谢老六的下落，才知道他人在大浦东酒楼。那些人是奉命前去捣乱的，事后也赶去那边会合。

大浦东位于二马路上，跟赫赫有名的太和园临近，三层楼围成一个四方的天井，场面大，显得气派，单单在外面揽客迎宾的小伙计就雇了六个。

阿木此时早换了身青布大褂，被迎进门后，自称是谢帮主请来赴宴的，并随即做了个手势，屈了食指，其余指头伸直，贴在胸前。这些，还是当年他跟漕帮的头领翁杰学的，现在派上了用场。那伙计见来客是道上的兄弟，辈分很高，赶忙恭敬地引他上了三楼。

靠东角有一个大房间，门口有两名帮中弟子看守。见阿木来到，脸上露出警惕，他俩并没有参与今天去齐凤楼的行动，并不认识他，但伙计能带他来这里，想必有些身份，便询问：“先生是哪路神仙？”

阿木既已寻到这里，便不再隐瞒身份，说：“你去跟谢老六说，齐凤楼的阿木来了！”虽然隔着道门，依然能听到里面的杂乱声，有呻吟的，有咒骂的，有呵斥的。

把门的人听后脸色大变，他们强作镇定：“你等着！”慌忙进去禀报。很快，里面就像炸开了锅，十几个帮众举着明晃晃的斧头冲出来，想将他拦在门外。

但阿木大步走来时，他们震慑于他的镇定和威严，居然没一个敢抢先下手，而是往后退去。毕竟中午那些前去齐凤楼捣乱的弟兄都歪着脖子，至今还躺在那里惨叫不停。

阿木进到这个大通间后，一眼就看到地上躺着的伤者。他们横七竖八地趴在那里，脖子依旧歪向右边，个个疼得抽搐哆嗦。

他目光从伤者身上滑过，落到正中太师椅里的那个人脸上，黑色马褂，黑色老布鞋，黑色礼帽，嘴里叼着一根琥珀烟嘴。没错，此人正是谢老六，鹰钩鼻子上面长着一对金鱼眼，两眉之间插着一道冲天纹。

这是个狠角色。阿木进来后，他还是没动，脸皮像木板一样又硬又冷，眼睛直勾勾地盯着阿木。嘴巴里的烟卷袅袅地飘起一股细细的烟柱。

阿木冲着谢老六一抱拳：“谢帮主，在下阿木。”

谢老六还是没言语，只是冷冷地瞅着，脸上几丝横肉微微抽动。那些躺着的伤者都怨毒地瞪着阿木，恨不得将他吞吃了。他们虽然竭力强忍着，但还是禁不住哼哼。

阿木挽起了袖子，说声借光借光，要过去给那些人治伤，但围住的帮众不让路。他们看向谢老六，见他点了头，方才让开一条路。

阿木出手利落，每人肩后轻轻来上一掌，顷刻间便搞定了。伤者马上停止叫唤，脖子也正过来，可以自由转动。不一会儿，他们便都从椅子上坐起身。

阿木转身又走回谢老六面前，没有说话，只是抱了抱拳。谢老六表情有所松动，嘿嘿一笑，嗓门有些沙哑：“你倒是识时务！”

“我跟斧头帮没有过节儿，帮主何以兴师动众，请给句明白话。”

“这就是你来这儿的目的？”

“不，我来是请帮主帮个忙的。”

“帮忙？嘿嘿，有意思！”谢老六将烟卷从嘴里拔下来，盯着阿木，好一会儿才说，“我听说你是太极高手，耍的太极拳也自成一派。太极门里面的那些成名人物，只听说姓杨的、姓陈的、姓吴的、姓孙的，还有姓武的，可偏偏没听说有姓木的。”说到这里，眼光一挑，“缺木难成杨，莫非你是杨家的人？”

阿木微微一笑:“在下卑微，提起名姓来有辱家门。帮主叫我阿木最好。”

“阿木，你信吗，一个人武功再好，也挡不住一样东西。”

“请帮主赐教。”

“斧头帮的弟兄不单单只会抡斧头，他们还会喷筒子（手枪）！”

哗啦，几支手枪对准了阿木，他的神情不变，甚至连眼皮都没眨一下。谢老六道：“想当年，八卦掌的眼镜程厉害吧，大刀王五厉害吧，太极门的杨云鹏厉害吧，可又怎样，庚子年京城遭变时，还不是都死在洋人的枪下！跟你说，动真格的，还是这玩意儿管用，一枪就能撂倒一个。”

阿木含笑道：“我要是想跟帮主结仇，就不会白天登门了。”

谢老六听了这话噎了一下。阿木的言下之意很明白，以他的身手，明着杀不了目标，暗地里一定会得手。眼前这个厨子当然不好惹，不然的话，秋水那边也不会求着斧头帮帮忙。

将香烟拧灭，又端起茶碗喝了一口，谢老六才慢吞吞地说:“月前，有一个远方的朋友上门‘调将’（请人相助），以前欠着他一份人情，需要帮他一个忙，并带了谢礼，我便应承了下来。只是没想到，会碰上你这么一个扎手的人物。刚才你说，今天登门是求我帮忙的，如果是指与斧头帮之间的仇怨，我现在倒可以答复，念你出手解了弟兄们的穴，又不踱扈，这笔账此后便一笔勾销！”

“多谢帮主！”阿木抱拳行礼，“可我说的是另外一件事。”

“先说来听听。”

“您那位朋友，趁弟兄们去齐凤楼闹事的空儿，到浦东小学将我孩子拐了。”

谢老六一怔:“还有这等事?”

“当然，他们若想拿我那孩子，随时可办，却也用不着劳动斧头帮各位弟兄去打掩护。他们这样做，不过是为了折磨我、消遣我，就像猫玩老鼠。如今我是没个眉目，不究根底了，要是帮主能告知那人的藏身处，让我去救了孩子，阿木感激不尽。”

听了这番话，谢老六不觉添了几分恼怒，再怎么说，他在上海滩也是个有头有脸的风云人物，谁知竟被人当了枪使唤。这个武风，也真他妈的狂妄。可是，浑水蹚也蹚了，事情做也做了，总不能单凭阿木的一席话，他就缩了头，那又显得斧头帮没威风了。

从实说，谢老六其实对阿木颇具好感，这练内家子的就是不同，外表不张扬，却又不卑不亢的，能镇得住场面。

他慢慢从太师椅上站起来，来回走了两圈，方才转身瞪着阿木:“你没在大浦东这边摆华容道（显威风），总算识礼。可我那朋友劳烦大家伙时，毕竟送了财喜，也不好单为你这三言两语，就坏了规矩。”

“在下一穷二白，还真没有什么花叶子（钞票）给众位兄弟。不过倒也备了份薄礼，想来帮主定会喜欢。”

“是吗?”

阿木早有准备，笑道：“帮主之前不是一直想挖阿木过来掌勺嘛，那就借大浦东的灶、大浦东的料，我今天好好给帮主露两手。”

谢老六觉得让太极门的高手屈尊当回厨子，委实赚足了面子，高兴地一拍桌子:“好，这礼我们受了，倒要见识见识玩太极拳的如何做出好菜来。”

其时，早过了吃午饭的辰点，大浦东灶间也闲下来。众位大厨、红案、白案和打杂的伙计收拾停当，正准备离开，不想谢老六带着一帮子人哗啦涌进来。

总厨还以为出了什么大事，正自惶恐，经理及时过来解释，他们才知道有人要借个地方露露厨艺。当下，便有伙计捧来一套衣服和围裙，阿木换上后，面貌顿时为之一新，十足一个掌勺的师傅，哪里还有半分武林高手的影子。

众位大厨们从经理口里得知，此人之前在一家小酒楼里掌灶，不知道今天为何惊动了谢老六亲自来厨房观看，还劳动这么多人跟随。他们远远地看着，倒想瞧瞧这人如何显露本领。

阿木先到菜架子前瞄了两眼，虽然食材中午用去不少，但剩下的倒也齐全。他用勺子舀了些油，凑到鼻子前闻了闻，又分别取了些盐、糖，用舌头舔了舔。每家厨间的用料都有所差异，他必须先熟悉下它们的“质地”，才好拿捏斤两。这便好像大将出战前，要观察周边环境、辨识天色风云一样。

遛了一圈后，阿木才转头问谢老六:“不知帮主喜欢什么口味？”

“咱家不挑，只要味儿好，啥都吃得。”

“那好，我便就地取材，做上一道菜。”

谢老六听了一呆，闹了半天，才只给做一道菜。这阿木的架子确实不小。嘴上没说什么，眉头却皱起来。

阿木自然猜得到他的心思，淡淡地说：“帮主中午自然用过饭了，做再多的菜，胃口也是大减，倒不如只弄一样精细的。要是这一菜品打动不了帮主，再多也是无用。所以说，这一道菜却要比三道菜还难做。”

谢老六哈哈笑起来:“阿木真会吊人胃口！”

原本，总厨已经指派了一个配菜工帮阿木打下手，准备按照他的意思，挑拣出些菜蔬、干货，该洗的洗，该浸的浸，做一番粗加工。可阿木只做一道菜，所需材料有限，无非是一根胡萝卜、半根香葱、一段生姜，另外又洗了几样时新菜蔬。那人竟是派不上用场。

一般来说，有资格的厨师都有自己专用的刀具，因为每天人不离刀，刀不离人，使得顺手，才能做到人刀合一，要出好的刀功。阿木今天空手而来，自然要借别人的器具，总厨事先已经得到指示，全力配合，所以主动上前道：“木先生，不妨用我的家伙。”

引他来到自己的案板前，刀架上一排溜挂着各式刀具，什么剔骨的、削皮的、切片的、刮毛的、刻雕的等等不一，无不锋利雪亮。阿木谢过，只取了两把，一用来削片，一用来雕花。

一名杂工按照阿木的要求，开始拉动风箱，让火鼓得旺旺的。锅里面放了一半水，盖上盖子，旺火煮开，然后再倒掉重新加水，连续两边煮锅，务必使锅里面不沾油腥。

趁这空当儿，阿木从旁边的碟子里捻起几粒花生米，对谢老六道："刚才帮主说，现在帮中弟兄不仅会使斧头，更懂如何用喷筒子。不过，依我看来，那枪子也就是一粒花生米。"

"你这说法倒也别致，只有一样，花生米吃着喷香，枪子却会咬人，谁要是被它咬上一口，小命就会丢掉。"谢老六这一调侃，周围的弟兄都哈哈大笑起来。

阿木却没有笑，慢吞吞地说："那也要看这花生米在谁手里。在我这里的话，它可就像喷筒子了。"话音刚落，手指就接连弹出去，啪啪啪，花生米一粒接一粒地射进墙壁中，竟然只有一个小洞，因为三粒射中了同一地方。

众人相顾失色。这等威力，竟是跟枪子弹差不多，并且他可以连续"发射"，还极有准头。那些斧头帮的人不禁暗冒冷汗，谢老六也是心跳加速。至于大浦东的那些厨子更是吓了一跳，这才知道，眼前这个阿木厨师竟是武林高手。

这时，第一锅水开了，杂工将它倒掉，又重新加上水再煮。阿木朝众人点点头，先摊开一块干净的白纱布，将那些蔬菜放上卷起来，双手使劲一拧，绿色的汁液就哗哗流进碗里，共计小半碗。之后将那些烂菜弃之不用。

跟着，阿木又拿起一只空碗，随手抓起一枚鸡蛋扔进，大家都以为它会磕破，谁知，它却像个陀螺一样旋转不停。速度慢下时，阿木手腕微微一晃，它又加足了"马力"，嗖嗖转起来。

众人都瞪大了眼珠子，这阿木不像是在做菜，倒像是在变戏法。当阿木轻轻将碗搁在案板上后，鸡蛋依旧顺着碗沿转个不停，发出嘶嘶的声响。它转得越来越慢，终于停下来。

阿木伸出双手，轻轻捏起，天呢，捏起来是两片壳，它已经从中破开口。谢老六忍不住问："阿木，你这么费心地打个鸡子，到底想做什么菜？"

"我不过是想通过转动，让蛋清和蛋黄分开，好取来用。"

"这蛋清包着蛋黄，不容易分开吧。"

“不会帮主，现在我就可以完整地将蛋黄剔出来。”阿木说着，果然伸进三根手指去，在众人的惊叹声中，颤巍巍地将蛋黄抓起，顺手丢进嘴里，吞咽下去。之后，他用筷子飞快地搅动，那些蛋清旋转缠绕，慢慢又变成一团，像颗明珠。

第二锅水烧开了。杂工将它倒走后，阿木又用瓢舀了些水放进去，这次却让他用慢火煮开，却还是什么料物不加，更不见一丝油腥。

水池子里养着不少活鱼，石斑、草鱼、青鱼、鲤鱼都有。阿木看中的是一条一斤半左右的草鱼。做鱼首先要求鱼得新鲜，这条鱼在水里游动得欢快，自然肉嫩味美。

总厨拿着捞网凑过身来:“木先生，你看准了哪条，我帮你捞。”阿木刚才露了那两手，着实镇住了他。

“不用。”阿木一探手，便把那草鱼水淋淋地捞出来，动作快得惊人。他左手将鱼按在案板上，右手抓起了刻刀。

总厨见他不用刮刀，为之惊诧:“这鱼不用刮鳞吗？”

“用不着。”阿木说着，刀锋早轻轻划过雪白的鱼肚皮，那架势便像书画家的毛笔，一挥而就。

鱼脏鱼囊掏出丢掉后，阿木的刻刀再次钻进鱼腹中，他神情安详，也不低头，只任由两只手在细微地运动。左手按住尚在扭动的鱼身，右手一半伸进鱼腹，轻轻转动着小刀。一时间，众人都不明白他是在做什么。就连做了三十多年菜的总厨也从未见过这样弄鱼的。但联想到刚才阿木的举动，知道他这么做，肯定又有惊人之举。果然，当阿木抽出刀来，再将鱼头切下后，里面的整副鱼骨头架子，也被一并拉出来。

包括谢老六在内，所有的人都看得眼直了。这不就是传说中的“庖丁解牛”功夫吗？那牛骨头的架子大，缝隙也大，刀锋的进入伸转还好控制，可相比之下，剔这小小的鱼骨，还不让肉烂，难度似乎更大些。

阿木的刀又贴住皮层，轻轻地蠕动，这回不是剔骨，而是剥皮了。谢老六不觉走上前，可以看到刀锋在薄薄的鱼皮里面滑动，就像人在水面轻轻吹了口气，那层皮也徐徐泛开了。随着阿木手起，整张鱼皮被揭起来，上面还挂着层层鱼鳞。

真是神乎其技！总厨心中暗叹着。

再看阿木，已将鱼肉放入清水中冲洗，然后再放在案板上。这次用的是削片的刀。他依旧是左手轻轻按着鱼肉，右手翻持刀锋轻轻抹来，看上去像是左手掌微微在刀刃上抹了一下。但左手再扬起时，拇指食指间却夹起了一片薄如白纸的鱼肉。

“好家伙！”谢老六忍不住赞叹。

接下来，阿木的速度加快，刀唰唰削下去，很快就将鱼肉片好了。这还不算完，又将鱼片叠合在一起，放在白色的纱布上。接着，他又用更讲究的刀功——缕切，将鱼肉切成细细的丝。

生鱼丝之所以不在案板上切，是怕木板的渣子跟鱼肉混合，破坏了味道。但在纱布上切，又要求刀功细致而轻柔，不能割破了纱线。

直待阿木完全切完，并将淡红色的生鱼丝盛于盘中，众人才跟着长长松了口气。就好像这鱼丝是他们跟着一起切的，有的人手心甚至冒出了汗。

嫩嫩的豆腐泡在清水里，阿木伸手捞出一小块，放在鼻子前闻了闻，没有什么异味，手感也好，雪白如同凉玉，颤悠悠尚有弹性。

这一次，他没有将豆腐放在案板上，而是直接纳入盘中。细细端详了会儿，猛然出刀，唰唰十几下，雪亮的刀刃划过豆腐，却没出现任何变化。

再看锅内，水已经煮沸了。阿木舀了一些开水，哗地浇在豆腐上，白色的汤汁溢出来。等这些汤汁滗干净了，他才把豆腐倒进锅内。它一入水，登时化成几十块，方方正正的，慢慢沉了底。

随后，又把那小半碗菜汁倒进锅内，那汤登时变得绿莹莹的，煞是好看。稍等片刻，汤水煮沸了，却又抓起盛有生鱼丝的盘子，将它尽数放进去。奇迹出现了，那些鱼丝先是根根竖起，之后才慢慢浮起来。

阿木并不闲着，唰唰几下切好了葱丝和姜丝，然后将搅拌好的蛋清投入锅内，顿时，绿油油的水面腾起了一层白色的“雾”。葱丝和姜丝随后点缀，使得汤面添了内容。

这汤便算做好了，出锅后，盛进大碗里。阿木又拿起萝卜，用刻刀嚓嚓弄了几下，几朵小小的“红花”就活过来，漂在汤面上，便像绽放在上面的芙蕖。

别的料物甚至于盐糖都不放了，只是最后滴上一滴麻油，轻轻在热汤上面打了个旋涡，随后慢慢荡漾开了，像是夕阳下的江面，闪动着点点波光。

从头到尾看完阿木做好这道汤，谢老六都有些不忍心品尝了，这他妈的简直就是艺术品。不是用来吃的，专门用来看的。但他还是小心地伸进勺去，舀些喝了。阿木在旁边说:“入口后要慢慢咽下去，然后让汤味翻上来，就好像喝茶一样，讲究回甘。”

谢老六照话做了，干脆闭上了眼睛，细细地品咂。众人都盯在他脸上，等他做出评价，谁知好一会儿也不见动静，突然，他一拍大腿，喊出声来:“真他妈的鲜！”

他忍不住又捞了鱼丝来吃，赞不绝口，再下勺，却又捞了豆腐来吃，同样美哉:“阿木，你这道汤做得好啊，我活了大半辈子，还是头一遭喝到。好汤，好汤！”

阿木淡淡地道:“帮主中午吃过大餐，我要是还做硬菜，肯定难入你的肠胃，唯有这清汤才能讨到便宜。”

“原来是这么着，里面还挺多讲究。”谢老六转头对总厨说，“你也来尝尝看，好好学着点，以后也搞出这样的好汤来。”

总厨诺诺应着，小心翼翼地舀了一口汤，慢慢下咽，细细品味，并美美地闭上眼睛。阿木看到他脸上的肌肉簌簌抖动，全身都跟着颤起来。他睁开眼，激动地问：“木先生，这汤可是名为落英缤纷？”

“你知道？”阿木有些意外。

“要是没猜错的话，这道汤是前朝的御厨发明出来的，轻易不流传民间。”总厨颤声说，“我也是从师父那里听说过有这么道汤，用料不过是豆腐丝、鱼丝、葱丝、姜丝和菜汁，只是不知道怎么个做法。今天算是真正长了见识。”

“那你知道它何以叫落英缤纷？”

“还要请教。”

“名出陶渊明的《桃花源记》，你自己去体会吧。”

总厨恍然大悟，那文章里面可不是有“夹岸数百步，中无杂树，芳草鲜美，落英缤纷……”一句嘛，原来这汤表现的便是桃花源的那种意境。

谢老六听说这汤的做法竟是从宫廷里流传出来的，忍不住又尝了几口，大加赞赏。其他人眼睁睁瞧着，个个暗中咽唾沫。谢老六随后一摆手：“都过来尝尝鲜！每人一小口，别贪多，活像他奶奶的老牛嚼牡丹。”大家方才轰然涌过去。

阿木随着谢老六和几个帮众走出大浦东酒楼时，已接近下午三点了。一眼，他就瞧见林宝和刘鹞子坐在对面的茶馆靠窗位子，往这边张望，显然，他们不放心他独自冒险，随后都跟来了。阿木朝他们轻轻点下头，这才钻进谢老六的小轿车。

半个时辰后，小轿车开到愚园路附近。那里除了花园住宅和别墅外，便是庄稼地，荒凉得连茶馆、面馆都少见。

目的地是一栋三层日式小楼，外面围着矮墙，上面爬满了蔷薇。木牌老旧，上面的字都模糊得难以辨认了。轿车却继续往前行驶，临门时，谢老六用手指了指，然后也不多话，直待又冲出去几十米，方才停下。

“阿木，我只能送你到这儿了。”

阿木抱拳道：“多谢帮主。”

谢老六正色道：“没那事，我没来过这里，也没跟你说什么。”待阿木下去后，轿车便加大马力，呼啸而去。

这条路上行人稀少，唯有田里还有几个农户在低头忙活，阿木却并不按原路往回走，而是绕到那栋日式小楼的后面去。那里更是不见人烟，满地的庄稼和蔬菜。

后墙也不高，他轻易就翻了进去，贴着墙壁慢慢摸到前面，院子里静得出奇，一点儿响动也没有。阿木眉头不觉皱起来，转到前面，见正门锁上了，轻轻叹了口气，伸手一拧，铜锁就断了。

他知道自己来晚了一步，兴许谢老六这么做，不过是送个顺水人情。他飞快地查看了各个房间，果然在三楼的阁楼里看到了木熙的书包。他确实被拐到这里，可已先一步被转移了地方。

房间有两盆花木，一株是夜来香，一株是龟背竹。阿木在椅子上坐下来，耸起鼻子嗅了嗅，脸上慢慢展露出笑容。这就对了。对手终究留下了痕迹。

他出去时，看到林宝和刘鹞子正在附近转悠，远远见到他，赶紧跑过来:“怎么样，找到没有？”

“晚了一步！”阿木嘴上说着，面上不动声色。

“娘的！”刘鹞子使劲一跺脚，“这些兔崽子溜得倒快！”

“现在怎么办，还回斧头帮去？”林宝问，他认定是谢老六从中搞鬼，恨不得跟阿木一起前去大闹一番。

“还是先回齐凤楼吧。”阿木知道，他才是秋水那些人的目标，就算他不找，他们也会找他的。

“不如，咱们去致柔拳社吧。”林宝提议说，“你和杨师父是老乡，他也想见见你。陈微明师父在上海认识人多，铁定能帮上忙。”

“没错没错，太极门在上海的弟子多了去了，”刘鹞子附和说，“有他们助阵，那些家伙翻不了天！”

谁知，阿木却摇摇头，说：“该见的时候，我自然会去见他。”这让林、刘二人不免好奇，阿木跟杨兆鹰之间以前是不是有什么过节儿？因而才会一个想见，一个拒绝？

这几天，杨兆鹰和陈微明一直在忙。跟日本人比武的消息传出去后，上海武林界的同人纷纷登门造访。他们也紧急约见了几位太极门的高手，商议他日在张家花园比武的事。几天下来，人也略显疲惫，再加上中午都有酒席，故而回来后都要补上一小觉。

这天午后醒来时，已近四点了。陈微明使人来请，说是人要醒了，便到前厅去，有客人来访。

杨兆鹰忙洗了把脸，去到前厅一瞧，来的人一个精干一个魁伟。那瘦削的青年眼珠子灵活，精神头十足。另外一个却壮得像尊铁塔，三十来岁，坐在那里跟陈微明站着差不多高，气势很压人。

看到杨兆鹰进来，那个瘦汉子先跳起来，叫：“杨老师来了！”

陈微明介绍:“师父，我给你介绍，这位是精武会三大教头之一的……”

话还没说完，那人就笑着接口:“在下郭正，在精武会做个教头，教螳螂拳的，今日有幸拜会杨老师您！”又转身指着那个中年壮汉，“这位是我……”

他的话同样没说完，被那人随手一扒拉，竟然跌出几步外。杨兆鹰和陈微明不禁一惊。那郭正身为精武会教习，武功自然非同小可，谁知却被这人视作无物，那一手少说也有千斤的气力。

“杨老师，敝姓宋，咱们亲近亲近？”宋某笑嘻嘻地抱拳。听口音却是胶东那边的味儿。

陈微明想拦挡时，杨兆鹰却拍拍他的肩膀，示意他让开。这样的事他经历多了，处变不惊，更何况，杨家的功夫是练出来的，更是打出来的。

陈郭二人赶忙闪到一边，再看场中二人，正是对手，个头相当，块头也差不离，气势上也不遑多让。杨兆鹰说：“宋先生，你远来是客，咱们点到为止！”

“好说！”宋某一探手，居然是太极中的掤劲。杨兆鹰有些意外，先前见他出手扒拉郭正那架势，是螳螂拳的勾手，没想到出手却是太极拳。

眨眼间，两人的手便接实了，身子都是一震，然后便不动弹了。接下来能有二十多秒钟，两人竟是一动没动。

这情形若是落到外行眼里，会看不透，明眼人却知道他们是运用太极拳中的“听劲”功夫，在寻找对手的破绽。一旦寻到，对手的防御有了漏洞，攻击便会绵绵不断地展开。这就好似西医用的听诊器、中医用的把脉手段，都是要听到身体里面去的。

陈微明和郭正能够想象得到，两人的内劲像电流一样顺着各自的经脉钻进去，在每个穴位间跳跃。你进，我就退；你走，我就追。它们便好像精灵一样在里面捉着迷藏，却又暗含着兵法的技巧和手段。

相持了片刻，眼前一花，两人身形交错，瞬间换了位置。四只手还是紧紧黏在一起，不再动弹。太极功夫本来就讲究以静制动，如果没有发现可乘之机，是绝对不妄动的。但这样相持越久，危险性越大，就好像火山憋到一定程度会爆发一样。他们一旦发动，便山崩地裂，势不可当。陈微明和郭正不觉相视一眼，目光里隐有忧色。

突然，场中的两人一起哈哈大笑，他们竟然出乎意料地收了架子，手挽着手，一起走去堂上，嘴里还相互夸赞着。陈郭二人见状大喜，心里的石头总算是落了地。

“敢问宋兄大名？”

“不敢，在下宋文鼎！”

陈微明恍然，原来他就是现任螳螂门的门主，怪不得郭正对他毕恭毕敬，两人原是师徒关系。杨兆鹰则大笑道：“原来是螳螂王到了。”

“见笑见笑！”宋文鼎道，“我是见了报上的消息，知道杨老师要在张家花园迎战东洋人，故而前来见识见识。”

陈微明却想起一事，宋文鼎之所以博得“螳螂王”的称号，是因为当年战胜过东洋武士宫本一郎，之后又有传闻，他数次跟东洋人较量，从未尝败绩。可是，他又是从何处学得太极拳呢？

“原来宋兄是来助拳的。”杨兆鹰笑道，“早就听说过你赢过东洋武士，对倭国武技定有所了解，这次能来，真是我太极门的福气。”

“说到对日本国武技的了解，我还真不是吹的，总能说出个八九不离十来。更何况，此次日方出战的人中，还有我一个老对手。”

“哦，是谁？”

“便是那九鬼贺！”

“是他？”杨兆鹰听了，一拍手，“不瞒宋兄，这四个人中，我们就对他不摸底细。”

“这个家伙多年前跟我交过手，忍术非常了得，也不知道这些年又练成了什么新玩意，所以我这次很想来见识见识。”

陈微明听了，插口说：“如果螳螂王肯出战九鬼贺，那么我们这次就赢定了！”

“问题是，东洋人挑战的是我太极门！”杨兆鹰看着宋文鼎，“宋兄，刚才我跟你搭手，依稀能看出你身上有杨氏太极的影子。”

“没错，我这太极的功夫，确实是从你杨家那里得来的。”

杨兆鹰一怔，因为身为掌门，对于杨家太极拳有多少的传人，他心里一清二楚，竟是猜不出门里的哪个人能与眼前这位螳螂王发生联系。更何况，通过刚才的切磋，他发觉宋文鼎竟是得了太极门的真传，此人不是杨家的入室弟子，如何能练出这等厉害的太极功夫？难道说……是他传的？

想到这里，杨兆鹰抬眼看向宋文鼎，两人的目光一接，噗啦激起火花。宋文鼎微微一笑：“杨掌门你猜对了，正是他传了我太极拳的高层功夫。”

“你跟他师徒相称？”

“名为朋友，实为师徒。”

陈微明听了很是高兴：“那宋先生出战九鬼贺就顺理成章了。”

郭正也笑道：“没错，我师父最喜欢跟东洋人交手了！”

杨兆鹰的笑容有些异样：“他能传宋兄真功夫，可见你们交情不浅。这么说，前些年他去过山东？”

“正是，那几年他一直住我老家莱阳，娘娘山上有一处道观，他们一家三口就寄居在那里。我每个月总会去住一段时间，蒙他不弃，便传了太极拳。”

“后来，他怎么来了上海？”

宋文鼎皱皱眉：“好像是仇家发现了他的踪迹。我赶到娘娘山时，他带着家人早离去了。”一顿，又问，“怎么杨掌门，你们现在还不曾见着？”

杨兆鹰脸上流露出一丝苦笑：“我倒是想见他来着，可他避开了。”

陈微明和郭正在旁听了，不禁面面相觑。他们一时间猜不出两人嘴里的他到底是谁，这人好大的架子，居然连大名鼎鼎的杨兆鹰也不见。

陈微明猛然想到了前几天在齐凤楼的事——那个来自河北的大厨阿木，他险些叫出声来：“难道是他？他竟是杨家人？”

离开愚园路后，刘鹞子便告辞而去。阿木跟林宝则一路步行，到了热闹地段才雇到人力车，拉他们回齐凤楼。路上，林宝猜疑说，小木头人只怕已不在上海。阿木说不会。以他对秋水的了解，现在来的人不过是先头兵，他们还在等老祖宗的到来。这个神秘的人物虽然是个女的，内家功夫却异常了得。

回到齐凤楼时，见地面已经打扫干净，损坏的桌椅都堆在角落里。阿明见阿木他们回来，高兴地迎上去：“小木头有信了？”

阿木摇摇头。又见林掌柜火急火燎地从后院出来，见了林宝就问：

"见到阿凤没有？"

"没啊！"

林掌柜急得直跺脚："这个不听话的大嫚儿，她在家里待不住，出门找你们去了。"

林宝和阿木听了大惊："上海这么大，她咋知道我们去了哪里？"

林掌柜指着阿木，哭号："你说，我们林家怎么亏欠你了。"

"爹，你怎么赖上阿木了。"林宝劝说，"我姐也不是孩子，出门还能不知道回来？"

"话说得轻巧，人家可不是盯上咱齐凤楼了吗？"林掌柜指着那些破烂桌椅，"看看，家什都砸巴坏了，晚上也做不了生意。我说阿木，你以前犯过什么弥天大罪，躲藏不住，又惹来人报复？"

"掌柜的，我确实有苦衷！"阿木叹了口气，"实在不成，你暂且先关门几天，等等再看。"

"关门关门，生意不做，叫我一家喝西北风去？"林掌柜既然把阿木看作祸星，便不想见到他再在齐凤楼出现，免得又惹来麻烦。故而言辞就狠硬了些，想撵他走。

可眼下木熙下落不明，阿木急于找线索，哪能轻易离开："武蕾姑娘呢？"

林掌柜没好气地说："你问她做什么？"

林宝忙说："她没事，先前我们去斧头帮寻你时，顺道送她一程，早回家了。"

正说着，阿明拿了一封信疾步走来："掌柜的，有你的信。"

林掌柜接过来，见封皮写着自己大名林贵。拆开来，只有一张纸片，只瞄了一眼他就脸色大变，转身指着阿木说："你，你个灾星……"眼珠子往上一翻，人像面条一样滑到地上。

"爹，爹你怎么了？"林宝吓了一跳，赶紧和阿明把林掌柜扶起来。

阿木拾起地上的纸片一瞧，心头巨震。阿凤竟被绑匪绑了票，对方索要一千大洋，叫今天晚上七点前送到"大世界"的说书场，到后将一朵玫瑰插在胸前口袋里，自然会有人接头，过时不候。

须知那年月，上海滩的绑架勒索极为猖獗，即便是在警力强大的租界，光天化日之下也有持械绑架的，以至稍微有点身份的人都得配有私人保镖。一般来说，绑匪们具有复杂的关系网，还有严密防卫的藏“票”地点，可绑架林凤的这帮人做法有些蹊跷，居然选择在“大世界”这样的游乐场所进行交易，真是反常之举。

小木头和阿凤一天内都遭绑架，这自然是冲着阿木来的。无怪林掌柜骂自己是灾星。阿木拿信的手不觉颤抖起来，心底涌起一股怒火。他知道，秋水的人连番动作，就是不想给他喘息的机会，想以此来激怒他、打击他，最终让他失去理智。

阿木深吸了一口气，强迫自己冷静下来。林宝将林掌柜送回卧室后，回来看过那信，不禁破口大骂：“娘的，这帮子丧尽天良的王八蛋！我要报警抓他们这些狗娘养的。”

“不可！”阿木道：“你又不是不知道，他们的耳目多，听着风声早跑了！”

“那你说该怎么办？”

“先凑钱！”阿木沉声道，“我跟你一起去大世界，人和钱都得拿回来！”

林宝对阿木的武功佩服之极，顿时有了底气：“好，咱们就跟他们玩一票！”

当下掐林掌柜的人中，将他弄醒。老头子到了这般田地，尽管是出了名的吝啬鬼，但为了亲闺女也只得吐血。可划拉了全部现大洋，也不过是七百多元。林掌柜见了，不禁又抱着钱箱子哭天喊地。

眼看着五点多了，钱再凑不齐便耽误了事，阿木提醒道：“阿宝，武小姐看来家世不错，为什么不找她想想办法？”

林宝赶忙摆手：“这哪行，我一个大男人家，去找女人借钱……”

林掌柜别看在一边哭号，耳朵却尖，叫起来：“这都什么时候了，你还穷装……”

“你不妨先往她家里打个电话试试？”阿木提醒道。

林宝无奈，只得跺跺脚，跑去街头的邮局打电话了。过了约有五分钟，他便兴冲冲地跑回来："成了，武小姐说即刻送来。"

"怎么还叫人家送来？"林掌柜急了，"路上不太平，一个大小姐拿那么多钱，多招眼！你还不赶紧去接接人家！"

"爹你就省省心吧。"林宝有些得意，"武小姐说了，人家有司机开车送她过来，过会儿还要顺道送我们去大世界！"

林掌柜听说武蕾家世这么好，心里不免为之一喜，可想到闺女还在绑匪手里，这钱箱里的洋钱还不一定能带回来，登时又愁弯了眉毛："阿木，千万千万，你们要把钱带回来，我积攒半辈子，可就这点老底了。"

阿木点点头："掌柜的你放心，人和钱一样都少不了。"

半个时辰后，武蕾果然坐着一辆雪佛兰来到。林宝一早就候在门口，见她拿个半旧的皮包出来，喜得一个高蹦过去："辛苦，辛苦！"帮她接过皮箱，有些分量。

武蕾说："三百大洋都装里面了，只多不少。"

林宝又瞄了雪佛兰一眼，啧啧道："你家挺阔啊，开这等好车！"

"这是我舅舅的。我现在借住他家。"看到林宝一副呆相，武蕾笑道，"不是跟你说过嘛，我家在苏州。"

有没有这话，林宝可又记不清了，却也不放在心上，捧着皮箱一溜烟地走进齐凤楼，得意地把它拍在桌上。看到武蕾进来，林掌柜一张老脸泛开笑容："阿蕾，这次亏了有你帮忙。"原先，他也拐弯抹角地问起过对方的家世时，只说父母做点小买卖，现在看来，可不止是小买卖，在上海滩大凡能开上私家车的主儿，都不简单。

武蕾笑着应付了几句，转身打量阿木，见他脸色沉郁，便道："阿木师傅，小木头有信了吗？"她语气轻轻的，软得像苏州的糯米糕。

阿木摇摇头，武蕾说："要不要我找舅舅去跟警局打个招呼，他里面熟门熟路。"

阿木还是摇头："我的事，警察帮不上忙。"他又闻到了武蕾身上发出的那股淡淡的香味儿，心中又是一动。

林宝忍不住插话："阿木你也就是犟，一个人再本事，也挡不住一群狼啊。我看咱们不能老这么挨打，也得去找人帮忙，越多越好。"

武蕾眼珠子一转，说：“为什么不去找杨兆鹰师父？太极门在上海滩的势力不小，他要是出面什么事都能摆平。”

“我跟阿木提过了，他就是不情愿。”

阿木道：“木熙的事先放一放，把阿凤救出来再说。”

他早备好了一个黄色的牛皮箱，大家点好了数，将白花花的银圆装进去。以林掌柜的意思，这次不想让武蕾跟着去大世界，怕有危险。无奈武蕾坚持要去。林宝笑道：“你还是老实在家待着吧，别弄不好，阿凤没救回来，再把你给搭进去！”

林掌柜斥骂：“你个乌鸦嘴，瞎掰掰什么！”

阿木说：“武小姐去也挺好，帮我和林宝多长长眼。”

武蕾高兴地一拍巴掌：“看到了没有，阿木都说要我去了。别忘了，我可也是个练太极拳的。”

林宝说：“那你得答应我，老实地在车里待着。”

大世界坐落在西藏路和爱多亚路的交界处，高五层，融合了中西方的建筑风格，是上海最繁华的现代娱乐总汇。那里层层都有吃喝玩乐的玩意儿，什么杂技、戏剧、说书、木偶戏、摔跤、魔术、电影、赌场、酒吧、舞场……应有尽有。

林宝来过不少次，有几回甚至玩了个通宵。下了车后，阿木拿着皮箱，林宝又嘱咐了武蕾两句，这才随着人流走去大门。

阿木看到一件奇事，人们每每进出大门时，都会哈哈大笑一番。林宝笑问：“知道他们为什么笑吗？”

阿木摇摇头。林宝说：“因为那里竖着哈哈镜。”

阿木不明白他话的意思，但走进大门的那一刻，乍看到哈哈镜里面的自己变形扭曲，忽而又细又长，忽而又粗又肥，也忍不住莞尔。但那笑也是在脸上一闪而过，并没放出声来。

这大世界里每时每刻都有近万人在里面消遣，构造更是错综复杂，像一座巨大的迷宫。走廊弯弯曲曲，楼梯上上下下，每一层的通道也像蜘蛛网一样密密分布着，要不是林宝老马识途，他们早转晕了脑袋。

二楼的说书场中，身穿中式长袍、手摇折扇的先生操着各种口音，在那里追古道今。每个场子都聚集了不少市民。

阿木和林宝比约定时间早到一步，在七号书场后面的角落里坐下，打量四周，倒并没有什么惹眼的人士。说书的却是一个女先生，十指在琵琶上飞快地弹拨，那苏州方言本就甜美，再加上乐声的清雅绵潺、高低错落，更觉得抑扬有致。唱的却是《新木兰辞》：

唧唧机声日夜忙，木兰是频频叹息愁绪长。
惊闻可汗点兵卒，又见兵书十数行。
卷卷都有爹名字，老父何堪征战场。
阿爷无大儿，木兰无兄长，我自恨钗环是女郎。
东市长鞭西市马，愿将那裙衫脱去换戎装。
登山涉水长途去，代父从军意气扬……

女先生长得娇媚可爱，每唱完一段，便惹得一片热烈的喝彩。她便也还以甜甜的嫣然一笑，眉毛一挑，红唇一开，露出颗颗贝齿，又接唱下去。

但林宝两人的心思却半点放不到那女先生身上。将到七点，阿木突然道："来了！"把皮箱推给了林宝，自己退到一边。林宝赶忙把玫瑰花别在口袋上，百忙中，还看看它是不是歪了。

一个穿西装的中年人瞅见了，急步过来。林宝见他目光死死地盯着皮箱，恨不得一脚将他踢个骨碌。听那人问："东西带来了？"

林宝强压着火，拍拍箱子，反问："人呢？"

那汉子伸出手，摊开掌，上面放着一枚发卡。林宝一把抢过来，没错，正是林凤头上戴的。就听那人冷笑："朋友，你们胆子不小啊！真敢来啊！"

林宝怒道："老子来都来了，怕你个鸟，说吧，怎么交易？"

那人说："自然是一手钱，一手货了！"

林宝一拍皮箱："我的在这儿，你的呢？"

那人冷冷地打量了林宝片刻，一努嘴："在顶楼，你敢跟去吗？"

“有什么不敢！”

阿木在旁边瞧着，觉得有些不对劲，一来是绑匪选的交易地点不对头，二来是这人的话和林宝有些说不到点上。可他交出的发卡却偏偏正是林凤的。迟疑间，看到林宝已经拿着箱子跟人走了，他赶忙跟上。

这一走不要紧，立时感到浓浓的杀气，周围不少人慢慢涌过来，敢情对方在这二楼安排了很多人手。阿木边走边注意观察，每上一层楼，便会有不少人涌过来，但并不跟着上去，而是守在出入口。

到顶楼时，发现置身于一个屋顶花园，各种花卉争奇斗艳，靠着一片牡丹旁放着一张藤椅，有人仰躺在上面休息。阿木明显感到身上的毛孔一阵阵酥麻，藤椅上的那个人无疑是个高手。

尽管周围霓虹闪烁，但花园上面的光线却暗弱。那中年汉子转过身来，冷笑道：“哥几个，我在上海滩闯荡了二十几年，还是头一遭看到你们这么胆大的。两位究竟什么来路，敢闹到虞先生的头上？”

林宝听得一头雾水，嚷道：“你胡咧咧什么？我问你要人呢？”

“你们人得留下，东西也得留下！”

“放你妈的屁！”林宝火了。阿木上前拉了他一把，低声道：“快走，这是个圈套！”

那中年汉子早一个箭步蹿过来，挥拳就打，林宝出手招架。阿木右手在他的肩头啪地一拍，林宝没事，那汉子的拳头一挨着他，却腾地向后飞出去，撞翻了一大堆花盆。

林宝胜得有些莫名其妙，那人出招飞快，他本来拦挡不住，谁知后心一热，那家伙就像遭了雷击一样。

刚要退，便听藤椅上那人开口了：“来了就别想走！”居然是一口纯粹的京腔。他像老鹰一样弹起来，在空中翻了个身，落地时跟着飞起一脚，藤椅呼地砸过来。

阿木一把将林宝推开，纵身一跳，居然便稳当当地坐在藤椅上，腰胯一扭，双手一旋，它便就地滑了几个圈停下。

“朋友好身手，怪不得敢跟上来！”眼前一花，那人像鬼魅一样冲到跟前。阿木吐气开声，往后一躺，双脚闪电般踹过去。

那人的胸膛却像棉花一样陷进去，粗壮的身子一下子也挤到藤椅上。林宝在旁边看呆了，再也没想到两个大男人可以挤缩在一张藤椅上，几乎是脸贴着脸，手脚紧紧缠绕在一起。

阿木吃惊匪浅，这人使的居然是太极功夫，而且化劲的本领已经达到出神入化的地步。他惊异，那人也是一样，再也没想到会在此时此地碰上太极门高手。

他们贴身黏化，八种手法中含藏了冷劲暗劲柔劲脆劲。在外人看来，他们两人跟藤椅像是被包在一个大球内，旋转击打。直到咔嚓一声，藤椅碎成了无数片片飞溅出去。

两人身子一晃，各自向后退出数步。那人眯着眼睛，仔细打量阿木，半长的黑胡须簌簌乱动："你是谁，怎么会使杨家拳？"心中重重疑惑，眼前这人用的是纯粹的杨家秘传太极内功，但招式却跟杨氏太极的不尽相同。不，可以说是没有招式，他已经做到了随心所欲。

又是一个跟杨家有关联的人！阿木暗叹一声，一时间却也辨认不出此人是谁。但从他的武学造诣看，定是得到了杨家的真传，应该是与杨兆鹰一个辈分。

黑胡子瞪着眼，死盯着对手，刚才阿木用手在林宝身上一拍，自己这边的人便飞出去，用的是穿透劲，有点像隔山打牛的功夫，当时就惊了他一下子。没想到这帮盗贼里面还有这等厉害角色。

可是，不论他在脑子里如何翻腾，就是想不起太极门几时出了这么号人物。如此一来，就更不能放他们走了。

倒在烂花盆里的那个汉子慢慢爬起来，原地打了个趔趄后，好容易才站稳了。他指着阿木两人，气急败坏地喊："吴师父，千万不能让这俩贼跑了！"

林宝大怒："你骂谁是贼？还不快把我姐放了！"

就在这时，楼梯口一阵急促的脚步声，冲上来十几个汉子，每人手里都拎着武器。阿木赶忙喊："等一等，这里面有误会，我们是来赎人的！"

"赎人？"带头的汉子冷笑，"你知道这是什么地方吗？中华公计俱乐部，虞洽卿虞先生的地盘，你当这里是绑匪窝点了？"

林宝一听也傻了眼，虞洽卿可是名动上海滩的大亨，势力熏天，没想到跟他的人干上了。赶忙喊："我们是齐凤楼的，绑匪抓了我姐，让我们带着赎金来这里赎人……"当下便叽里呱啦把事情从头到尾说了一遍。

中华公计俱乐部的那些人还有些将信将疑，等林宝又拿出了绑匪的信来证明，才知道他们都被人戏耍了。原来，昨晚有贼趁俱乐部没人的时候，偷偷潜入，将蒋中正先生的一份题词给顺走了。此事非同小可，虞洽卿十分震怒，责成手下人通知各堂口的大佬进行追查。

没想到，今天下午贼人就送来一封信，里面还放着一枚女人用的发卡，要求俱乐部拿一千大洋出来赎那份题词，还堂而皇之地选在大世界做交易。贼人如此胆大，反叫虞洽卿有些吃不准了，认为其背后定有大靠山，想借此事件跟自己发难。故而，他跟大世界的黄楚九、青帮大佬黄金荣都打了招呼，安排下天罗地网后，还是有些放心不下，又特地将太极门的吴清泉请出来坐镇。

吴清泉差不多跟杨兆鹰前后脚来的上海，他的功夫虽然得自杨家，却又别具一格。这一次，他应上海精武体育会邀请前来授拳，就住在大世界的顶楼，中华公计俱乐部出了这样的事，自然不会坐视不理。

他原本想几个小蟊贼用不着费什么周章，却没想到竟会遇上这么一位深不可测的太极高手。要知道，太极门中像他这样的一流高手并不多见，突出蹦出这么一位来，如何能不心惊？再看阿木的容貌，依稀跟杨兆鹰有几分像，心里就愈发多了疑问，难道会是他？

阿木虽然早知道此行不会顺利，可没想到"秋水"竟会布下这么个诡异的圈套让他们钻。由此可见，这个对手十分狡猾，还带着几分孩子气，有点想捉弄他的意思。

有件事他始终捉摸不透，按理说，他们发现了自己的行踪后，并不一定非要用这样的手段来捣鼓他，只要等到秋水的老祖宗赶到，一起动手就是。为何偏偏要先惊动他呢？难道说，是在传递什么信号？

吴清泉慢慢走近前，说："我知道了，你是杨兆龙！"

阿木知道无法再掩饰身份，只得抱拳说："你是吴家的清泉老哥？"

吴清泉看着这位杨家的另类人物，叹道："真没想到，你人会在上海。”他和阿木从未见过面，关于他的事，多是从他人口中获知的。在他印象中，这人十足是杨家的逆子，专爱干些离经叛道的事，一直不讨杨氏老祖宗的欢心。可没想到还是练就了一身好武功。由此见，杨家有些秘传的玩意儿还是不传外姓的，要不然，这么个二流子，早被驱逐出家门了，还能练成如此神功？

吴清泉还听说，这个杨兆龙最大的本领不是武功方面的，而是厨艺，便忍不住问：“你什么时候来的上海？”

“来了有两年了。”阿木指着林宝说，“这位是齐凤楼的少东家。”

林宝对于吴清泉的大名也早有耳闻，刚才见识了那一身神奇的武功，更是无比佩服，赶忙道：“我叫林宝，刚刚拜在杨兆鹰先生门下！”还不忘替他家酒楼吹上两句，“我家开的是鲁菜馆子，吴先生要是得空，便请过去尝尝。”

大名鼎鼎的杨无敌门里，居然出了一名专爱在后厨里忙活的大厨，难道这不是天底下最好笑的事吗？吴清泉忍不住哈哈笑起来，却又觉得有些失态，为了掩饰，赶忙抬手对周边的人说：“大水冲了龙王庙，都是自己人，你们先散了吧。”

那带头的汉子还有些犹豫，吴清泉又朝他挥下手，他才鞠了个躬，瞟了林宝一眼，悻悻地带人去了。

阿木也对林宝道：“你快下去看看武小姐，别再出什么岔子！”

林宝这才惊醒过来，把皮箱子丢给阿木：“我等着你啊！”转身哒哒跑下楼去。

这厢只剩下吴杨二人，登时显得清静了。大世界虽然华彩烁闪，声浪喧杂，顶楼的花园却隔了音般，十分幽静。吴清泉见阿木的衣着神态，有些落魄，脸庞削弱也不像那些厨子肚肥肠满，便想好好劝他一番，别再胡混下去，白白折了杨家的威名，因问：“知道兆鹰来上海了吗？”

“我前些日子从报纸上得了信了。”

“那你们弟兄也没见见？”

阿木淡淡一笑：“会去见的。”

吴清泉对他不咸不淡的回答很不满意，还想劝几句，阿木却又抢了先：“吴家老哥，我想请你帮个忙！”

吴清泉因为太极功夫得自杨家，对杨家人从来礼让，即便杨兆龙是杨门的“败类”，也不会不理顾，便道：“你说！”

阿木拍拍皮箱：“绑匪没拿到钱，是不会罢手的，请老哥助我一臂之力。”

“以你的功夫，还能摆不平这事？”

“他们可不是一般的绑匪，”阿木说，“他们在跟我玩火！”

林宝离开顶楼后，一口气跑到大世界的楼底，他嘴里呼哧呼哧喘着，看到自己的身影在哈哈镜里面歪歪扭扭的，却是半点也笑不出来。

“这帮子王八蛋，存心是要玩死我！”他暗骂着，匆匆走去停车场。一眼就看到武蕾站在车外，朝他招手。

林宝跑近前，见她脸色异常，便问：“怎么了？”

武蕾拍拍胸口：“刚才吓坏我了。有两个人冲过来，对我大吼大叫，幸好车门关得紧……”

林宝马上瞪大眼珠子，四下找看：“那些兔崽子哪儿去了？”

武蕾扑哧乐了：“早走了，他们还丢下一封信。我看了，叫你们把赎金送到城隍庙附近的南京大戏院。”

“老子才不上他们当呢！”林宝说着，三两下就把信扯个粉碎，“他们是觉得刚才还没戏弄够我们，又想下套子！”

武蕾没想到他顺手就撕了，叫道：“你真是急脾气，难道人不要救了？”

林宝便气呼呼地将他们在大世界顶楼的遭遇说了，之后道：“你说，我还敢信他们的鬼话？”

武蕾皱着眉头道：“那要看阿木怎么说。”

还好，不多会儿阿木就从大世界出来了，两人迎过去，把第二封信的事情一说，他当即便道：“自然要去，不然阿凤怎么出来？”

“那好，我们开车过去。”武蕾说着就往车里钻。

阿木却说：“武小姐，这次你可不能跟着了，绑匪早盯上了你，你最好还是赶紧回家。反正路也不远，下面的事我和阿宝会摆平。”

林宝想起刚才武蕾险些被绑架，心存余悸，也力劝武蕾回去。武蕾知道跟着他们也是累赘，便不再坚持，让司机开车送她回去。

这边，阿木和林宝则快步赶往南京大戏院，到时已快九点了。那里的电影还没有散场，外面有不少黄包车夫在等候拉客，三五一堆地抽烟闲聊。

两人站在影院门口等着，林宝有些气闷，跟小贩买了一包“大英牌”香烟，用洋火点着一根吸起来。他知道阿木不吸，也没让他，因为一肚子火，没抽几口就骂娘。

九点时，影院门廊上的电铃响了，这表示电影散场了。但来拿赎金的绑匪还是没现身。林宝把烟屁股扔在地上，用鞋底子捻死，大门一开，人流哗地涌出来。

林宝和阿木正准备避到一边去，人群中快步闪出两个戴鸭舌帽、穿西装的人来。他们贴上来，低声道：“快把钱拿过来！”

林宝哪里还忍得住，喝道：“去你妈的！”挥拳就要打，动作却猛地僵住。那两人亮出手中的火器，黑洞洞的枪口指向他们的心口。

转眼，阿木手中的皮箱子便被抢过去。那两人丝毫不耽搁，转身就走，混入人群中。林宝大叫一声站住，拔脚去追。猛听得啪啪两声巨响，震得他耳朵嗡嗡直响。登时，人流炸开了，他被冲撞得踉踉跄跄，直到贴住墙根站稳了，才发现阿木已经没了影。

那两个绑匪拿了钱后，一路小跑到街口，一辆轿车早候在那里。但阿木却像旋风一样赶了上来。两人没想到他来得这么快，叫声拦住他，猫腰钻进车去。轿车怪叫一声，呼地就冲出去。

蹲在墙根乞讨的几个乞丐听到号令，纷纷跳出来，拦挡阿木。但不过一眨眼工夫，他们便稀里哗啦地倒了一地。阿木闪电般从他们中间穿过，没有动手，那些人的手碰着他的身子，便砰砰地弹出去。

轿车已经冲出三十几米，他发起了狠，嗖嗖地追上去。两名绑匪从车窗里探出头来，见他势如奔马，越来越近，吓得冒出冷汗，心说这家伙真他妈的拼命！不住声地催司机加油门。

忙乱中，轿车撞翻了一个水果摊，苹果、梨、橘子滚了满地。车径直轧过去，阿木却不免受了影响，待轿车转过一个弯儿后，他们间隔的距离终于拉开了。

绑匪这才长嘘了一口气，伸手擦擦额头上的冷汗。轿车又呜呜地驶过几条街道，在前面的金谷园酒楼门口停下。那里早停了一辆雪佛兰，一个绑匪从车子里跳出来，把皮箱从雪佛兰的车窗塞进去。之后，这两辆车前后离开酒楼，一个往东下去，一个往南下去。

雪佛兰往东一直开进公共租界，飞驰了一会儿，便在广东路五十号停下。那是一栋西式建筑风格的别墅，轿车鸣了两下喇叭，有人出来开了铁门，轿车缓缓开进去。

车门一开，武蕾拎着皮箱跨出来，她的神情很是得意，今天玩游戏把那个阿木玩得团团转，她很开心，只是连累林宝那个笨蛋跟着受罪。

上了二楼，开了门，亮了灯。屋子里收拾得十分简单，床、沙发、桌椅，窗旁挂着一个笼子，里面有两只鸽子在咕噜咕噜地叫。武蕾把皮箱往桌上一搁，身子向后倒进软软的沙发里，手脚慢慢松弛下来。

当那股劲慢慢变淡时，她不由得心生疑惑，这么斗来斗去有意思吗？

闭上眼睛半躺着，沉闷了会儿，她坐起来找火柴点上一根烟，猛劲抽了两口，让辛辣的烟气在体内转悠了一圈，又从鼻孔慢慢喷出去。

没来上海前，她便对这个阿木充满好奇心。武云爱他，武风恨他，老祖宗呢，也重看他。她见了他之后，感觉也是怪怪的。想想也是，这个男人身上充满着传奇色彩，那些光环无形中给他平添了几分魅力。

一个厨师，同时又是一名太极高手。怪不得云姐那么爱他，爱得死心塌地，还为他生了一个小木头。这个阿木是先通过征服女人的肠胃，再来征服女人的心的吗？可是又能怎样，到头来，他杨兆龙还不是被她猫玩老鼠一样地戏弄了。

胡思乱想着，一根烟就抽完了，武蕾把烟蒂碾灭，站起身来，打开皮箱子，然后她就哈哈大笑起来，笑得眼泪都流出来。

箱子里是一些铁块子，早就被人掉包了。武蕾的笑声停歇时，也猜到了阿木何时做的手脚。在大世界时，林宝一个人下来找她，阿木还留在上面。他不是在顶楼碰到故旧了吗？肯定是请那人帮着换走了大洋！

武蕾把皮箱盖子慢慢合上，心说很好阿木，如果没有最后这一出，我就要低看你了。现在看来，你还真有两下子，值得我跟你玩下去。哼哼，只要人在我的手里，这赌局的规则便得由我来定。

这时，门被轻轻敲响，武蕾一皱眉："谁？"

外面没人应声。武蕾却已经心领神会，轻步走过去，却并不马上开门，而是笑着问："你是怎么跟来的？"

"这地方不难找！"男人语气淡淡的。

"可我的车快，再说是两辆车，你两脚应该跟不上！"

"我有车跟着你，一跟到地方，就有人送我过来了。"

"怪不得你到得这么快。我猜，是你在大世界碰上的老友帮忙吧！"

"我们见面，不是你一手促成的吗？你恨不得把太极门的人都拉进来。"

"因为这个局是老祖宗布下的，她只喜欢玩大的，跟整个太极门玩。你我不过是其中的两枚棋子！"武蕾说完，慢慢拉开门，阿木静静地站在外面。

武蕾莞尔一笑，伸手做出个请的动作。阿木便坦然地走进来。他打量了房间几眼，转身默默地看着武蕾。后者笑问："你几时察觉出的？"

"从见你第一面开始。"

武蕾有些吃惊："会这么快？"她自信掩饰得很好，不会那么早露出马脚。

阿木伸手摸了摸鼻子："你太小看一个厨师的鼻子了！我对所有的气味都非常敏感。你用来熏衣服的香料不是买来的，我一闻就知道，那也是武云喜欢用的。"

武蕾脸色变了："怪不得她要送我那些熏香，原来是为了你……"

"对，那便是她和我两年前定下的标记。"

"也就是说，一开始你就知道我的身份。"武蕾不觉有些动气，"可你还装模作样地拉我进来走过场？"

"我没想到你拐走木熙后，还会绑架林凤！这事跟她没关系，她是无辜的！"

武蕾残忍地笑了笑："怎么会跟她没关系？你跟她不三不四，如何向云姐交代？"

她说着便冲过来，使的居然是太极拳中的“玉女穿梭”。但阿木的身子并不动，手掌击到，便像擦着皮球的边缘滑出去。她顺势来靠，阿木小腹往里深深一吸，黏住她的双臂，然后鼓劲一弹，武蕾便腾地跌出去。

还好，她后心一贴住墙壁，身子便滑出去。武蕾心想，果然有两下子，怪不得老祖宗再三嘱咐，别小瞧了他。

她弹身又扑上去，飞快地攻击。阿木也不含糊，任她怎么出招，总能及时化解。两人的手看上去绵软无力，其实各自暗含杀招，黏在一起不丢不顶，所施展的八种手法又都是相生相克的，便如同双人舞一样优美。

斗了几圈，阿木见武蕾中正守得好，浑身上下没有破绽，也暗自赞赏。武蕾却生出了好胜心：“这杨兆龙好像没有传说中的那样厉害，我若是费些心，说不定便能将他拿下。”

她心里这么想着，一双手便像蛇一样，攻击得越来越厉害。蓦然，阿木的身子变成了空的，她再也“听”不到他的中正在哪里，双手所接触的地方，一片虚空，反而带动着自己的重心不稳，不觉，身子已经跌出五六步。

不可能，他的武功怎么会这么高了？武蕾一咬牙，又冲上去。还没到跟前，头便一阵眩晕，竟然觉得脚下像陷出一个巨大的洞，吸得她摇摇晃晃要掉下去。慌忙往后挪步，身子又站立不稳，心也高高地悬起来。

这瞬间，武蕾的斗志全无，有些失魂落魄。心想怎么可能，他的武功好像比老祖宗还高，难道他已经练成了太极拳的高层境界？或者正如传说的那样，他才是唯一得到杨家真传的人？

阿木已经伸出手，搭在她的手臂上。登时，她觉得有座小山慢慢压下来，想撤身，手脚像被黏住，动弹不得，想反抗，脚下又发飘无力。太邪门了！

“你抓了我也没有用。”武蕾急促地喘息，“小木头早被武风送走了。”

“我没那么贪心！”阿木说，“这次我来只想带林凤走，她应该就关在这里。”

“对，她是关在这里。”武蕾咬着牙，想说出几句狠话，“你跟她不清不楚的，云姐知道了会怎么想？”

“可惜你不是武云！”阿木慢慢放开了手。

武蕾一旦脱身，登时身子轻松了好些，呼吸也顺畅了：“喂，你还要抓我做人质吧！我告诉你，没用！老祖宗从来不受人威胁，你只会激怒她！”

阿木冷冷地看着她：“我才不会学你们秋水，做出这等事。”他的目光落到窗台旁的鸽子笼上，“写封信，让鸽子带去秋水，告诉老祖宗，我藏也藏也够了，躲也躲烦了，从现在起便在上海等着她来。”

武蕾呆呆地看着阿木，他此时好像换了个人，个头也猛然长高不少。这一刻，她终于证实了，如今的杨氏太极掌门的杨兆鹰并没有得到《授密歌》，反倒是身为厨师、当初被视为杨家逆子的杨兆龙悟到了太极的至高境界，成为杨门第一高手。

他是怎么做到的呢？

武蕾发现，阿木的眼神具有无比巨大的威力，只要目光落在她身上，她就会马上感到眩晕，浑身不自在。长这么大，她从未像现在这样脆弱。

在这种迷瞪的状态下，她听到阿木说出最后一句话：“三十多年了，杨家跟秋水之间的恩怨，也该了结了。”眼前一黑，她便昏睡过去。

太极拳向来讲究后发制人，以柔克刚，要做到这一点，听劲功夫就尤为重要。也就是说，要做到“人不知我，我独知人”，方能克敌制胜。

致柔拳社的演武厅里，杨兆鹰正在给一班弟子讲述听劲的功夫。今天上午，他的得意弟子田佳轩和李明轩从浙江国术馆赶过来，杨兆鹰很高兴，酒后便趁兴给大家演习太极的听劲、问劲。

众所周知，太极的听劲通常是靠相互打轮、揉手来训练的，但杨兆鹰是一个素来喜欢进行革新的人物，所以会时常加用一些辅助物，起到意想不到的效果。

现在，他从口袋里掏出来的东西却是两根细棉线，在新弟子们眼前晃了晃：“别小看了这东西，拿在行家手里也是宝贝。”

众弟子们起初听杨兆鹰说问劲功夫，个个把好奇心给鼓起来，不承想师傅却掏出几根棉线来，都有些迷惑。唯有陈微明知道此物的妙用，以前他在杨家没少用它练习，不禁会心而笑。

杨兆鹰朝田佳轩和李明轩点点头，示意他们出来给大家做示范。当下，两人各取棉线一根，另外找两名新弟子配合。刘鹞子第一个蹦出来，这种事他最喜欢出头了，只可惜林宝家中有事，今天没来，不然的话，他哥俩都是要打头炮的。

他们各出两根手指，捏住棉线的一头，杨兆鹰对刘鹞子和那个新弟子说："他们两个的听劲功夫也练得好了，你们可以任意扯拉，不用客气，如果能出劲快，让他们防不了，便算你们赢。棉线断了，也算你们赢。"

新弟子们听了，都眼不眨地瞧着，怎么也不相信拽不断这棉线。场中的刘鹞子更是铆足了劲儿。田佳轩和李明轩才到上海，他并不怎么服气，也就不管万一弄断了线，两位师兄的脸上好不好看。

再看田佳轩和李明轩，神态非常放松，居然都不盯着棉线，只是那么静静地站着。田佳轩长得精悍，目光犀利，看上去不好惹，李明轩却身着长衫，透着几分儒雅，并不像有武功在身。

猛听杨兆鹰一声喊："走！"

刘鹞子和那名新弟子应声而动，往旁边猛地一拽，谁知，田李二人早就"听"见，顺着他们拉的方向送过去，棉线还是好好的。

刘鹞子急了，连续扯拉，还不时改变方向，甚至采用"声东击西"的法门，半途换了方向，但田佳轩和李明轩总是抢先一步，随着他们的变化而变化。

到后来，他们干脆从定步变为活步，进退闪避腾挪，棉线忽上忽下，忽左忽右，偶尔还会旋几个圈子。但田李二人的身法变化得更快，竟是一点儿破绽也没有。四个人像两对蝴蝶，在大厅当中翩翩起舞，煞是好看。

那些新弟子看到激动处，都大声喊起好来。他们何曾见过这等听劲功夫！要说陈微明太极功夫是不坏，但终究是翰林出身，有几分老古板，话不多，人也严肃，传授拳术时从来都是循规蹈矩的，不免有几分沉闷。所以像这样新鲜刺激的练功方式一展现，自然将弟子们的兴趣给激发出来。

不多会儿，田佳轩和李明轩依旧从容自如，刘鹞子和那名新弟子却累得呼哧带喘，动作越来越迟缓，只得罢手。至此，两位老师兄的威信才在众人心目中树立起来。

杨兆鹰在旁边瞧了，不免有些技痒，微笑着下场："来，你们两个跟我一起玩玩！"大家马上哗哗鼓起掌来。一般来说，像杨兆鹰这样的宗师身份，如今是很少亲自授徒的，多是由门下老弟子代为传教。这些新入门的弟子能亲眼见到他跟人试手，并得到他指点，那可是非常难得的机会。

田佳轩和李明轩先是恭恭敬敬地朝师父鞠躬，表示原本不敢跟他争锋，只是奉命配合。杨兆鹰伸出两手的中食二指，各捏住一根棉线，说："太极者，阴阳也，没有阴阳便成不了太极。它最忌讳双重之病，像这扯线之法，如果对方拉，你则要随，不然就犯了双重。一只手要分出阴阳，两只手同样要分出阴阳，全身无处不阴阳啊！"

此时，田李二人分立他的左右，杨兆鹰微微闭上眼，开始"分心二用"。田佳轩和李明轩各拽各的，同时动作，上下不一，左右不等。但杨兆鹰的双手像是跟棉线长在一起，融为一体，自如地伸缩转换。

众人都看呆了，杨掌门便像一具提线木偶，铁塔般的身体变得异常灵活，随着田李二人的牵动而动，一动无有不动。到后来，两名老师兄不自觉地围着他旋转起来，再看那两根软软细细的棉线，居然变得笔直。

现在，不是田佳轩和李明轩在扯拉杨兆鹰，而是他牵着两人在转圈子。更奇妙的是，他们都像被牵住鼻子的牛，不由自主地跟着转，就是无法脱身。

转到后来，杨兆鹰鼻子里哼哈两声，众弟子看得清清楚楚，那两根棉线瞬间像是变粗了，那些细毛竟然蓬奓开来。田佳轩和李明轩如遭电击，呼地向旁边跌出去。

李明轩还好，距离陈微明近，他双手及时递出去，扶住对方。即便如此，他们俩还是颠颠晃晃地退出好几步。田佳轩却惨了，他的身子撞到其他弟子身上，那些人的根基不稳，呼啦倒下一大片。

"好！"有人喊了声。声音透亮，显得中气十足。

陈微明闻声一瞧，不知何时角落里已多了两个人，一个是林宝，另一个是个精干的中年汉子，四方脸，浓眉眼亮。

刘鹞子不觉叫起来："阿木师父，你终于来了！"自从在齐凤楼见识过阿木的功夫后，这小子就激动得一晚上没睡着，要不是阿木叮嘱他不要外传，他今天来致柔拳社后早跟师兄弟们显摆了。

陈微明听说这人便是那个神秘的厨师阿木，心中一动，他果然是个太极高手。前番"螳螂王"宋文鼎便坦承，他的太极功夫得自杨兆龙，也就是眼前的这个阿木。

杨兆鹰早分开众人走过去，跟阿木的双手握在了一起，两人上下打量着，眼光都有了湿意。也许是憋了好多话，却不知道该从何说起，他们久久开不得口。

上次见面，他们也曾这样握着手，不想，一分开便过去了近十年。

岁月的煎熬艰难而漫长，回首却似乎只在一瞬间。只不过，两个人再也不是从前的他和他了。

杨兆鹰手里还捏着那两根棉线。杨兆龙轻轻摩挲着，笑道："你的棉线，就是从那玩意儿上面演变过来的？"

"没错，咱们小时候练听劲，可不是用这东西。"

两人哈哈大笑起来："可惜啊，那玩意儿现在再也看不到了。"

周围的人都不明白他们嘴里的"那玩意儿"到底是什么东西，自然更不能体味他们小时候的心情。那年月，太极功夫对于杨家的两个小孩子等同什么呢？肯定不会像糖果一样甜兮兮的。

时光似流水，岁月像发了黄的老照片，陈年旧事却像一坛老酒，辛辣中有浓香，回甘中还蕴有丝丝苦涩……

第三章　少年

杨兆龙、杨兆鹰兄弟嘴里说的“那玩意儿”，便是两人的辫子，这东西在民国时已不得见了。想见识还需回到他们小时候。

时间倒回去三十多年，才是这个故事的开始。

光绪十六年的春二月，冬雪虽早已化尽，倒春寒却又接踵而至。尤其是大清早，丝丝寒意，贼冷贼冷，能冻进人的骨头缝里。那身穿了一冬天的棉袄，便不敢轻易脱了去。但在直隶广平府南关的杨家后院，兆龙和兆鹰、兆麟几个小家伙身上却只穿了薄薄的单衣。

非但他们穿得少，爷爷杨慕侠六十多了，也不过是单衣单裤。杨兆龙的父亲杨云天、杨兆鹰的父亲杨云鹏，甚至只穿了短袖对襟褂子，赤着膀子。即便如此，一套拳练下来，全身也是热气腾腾，抓起衣襟一拧巴，便能滴出水来。

这一大家子从早上起来，便要活动筋骨，压腿抻腰，热身半个时辰。之后，杨慕侠带两个儿子盘一路拳架子。小家伙们则先绕着大院走太极步，五十圈走毕，半个时辰就过去了。

这期间，杨慕侠给杨云天和杨云鹏兄弟整拳路，然后两人便在老头子的眼皮底下依次进行推手、大捋、器械。

小家伙们走完太极步后，个个额头都冒了汗，杨兆龙又带着弟兄们去到西北角，在石炉里点上一炷香。孩子们各端一个盛水的碗，一溜儿排好站浑圆桩，双手抱球，头顶水碗，那一根根小辫子就咬在嘴巴里，透出一股狠劲儿。

老头子看顾两个儿子练武，有时也会背着手踱到孙子们身后，看哪个的脖子歪扭、腰板不挺、腿脚软塌，也不出声教正，只用小树条啪啪抽两下。小子们疼得龇牙咧嘴，却也知道哪儿疼哪儿就有毛病，自去改正。

一炷香烧完，杨兆龙便赶紧把碗从头顶拿下，趁机歇歇腰，透口气，把第二炷香点上。此时，临街的大门外面已有响动，骡马拖车的咣当声、小贩的叫卖声、看门狗的狂吠声……一个劲地往耳朵眼里灌，逗得小子们的心直痒痒。

两炷香烧完后，他们活动活动手脚，便开始练单式，像太极的起势，从无极变太极，往往要反复去练。这一式看上去简单，实则最为难练。杨慕侠常说，懂不懂拳，看他抬抬手就知道。这个“抬手”，指的就是起势。

云手也极为难练，在杨兆龙看来，它活脱脱就是太极图的再现。左右手交替画圆，便似黑白鱼在旋转。黑鱼头咬白鱼尾巴，白鱼头咬黑鱼尾巴。太极有“得云手者得天下”之说，里面藏着掤、捋、挤、按四正手，非日久用心，难能领受到其中三昧。

杨兆龙却是极喜欢练云手的。因为这式子赋予他很多的想象。云过来，云过去，划过来，划过去，多像他夏天在河里游泳。水有阻力，还有浮力，这也是阴阳，谁也离不开谁。

杨兆龙常跟兆虎、兆鹰几个兄弟说，要是练云手没有感觉，就一定得去水里泡泡。一泡，脑袋就开窍了。后来，他听爷爷和父亲说起练太极推手就像在水里“摸鱼”，方才恍然大悟，原来，长辈们也都曾在水里泡过。

等到日头爬了有一竿子高，这晨练才算结束，大人孩子的肚子也都饿得咕噜咕噜叫了。老头子这才咳嗽一声，清清嗓子，说道收了吧！

小子们排在杨云天、杨云鹏身后，大家一起向杨慕侠行礼，然后散去。兆虎和兆麟自回隔壁的家，他们是杨家另一支的子嗣。杨慕侠是杨氏太极的掌门，平日里不怎么外出，只在家中授徒教拳；另一支的杨家子弟则在京城开镖局，多在江湖行走。所以孩子都送到杨慕侠这边学拳。

早饭开在厢房，旁边便是灶膛。杨云天家的刘氏、杨云鹏家的郝氏每天都是掐准了辰点煮饭、开饭的。饭菜摆好后，男人们也正好踏进门来。她们则又去灶下回避。

杨慕侠照例先坐下，兆龙和兆鹰却要等大人都落了座，才规规矩矩地坐好。热腾腾的粥早就盛好，但老头子没端碗，他们谁也不敢碰，微微低头，目不斜视，哪怕肚子再饿也得忍着。待杨慕侠动了筷子，大家才开始取用，却又讲究“食无语”，连咀嚼的声音都不可太大。

练武的人食量大，吃得快，就连孩子吞咽起来也都像小狼。他们也不敢不吃得快，因为有老头子在座，规矩便多。他要是放下筷子吃罢了，其他的人都要跟着结束。

对杨兆龙来说，每天的吃饭和睡觉都是最享受的事。他对食物的气味异常敏感，哪怕是人在练武场，锅里头焖着什么菜饭都能嗅出来。这点小本事好也不好，好处是可以提前知道今天上桌的是什么，坏处是叫他的肚子更饿。

容易饿，人便吃得多，面对这些饭菜，兆龙吃得比谁都香甜，原因是这些多出自他娘刘氏之手。郝氏尽管也能下厨，但手艺没法子跟刘氏比，所以多在灶间当下手。杨兆龙的外公如今在京城的大德居做总厨，外号刘一手，女儿从小在他手里使唤，自然也烧得一手好菜。

杨家的这两个儿子，如今在江湖中也有了一定的名头。老二杨云鹏瘦小精悍，性子暴烈，常年难得见他笑一次，是个狠角色。跟人试手时来者不拒，往往出手见红，无血不归。因而武林中传他最能打，甚至超过乃父。

相比之下，老大杨云天则多了几分文气。他天生聪颖，性情温和，又曾读过几年私塾，杨门不少场面上的事，都由他出头打点。在武学方面，他扎实纯正，不轻易跟人较量，但交手也从未有过败绩。

那时节，杨家因为从身上肩了个“无敌”的名号，又开着镖局和练武场，便惹得不少武林人士前来拜访。大多都是冲着杨家这块金字招牌来的，只要败了杨无敌，自然便能在武林中扬名立万。

太极杨家的功夫也当真了得，数十年屹立不倒。杨家先祖当年从陈家沟子学得绵掌功夫，先在永年授徒，后去京城王府教拳，名冠一时。帝师翁同龢曾亲笔写下一副对联相赠：手捧太极震寰宇，胸怀绝技压群英。如今，这副楹联就挂在杨家大堂之上。而从那以后，这绵掌功夫也就被冠以太极拳之称了。

杨慕侠正是因为杨家拳的名头是打出来的，不是吹出来的，故而从小便对二子使用霹雳手段，日夜督促他们练功，不曾放松过。杨云天和杨云鹏不胜其苦，直觉得似在地狱中煎熬一般。

久而久之，两小子倒是给他逼出血性来了。

杨云鹏更是练疯了，从那以后竟不在炕头上睡觉。累了便窝在板凳上眯眯眼，醒来再练。如此过得十年，技艺大成，出手便能把人击出三四丈外。此后娶妻郝氏，方才重新回到床上眠睡。

正因为他们年少时吃苦太多，等各有子嗣后，竟是不忍心再让孩子们那么辛苦地练武。杨云鹏心底较硬，对儿子兆鹰还下得去手，杨云天则对兆龙宽和，更愿意杨家后裔文武兼修。

至于老头子呢，对儿子严厉得苛刻，对孙子却要温慈得多。只要小家伙守规矩，大多时候也就睁一只眼闭一只眼了。

但兆龙和兆鹰两个偏偏都乖戾，只是碍于父辈们的积威，不敢放肆而已。杨云天盼儿子文武双全，杨兆龙非但不喜欢练武，更不喜欢读书，说是一见到书本就头疼，念来念去，识得几个字而已，连蒙学的三百千也没背下。

兆鹰跟他又不一样，从小就志气大，不愿习武做一介武夫，只愿学那万人敌的本事，能像戏文里的大元帅去指挥三军。他因喜欢读书，倒是跟大伯走得近。在杨家，杨云天素有君子之称，他就是小君子。

那么，杨兆龙又有什么喜好呢？前番说过，他最好吃，故而厨房便是他的天堂。大凡有闲空，他便爱黏着刘氏，至于跟母亲去外公家，更是他最幸福的时光，因为他能从刘一手那里吃到花样繁多的美食。

刘一手在大德居当总厨，杨兆龙每次去，也总愿意跟外公泡在厨房里。那些跟刀的、跑堂的也都宠着他，他在里面混熟了，胡乱也学了不少“手艺”。

两处一对比，杨家的练武场简直就是牢狱。兆龙小脑瓜里经常爱胡思乱想。譬如这太极中的阴阳吧，他想着想着，竟会把它们安到杨家和刘家上面去。他爹杨云天是阳，他娘刘氏是阴。爷爷这边是阳，但阴冷无情；外公那边是阴，却给他更多的温暖美好。

杨云天早就看出小兆龙的怪癖来，他尽管宽和，却不会纵容儿子“无法无天”。他当然不像老头子那样用棍棒来发威，多会讲道理。每当小兆龙练功心不在焉时，他便会抽空过去敲打敲打。

杨云天会问：“练功苦吧？”

杨兆龙连连点头，说：“苦，太苦了！”

杨云天便说：“谁叫你是长孙呢？带个长字，就得给你下面的弟兄做个好样子。”

杨兆龙还想嘟囔，不想当领头羊。杨云天又会拍着胸膛说：“你爹我——杨家的长子，也得带头吃苦。咱爷俩是一样的命！”

话都说到这分儿上了，杨兆龙哪里还能多话，只得乖乖地照杨云天的话去做。可是，等小家伙长到八岁后，这些话就不够分量了。

从五岁练功起，杨兆龙一直当着孩子头儿，也多少攒些威信，那些叔伯家的孩子都愿意听他的。人一大，鬼点子就多，这些原先在长辈们面前是羊羔的孩子，也慢慢变得像狼崽子那样有了野性。

杨家对外授拳有个规矩，早上自家人一起在后院晨练，之后杨云鹏和杨云天去前院的练武场教外姓弟子。杨家后人则依旧在家中闭门练功，所修炼的并不仅仅是拳架子。老头子有时在里，有时在外，大多时候不怎么言语。唯有发现好苗子，在云天、云鹏那里成了气候，杨慕侠才会破格让他进到门里亲自指点，此谓“登堂入室”。

话说这天早饭过后，兆龙、兆鹰、兆虎、兆麟几个照旧来到场中练基本功，老头子呢，则搬把躺椅出来，半倚半靠在那里闭目养神。

等到点上一炷香，大家一起站浑圆桩时，兆龙便开始跟弟兄们咬耳朵。之后，小家伙们头顶着水碗，轮流走上前，去对着香头吹气。如此一来，香便烧得快，他们站桩的时间就会缩短。

他们小心翼翼地做着，因为距离老头子远，倒也没吃他发觉，比往常少站了半个时辰，两炷香便烧完了。

等日上三竿时，杨慕侠终于伸个懒腰醒来，先是拿着烟锅子吧嗒吧嗒抽上一袋子烟，方才清清嗓子，背着手走出院门，到外面的练武场去。他一走，小家伙们就更轻松了，练单式也都软塌塌的，还挤眉弄眼。

兆虎和兆麟还不敢放肆，兆龙和兆鹰却像撒开欢儿的马驹子，攀着墙头瞧外面的热闹。

今天是二月二，龙抬头。刘氏和郝氏正在厨下做龙鳞饼，孩子们闻见烤饼的香味，更没心思练了，个个直咽口水。

好容易盼到饭点儿，看见云天、云鹏陪着老头子进门，孩子们却还在装模作样地苦练，其中又数兆龙比画得最卖力。杨云天笑着说："都停了吧！"

谁知老头子脸一沉，嗯了声。杨云天赶忙问："爹，您还有话？"

杨慕侠冷冷地道："让他们再站两炷香的桩！"

小家伙们一听，都傻眼了，敢情老头子早就发觉。这下好，他们个个饿得肚子咕咕叫，却又硬撑着站桩。尤其是兆龙，鼻子闻到龙须面和龙鳞饼的香味，全身都在哆嗦，每个毛孔都像张口的小嘴巴，哇哇叫着，饿啊，饿啊！再加上那几个兄弟的抱怨，不等香烧完，他嘴皮上先起了两个燎泡。

这一回，院子里没人盯着，他们也没有敢再捣鬼的。

这还不算完，饭后老头子出来，马上又让他们接着练单式，敢情他们都没饭吃了。别看杨慕侠平时笑眯眯的，一旦冷下脸来却很有煞威，眼睛一瞪，小家伙们就吓得直哆嗦。这一招很管用，从那以后很长一段时间，孩子们没有再敢偷懒耍刁。

但兆龙却觉得练武越来越没意思了，虽然表面上他不敢表露出来。杨慕侠有句口头语："不多流汗，不多吃苦，明儿个怎么能在外面闯得开？"这话让他听得耳朵起了茧子，也腻烦了，心里常常想，不练武，难道在外面就闯不开？

大院外面的春光越来越浓了，天也越来越暖和了。花在枝头开得热闹，燕雀也叫得欢快，备受压抑的兆龙觉得，他心里藏着一个小兽物，正慢慢苏醒过来，也开始胡乱冲撞，想跑出身体外面透透气。

这段时间，他明显瘦了，吃饭也没以前的好胃口。无端地还爱跟兄弟们发火，甚至想找个没人的地方大吼大叫一通，好好发泄。杨云天和刘氏也发现兆龙的反常，可又摸不透他心思。谁也不会想到，小家伙只是想跑出去发个疯、撒个野。

幸好这一天，杨慕侠出远门了，还带走了杨云鹏。

话说这广平府，古称曲梁，因周遭有数万亩洼淀，并常年积水，处处呈现“芦苇茂盛、鱼虾共生，碧水风荷、雁戏鸟鸣”的南国水乡景致，被誉为“北国小江南”。

府城内官署棋布，商铺林立，老街纵横罗布，七十二个小拐弯，将千家万户串联起来，便像一张偌大的蛛网。

这天是三月一日，上午，在距离广平府老城五里外的官道上，正风尘仆仆奔来一人。他的块头巨大，约有三百来斤，每踏出一步，路面都像在颤晃。他身上穿的土布褂子早被汗水湿透，肥大的脸盘子上也挂满汗珠子。

肩上横着一条黑油油的扁担，两头各缀着一只大铁箱子，每往前一步，里面就哗啦哗啦作响，也不知道装着什么东西。即便是在北地，像这般小山样的壮汉也极为少见，故而路人见他奔来纷纷避让。

阳春三月，遍地的草色幽青，沿路走来，不时还能看到桃树开出或粉或红的花朵，惹得蜂蝶上下翩跹。几间简陋的茶棚就搭在路口处，左右各栽有柳树一棵，枝条微微飘拂。

棚子里摆开四张破桌子，卖茶水的老头正摇着破蒲扇，往炉灶里鼓风，两只老眼被烟气熏得发红。还好，棚子里已有一个中年汉子歇脚喝茶，才不显得冷清。只是这客人长相有些恶狠，左眼瞎了，上面戴了罩，不像善类。

隔着老远，那扑哧扑哧的脚步声就惊动了他们，老头子不觉伸手擦擦那对红眼，老天，这猛汉像极了古时候的恶来。还在呆愣中，大汉已来到跟前，瞅瞅茶棚里面，咧嘴一乐，把黑扁担卸下来。噗的两声，铁箱子激起了厚厚的尘雾。

“老伯，大碗的茶给来两碗！”大汉说着，就矮身往凳子上一坐。

独眼龙心说不好，果然，板凳咔嚓一下断成两截。还好，大汉的马步扎得稳，竟没坐空。他愣了愣，一拍桌子，叫道：“这是什么破家什！”哗啦一声，桌子也散了架子。

老头子急了：“你这是要砸我买卖……”

独眼龙冲他一摇手：“没事，待会儿我赔。”两腿往前一伸，撑住旁边的板凳，“来兄弟，往这边坐。”

大汉矮下头，打量着他：“你这凳子结实？”

“放心，有我在就坐不坏。”独眼龙眼光晶亮。

大汉犹豫了下，小心地放下屁股，还好，板凳只不过晃悠了两下，便稳住了。在旁边一直担着心的老头，这才松口气，转身去弄茶水了。

大汉显然对独眼龙心存警惕，一对铜铃大眼骨碌转着，慢慢抬起双手，放到桌子上。独眼龙的腿撑住凳子，手也不敢闲着，扶着桌沿。他面前的那碗茶水，突然像遭了风吹，水花簌簌而起，好一会儿才慢慢平息下去。

两人身上那紧绷着的弦却并没马上跟着松懈。还是独眼龙先缓了一口气，叹道：“早就听说山右（山西）的万斤力勇猛，今天一见，这气势果然不一般！”

“你知道我？”

“我不但知道你是谁，还知道你来永年干什么。”

万斤力瞪着他，不觉握紧了拳头。独眼龙害怕他暴起伤人，赶忙说：“放心，请你们万家来的人就是我！”

万斤力的杀气这才散了。独眼龙道：“待会儿你就跟我走，杨家老头今早离家，你正好上门打他们个措手不及！”

万斤力听了大怒，喝道：“什么，杨慕侠不在家，那你还叫我来？”

正在冲茶水的老头儿听他们提到杨慕侠的名字，不觉留了意。又听独眼龙说：“杨老头爪子硬，不好惹，你不妨先碰碰杨云天……”

万斤力却不等他说完，就呼地站起来：“老子一向独来独往，不喜欢找拖累！”

独眼龙听罢冷笑一声，却也不再言语。他本也是个心冷桀骜之人，哪里容得对方如此慢看，不觉暗地里就有些记恨。

万斤力却先烦躁起来，喊道：“茶水怎么还不来？”

老头子方才颤晃着端过两大碗茶水来，万斤力一手抓过一碗，一扬脖子，便把它灌下去。转眼，两个碗都空了，再放回老头手掌时，碗里面已多了两枚铜子。

他一点儿不啰唆，大步跨到货物前，肩了那条扁担，便迈开大步呼呼去了，只留下滚滚尘雾，随风散去。

卖茶水的老头却看着他的背影，呆了半晌。直听那个独眼龙嘿地冷笑一声，他这才清醒过来，把空碗放下，收了茶钱。

只听独眼龙轻声问：“您老可姓杨？”

老头儿左右瞧了瞧，才认定对方是在跟自己讲话：“我不姓杨，姓孙！”

“那你跟太极杨家什么关系？”

老头儿伸手抓起一块破布，轻轻地擦着桌子，眼皮下垂，像是自言自语：“我恨不得跟杨家走近，可惜没那缘分！”

“没缘分……”独眼龙慢慢站起身，哗啦，桌子和板凳都成了碎片，适才他和万斤力一试手，这些物件早就毁了。

他转身看着孙老头，暗中运气出掌，路上没有行人，就算有，他也没什么忌讳：“老头，你是为杨家死的，好歹这也算亲近了一回。”

孙老头还是机械地再擦布，老眼渗出泪花：“当年我几次想拜于杨门，可老爷子总说我不是练武的材料，不肯收我……”

独眼龙狞笑着：“可不是，你要真的成了杨家弟子，今天说不定躺下去的就是我！”

“当年我要是再心诚些，兴许就不是现在这个样儿了！”

独眼龙身形一闪，快如鬼魅，手掌噗地拍中孙老头的后心。他把嘴巴伸到后者耳根旁，小声说：“你到阴曹地府再去拜师吧！”

砰的一下，独眼龙身子斜飞出去，撞在木柱上，茶棚子稀里哗啦地倒了大半边。他伸手一按地，翻身而起，嘴角早渗出血来，不禁惊惧。他也算是经历过大阵仗的人物，不想竟在这老头子手中吃了亏。

只见老头摇晃了几下，艰涩地说：“杨老爷只教了我一个桩……”轰然倒下。

独眼龙却觉得手脚一阵酥麻，丝丝地直抽凉气。孙老头嘴里的老爷子，便是杨慕侠，他奶奶的，仅仅只传了一个桩，这糟老头就击伤自己，这杨家的功夫……

这时，万斤力已挑着货物，踏过滏阳河上的泓济桥，走进广平府的东城门。人们见他的人和担子占满大半个门洞，都惊得瞪大眼珠子，这家伙简直跟年画中的门神有一拼。

在路口，万斤力拦住一个推车子的汉子：“喂老兄，杨家怎么走？”

杨家在广府的名头大，口碑好，那汉子眼见这巨灵神般的家伙问路，心里面就咯噔一下子，因为找杨家比武的人不在少数：“您问的可是太极杨家？”

“自然便是杨慕侠老宗师府上。”

别的路人也大着胆子凑过来，有的问他去杨家何事。万斤力咧嘴一笑，拍拍扁担：“我是给杨家送东西的。”

推车汉子方才释然，热心地给他指了路。万斤力便兴冲冲地挑着东西奔向南关，离着杨门还有一条街的时候，又有些吃不准该往哪边拐，正要再问人，偏巧兆龙和兆鹰兴高采烈地迎头过来，正好撞见了。

今早上，一待杨慕侠和杨云鹏出门，几个孩子就乐疯了。杨云天忙着去前场教拳，是没工夫盯着他们了，小家伙们正好趁机溜出门玩耍。在城里逛了大半天后，兆虎和兆麟害怕被家人发觉，先回去了。兆龙和兆鹰则又溜去了城西二里外的黑鱼庵。

那庵挺破旧的，香火不盛，只有一个法号叫悟清的老和尚，带着一个叫禾谷的小沙弥在那里修行。为什么叫庵呢？因为像巴掌大，太小了，称不上庙。但这黑鱼庵跟大寺院比，也有胜人处。它孤零零地建在洼淀中间的小丘上，四面环水，苇丛荷田一直铺到岸畔，景致怡人。

它像个歪嘴葫芦，半沉半浮在芦苇荡里。山门建在葫芦嘴上，正殿盖在葫芦肚上。因为长短不过二十来步，算不上是湖心岛，本地人便叫它水丘子。又因没有路与水岸相接，往来便只能靠一条筏子摆渡。却不用竹竿来撑，而是在岸边老柳树上拴了一道铁索，另一头则缠在庵旁的柳树上。人站在筏子上，抓拉铁链，筏子便能往来。

大多时候，筏子是停靠在黑鱼庵的石阶下，有客人到时，只须在岸上喊两声，庵里的人就会听到，跑出把筏子拉过来载客。

可今天，兆龙和兆鹰一路小跑地来到黑鱼庵附近，却发现那个筏子就系在岸边的柳树上，往水丘子上一瞧，庵门虚掩着，不像往日那样敞开着。兆龙明白，禾谷肯定是跟着师父进城化缘去了。奇怪，他们居然没碰上。

虽然人不在庵里，他们好容易来一趟，哪能不上水丘子看看去？兆龙二话不说，解开绳子，像猴子一样跳到筏子上。兆鹰还是第一次乘这样的摆渡工具，大为稀奇，他们两人使劲拉着铁索，转眼就上到了水丘子。

庵门很破旧，台阶上生满绿苔，有几阶常年浸泡在水里，石缝里飘着几缕龙须草。两边各有一棵老柳树，条条柳枝垂下水里，像在钓鱼。

门里是一个穿堂，迎门供着弥勒佛，背后坐着韦陀护法。走过天井便是正殿，东西各有厢房二间，东是方丈室，西是香积厨。

兆龙和兆鹰挤进去，见正殿光线暗弱，生锈的铁炉内也没燃香，到处散发着一股浓浓的潮霉味儿。

“禾谷，禾谷！”明明人不在，兆龙还是习惯地叫唤了两声。

往常时，老和尚悟清会在大殿里敲打着木鱼，诵经文。今天不见声响，更显得庵里面冷清。

方丈室和香积厨也落了锁，于是，兆龙只得把带给禾谷的酸枣糕放在桌案上，跟兆鹰走出去。

“这儿不好！”兆鹰说，“太冷清了！”

“我倒是挺喜欢。”兆龙笑嘻嘻地说，“要是哪天不愿意练武了，我就来出家，跟禾谷做个伴儿！”

“我不会出家。”兆鹰眼睛里闪闪亮，“我要去当武官，带兵打仗，将来做个威风凛凛的大将军！”

“啊哟，你的志向可不小哇！”兆龙本想挖苦他几句，话到嘴边又咽下去。每个人有自己的喜好，他也没盼着兆鹰跟他一样。

家门里，杨慕侠倒是隔三岔五地，便会来庵里坐坐。他跟悟清老和尚的私交不错，空闲时听他念念经文、讲讲佛理，也是很受用的事。老爷子时常跟儿孙们说，佛门的修行有助于太极境界的提升。应该说，兆龙之所以爱去黑鱼庵，便是受了他的影响。

老头子每次去时，都不忘给庵里带去米粮，小半袋子，多是由兆龙背着去。他则抽着烟锅，在前头踱着方步，每走过一条街，不管认不认识的，只要唤他声杨老爷，都会含笑抱拳。

但兆龙跟到黑鱼庵，却半点儿也听不进念经去。他最喜欢的是拉筏子。每到岸上，他就大声喊叫：“禾谷，禾谷！”

小沙弥的耳朵尖，很快就应叫：“来——了！”

他光光的脑壳一从庵门后闪出来，兆龙就憋不住地笑。他那身海青直缀老大、拉风，跑起来咣当咣当的。庵里穷，悟清老和尚因这沙弥身子每天都噌噌往上蹿，便把僧衣给做得肥肥大大的。

禾谷常年困在这水丘子上，自然乏味，所以最欢喜兆龙来。每次，他都急火火地把筏子拉过来，欢喜得脸开成了花，那一粒粒麻子便像黑花籽。回去时，由兆龙来摆渡。他贪新鲜，顶喜欢干这事。

杨慕侠去找悟清谈佛论道时，两个孩子围着水丘子转。庵四周被芦苇和一人多高的芒草包围着，夏天水面上伸出好看的荷花，映得水面绚烂一片；秋天淤泥里又长出鲜嫩的藕，苇花和芒穗白茫茫地随风飘散……

荷花淀、芦苇荡里还有好多鱼，青鱼、泥鳅、鲫鱼、草鲤都有，常惹得孩子们脱衣下去摸。兆龙告诉小沙弥，太极推手便像摸鱼，轻轻地搭手，轻轻地抚摸，而且像是在水里摸。

对于禾谷这个名字，兆龙也觉得很好奇，不知道小和尚为啥要叫这名字，真是个奇怪的法号。问过才知，那还是悟清老和尚给起的。禾是长在南方的庄稼，谷是生在北方的庄稼，听说，这孩子是悟清两年前云游南方时捡到的孤儿，身世不明，带回北方这庙里，靠吃谷米来养……

兆龙极喜欢到这庵里来，禾谷脸上的麻子长得调皮，光溜溜的头顶摸起来也很舒服，不像他留辫子，每天梳洗都麻烦。他还觉得每天锁在后院里练基本功，枯燥而单调，还不如禾谷在庵里自在。这边一天到晚静悄悄的，人待在里面，像梦里贪睡。

虽然此次来没见到禾谷，但兆鹰和兆龙还是玩得蛮开心，他们说说笑笑地攀着铁索，踩着筏子渡过去。进了城，正准备回家，不承想，当头就撞见一个雄赳赳的铁汉挑了担子奔过来。他们何曾见过这么大的块头，简直便像庙门两侧的哼哈二将跑出来一位。两个小家伙看呆了，挡在中间忘了躲闪。

万斤力正好想打听道儿，便停下来问：“娃子，去太极杨家怎么走？”

兆龙一听这恶汉要找他们家，便知道这铁定又是一个来比武的。心说：“糟糕，爷爷和二叔都不在家，只爹一个人怕是应付不过来！”赶忙说，“杨家不住这边，你走错了！”

万斤力听了不禁有些疑惑，左右看看：“刚才那汉子明明说，就在这边……”

“他骗你呢！”兆龙煞有介事地说，“还不是看你挑着重担，想戏弄戏弄，害你多走点冤枉路！”

万斤力表情有些茫然，联想到问路时，那人说话不够爽气，便有些信了兆龙的话：“那这杨家到底该怎么走？”

“隔得太远，说不大明白。”兆龙眼珠子一转，“要不，我给你带个路吧。”

万斤力听了大喜。兆龙朝兆鹰使个眼色：“你先回家，跟我爹说一声，我过会儿就回去。”

杨兆鹰也是个成了精的，如何不明白他的意思，答应着转身跑了。兆龙却引着万斤力折去北城门，远远地离开杨家所在的街道。

万斤力见他竟然要引自己出城，心生疑窦。兆龙又骗他说，太极杨家虽然是广府人，但并没住在县城，而是住在离此不远的杨家庄，在那里开练武场子。万斤力事先也没打听细杨家到底在广平府什么地方，竟被他骗过去。

等转到一个槐树林时，兆龙借口要解大手，让万斤力先放下担子等着，自己便钻进树林，偷偷溜走了。他拐回北城门时，赫然见到兆鹰贴墙而立：“喂，你怎么没回家报信？”

“没用，他一定还会回来！”杨兆鹰脸上浮现出一丝傲色，“再说，咱杨家也不怕人找麻烦！”

兆龙听了这话，脸皮一热，可不是，跑得了和尚跑不了庙。他闹这么一出，倒显得杨家无能了，嘴上却并不输软：“我不过是想要弄要弄那傻大头！”

经过这桩事，他觉得给兆鹰比下去了，便有些闷闷不乐。近来，兆龙觉得这个老二越来越有主见了，自从上回因为偷懒耍刁，连累大家受到爷爷的责罚，三个兄弟便不再像从前那样信服他。故而，回到家后，他也懒得去跟杨云天说这事了。

三月几乎是一年中最好的天道，不冷不热，春风吹在身上麻酥酥的。杨家的练武场上人头攒动，三十多号人在杨云天的指导下，练习太极推手。他因为性情温和，待人宽厚，深得弟子们的敬重。只要他在场子里，大家气氛便活跃，练得也舒畅。

可要是杨云鹏来了，气氛便会顿时变得肃冷。因为杨家老二心狠手辣，最喜欢弹手发人，弟子们每每被他击出三四丈远，摔得骨疼筋软。他又不像杨云天那样读过书，有些拳理可以讲得清、理得明，只一味地要求苦练，还信奉“欲打人时先挨打”这句话，凡他的弟子无不做了活靶子，十个倒有九个被打跑了。

这些杨慕侠自然也心里有数，老二最能打，倒是可以待在身边当护驾，但凡碰到什么人挑战，出手便能搞定。杨云天却是未来杨氏太极掌门的不二人选。

这天大家练得起劲，直到日当正中，方才歇了。杨云天心里还记挂着内院里的那几个小家伙，便疾步过去瞧瞧。谁知，老远便听到有人怒喝：“姓杨的，有种的给老子滚出来！”

杨云天心中一凛，太极杨家抱着无敌这块招牌三十多年了，还从没见过有人敢这么放肆地在门前叫阵。转过墙角，便看到一个小山般的壮汉叉着腰，在那里叫骂。脚下是一副担子，挑着两个偌大的铁箱子。

“嘎”的一声，街门打开，管家杨奉一个箭步蹿出来：“喂，哪来的混蛋，敢来杨家门前撒野？”

来者正是万斤力，他受了兆龙的骗，在城北的土地庙等了半天，才明白被戏耍了，当下气得发疯，嗷嗷叫着赶过来，也顾不得什么武林规矩、江湖礼仪了，破口就骂。

杨云天瞧见杨奉出来，知道他当年跟父亲走过镖，学过几手，便停下步子查看动静。万斤力本就怒火汹涌，听见杨奉的话，更是烧得失去了理智，叫道：“什么撒野，老子还要砸了你的门！”

他伸脚一挑，黑油油的铁扁担就弹起来，落入手中。跟着大吼一声，双臂抡圆了，扁担啪地砸在门口的石狮子上，当场把狮子头打成碎块儿。

杨奉不觉为之一寒，那人手中这条碗口粗细的铁扁担，少说也有百来斤重。但杨家人从来没有临阵退缩的，他一咬牙，嗖地扑上去："朋友，打坏了东西，你这条扁担可得留下了！"

他出手很快，万斤力想闪避时，杨奉的双手已经黏住了扁担，使用云手一旋，万斤力登时觉得虎口一烫，竟然险些脱手。

"这杨家功夫果然有些门道！"万斤力心下一惊，手下变化也快，"你不是想要这担子嘛，给你！"顺势将担子甩过去。

太极所谓的借力，只能从人身上去借，对于死物可没有办法。万斤力这一甩又颇具威势，杨奉哪里能稳得住，眼看着要被扁担撞倒。

人影一闪，杨云天已到跟前，他伸手在杨奉胯上一转，化消万斤力的甩劲，跟着合住身子，叫声还给你！扁担颤悠悠地飞回去。万斤力一把抓住，却不料它竟然像泥鳅一样在手掌中弹动，赶忙又伸出左手，两手合拢方才把它抓稳了，登时闹了个大红脸："你，你是谁？"

"在下杨云天，敢问这位老哥高姓？为何来我门前闹事？"

万斤力眼见杨云天笑着抱拳，不卑不亢，刚才那一手又震住了他，火气不觉消了大半："俺叫万斤力，山西来的。"忽觉得有些气短，恐怕被人小瞧了，便又拔高嗓门，"你们杨家人不该骗俺！"

"我杨家几时骗你了？"杨云天奇道。

万斤力便气呼呼地将如何被孩子骗去城外的事说了。杨云天强忍着才没笑出声。杨奉可不跟他客气："姓万的，你脑筋不够使，吃小孩子骗，怎么一转身就咬到我杨家身上了？"

万斤力急了："那死小子要不是你杨家人，为啥要骗我？"

杨奉冷笑："骗你的便是杨家的人，那我们杨家可真是人丁兴旺了！"一指没了头的狮子说，"亏你还算个武林中人，连这点规矩都不懂，有你这样拜师访友的吗？一来就打烂我家门前的石狮子？"

万斤力涨红了脸："狮子头是我打烂的，自然我赔！"伸手一把拉开铁箱子的盖子，"你看要多少钱，拿去！"

杨云天和杨奉不禁一惊，好家伙，铁箱子里面满满的都是铜板，一串串的。这两箱子下来，少说也有八九百斤的分量。

杨奉看得有些眼直，脱口问："姓万的，你行走江湖，挑这么多铜板干啥？"

万斤力得意地道："这些铜子便是彩头，谁要是赢了俺，这两箱子东西便双手奉送！"说着，把盖子合上，一屁股坐上去，眯着眼道，"听说杨家的太极功夫能借力打力，俺倒是要瞧瞧，你今天怎么把我这万斤力给借了去。"

杨云天微微一笑："万兄远道而来，想必困乏了，还是先到寒舍歇歇脚再说。"

万斤力听他这样说，反倒以为他怯阵，愈发得意了："那俺这钱箱子咋办？杨少爷你替我担进府上去？"

他眼见杨云天长得斯文儒雅，腰板也不见粗厚，便有些拿大。杨奉听他说出这样的混账话，气得直哆嗦。杨云天又是微微一笑："说起力气来，我确实挑不起你这担子。"

万斤力哈哈一笑："那不就得了！"

"那是因为我杨家拳打人不用笨力气！"

万斤力一瞪眼："那你靠的是什么，靠一张嘴巴胡吹吗？"

杨云天脸色一沉，慢慢伸出一只右臂："是不是吹牛，试过便知！"

万斤力腾地从钱箱子上蹦起来："好，你划出道儿来，我接着！"

杨云天道："万兄不是号称有万斤力气吗？只要能把我这手臂拧起来，就算你赢。"

万斤力叫道："俺不但能拧，还要把它揉烂了！"说着，伸出巨灵大掌去抓，但手指尖刚碰到杨云天的胳膊，那皮肉就滑溜开了。

他呆了呆，再次用力抓拧，无奈杨云天的胳膊软软的，竟是不受力，抓住手腕，肘就脱开；抓住肘时，肩又脱开。只气得他哇哇乱叫，猛地扑上前来，想贴身来抓。杨云天早就察觉，顺势一领，万斤力不觉身子往前跌去，踉跄几步才站稳了。

"他奶奶的，邪门！"经此一试，他的锐气消减，只得听了杨云天的话，挑着担子进到杨家大院。

可巧，兆龙和兆鹰兄弟听到外面有动静，出来查看，便和他们打了个碰头。万斤力哎哟叫起来：“死小子，原来你躲在这儿！”

兆龙瞧见是他，吃了一惊，扭头就跑。兆鹰犹豫了片刻，随后也拔腿跑了。

万斤力狠狠地瞪了杨奉一眼：“你还说他不是你们杨家人！”

杨云天方才知道果然是儿子骗了万斤力，脸色都青了，这死小子，净会给家门惹祸！当下讪笑道：“万兄，子不教，父之过，我在这里向你赔礼了。”转头对杨奉说，“你去把那两小子关起来，饿他们两顿！”

杨奉答应着，转身去寻兆龙和兆鹰。他从小看着两个孩子长大，早摸实了他们的脾气。去到后院，见两人兴奋得像刚偷吃了小鸡的狐狸，便道：“两位孙少爷，你们这回可是闯祸了！”

兆龙并不在乎，在这个家里头，他只打怯爷爷一个人：“杨叔，我爹怎么把那傻大个当贵客了？”

杨奉故意一沉脸：“你爹非但当他是贵客，还要替这贵客出气，饿你们两顿饭！”

“我呸！”兆龙叫起来，“那家伙可是来找咱杨家麻烦的，我爹怎么向着外人？”

兆鹰突然说：“登门就算客，杨家人做事光明磊落，咱们确实不该骗他的。”

兆龙撇撇嘴：“就你能耐！”

“好了，你们两个快到厨房拿点吃的，先去外面躲躲，晚饭前再回来。”杨奉说着，推着他们往院门走。

兆龙自然明白杨奉的意思，杨云天虽然温和，但执行起家规来也铁板钉钉，顶撞肯定没好果子吃，还是等他消了气再说。当下便跟兆鹰去了厨房，跟刘氏和郝氏讨吃的。

两妇人知道他们闯了祸，不免又有训话，两小子心里面更是不悦。他们闷闷地吃完包子，在街道上漫无目标地溜达。兆龙越想越来气，叫起来：“不行，我要是不整死那王八蛋，就不叫杨兆龙。”

“你想怎么干？”

兆龙眼光落到街边的中和堂药店的招牌上，嘿嘿一乐：“跟我来！”

杨兆鹰吓了一跳：“你不会是想下毒害他吧？”

兆龙瞪了他一眼：“我有那么傻吗？毒死他，咱家还要吃官司！”

“那你……”

“我要弄点巴豆粉去，好好给那王八蛋泻泻火！”

看到兆龙得意的样子，兆鹰连连摇头：“这不行，咱杨家明人不做暗事。”

“你不去我去！”兆龙恼怒地瞪他一眼，跑出两步，又站住，“老二，你不敢干，我也不骂你没骨头，但不许你去告状！”

兆鹰没言语，只是点点头。兆龙这才进了药店，骗说家里的骡马不拉屎，买了些巴豆碾成粉。将药包揣进怀里出门一看，兆鹰已不见了身影，不免有所失望，却暗自下定决心，非要那个万斤力吃点苦头不可。

他偷偷地溜回去，刚拐进后院，猛然见到兆鹰孤零零站在练武场中，正在站浑圆桩，面前的香炉里燃着一炷香。兆龙吓了一跳，心想，难道说，他是被爹罚到了？

瞧着周围没人，蹑手蹑脚地走过去，小声问：“谁叫你站这里的？”

兆鹰头也不回，轻声说：“我自己罚自己！”

兆龙叫出声来：“你脑子有病啊！”

“大伯不是交代下了嘛，要我们罚站、饿饭！”

兆龙被他一番话说得直瞪眼：“好，好，连你也成榆木疙瘩了！”气得不去理他，一溜烟转去前院，瞧见杨奉正帮着刘氏、郝氏往客厅送饭菜，让万斤力享用，更是恨得牙痒痒。

可是，要想将这些巴豆粉弄进那傻大个嘴巴里并不容易。因为杨云天在一旁作陪，两人同喝一壶酒，同吃一盘菜，让兆龙找不到一点儿下手的机会。

且说杨云天将万斤力让进客厅，喝茶叙谈，方才了解了他的来历。他本名万通，山西临汾人氏，天生神力，每餐的吃食也是常人五倍的量。十二岁那年，有个五台山的胖和尚去他家化缘，瞅上了他的一身好筋骨，便想收他为徒。

万家在武林中也是有字号的，祖传的一套无极剑法和掌法，也曾败过不少好汉，只是碍于祖上规矩，从不外传，因而江湖名声不响。万通上头还有一兄一姐，兄长小时候得病瞎了眼，不能继承家学，如此一来，也只剩下他来传承了。

这么着，万家自然不愿意让那和尚将万通带走。

那师父却并不是能轻易打发走的，执意要收万通，说这孩子只合适学他这门功夫，不宜练剑。万父跟他说到后来，冒了火，便动起了手。岂料，他的剑刚拔出来，和尚就哎呀叫一声，落荒而逃。

万父自以为他知难而退，便放松了警惕。谁知，两天后万通就失踪了。这一丢便是十二年，直到长成一条巨汉，那五台山的铁和尚才让他回了万家，娶妻生子，延续香火。

他这十多年中，跟随和尚修习易筋、洗髓的功夫，打熬出一副好筋骨，随意一挥手，便是千斤力道，根本没人能接得住。曾经在山西、陕西、甘肃一带各摆过一个月的擂台，不曾碰上过对手，因而博得了个万斤力的外号。

此后几年，他已不满足于在那三省闯荡，早听说直隶一带武风最盛，出武状元也最多，便铸了两只大铁箱，装着一千串铜钱，用一条铁扁担挑了，一路闯过来。每到一地，只要听说有教场子的，便荷担前往。

大多人见到这阵势，不待开打先就气短了，热络地请他住上两天，好酒好菜好招待，临走再往那箱子里塞几串钱，他也不客气，挑担子走人。如此一道走来，花费无几，钱箱子却是满当当了。

他早就听说杨家大名，进直隶后，便是奔着那块“杨无敌”的招牌来的。不承想一进永年，便遭到小娃儿的戏弄。在杨家门前时，跟杨云天交手时，又吃了点小亏，这些年来积攒的傲气顿时消减了好些。

杨云天听他说了这番来历，知他并非单单是靠着一身神力走江湖，那五台山铁和尚所传的功夫定然蕴有神机，不然他如何能够在陕、晋、甘三地横行无忌？虽然刚才用四两拨千斤的柔化功夫，给了他点颜色，但那是小技巧，真要比起武来，拳脚无眼，自己并没有赢他的把握。

那万斤力喝了两杯茶后，抱拳道："杨家大哥，饭也吃了，茶也喝了，现在该叫俺拜会一下杨老先生了吧？"

杨云天笑道："真是不巧，家父昨日出门了。"

万斤力心想，在城外碰到的那个独眼龙真没说瞎话，杨慕侠果然不在。他失望之余又问："那杨云鹏老兄可在庄上？早就听说他很能打，名头不输杨老爷子。"他言下之意，还是没将杨云天当成对手。

杨云天修炼太极二十余年，练气功夫已有相当的造诣。这番话并不能激起他的火气，只淡淡笑道："万兄放心，我杨家闭门练的是武，开门迎的是客，总是不会让你白来一趟的。"

"好，痛快！"万斤力抬屁股坐起来，"那咱们还等什么，杨兄，借你家练武场用用，咱们切磋切磋？"

"不急！"杨云天摆手道，"你万老哥路途劳顿，还是吃罢饭，歇歇再说。"

万斤力此时也真觉得有些饥困，一拍肚皮，哈哈笑道："我的饭量可大！"

"这个老哥放心，我杨家还管得起这几顿饭。"杨云天说着，目光变得锐利起来，"俗话说拳脚无眼，万一伤着了你，医药费我杨家也能出得起！"

"这个不用你挂心！"万斤力指着门口的那担子说，"输了的话，我拍拍屁股走人，连钱带箱子都留给你。"

当下，客堂上摆出饭来。这万斤力确实食量惊人，一顿饭下来，居然吃了十斤牛肉、一只鸡，外加二十个驴肉火烧、两大盘馒头、一小盆稀饭。他嘴巴大，竟不用嚼，也不使筷子，直接挥动双手，抓着饭食一个劲往喉咙里塞。看得杨云天有些眼直，反倒没了胃口。

吃罢了饭，两人约好两个时辰后在练武场见。杨奉领着万斤力去了客房休息。万通也真有些累了，在床上一躺，便呼呼大睡起来。蒙眬中醒来，觉得口干舌燥，看到桌上放着一把茶壶，也不用杯子，抓起来就往嘴巴里倒，咕咕一口气喝完，这才觉得舒畅了。

看看日头，觉得时辰差不多了，他依旧挑了担子出门。正好杨奉迎面而来，冷冷地对他说：“跟我走吧，大少爷已经在练武场上候着了。”

后院的练武场上，站着几个人，除了杨云天外，全是小辈，自然就是兆龙、兆鹰四兄弟。杨云天换了一身青色的夹衣，黑色的缎子鞋，辫子重新扎过，又黑又亮，更显得英气逼人。瞧见万斤力过来，笑着抱拳：“万老哥可歇得好了？”

“好了好了！”万斤力放下钱箱子，把扁担抽出来。

杨云天道：“看样子，老哥这扁担就是武器，也好，我新近练太极十三杆有些心得，正好向万兄讨教讨教。”

兆龙听父亲这一说，赶忙跑到兵器架旁抽出一根白蜡杆子来，叫声爹，接着！扔过去。杨云天看也不看，抬手接住杆子，轻轻一抖，那杆子便像面条一样抖动起来，风声呜呜。

万斤力虽然隔着两丈远，还是给劲风刺得脸皮疼，不禁打个寒战。他双手抓住扁担，深吸一口气，全身的骨骼登时发出连珠般的爆响。兆鹰几个兄弟都瞪大了眼，只有兆龙满脸的鄙夷，干脆把头扭一边去。

等兄弟们再次发出惊叹声时，他才转过脸来，发现万斤力两条腿便像铁打的，每走一步，都会在坚硬的地面上留下一个清晰的脚印。兆龙不禁急躁起来，暗想，这王八蛋怎么没反应啊？

杨云天见万斤力使出这一手，也暗自心惊，幸好杨家的太极功夫以柔化见长，不然还真不好对付他。正凝神静气，准备出枪，突然，他看到万斤力脸上闪过一丝怪异的神色，流露出痛苦和尴尬，那口气登时就泄了。跟着，他的肚子里发出咕噜一声响，腿也不再是“铁腿”，腿弯乱晃。双手也拿不住扁担，垂下来拄着。杨云天还没弄明白是怎么回事，噗的一声，万斤力放了一个响屁。

兆龙再也忍耐不住，哈哈大笑起来。他一笑，兆虎、兆麟也跟着咧开嘴巴。兆鹰强忍着不出声，还是憋不住笑了。杨奉则干脆笑得打起跌来。

“万兄……你这是……”杨云天见万斤力脸色变了，额头簌簌滚下汗珠子，知道出了问题。

“茅，茅厕……”万斤力把扁担一扔，双手捂住肚子。

杨云天赶紧让杨奉带他去。看着万斤力狼狈的样子，兆龙几个又是一阵哄然大笑。杨云天脸色一变："没规没矩，像什么话！"嘴上虽这么说，想到这滑稽的一幕，也是忍俊不禁。算起来，他大大小小的比武也经历了不少，却从没发生过这等荒唐事。

等了能有半炷香，杨奉才捂着鼻子，带着万斤力回来。那汉子脸色苍白，走起路来有些颠晃。杨云天问："万老哥，你觉得还好？"

"没……事！"

兆龙见了，哈哈又笑出声来。杨云天瞪了他一眼，对万斤力说："我看老哥脸色不佳，今天的比武不妨延后……"

"不要紧！"万斤力赶忙拾起扁担，深吸一口气，憋得脸皮通红，眼珠子像是要蹦出眼眶。

杨云天暗叹了一声，伸出白蜡杆子。谁知，万斤力的气又泄了，他把扁担一扔，双手捂住肚皮，叫声不行不行，一溜烟又往茅厕跑去。自然，孩子们又是一阵大笑。

这次，连杨云天也憋不住笑出了声。他随后嘱咐杨奉，待会儿直接带万斤力回客房歇息。

一下午，万斤力拉了三次，肠胃都清空了，方才好受了些。却因为全身酸软，哪里还有力气爬起来比武，便瘫在床上睡了一通。

醒后天色已黑，肚子饿得瘪了，胃口还不错。杨奉直接把晚饭端到他屋里来，这一回，他再也不敢多吃，混个半饱便算了事。他可没想到，兆龙又把巴豆粉掺进饭食里了。

这一晚，他又拉了半宿，整个人都虚脱了。杨云天听说后，便要请大夫来。万斤力哪里丢得起这脸面，第二天一早就挣扎着出了杨家大门。此时，他全身无力，眼前直冒金星，别说那两个钱箱子了，就算是那条扁担也没有力气拿动。好歹咬着牙，强撑着回到泰丰客栈，一头抢进去。

那独眼龙武恶自万斤力去了杨家后，一直在等消息，见他跌跌撞撞地回来，吃了一惊，赶忙扶他躺下。查视全身，倒没发现什么伤处，还以为是受了内伤。

万斤力喝过几口热水后，好容易缓过劲来，挣扎着把事情前后一说，武恶才知道原来还不曾跟杨家比武。他可是老江湖，一听便知道里面有猫腻，忍不住冷笑："这杨家人如今是越发得出息了，比武不胜，居然暗地里给人下药。"

万斤力还有些懵懂："什么药？"

"老万，你被人算计了！"

当下，他让伙计找来最好的大夫诊断。那人来了一瞧，翻翻眼皮、看看舌头、把把脉，断定是中了巴豆的毒，便开了一剂方子，却是用生绿豆二两、甘草一钱、黄柏一钱，水煎两次合并，每三个时辰一次，两次服完，连服二到四剂，以此解毒。

万斤力此时才信了武恶的话，气得暴跳如雷，不顾身体虚弱，硬要跳起来跟杨家人拼命。可恨的是，他的扁担和钱箱子也落在杨家了。

武恶劝他少安毋躁，先把身子养好了再说："放心，这个公道咱们一定得讨回来。"他兴奋得有些忘形，忍不住哈哈大笑起来。杨家这么做可真是帮忙，正好被他拿到了短处。

万斤力一去不回，杨云天只得叫杨奉把他的铁扁担和两个铁箱子搬进厢房锁好了，免得有什么遗失。他知道，万斤力有这东西留在杨家，是一定会回来讨还的。

趁着杨慕侠不在家，兆龙几个小家伙商量了后，便缠着杨云天教他们推手。往日里，他们每每看到大人们推手，蛇行穿插，折叠游走，如影随形，飘忽不定，十分神奇。尤其是杨云鹏出手时，目光如电，每每哼哈一声，那些跟他接手的人就腾地跌出去，简直便像甩陀螺一样干脆利落，真真叫人羡慕。

按理说，二叔的功夫最为犀利，没人能敌得住。可有一次他跟老爷子推手，攻防如电闪雷鸣，谁知杨慕侠一黏一放，居然把杨云鹏从正屋打飞到院子里去。他拼命想扎住桩，刹住势子，还是不能，又轰隆撞出了街门。

那一刻，在场的人都看呆了。兆龙特意步量过，二叔至少飞出去五六丈远。幸好他身子骨结实，换作别人早就踢蹬了。

兆龙发现，每一个杨家人推手的风格也不一样。像杨云鹏，手臂一压过，感觉像碰到棉花里包着的一块硬铁，沉甸甸地抬不起来，手臂接触面火辣辣地疼，胸口也跟着发闷，像被堵死了。跟二叔搭手，别说试了，便是碰着触着都难受。

杨云天则完全另一种感受，手臂上如同涂了厚厚的糨糊，轻轻就把你粘住了，想逃脱时怎么也挣不开，想摸他时，他又滑溜得没一处着力点，自己反倒东倒西歪地失去了根。

杨慕侠常说，云天柔化功夫最好，云鹏散手功夫最好。兆龙呢，也根据他们的特色进行过评定，他爹是笑脸推手，因为他试手时脸上笑眯眯的，没什么火气；二叔则是冷脸推手，因为他试手时杀气腾腾，如雷霆震怒。

至于老头子的推手风格，又是另一番境界，他很少动弹，稳如泰山。记得有一回，杨慕侠心情大好，兴致上来了，便用毛巾蒙住双眼，让兆龙、兆鹰四个兄弟围住他。

好家伙，兆龙脚步才靠近了，便觉得一阵头晕目眩，下方似陷出一个大洞，或者像妖怪张开巨大的嘴巴，要把他吸进去。

他的手一摸到老头子的身上，明明是挨着了，但突然那地方便空了，他踉踉跄跄地就跌出去。再看其他兄弟，也都一个样，只要手指一沾到杨慕侠的身上，人就嗒嗒地蹦出去。

老头子蒙了眼，背着双手，悠闲自得地在场中踱着方步，四个小家伙则上蹿下蹦，累得气喘吁吁，却是近身不得。后来兆龙才知道，太极功夫练到高层境界，不但松开了全身肌肉和筋骨，连经络和意识都松空了，便能做到应物自然，练出类似于“沾衣十八跌”的绝技。

应该说，只有在推手的时候，兆龙才兴致盎然，如痴如醉。不但是他，其他兄弟也都一样的心思。可老头子并不准许他们练推手，基本功底子不扎实，拳架子还没练，便想着学推手，简直是痴人说梦。

理是这个理，但对孩子们来说，趣味才是最甜美的糖果。

杨云天素来开通，是杨家最好说话的人。所以兆龙他们才敢缠着学学推手，练练攻防。他也是极心软的人，禁不起孩子们哀求，便答应下了。小家伙们成天站桩走步，确实乏味得紧，偶尔让他们换换口味也好。不过，他跟他们“约法三章”，推手练习只限于这几天，老爷子一回来便马上停止。

兆龙几个听了，欢呼起来，士气高涨，都瞪大眼珠子听杨云天讲解示范。这太极拳又名十三势，便是掤、捋、挤、按、採、挒、肘、靠这八种手法，外加进退顾盼定五种步法。八法由此先天八卦演化而来，五种步法又是从五行变化而来。杨云天开初教孩子们练的便是定步推手，原地站着不动，只练掤、捋、挤、按这四正手。

兆龙和兆鹰一对，兆虎和兆麟一对，你掤过来，我就顺势捋走；你挤过来，我便趁势按下去。这样子原地画圈，迎送来往，倒也有意思得多。孩子们一口气练了两个时辰，竟不觉得疲累。

初练推手者，最难把握的就是如何做到不丢不顶。人总是有争胜之心，更何况这些孩子，这个攻过来，他柔化不掉，不觉就用力抵挡了；那个撤劲时，他又不能及时黏住对手，便白白让其滑走。

还有一点，要么往前攻的时候，膝盖超过前脚掌，犯了“跪膝”的毛病；要么后退的时候，实腿把胯坐死了，不能灵活地柔化。这些都是“过犹不及”的毛病。

兆龙他们几个的基本功还都练得不错，画起圈来、摸起鱼来也像模像样，可就是拿捏不准丢顶的界限。杨云天又要顾着前院去教拳，也没工夫多讲解些拳理，孩子们便只得摸着石头过河，慢慢适应。

很偶然，一次兆鹰转身化解时，辫子飞扫过来。兆龙不提防，一下子被打中了眼睛，他哎哟一声捂住了眼。兆鹰吓了一跳，赶忙不住声地道歉。

兆龙脑海里却灵光一闪，哈地大叫一声，把兆鹰几个弄得愣愣的：“我想到好法子了！”兆龙笑吟吟地对兄弟们说，“放着这么好的东西不用，咱们也真是笨到家了。”

“什么好东西，在哪儿？”

兆龙捏住自己的辫子轻轻甩动：“喏，就是这个！”

兆鹰他们还是不明白他的用意。兆龙兴奋地解释：“我们不是老犯丢顶的毛病吗？要是把各自的辫子绑在一起，相互牵制，想要不叫辫子拽得肉疼，便得改掉毛病。”

“好！”兆鹰三个叫起好来。他们果然照兆龙说的把辫子绑在一起。

别说，这法子还真管用，他们很快就能做到不丢不顶了。

杨云天回来后，看到这情形，先是觉得好笑，其后觉得法子甚是奇妙，便也照章办理，把此法带到前院去。兆龙几个抽空跑去一瞧，见满院子的弟子都辫子绑着辫子，分对练推手，个个笑着打跌。

这种辫子练功法一度在杨家流传了很久，以至于有段时间，外人还猜测杨门又创出新的太极招法来。后来不兴留辫子了，大众剪掉辫子，兆龙创出的“辫子推手”才停用。他可没想到，三十多年后兆鹰会将这法子改良，用棉线代替辫子，继续用来训练推手。

杨慕侠和杨云鹏由外地回来，已是三天后了。老头子看上去神色有些沉重，像压着心事，进门不怎么搭腔，坐在那里只是闷闷地抽烟锅。杨云天赶忙让刘氏拿来湿毛巾，让他擦把脸。

杨云鹏则告声罪，自回他屋里去。杨云天追上来问：“老二，这次出门可还顺利？”他之前光知道，杨慕侠要去沧州保定见几个老朋友，其他事是一概不知。

杨云鹏咧嘴一笑：“大哥，有我跟着哪能出差错。”

“那爹怎么看起来闷声不乐的？”

“还真没出什么事，该见的人都见着了，该办的事也办完了。”

“那就奇怪了！”杨云天沉吟着。

“哦对了！”杨云鹏突然想到什么，“回来时经过邢台，爹去胡家的坟地走了一趟……”

杨云天顿时明白了。怪不得老头子神色不虞，原来是去了那里。他知道，父亲每年总会去祭拜老友胡玉斋，只不过往年都是会在九月初九，不知道今年为何提前了。

那胡家与杨家世代交好，胡玉斋跟杨慕侠更是磕过头的把兄弟，在太极拳的造诣上也不分伯仲，只可惜胡玉斋英年早逝，他那一门的人便冷清了。

杨云天还隐约听到过一些传闻。他和云鹏的生母二十多年前就过了世，胡玉斋那时有意撮合亲妹子胡玉清跟杨慕侠，两人一度还曾谈婚论嫁，但后来胡玉斋染病去世，这宗亲事因此不了了之。此后，杨慕侠也再没有续弦。

老辈人的事，小辈人不敢多嘴，杨云天知道老头子落落寡欢的原因，也就不挂心了。毕竟每年去过胡家，回来后杨慕侠都会消沉一阵。

再转到厅堂，见老头子眉头舒展了些，杨云天又上去请安。老头子问："这两天，家里可还安生？"

"还好，"一顿，杨云天又道，"爹，有件事说与您老听，莲花口的孙景泰老伯过世了。"

杨慕侠一惊："多久的事儿？"

"便是前日。他不是在城外的五里坡路口开了个茶棚嘛，有人打那儿过，看到孙老伯趴在桌上'睡'过去了。"

杨慕侠不禁轻叹了声。这个孙景泰比他还大几岁，当年一门心思想跟他学太极，但因资质差些，总是未能如愿，只学了一个桩。但这景泰日后每逢两节，必定登门来问候，几十年从未间断过，也算有心。谁承想，人却这么不声不响地就去了。老头子不禁又叹了声："说起来，他也算是杨门里的老人了！"

杨慕侠说出这句话，便算是认下孙景泰这个弟子了。只可惜孙老头已无福亲耳听到。杨云天道："儿这几天忙于教场子，没空去祭奠，便叫杨奉代我去他家里拜了拜，并奉上二两银子。"

"你做得很好！"杨慕侠对于长子处理这些事向来放心，云天性情温和，识礼数，不像云鹏那样鲁莽，未来确是最胜任做杨氏太极掌门的人选。

老头子说着，去到自己屋里，拉开抽屉，把杨门弟子的名录册取来。杨云天研好了墨，杨慕侠用毛笔在他门下空白地方，补上孙景泰的名字。

趁着这工夫，杨云天又把万斤力前来挑战的事，说给老头子听。杨慕侠听到那汉子的古怪举动，不禁莞尔："这姓万的倒也有趣，他那易筋洗髓的功夫，只怕是得自少林，你若跟他对阵，有几分胜算？"

杨云天这两天也一直思量这个问题，还去厢房摆动过那两个铁箱子，一个还可挪动，两个便难为了。虽然说，太极拳讲究的是"四两拨千斤"，但如果没有足够的内功底子做基础，终究也是一场空。但虽然说心里没底，当着父亲的面儿又不能说软话，忙道："孩儿自问不会输于他。"

杨慕侠显然对他的回答不满意：“你呀，就是少了老二的那股拼劲！”

杨云天笑道：“孩儿擅长的便是柔化功夫，以静制动，先消耗他的体力，然后寻机打他的破绽。”

“不然！”老头子站起身来，边说边比画，“此人既然练过易筋洗髓的功夫，你便别把他当成寻常的莽汉。光柔化怎么成，他块头大，底子好，揉半天弄不了他，你也被动！”

“那爹的意思？”

“化即打！”杨慕侠蓦然出手，杨云天顺势迎进，“接手要快，黏手要准，打手要狠，化打合一才能克敌！”

两人在堂前噼里啪啦地转了几个圈子，杨云天身子被牵动往前跌倒，刚要立住中正，他的力已被老头子借了去，顺势又还过来，人就嗖地飞出门外。

正好杨奉带着兆龙和兆鹰过来，眼见杨云天刹不住步子，赶忙上前扶住。杨奉双手一抱，脚跟登时离地，两个孩子随后拥过来，却是依旧没接住，大家呼啦倒了一地。

杨慕侠跟着出现在堂前：“你可明白了？”

杨云天伸手在地上一撑，呼地弹起来：“是的爹，这便是彼微动，我已动，意总在他之先的道理。”

杨慕侠手拂长须，含笑点头。兆龙和兆鹰两个都是很久没见到老头子出手了，不禁咋舌，齐声叫起了爷爷。杨慕侠笑问：“你俩怎么没去练功？”

杨奉抢上来说：“老爷，先前来挑战少爷的那个万斤力又上门了。”

杨慕侠眼光一挑：“好啊，说曹操，曹操到！”一挥手，“走，一起瞧瞧去！”

万斤力这次登门，吸取了上回的教训，不敢再在杨家吃喝，径直先找杨奉讨要扁担和钱箱子，待拿到东西后，点视见没有缺少，便挑担去后院的练武场等候了。

杨云天远远地就朝万斤力抱拳：“万老哥，身子可好利索了？”

“放心，我还死不了！”万斤力想到被杨家人险些用巴豆毒死，气得脸皮涨紫，牙齿咬得咯吱响。

杨慕侠随后来到，目光在他脸上一扫，万斤力竟不由得打了冷战，像被闪电击中一般。耳听杨云天介绍，不觉就又拜下去："见过老先生！"

杨慕侠一抬手："这位兄弟远来是客，怎么不先用过茶饭再说？"

万斤力一听，火气腾地就冒出来，脱口便道："俺可不敢再吃你杨家的饭食，命差点儿都搭上！"

杨云天脸色一变："姓万的，你多少积点口德吧！"

万斤力激愤地说："老子不过在你们杨家吃了两顿饭，就险些被巴豆毒死，你杨家人未免也忒狠了！"

"放你娘的屁！"闻风赶来的杨云鹏骂道。他本来还隔着有二十来步远，一恼火，身子嗖地就射过来，当真如鬼魅一般，把万斤力吓了一跳。

杨云鹏冷笑："你奶奶的，敢来我杨家门上闹事，也不问我杨云鹏的拳头答不答应！"

"你就是杨云鹏？"万斤力看着眼前这个瘦小精悍的汉子，猛地哈哈大笑起来，"我当杨家最能打的人是什么英雄汉子，原来……哈哈！"

杨云鹏最忌讳人嘲笑他瘦矮，暴怒之下便要动手，却被杨慕侠拦住："老二退下，这仗是云天接下的！"

"一个一个来！"万斤力举着扁担说，"我打完了杨云天，再打你杨云鹏！"

杨云天见他如此狂妄，也动了真火，伸手从兆龙手里接过白蜡杆子："姓万的，接招吧！"双手一抖，那杆子就呼地颤晃了几下。

万斤力见他的杆头离着有三尺远，也没防备，便横着铁扁担来扫。却不料杨云天的劲力早注到杆子头上，发出嗡的一声响。

噗的一下，劲风击中他的眉心，万斤力哎哟一声，不觉就合上眼皮，觉得脑门火辣辣地疼。一刹那间，杨云天早闪身插上，杆子左右一扫，已将他的铁扁担挑飞，甩到南墙根去。

杨云天随后一撤步，把白蜡杆子往地上一插，噗地入地三分："姓万的，你还有什么话说？"

万斤力没想到一上去就失了手，呆了呆，吼道："你暗算老子，俺不服！”赤手空拳地扑上来。

杨云天哼了声：“今天不把你打服了，我就不姓杨！”使一招“揽雀尾”，伸手一接，顺势来捋。

不想万斤力的下盘极稳，筋骨也因习练《达摩易筋经》舒展开了。杨云天一下子没捋动，反被他就势抓住双臂，大吼一声，便像半天炸了个霹雳，硬生生地将杨云天举过头顶，甩将出去。

兆龙猛见父亲受制，心蹦到了嗓子眼，啊地叫出声。却见杨云天半空翻个跟头，稳稳地落地。这才松了口气，只觉全身冒汗。

万斤力又嗷嗷叫着扑过来，杨云天适才跟他接手，觉得那小山般的身子像铁铸的一样敦实，一时间也生了怯意，不敢硬拼，只能施展自己柔化功夫跟他周旋，想先消耗他一阵儿，然后再寻机制敌。

杨慕侠见他气势上又弱了，不禁叹息摇头。那万斤力块头足足比杨云天大一倍还多，手臂又粗又长，呼呼抡开了，杨云天迫于无奈，只能仗着身法的轻捷与之周旋。

那万斤力连连抢攻，稳稳占了上风，越发来了精神，喝道：“杨云天，你杨家的功夫只会躲闪吗？”

杨云鹏在旁边气得直瞪眼，恨不得冲上去给他两下。兆龙猛地想到，父亲这样闪来闪去，是不是就叫丢？他没有黏住对手，便谈不上什么随屈就伸，借力打力。

突然，杨云天变了战术，身子猛矮下三分，几乎是贴着地逼上前去。杨云鹏见了，大声叫好，这身法便是他经常用的法门，乃是常年在方桌底下蹚架子的结果。

万斤力见杨云天不闪反进，还一下子逼到跟前，不觉就抬右脚来踢。岂料这样一来，反破坏了自己的平衡。杨云天跟着来了个“下势”，趁机往上一托他的右腿，并伸腿来别万斤力的左腿。

这个大块头再也撑不住了，轰隆一声坍塌下来。他骂了一声，翻身爬起来。还没等施展招法，杨云天的身子早凑上来，来了个近身靠，万斤力噔噔地往后退着，想站稳时，终是一屁股坐在地上。

“好！”兆龙和兆鹰欢叫起来。杨慕侠也含笑点头。只有杨云鹏不甚满意，杨家功夫讲究“出手见红”，大哥拖拉这么久才占上风，不过瘾。

杨云天越战越顺手，气势也强盛，干脆也不躲闪了。只待对手抓到身上，才猛地一化，让他的劲力落空。万斤力气得哇哇叫，对手明明就在跟前，却偏偏拿他没办法，真是叫人丧气。

杨云天知道，像万斤力这样的练就铁皮铜骨的汉子，拳打脚踢的效果反不如用手指点穴抓筋拿脉，所以他随化随打，很快，万斤力身上的衣衫便烂成一条条的。

他也开始呼哧呼哧喘着粗气，到后来，腰带居然也松落了，裤子差点儿掉下去，慌忙用手提着。兆龙和兆鹰兄弟哈哈大笑起来。杨奉叫道：“万老哥，你不会是又想如厕吧？”

比武到了这分儿上，万斤力脸皮再厚也不能再继续打下去，系好了腰带后，愤愤地一跺脚，转身就走。杨云鹏嗖地蹿过去，伸手拦住：“慢着姓万的，杨家可不是你想来就来、想走就走的地方。”

万斤力一翻眼皮：“怎么，你非要我把命留下？”

杨云鹏冷笑：“是输是赢，这事可得挑明了！”

还没等万斤力开口，杨慕侠便走过来：“大家都是同道中人，输赢乃寻常事。这位万兄弟先不忙着走，且在寒舍用过饭再说。我杨家好歹在江湖中也有些薄名，断没有让武林朋友空肚子走人的道理。”

万斤力却是最听不到茶饭二字，忙道：“老先生的美意俺心领了，至于你杨家的饭食，姓万的可着实不敢再领受了！”

“为何？”杨慕侠见他不识敬，有些不快。

万斤力因为比武输了，也再没有找杨家理论巴豆的心思，只是摇头抱拳。杨慕侠也不好勉强，转头对儿子们说：“云天、云鹏，送客！”

万斤力转身欲走，兆龙叫起来：“喂，把你的破箱子挑走！”

“俺早说了，那是彩头！姓万的脸都丢了，还挑它回去干吗？”

杨云天道：“万老哥说笑了，你我切磋是武学上面的交流，哪能扯到钱财上？”

杨云鹏却不跟他啰唆，冷冷地道：“姓万的，有本事你十年后再挑着它回来，那时我杨老二跟你打！”

请将不如激将，万斤力果然一拍胸脯应承下来，弯身挑了担子去了。

广府城街道多，巷子也多，万斤力出了杨家后，自觉脸上无光，便不愿在大街上走，随即拐进一个条偏僻小巷，边走边叹气。无奈他块头大，又挑着两个大箱子，一进巷弄便把道路堵个严实，害得行人小贩都得避让。但也有胆子大，敢跟他顶对的。万斤力正闷着头往前，不防扁担被人一把抓住，他的身子竟是晃荡了下，抬头一瞧，才知道拦道的是武恶。

“怎么，跟杨云天打完了？”他一只独眼发出尖冷的亮光。

万斤力一肚子火气正没地方撒去，喝道：“给老子让开！”

“听这口气我便知道，你铁定是败了！”

“败了又如何，老子输得起！”

武恶嘿嘿冷笑：“我们请阁下来，可不是让你输的！”

万斤力不觉有些气馁，把扁担从肩上卸下来，钱箱子咣当着地：“俺收了你们的钱，没办成事，这些你都拿走！”

“老万你这么说话，可就把我们秋水瞧小了。再说，当初出钱请你来挑战杨家，也没说一定要打赢！”

万斤力听他这一说，倒有些不好意思了，讪讪道：“他，他杨家的太极功夫确实了得，这回我输得心服口服，回去后一定要闭门练它十年，然后再来找脸面！”

“杨家就算赢，也赢得不光彩，要不是他们先下毒，你又怎会失利？这笔账早晚得跟他们算算！”

无奈万斤力早绝了争胜的念头，摆手说：“那你还是另请高明吧，永年这地儿俺是真没脸待了。”

武恶斜着眼打量他一会儿，才慢吞吞地道：“你就算要走，也得等一个人过来再说。”

“等谁？”

“你家大哥万瞎子！”

万斤力一呆：“俺哥也要来？”

“没错，你走后第三天他就启程，估摸着，明后天差不多就该到了。”

万斤力急得直跺脚："你又不是不知道，俺哥眼神不好，怎么好烦劳他？"

"老万，是你哥放心不下你，执意要赶过来。"武恶冷冷地道，"我们秋水再怎么糊涂，也不至于请一个瞎子来做事！"

事情到了这般地步，万斤力还能再说什么，只得挑上担子，跟武恶走了。他本想武恶会带他去泰丰客栈，等候他大哥万瞎子的到来。谁知，却出了西城门，来到一所土地庙里。

他心情郁闷，也懒得问，一屁股坐在破石凳上。幸好武恶事先已买了酒肉藏在神像后面，他们便你一碗我一碗地喝开了。万斤力终于醉成一团乱泥。恍惚中，他梦见了大哥举着盲公杖，蹒跚而来，张嘴呼喊，却又听不清在叫唤什么。万斤力觉得身下裂开一道深渊，像妖怪张开血盆大口，正将他吞噬。他再也没有醒来，因为第二天清早，他的尸体出现在杨家的门口。

第一个发现尸体的，便是杨奉。当时，他一边打着哈欠一边拉开大门，猛瞧见万斤力小山般的身子半坐半倚在门洞里，愣了愣，心想，这东西还真是脸皮厚，前脚才走，后脚又跨进来。便上前踢了踢他："喂，姓万的，你是不是讹上我们杨家了……"话未完，便看到万斤力的身子猛地滑倒在一边，这才看清他脸色苍白，眼珠子暴突，竟然已毙命多时。

杨奉吓了一跳，知道不好，高声吆喝起来。很快，杨云天和杨云鹏兄弟赶到了。一家人都很震惊，兆龙更是手脚冰冷，心头撞鹿，好端端的一个人，怎么说没就没了？想起前两天的戏弄举动，不免羞愧。

街坊邻居多聚在门口观望，天色阴沉着，没有风，也不见晨光敞亮，杨慕侠心头涌上一丝不安，直觉家门的多事之秋要来了。

这万斤力长得如古时的巨汉恶来，还身挑两大箱子铜钱，走到哪里都很抢眼。他高调来到永年，广平府的人无不知道他是来挑战杨家的，还随身带了两箱子彩物。可如今人死了，还倒在杨家门口，箱子却不见了。摆明有仇家在暗中设计，到底会是谁呢？

杨慕侠思索再三，觉得抓不到头绪，唯有长叹一声，朝云天挥挥手："报官吧！"

不多时，县署的差役带着仵作赶来，查看现场，验明尸身。因为杨家在广府有名望，交涉倒还客气，只传了杨云天和杨奉二人去县衙门录了供。

验尸结果很快出来，万斤力是中毒而死，身上并没有淤伤。这么一来，与之比武的杨云天便没了责任。照捕快的分析，毒杀万斤力的凶手，只怕便是拿走钱箱子的人，至于将尸身放到杨家门口，颇有往杨家栽赃嫁祸之嫌。

可下午时，案情却骤然急转，出现新的变化。因那万斤力到广府这几天，一度住在泰丰客栈，据老板供述，三天前他曾来杨家一趟，回去后又拉又泄，原来是中了巴豆的毒。这事也有郎中做证。

客栈伙计也称，当时还有一武姓客人与万斤力相识，郎中也是他指使人请的，从言谈中得知，万斤力是因为在杨家吃了不干净的东西，才中毒的。只是，姓武的那个独眼龙在两天前便结账走了。

捕快们顺着“巴豆”这条线索追查，终于在太和堂找到了佐证，杨家有个孩童四天前曾来药铺买过巴豆粉，他便是杨慕侠的孙子、杨云天的儿子杨兆龙。

案情骤转直下，县太爷急传杨云天父子上大堂。路上，杨云天百思不得其解，为何要传讯兆龙。兆龙却心里有数，定是自己用巴豆的事败露了。可急切间又不知该怎么跟父亲说，再说被差人押解着，也没机会说话。

兆龙虽然顽劣胆大，毕竟是第一次经历这场面，惊堂木一拍，两班衙役一吆喝，顿时就慌作一团，全身哆嗦起来。杨云天看到这情形，心里一凉。果然，兆龙一股脑把所犯的事都说了，杨云天气得险些昏过去。

大堂上，县太爷、师爷和一班衙役听了兆龙的“供述”，都不禁绝倒，但问到万斤力之死时，小家伙却变得硬气，连连否认，甚至还主动反问，万斤力早先吃了巴豆的亏，怎么还会被毒死？这说明凶手是熟人，亲近之人，所以才没有防备。

县太爷和师爷马上联想到那个姓武的独眼龙。虽然说，他两天前就离开客栈，但谁能担保不是他暗中潜回，杀害万斤力，拿走钱财，并栽赃杨家？

杨家在本地有名望有势力，杨慕侠从前又曾在京师教王爷贝勒拳术，交游广泛，县衙自然不敢难为，更何况兆龙那些举动不过是孩童的狡黠玩闹。因而找个保人，父子俩便顺顺当当地出了县署。

外头还没到黄昏，上空却阴得像铁锅生了锈。蝙蝠和燕雀在头顶上盘旋，风刮在身上湿漉漉的，显然，老天爷憋了一场雨要下。

杨奉正守在外面苦候，看到他父子俩出来，喜滋滋地迎上前："少爷，没事了？"

杨云天只是点点头，兆龙想牵他的手，被冷冷地甩开。小家伙突然觉得，他们父子间隔了一道很厚的墙，冷冰冰的，看来，父亲真的动气了。

小家伙拗劲儿一上来，又伸手去抓杨云天的胳膊，谁想，手指才碰上，他人便被弹得噔噔后退几步。他的火也跟着冒出来，心道："我为啥要用巴豆对付那个万斤力，还不是为了你！"

杨奉在旁边看出些微妙来，这父子间闹着别扭，赶忙说："少爷，少奶奶也来了！"

杨云天这才注意到，旁边的墙角处还停靠着一辆带篷的马车，刘氏正伸脚从上面下来。"娘！"兆龙叫一声跑过去。给她一把搂住，娘儿俩就紧贴在一起。

杨云天犹豫了下，竟然没有过去，径直转身走了。杨奉呆了呆，叫声少爷，眼见他头也不回，慌忙回去赶了马车，拉着刘氏兆龙追上去。

街上来往的行人不少，有相识的见了杨云天，便招呼道："杨师父，这是要回府呢？"杨云天也只是抱抱拳，应个景，脸皮依旧不见松动，更别说开口应酬了。

杨奉实在看不下去了，边赶车边道："少爷，我看您还是上车来吧，这街上人多眼杂……"

杨云天转头瞪了他一眼，堵得杨奉将半截子话硬生生地咽下去。他在杨家二十几年，还是头一回见到杨云天神情这么恶。正自惶恐，忽见杨云天脚下一转，进了一条小胡同，敢情是抄小路回去了。

杨奉赶紧把马车勒住，看着杨云天的背影发呆，走也不是，赶也不是。刘氏一直掀开布帘关注丈夫的动静，见此情形，叹了口气："杨大哥，咱们还是走吧。"

杨奉应了声，正要抡起鞭子，突然惊喜地叫道："少爷！"

原来，杨云天又转回来了。他神色含着憔悴和焦躁，还有一丝悲凉，更因早上发现了万斤力的尸体，忙活得没空刮胡子，辫子也扎得有些乱糟，故而人显得苍老好些。不过，他好歹是开口说话了：“杨奉，你先别回府了，连夜送少奶奶回娘家去！”

“这……”杨奉吃惊不小，刘氏和兆龙也大感意外。

兆龙干脆叫出来：“爹，好汉做事好汉当，我不愿意去外公家！”

“住口！”杨云天怒道，“你也配说‘好汉’二字，白白污了这个称谓！”

刘氏自从他父子俩被衙门传走，便知道铁定是兆龙闯下了祸。果不其然，兆鹰很快在老头子面前招认了，说起兆龙在万斤力茶饭中下巴豆粉的事。杨慕侠的脸当场就绿了，二话没说，拂袖而去。

刘氏知道，公爹身为杨氏太极掌门，素来看重武林名声，兆龙这番行止不但给杨家惹来祸害，还给杨门抹了黑，让他在江湖朋友面前丢了脸面。他是断断不会轻饶了兆龙的。正因为担着心思，刘氏晚饭也不管不顾了，跟杨奉一起赶来衙门。

她开初见杨云天对自己和孩子一派冷漠，心下悲苦，现在见他回转，还说出让她带孩子回娘家暂避的话来，忍不住涌出了热泪。

但兆龙却并不理解父母的苦心，反而觉得自己委屈：“爹，我没想到毒死人，不过是戏弄戏弄他，有什么大不了？爷爷最疼我，一说准没事，万斤力是外人，我是杨家的长孙，他……”

“住口！”杨云天怒道，“亏你还有脸说自己是长孙，我瞒着爹放你走，已是违了孝道。这变相的袒护，又违了武林道义，你这小子，”他越说越激动，几乎是声泪俱下，“简直是要陷我于不忠不孝、不仁不义啊……”

兆龙何曾见过杨云天如此失态，吓得不敢再言语，虽然心里还是不服气。刘氏抽噎着说：“云天，兆龙就算去他外公家躲着，也不是个办法，咱们还是回去一起跟他爷爷求情吧。”

杨云天叹了口气，眼睛一闭，竭力使激动的心情平静下来，过了会儿，他睁开眼，盯着兆龙问：“你真的不愿去外公家？”

兆龙点点头。杨云天叹口气："那可别怪爹到时救不了你！"一个高蹦上马车，坐在杨奉旁边，"回吧！"

一回到家，杨云天和刘氏便带着兆龙去了老头子的屋，但在月亮门口却被杨云鹏拦住了，"大哥，爹交代下了，谁也别进去打搅。"

杨云天叹了口气："都怨我管教不严，让这孽子做出令家门蒙羞的事。"

杨云鹏面无表情道："兆鹰那死小子也好不到哪儿去，我已经好好教训了他一顿！"

兆龙忍不住道："二叔，这事跟兆鹰没关系，是我一个人干下的。"

"那也不行！"杨云鹏冷冷地道，"他知情不报，也算犯了家法！"

杨云天知道老二向来心冷手烈，不讲私情，也就不多说什么，只管带妻儿来到厅堂之上，正对着那副翁同龢书写的楹联跪下来。

杨奉见了，也不敢多说话，瞧着天色暗了，便把灯笼给点上，大厅、门廊、天井挂上两只，照得里里外外灯火通明。他是知道的，老头子不可能让儿孙一直跪下去，这事今晚便了结了。

外面的夜空阴云密布，春雷在远处轰隆隆地滚动，风不时地从天井里灌进大堂，湿漉漉，冷飕飕。兆龙跪在父母身后，觉得膝盖酸麻不堪，肚子也饿得咕咕叫，长这么大，他还是头一回跪这么久，更何况早上中午也没正经吃顿饱饭。

他没劲撑着身子，索性手臂也按在地上，闭着眼，半睡半醒。恍惚中，觉得有人走到身边，也轻轻跪下来。他睁开眼一瞧，居然是兆鹰。

这家伙显然哭过，眼睛里有血丝，右边脸皮上鼓着一个清晰的巴掌印，不用说，定是杨云鹏抽的，只有他才会下这么狠的手。

"你怎么来了？"

"我爹让我也跪这儿！"

兆龙不觉又动了气："不干你的事，为啥非得让你跟着受罪？"

兆鹰垂下头，轻声说："跪就跪吧，好歹跟你做个伴儿。"

兆龙便有些感动，费劲地转转身子，晃晃酸麻的脖子。突然，一块东西塞进他的手里，低头一瞧，好家伙，原来是半块面饼。兆鹰却不看他，目光直直看向前方。

兆龙早饿坏了，赶忙俯下身子，把饼往嘴里塞。满满弄一口，再用唾液濡湿，泡软了，才一点点地吞下去。天哪，从也没想到面饼也这等好吃。这一刻，他觉得它简直是天底下最好吃的食物，兆鹰是天底下最好的人。

也不知又过了多久，随着一阵窸窣的脚步声，杨云鹏夫妇跟杨奉等人走上堂来，他们恭敬地分列左右，半点儿声音也没发出。兆龙抬起头，有些头昏脑涨，猛听得一声咳嗽，老头子出来了。

他先是走到祖宗牌位前，点了一炷香插下，然后跪下叩拜，身后跟着呼啦跪下一大片。兆龙也机械地跟着叩头。杨慕侠行完礼后，在太师椅上坐下，两眼炯炯放光，在众人身上转了一圈，才说："云鹏，出来念念我太极门的门规！日子久了，我看大家都忘到脑袋后了！"

杨云鹏应了声，跨出一步，面无表情地念，虽然声音不高，却震得窗户纸嗡嗡直响："杨氏太极博大精深，五传八不传牢记在心。五传如下，传忠孝知恩者；心气和平者；守道不失者；真以为师者；始终如一者。八不传如下，第一，不授不忠不孝之人；第二，不传根底不好之人；第三，不传心术不正之人；第四，不传鲁莽灭裂之人；第五，不授目中无人之人；第六，不传无礼无恩之人；第七，不传反复无常之人；第八不传得易失易之人。"

以往，这些都是由杨云天出来念诵的，今天换他在下面听，当真是如坐针毡。对于这些，兆龙却是这个耳朵进，那个耳朵出，总觉得那些门规是针对大人设的，跟他们这些小孩子无关。再说，他不过是在戏弄万斤力，又不是真的想要人命，爷爷这么耷拉着一张老脸，吹胡子瞪眼的，真真有些可笑。

"云天！"老头子高声道，"你且起来。"

杨云天诺诺应着，慢慢站起身。

"俗话，子不教父之过，兆龙的事你怎么说？"

"当然要按门规来！"杨云天道，"这小畜生犯了五、六两条，定当严惩！"

"错！"杨慕侠喝道，"你还忘了加第三、第四条！"

杨云天一听，登时脸色苍白，照老头子的意思，兆龙算是心术不正之人、鲁莽灭裂之人，这罪名可就大了，不禁冷汗簌簌。

杨慕侠的声音却在耳边震响：“更何况，兆龙身为长孙，如不严惩，哪能服众，以后他也长不了记性，当不了好头！”转头看向杨云鹏，“取家法来！”

兆龙和兆鹰见爷爷要动真格的，都傻了眼。刘氏也哆嗦起来，却又不敢说话，只能捂住嘴巴，哗哗地流泪。

杨云鹏很快回转，手里端着一根荆条，柄上缠着丝绳，杆儿磨得油光水滑。杨慕侠哼了声，目光落在兆龙身上：“你可知错了？”

兆龙吓呆了，听见问话，老半天没反应过来。还是兆鹰暗中捅了他一指头，才结结巴巴地说：“爷爷，我不是成心害他的，你别打我！”

“不打你，你不长记性！”兆龙看到老头子眼中闪过一丝凶狠的神色，不由得打个寒战。这一刻，有关杨慕侠的传说一股脑涌上心头，老头子保镖路上，一对花枪挑过不少盗贼，他的双手真是染过鲜血的。他要狠起来，便是铁石心肠，怎么求也不成。

“哼，云天，给我抽他三十下！”

杨云鹏把鞭子往杨云天手心一放，低声说：“大哥，你要是下不去手，让我来吧。”他自问手头的功夫超于常人，定能控制荆条抽下去的力道，不至于让孩子伤了筋骨。

杨云天慢慢握住荆条，手却微微颤抖，虽然练武期间训斥打骂是常有的事，但要这样去抽打自己的孩子，如何能忍心下去手？

老头子见他那样子，脸色越来越难看，呼地蹿过来，抬手就给了杨云天一耳光，将他打个趔趄，众人都吓了一跳：“你这个不成器的，婆婆妈妈，将来让我怎么放心把掌门位子让给你！”

杨云鹏见状，一把抢过荆条：“让我来！”

“没你的事！”老头子喝道，也不知他使了什么招数，大家只觉眼前一花，杨云鹏呼地被抛出去，接连在空中翻了三个跟斗，才落了地。

院外，一道闪电划过，跟着雷声滚滚。雨点也啪啪地打下来。

杨云天一咬牙，叫声：“兆龙，疼你就喊出来！”一抡荆条，啪地抽在兆龙的背上。

小家伙哎呀惨叫一声，背上的衣衫登时撕裂开来。杨云天像发了疯一般，啪啪地抽着，根本不给他喘息的机会。

扑通一声，刘氏向后跌倒，竟是昏厥过去。郝氏慌忙上前抱她起来，喊道："大嫂，大嫂！"

兆龙疼得在地上打滚，兆鹰再也忍不住了，大叫起来："爷爷，你就饶了兆龙吧，他以后再也不敢了！"但老头子并不为所动，一张老脸像铁铸的。

杨云天也像发了疯，越抽越狠，兆龙早瘫在那里不动弹了，任由他的荆条抽打。杨云鹏在旁边数着："二十三……二十九，三十……"

但云天根本没听见，继续抽打。杨云鹏叫道："够了够了！"死死地抱住杨云天，他兀自反抗，吆喝着，"放开，让我打死这个小畜生，就当我杨云天从来没有这个儿子！"

他双目赤红，呼哧呼哧喘着粗气，脸部都扭曲得变了形，看上去甚是狰狞。过了好一会儿，他的情绪平静了些，才转头看向杨慕侠："爹，这回你满意了吧！"

动用家法这期间，自始至终，老头子都端坐在太师椅上，不发一言。听杨云天这一问，慢慢站起来，从他手里拽过荆条来，大步走出厅堂。

杨云天看着父亲的背影消失，肚子里咕地一响，喉咙一甜，张嘴就喷出一口血来。然后，他便直挺挺地往前扑倒……

第四章　瞎子

他好像做了一个梦，人被架在火堆上烤，皮肉吱吱作响，全身火辣辣地疼。他的血往下滴，很快流干了。他的肉也被烧得焦黑。他还看到，爷爷、父亲、二叔都笑得狰狞，伸手一片片地扯他身上的肉，疼得他嗷嗷直叫……

迷迷糊糊地醒来，听到一个女人在小声地哽咽，兆龙艰难地睁开眼皮，看到母亲边哭边给自己背上涂药膏。她头上的髻有些散了，眼睛红肿得像桃子，看上去憔悴好多。以往，兆龙总能闻见她身上的那股香味，可今天他鼻子不通，全身疼痛，便什么也闻不见……

他没力气说话，连眼皮睁着也累，便又慢慢放下了，顿时，人又陷入无边的黑暗中。

之后两天，他一直躺在炕上，吃饭的时候，母亲来喂。其间，兆鹰和兆虎、兆麟来看过他几次，带来好玩的东西。二叔和二婶也来过，但杨云天始终没有露面，更别说老头子了。

兆龙也是从头到尾没有开口说一句话，他让自己变哑巴了。没有人知道这顿家法对他意味着什么。当父亲在老头子的强迫下，像变了个人似的，发疯一般抽打他时，兆龙突然冒出了念头，自己肯定不是杨家的亲骨肉，不然的话，他们为何要把他往死里打？

难道说，门规真比他的命重要？所谓的江湖道义，还有杨家的声望以及老头子的脸面，真的比他杨兆龙的一条命还重要？

杨云天在老头子的积威下像一只唯唯诺诺的小耗子，他杨兆龙日后难道也要做这样一只胆小的耗子？

这两天，杨兆龙想了很多很多，后来他终于想通了。只要在杨家待着，他便要做长辈们鞭子下的小耗子，除非是离开……

“去他妈的太极拳，去他妈的杨家！”兆龙在心底里骂出这句话后，顿时觉得胸间无比敞亮。

可是，真要离开，他又能去哪儿呢？兆龙第一个想到的地方便是外公家。那里是京城，人多也热闹，在外公的大德居他还能吃到很多美味，自己不是很喜欢做菜嘛，索性不学那拳了，跟外公学厨艺去。

只是自己一身伤，要到那么远的地方着实不易。可这个家他又实在不想待了，这里的空气压抑得他快要发疯，睡在这里还常做噩梦。除非是马上换一个安静温和的地方，这样的地方去哪里找呢？

兆龙猛地眼睛一亮，没错，黑鱼庵！这时去找悟清老和尚和禾谷，他们肯定会收留他，因为出家人慈悲为怀。

他想到这里，便是一刻也待不住了。他艰难地坐起身，只觉筋骨都像断了一般，皮肉火烧火燎的，哪怕是深吸一口气，都牵得全身疼。

下了炕，慢慢走动几步，便有些适应了，他慢慢拉开门，院子外面月光如水，蛐蛐在草丛中唧唧地哼唱着。隔壁杨云天和刘氏的屋静悄悄的，兆龙默默地看了几眼，毅然转身走开，怕惊动了大人，步子拿得又小又慢。

穿过月亮门，隔远瞅着老头子所住的屋，兆龙登时觉得怒气涌上心头，不禁伸拳头朝那边晃了晃。谁知，屋子里跟着就响起了咳嗽声，吓得他打了个激灵，僵在当场。

幸好，老头子只是梦中清清嗓子。兆龙又等了片刻，见没有什么异样，这才蹑手蹑脚地走出去。这一刻，他竟然忘了疼痛。

月光下，后院的练武场茫茫地晃着一大片白，兵器架上的刀枪孤零零地竖在那儿，枪头和锋刃依旧有寒光在流动。憨头憨脑的小石锁躺在角落里，还是那副没睡醒的模样。

在所有的训练器具中，兆龙最不喜欢的就是这家伙，费力气不说，更难的是还不能使肌肉紧张。用老头子的话说，要“放松”着去举石锁。这未免也太难为他们了。一直以来，兆龙和兆鹰几个兄弟举这笨玩意儿，就从没获过大人们的肯定，不是说腿僵，就是腰板发紧，不是肩膀硬，就是腕子不松，总之浑身毛病。

尤其老头子，每次指出他们身上的僵处时，总是喜欢用烟袋锅子戳一下，生疼！记得有一回，兆龙实在忍耐不住，还跟他辩解起来。

那年月，师父的尊严和威望大得离谱。“一日为师，终生为父”这句话便像一顶铁帽子，沉沉地压在每一个当徒弟的头顶上。一直熬到他出师，熬到他收徒，这帽子又会戴到下一辈人的头上。

那年月，师父打徒弟是天经地义，训徒弟更是家常便饭，要不怎么叫严师出高徒呢！用二叔的话说，就是“不打不出功夫”“棒头下面出好手”！

大凡出来拜师学艺的，师父头三年并不教你什么，顶多是些基本功，熬过来后，传授一套拳，徒弟就死命地练。若是有什么疑惑，也不敢径自去问，害怕犯了师父的忌讳。唯有师父发现了错处，把人给揪回来，才能显出他老人家的“高明”。

杨家这方面要好些，杨慕侠长得威严，每每眼光一闪，徒弟们就有些忌惮，明明有问题也不敢张嘴。他倒时不时地主动去给人纠正。如今年老了，收过关门弟子，便不再多往前场跑，只是在后院坐镇。

正因为老头子如今慈祥了，杨云天教拳的风格又似春风细雨一般，不同于杨云鹏的惊雷霹雳，因而兆龙胆子就大，那一回便跟杨慕侠顶挡起来。

“爷爷，我有个问题不明白。”

“嘿嘿，你人儿不大，事儿倒不少，说！”

“往常你教我们太极拳，不是老把用意不用力这句话挂在嘴边吗？怎么还要我们举石锁？”这个问题一出，得到了兆鹰几个的积极响应，小家伙们都纷纷表示疑惑。

“太极的不用力，指的是不能用僵力，而是用内劲！”杨慕侠道，“让你们练这个抓石锁，除了要求全身做到六合外，便是要在负重之下，也一样做到放松。”

老头子说着，下场亲自做示范，一面用手抓举石锁，一面叫孩子们去摸他的手臂，果然是松软的。他还用中食二指松松地捏着烟袋锅子，让兆龙双手使劲往外拔，竟然是丝毫不动，他反而脚下没了根，东倒西歪的。

这等神奇的功夫，让孩子们佩服得五体投地。兆龙便也让忘了继续追问那个问题。直到晚上入睡前，才又寻思起来。总觉得有些不明白。既然太极拳以放松为主要修炼手段，他们小小孩童，更不能勉强用力，更何况还要在放松的情况下“用力”，这不是在揠苗助长吗？

他终是忍耐不住，又跟杨云天辩论起来。从父亲口里得知，老头子让他们练习举石锁，原来还有另一层深意。

原来，杨家以太极拳闻名于世，并成为广平府的望族，杨慕侠念及家族中并没有人中过武举，便在儿孙身上寄予厚望。

那武场的考试分四场，分别是步箭、马箭、弓刀石、文字。其中的弓刀石主要考的是膂力。按理说，杨云鹏最能打，臂力也胜于常人，该由他去考武举，偏偏他从小不喜文墨，通不过文字那一关。

这么一来，孝武举的重担便落在杨云天的身上。老头子还不满足，又盼着孙子辈也能考出个武状元、武举人什么的，故而从小便让他们锻炼膂力。也就是说，从第一天踏进后院的练武场起，这个小石锁便紧紧锁住了几个小孩童。他们举也得举，不举也得举。

故而，在兆龙看来，这副特地为杨家孩子打造的石锁，简直就是老头子压在他们头顶上的五指山。现在，月光下看着它，他心底的怨气越来越大，联想到在祖父面前唯唯诺诺的父亲，为了考武举，每天像那些练外家拳的人，也要抡大刀、拉硬弓、举石锁，无怪他太极功夫不如二叔呢！二叔的脾气虽然臭，可至少活得爽气。

想到这里，兆龙实在忍不住了，过去就踹那石锁一脚，却又疼得哎哟一声。这东西真是他的死对头，临走了还不忘“咬”他一口。

对于这个后院练武场，兆龙熟得闭眼也能走个圈儿，虽然身上依旧火辣辣地疼，腿脚还有些不灵便，但逃走的欲望刺激得他全身是劲，眼睛也灼灼放光。

西北角有棵老柳树，兆龙往手掌上吐口唾沫，擦了擦，便抱住树干往上爬。这么一来，刚刚愈合的伤处又渗出了血，钻心地疼，却也顾不得了。但柳树的哗啦声到底还是惊动了家里的人。“谁在那里？”兆龙趴在树干上转头一瞧，一条黑影正飞快地射过来，却是杨奉。

他一咬牙，抓住树枝只一荡，就跳上墙头，翻了过去。人跌在墙外的草垛上，滑溜下来，撒腿就跑。这一慌，更是忘记了疼痛，一口气跑出两条街，听后面没人追来，紧绷着的神经才松弛了。

又因那城门天亮才会开，他又找个藏眼的地方歇了。幸好春寒已过，倒也没觉得怎么冷，只是身上的鞭伤又发作得厉害，疼得他的牙齿嘚嘚直响。这样，等他好不容易摸到黑鱼庵的时候，人已有些虚脱了。

那禾谷小和尚一早起来，开了山门扫地，给正殿的三世佛和穿堂的弥勒佛和韦陀各烧一炷香，念三声“阿弥陀佛”，还没来得及敲天井里的那口缺了角的钟，隐隐听到外面有人喊自己的名字。

原本还以为是听错了，待出门一看，果然瞧见兆龙站在岸上，不禁惊喜道：“你，你怎么这么早跑来了？”

他抓着铁索，踩着筏子过去，兆龙踉踉跄跄地踏上，一把抓住禾谷，倒把小和尚吓了一大跳。他脸色蜡黄，嘴唇发紫，只道了句“别跟我家里人说”，便直挺挺地倒在禾谷的身上。吓得小和尚一面扶着他，一面大叫，师父快来。

悟清老和尚早上清闲得很，整个庙里面只有他和禾谷两个人，也就没那么讲究，还要分什么早课晚课。他洗漱完后，便在后院打一套八段锦，以此来伸筋拔骨，活动周身血气。

刚刚打到第四段真武回首劳伤远，便听到禾谷大声喊叫，只得缓缓收功，走去山门外。看到徒弟正从筏子上抱起一个昏迷的孩子，竟然是杨慕侠的孙子杨兆龙，不禁心惊，赶忙将他抱进方丈室，放在自己的禅床上。

那孩子背上的衣衫透出血迹，他轻轻掀开，禾谷见了不禁惊叫一声。兆龙背上累累鞭痕，渗出一串串血珠子。悟清倒也通些医术，试了他的脉搏，知道只是些皮肉伤，没有大碍，心才放下，让禾谷烧点米汤来。

一碗热汤灌下去，兆龙的脸色好看了许多。禾谷见了，不住声地念阿弥陀佛。把兆龙进门跟他说的话，转告了师父。悟清沉吟了会儿，说那就等等再看。

两人草草吃过早饭后，便在正殿念开了经。师父唱一句，徒弟跟一句，木鱼嗒嗒的声响伴随其中。整个静寂的庙堂有了这番唱和，更添了些许生气。

兆龙醒来时，听到前头传来的唱经声，感到一丝丝温暖，心头也敞亮了。再看床头的小木柜上，搁着一个粗糙的海碗，里面有两块咸菜和两个窝头。他知道，这一老一少清苦，也匀不出什么好吃食给他，便抬手抓起一个窝头往嘴里送。

这时他早饿过劲了，故而吃得异常香甜。之后，又拿起木瓢舀了些水喝下去，觉得好受多了。起身来到正殿，听禾谷他们唱经。

他怕进门打搅他们，只得坐在门廊外面听。那往常听起来单调无味的念经声今天听来，竟然别有一番味道。跟他家的练武场相比，庙堂真是个奇妙的地方。

那个热闹喧嚣，这个冷清静穆。就连那些长在角落里的青苔、挂满墙壁的藤蔓，还有树枝上方一面面的蛛网，以及在廊檐下飞来飞去的燕子，都别有一番情味。

因广平府城东有一处甘露寺，占地广，香火鼎盛，故而一些善男信女多去那边烧香许愿，放焰口做法事，破旧的黑鱼寺自然被冷落。

小小的庵、小小的天井，仅有师徒二人守着的这方小天地。以前，兆龙总觉得禾谷困守在这里很可怜，现在才知道，原来可怜的人是他自己。

日上三竿的时候，师徒俩才结束了课业，禾谷正挂记着兆龙，谁知出门瞧见他蹲坐在门廊旁。便牵了兆龙的手，一起回转正殿，坐在蒲团上。

悟清老和尚今年六十多岁，虽然身板瘦削，眼光却像孩童一样温润灿亮，唯一觉得扎眼的是，他右手有两根指头齐根断去，分别是无名指和小指。兆龙以往跟爷爷来的时候，最多只是朝他行个礼，并没有多说话。如今面对面，才好好端量他的模样，觉得这老僧果然有些不同，脸庞没有棱角，生就几分女人相，让人心生亲近之意。但杨家老头子就不一样，虽说年纪大后变慈祥了，还是不改那股子压人的气势。

悟清端详着兆龙，微笑道：“你这娃儿，到底犯了什么过错，遭这么重的打？”

“我没错！”兆龙咬着牙说。

“那么，错在他们了？”

一句话，倒是把兆龙给问住了，便也支吾着不答。

悟清又道：“你出来也多半天了，家人寻你不着，都会焦心，还是让禾谷陪你回去吧。”

“我不回去！”兆龙气呼呼地说：“他们才不会把我的死活挂在心上呢！”

“好，老僧且不问你去留，只问谁鞭打的你？”

“爷爷指使我爹打的！”兆龙咬咬牙，“爷爷心肠子硬，我爹不得不打！”

“你说他们不顾你的死活，若是他们现在殁了，你还会这么记恨吗？”

兆龙又是一呆，老和尚的发问有些直捣他的心坎儿。

“孩子，我跟你说，有时候打人的人比挨打的人还痛心，你可相信？”

这句话像五雷轰顶，震得兆龙全身一抖。他想到杨云天行使家法时痛苦的表情，不觉泪就下来了，呜呜地哭开了。

禾谷见他这么伤心，不免有些焦急，劝也不是，说也不是，只能望向师父。但老和尚却面含微笑，知道自己的话打动了他。

果然，兆龙痛痛快快地哭过一场后，心情爽快了好些。他抹干眼泪，双手合十朝悟清拜了拜：“大师父，我要出家，你收我当徒弟吧。”

悟清微笑摇头：“你六根未净，进不来佛门。”

“可是，我真的不想回家。”兆龙噘着嘴巴，“我不想再练武。”

“你暂且留下来也好，只是我庙里过得清苦，也不养闲人，需得跟禾谷一样劳作才行。”

兆龙见他应允，欣喜地连连点头。禾谷自然也说不出地高兴，高兴自己终于有了个伴儿。从正殿出来后，他马上献宝似的带着兆龙四处转悠，又把庵里唯一的一间客房打扫干净，那是为外地来挂单的行脚僧准备的。黑鱼庵是个不起眼的小寺庙，很少有云游的和尚来到，也极少用得上，正好可以让兆龙借住几天。

在发现万斤力尸身的第二天，也就是兆龙躲进黑鱼庵这天的下午，一辆破旧的带篷马车由南门咣当咣当地驶进广平府。车夫一路打听着泰丰客栈的去向，青黑色的布帘有时撩开一条缝儿，露出一只白嫩嫩的小手，一个小丫头不时地向外张望，那对水灵的大眼睛充满好奇。

马车在泰丰客栈门前停下，那个花骨朵般的女童先跳下来，穿粉红色的贴身小袄，梳着前刘海，后面用红头绳扎成一条辫子。她抬眼瞅着客栈的牌匾，用手指点着："泰——丰——客——栈！啊，是这里了！"

她和马车夫一边一个，撩开破布帘，里面先伸出一只颤巍巍的手来，跟着是一只盲公杖。下来的瞎子约有五十来岁，脸皮蜡黄，胡子很长，身穿一件洗得发白的粗布袍子。他侧着耳朵细听周围的动静，半晌没言语。

女童从腰间摸了一个钱袋子来，数出十几枚铜板，递与车夫，笑说："大叔，谢过谢过！"说完扶着瞎子往客栈里头走。

伙计见客到，早早迎出来。女童问："阿叔，我跟你打听个人，可有个叫万斤力的住这里？"

伙计一听，脸色顿变，掌柜的赶忙上前询问："孩子，你是万斤力什么人？"

女童笑道："我不姓万，你管我叫武云好了。"转身指着瞎子说，"这位伯伯姓万。"

万瞎子此时开口了："老板，万斤力是我兄弟，听说他住在贵客栈，还请唤他出来。"

掌柜叹了声："老哥，你来晚了一步，令弟现在县衙门里头。"

万瞎子一皱眉："他犯了事？"

伙计心急口快："他昨儿个被人下毒害死，尸体如今就放在衙门里。"

女童惊得张开小嘴，发出啊的一声。万瞎子脸上的青筋根根突起，客栈里一下静下来，只听得众人的喘气声。

好一会儿，万瞎子才道："有个姓武的不是陪着他吗？那人去哪儿了？"

"你说的是那个独眼龙啊，他早就走了。"

女童武云一呆，低声说："怎么一个人走了？"

万瞎子突然说："阿云，你不会也丢下我不管，先走吧？"

"伯伯，我不会。"小丫头答应得挺痛快。

万瞎子吐出一口气："那好，现在就去衙门看看我那短命的兄弟！"

那泰丰客栈的掌柜和伙计，自打万斤力丢了命，钱财不见了影，便知道苦主迟早会找上门来。就是没想到来的是一个瞎子和一个女娃娃，让人瞧着怪可怜的。

这事牵扯到杨家，也不便多说话。掌柜的看到女童扶着瞎子，慢慢往门口走，不觉叹了口气，指使伙计说："你赶紧给雇辆车去！"

在县署阴暗的厢房里，万瞎子终于见到了自己的兄弟，他伸手摸索着万斤力的脸皮，微微颤抖。武云呢，则听了他的话，将门关上，好让他们兄弟单独待一会儿。

适才，师爷跟他们说了验尸结果，以及跟杨家比武的经过，当然也没落掉杨兆龙用巴豆粉下毒一事，可那是小儿的戏弄之举，构不成罪责。杨家有当地乡绅担保，没有获罪。倒是那个姓武的独眼龙嫌疑最大，若是能寻得他，有些事便能分辨个明白。

万瞎子从头听到尾，没插一言，蜡黄的脸皮上也看不出什么表情。武云却是惊心动魄。因为她管武恶叫伯伯，他们来自同一个地方。

故而，小丫头在关上房门后，便坐在台阶上，双手捧着腮帮子，表情严肃地思前想后。恶伯伯为啥会突然离开，他到底跑哪儿去了？

她原本是一直跟着老祖宗的，每天习武认字。同在一起的，还有风和雷两个伙伴。他们都是孤儿，被老祖宗收留后，便一直待在秋水。

恶伯伯行事心狠手辣，面相也长得狰狞，但她偏偏不怕他，常常缠着他说话。他虽然有时会显出不耐烦来，但禁不住她软声软气，最后便拿不起架子。风和雷在他面前却从来是大气不敢多出。

半个月前，恶伯伯对她说，他有事分不开身，她敢不敢出去历练历练，帮他去接一个人。武云自从进了秋水，便没捞着外出，自然想出去见识见识了，便一口答应。这样，武恶便去跟老祖宗说了。

在一个叫风留的镇上，武恶把她托付给一个相熟的马车夫，让那人赶车送她去了山西永济县。到达万家住的宅院时，天色已晚。武云按照武恶的嘱咐，把一封信交给门房，便被安排住下，还给了饭菜吃。

第二天早上，一个仆人带她去村后的一座山。爬到山顶，看到那上面搭建一栋茅草屋，万瞎子便住在里面。仆人附耳跟他说了一番话，万瞎子起初没说话，后来才叹了声，说太极杨家岂是老二能挑得动的？他也太莽撞。

其后再也无话，也一直没问武云什么，就当她不存在。后来，仆人带她下山，照旧住在宅院的那间屋子里。当晚睡到下半夜，她听到外头风声呼呼，还夹杂着口哨声。偷偷捅破窗户纸往外瞧，借着月光，瞧见有数条黑影在墙上房上蹦跳，还有暗器嗖嗖射出，却又不像是仇家或者盗贼来寻事。

后来，那些黑影都聚在院中，他们围成圈子，像在商议什么，之后又如黑烟一般，嗖嗖地飞走不见了，只余下月光水一样洒在院子里。

武云记得在来之前，恶伯伯曾经说起过，这万家面上是一户殷实的乡村大族，其实干着杀人的买卖，只是隐藏得深，不为世人所知。

那晚上，她翻来覆去，久久也没能睡去。等天光大亮时，一睁眼便吓了一大跳，不知什么时候，万瞎子进了她的屋子，坐在凳子上动也不动。武云吓坏了，半天没说出话来。后来，还是他先开了口，说他们要即刻启程，赶去直隶广平府。

一路上，万瞎子极少说话，武云看着他那副蜡黄的脸，以及翻出的眼白，也是小心翼翼的。直到出了山西，进到直隶境内，他们之间的话才多了些。

万瞎子说起他弟弟万斤力的一些事，言语中有些异味，担些心思，生怕再也见不到他。当时，武云觉得他怪怪的，而今才佩服他的预感。

偶尔，他也会问起武云的事。武云想到武恶的嘱咐，对于秋水的事便不多透露，就那样含糊过去。万瞎子也不再追问。

武云做事细心，可怜他眼盲便多加照顾，以至于后来外人看到他们，还以为是一个瞎眼爷爷带着孙女外出卖唱。

武云一度猜疑，万瞎子是不是武林高手，但一直没瞧出来。她又寻思，万家既是个杀手窝，断无叫一个手无缚鸡之力的瞎子去接应人的道理，看来他是深藏不露。可是，就算武功再高，眼睛瞎了，他又能占什么上风？

武云着实替他担忧起来。太极杨家在广平府的势力很大，杨慕侠外号又是杨无敌，听说两个儿子也都得了真传，哪是容易对付的？还有一件事让她不明白，恶伯伯怎么突然失踪了？当初说得很明白，他先来广平府，帮衬万斤力对付杨家，然后等她带着万瞎子来会合。

就这样，武云坐在外面的台阶上胡思乱想了半天，也没想出个所以然来。直到门吱呀开了，盲公杖嗒嗒地敲着地，万瞎子出来了。

她赶忙站起身，过去搀扶着："公公，我们现在去哪儿？"

万瞎子转头"看"了她一眼："去杨家！"一顿又问，"你怕吗？"

"不怕！"武云说得挺干脆。她心里对太极门的杨家很好奇，也想着去瞧瞧。

万瞎子直直腰杆子："那走吧。"

武云不由得又瞟了停尸的屋子一眼："那里面的……"

"不过是一具臭皮囊而已，人死如灯灭，也用不着管了。"武云听了万瞎子这句话，觉得他的心够硬的。

一老一小出了衙门，问明去杨家的路，慢慢寻过去。到那前院的练武场时，已是傍晚，杨家的那些徒弟正收拾东西，准备散去。杨慕侠和杨云天、杨云鹏都不在。

夕阳落下去，晚霞染红了天边，鸟雀们呱呱叫着飞来，围着大树顶上乱转。两人正好堵住门口，挡住去路。弟子们乍见一个女孩牵着一个老瞎子过来，都有些好奇。其中一名弟子便问起了话。万瞎子阴测测地道："杨慕侠在哪里？"

弟子们见他直呼师爷的名字，全无敬意，都有些愠怒："我们老先生不在。"

"那杨云天和杨云鹏呢？"

"大先生和二先生早回去了。"

万瞎子看起来很失望："你们里面，谁是杨家的人？"

众弟子面面相觑，隐约看出对方是来寻事的，可一个老瞎子和一个小女孩能有什么道行？便有人对武云说："小姑娘，快点儿带这位老伯走吧，杨家可不是你们该来的地方。"

只见万瞎子伸手理理胡须，郑重其事地说："我姓万，万斤力的万，诸位好好记着这个名字！”

那些人听到万斤力三个字，都变了脸色。那巨汉前些天来杨门挑战，后来被毒死在杨家门口，闹得全城沸沸扬扬。师爷盛怒之下，惩罚了戏弄过万斤力的杨兆龙，结果，小师弟半夜逃出家门，到现在也没找着。杨云天怀疑他去了外公家，今天下午也仓皇赶去了京城。

这瞎子既然也姓万，想来便是万斤力的亲属，众弟子们自然不敢造次，便公推一个年岁大的上前去说话：“万先生，我师爷今晚去东城李家赴宴，你要不要先去家里坐等？”

万瞎子翻翻白眼：“我听说杨家有位少年英雄，姓杨名兆龙，他如今可在府上吗？”

“嗯，我们小师弟昨晚离家出走了！”

“那我还去他杨家作甚？”万瞎子嘿嘿冷笑，身子登时拔高了一节，长衫也呼地鼓胀起来，“打了你们，杨慕侠自然得来见我！”盲公杖倏地抬起，只轻轻一点，那弟子就哎呀一声栽倒在地。

其余的弟子没想到他出手这么快，都呆住了。万瞎子像一团黑雾一样，嗖地弹过去，忽而在左，忽而在右，忽而在前，忽而在后，就这么旋了一大圈，二十几个弟子竟然全数被他点倒在地，个个呻吟叫疼，偏偏就是动弹不得。

武云见他像鬼魅一样旋过去，又刮风般闪回来，惊得目瞪口呆。万瞎子长长吐了一口气，整个身子慢慢收缩，又恢复了原先的那副猥琐的模样。

武云这才回过神来，惊喜地喊叫：“万公公，你的功夫可真厉害！”

“是吗，”万瞎子蜡黄的脸上却并没有喜色，反问，“你那个恶伯伯又如何？”

“我没见过恶伯伯打架，不过，他也很厉害！”

万瞎子慢慢点头，抬起盲公杖指着那些地上的人：“不是我厉害，是他们不经打！”

武云搀扶着他，慢慢往回走：“可是，杨家的太极功夫不是很厉害吗？”

“有句话叫作太极十年不出门，这些家伙都是新手，所以不禁打。据我所知，杨家的那些老徒弟多数去了镖局子……”

一老一少慢腾腾地走到大街上，看到一间饭铺，便进去吃些东西，要了本地名吃“驴灌肠”和“酥鱼”，还各吃了一碗热腾腾的面条。食罢，武云问他要去哪家客栈歇息。

万瞎子想了想，说：“自然还得去那泰丰客栈！”他端起碗，喝了口汤，又道，“那地方方便杨慕侠去找寻！”武云方才明白，敢情那争斗才刚刚开始。

泰丰客栈的掌柜和伙计见一老一小投店，赶忙迎上前，万瞎子道：“老板，我要借你这地方等个客人。”让他准备上好的龙井一壶，再开一间上房，让武云先去休息。

但这小丫头既然知道万瞎子在等杨慕侠，如何肯错过这精彩的一幕，执意要留下来陪他。万瞎子也不勉强，一个人拄着盲公杖，绕着前堂走了几圈子。

从柜台往门口，约有十来步，东西有二十几步，两边靠墙角的地方，各摆着一张方桌、四把椅子，方便客人坐着歇息。万瞎子走得很慢，有时盲公杖还会点到桌椅上，武云几次想过去搭把手，都被他支开。

掌柜和伙计眼巴巴看着瞎子在店里绕着圈儿走，不明白他在做什么。可走第二圈时，他的步子明显加快了，而且哪地方有碍挡、哪地方有壁碰，都记得丝毫不差。因而，当他走完第三圈后，对前堂已是轻车熟路了。这才坐下来，端起刚沏好的龙井，徐徐喝了一口。

这碗茶没喝尽，他的手便停在半空，目光转向店外。此时天色早黑下来，外面已挑起两盏“气死风”灯，红莹莹的光照在客栈的金字招牌上。有一股子夜风吹进来，门板吱呀响了声。

掌柜这才看见，一个人影披着浓浓的夜色，无声地踏进门来。灯下一瞧，那人身子瘦削，目光凌厉，竟然便是杨云鹏。

“二爷，你怎么这时候来了？”掌柜上前招呼。

杨云鹏却只冲他抱了抱拳，目光随即落到万瞎子身上。掌柜因靠得近，被杀气一激，不由得打个寒战。这一刻，武云竟然也坐不住了，身子老往桌子底下滑溜。

万瞎子蜡黄的脸皮抖动几下，问："来的可是杨家老二？"

"正是杨云鹏！"

万瞎子慢慢抬起盲公杖，扶住摇晃的武云，轻轻一送，把她推出去。这才把茶碗放下，赞道："好，杨家果然没让我失望！这么快就找来了！"

杨云鹏冷笑道："万先生要是招子还亮，自然要领教，现在看来，我白走了一趟。"转身便要离去。

"慢着！"万瞎子沉声道，"我兄弟死在杨家门口，难道你不准备给万家一个交代吗？"

"万斤力不是杨家人下手害的，是非曲直，官府自有论断……"

"别提官府！"万瞎子猛地提高嗓门，"我们在说武林规矩、江湖道义！"

这句话极有分量，杨云鹏只有转身："好，我倒要听听万先生嘴里的规矩和道义！"

万瞎子慢慢站起来，把盲公杖倚在桌沿，冲着杨云鹏一抱拳："山右（山西）万铁英，向阁下讨教一二。"

他如此郑重其事，让杨云鹏感到为难。接招吧，对方是个瞎子，胜之不武；不接吧，等于直接驳了他的面子。想了想，道："万先生，既然你非要出手，咱们便来个文比吧。"

"怎么个比法？"

"我不离先生左右，若是你能用盲公杖碰到我，哪怕是沾到了衣角，也算我输。"杨云鹏目光看向掌柜、伙计和武云，"这店里的人都可以做个见证。"

万瞎子嘿嘿一笑："杨二爷，我招子不亮，耳朵却灵。"

"我太极门的听劲功夫，当然更胜一筹！"

"好！"万瞎子往前走了一步，站到前堂中间。杨云鹏果然跟着上前，站到他右侧，仅离着一步之遥。

掌柜和伙计见他如此大意，都捏着把冷汗。武云却知道万瞎子赢定了，不免欣喜，她看过他出手，真是比闪电还快。杨云鹏隔得这么近，哪能躲得了？

场中两人暗暗运气，等候时机。眼前一花，万瞎子的盲公杖疾点出去，直刺对手的心口。谁想杨云鹏更快，人早闪到一边去。

万瞎子啊地喊一声，盲公杖呼呼抡开了，把周围尽数罩住。但杨云鹏却像一阵风、一股烟，总要快上一步，以至于看上去不是万瞎子抡杖打他，倒像是他围着盲公杖旋转。

万瞎子进退，他也亦步亦趋，始终不离左右。只把观战的人看得傻了眼。这杨云鹏的身法快如鬼魅，不像是血肉之躯能练出来的。

万瞎子眼见攻击无效，又惊又怒，慢慢往桌子挪去。想借助它来阻挡杨云鹏的腾挪闪避。谁知，对方一下子凭空消失了。

他侧耳细听，竟然一点儿没有响动，连轻微的呼吸声也没见。他看不到，武云几个却瞧得一清二楚，杨云鹏居然像片纸一样轻轻贴在桌子底下。

更可怕的是，万瞎子在转动身子时，他又会从桌子反面滑下来，悄无声息地贴在他的背后，相隔不过一指距离。瞎子的脸上闪过惊恐，他隐约感受到对手就在近前，偏偏无法判定具体在哪个方位。

他又转动几下，但每次杨云鹏都比他快半拍。兴许是不忍心再继续逗弄这瞎子，杨云鹏轻轻伸手在万瞎子的肩头一拍，身子嗖地弹出去。

但万瞎子却反应剧烈，他嗷嗷吼叫着，盲公杖抡得呼呼直响，却都打到空里去。武云不忍心再看下去，喊道：“万爷爷，你别打了，他不在那儿！”

万瞎子兀自胡抡了两下才停，眼珠子死死地瞪着，白眼球一动不动，他呼哧呼哧喘着气：“杨云鹏，我不怕你！你上来……”

杨云鹏叹了声：“万先生，我看咱们也不用再比下去了。”

万瞎子面如死灰，颤声说：“我听不到你的喘气。你已经练成了体呼吸？”

“十年前就成了！”

“二先生，你武功比老先生强。”

杨云鹏一笑："错，老爷子才是太极门第一妙手！"

"他这妙手，可不见得比你快！"

不想，杨云鹏听了这话脸色有些黯然，原来，万瞎子的话让他想起半年前的一件事。那段时间，他自觉内功已入化境，尤其是一杆大枪施展起来，直如鬼神出没，烈不可挡。

记得是中秋节那晚，杨家叔伯弟兄都赶回广平府团圆，大家一面饮酒赏月，一面高谈阔论。杨云鹏趁着几分醉意，提出跟那几个在外头做镖师的兄弟比枪法，竟一气连败数人，让那些人很是丢了脸面。

杨慕侠因而出声喝止，杨云鹏仗着几分酒劲，得意地炫耀自己的太极大杆无人可敌。杨慕侠笑骂："你这畜生，真是不知天高地厚！"立刻也取一支大杆来。

杨云鹏快如闪电，杨慕侠稳如泰山，两人杆子缠在一起，不过数下，杨云鹏就撤杆弹回，拍掌大笑："你不如我，你不如我！"

杨慕侠微笑："我不如你，怎不看看胸膛？"

杨云鹏低头一看，酒劲登时全消，惊出一身冷汗。他衣衫的前襟早被杨慕侠的枪杆刺破数处，自己竟然毫无知觉，当下呆立住。

杨慕侠摇摇头，从他身边走过，甩下一句话："你气太盛，火太旺，还是没藏住！"

以老头子的见识，太极高层功夫便是藏。内家内家，便是要修炼出内敛的精妙功夫，而不是霸道外露。所谓以柔克刚，还不足以概括太极拳的高深，因为那个克字便硬了，便意重了……

想到这里，杨云鹏不觉摇头，心想，如果老头子今天见这姓万的，又会怎样行事？便道："万先生，比也比过了，今天的事你怎么说？"

万瞎子咬咬牙："好，姓万的有生之年，绝不再登杨家大门半步！"

杨云鹏不再言语，只是朝他一抱拳，转身去了。

武云见万瞎子呆立当场，一派落魄，赶忙跑上前去，"万爷爷……"这一刻，老瞎子像是忽然老去十多岁，干瘪瘪的，精气神尽失。

她伸手抱住瞎子的后腰，觉得他的身子颤抖不停，像秋风里的枯叶子。

在黑鱼庵住了一晚，虽然客房简陋，但兆龙躺着很踏实。夜幕降后，这里静得出奇，唯有蛐虫的叫声入耳，反添了幽谧。从窗户往外看，那月光白晃晃洒下来，渺渺漫漫，恍惚觉得像是四周的水溢进了庙里。

这一夜，竟然无梦。

早晨是在一两下磬声中醒来的。他的伤好了大半，行走无碍，出门瞧见悟清老和尚在练他的八段锦，慢悠悠的一副沉醉姿态。他此时对武功毫无兴趣，更何况肚子里咕噜乱叫，便信步走进香积厨。

那地方很狭小，锅灶也破旧，扒拉着看看，除了半笼窝头外，只有几个青皮萝卜和地瓜，不禁吐吐舌头，心说这里也太穷了。但他平常受母亲熏陶，很小时就下厨帮忙，对做饭是最不犯愁的。马上从瓷缸里抓了些粗米，淘干净了，又把地瓜刮皮，切成细丁儿，混到一起在锅里煮了，上面热着窝窝头。

等粥差不多熬得乱糊了，他便不往灶膛里添柴草，任余烬去烘着。却又洗了一个青皮萝卜，切成细丝，抓点粗盐揉了揉，末了加上一滴油，爽口的小菜便算做成了。

没想到，这餐早饭竟然叫悟清和禾谷吃得口滑，连连叫好。地瓜稀饭和萝卜丝都成了无上美味。见他们吃得香甜，兆龙也满心高兴，大家稀里哗啦地把吃食来个一扫而空。

老和尚见状，不免又慨叹，这饭菜可口但也有一样不好，就是吃得多。兆龙和禾谷都掩口而笑。

上午，他正准备跟悟清学着念经文，突然听到庵外传来叫声："兆——龙，兆——龙！"居然是兆鹰的声音。

兆龙跑出去，先不开门，只是从门缝里瞧向对岸，见那里只有他一个人背着个包袱，方才走出去。兆鹰见他果然在，高兴得直摆手。

兆龙踩着筏子，拉着铁索靠上岸，问："喂，你怎么知道我藏在这儿？"

兆鹰道："那天你不是说，以后不练武，就跑到这里出家当和尚吗？"

兆龙警惕地瞧瞧他身后："你没跟家里人说我在这儿吧？"

兆鹰摇摇头，又问："怎么，你还不想回去？"

“当然不回去，死也不回去！”

“知道吗？大伯大娘可是急坏了，到处找你，大伯昨天还特地跑了一趟你外公家。”

兆龙心里毕竟挂记着刘氏，声音低下来：“你回去跟我娘偷偷说，我在外面很好，让她别挂念，可是不准告诉我躲在这里。”

“好吧，反正你逃也逃出来了。”兆鹰这样说着，其实心里倒是挺佩服兆龙的，这世上只怕没他不敢干的事。他把肩上的包袱扔过去：“接着！”

“这是什么？”

“你的衣服，我偷着去你屋里拿的，还有几块点心！”

兆龙大喜，大声道：“这才是我的好兄弟！”顺手挂在肩上，“下次再来时，多弄点好吃的。”回头看看黑鱼庵，“这地啥都好，就是缺填饱肚子的东西！”

兆鹰答应着，转身走了。兆龙却并不急着回去，而是目送他走出老远，一时间，心里不是滋味。说起来，自己跟家里闹腾也是挺无趣的。回头看看水洼中孤零零的黑鱼庵，回头再看看兆鹰越来越小的身影，不觉心头疑惑，难道我真要出家当和尚？

呆呆地胡想了一会儿，不觉讪笑，什么乱七八糟的，也懒得再去想了，先待上几天再说吧。正要扯拉着铁索回去，便听到嗒嗒的声响，抬头一瞧，见一个穿粉色衣衫的女孩正搀扶着一个瞎子慢吞吞地朝这边走来。

“这两人，莫不是要去黑鱼庵上香的？”便不忙着往回拉竹筏子，住手观望。

果然，女孩扶着瞎子在岸上站定，听她说：“万爷爷，前边便是黑鱼庵了。”

“你跟我说，这庵是什么样子？”

“它建在水丘子上，不多大，门口栽着两棵老柳树……”

兆龙便笑着招呼：“喂，你们是要去庵里上香的吗？”

女孩其实早看见他了，反问：“你是庵里的吗？”

“对，我专门在这里摆渡。”兆龙盼着有香客上门送香火钱，便十分巴结，帮着女孩扶那盲人下筏子，待他们站稳，才慢慢拉动铁索，竹筏子徐徐往前漂去。

“我听你们的口音，不像本地人。”

“我们要是本地人，还用问路吗？”小丫头牙尖嘴利，抢白了兆龙一句。

兆龙并不在意，心里暗笑，真是本地人，才不会到这黑鱼庵来上香呢！便听那盲人问：“小哥贵姓，怎么称呼？”

兆龙犹豫了下，说：“我姓杨，你管我叫小龙就行啦！”

“小龙？”瞎子嘿嘿笑道，“那就是蛇喽。”小女孩也跟着咯咯地笑。

兆龙觉得这话刺耳，不禁白了他一眼，转眼筏子靠到石阶上。他蹦上岸去，把筏子拴在桩子上，因为烦他们说话，便也不再客气，径直走进山门。

听到身后小女孩说：“万爷爷小心点儿，这台阶一共是七步……山门的门槛低，不用怎么抬腿……”

兆龙心想：“原来，这是俩傻蛋！”见小女孩每走几步，便不厌其烦地解说，瞎子也跟着用盲公杖去步量，十分不耐，就撇下他们不管了。

迎头碰到禾谷出来，问他：“你带客人来了？”

兆龙撇撇嘴：“他们说是来上香的，也不知道能掏出几个大钱来！”

禾谷听说来了香客，高兴地一拍脑瓜子，屁颠屁颠地迎上去。兆龙却哼了声，转身回了自己的住处，把兆鹰送来的包袱打开，里面除了一套衣服和一双鞋外，果然还用油纸包了几块点心，是母亲刘氏很拿手的“蜂糕”。

这东西是用大米面发酵做出的，里面掺了蛋黄、猪油和糖，蒸出来后糕内孔眼很多，便跟蜂窝一般，因而被唤作蜂糕。

兆龙的口水早流出来了，赶忙抓了块丢进嘴里，又香又甜，竟然比平日里吃的还可口。忍不住又连吃数块，要不是记挂着给悟清师徒留些，他肯定一股脑全吞了。

奇怪，往日里怎么没觉得家里做的蜂糕这么好吃？难道说，是因为离着娘远了？想到刘氏肯定操碎了心，竟呆呆发起愣来。

这时，听到那熟悉的嗒嗒声又在院中响起，不用看便知，那女孩扶着瞎子又开始在庵里步量。只不过，这次解说的是禾谷，尽管结结巴巴的，他还是说得挺起劲儿。

经过他门口时，小女孩的眼睛直往里瞟，兆龙不禁狠狠瞪了她一眼。禾谷脸皮有些发红，愈发映得那些黑麻点清楚："俺们寺里面，就这么一处客房……"

"原来他也是外来的客人啊！"

"对呀，他便是广平府赫赫有名的太极杨家……"

"禾——谷！"兆龙恼怒地朝他挥了手。禾谷赶紧把下半截话咽下去。

兆龙坐在床头生了会儿闷气，觉得自己要是一直不去正殿，未免叫那瞎子和丫头小瞧了，便摆出一副大大咧咧的模样，跨进殿去。只见四人都坐于右边的蒲团上，他偏偏坐到左边去。

他们显然在商议什么，兆龙进来后，话头便停了停，随后又听那瞎子道："住持有所不知，我那苦命的兄弟客死他乡，竟是没容我来广府见上他最后一面。如今只能替他做做法事，多念几卷经文，好叫他早日超生了。"

"不瞒施主，我这庵地方小，人手缺，可办不了正规的焰口。"悟清说这话时，语气平缓。

瞎子嗯了声，说："也不用那么铺张，尽心即可，便请住持多念几卷经文吧。"

但悟清还是不急着答应，又道："还有一桩，黑鱼庵客房紧缺，没处留你们歇脚……"

禾谷在旁急了，叫道："师父，怎么没有客房了，可以叫兆龙跟我睡一屋啊！"

兆龙不禁狠狠瞪了他一眼。那叫武云的女孩却挑衅样儿地朝他哼了声，鼻孔朝天，还伸出手指刮自家的脸皮，嘴里发出羞羞羞的声音。

"那就这么说定了！"瞎子说着，解开脚下的包袱，把事先请人写好的牌位拿出来。禾谷赶忙接了，将它供在桌案的中央处。

兆龙起先还负气不去看那牌位上的名字，把头扭一边去，冷眉冷眼的。很快，香烛点上了，悟清一边敲着木鱼，一边唱经，禾谷居然也字正腔圆地跟着唱，不但板眼准，而且合工尺。

兆龙突然想起来，禾谷昨晚说过，唱经全凭一副好嗓口。这嗓子眼里的功夫，也跟他练拳差不多，照样讲究夏练三伏，冬练三九，要练出深厚的丹田气来才成。

不觉，便把身子坐正了，目光落在牌位上，登时全身一震，像被当头浇下一盆冰水。那上面写的是“亡弟万斤力之灵位”。

兆龙倒吸着凉气，心想，真是活见鬼了，怎么我跑到哪儿，他们便追到哪儿！联想到刚才瞎子和武云的神态举动，终于明白他们来黑鱼庵的目的。他斜着眼往左右瞧了瞧，琢磨着对策，这瞎子还真能沉得住气，明明冲着他来，还在这里装模作样地办法事。

又想到，悟清老和尚应该也能觉察出瞎子的来意不善，故而才没那么热心吧。见那瞎子和武云双手合十，跟着和尚念叨，便轻轻起身，慢慢往外退去。毕竟万斤力受过自己的戏弄，内心有些愧疚，不好意思面对他的亲人。

谁知，离着门槛还有半步，瞎子蓦然手指弹了弹，兆龙便扑通一声摔倒在地上。他挣扎着想爬起来，无奈那条腿便像残废了一样，又酸又麻。

他忍不住大叫：“死瞎子，你暗算人算什么好汉！”

瞎子恍若未闻，还是双手合十，武云则笑嘻嘻地看着兆龙。

禾谷慌忙跑过去把兆龙扶起来：“你，你怎么样了？”

“那瞎子打中我的穴道了！”

悟清念了声佛，道：“施主，你怎么难为起这孩子来了？”

万瞎子反问：“住持，这小子可是杨慕侠之孙、杨云天之子吗？”

“正是！”

“那就对了！”瞎子冷笑道，“你可知我这兄弟死在何人手里？”

悟清脸色一变：“难道是杨家……”

“正是！他来广府找杨云天比武，却被这小子暗中下毒害死！”

“我没有！”兆龙大叫，“万斤力根本不是我害的！”

瞎子嘿嘿笑道：“大师，你现在明白我为何选黑鱼庵了吧！”指着兆龙说，“有这小子在，不比放十个人的焰口强？”

“敢问施主准备如何处置他？”

瞎子拖长了腔子，慢吞吞地道：“我要活祭了他！”

非但禾谷，武云也被这话吓了一跳。这些天她跟万瞎子一路同行，深知他的脾性，说一不二，他真要认定的事，非做不可。虽然说杨家是秋水的对头，可真要把一个活生生的人杀了当祭品，她可不敢想，也不敢看。

“阿弥陀佛！”一声长长的佛号，悟清正色道，“施主说笑了，黑鱼庵虽小，却也是佛门净地，岂容玷污，尚请施主三思。”

“呸，老子遇佛杀佛，遇魔除魔！谁能拦得住！”

武云眼见万瞎子脸上狰狞可怖，越发害怕，怯怯地叫声：“万爷爷！”

“什么事？！”

武云被他的高嗓门惊得一哆嗦：“天色不早了，我……我要先走一步了……”

瞎子用一双白眼瞪着她，并不言语。武云颤声说：“你也抓到了小恶魔，这里用不着我了。我，我要回去了……”

瞎子阴恻恻地道：“爷爷的眼不好，总受人欺负，你舍得走开？”

“我去找恶伯伯来陪你好不好，我……”

瞎子突然长叹了一声，挥挥手：“念你陪我走来一路，很是辛苦，去吧，去吧！”

武云见他答应，如释重负，也顾不上跟悟清打招呼，转身就跑。扑通一声，人也倒在门里。一粒黄豆滚落在地，万瞎子是用它打中女孩的穴道。

一时间，大殿鸦雀无声。瞎子转身面对悟清：“大师，现在祭品更丰厚了，一对童男童女！我那死鬼兄弟前世修得这等福气！”

悟清见他行事如此乖戾，也不再规劝，只是轻轻念了声佛。兆龙和禾谷没想到瞎子会冲武云下毒手，看得目瞪口呆。女孩挣扎着，叫唤：“万爷爷，你打我干什么？”说着，流下晶莹的泪花。

兆龙本来心中还有些幸灾乐祸，见她流眼泪，心又软了，暗道：“你傻啊，现在还叫他爷爷？”

只听万瞎子一阵冷笑：“丫头，姓万的眼瞎心可不瞎！”

“我，我对你不好吗？”

“你这丫头心地还算不错，可这年月良善能值几个钱？你得跟武恶学，学他的狠辣，学他的恶毒。”

“恶伯伯？”

“没错，就是那个家伙。你以为单凭这臭小子的一把巴豆，就能把万老二毒死？是你那个恶伯伯，他下的毒手！”

兆龙瘫在那里，听了大喜，叫唤起来：“喂，你早知道害人的不是我，干吗还点我穴？”

“住嘴！”瞎子重重地敲了下盲公杖，“小兔崽子，这里没你说话的分儿！”

武云听他把矛头指向武恶，呆住了，也忘了哭。

瞎子叹道：“这招借刀杀人委实高明，换作我，也会这么做。一来把罪名扣到杨家人身上，二来还白得了那些财货。这个武恶，真是没白叫这个恶名，好手段！”

武云听他这么一说，倒也信了。武恶突然失踪，没留在广平府，只怕真的有隐情。此老行事乖戾，肆意妄为，从不讲什么规则和道义，更不会顾忌什么情面。他要是觉得万斤力成了废物，定然不会手软。老祖宗曾当着她的面说起过好几次，武恶是一把有毒的刀子，摆弄不好还会割伤自己的手，之所以还重用他，只取他的忠心。

万瞎子呢，他何尝不是毒蛇？武云仔细一寻思，便明白从到广平府那天起，他其实便把她看作了筹码，要用自己逼武恶出来。

这瞎子的行事缜密，处处透着诡异，虽然昨晚在泰丰客栈中折于杨云鹏之手，还承诺不再登门寻事，但实际上并没打算放弃对杨家的报复。武云到现在也不清楚，他是怎么知道杨兆龙躲在这黑鱼庵的？

不过，万家庄是个杀手窝，这趟万瞎子来广平府，指不定暗中带了多少人手。他们打听实了消息，及时传给他，故而他才会一大早就直奔城西而来。

想到这里，武云最初的怕劲也过去了，大着胆子说：“万爷爷，这黑鱼庵地角偏，恶伯伯就算想见我，也不一定想到来这里找。”

万瞎子嘿嘿冷笑：“那就看你们的造化了。我等他三天。三天不来，便用你们俩活祭我那兄弟！”

兆龙气得破口大骂：“臭瞎子，有本事你去找大人拼命去，欺负我们两个孩子算什么英雄好汉？”

万瞎子却懒得理他，弹指射出一粒黄豆，兆龙登时张不开嘴了。

“阿弥陀佛，施主你放下屠刀，立地成佛吧！”悟清朗声道。

“和尚，你少说这些混账话！你那佛祖要真的有灵，也就不会让我家老二死于非命！”万瞎子说着，迈步往外走，没走两步，蓦然转身，盲公杖闪电般点中悟清的胸膛。

和尚身子一哆嗦，向后倚在柱子上，不能动弹了。“师父！”禾谷慌忙上去搀扶，后心一麻，也跟着扑通倒地。

万瞎子嘿嘿笑了声：“你们先好好歇着吧！”他转身朝殿外走去。兆龙躺在地上手脚不能动，嘴巴不能张，气得两眼冒火，盼望着他被门槛绊倒，摔个跟斗，谁知，那家伙竟然轻生生就迈过去了。敢情刚才武云陪他在周围转了一圈，竟然便把旮旮旯旯都记清楚了。

春色已浓，水也暖了起来，紫红色的芦芽和灰绿色的苇蒿丛里，不时能见到野鸭和鸬鹚在游弋。忽而，有鱼钻出水面，又啪地跌回去。

万瞎子点着盲公杖出了山门，慢慢下了台阶，侧耳细听周围动静。风吹着芦苇荡哗哗作响，他听了会儿，没什么异常，方才伸出盲公杖，啪地在竹筏子上击了下。那些竹竿登时便散了，慢慢沉入水中。

跟着，他又走近左手边的那棵老柳树，摸着那条系在上面的铁链，脸上闪过一丝诡异的笑容，伸手拽了拽，铁链很牢固。

瞎子反手抓住盲公杖的柄，一拉，一柄寒光闪闪的短剑便拔了出来，只一下，那铁链就断开了，像条黑蛇轰地没入水中不见了。唯有岸边那头还耷拉着。

“这下子，文章就做成了！”瞎子得意地笑笑，转身进了山门。他疾步快行，身法灵便，哪里像是个目盲的人。

关上山门，并从里面插上门闩，还没等进天井，他便听到殿里传来一阵阵诵经声，老和尚念一句，小沙弥便跟一句，竟然跟平时没什么两样。

万瞎子在外面听了半晌，叹了口气，慢慢迈进门，在蒲团上坐定。

兆龙眼珠子骨碌转个不停，寻摸着主意。可恨那瞎子点了他的哑穴，害他说不出话来。悟清师徒又古板可笑，这当口还不忘念经，以为佛祖真能显灵。尤其是禾谷，歪倒在地上，还在那里一本正经地跟着念，要多滑稽就有多滑稽。

武云这丫头呢，他又信不过，而且两人谁都看着对方不顺眼，要不是他开不了口，早跟她干起嘴仗来了。

三炷香早烧完了，万瞎子端坐在蒲团上像是睡着了。禾谷歪躺着念经毕竟不舒服，慢慢没了气力，终于卡壳了。只有悟清还始终一个腔调，念来念去。

突然，万瞎子哼了一声，啪地射出一粒黄豆，打中禾谷，他慢慢活动着手脚，坐起来，正准备清清嗓子，继续跟师父念经。万瞎子冷冷地问："小和尚，你是人是妖啊？"

"我，我当然是人了……"

"既是人，便得吃饭。"万瞎子说着，伸出盲公杖在他屁股上敲了一记，"还不做饭去？惹恼了我，一把火烧了你这破庙。"

禾谷吓得赶紧跑出大殿，去香积厨忙活了。万瞎子也不疑有他，只是在蒲团上坐等。悟清还是不紧不慢地念着经。

待禾谷回转时，手里端着一大碗咸萝卜，另外用柳条编的小箩筐盛着六七个窝头。他恭恭敬敬地把食物放到悟清膝下，却被万瞎子一把拖过去，伸手摸了摸，喝道："怎么只有这些？"

"我们庵里面本来就粮食不够，现成的只有这些了。"

万瞎子嘿嘿冷笑："那也成，他两个小崽子就没分儿了！"兆龙听了，不免又在肚里大骂。武云倒是没吱声，她正在犯愁武恶能否在三天内找到这里。

尽管窝头做得粗劣，万瞎子还是一口气吃了三个，另外两个留给那师徒俩。但悟清没有吃的意思，禾谷自然也不好动用，只能强忍着肚饿。实在觉得难受，他小声跟悟清说："师父，咱们明天就要断粮了。"

悟清叹口气，伸手从袖子里摸出三个铜板来，放到禾谷的掌心："我这里还有几个钱，你去城里买点口粮回来吧。”

禾谷答应着，转头去看万瞎子，见他并没有反对，也没有出声，迟疑了下，便慢慢往外走。兆龙和武云的眼珠子瞪得滚圆，蛮以为他又会突施暗算，把小和尚射倒。谁知，禾谷一步步地退出大殿，他还是没有反应。

只待禾谷穿过天井，开了山门出去，兆龙和武云才长舒了口气，兆龙心里嘿地一声，虽然开不了口，还是暗暗念了两声佛。

谁想，禾谷很快又折回来，他慌慌张张地喊：“师父师父，不好了，筏子不见了，那，那铁链也断了！”

悟清一怔，马上明白是怎么回事。万瞎子嘿嘿冷笑：“没错，筏子是我弄沉的，铁链是我弄断的。这三天，谁也别想离开此地半步！”

兆龙听罢，气得差点儿背过气去，骂遍了他万家的祖宗十八代。武云却忍不住道：“万爷爷，你这么做，三天内就更没人来了！”

“丫头，这回你可错了！”万瞎子说，“正因为我断了铁索，沉了筏子，你那恶伯伯才会闻出味儿来。他这种人，你越拦挡他，他越是要进来闯闯。”

几个人听了他的话，不免都为之刮目。“就算武恶不来，杨家人也是一定会到的。”万瞎子嘿嘿冷笑，“你俩的小命都攥在我手里，他们不来则罢，来了便要跟我好好下一局棋！”

傍晚时，禾谷被万瞎子逼迫着将剩下的米面尽数做成馒头，悟清师徒各分得一个，瞎子用盲公杖解开武云和兆龙的穴道，说：“你两个想来也肚饿了，想吃这馍，便要听话！”

兆龙憋了半天，本有一肚子脏话要骂，却又怕骂后捞不着饭吃，只能哼了声，表示抗议。武云则可怜兮兮地说：“万爷爷，我不是一直很乖吗？”

万瞎子不为所动，拿出一个馒头说：“庵里口粮少，匀不出太多，这个馒头便是你们俩的晚饭！”

兆龙早饿得腿肚子发软，叫起来：“那还不够塞牙缝的呢！”

“老子的话还没完呢！”万瞎子冷笑道：“就是这小小的馒头，也不会白白叫你们浪费。这黑鱼庵冷清，没什么玩乐，我用它当彩头，赌上一把。你两个打上一场，谁赢了，谁可以吃到馒头。”

“呸，我为什么要听你的？”兆龙怒道。

悟清叹了声，微微摇头，馒头只咬了一口，便无法下咽。禾谷却是早就吞下去了，猛听见瞎子的提议，差点儿噎住，赶忙跑出去喝冷水。暗想，这瞎子心肠怎么这般狠毒！

他又舀了一瓢凉水，端给兆龙，小家伙一口气都灌进去，拍拍肚皮，大声嚷：“老子饱了！不稀罕你那破馒头。”

禾谷又转身问武云：“你也喝吗？”武云委屈地泪花在眼眶里直打转，连连点头。禾谷拿水回来后，她果然也喝了小半瓢。

万瞎子侧耳细听，不住地冷笑：“杨家小子，赌气有什么用？这丫头是你的仇家，她可不会跟你讲什么道义！”又对武云道，“你这丫头也忒不成器，秋水的人便这等没血气吗？我让你们决斗，是给你们一个机会！”

“我才不会听你摆布呢！”兆龙叫道，“想当老猫来戏老鼠，门都没有！”

万瞎子脸色一变，抬起盲公杖：“臭小子，我先断你一条腿再说！”

武云猛地尖叫一声：“你不打，我打！”发疯般冲过去，照着兆龙拳打脚踢。

“臭丫头，你发什么疯？”兆龙气急败坏地躲闪。但武云自少习武，步步紧逼，他挨了两下后，也给激起怒火来，哇哇叫着反攻。

禾谷在旁边看傻了眼，叫道：“别打了，别打了！”

万瞎子耳听两个孩子打成一团，嘴角流出一丝残忍的笑。他喜欢把人玩于股掌之间的感觉，虽然这一幕看不到，却能依靠听觉触觉嗅觉，细细地去品味这些。

兆龙跟武云没打几下，便惊叫起来：“喂，你怎么也会太极拳？”

武云咬着嘴唇不答话，只是一味紧逼，兆龙一面推手，一面追问：“你跟谁学的？”

“我偏不告诉你！”武云说着，一记单鞭打向兆龙面门，被他顺势一捋一捌，打倒在地。

“好了，我赢了！”兆龙回头瞪着万瞎子，“姓万的，你说话算不算数？”

万瞎子一抬手，把馒头扔过来，兆龙接住后，便要往嘴巴里塞，却听见武云在地上呜呜哭起来。他的嘴巴就咬不下去了，暗道：“臭丫头会使太极拳，只怕跟太极门有瓜葛……”鼻子闻见馒头的香味，弄得心痒痒，却又暗暗咽口唾沫，大声说，“好男不跟女斗！”大步走过去，把馒头塞到武云手里。

女孩本来捂着嘴巴哭泣，馒头一到手，先是愣住了，随后小嘴一撇，哭得声更大了。兆龙咽了口唾沫，嘀咕着，正准备再去缸里舀些冷水吃，便听悟清道：“阿弥陀佛，兆龙，你过这边来。”

兆龙过去，老和尚便把手中那个咬了一口的馒头放到他手里：“吃了吧。”

“可是师父你还没吃呢！”

悟清笑道：“老衲还耐得住饿。”

正在推让，不妨万瞎子把盲公杖伸过来，只一挑，便把馒头挑上半空，随手接住。兆龙怒道：“你干什么？！”

万瞎子嘿嘿冷笑：“老和尚，庙虽然是你的，这规矩却是我定的！”把馒头凑到嘴里，轻轻咬了一口。

“我跟你拼了！”兆龙嗷嗷叫着扑上来，无奈万瞎子出手太快，盲公杖一点，他又一头栽倒在地。

悟清叹息一声，又低声念起经来。兆龙气炸了肺，趴在那里破口大骂。禾谷涨红了脸，道：“施主，你，你太过分了……”

话音才落，悟清便道：“禾谷，坐下来念经！”师徒俩又一唱一和起来。木鱼声和诵经声回响在整个大殿。

万瞎子哼了声：“你们就算把经书念烂了，木鱼敲穿了，也感化不了老子！”用盲公杖敲打着地面，慢吞吞地走出院子。天色黑下来，他聆听着草丛里的虫鸣，若有所思。

大殿里，歪身躺着的兆龙心里面早把瞎子骂了几百遍，但禁不住肚子咕噜咕噜发出叫声。一对小小的绣花鞋出现在眼前。武云蹲下来，慢慢伸出手，往他嘴里塞东西，居然是馒头。登时，一股暖流涌遍全身，便张口咽下去，心说：“总算你这臭……丫头有良心。”

大殿里没有亮光，悟清师徒节俭，蜡烛也很少用，往常也是摸黑念经，然后早早睡去。武云默默地往兆龙的嘴巴塞馒头，手指软软的，不时会触到他的脸皮，痒痒的。他有些不好意思让她喂。再说馒头不大，也吃不了几口，便把头扭一边去："我吃好了！"

武云也不勉强，躲到一边去，慢慢把剩下的小半个馒头吃了。看到黑影里的兆龙，心里起了波澜，觉得他半点儿也不讨厌了。

第二天早上，吃饭时，万瞎子许是觉得昨晚有些过分，竟然也分了兆龙和武云每人一个馒头。灿烂的阳光射进大殿，居然还从院里飞进一只白蝴蝶来，翩跹地在殿里扇来扇去。

万瞎子突然说："白白过了一天，也不知道今儿个会不会有人寻来。"

兆龙忍不住讥讽："姓万的，有本事你光明正大地去找人较量，躲这里耍威风算什么？我看你趁早也别姓万了，改叫乌龟吧！"

他说话时，武云一个劲地朝他摆手，示意他别激怒万瞎子。但兆龙憋得满满一肚子气，哪里能忍受得了。即便再次遭到毒打，也要一吐为快。

岂料，万瞎子居然没有动怒，嘿嘿笑道："你这小崽子，骨头倒硬，挺对我脾气！"弯腰从绑腿里抽出一把匕首，"也罢，我索性发发善心，再给你们指一条明路！"

"你会有善心？"兆龙嗤之以鼻。

"很简单，"万瞎子淡淡地道，"这有一把刀，不管你们中的哪一个，谁有胆量拿它杀掉对方，活着的那个就可以离开这里！"

武云和禾谷见他竟然又使出这样的损招，又惊又怒。悟清却面如止水，不闻不问。兆龙盯着万瞎子，问："你这话可当真？"

"当然，姓万的若是出尔反尔，天打雷劈！"

兆龙一咬牙："好，我来！"他转身朝武云眨眨眼，嘴上却说得狠巴巴的，"反正这臭丫头是我杨家的仇人，我先结果了她，也算除掉后患！"

万瞎子嘿嘿冷笑："你小子倒是个猴精！"手一扬，匕首抛过来。

兆龙一把接在手，脸上露出喜色，嘴里大声叫着："臭丫头，过来受死！"手握匕首，脚步轻拿起，又一点点放下，慢慢靠近万瞎子，匕首一点点刺过去。

禾谷和武云眼珠子瞪大了，方才明白他的心思，瞎子的耳朵灵，要是不声不响地刺过去，到跟前一定躲避不了。武云也跟着叫起来：“杨兆龙，我跟你拼了！”禾谷也胡乱劝着：“你们别打了！”想给兆龙打掩护。

眼看着匕首要刺到，万瞎子嘴角渗出一丝嘲讽的笑意。兆龙看得心头发毛，竟是不敢再刺过去。瞎子冷笑：“怎么，你有本事拿起刀来，却不敢动手吗？”

兆龙心知瞒不过他，一咬牙，呼地刺过去。万瞎子狰狞一笑，猛地飞脚踢掉匕首，盲公杖朝着兆龙脑袋砸去。禾谷和武云惊叫起来，瞎子这回下死手了。

啪的一下，盲公杖被荡开，兆龙死里逃生，惊出一身冷汗，竟然不知道为何没被打中。只听万瞎子哈哈大笑：“好，你终于忍耐不住了！”

武云和禾谷吃惊地看着悟清，正是他在危急关头，掷出木鱼，救了兆龙。“阿弥陀佛！”老和尚慢慢从蒲团上坐起来，“万施主，你这次未免做得太过了。”

“少废话！”万瞎子冷笑道，“我摸到你右手掌少了两根指头，便知你以前也不是什么善类！”

兆龙自从见到悟清，便一直好奇他为何会断指，还曾偷偷问过禾谷，但小沙弥也不知道原因。悟清从没在人面前透露。但今天，他却如实说了：“没错，那是老衲当年劫镖时，留下的记号！”

“劫镖？”万瞎子失声说，“原来和尚当年也是黑道中人。”

“正是，老僧在一位高人手中输得心服口服，从此洗心革面，隐退佛门！”

兆龙几个孩子听了这话都瞪大眼珠子。老和尚瘦骨嶙峋，长得不起眼，还一副懦弱相，身为住持，被人把庙占去了，也只知道退让。谁想紧急关口挺身而出，居然是位深藏不露的高手，而且当年还是一名大盗。

“你倒真是放下屠刀，立地成佛了！”万瞎子讥笑道，“可不知伤你的那个高人是谁？”

兆龙看到老僧的目光落到他脸上：“正是杨慕侠杨老先生！”兆龙心

一跳，原来当年是祖父降伏了他。

“这么说，老和尚你当年也是有头有脸的人物，怎不报上名号来？”

“说起来可笑，当年老衲狂妄，混个外号叫打人王！”

“好！”万瞎子狞笑道，“既然你打人王今天要替杨家出头，那我就好好领教你的高招！”

“嗯，二十多年没使唤，那些打人的本事都忘了。”悟清叹息着，一面慢慢踱着步，一面比画着，“可能容我想一想？”

万瞎子嘿嘿冷笑：“临阵磨枪，太晚啦！”作势要扑上去，却突然回身，盲公杖电闪雷鸣地刺出去。兆龙头一个遭殃，跟着是武云和禾谷，他们先后咣咣倒地。敢情他是怕动手时，三人暗中帮忙，不利于己。

这当儿，悟清已踱出殿外，还转头朝万瞎子示意：“佛祖面前勿动刀枪，咱们去外面活动活动？”万瞎子见他如此从容，倒有些拿捏不准了。

他们站到天井中，隔着能有四五步远。悟清念了声佛：“万施主你有心，来的时候，便把小庙转遍了，想是也清楚了地形。老衲倒也不算占你便宜。”

万瞎子冷冷地问：“和尚你准备用什么兵器？”

“老衲二十年前放下刀去，便没想过再拾起来。”

“那你是要空手接招喽？”

耳听得哗啦水响，悟清已把僧袍的长袖浸入水缸里，又水淋淋地拎出来，呼地甩向万瞎子，便像两根铁棍，威力惊人。

衣袖没到，水珠子却嗖嗖地急射过来，万瞎子慌忙把盲公杖舞成一团儿，但还是有些打到身上。噗噗，沉重的“水袖”劈到，万瞎子一接，力道劲猛，脚下不禁向旁边踉跄了几步。

悟清一招得手，昔日的豪情慢慢涌出来，喝道：“再接一下！”他壮年时便是一个大力士，使一条铁棍重达百二十斤，每一下砸下去都能把铁石打成齑粉。

袖子重重地抽下来，万瞎子不敢硬挡，身子向旁边蹦去。啪的一声闷响，泥地上被抽出一条深痕。

“和尚，你出手可够狠的！”瞎子叫道。

悟清怔了怔，念了声佛：“万施主是想知难而退了？”

“放你娘的臭屁！”万瞎子趁机逼上来。悟清“湿衣成棍”的功夫适合远攻，他的点穴只适合近战，自然要想法子摆脱被动局面。

果然，他的盲公杖上下飞舞，悟清只能接连后退。却不料两人争斗中，有花盆被砸烂，万瞎子一脚踏上去，险些滑倒。悟清下意识地伸手扶了他一把，两人唰地分开。

“和尚，你倒是不占人便宜。”

“阿弥陀佛，万施主眼力不济，老僧本就不该跟你动手。”

“那你还坏我好事？”

“老衲也不能让你害那两个孩子。”

“迂腐！”万瞎子抬脚将地上的花盆踢飞，又逼上来。悟清将湿透的袖子呼呼缠在胳膊上，缠得紧紧的，便像握着两个棒槌。任凭盲公杖怎么刺，总是能封挡在外面。

万瞎子没想到悟清这么扎手，杀心顿起，盲公杖直挺挺地刺向他的胸膛。悟清两手一合，紧紧加住，他自诩力气大，对手再也无法将兵器抽回去。谁知，万瞎子却趁势拔出了藏在杖中的利剑。

嗤嗤，两道寒光闪过，悟清右肋小腹各中一下。他怒吼一声，双拳击出去。万瞎子慌忙闪躲，旁边的木架子哗啦断成数截。老僧两条浸湿的袖子也噗啦炸开，化作了碎布片。

万瞎子向后接连退五六步，方才站稳了。他听到悟清在急促地喘息，还有滴答滴答的声响，那是血珠子正从和尚的伤口掉下来。心里也暗自骇异，幸好这老东西没了杀气，出手不狠，要不还真是麻烦。

“和尚，你老了，别逞能，还是坐下来歇歇的好！”

悟清的身子摇晃了几下，终是支撑不住，盘膝坐在院中。瞎子慢慢走近了，帮他点了几处穴道，血水缓缓止住了：“可惜，我不得不下重手，你没多久好活了。”

悟清咳嗽了两声，吐出一口血痰，说：“该去则去，也是因果！”

万瞎子也慢慢坐下来，两个人盘膝坐于天井中，看去倒像一对老友在侃侃而谈：“和尚，你武功不赖，输就输在心软上。我心里很好奇，当年那杨慕侠是怎生折服你的？”

这话倒不假，他确实很想知道，杨慕侠到底用了什么法子，能叫一个正值英壮之年的大盗，就此收山，还出家当和尚，并且一当就是二十多年。

悟清抬眼看看他，说：“那天，老先生根本没有跟贫僧交手。”

万瞎子就更觉得奇怪了，二十年前的打人王胆识和气势都冲天，不会只听了杨无敌的名头，便乖乖地服软。杨慕侠到底是怎么做到的？

“那年，贫僧狂妄，劫了英王爷的珠宝。原本以为做得干净利落，不承想刚回山头没多久，杨老先生便追到了。

“我当时虽然惊异，却也存有一试杨家太极功夫的心思。老先生早看出来了，说道，他前来拜山，不过想让我看在武林同道的面子上，归还财物，并没冒犯的意思。

“我便说，杨家既然扛着块无敌的招牌，要是不露两手，怕也难以服众。老先生就拿起一杯热茶，左手端着，右手贴在杯子口上，轻轻一旋，一股水柱就钻出来，他右手掌抬得越高，水柱子越拉得细，后又轻轻放回去。

“我见了，惊异他身上是否怀有邪术，只能交出珠宝，送他们出门。此后几天，我一直苦苦思索，后来终于想明白了，这杨老先生的内功已入臻境，直追鬼神，我便是再练几辈子，也赶不到那份儿上。一时间心灰意冷，于是割了两根指头，给众弟兄一个交代，从此便不再干那无本买卖了。

“我来到广平府，去杨家拜访，想投入杨家的门下。他却说，我做杨家的朋友比当杨家的徒弟更好。我寻思着，自己以前那身份确实能让师门蒙羞，便不再坚持，又不想远离，便在这水丘子上建了这黑鱼庵，入了佛门……”

万瞎子在一旁听了，却有些不信，悟清的话太简略，只怕隐藏了些事。他当年乃赫赫有名的打人王，怎会那么轻易就丢下一切，甘心剃度？

“和尚，临去可有放不下的事？”瞎子耳听悟清说话越来越虚弱，终究有些不忍。

悟清艰难地道：“施主能放过那两个孩子，便是积德。”

万瞎子嘿嘿冷笑："我最多饶过你那徒弟！"按照他以往的作风，禾谷的小命也是一定要取走的，免得留下祸患。

悟清想了想，说："也好，麻烦施主唤我那小徒过来。"

万瞎子慢慢站起身，走回殿里。三个孩子被点倒在地，虽然看不到外面的情形，却也听了个八九不离十。禾谷一能动弹，便连滚带爬地跑到天井去："师父，师父……"他看到悟清下半身的僧袍都被血染透了，慌了手脚，眼泪滚滚而下。

悟清艰难地笑笑："禾……谷，你要答应为师一件事……"

"师父你说！"

"为师圆寂后，你还俗也好，只是不可为我复仇，知道吗？"

禾谷转头看看万瞎子，后者脸上流露出一丝冷笑，他哽咽地点头："知道了师父！"

悟清慢慢伸出缺了两根手指的手掌，拍拍禾谷的肩，之后双手合十，轻声念了句佛号，人便不动了。

"师——父！"禾谷趴在地上呜呜哭起来。万瞎子在旁边站着无味，叹口气，慢慢转回大殿。

兆龙歪在地上大骂："姓万的，你给我记好了，禾谷不能替悟清师父报仇，我杨兆龙一定会！"

"是吗？"万瞎子冷笑，"只怕你没这个命！"

武云眼泪汪汪地说："万爷爷，你的心肠太狠了，你……"

却在这时，外面传来话声："他要是不狠，便干不了杀人的买卖！"

万瞎子脸色一变，嗖地跳到门口，喝问："谁？"

武云却听出来人是谁，脱口叫道："恶伯伯，你可来了！"

兆龙费劲地斜眼往外瞟去，只见一个身穿青布长衫的独眼龙背着手，站在天井中央。万瞎子向来自负，认为自己的听力无敌，谁知竟然没听见这武恶如何进来的，不由得打了寒战："你什么时候来的？"

"早来了！"武恶冷冷地说，"还看了一出好戏！"

万瞎子不禁倒吸口凉气，原来自己跟悟清打斗的时候，武恶已经潜进黑鱼庵，藏在暗处了。

第五章　武举

大殿里荡溢着一股肃杀之气，万瞎子猛地向后退一步，伸手抓住武云。小女孩尖叫着，但只发出半声就哑了。武恶哼了声，大步迈进来。

万瞎子喝道：“站住，想她死吗？”

武恶一只独眼上下瞅着，脸上流露出讥讽的神情：“瞎子，你想用她来威胁我？呸，做你的清秋大梦去吧！”依旧往前走，“怕她做人质，当初就不会叫这丫头去见你了，不信你试试！”

瞎子听他这语气，不得不信，武恶这样的狠角色从来不会顾及他人的死活。反过来，自己这些天跟武云在一起，倒是念及她的好，有些下不去手。暗叹一声，捏住武云的手松开，那孩子瘫在地上，大口大口地喘着气。

武恶见他服软，心中暗喜，便也停下不动。倒在地上的兆龙暗想：“这王八蛋一看就知道不是什么好东西！”

只听万瞎子沉声问：“独眼龙，你给我交个实底儿，我那兄弟到底是怎么死的？”

“当然是杨家害的！”

兆龙马上叫骂：“放你娘的臭屁！”

“闭嘴！”万瞎子抬脚踢了兆龙一下，他当然不会轻易相信武恶的话，又问，“万斤力活着的时候，你们走一路，他出事后，你倒没了踪影，叫我怎么能相信你？”

“我老恶做事，从来不怕别人唠叨！你要是想听狠话，我就敢给你来毒的。”他猛地提高嗓门，震得窗户纸嗡嗡响，“我武恶若是害了那万斤力，天打五雷劈！”

万瞎子见他发了这般毒誓，心存犹豫。武恶瞪着地上的兆龙，嘿嘿冷笑：“万兄不是在找凶手嘛，问这小子便知！”

“我正要活祭了他！”

武云听了，不禁打了个哆嗦，可又不敢多说话。她从小生活在“秋水”，伙伴只有跟她一般大小的武风和武蕾，他们都是孤儿，还没记事时便被收留。老祖宗为人冷漠，平日里除了传授他们武功，也不多话。武恶则常年在外活动，更不好接近。故而，她并不怎么懂人情世故。

这次出来历练，于她还是头一回，没想到江湖和人心竟如此地险恶！反倒本该是她对头的杨兆龙，以及悟清师徒，让武云感受到做人的良善和温暖。伤害她的，偏偏都是“自己人”。所以，现在让她眼睁睁看着兆龙被杀死，如何能承受得了？可她又没办法救他，只能在一旁吧嗒吧嗒地掉眼泪。

虽然趴在地上起不来，兆龙还是嗅到了危险的气息，瞎子真要冲他下手了。他脑子里飞速地转动，知道自己必须尽快想个法子脱身。这时候，他也不记恨老头子让杨云天鞭打他了，只盼着爷爷和父亲尽快赶来。

可是，光躺在这里死等不行，怎生想个法子拖延？兆龙越想头越大，这瞎子和独眼龙联起手来，个个奸猾毒辣，他怎么可能斗得过？

越是焦急，肚子里越咕噜咕噜叫得厉害，每顿只捞着吃一个窝头，当然不顶事。想到窝头时，自然便想到万瞎子用窝头引他跟武云决斗的事，眼睛便是一亮，有了主意，暗叫：“他娘的，也只能赌一把了！”

眼瞧着武云面对自己掉眼泪，心里便是一热，这丫头心眼不坏，小声说：“喂，帮个忙，把我的褂子解开？”

“什么？”武云光顾着掉泪，没听明白。

“帮我把褂子撩起来！”

武云虽然不知道他什么用意，还是照他的话去做了，褂子一撩开，便露出兆龙背上累累的鞭痕，她吓得尖叫起来。

武恶的独眼一下子盯在上面，兆龙却不去看他，见万瞎子一脸的疑惑，叫道：“瞎子，你过来摸摸看，我有好东西给你！”

独眼龙对万瞎子说："这小子不知道挨了多少鞭子，背上都开了花！"

他虽然这么说，万瞎子还是过去摸了摸，问："这是咋回事？"

兆龙道："还不是怪我给你兄弟饭里面下巴豆，我爹抽了我几十鞭子！"

"打得好！"万瞎子冷冷地道，"你别以为挨了打，我就会放过你。"

"我的话还没完呢！"兆龙大声说，"我是偷着跑出来的，再也不想回杨家了。"

万瞎子不理他，站起身，慢慢走到供桌前，对着上面的牌位，恨声说："待会儿活祭了你，我兄弟在九泉之下也能安息了。"

"只要你不杀我，我就愿意跟你走，还会把杨家太极的秘诀告诉你！"

这句话才是关键，万瞎子的耳朵顿时竖起来。武恶的独眼也亮了。他们不约而同靠过来，一个说："此话当真？"另一个问："真的假的？"

两人又同时噤口，相互防范。他们的呼吸声明显粗混起来，相持片刻，万瞎子道："武恶，这小子是我抓到的，你别打他的主意。"

武恶嘿嘿笑道："那要看什么事，这小子现在是块宝，我得带他去见老祖宗！"

"你想得美！"万瞎子举起盲公杖，"欺负我招子不亮吗？"

武恶摸摸自己的眼罩，道："亏得比你少瞎了一只眼，才看到你那手杖里的机关，还是痛快地拔剑出来吧！"

万瞎子气得直吹胡子，果然抽出利剑，舍了盲公杖："这小子可是我兄弟用一条命换来的，你敢跟我抢，找死！"

武恶却是存心要激怒他，让他心浮气躁，才好趁机下手："这话我就不明白了，万斤力的命怎么扯到这小子身上了？他明明死在我的手里。"

"什么？"万瞎子全身一震。武云和兆龙也都吃惊不少，先前武恶发毒誓的时候，眼也不眨一下，谁知竟是诳人的。

"我跟你拼了！"万瞎子吼叫着扑上来。武恶手腕一翻，两柄寒光闪闪的匕首亮出来。

眨眼间，他们便撞到一起，当当当当一片乱响，又各自噔噔噔后退数步。兆龙看得分明，他们衣衫各有裂缝，有血水渗出来。

趁着这空儿，武云赶紧把兆龙往殿外拖，万瞎子苦于被武恶盯着，竟是不敢拦挡。天井里，悟清圆寂后依旧盘膝坐着，脸色安详，但禾谷却不见了踪影。兆龙也顾不得想他去了哪里，忙着看殿里的动静。

此时，万瞎子和武恶第二轮交手完毕，依旧谁也没占到便宜，身上又都多添几道口子，半边衣衫也被血水染红了。

武恶的一只独眼闪闪发光，猛地将脚下的一个蒲团踢过去，万瞎子利剑一抡，劈成两半儿。武恶丝毫不耽搁，飞快地围着他转，把蒲团一个个踢过去。万瞎子则剑剑不落空，尽数劈开。

到后来，武恶居然把供桌掀翻，一脚踹过去。万瞎子身子往上一拔，桌子从他脚下滑过。却不防脚下被半个蒲团绊了下，打个趔趄。

武恶等的就是这样的机会，闪身扑上去，万瞎子反应倒也不慢，往前一个滚翻躲开了。武恶早有了主意，左手的匕首在磬石上一阵乱敲，发出嗡嗡的震响。

万瞎子的耳朵顿时“失灵”了，听不出敌手所在的方位，只能小心戒备。武恶却趁机闪到一边去，匕首慢慢刺过去。

兆龙的心一阵急跳，这一招自己也曾使过，但没瞒过去。但武恶借助磬石震响的掩护，铁定能偷袭成功。他要是杀了万瞎子，自己反倒危险了，不禁大声叫起来，“小心左边！”

可是已经迟了，武恶的匕首突然加快速度，万瞎子便是听见提醒也迟了。兆龙只见寒光闪烁，反倒是武恶呀地大叫一声，身子翻了出去。

他手捂着胸口，血水从指缝里汩汩渗出来。那张脸上写满恐惧：“你，你的眼……”

万瞎子阴森地笑道：“怎么，没想到吧？”

“原来你是装瞎！”

“不错，这一招本来是留着对付杨慕侠的，却让你提前尝了鲜！”

兆龙和武云看傻了眼，做梦也没想到会发生如此突变。他们看到，万瞎子的白眼球果然没了，露出一对晶亮的眸子。

武恶越发慌乱，万瞎子却步步紧逼，还得意地笑：“今天我要除恶务尽！”

他们又叮叮当当斗在一起，这回，武恶因为遭了暗算，渐落下风。于是，兆龙又担心他会被万瞎子干掉。猛听武云尖叫起来：“哎呀，起火了！”

可不是，香积厨那边黑烟滚滚，连着大殿的那一角也烧着了。兆龙看到禾谷气喘吁吁地举着几根火把跑到天井里，嘴里喊：“我烧，我烧死你们！”一把鼻涕一把泪地，不时用火把去触那窗户，那窗纸本就脆薄，见火便着了。

兆龙喊：“禾谷，你疯了，干吗点火？”

禾谷叫：“我要替师父报仇！”跑到大殿门口，也不管里面的两人在打斗，将火把尽数丢进去，那些帷帘呼啦啦先烧着了。

殿里黑烟滚滚，武云在外面看着怕，大声喊：“恶伯伯，万爷爷，快出来！”

兆龙一皱眉，心想，这臭丫头就是不长记性，他们害人还不够吗？叫道：“禾谷，把大门关上，烧死这两个王八蛋！”

禾谷便真的过去拉大门，刚刚合上，轰的一声，人被震飞出去。万瞎子和武恶一起滚翻到天井里。万瞎子伸手噼里啪啦地拍打身上的火，武恶却顾不上，随手抓过武云，往背上一抡，撒腿便往外跑去，身上兀自带着火苗。

万瞎子哪里肯舍，叫声别走，追出了山门。却发现那家伙手里各撑着一根长竹竿，背着武云，像踩着高跷，飞快地在洼淀里蹦跳而去。原来，他来的时候便是撑着竹竿跳的。

万瞎子知道追赶不上，又担心兆龙，只得愤愤地跺跺脚，又折回山门。此时，大殿也烧成一片火海，禾谷从地上爬起来，正晃晃悠悠的有些头晕。万瞎子怒道：“臭小子敢点火，去死吧！”抓住禾谷便要扔进殿里。

兆龙大叫：“放了他，不然我也死给你看！”他被武云拖来拖去，不知怎么的，穴位居然解开了，能够勉强爬起来。

万瞎子呸了声：“敢吓唬老子，我偏要弄死他！但不等他动手，兆龙就一头朝火海里撞去。万瞎子吓了一跳，甩开禾谷，一个箭步冲过去，及时抓住他的袄领子，把他拽回来。

“死小子，你倒真烈性！”万瞎子抹了把汗，又说，“老子先前答应过老和尚，不杀他徒弟，可不是因为受了你的摆布！”

这却是句违心的话，他适才激怒之下，早忘了悟清临死前的请求。如今才记起来，找个台阶下。

火势越来越大，热浪呼呼地扑来，烤得人睁不开眼睛。禾谷又跑到悟清尸身前痛哭，万瞎子却夹起兆龙往外跑。“禾谷，禾谷！”他手脚扑腾着，央求万瞎子也带小沙弥走，但后者哪肯理会，巴不得禾谷被火烧死，绝了后患。

钻出山门，下了台阶，将将要踩到水了，万瞎子才舒口气，黑鱼庵上空腾腾地冒着浓烟，火舌在下方乱窜，像巨魅张牙舞爪。

岸离得不远，此时已聚集了不少本地人观望，见他们跑出山门，纷纷吆喝，让快点闪避火势。兆龙扭头喊：“禾谷，快出来！”

万瞎子道：“他非得陪老和尚上西天，有什么办法？”架着兆龙下了水，幸好苇塘的水不深，没漫过胸。兆龙还是使劲扭头看向陷于火海的黑鱼庵。

忽听岸上有人喊：“兆龙！”

他寻声一瞧，原来是杨云天赶来了，登时觉得一股委屈涌上心头。万瞎子却起了警觉，急问：“谁在叫你？”兆龙早一口咬在他的手腕上，疼得他一哆嗦，不觉伸开胳膊，小家伙便像泥鳅一样钻出去。

他的水性可是练出来的，一个猛子扎下去，早溜出七八丈远。万瞎子又惊又怒，偏偏在水里又施展不开功夫。

杨云天也看出他不地道来，抓住岸上这头还系在柳树上的铁链子，用力一抖，它便像条长长的黑蛇，一节节地掀起，嗖地从水底钻出来，直扫万瞎子。

万瞎子大叫一声，他的盲公杖和利剑已丢在大殿，只得伸手去抓。便觉铁链传来的力道很滑溜，忽而像水浪卷涌，忽而像深谷下陷，忽而左右跌晃。很快，他周围便形成了一个旋涡，脚下又没有根，被对方挥拉得东倒西歪。更奇异的是，他想松开铁链的时候，竟已不能马上脱手。那东西便像个活物，紧紧黏住了他。万瞎子恍然道，这不就是太极拳中的粘黏连随吗？看来，来者定是杨家的人。

他不敢继续待在水里，一面躲闪着铁链，一面往岸上冲。杨云天大声道："好，不占你便宜，上来打！"铁链一抖，万瞎子借劲从水中拔出身，跳上岸去。围观的人慌忙散开。

万瞎子问："敢问阁下是杨家什么人？"

"他便是杨家大少爷杨云天！"人群里有人喊。

万瞎子去杨家挑衅时，杨云天正好去了丈人家，是以并不知道他的身份。这人眼中精光闪烁，一看便知道是个高手，杨云天不敢大意，发问："先生是哪条道上的，适才你为何抓住小儿？"

云天原本生性温和，那天迫于老头子的威严痛打了兆龙一顿，也跟着心碎。后来孩子离家出走，刘氏也伤心欲绝，不思饮食，他也悔恨莫及，一直焦躁。今天好容易才从兆鹰口里套出实话，顾不上禀告父亲，便匆匆出了西城门，赶往这里。谁知，隔着远便看到水丘子上的黑鱼庵浓烟滚滚。

那一刻，杨云天的心都在滴血，害怕孩子出了意外。直到见到兆龙被人挟持，并从水里逃脱，不禁惊喜交加，恨不得立时把小家伙揽在怀里。

他庆幸没有来迟的同时，也捏把冷汗，矛头自然指向眼前这挟持儿子的人。再说，悟清老和尚和杨家大有渊源，起火的事必得查个清楚。

万瞎子自从获知万斤力竟是死于武恶之手，对杨家的仇恨便淡了。刚才在水里跟杨云天斗了几下，也落于下风，更无心争斗，这口气还是留待日后再来争吧！当下笑道："杨云天，这火可不是我放的，想知道究竟，怎不问你儿子去？"转身便走。

"且慢！"杨云天探手来拿，万瞎子回手便是一记钻拳。两人身子俱是一晃。杨云天脸色一变，喝道："你是形意门的，跟山西永济的姬家什么关系？"

万瞎子并不答话，回身就走，杨云天正要赶上，围观的人群里突然蹿出两个壮汉，一起朝他攻来，一个使形意中的龙形，一个使形意中的虎形。杨云天见他们来势迅猛，不敢大意，使出"倒卷肱"，左右化解。

那两人并不恋战，龙虎双形没有使完，人便齐刷刷地向后退去，他们追上万瞎子，三人一溜烟地远去了。杨云天记挂着兆龙，也无心追赶。

“杨少爷，快看那边！”人群里有人叫道。

杨云天循声看去，见兆龙水淋淋地朝山门跑去，黑鱼庵的火势蔓延得很快，穿堂也烧着了。他急了，大喊：“兆龙，别进去！”但那孩子充耳不闻，还是钻进山门。

杨云天情急之下，深吸一口气，飞快地踏着芦苇冲过去。换作平时，他是施展不出这等轻功的，如今情急之下，竟没多想，风一般卷过去。

岸上的人几曾见过这样的轻功，都喊起好来。杨云天却充耳不闻，一弹身蹿进山门。

黑鱼庵里面烟熏火燎，瓦片崩裂，屋脊房梁都烧塌了。一钻进穿堂，杨云天便觉得须发都卷起来，呼吸憋闷，所幸见到兆龙在前面转圈子，一把将他揪住，火速退出去。

待他们跳回水中时，穿堂居然轰隆一声坍塌下来。烟尘带着火块噗噗地砸在水里，发出吱吱的响声。原先清澈的水洼子顿时变得混浊，不少鱼翻着白肚皮在水面上挣扎。

“爹，禾谷还在院子里。”兆龙泪眼汪汪地对杨云天说。

“悟清师父呢？”

“他死了。”

“怎么死的？”

“他为了救我，被姓万的害了！”

杨云天恨声道：“早知道，就不该让他逃脱。”

“可是禾谷他不愿意跑出来，要陪悟清师父一块儿死！”兆龙已是泣不成声。

谁想却在这时，他听到有个可怜巴巴的声音响起：“兆龙……”

父子俩循声看去，便见远处游来一个孩子，虽然脸上沾了黑灰，还是能看出是禾谷小沙弥来。兆龙又惊又喜，大叫着迎上去，两个孩子紧紧抱在一起。

原来，小沙弥是从后面转出来的，那里的墙烂了个大口子，他翻过去跳进水塘，又游到前面来。

两个孩子抱着笑了好一会儿，想到悟清师父的尸身也跟着黑鱼庵一起烧成灰烬，又悲从中来，哗哗地流起眼泪。

芦苇荡里没有了翠鸟和水鸭子的叫声，只有大火在噼里啪啦吼叫。芦苇和芒草染得红彤彤，水面也血似的一层红。一个大人抓着两个孩子的肩，远远地看着黑鱼庵被烟火吞没，一点点地化为灰烬。

在今后的日子里，水丘子上再也没人念阿弥陀佛了。

似乎一夜之间，杨家便进入多事之秋。杨慕侠不觉添了心事，尤其是长孙杨兆龙的出走，让老头子更是心烦，这小子简直翻了天，眼里头哪里还有家法？恼怒之余，虽然也觉得那次责罚得重了些，但碍于脸面和威严，在家人和弟子们面前，还是说了些狠话。兆龙被寻来后，还是要狠狠地责罚。

话是这么说，可真见到杨云天带着孩子回来时，那火气早抛得没了影。兆龙和禾谷浑身泥水，形容委顿，见了老头子面后，一个叫声爷爷，另一个叫声公公，便张嘴哇哇地哭起来。

杨慕侠方才知道悟清早已圆寂，黑鱼庵也已化为了灰烬。他赶紧安排刘氏和郝氏带两个孩子下去歇养，自己则带着云天和云鹏，去了城西外的水丘子。

路上，杨云天才得空跟老头子说起了万瞎子和武恶的事。那个独眼龙他没见过，从兆龙口里得知，此人很阴险，正是他暗中下毒，害死了万斤力并嫁祸给杨家的。他来自一个名为“秋水”的地方，万家则是他雇用的杀手，明里暗里只为了对付杨家。

杨云鹏听后忍不住道：“爹，怎么从没听你说起过秋水？杨家几时跟他们结仇的？”

老头子叹了声：“别说你了，这名字我也头一回听说。”

杨云鹏恨恨地道：“早知那瞎子不地道，昨晚我就该废了他。”

“我琢磨着，他们早晚还得来生事。”杨云天说，“这次真是凶险，要不是悟清师父相救，兆龙早没命了。”

出了西门，到了水丘子，已临近黄昏了。黑鱼庵的火已熄灭，浓浓的烟燎味儿呛人鼻子。岸边还聚着不少人，有几个差役正从水里寻到铁索，把它重新缠在山门前的老柳树上。幸好这两棵老柳靠着水边栽种，才逃过了此番火劫。

杨家父子远远地看着，怕人多口杂，便不急着靠前，而是转到另一边观望。此时，西天红霞灿烂，映得芒草和芦苇也闪闪放光，晚风一吹，如腾腾的火焰。

杨慕侠背着双手，看着黑鱼庵的废墟，不禁长叹一声："我们杨家欠他悟清师父一份人情啊！"

杨云天知道父亲往日里跟悟清有往来，只怕那老和尚的出身不简单，便道："我听兆龙说，悟清师父的武功很高，那个万瞎子要不使诈，险些便败给他。爹，他什么来历？"

"他是胶东人，有个外号叫打人王。当年凭着一身燕青门的功夫和一把单刀，混了黑道，走镖的、捕快的无不打怯他。"

"那他如何在广平府出家了？"

"这事说起来，话就长了！"杨慕侠掐掐指头，道，"二十年前，我人还在京城英王府授拳，有一年快到中秋，便赶着回老家过节。路经邢台，正准备去胡家那里站站脚。谁想，路上突然翻天，眼看着乌云滚滚，电闪雷鸣，马上要下起大雨来。路上行人呢，也都早早地寻摸避雨的地方。

"我看到一个穿对襟黑袄的汉子，背着一个包袱，挎着一把单刀，在路上不紧不慢地走，神态很是悠然从容。看那步法、身法，便知道不是一般的练家子。那时我还气盛，见了武林同道，手就发痒，自然便跟上去打招呼：'这位兄台，走得这么慢，不怕淋着雨吗？'

"他那时也早注意到我，笑道：'兄弟你不是也一样？'他回头看看天，乌云正张牙舞爪地从后面追上来。远处已听到噼里啪啦的下雨声了。

"他说着话，看着天时，腿还是往前走，见我跟得从容，又点点头说：'想不到兄弟倒是一身好功夫。'

"我故作谦虚：'不过是胡乱练过几年！'他笑道：'那咱们便跟老天爷比比，如何？'我问怎么个比法？他说很简单，待会儿下雨了，看谁不被淋着就是了。

“说来也怪，他的话才出口，一道闪电便嗤啦射下来，路旁的一棵大树被击中，冒出了黑烟。紧跟着就是一记响雷，震得大地都在颤悠。鞭杆子大雨哗地就抽下来。

“他说声跑，人便箭一般射出去。我不敢怠慢，提着一口气，在后面紧紧追赶。那汉子果真了得，像匹野马撒开了欢儿跑，一口气冲出十里地，竟没一点儿歇的意思。他不住脚，我当然也紧紧贴着他了，那头顶上的云彩，也总是赶不上我们。

“你们也知道，太极功法讲究绵长。头十里的时候，那汉子的爆发力强，占了上风。可二十里后，我们便平分秋色了。等三十里后，我已经反超了。而那时，雨已停，云也散了。邢台也到了。

“他停了脚，先深深吸一口气，又长长吐一口气，并发出嗡嗡的吼声。吼完了，脸色恢复如初，便问我名姓，我如实说了。他呆了半晌，说：‘杨家太极功夫果然了得。’突然又哈哈大笑起来，一身豪气，指着邢台城门问我：‘杨兄弟，你来邢台，我来邢台，只怕是来见同一个人。’

“我问何以见得？他笑道：‘说起来邢台武功最好的人，可不就是胡玉斋吗？不瞒你说，我原本就是来找他试手的，现在见了你，也用不着再登他门了。

“我便问他名姓，他不肯说，言道迟则五年，快则三年，当再去杨家拜访。就这样邢台城也没进，原路返回了。我去到胡家，一说这人这事，胡玉斋便道定是他妹妹胡玉清惹出来的麻烦。

“我才知道，数月前胡家妹子去胶东走亲戚，碰上打人王的几个弟兄打劫，便出手伤了他们，还留下名号。没想到，打人王今天居然真的来了。

“知道了这汉子的底细，日后我就留了心，他这人既然说了过几年便来拜访，就一定会兑现诺言。可三年过去了，没有动静，五年眼看着也满了，还是没音讯。我那心也就慢慢冷下来。

“可没想到，英王爷府上的一批珠宝，偏偏被人劫了；后来探听到，出手的正是那个打人王。这明摆着是冲着我来的。那打人王这几年肯定武功精进不少，他明明知道我在英王府教拳，还敢这样挑衅，可见胜券在握。

“我连夜急赶，追到他隐身的地方。几年不见，打人王果然精进不少，但这三年我的武功已入化境，成了能手。是以没怎么费事，便折服了他，拿回珠宝来。

“那人性子刚烈，一再折于我手，便自断两根指头，从此退出黑道。他先是想拜我为师，遭拒后，还不死心，又跑去邢台，想拜在胡玉斋门下，胡老哥同样不答应。

“他情急之下，居然想偷拳，晚上潜入杨家，又被误作匪人，受了重伤。经历这事，他拜师的心终于死了，等伤好之后，便毅然离开杨家。我再见他的时候，他已出家为僧，法号悟清，便在那城西二里外的水丘子上，盖了这座黑鱼庵。”

杨云鹏听父亲一口气说完，笑道：“没想到悟清师父当年还这么有血性，好汉子！”

杨慕侠道：“他很有慧根，这些年静心苦修，更是得了正果。我每每跟他交谈，所获多多。嗯，日后想再找个交心的人，只怕也难了。”

杨云天这时提醒道：“爹，那边的人都退去了，咱们近前看看吧。”

差役和围观的闲杂人等果然都散尽了。天色也有些昏沉，夕阳落下西山，鸟雀还在四周叽叽喳喳地叫不停。风吹过芦苇荡，发出唰唰声响，透着一股悲凉。

三人踩着铁索，飞快地上了水丘子。最后一缕黑烟也消散在晚风中。眼前满地疮痍，几乎没有可伸脚的地方。这满眼的黑灰，正跟沉沉而来的夜色慢慢融为一体。

杨慕侠心想，大火烧了能有五六个时辰，悟清的尸身只怕早就一起化为灰烬。也好，这庵是他辛辛苦苦建成的，人圆寂了，庵也跟着去了。

不过，老头子终究心里还是揣着个谜团，以前没跟悟清提起，现在想说，却也晚了。打人王当年进杨家偷拳受伤，其诚心其实已经打动了自己，有留他入门的意思，但他竟然不再坚持，伤好后便悄没声地走了。

这举动有些违背常理。待他们再次见面时，打人王已变成悟清和尚，入门的事当然不便再提了。他当年在胡家，到底发生了什么事？

不过，上天好像早就安排好了的。悟清生前不能学杨家太极拳，死后留下小沙弥禾谷，却替他完成了从前的夙愿。黑鱼庵化为灰烬，事情又是由兆龙引起的，悟清又是为他丢了性命，杨家自然不能不收留这个孩子。

于是，三天后，禾谷改名为刘兆鸣（悟清俗名姓刘），正式跟兆龙、兆鹰几个兄弟在院内练拳。只是经历了这次事件后，这孩子性情大变，每日里沉闷无语，只知道发疯一般地去练武。每天天不亮，就头一个起来打扫庭院，晚上又是最后一个离开武场。

杨家的这些孩子，练拳时都喜欢跟着杨云天，因为他性子温和，教授起来循循善诱。杨云鹏可就没几个人敢碰了，他性情暴躁，出手重，那些老徒弟都头疼跟他，何况这些孩子。但兆鸣偏偏就爱黏在他的身后“自讨苦吃”。因为他自知基础差，不比兆龙他们从小就练，唯一能做的就是多吃苦多流汗。

杨云鹏起先还没把他放在眼里，以为熬不了几天，谁想，这小子身上偏偏就有股子韧劲。桩一站就两个时辰，太极步一走，绕着场子就是二百来圈，接起来也有十多里地。每次兆鸣身上的衣服都像淋过雨，一拧巴，就哗啦哗啦淌水。

最夸张的还是脚下的鞋子，每当练完功，脱下来一倒，也哗哗地流臭水。最多的时候，他一个月能穿坏四双鞋。后来觉得不好意思了，索性便赤着脚练，半天下来，脚板全是血泡，再下地时，火辣辣地钻心疼。

兆龙见了，直骂他玩命，但兆鸣硬是咬着牙熬过去了。两个月后，脚底长出厚厚的一层茧子，再也磨不出血泡了。

杨云鹏教拳时话不多，常常摆个架势就让人站那儿了，说是要“啃”中定功夫。过个把时辰转回来一瞧，人要是练走样了，二话没说，上前一脚就踹倒，爬起来还是给摆这个架势，照旧像木头般戳在那里。

这样一个定势一个定势地去练，枯燥不说，还能累断人的筋骨，所以跟他学的徒弟少之又少。外头都风传杨家二先生最能打，带徒弟时把人当仇敌对待，往死里整，可兆鸣偏偏咬着牙撑下来了。

这样，一年下来等于常人三年下的功夫，他居然慢慢赶上了兆龙和兆鹰。杨家这帮孩子因而也被他激起斗志。尤其兆龙，那次黑鱼庵的遭遇让他得了教训，虽然事后老头子没有再追究，他却自觉羞愧。他算是明白了一个道理，武林中什么都是假的，只有功夫是真的。故而练起拳来也格外卖力气，像换了个人似的。

一个“疯子”带动其他人也发了“疯”，更何况，兆鸣一个外人尚且如此拼命，杨家的直系子弟岂能被他比下去，因此大家个个争先。

老头子自然看在眼里，喜在心头了。看来，这孩子是收留对了。每每抽着烟锅，躺在竹椅上时，眼前这一幕幕让他情不自禁地想起自己小时候苦练功夫的情景，以及他发狠训教小云天和小云鹏的情景。时光真是快，一晃，他也迈进六十的门槛，可昔年练功的情形，倒好像就发生在昨天。那时候苦是真苦，现在想起来却觉得甜丝丝的。

眼前这几棵好苗子，让杨慕侠既想到了从前，也想到了今后。但愿这杨家第三代传人，也会扛起“杨无敌”这块金字招牌。不过，老头子心里总是还揣着一个遗憾。也可以说，那已成了杨家几代人的心愿。那便是盼着家门能出个武举，能拿回个武状元，这才算是光宗耀祖。而这副担子，一早就落到杨云天身上。

为此，他还特别叫长子去读私塾，因为武考的时候有“内场”，那是要考试策论武经的。没点书文底子，别说是会试殿试了，就是童试乡试也应付不下来。

大清的武考，自顺治三年开科，到光绪十二年，距今已出了一百一十位武状元。其中，直隶省最多，足足占了三十二名，比第二名的山东省整整多出二十人。由此可见，直隶一带尚武之风甚盛。杨家既然扛着“无敌”之名，自然也盼着在武举场上取得功名。

自顺治甲申年起，各省便定下武乡试只选在子、午、卯、酉年。武会试则选在辰、戌、丑、未年。明年便是光绪辛卯年，杨云天要参加乡试了。

对杨家来说，这可是件大事。冬天的时候，老头子便安排长子不必每日都待到练武场上，武经策论要熟读，弓箭刀马也得习练，为明年春天的武考乡试做准备。

从实说，杨云天喜欢读书要比习武多一些。他最爱的书为庄子的《南华经》，尤其是《逍遥游》一章，能倒背如流，觉得千古的文章都无法与之相媲较。

早在弱冠年龄时，他便受了《逍遥游》的影响，幻想着能做一大自在之人，不受世俗所累，去云游万里。可身为杨家的长子，这种想法只能放在心里面捂着，他要为杨家的门面活着，为杨慕侠活着，为兆龙母子活着，就是不能逍遥无忌地为自己活着。

云天性子温顺，无论穿着打扮上，还是言谈举止上，都斯斯文文的，不像练家子，更像一个读书人。但武功方面也确实了得，撑得起一派。但凡跟杨家有交情的武林同道，也多知道杨慕侠的想法，那便是要长子在武场上争个功名回来。

那些前辈们每每见到杨云天，都夸许他，把他抬得高高的。那些平辈的，甚至还有当面称呼他为杨状元的。好像他杨云天只要踏进武场，就能把状元的头衔夺了来。久而久之，老头子竟也信了，岂不知云天早被这事压得喘不过气来。

能体味到他内心感受的，便只有刘氏一人。他们做夫妻十来年，可谓相敬如宾。一个在外头撑门面，一个在内庭担当着，大大小小的事多办得熨帖，因而杨门上下无不信服。这也是他们多年劳心的结果。但有一样，心思多了压人，也伤人，若不能及时发泄出来，日积月累便会滞留于内。

刘氏晓得丈夫心里头的苦涩，她偏偏又不好阻拦什么，只能不着风雨地去宽慰。上半年，万斤力那件事闹得杨家上下不安生，兆龙挨了打后，又偷偷溜走，刘氏焦愁之下，便落下了病根。当兆龙被寻回后，她却卧床不起了。原本身子就有些虚弱，只靠一口气硬撑着，如今精神上一松懈，人便垮下来。

杨云天赶忙请来大夫看视，开了药方子。兆龙自觉羞愧，抓药、熬药一个人做了，还亲自喂他娘喝。每天，他一口一口地喂刘氏喝药，自己好似一下长大了。

刘氏呢，一面咽着，一面却常常流下泪来。她有种不好的预感，觉得自己好不起来了。幸好兆龙经历了那事后，安分多了，让她颇感欣慰。

她这病时好时坏的，一拖便拖到了秋后，还是没去根儿，人瘦得皮包骨头。原本，厨下的事情由她和郝氏操持，如今精神头不济，便只能强撑着去当当下手。兆龙放心不下他娘，每天三顿饭常常去帮忙。

他自小受刘氏和外公影响，也喜欢厨艺，胆子大，敢下手，炒出的菜居然胜过郝氏。刘氏因为自己身子不好，哪天实在不愿意动刀铲，便由得他去摆弄了。

有一回，有贵客登门，老头子让多备点酒菜。刘氏偏偏那时犯了病，头疼如裂，下不来床。兆龙便自告奋勇，跟二婶郝氏商议，备好菜料，舞弄了一大桌子。结果，宾主都吃得尽兴，连连夸赞。

兆龙见了也洋洋自得，居然穿着围裙来到厅堂上邀功。谁知，老头子一张老脸顿时就变了颜色，骂他不知长进，放着家传武学不好好练，反倒干这些低下勾当。兆龙一腔热情被当头浇了一盆冷水。尽管不服气，却又不敢顶嘴，只好悻悻地退下去。从那以后，他很长一段时间没进过厨房。

进入冬天后，刘氏的病一天重似一天，尽管草药吃了上百斤，就是不见起色。杨云天和兆龙都忧心忡忡，赶紧叫人捎信给她娘家。

小寒这天下午，兆龙正跟兆鹰、兆鸣他们几个在后院练武，杨奉进来说，他外公刘一手来了。兆龙撒腿就往家里跑。

刘一手长得肥肥胖胖，最惹眼的是那个大酒糟鼻子，红得像辣椒。他原名不叫这个，只因为厨艺一流，并做得出几道秘制的大菜，因而十多年来一直坐镇京城的大德居，担任总厨。并博得个外号刘一手，真名反倒没人叫了。

他接到信后，路上不敢耽搁，于第三天上午赶到永年，待见到闺女瘦得只剩下一把骨头，心疼得掉下老泪来。正伤感之际，兆龙一个箭步跑进来，叫声外公，扑进老头儿怀里。

刘一手怜惜地摸着兆龙的头，脸上泛出些笑容来，问他些琐碎的事，武功练得怎么样，私塾可还读的，兆龙一一应答。

杨云天扶着刘氏半倚半靠在枕头上，见一老一小亲昵的样子，也觉得心暖。刘一手突然冷不丁问杨云天：“你杨家怎么说也算大户人家，不缺什么嚼用，怎会让俺闺女瘦成这样？”

杨云天脸一红，支吾说：“大凡想吃的……都做了，只是没什么胃口。”

兆龙便凑到刘一手耳根说："姥爷，家里就俺娘做饭好，她吃不来别人做的味儿。"

刘氏见她爹故意装着替她出头，要"兴师问罪"，心里还是挺欢喜，说："爹，我想喝你熬的粥了！"

"那还不容易，我这就去给你熬一锅来。"

兆龙兴奋地说："姥爷，我领你去，给你当下手。"引他去了厨房，把盛米的缸、装盐酱的坛子、放油的壶一一指给他看。

刘一手乐了："小鬼头，你对这地儿倒是蛮熟悉！"

"我以前常来帮娘干活，后来给爷爷知道，骂我没出息，才不进厨房了。"

刘一手哼了声，瞧着门外没人，小声道："你爷爷别看会两下子拳脚功夫，其实也是个糊涂蛋！"

兆龙扑哧乐了。刘一手郑重其事地说："俗话说，民以食为天。天下再大的事，还不就是一个吃嘛！"

这话很对兆龙心思，便手脚麻利地帮外公淘米刷锅。刘一手又寻出几个桂圆和大枣，洗干净，搁进小米汤里，即便只是熬个粥，对于水米还有火候都有不少讲究。兆龙在旁边瞧得眼亮，不住声地问这问那，刘一手便细细地给他讲解。

他告诉兆龙，烹饪关键在于"调和"。就拿熬粥来说吧，便蕴含着大学问。当柴火点上，灶膛里慢慢地烧起来后，刘一手问兆龙："听说太极拳讲究什么八卦五行？"

"对啊，它本就是十三势，八门五步十三势。"

"这熬粥也脱不了五行，不信你看看。"刘一手指着灶膛，"土砌的灶台，膛子里面有木有火。"

兆龙叫道："铁锅是金，米汤是水，还真是五行！"

"那是自然！"刘一手摸摸酒糟鼻子说，"那一年，你爷爷在京城，跟我聊起太极拳，讲什么肾水下降，心火上扬，是水火相济的'既济卦'。当水火完全交融后，清气便腾腾而起，是为真气，说得倒是挺玄乎！"

兆龙见老头一脸的不以为然，便问："那姥爷你是怎么说的？"

"我当然说到熬粥这上面了。你这水火相济，不就是水在上，火在下嘛，跟锅里熬粥没什么两样。只要火候到了，锅热了，水开了，米就烂糊了，蒸汽也就在锅里面上上下下，融合在一块儿，分不开了。这便是厨艺里所讲的火食之道！"

兆龙听刘一手一口气讲出这么些大道理，惊得合不拢嘴巴："姥爷，你真是太厉害了，我，我……"他脑子里光灿灿一片，竟然联想到站浑圆桩时的情形，肾水与心火完美地交融，化为腾腾的真气，沿着经络徐徐运行，之后又从每个毛孔里冒出来……

刘一手见他那副模样，乐了："嘿嘿，当年你爷爷听了我这番话，也大赞特赞的，对我佩服得不得了。说什么男人下厨没出息，我刘一手最不爱听这话，你说他是不是个糊涂蛋？"

兆龙自然不肯当面承认爷爷糊涂，却也哈哈跟着大笑两声。刘一手不免又吹嘘了几句。其实，这水火相济的火食理论，他也是听几位国子监的学士说的。其中一人还是位书法大家，因为吃好了他秘制的菜肴，喜不自胜，便在他面前掉书袋，说出上述的一番话。

不过，刘一手的手艺确实不含糊，因为病人的饮食讲究清淡，他只做了几个小菜，却也十分地讲究。刘氏一见，便有了胃口，竟然喝了一大碗粥。兆龙见了，说不出地高兴，心里也暗暗打定主意，趁外公这次来好好学下做饭的本事。

爷爷说他下厨没出息，他也不予理会了。只要能让娘开了胃口，好好吃饭，比什么都强。所以，等刘一手走后，他便一心照料起刘氏的饮食来。按外公说的去烹制，刘氏果然吃得多了。至于其他人的饭食，他却不管不顾，依旧交给二婶去办。他只管着给母亲开小灶。

只是，尽管兆龙变着花样给刘氏做饭，她的病却还是不见起色。快进腊月门那些日子，杨云天父子俩多泡在家里。一个专门熬药，一个专门做饭。这还是杨慕侠特别嘱咐的。因为大夫告诉他，老大媳妇只怕过不去年关了。

腊八这天，兆龙一大早就出去买最好的糯米、豆子、大枣等物，还特意让杨奉去城外弄了一车山泉水来煮。他学刘一手的手段，慢慢熬着，终于弄成一大锅上好的腊八粥，全家人喝了都赞好，竟是比往年刘氏熬得还好。

兆龙第一碗没给爷爷，而是先送去他娘屋里。刘氏今天的精神头儿看起来很好，见他喜滋滋地捧碗进来，叹道："好香，闻着就想吃。"

兆龙放下碗，擦擦汗道："娘，这腊八粥我熬了好几个时辰，头一碗就盛给你了！"

刘氏埋怨他说："你这孩子，怎么不先给爷爷送去？"

兆龙喃喃地说："我就想让娘先喝！"往年的腊八，刘氏都给全家人熬好大一锅粥，有时候还要多熬些叫那些弟子们也热热地喝一碗。有好几次旁人喝光了锅底，她却连一口都没捞着。兆龙今天熬粥时候就在想，怎么着也要让娘喝第一碗。

他扶刘氏坐起来，一手拿碗，一手拿羹勺，慢慢喂他娘吃。那腊八粥滑溜溜，甜丝丝，还透着一股浓香。刘氏一气便喝了大半碗。

这时，杨云天也端了一碗粥进来，笑道："你早吃上了。"

刘氏摸着兆龙的头，眼角有些湿："孩子懂事多了，知道疼我了！"

杨云天接过兆龙手里的碗，说："那你要多喝些，才能好起来。"刘氏便又就着那碗，再喝了两口。

兆龙说："爹，娘今天看起来很精神，再喝下我这腊八粥，准保明天就病好了！"

杨云天含笑点头："那是自然！"

刘氏看看丈夫，又看看儿子，不免有些愧疚："这半年来，真是苦着你们了。我啥忙也帮不上，还成了拖累。"

"这是哪里的话，人吃五谷杂粮，哪有不得病的。"

"日子可真不禁混，一晃，这便进腊月门了。"刘氏叹息着说，"我本想着，怎么也得好起来，给你们缝身过年衣服，做些好吃的，可还是不成……"

"娘你别着急啊！"兆龙说，"赶明儿好利落了，再多多地做好吃的。我想想啊，最想吃什么……"他竖起一根根指头，"葱油饼，拔糕！"

刘氏含笑道："好，我给你做！"

"我还要吃娘亲手卤的猪头肉、琥珀豆，还有小酥鱼……"

"好，我做！"

杨云天笑道："好了，今天就'做'到这儿吧，你娘累了，先让她歇歇吧。"

兆龙哈哈大笑，刘氏也眉梢挂笑。他拿着碗走出门，见兆鹰他们都捧着碗，拥到厨房里抢喝腊八粥，心里也很得意。

他还特意去了杨慕侠那边一趟，告诉老头子，他娘亲的病见好了。杨慕侠也甚是欢喜，又问："听说今年的腊八粥是你煮的？"

"对啊！"兆龙大胆地迎着爷爷的脸。

原本以为老头子又会板起脸，谁知这回却出乎意料，他还夸了句："是熬得好喝，不比你娘差。可兆龙啊，爷爷还是盼你能在练功那上面多下些功夫。别忘了，你可是长孙，将来还指望你来撑杨家的门面呢！"

"我会的爷爷！"

"你娘胃口不好，想吃什么，你尽管下厨去做，爷爷不怪你就是。"

兆龙听了大喜，没想到老头子今天竟然这么开通。要不是碍于他的积威，欢喜得差点儿就当场蹦个高儿。那一刻，他觉得杨慕侠真是个慈祥的好老头儿。

当晚困觉的时候，他也睡得美美的。还做了个好梦，娘亲牵着他的手在开满芒花的河边跑，那些白的花絮像雪花一样飞舞。可跑着跑着，刘氏便松开了他的手，踩着水面飞快地飘走了。他使劲地喊，但她就是不回头，越飘越远，消失在烟雾中……

"兆龙，醒醒！"半夜，他被杨云天唤起。他揉着惺忪的眼睛，有些恍惚，"你娘殁了，快起来！"

兆龙还是没反应过来："什么，爹？"

杨云天叹了口气："你娘她……不好了！"

兆龙打了个冷战，撒腿就往里屋跑。他看到，刘氏并没有躺在原先的炕头上，而是被抬到一张铺着水红褥子、四周挂着红绸围子的"吉祥板"上。

他看到，娘还是好好躺在那里，睡得很香甜，只是眼角还是湿的。“娘……”他想叫，偏偏又开不了口，又不敢凑过去看，怕惊醒了她，只能在原地傻站着，心怦怦急跳着。

很快，府里的人都起来了。二婶哭天号地抢进来，扑到刘氏的身上：“嫂子，你怎么说走就走了……”

兆龙心想，白天娘还好好的，怎么晚上说走就走了？

兆鹰和兆鸣也进来，他们跪下去哇哇地哭起来。兆龙心里酸酸的，可还是不想流泪，转身走出了门。他也不知道自己在干什么，脑子里一片茫然。走过厅堂，里面灯火通明。杨慕侠和两个儿子在那里说话，说什么白天的时候，她是回光返照……

他从门口默默走过，那些话在耳根旁打个旋儿，就滑走了，钻不进去。杨云鹏冲他喊了声：“兆龙，你哪里去？”他也没反应，径直走到厢屋。

厨房里漆黑一片，他摸着火镰，打着了火，点上煤油灯。灶台、锅盖、饭铲、米缸、水瓮、油壶、酱坛子、盐罐子……它们都悄没声地睡在灯影里。

兆龙默默地看着。往日里，这些都是娘亲的宝贝儿，她每天都要围着它们转，以至于在兆龙看来，它们个个也都变成小精怪。米吃光了，又满起来；盐吃光了，又冒出来；油倒空了，又溢出来……

他以前多跟刘氏在厨房里帮忙，自觉跟这些家什也有了感情。看着看着，娘的身影又出现了，抓把米，捏点盐，舀点水，忙活不停。他揉揉眼睛，她却又不见了。

“娘爱喝我熬的粥，我便再熬一些吧！”兆龙心里想着，便真的从缸里抓出几把小米来，可在淘米的时候，豆子般的眼泪却吧嗒吧嗒地滴下来。

灶膛的柴烧着了，他慢慢拉着风箱，红光一下下地舔着他的脸。兆龙又想起以前的日子，他帮娘拉风箱、添柴草。刘氏在锅里利落地炒菜或烙饼，脸上布满细小的汗粒儿。偶尔抬起衣袖擦擦额头，还不忘低头朝他笑笑。那笑容暖暖的，兆龙一下子就热进心窝里，现在还觉得烫烫的。

可是……

粥熬好了，他先用勺子弄了点儿尝尝，可是舌头麻麻的，竟尝不出味道，鼻子也不好使了。还是盛了一碗，放上羹匙，小心地端去刘氏的屋。

房间里人少了，兆鹰和兆鸣走了，郝氏正跟一个婆婆在忙着给刘氏穿寿衣。原本，这些东西早就置办下了，总是该在病人还没咽气前就给穿上，谓之冲喜。但刘氏白天精神还好，半夜突然去了，只能现在换。

兆龙呆呆地看着，母亲换上了新棉袍和棉裤，头戴上蓝底红花的“观音兜”，脚上穿了尖口绣鞋。之后，郝氏又给她头上插簪子，耳朵挂坠子，腕上戴镯子，手指戴戒指。

那老婆婆则拿出几床衾单，共计三铺三盖，谓之铺金盖银。一转头瞧见兆龙端着饭碗，悄没声地站在旁边，吓了一跳：“哎呀你这孩子，这是要干啥哩？”

郝氏也讶异：“兆龙，你怎么端饭来了？”

兆龙慢慢凑过来，看着闭眼“睡”在那里的刘氏，轻声说：“娘，饭做好了，你吃一口吧。”

郝氏听了这话，泪哗地又下来了：“嫂子，你看咱兆龙有多孝顺！”

老婆婆伸手擦擦眼角，说：“孩子，人死了，便吃不得活人饭了。”从他手中接过碗，捧着祷告了下，便又放回他手。

兆龙退到一边去，看老婆婆拿起床头的一张红纸，上面有一撮生米，她包好了，便把它塞进刘氏的嘴巴里。他也不知道这叫“含殓”，只是觉得娘亲临走前没吃他一口饭，肚饿怎么办？

他呆呆地看着刘氏的双腿被白绳缠住，胸口放上一本“皇历”，上面还压了一面镜子。蜡烛噗啦一声爆响，火光一旺，从镜子里发射出去。兆龙便觉得脑子里轰的一下，他娘真的离开了。碗一丢，摔成数片，米粥飞溅，他撕心裂肺地哭出声来。

刘氏下葬好多天了，但兆龙却一直打不起精神来练武，饭也吃得少，经常溜到城外的墓地去，在刘氏坟前一待就是老半天。有几次，都是兆鸣跑去把他找回家。

出殡那天，兆鸣像儿子一样披麻戴孝，哭得跟兆龙一样声嘶力竭，大家无不说这孩子重情。不用说，两个少年之间的情意也进一步深厚了。

那一年春节，杨家不贴春联，不走亲戚，不拜年，在别人家轰轰烈烈的鞭炮声中，不咸不淡地过了。直到过了十五，大地回暖，草木长出新芽，风儿也温柔起来，兆龙总算从丧母的悲痛中走出，脸上也多了笑容。

他和兆鹰、兆鸣、兆虎、兆麟就像拔节的竹子，春风一刮，人便长高半个头，饭量也大得出奇，好像总是喂不饱似的。自然，郝氏跟雇用的老妈子手艺远比不上故去的刘氏。兆龙有时候会嘟囔几句，但还是放开肚皮吃。他也没再下厨去露两手，即便是老头子的生日，他也只管张嘴吃，不愿动手做。好像刘氏一死，他对厨艺方面的兴趣也随之熄灭。

不过，兆龙对于太极拳上面的领悟，却有了长足的进展。这恰恰得益于去年外公刘一手所说的“锅里熬粥”理论。

不管是杨云天还是杨慕侠，在给他们说太极拳理时，无不讲到乾坤颠倒，阴阳相济。但兆龙觉得，他们的都没有刘一手说得生动。

火能炎上，水能润下，水火要是各顾各的，便是未济。只有“分而二”，没有“合而一”，便不合于道，不成太极。

听听，这些话干巴巴的，让人觉着头大。可用外公的熬粥比喻，便是谁都能想得到，而且还能进一步往深处挖。像兆龙，他就由此越悟越深，感觉像泥鳅，钻得滑溜溜。

他站无极桩的时候，恍恍惚惚，一团混沌，就连躯壳似乎也融化了。

再站浑圆桩，分了阴阳，浊气下降，清气上扬。自己的躯体便像锅、像鼎，水火在里面交融，产生真气，腾腾然出于体外。

天与地，难道不也是这么一副器皿！天凸凸的像盖，地凹凹的像锅，他站立其中，头接天，脚踏地，这便成为三才。

由此深入进去，兆龙很容易就明白那句口诀的含义，大人们经常把它挂在嘴边，那便是：乾坤为一大天地，人为一小天地也！

兆龙甚至很狂妄地想，什么乾坤为大天地，人为小天地。我的意念无限放远，无限放大，乾坤都包在我心里头。

日子一天天过去，少年们一天天地长大，在杨家的后院练武场里，他们自称五虎将。兆龙最狂放，兆鹰最健谈，兆鸣最吃苦，兆虎最大路，兆麟最听话。

岁月像刀子，每一下都在少年身上留下刻痕，直到有一天，他们完全不认识了自己。

同样的岁月如刀，杨云天是按老头子杨慕侠的心思去雕刻的。杨云鹏则好走极端，那刀只抓在他手里。此后，杨云天为杨家门面活着，杨云鹏为杨家的武技活着。

而早在三年前。他兄弟俩便通过了县府武场的童试，成了武秀才。当日院试揭晓后，杨云天名列榜首，杨云鹏却名列第十二位。

其实，杨云鹏在外场的两次比试上都拔得了头筹，无奈内场是他的薄弱处，一段《武经》勉强默写下来，不足百字，倒是错了二成。要不是学政大人念及他外场出类拔萃，内场便不得过，因而勉强上榜。

杨云天从小喜欢读书，内场考试对他来说再轻松不过，下笔千言，倚马可待，最后被定为童试第一名。

那年发榜后，学政将新录取的武生造册呈报兵部，算是备了案。之后每个月里，杨家兄弟都要到广平府的武学处，跟其他武生一起射圃，会同考验弓马，并被教以《武经》《百将传》《孝经》《四书》。

对此，杨云鹏简直是烦不胜烦，去了两趟后，便再也不去晃荡了，等于是直接放弃了资格。只有杨云天坚持下来，一来是他为人随和，到哪里都能交到朋友，很快便与那些武生打成一片；二来是杨慕侠还盼着他有朝一日能参加殿试，夺取武状元，他也不得不尽力。

自顺治二年，题准子午卯酉年十月举行武科乡试后，直隶各府的武生在顺天府进行乡试，多是在初七那天开弓校射，十三日入闱结束。

今年是光绪十七年（辛卯），正好到乡试之年，一进到秋天，杨云天便开始准备着打熬力气。因那武场考试跟练太极拳不一样，主要拼的是膂力，而不是借力打力。骑马射箭还算技巧，拉硬弓、举石锁、舞大刀却是实打实的，只能硬啃。而这些恰恰是杨云天最不擅长的。幸好从小练功，也熬得一身筋骨，倒也不怯。

进入十月，秋风便开始转凉了。这天一大早，杨云天带着兆龙，告别父亲和兄弟，去了顺天府参加乡试。刘一手的大德居酒楼就在京城西街上，离着顺天府不远，多次捎信叫兆龙去住些日子，这次便顺道带他过去。

每天关在院墙里练武，兆龙早憋坏了，听说要跟着去外公那边，这几天便兴奋得像小狼似的嗷嗷叫，害得兆鹰几个也没心思打拳了。唯有兆鸣，还是一声不吭地往死里折腾自己，好像那身子骨不是父母给的。

付出总有回报，这一年半来，他进步神速，居然追上了兆虎兄弟。今年四月时，兆龙有一天拉着兆鸣几个去了水丘子。算着，悟清师父圆寂也快一年了，他禀告了爷爷父亲，过去祭拜下。

黑鱼庵烧成一堆废墟后，再没人上去过。那根铁索早长满了斑锈。但兆龙远远地看到水丘子上面，还是吃了一惊，那上面竟长满了芒草，毁坏的墙壁和瓦砾都被掩盖住，不少水鸟在那里做巢，哇哇乱叫。让人根本无法想象，一年前这里还是座小庙堂。

没有竹筏子，铁索也锈得厉害，依着兆龙的意思，是要攀着铁索上到水丘子去，但兆鸣看上去很冷淡，说："别费事了，咱们在岸边烧了纸，拜拜就好！"

兆龙忍不住问："你不念记着悟清师父了？"

兆鸣沉闷了会儿，才拍拍心口窝，说这里想着呢！

这样，他们便在岸上烧了纸钱，遥遥地拜了拜。都满一年了，悟清师父的魂魄也不知还在不在这周围？

兆龙想，这兆鸣一年来的变化确实很大，竟然看不到禾谷的一点儿影子。不知道为什么，他觉得眼前这人很陌生，即便是靠得这么近，还是觉得进不到他心里去。相比下，兆龙还是觉得从前的那个禾谷可爱些。

现在，他就要跟着父亲离开家，去京城住些天。临走时看到兆鸣沉默寡言的样子，兆龙心里泛出一股酸楚来。旁边的兆鹰、兆虎和兆麟脸上都透着羡慕，表情生动，只有他冷冷淡淡的。那张脸上好像蒙了层灰，总是擦不掉。

他夸张地笑着，跟兆鸣说，回来后给你带好东西！他也只是点点头，表情木木的。兆龙不禁想到，兆鸣以后是不是不会笑了？

幸好，骑马一上了路，这些沉重感便被抛去了爪哇国。父子俩骑的是一匹白色的高头大马，除了四个蹄子有一圈黑毛外，通体雪白，骑在上面晃晃荡荡，感觉很神气。

兆龙坐在前面，缩在杨云天的怀里，迎头是凉凉的秋风，背后是父亲热乎乎的胸膛，让他美得开了花。出了广平府的城门，嗒嗒地跑在官道上，看着路两旁的树木和庄稼地，他忍不住大声唱起来，却想不出唱什么词，只知道啦啦啦、嗷嗷嗷地喊唱。

杨云天看着远处的山川景色，也来了兴致，大声说："兆龙，跟我念首词，词牌名叫苏幕遮。"

"什么遮？车辙吗？"兆龙可听不明白父亲文绉绉的那些话，便跟他胡扯。

杨云天不去理他，朗声吟道："碧云天，黄叶地。秋色连波，波上寒烟翠。山映斜阳天接水，芳草无情，更在斜阳外。"

范仲淹的这首词他很喜欢，里面含他"云天"二字。可脱口而出的却只是上半阕，下面那段有"酒入愁肠，化作相思泪"一句，他不想去说，不愿去想，因为想起了刘氏，徒增伤感。

时间充裕，他们没有急着赶，经廊坊，进丰台，第三天下午进到京城。远远地看到紫禁城高大的城门楼，还有厚重的红墙，以及像蚂蚁般进进出出的行人，顿时觉得自身渺小起来。

外城套着内城，内城缠着皇城，大圈圈里面小圈圈，小圈圈里面黄圈圈。尽管不是头一次进京城，兆龙还是觉得两眼有些使不过来，街长看不到边，巷深见不到底，到处可见茶馆饭馆戏院古董店……

眼睛瞧不过来，耳朵也听不过来：唱戏的敲起锣、耍杂技的喝声彩、货郎摇响了拨浪鼓、卖扇子的晃动串铃、卖油打响了梆子、乞丐唱起了莲花落，叫街的打起了快板……

兆龙一路走来，喜得抓耳挠腮，杨云天却自顾淡然。以往，他们一家三口每年都要来京城一趟，一来是看望刘一手，并住上十来天；二来是，杨家在大栅栏附近开着镖局，由杨云雕一支坐镇，杨云天到京必去探望。可这次来，身旁少了刘氏，情味自然异样，有些云烟沧桑之叹。

刘一手所在的大德居位于西街，很气派的三层楼，门脸儿干净宽敞，金字招牌高高悬起。匾额是同治甲戌科状元陆润痒题写的。站在门口招揽客人的伙计也比别处的神气——嗓门大，头戴瓜皮小帽，新衣新鞋，一对眼珠子滴溜溜乱转。

杨云天的马还没到跟前，小伙计就颠颠地迎上来，一面作揖一面道："哎呀杨爷，你可来了，俺们大堂头可都盼得掉眼珠子了！"热络络地迎进去。

刘一手见女婿和外甥来到，自然欢喜。他是保定人，家传本就有些绝活，他却不满足，又四处拜师习练，终成名满京城的大厨，坐镇大德居已有十二载。唯一的遗憾是膝下无子，只生养了两个女儿，杨云天便是他二女婿。

大女儿远嫁山西，二女儿去年又过了世，刘一手虽然依旧忙于酒楼后厨的事，但闲下来与老伴儿独坐小院时，竟生出晚景的凄凉来。因而见杨云天父子来到，欣喜之余，不免又有些哀伤。这些都不消细说。

因为几天后才考武场，第二天杨云天留在府里歇养。刘一手则带着兆龙四处转转，买了一大堆好吃好要的玩意儿。这种待遇在广平老家可享受不到，只把小家伙喜得合不拢嘴巴。

不过，在回来的路上，兆龙不经意间看到一个熟悉的身影，左眼上戴着眼罩，那不就是毒死万斤力的武恶嘛！他赶忙追上去看个仔细，谁知，三转两转，那人就没了影儿。

那个独眼龙怎么也到京城来了？不觉，脑海里就映出一个少女花朵样的脸蛋，兆龙觉得心口窝热辣辣的，她不会也跟来了吧？

很长时间了，他没再想起武云这个名字，乍一钻出来，透着陌生气。

兆龙一回到住处，便赶紧找杨云天去说事。不想，他已出门了。刘老太说，是直隶省的几个童生来请，邀杨云天去了直隶会馆。

当晚他回来时，已喝得酩酊大醉。等兆龙将见到独眼龙的事说与他听时，已是第二天早上了。杨云天登时警觉起来。去年发生那件事后，杨慕侠曾经派杨云鹏出去走了一圈，打听过"秋水"的底细，但没什么收获，仇家藏得挺深。

因担心会出什么岔子，杨云天便不敢大意，带着兆龙去了大栅栏一趟，谁知，杨云雕和几个副手都外出保镖了，并没见上。

之后，父子俩便不再外出，兆龙好不容易从老家笼子里跑出来，又被圈起来，自然觉得发闷。因为乡试那天他也捞不着进场去看，死憋在这老宅子里，还不把他困煞。幸好刘一手告诉他，那天虽然看不上武考比试，却能让他见识一场厨艺上的较量。

原来，每年的十月，大德居内部都会举行一场厨艺大赛，参赛人员由打荷、砧板、配菜、跟刀、菜头、灶头组成，甚至于跑堂的，若手头有绝活，都可以上去一试。他们各显其能，需在规定时间内烹制出上好的美食。之后由总厨刘一手和东家点评。获胜的前三名，则有机会成为大德居的头厨和二厨。

兆龙还是头一回听说有这样的“比武”，大喜过望。他从小受母亲熏陶，本就喜欢厨艺，这种“斗菜”的场面对他自然有很大的吸引力。

十月初七这天一早，刘一手亲自下厨，给女婿做了丰盛的早点，盼他能够旗开得胜。饭罢，他和兆龙乘了一辆马车，一直把杨云天送到德胜门箭楼的广场前。这便是顺天府武科乡试的地点。

兆龙看到瓮城上面站满了兵丁，军旗猎猎而响，有军士正一下下地敲着城角上的大鼓，不时还会哞哞地吹响几声号角。人流正滚滚从周围涌过来。那些习武的童生个个长相魁伟，着紧身衣裤，每张脸上都露着傲气，即便碰见相识的人，寒暄起来神经也紧绷着。

内侧的城台下，建有一座真武庙，同样人流涌动。不少武童生进进出出，参拜真武大帝，保佑其武场旗开得胜。

杨云天闪身下马，对车上的刘一手说：“岳丈大人，先请回吧。”

“贤婿当心些。”

兆龙不忘给他爹打气，喊了声：“爹，我等着你回来放炮仗呢！”杨云天含笑点头，拉着马，顺着众人涌去点名处。

刘一手看着他的背影却轻轻摇头，叹说：“你这个爹哪儿都好，就是忒清高！”

原来，他几次跟杨云天商议，要在大德居摆上一桌，宴请顺天府的官员等人，搭搭交情，疏通门路，以便在武场上多些照应，却都被杨云天谢绝了。老头子当时就急了，因为他大德居曾经三次承办过“鹰扬宴”，跟顺天府的那些头头脑脑是能递上话的。

所谓的“鹰扬”，盖取“刍鹰击空”“我武维扬”之意。“鹰扬宴”是专为三年一次的武科乡试准备的。放榜后，唯有中榜的武举才有资格去赴宴（文举乡试放榜后，宴请新举人的是鹿鸣宴）。

这宴席名义上由官府所设，私底下承办的却是像八大楼、八大居等著名的饭庄。谁家若能夺得“鹿鸣宴”或者“鹰扬宴”的承办资格，自然会在同行中声名鹊起，生意也跟着冲天兴隆。

大德居能连续三次承办“鹰扬宴”，跨度十年，一靠东家跟顺天府的交情，二靠刘一手的厨艺。正是因为有这层背景，老头子才积极地替女婿谋划，盼他上得武场后，能够做到十拿九稳。

岂料，杨云天骨子里透着傲气，对此提议是想都不愿多想。他定要凭着真功夫拿下这份功名。若是暗地里搞弄这些，传将出去不但有损杨门声望，更让他无法面对列祖列宗的牌位。堂堂太极杨家岂能做出营私舞弊的勾当。

这攀扯之事，便就此了了。

杨云天此次参加顺天府的武科乡试，按规矩是跟广平府的另外四名武童生互结相送，并由营官出结作保，保其确系本县之籍贯，且出身清白，非倡、优、皂隶之子孙，并无居父母之丧者，方能进京应考。

一般来说，这五位童生是要一路同行，并一起住进直隶会馆的，相互好有个照应。但云天因带兆龙同行，并居岳丈家，便和那四人分道走了。

因为是五人互结相送，入场也都得聚在一起，拿着保书鱼贯而入。那四人却早到一步，正跟邻县相熟的童生在谈天说地，见杨云天过来，都喊：“杨兄，这边！”

杨云天来到近前，抱拳笑道：“几位仁兄倒是捷足先登了。”

一人便哈地笑出来：“哈，这话的彩头好！”便给邻县的人介绍。那些人听说眼前这文雅的汉子居然就是杨家的“大先生”，都惊叫起来，纷纷上前见礼。

这么一来，惹得周围的人都往这边看，又有不少久闻杨云天大名的童生上来攀交情。还有些冷眼观望的，想到杨无敌的名号，上场前愈发添了压力，不免抱有敌意。就在这时，箭楼的大门吱呀拉开，有兵丁高声喊着童生入场。

那广场呈长方形，可容纳两千多人，涌进的童生一千来人，外加上执勤的兵丁以及马匹，也显得满满当当。看台上，担任正副主考的翰林官员当中坐定，身为监射官的两名监察御史和京官出身的四名同考官分列左右。作为提调的顺天府堂官们则站在下首。

圣旨念完后，武考开始，第一场比的是骑射，每位童生要在场上驰马三趟，发箭九支，三箭中靶为合格，达不到三箭者便丢了进入二场的资格。

场上飞马疾奔，场下的武人齐声吆喝，任谁见此情景，都不免心潮澎湃。杨云天之前在直隶参加县府武科时，因在自家门口，又有杨云鹏做伴，信心十足。可今天到了这京畿要地，眼见人人争先，个个逞能，且都是百里挑一的精英，心里有些不打底。

尤其是头一位上场的涿州童生，飞马三圈下来，九箭竟有七箭正中靶心，博得了一片叫好声。这让杨云天的压力陡增，暗想自己未必能比此人射得更好。

到底是各地选拔上来的头面人物，依次上场的武子们个个表现不俗，更给下面参比的童生添了压力。杨云天虽然不至于像身旁的那些人不住声地躁动，但也瞧得全身冒热汗，那丝丝的秋风竟带不来凉意。

蓦然，他觉得有道目光像刀锋一般从脸上扫过，心下一颤，下意识地寻视过去，只见二十几步外的人堆里，有个独眼汉子正朝这边观望，目光跟他一碰，马上又转开了。

杨云天登时心头剧震，那汉子戴着黑眼罩，形容跟兆龙提到过的武恶一般无二，神经登时绷紧了。秋水的人也来参加武考，自然是冲着他来的。难道说，他竟然敢在光天化日之下，对自己不利？

至此，心便不放在考场上，而不时地瞥向那独眼汉子。那人却也怪，杨云天逼视他时，他偏不回视，只一味去看武场。杨云天要是收回目光时，他倒瞧过来了。

如此三番，杨云天不禁恨得牙痒痒，若非身在武场，定要过去揪住他质问。继而，他又揣摩独眼龙可能会干出的勾当。最有可能的，便是杨云天骑马上场的时候，他会暗中使用暗器，或射马，或射人，即便只是捣乱，害他精神恍惚，使得弯弓没有准头，射箭脱了靶，那腌臜念头便也得逞了。

正气恼，忽然听见叫到自己的名字，原来下面轮到他上场了。杨云天瞪了独眼龙一眼，转身交代同来的那四个童生，让他们多留意下那独眼汉子的举动。

按照规矩，被点名的童生要先“验明正身”。武士子的点名簿上，杨云天的名字下面注着身中、面白、须无的字样。之后，在空白印册上，亲笔写下自己的籍贯年貌。监箭官拿着跟地方交上来的印结一对照，见没有差错，才在他脸上盖上印记，准许入场。

场中的童生还没射完时，他已经跨上坐骑，心跳加剧了。杨云天居高临下，又看向独眼龙所在位置，不禁吃了一惊，那家伙居然没了踪影。他的目光沿着广场转了一圈，还是没有发现人影。怎么回事，那斯竟然溜了？

正思虑间，场上的童生已射完第三轮，有人高声报出：“广平府童生，杨云天上场！”

他顿时觉得热血冲上脑门，赶紧深吸一口气，两腿使劲一夹，马便冲上场去。搭箭拉弓，在这一刻，他心思猛然变得澄明，独眼龙被挤出脑外。

马蹄在激荡，目光在游移，那个靶子有节奏地晃动，红靶心在他眼中一点点地放大，很快送到他的跟前。杨云天轻叹一声，一松手，箭矢便嗖地飞出去，一下子咬住靶心。场外马上响起如雷般的叫好声。

但这叫好声并没有钻进他的耳朵里。杨云天今天在场中的感觉非常敏锐，目光随即转向另一个靶子。马儿正好转到，一抬手，第二支箭又稳稳地射出去，再中靶心。

这一刻，他觉得自己像在腾云驾雾，除了那三个红色的靶心，周围的一切都化为乌有。弓和箭似乎也跟他的手臂融为一体，每一下都稳稳当当地射出去。

当第六支箭射中靶心的时候，杨云天心如止水，一点儿波澜也不起，手更稳了。嗖嗖嗖，最后三箭俱中靶心。场外欢声雷动，他射出了今天最好的成绩。

杨云天长长地舒了口气，喜悦涌上心头。他跳下马来，牵着缰绳往场外走，却一眼看到了那个独眼汉子。他就站在点名处，正朝这边张望，迎着杨云天的目光并不回避，还冲杨云天亮了下大拇指，表示佩服。

杨云天顿时轻松了好些，这人定然不会是武恶。果然，轮到那独眼汉子上场时，把总喊出的名字是邱大明——一位来自怀柔的童生。

北京城虽然入了秋，但暑气并没有消退，还是热辣辣的。但比起夏日的闷热来，还是觉出了凉意。尤其是随着秋风吹拂，树木的叶子也泛红泛黄，跟着悠悠飘落。头顶上的天空，也较以往湛蓝，像一面才擦拭过的镜子。

马车在街道上哒哒地跑着，车夫不时地吆喝一声，甩下鞭子，为的是不让那牲口跑偏了道儿。车篷里，兆龙和外公靠在一起坐着。他在嚼一支糖人，刘一手则美美地抽着纸烟。

“外公，你们大德居斗菜，要比几场？”

“跟你爹的武考一样。”刘一手伸出三根指头，“三天比三场！头一场，刀工；第二场，白案；第三场，红案！”

“啊，压轴戏放在最后头！”兆龙拍掌说。

“你爹那武考最后一场就不刺激了，要写篇烂八股。”

一路闲扯，不觉已来到大德居后门。刘一手跟兆龙下去，付了车钱，走进门去。他在后院有单独的一间房，一迈进去，候在里面的两个徒弟就迎过来，一个赶紧去泡茶，一个则帮刘一手换过衣服，戴上帽子，系好围裙，拉上套袖。

碗茶也备好了，送到刘一手手上。老头子拿起盖子，划下浮在上面的茶末，用嘴轻轻吹了吹，方才凑上去吮了一口，徐徐咽下。兆龙在旁瞧得有趣，一眼不眨地看。

刘一手两口茶后，放下茶碗，清清嗓子说：“你俩先过去张罗着，我随后就到。”

“是，师父！”两人恭敬地行礼，慢慢退出去。

兆龙吐吐舌头，说：“姥爷，你这里的规矩也蛮大的，跟我爷爷一个样！”

“那是自然！”刘一手说，“你们武林讲究门派，我们厨师帮也算是个江湖圈子，照样讲传承、讲辈分，那规矩是乱不得的。”

“我知道了，在大德居，您就是掌门人！”

“没错，要想在‘勤行’（厨师界）混出点名堂来，非得有绝活不成。要想学到绝活，那便非得拜名师不成！”

兆龙笑嘻嘻地补了一句：“这就叫名师出高徒！”

一老一少又闲扯了几句，刘一手从怀里掏出表来瞧了瞧，说：“时候到了，走吧！”

这大德居除了应街的三层楼气派外，院子也大，迎门便是水磨砖刻花大影壁，绕过去便看到一个偌大的鱼缸，里面游着红红黄黄的金鱼，不下百余尾。院内的房子都改成了雅间，宽大的廊子，落地的窗户，能同时开出百来桌的宴席。

这次内部“斗菜”，前两场地点就摆在大院里，十多张桌子拼起来，摆成了一溜长台。一块块案板放置上面，各式各样的菜刀和盆碗漏勺笊篱等器皿都摆放整齐。

院内黑压压站着不少人，瞧见刘一手带着兆龙过来，众人纷纷行礼。兆龙数了数，打扮齐整、准备参与比试刀工的就有十几个人。

猛听到有人说：“东家来了！”循声望去，只见一个圆脸高额的中年绅士快步走来，他脸上一团和气，留着一指长的胡子，穿着小褂长裤，外罩宝蓝色缎子坎肩。头上那顶黑色的瓜皮帽正中，镶着颗绿莹莹的宝石。身后跟着王大掌柜，他圆乎乎的一张脸，笑起来像个弥勒佛，兆龙头一天来时便认得他了。

刘一手躬身道：“东家，劳您的驾了！”

“刘师傅，你太客气了！”东家笑着拉了他的手，跟掌柜的一起坐下。东家姓梁名子清，扬州人士，祖上两代在京做官，积攒下一份不小的家业。到了他这一辈，虽没斩获功名，却精通文玩鉴赏，并特别讲究饮馔，后来便开了这家大德居。

他见兆龙站在刘一手身后，两只眼睛忽闪着，并没怯意，便笑问：“这孩子是……”

不等刘一手开口，王掌柜就说：“这是刘师傅的外甥，三天前才从广平府过来。”

梁子清喜道：“可是太极杨家的人？”

“是！”兆龙大声道，“我叫杨兆龙，我爷爷便是杨慕侠！”

三个大人相视而笑，刘一手故意瞪眼：“这孩子好没礼数，怎么也不叫声东家，便自管嚷嚷了。”

“别说，我还就喜欢他这直率的性子！”梁子清拈须笑道，“到底是武者多豪壮，不忸怩！”说着，便从怀里掏出两个金瓜子，扣在兆龙手心，“这个小玩意儿，你拿去耍子吧！”

兆龙看向姥爷，刘一手一点头：“既是东家给的见面礼，便收着吧。”兆龙脆生生地说：“多谢东家！”还鞠了一躬，又惹得大人笑起来。

因中午还要营业，时间耽搁不得，刀工比试马上就要开始了。出来的十个年轻小伙子，最小的看上去也就十五六岁。他们平时打杂，做配菜工，默默苦练，盼着有朝一日能够崭露头角，被总厨相中，成为一名真正的厨师。

梁子清见状，笑问刘一手：“刘师傅，间隔了近一年，你必是又发现了好苗子？”

“东家，好苗子咱们厨下从来不缺。要说谁能技高一筹，还得等着比完再看。”

“你呀你呀，就是太持重！”梁子清把头侧向刘一手，凑他耳根说，“你姑妄说之，我姑妄听之。”

刘一手不动声色，压低嗓音道：“右数第三位，名叫吕良的，老朽较为看好。”

梁子清抬头看去，见那人二十左右，脸盘白皙，鼻挺眼亮，站在案板前稳稳当当，心里也先给了高分。就凭这份站相，这个吕良便如鹤立鸡群。

俗话说，手艺好不好，先看站一站。在行家眼里，一个厨师“站案”

的功夫不到家，站相不好，便说明刀工有欠火候，更别说掌勺了。

这就好像京剧开场时的亮相，相亮得不好，换不来一个当头彩，后面唱得再好也不硬气，到底有些虚。

梁子清和刘一手小声说话时，兆龙耳朵尖，全听了个明白。他却又是个站不住的，眼见那些人一排溜站好，准备开赛，便想跑到近前看个热闹。刘一手哪能不知外甥的心思，便对一旁的大徒弟，诨名叫彭大碗的说："你带兆龙下去看看，别让他瞎胡闹。"

兆龙却也认识这彭大碗，自从他和父亲来京城后，一些吃住出行上面的事，多是由这个大碗来照料。他得这个外号，一是因为本身胃口好，吃得多；二是因为他顶拿手的是大碗蒸鸡、大碗蒸鱼之类的菜品。

兆龙轻手轻脚地走近，见那十个人平心静气地站在案板边上，面前各有一个切菜的木墩，一把把磨得雪亮的菜刀放置墩面中央，刀口向外，前不出尖，后不露柄。刀背、刀刃都不露出墩面。

兆龙小声问彭大碗："大碗叔，他们为什么干站着不动？"

"这是比试站案呢！"

彭大碗小声给他讲解起其中的规矩。兆龙听了，觉得非常新鲜，原来这厨师站案要先练"站功"，竟跟他练拳要先练桩功一个样。

站案的姿态跟他站桩相仿，要求两脚自然分立，重心稳定（太极讲究中定）；上身微微前倾，不能弯腰曲背（太极拳中要求含胸拔背）；双肩要平，不可一肩高一肩低（太极拳讲究沉肩坠肘）；目光内敛，微微落入前下方，身体自然放松，和菜墩保持一定距离。如此站姿，跟太极起势前"无极"状态一样，透着从容，静心如水，散发出一种和谐自然之美。

兆龙不禁浮想联翩，要是自己把站桩的功夫用于"站案"上，当众一亮相，肯定也能博得一声彩。

他的彩没有人唱喝，比试却在一人的吆喝声中开始了。正是王大掌柜响亮的嗓门在喊："第一轮，直刀法，加跳切，上黄瓜！"

兆龙被这喊声弄得有些糊涂，有伙计端了一大盘子洗净的黄瓜过来，每一个菜墩上放一根，这倒没什么，只是那直刀和跳切有些费解。

彭大碗便给他讲解，所谓直刀法是刀刃与砧板面活原料成直角的一种刀法（直刀又分为“切”“劈”“斩”三种），跳切是其中切法的一种。兆龙听了不禁眼直：“哇，听着就像武林秘籍一样，那这刀法到底有多少种？”

彭大碗微微一笑，竖起四根指头：“直刀法、平刀法、斜刀法、剞刀法！”

兆龙吐吐舌头：“光这刀法，便分出了四大门派！真牛！”

彭大碗听他说话风趣，也来了神气：“光说这切法呢，又分出了十几个小门派！”扳起指头来如数家珍，什么直切、推切、拉切、锯切、铡切、滚切等，把兆龙唬得一愣愣的，暗自怀疑大碗叔是不是在“胡切（扯）”。他们在嘀咕时，王大掌柜又喊：“操刀！”

厨子们纷纷出右手，抓起了菜刀，拇指与食指捏紧刀箍，其余三指与手掌握住刀柄，当真是“一刀在手，天下我有”，气势马上透出来了。但兆龙看到那个叫吕良的偏偏却是用左手持刀。

梁子清隔远也瞧见了，笑着对刘一手说：“刘师傅，他跟你一样，也是左撇子，怪不得透灵。”

刘一手微笑不语，只是拈须点头。从吕良身上，他确实看到自己年轻时的影子。随着王掌柜一声“开始！”厨子们一手按着黄瓜，一手运刀，登时，一片密集的唰唰声响起，节奏悠长，绵绵不断。刀锋所过处，薄薄的黄瓜片均匀地摊在菜墩上。

兆龙看到，厨子们肩膀不动，手臂微动，手腕灵动，凝神于运刀之中，思想随着刀刃走。持瓜的手稳，落刀的手准，一个不动为阴，一个主动为阳，两手紧密而有节奏地配合着。一刀一刀笔直切下，着力点布满刀刃，前后力量一致。直切技术熟练后，迅速加快，形成“跳切”。唯有一气呵成，才算合格，看着就是一种享受。

兆龙还注意到，那个吕良的刀法最快，竟然看不到白刃，只见绿色的黄瓜像活物一样，微微晃动。切完后，他长长地出了一口气，退后一步，那菜墩上的黄瓜竟然不散开，依旧粘在一起。

王掌柜看着怀表，半分钟时喊了声停。当即有十个伙计端着盘子上去，把菜墩上的黄瓜片挪走。盘子上各贴一张纸条，写着施刀者的名字，免得混淆。兆龙看到伙计在拿吕良切的黄瓜时，那东西看上去还是一根整黄瓜，等放到盘子上后，才唰地散开了，片片薄如蝉翼。

他不禁看得咋舌，问彭大碗：“大碗叔，这一根黄瓜要切成多少片？”

“半分钟内，最少要切成一百片！”

兆龙倒吸口凉气：“我的个妈呀！”

数黄瓜片的工作由伙计来做，比试则继续进行。王掌柜喊道：“上花生米，铡切！”十个伙计各端一小碟花生米上来，每个厨子面前放一碟，约有十粒的样子。兆龙悄悄凑到那个吕良身后，眼珠子瞪得滴溜圆，倒要好好看他的刀法。

这铡切刀法一般用于处理带有软骨、细小骨或体小、形圆易滑的生料和熟料，像脆骨、蟹、花生米等。它要求厨师双手握刀，一手持刀柄，一手按刀背，或是两手平衡用力压切，或是两手交替用力摇切。

这种刀法比跳切的难度还要大，因为原料不好控制，这便要求刀客下手要准，力道要匀。尤其这花生米还是炒熟的，脆硬，很容易滑刀，一不小心，小东西就会蹦出去。要在很短的时间里，把它们一一切成大小均匀的小粒，实在有些难为。

只听王掌柜一声令下，厨子们纷纷把碟子里的花生米倒在菜墩上，然后双手握刀，紧张地铡切。兆龙看到，吕良的做法跟别人不一样，他将花生米倒在菜墩上后，先是用刀刃逼着，左手轻轻一划拉，五颗花生米便整整齐齐地排好一线，这才双手握刀，左右摇切，竟然是同时在切五颗花生米。说来也怪，那花生米竟然都乖乖“听话”，没有一颗乱窜乱蹦的，倒像是一块块软豆腐，服服帖帖地被左一刀、右一刀地切割成细细小小的方粒儿。这说明他下刀的力度和角度拿捏得十分精准。

兆龙在旁瞧得不住地咋舌，好家伙，这刀法是怎么练出来的？吕良的刀每次都是轻轻提起，又轻轻落下，一直贴着花生米的红皮，两手轻灵地摇动，一左一右，一起一落。那菜刀发出细细的嚓嚓声，像在墩子上跳舞。再看其他厨子，神态就没这么从容了，有的额头热汗滚滚，有的手臂在哆嗦，还有眼珠子死盯着菜墩，生怕一不小心，那花生米就弹出去。偏在这时，院子里突然一声巨响，兆龙毫不提防，竟打了个愣神，不知道发生了什么情况。

第六章　低谷

不但是兆龙，在院子里的人大多受了惊扰，尤其是那些在铡切花生米的厨子。本来操刀就有难度，冷不丁遭这震响惊吓，刀法顿时乱了。有的花生米蹦出去，有的切得零碎，甚至有一个还切着了手。

兆龙转头一看，好家伙，一个伙计提一面铜锣，正用槌轰轰地敲打，便问："他在胡敲什么？"

彭大碗笑道："这是考验人的定力呢！"

"那也用不着敲锣打鼓啊。"

"你想想啊，后厨里那么多人在操家伙，什么声响没有，乱腾腾的，心要是定不下来，菜便烧不好！"

兆龙不禁咂咂舌头："唉，当个厨子还真不容易！"

后厨里面，刀火并举像个战场。前厅雅间呢，客人却在安享美味，想想，还真有些不公平。不过，客人来吃饭是花了钱的，厨子的辛苦没白费，还博得好评，就算辛苦也值了。

三声锣响后，王掌柜喊声停，又有伙计上前把切好的花生丁儿端下去。这一回，彼此间的距离拉开了，十人中唯有吕良没受影响，将十粒花生米尽数切好。梁子清和刘一手再次相对而笑，单以刀工而论，这个吕良已经不输于大德居中的任何一位大厨了。

"第三场，花刀剞，上料！"随着王掌柜一声喊，每位厨子面前各放上一大盘白萝卜和青萝卜。

剞刀，有雕刻之意，混合了切和片的刀法，能自如地在原料上划出深而不透的横竖各种刀纹。这些刀纹起初还不明显，唯有经过烹调后，才会产生惊人的变化，使菜料卷曲成各种形状，如麦穗、菊花、玉兰、荔枝、核桃、鱼鳃、蓑衣、木梳背等。

这一回，兆龙可着实开了眼。那些厨子一个个变成了魔术师，手里的小刀飞上舞下，萝卜块不停地转动，碎屑飞溅，顷刻间，便开出了一朵朵“花”，长出了一枚枚“叶”，有的还雕出了麒麟、金鱼、飞鸟，个个都是艺术品。

兆龙挨个看去，叹为观止：“好家伙，这东西要摆在盘子里，哪儿舍得吃啊！”

转了一圈，又回到吕良身后，这才发现，东家梁子清和刘一手都凑过来，其他伙计也在旁边指指点点。兆龙踮脚一瞧，好家伙，吕良竟然雕了一个大家伙——八仙过海。

他已全身心投入进去，小刀像条白色的鱼，在青萝卜和白萝卜里游荡。他的额头上、鼻梁上都渗出了汗粒儿，闪着光，也不知去擦，甚至就连睫毛也不轻易眨动一下。

刀锋一闪，蓝采和的鼻眼就勾出来了；刀刃一旋，张果老的眉毛就笑弯弯了；刀尖一转，汉钟离的大肚子就滚圆起来；继而，何仙姑的荷花开了，吕洞宾的宝剑亮了，韩湘子的笛子吹了……

到后来，院子里只剩下他一个人在刻。时间早过，王掌柜却忘了喊停。大家都屏住呼吸，一眼不眨地瞧着吕良，院落里顿时变得肃静，外面街道上的声浪却一股股地卷过来。

吕良刀法中的神韵感染了在场的每个人，他们跟他一起，陶醉在“八仙过海”的刻雕中。这一刻，兆龙也被迷醉了。他觉得厨房里的这些斗菜，虽然没有江湖上高手的比武刺激惊险，却要有意思得多。

杨云天自武考开场那天，以九射全中的赛绩拔得头筹后，大名便不胫而走。杨慕侠当年名震京华时，结交了一大批盛名人物和王孙亲贵，杨门的一些老徒弟此时也多成为北京武林界的头面人物，如今他的儿子重新出山，那些人自然要来捧场。因而每天他都有应酬，早出晚归，以至于兆龙只有早上才能见到他。

关于当年杨慕侠突然从英王府辞去教习的职位，退隐于故里广平府一事，传闻不少，但知道真正底细的却没有。就连杨云天也摸不着边际。按理说，父亲当年在京城打开了局面，该好好据守着，如此方能进一步光大杨氏太极拳，他为何要突然离开呢？

不止一次，杨云天装作不经意地问过杨慕侠，但老头子总是闭口不谈，他也不便再提及了。可这次进京，不少父亲的故旧都说起这事，无不替杨家惋惜，他因而心里又起了波澜。

杨云天至今记得一些旧事。算起来，那已是十多年前了。那时候，母亲带着他和杨云鹏还住在广平府的乡下，每天督促着兄弟俩练功，父亲则孤身一人在京城闯荡，逢年过节才会回家住上一段。

每次临走时，杨慕侠都会对妻儿说："你们再熬一熬，等我在京城站稳了脚跟，便接全家人过去。"他走后，云天娘便经常把一句话挂在嘴上："好好练，莫偷懒，你爹下回要带咱们一起住京城！"

杨云天和杨云鹏练功练累了，也总问道："娘，我爹啥时候回来接我们？"他娘总说快了快了！

他和弟弟每天都盼着爹回来，好带他们去京城。可是有一年，父亲回家过完节，眼看着过了十五，也没有回京城的意思。有一次，杨云天大着胆子问起来。杨慕侠只告诉他有些事要办理，办完再走。

三月三那天，云天、云鹏正在前院，忽听杨慕侠说，客人已到城西路口，让你俩去接。杨云天很是惊奇，心说爹又没长着千里眼，如何能知道城外来没来人？

他和云鹏觉得好奇，赶紧照父亲吩咐，出门往城西走去。迎出能有二里地，果然瞧见一个道士打扮的中年人匆匆赶来。那人面白如玉，剑眉长长地斜插进鬓发里，颌下留着三绺长长的胡须，看上去很像年画中的吕洞宾。

兄弟俩迎上去跟道士打招呼。那道人一惊，叹说杨先生果然神人，竟能未卜先知！他说着，却又不时地往来路看，神色中含着忧惧。

杨云天才知道，这道人道号银尘真人，从武当而来。杨云鹏眼见道长心神不宁，说话时还不时地扭头看向身后，便问他咋了？

银尘真人说："有个莽和尚路上苦苦追逼，让贫道好生烦恼！"

杨云鹏那时二十来岁，生就一副天不怕地不怕的脾气，当下就拍着胸脯说："道长别怕，既然到了永年地界，我自有打发他的手段。"便让云天带银尘真人先行回家，自己则守在路口，等那和尚来到。

路上，杨云天不免要问银尘真人，那和尚有多厉害？银尘真人说，僧人来自少林，武功深不可测。

进了城后，他问银尘真人的来意。道士笑道，他到广平府，是准备向杨家讨还武当的一件宝物。

杨云天心里就嘀咕："没听说家里有什么宝贝啊？"

他们回到杨家时，杨慕侠已在院中等候。道士一揖到地："杨先生，银尘真人应约来了！"

杨慕侠笑着将他扶起："我早就安排妥当，只等道长仙驾了！"转头问云天，"云鹏呢？"听银尘真人说了缘由。杨慕侠叹道："他还是道行不够，人家可不是已经来了！"

杨云天见父亲和道士都看向门口，便也转过身去，这才发现，一个矮瘦的老僧双手合十，慢慢踏进来。他身上看不到什么肉，瘦得皮包骨头，像是一阵风就能把人吹跑了。杨云天实在看不出他有什么可怕之处，能逼得银尘真人惊慌失措。但杨慕侠的脸色却变得庄重，朝杨云天摆摆手，银尘真人赶忙拉他躲去一边。

老僧一步步地往前来，杨慕侠垂着袖子，一步步迎上去。之后，隔着能有十步之遥，两人一起停住。杨云天忽然觉得胸口发闷，喘息困难，脚下也一阵发软，像整个人被按在深水里面。

银尘真人见状，赶忙又拖他后退十来步，并在他胸口揉了下，这才舒服了些。忽见场中，老僧伸出鸡爪似的右手，中指和食指凌空一点，空气中竟然嗤嗤作响。

杨慕侠也伸出两指，轻轻挥了下，身子跟着晃了晃。老僧却是纹丝不动，但也不再凌空比画，只是眼珠子瞪得滚圆。他的脸瘦得像骷髅，眼珠子却亮得耀眼。

"原来大师来自少林！"

杨云天看到，院中的那棵老柳树叶子簌簌落下，在半空中起舞。有几片落到他的衣服上，捏起来一瞧，竟然都被斜斜地削去一角。

蓦然，那和尚的衣服噗啦一声响，向后连退数步，那僧袍瞬间变得鼓胀，成了个滚圆的大球，越发衬得老僧矮小。

他深吸一口气，双手合十，僧袍慢慢瘪下去，一点点恢复原样。这才高声道："阿弥陀佛，武当那玩意儿果然为杨家所得！"

杨慕侠却并不马上应答，微微一笑，说："敢问大师法号？"

"贫僧无根！"

杨慕侠略一沉吟，又道："原来是南少林的瘦罗汉，杨某可是久仰大师的名号了！"

无根念了声佛，眼神湛亮，慢慢走近说："杨无敌的大名，贫僧更是……"猝然出手，拳头击出，杨慕侠的手掌早闪电般拍中他的腕部。

无根如遭电击，跌出数丈远，前腿撑，后腿蹬，扎成弓步，方才站稳了。还是架着胳膊，举着拳头，像是抽了筋，老半天才慢慢收回去。合掌垂首："老僧鲁莽，还望见谅。"

杨慕侠微微一笑："大师客气！"

这番动作太快，杨云天只觉眼前一花，便结束了，竟是没看清他们怎么来往的。银尘真人自然瞧得明白，不禁暗叹杨氏太极拳的神妙。

无根道："刚才贫僧突袭，还是被破了去。施主是如何做到的？"

"不过是自然反应罢了。"

"仓促间，怎会反应得这么快？"

"彼不动，己不动；彼微动，己先动！"

无根叹息："老衲云游十数省，从未碰上敌手，杨先生你是第一人。"

"大师何必如此自谦！"

那无根此时已被太极拳的轻灵玄妙折服了，哪里肯白走这一趟，再三请杨慕侠点拨些，也好可怜他一路上千山万水地跟来。杨慕侠无奈，只得展露出一手惊世骇俗的绝活，这便是伸掌接鸟，鸟在其掌中振翅而不能飞起。

有关这段传闻，后人多移到八卦掌宗师董海川和杨慕侠两人身上。说是杨与董一起在德胜门散步，忽有鸟从头顶飞过，董公一跃，随手逮鸟，交与杨慕侠。杨伸掌接着，鸟在掌中团团转，几次想拍打翅膀飞起来，竟然不能得逞。

后人揣测，因鸟儿在飞举前，两足必先用力一蹬，方可借力飞出，杨公能听其劲而随之松化，使鸟无力可借，故而无法飞走。

但杨云天当日见到的情形，却不是这样。老僧再三坚请，杨慕侠还没小试牛刀，杨云鹏便回家了。他在城外路口相候多时，没等到什么和尚，只得悻悻回返，没想到，那老僧抢先一步上门了。

杨云鹏火气很大，见无根纠缠父亲，冷笑道："大师果真要见识太极拳的精妙，在下愿意奉陪！"

"云鹏不得无礼！"杨慕侠喝了声，朝无根抱抱拳，"犬子莽撞，还请大师见谅。"

"贫僧倒是很乐意领教！"无根眼里精光闪烁，也没看清他怎么拿步子，身子就滑出数丈，一下子站到井边。

众人急切间还没明白他到井边有什么用意，无根道："贫僧瘦弱，只怕禁不得杨家公子的三拳两脚，倒不妨往井里打打空拳。"

他说着，便撩起衣袖，露出干柴棍儿般的手臂，攥拳头往井里击了一下。杨云天平时没少打水，知道水面离着井台有四五尺高，也不知道这"空拳"如何个打法？

谁知，老僧一拳打下去后，井里竟然发出轰的一声响。

杨云鹏咦了声，没料到这无根的功力如此深厚，脚尖一点，弹到井台前。水井里的嗡嗡声平息，杨云鹏深知厉害，一反刚才的霸道，施礼道："大师好手段。"

杨慕侠笑道："我儿今天也算遇上对手了！"

无根合十道："施主客气了，还请出手指教！"

杨云鹏道："指教不敢，却也可以陪着大师玩玩。"

"好，便请施主也打一拳，让老衲开开眼。"

"你一拳，我一下，听着就有些乏味。"

无根抬眼瞧瞧杨云鹏："那以你的意思，又能如何？"

"太极拳以柔化功夫取胜，我使一式'云手'，大师不妨再往井里打几拳试试。”杨云鹏说完，便半蹲拉开架子，对准井口施展出“云手”来，两手一上一下，绵绵不断地画起了圈子。

无根顿觉双腿发飘，黑压压的井口像是有股子吸力，紧紧地往下拉扯他。当下不敢大意，深吸一口气，扎稳马步，嘴里发出嗨的一声响，又朝井里击了一拳。

杨云天侧耳细听，这一空拳打下去后，竟然没有声息，不禁大为好奇。

无根自然也是一惊，定神细看，只见井里的水居然沿着井壁慢慢旋上来。杨云鹏施展的“云手”不断画圈，内气激荡水面，形成旋涡，无根那一拳打上去，竟被弹开化消了。

“好功夫！”无根呼呼连击数拳。杨云鹏不敢怠慢，“云手”施展得越来越快。呼的一下，白花花的水柱子从井口喷出。

杨云天看到精彩处，不禁大声喊出好来。

只见两人唰地各自退后丈远，避开水花，此战就算打了个平手。但杨云鹏好胜心已经被挑了起来，如何肯撤手。正好屋檐下有一只燕子被惊飞出来，他一闪掠过，轻轻将它操在手掌心。

那燕子叽叽喳喳地尖叫着，翅膀不停地扇晃，却总是飞不起来。就好像他手心有一股子吸力，紧紧地拽住了它。

“大师，你刚才出了一招，我接过了。现在咱们玩点儿新的。”

无根垂头合十：“阿弥陀佛，罪过罪过！”

“我知道出家人不杀生，便请大师施展手段，将这燕儿夺了去！”

无根深知以自己的功夫，最多跟杨云鹏战成平手，从他手里夺燕子并无把握，闹不好还会弄死此鸟，当下道：“施主，用不着再比，老衲输了！”

杨慕侠哼了声，杨云天转头瞧时，见父亲脸色显出不快，胡子也一抖抖的，喝道：“糊涂！”

杨云鹏方才一惊，知道自己此举唐突了，蓦然觉得手掌一麻，那鸟儿嗖地飞走，却并没有冲出院子，而是径直飞到杨慕侠身前。

杨云天惊奇地看到，那燕子在父亲胸前拍打着翅膀，像被撞进一个无形的笼子里，总也飞不走。他的五指轻轻晃动，并不碰到鸟儿的毛，它却随之而动。

这一手凌空捕物的功夫，当真是惊世骇俗，若不是亲眼所见，定以为是荒诞神话。

杨慕侠手掌慢慢举起，那燕子也一点点地飞高，随着老头子一声去吧，五指收回，那鸟儿嗖地射出去，一会儿便成了小黑点。

老僧目送燕子飞走，直到看不见了，才叹道："老先生真乃神人也！"转头打量着杨云鹏，"可不知为何没将武当玩意儿传给令郎？"

杨慕侠淡淡笑道："这也要看他的造化！"

无根又瞄了银尘真人一眼，垂首合十，转身飘然而去。他的身法奇快，眨眼间就从门口消失。杨云天心里却在想，那个武当玩意儿到底是什么呢？不但他，杨云鹏更是记挂着，老头子今天展露的奇妙功夫，绝非是从陈家沟得来的"绵掌"，只怕真是唯有道家才有的神秘功法。

当天，银尘真人留下来，他和杨慕侠闭门三天三夜，也不知谈些什么。第四天头上，吃罢了早饭，便告辞而去。杨慕侠带着云天和云鹏一直送出城外三里。

直到看不见他的影子，杨云鹏才忍不住问起杨慕侠："爹，道士与和尚嘴里的那武当玩意儿，到底是个什么东西？"

老头子却并不解答，只是淡淡地说了句："时候到了，自然会说与你们听！"

如今，十多年一晃过去了，杨云天和杨云鹏早就成家立业，各有了孩子。再想起父亲当年的话，不免又在心里泛起波澜："武当的那玩意儿到底是什么呢？"

这个疑问其实早就深刻在他和云鹏的心底。

银尘真人特意赶到杨家，为的是那玩意儿，无根僧一路追来，也是为了那玩意儿。后来父亲辞去北京的教职，专心在家练功，只怕也是为了参悟那玩意儿。

这个武当的宝贝儿，他和云鹏什么时候才能见识得到？

武科乡试的第一场，杨云天以九射九中的赛绩震惊全场，顺利出线，同时也博取了赫赫威名。三天后，便迎来了第二场。

第二场考的是步射和技勇。步射，九发三中为合格，这项杨云天成竹在胸，并不担心。他主要是对技勇这一关有些担心，因为这环节比的是膂力。这恰恰是他的弱处，又与太极拳“以柔克刚”的法门相悖。纵观其他武童生，无不长得腰粗膀圆，在拼劲力方面都是能手。

杨云天知道，他只要上得场去，就得拼命。因为第三场的文考对他来说有十足的把握，胜败只在第二场。

步射因为不像骑射那样占地面，故而人员分成一批批地进行。八十步外竖起了一个个鹄子，旁边站着鼓手，每当考生射中，便击鼓通报。

这一场杨云天赢得轻松，九箭八支射中靶心，成绩遥遥领先。其余四名跟他一起来的广平府童生，也射得不错。他又一次见到那个独眼龙——来自怀柔的邱大明，那人骑射的时候表现平平，这次却出人意料地射出好成绩，竟然追平了杨云天。

步射完成后，云天脸上被兵丁盖上了印记，马上进入膂力的赛程。它一共分三项。头项便是拉硬弓。

那弓分十二力、十力、八力三号，另备有十二力以上的出号弓。这种弓不为射箭使用，乃专为引拉练习膂力而特制的，故而特别硬，又称硬弓。

应试者弓号自选，限拉三次，每次以拉满为准。杨云天上场时，便选了十力的硬弓，拉满三次。这第二场的考比有规定，凡应试者，弓、刀、石三项必有两项为头号和二号成绩，三号成绩超过两项者为不合格，取消第三场考试资格。

也就是说，他只有一次选择二号弓刀石的机会。杨云天这么安排，事先已经考虑了很久，主要是为了保存体力，以备冲击后面两关。

十力的弓对他来说，还不是难事，顺利地拿下来。退场后，让兵丁在小臂上盖了印记，才知道其他场的童生大多都选十二力的硬弓，大家上去就开始拼命争锋了。尤其是一位来自沧州的老童生，年数已在五十开外，居然也满满地拉了十二力的弓，赢得满堂彩。

杨云天还看到，邱大明拉的也是十二力硬弓，三次都拉满了，如此一来，他的赛绩已经领先。这无形中给杨云天带来了压力。

第二项是舞大刀。那刀是生铁所铸，没有开刃，共分一百二十斤、一百斤、八十斤三号。按要求，试刀者要先完成左右闯刀过顶、前后胸舞花等动作，还必须一气呵成，方算合格。

排在杨云天前面上场的几个童生，个个都抡得起那一百二十斤重的大刀，还舞得呼呼生风。又有一个铁塔般的黑汉子，竟然要了一百五十斤的大刀，“抡、挑、推、拉、砍”，刀光闪闪，喊声如雷，震惊了全场。杨云天暗自骇异，这家伙跟那个万斤力有一拼。

轮到他上场时，虽已是深秋十月，但还是全身燥热难耐，那一百二十斤的大刀抓在手，沉甸甸的。他暗自运气，扎稳马步，一下下地舞着，没几下便汗出如浆，皮肉不停地颤抖。

舞刀花的时候，对他来说最是折磨，胸膛像要爆炸似的一下一下鼓胀，青筋暴起汗水由额头滚滚而下，嘴巴干得都要冒出烟儿来。

而且，他觉得丹田之气有些压不住、沉不下。呼吸也越来越粗重，简直像牛喘，呼哧呼哧得震山响。幸好，刀花舞完了，把笨重的大刀放下后，他如释重负，腿脚竟然打起晃来。

还好，他熬过来了。下了场后，兵丁在他另一只手臂上盖了印记，表示过关。这一轮考比，粗粗算来，共有百十人失了利，丢了彩，其中包括一个跟杨云天同来的乡党。至于那个独眼龙邱大明，大刀舞得中规中矩，也顺利过关。

杨云天终于迎来了他武举乡试的最重要的关口。第三项是拿石墩子，那石块是专为考试而备的，长方形，两边各有可以用手指头抠住的地方，但并不深。也分为三号，头号三百斤，二号二百五十斤，三号二百斤。考场还备有三百斤以上的出号石墩子，是专为那些大力士准备的。

应试者石号自选，要求将石墩子提到胸腹之间，再借助腹力将石墩子底部左右各翻露一次，名叫“献印”，一次完成者视为合格。

这纯粹是膂力的较量，没多少技巧。所以杨云天才把它视为最难闯的一关。在经过了三拉硬弓、舞大刀后，他的体力已消耗不少，如今只能硬拼了。

眼前那大石墩子光溜溜的，不知道被多少人抓抱过，也不知浸染过多少武者的血汗，它能成为武者通往科举路上的绊脚石，也能成为奠基石。

杨云天深深吸了一口气，气沉丹田，全身骨骼发出咯吱咯吱的响声，他朝手心吐了口唾沫，擦了擦，慢慢蹲下身，抠住两个石窝窝。

牙关一咬，脖梗子一挺，腰胯一沉，喉咙里发出一声闷吼，三百斤的石墩子被颤巍巍地抓起来。这一刻，杨云天觉得全身上下像着了火似的，血液都煮得沸腾了。

石墩子被艰难地提到腹前，他心脏的激跳已快到了顶点，脸上密密麻麻布满汗珠子，鼻子眼睛嘴唇几乎挤成了一瘫，扭曲得变了形。借助腹部一鼓，他双手一抡，石墩子往左翻了下，一次“献印”成功。

双手接住它时，腿脚险些打晃，脸部的肌肉突突乱抖，青筋一根根暴起。他用腹部抵住石墩子，借机换了口气，正准备进行“右献印”时，蓦然，右腿弯一麻，像被蚊子叮了一口。

登时，他觉得“腰弓”和“腿弓”断了，力气散去大半，双手再也抓不住石墩子，顺着小腹滑下。杨云天大吼一声，身子一矮，再次用双手抓住，咯吱咯吱，筋骨拉得山响，竟硬生生地将石墩子托住。

只是，右腿弯的麻疼却越来越厉害，此时伤处已不像是被蚊子叮了，倒似被毒蛇咬了，剧毒正一点点地深入、发作。杨云天的身子簌簌乱抖，脸色由赤红变成深紫，终于，他支撑不住了，大叫一声，人跟着石墩子一起跌翻在地。

杨云天参加第二场武考的这天，大德居的“斗菜”迎来最后一场。这中间他们又赛了两场，一场是比赛做面点，多是白案师傅参与，“大案”弄包子花卷等大主食，“小案”专门做精致的小点心，也有几个“面锅”师傅比试煮面，看谁的面条更筋道爽口。自然，这样的场面不够火爆，不够刺激，兆龙只落得跟着吃了不少好点心。

另一场比的是鸣堂叫菜的功夫。参赛者无一不是堂倌，可别小看这些跑堂的伙计，饭庄子好大一部分生意是靠他们拉来的。俗话里说：“饭庄分两半，跑堂与红案。”把跑堂的都排到厨师前面了。

上菜跑堂，唱菜名之类的，虽没有斗菜那样刺激、有悬念，但兆龙还是看得津津有味，因为它好玩热闹。尤其那个比自己大不了几岁，外号叫来宝的小走堂，人长得机灵，牙口也敏捷，一口气报菜名数十种之多，字字咬得清楚，不乱话，不黏牙，中气也足，堂内一喊，四座皆惊。

他毫无悬念地摘下桂冠。兆龙也喜得抓耳挠腮，在底下不住地学来宝的腔调："拌凉皮一道七寸，拉薄剁窄双份芥菜，抻面一碗，多搭两扣走细条……"

这两场比试因分量不够，甚至连东家梁子清也没到场。可今天就不一样了，压轴好戏便是"斗菜"，参加此轮比赛的厨子们，纷纷拿出绝活，要做出一道拿手好菜供东家和总厨品尝。

这菜一旦入得了口，入得了眼，并得到称赞，他们就有可能一步踏进大德居的后厨。不管是从三锅、二锅到红锅，一锅锅地做起；还是从三墩、二墩到头墩，一墩墩地干起，总之他们离着总厨刘一手越来越近，目光所至，耳朵所闻，口舌所尝，鼻孔所熏，无不发生变化。更有一点，表现更好的将被其收徒，成为刘家班的人，才可能学做刘家秘制的菜品，从而也确立了自己在厨界的地位。

故而，今天的气氛上来就不一样。那个在刀工比试中夺得第一的吕良，也一改以往的低调，脸上浮着浅淡的笑意，透出几分狂浪，所穿的衣帽全是新缝制的，汗巾、腰带、围裙，甚至是鞋袜，也无一不是新货。

刘一手觉得有些刺眼，对东家说："这个吕良今天倒是学会张扬了。"

梁子清笑道："也难怪，这孩子知道今天是他出头的日子。"

刘一手不禁摇头："终归是嫩，有点苗头就抻不住！今天这关还没过呢！"

梁子清知道老头子心底下早把吕良当成了徒弟看，才会这么挑刺，笑着抱拳："刘老，我也有些抻不住，提前恭贺你收得一个好徒弟！"

刘一手听他这一说，也憋不住乐了。今天是最后一场"斗菜"，开始前，按照以往的规矩，他要先说上两句："各位，我老刘人笨，像诸位这个年纪的时候，还没熬到拿菜刀的资格，每天只能帮菜头拎菜篮子。慢慢熟悉了各种食材后，才进了配菜间，又从三墩子做起，花了三年时间，才成为头墩子。等成为红锅时，也三十七八了。不过，这也有好处，就是基本功扎实。"

兆龙在下面听着，登时又联想到他练拳上面去。嗯，看起来做菜跟练武也是一样，基本功不扎实不行，没有悟性也不成。

“那时候，我们这些小字辈缺少出头的机会，只能慢慢熬，有些人熬不住，半道退出去，手艺日后也就荒废了。各位有幸来到大德居，有幸碰到好东家，每年给大家一个出头的机会！真真的难得！”说到这里，刘一手转身瞧向东家，梁子清也朝他抱抱拳。

“说起我们大德居每年的斗菜，为何要选在十月这几天，便不能不说到三年一次的武科乡试。大考结束，放榜后的第二天，燕监射、主考、执事各官以及武举人们要齐聚顺天府，赴鹰扬宴。这宴席我大德居已经承办了三次，今年，将会是第四次！”

刘一手说到这里，目光在众人头顶上滑过：“今天，我代表梁东家在此宣布，此次斗菜的前三名，将会随我一同去顺天府，置办鹰扬宴！”

话音才落，便有人大声叫起好来。厨子们更是激情昂扬。兆龙发现，那个吕良的笑容有些古怪，说不上开心，也谈不上兴奋，总之是跟其他人不一样。他好像站在他们那个圈子之外。

一声开始，厨子们便动起手来。兆龙像猴子一样，从头蹦到尾，挨个看他们备料。当跑到吕良跟前时，他不禁有些惊诧，吕良刀没拿，菜没切，而只是盯着一碗水在看。

刘一手和王掌柜也陪着梁子清一路看过来，厨子们使出浑身解数，力求能做出最好的菜来，个个忙得热火朝天。谁知，吕良这边却一点儿动静也没有。非但不动，他还像中了邪一样，只盯着一碗水在看。

刘一手不禁有些恼怒，喝道：“你在做什么？”

吕良这才收回目光，说：“我在想，‘凡味之本，水最为始’这句话。”

刘一手听了一怔。这句话出自《吕氏春秋·本味篇》，大意是说味道的根本在于水。心说，这小子能知道这句话，也算不易。当下道：“那又如何？”

吕良老老实实地说：“如果大味必淡这句话成立，那么，水便是最好的味儿、最大的味儿。”

刘一手不禁冷笑：“就算是此话在理，你不动手，不用五味来调和，光用一碗水就能把客人打发满意？”

兆龙在旁边哈地笑出声来。杨慕侠平日里也总爱把“一阴一阳谓之道”挂在嘴里，也经常把太极拳跟水联系到一起来讲解。听起来，跟吕良一个调调。

梁子清也瞧出吕良今天有些反常，笑道：“小伙子，厨艺不是考秀才，与其纸上谈兵，不如踏踏实实地动手去做！”

“东家这话说得好！”刘一手提高嗓门，“厨艺这事最闹不得假，因为菜饭要入人肠胃，是天大的事，万万不能儿戏！”

他说这话的时候，心里有气，已把要收吕良的心思给打灭了。他可没想到，吕良从来就没有拜他为师的想法。他盯着一碗水看，是在故弄玄虚，不操刀烹调，是在等一个人的到来。这个人登场之日，也是他在大德居谢幕之时。

那人没让他等太久。当其他厨子开始噼里啪啦地切菜时，一个跑堂的伙计急匆匆地跑进来，跟王掌柜小声说了几句，后者脸色顿变，马上来到梁子清和刘一手身边：“东家，刘师傅，会贤堂的李存宝来了！”

梁子清和刘一手一怔，要知道，会贤堂是新开张不久的酒楼，却大有成为京城“八大堂”之首的苗头，而大德居执“八大居’之牛耳，正所谓双强并立。虽然说，两家酒楼相隔甚远，平日里倒也没有生意上的争抢，但毕竟同行是冤家。李存宝这个时候登门干什么？

那会贤堂的名头响，出于两点：一是选址好，处在京城风景最优美的什刹海前海的西河沿上；二是后台硬，它是张之洞的厨子开的，故而往来的主顾多是王公大臣。

这厨子便是山东人李存宝。会贤堂的前身是“望苏楼”，专卖江南菜品，十分精雅，却不受豪门食客的青睐，故而不久就关了张。李存宝盘下来后，改建为十一开间的楼房，起名会贤堂，顿时享誉京华。

梁子清和刘一手听说李存宝来到，如何不惊，赶忙叫人快请进厅堂里看茶，这边的斗菜也不能停止，便留下王掌故主持，他二人则匆匆去迎。

兆龙见外公脸色有异，心知有事发生。他那猴性子一被抖惹出来，如何能轻易按下，便也偷偷跟在后面，想去看个究竟。临走前还不忘再瞧吕良一眼，那家伙还像根木头样戳在那里，并没有动手备料。

他没有一直跟去厅门口，瞧到后面的窗户开着，便悄没声地溜过去，像猴子一样蹲到假山后，从高处往下看。

见那李存宝是一个满面红光的大胖子，笑声洪亮，说话嗓门大。他跟梁子清和刘一手抱拳礼毕后，便给他们介绍同来的人。兆龙一眼就瞧出，跟他同来的老头子架子不小，白绸长袍，外罩琵琶襟马褂，戴一顶蓝布小便帽。长方形脸庞，下面挂着山羊胡子，两个眼袋子虽然下垂，但目光却透露着威严。

他身旁还侍立着一位少年，一手搀扶着老头子，一手还替他拿了水烟袋。听李存宝介绍说："这位卫璜卫师傅，来头可就大了……"

话没完，老头就抢上一句，竟然是一口纯正的京片子："来头谈不上，不过是替慈禧老佛爷做过二十三年的御膳，承蒙太后体恤，今年出宫歇着了。"

刘一手和梁子清又是一惊，赶忙躬身施礼，看来是早就听说御厨卫璜的大名。兆龙心里却大不以为然，暗道这老头不就是替太后做过饭吗，至于显摆成这样？

接下来，他听李存宝说道，卫璜如今已被请去会贤堂，总领后厨。刘一手和梁子清只有笑着道贺，两人还是不明白对方的来意。幸好李存宝很快打破了闷葫芦："早就听说大德居每年这当口，都要举行斗菜，卫老今天正好来了兴致，便鼓动我过来瞧瞧。来得唐突，还望二位不要介意。"

梁子清笑道："李老板客气了，你和卫师傅今天登门，大德居蓬荜生辉，是我梁某人的荣幸。"

刘一手也道："所谓的斗菜，不过是句玩笑话，两位千万别当真，传将出去，生生叫人笑掉大牙！"

他两人客客气气，卫璜却显得倨傲，眼珠子从下面翻起，瞅着刘一手："怎么，刘师傅担心姓卫的会偷了你的厨艺去？"

"不敢，只是那些孩子手艺粗鄙，入不了您这位大御厨的法眼！"

"这也没什么，谁都是从那会儿过来的！"

卫璜既然这么说，刘一手也不好再坚持，只有请他们去往后院。兆龙早从假山上蹦下来，一股烟又溜到“斗菜”现场，人还没到，就闻到阵阵菜肴的浓香。

好家伙，十道菜全部出锅，兆龙从头看到尾，不住地吞口水。他临走的时候，那个吕良明明还没动手，现在居然已完工了，只是菜品装在大砂锅里，还加了盖子，不知道是什么玩意儿。

刘一手和梁子清陪着卫璜、李存宝进来，他们也没二话，径直来到头一道菜前。这是一道“瓤豆腐”，乃是凤阳的传统名菜，做这道菜的厨子来自安徽，精心烧制了这道菜品，想以地方特色取胜，从今天的“斗菜”中脱颖而出。

刘一手眼光一扫，鼻子一嗅，心里已大致给出了分数。这道“瓤豆腐”外形滚圆，色泽金亮，刚刚浇上卤汁，还在吱吱作响，应该算是一道不错的菜肴，但在卫璜看来，简直像一盘臭大粪。

这道菜的做法是先将猪腿精肉剁成肉末，加盐、姜末、虾仁拌成肉馅。再把豆腐切成小块，中间开洞，塞入肉馅，外面裹上鸡蛋糊糊，放入锅中油炸，盛盘后浇汁而成。

那厨子对这道菜信心十足，谁想卫璜一句话就把他打入十八层地狱：“这豆腐人吃不行，喂猪还差不多！”

这话要是从刘一手口里说出，厨子还能强忍着，从一个陌生糟老头子嘴里吐出，只气得他全身哆嗦：“怎么就不能给人吃了？”

“你这豆腐太老了！”卫璜说着，拿起一根筷子在豆腐上一划，露出里面的肉馅。刘一手瞧了个仔细，肉馅火候正好，豆腐在外面经受油炸，虽然裹着鸡蛋糊糊，却难免变老。

那厨子脸色通红：“你炸个不老的豆腐我瞧瞧！”

“放肆！”刘一手喝道，“你知道这是谁吗？御厨卫璜卫师傅，他老人家肯指点你，是你上辈子修来的福气！”

其他厨子们都竖着耳朵在听，瞪着眼睛在瞧，听说眼前这老头子居然就是大名鼎鼎的御厨卫璜，都吃了一惊。那个做“瓤豆腐”的厨子登时矮下去，连声说是。兆龙在旁边看着，暗自好笑。

听卫璜道：“你定是事先用热水将这豆腐块焯了！”

“是，是！”厨子不住地擦汗。

“问题就出在这儿。”卫璜面无表情地说，“这道菜讲究的就是外脆里嫩，热水一焯，豆腐先硬了三分，再经油炸，又老去五分，也只能给猪吃了！”

厨子虽然有些畏敬，但心里还是不服气：“可卫老爷子，豆腐要是不焯的话，就不能硬结，不好往洞里塞肉馅……”

“这就需要你这个当厨师的多用脑子了。”卫璜淡淡地道，“连这点小事都解决不了，你还能成什么气候？”不再多话，又走到第二道菜前。

兆龙远远地看着，这翘着山羊胡子的卫老头可真不给人留情面，一道走来，差不多把每道菜都骂成“猪食”，却也一一点出其中的不足。

最后来到吕良的砂锅面前，他停下来。吕良赶紧拿起盖子，兆龙看到众人脸上多流露出惊异的神色，赶忙凑上去一瞧，啊，原来他做的竟然是一份蛋炒饭。

不过，那蛋全是由蛋黄做成，色泽如金，饭粒洁白如玉，炒出来后颗颗外黄内白，像是一盘子碎“金子”。

更让兆龙惊奇的是，卫璜居然点了点头，连说了三个好字。吕良在这一瞬间，竟然激动得脸色苍白。他可没想到卫璜后面还有话：“好是好，只不过你聪明过了头，又干了件傻事。此饭若直接盛盘，也算不错，偏偏你故弄玄虚，把它装进砂锅里，如此一来，热气不得散发，反攻进米饭里，这嚼头就差了，因为它变软塌了。”

吕良闹了个大红脸，垂下身去默默无言。他之所以将蛋炒饭放进砂锅，一是为了保温，二是为了给人惊喜，不想又出了岔子。等卫璜走开后，他伸手捏了几颗饭粒，放嘴里嚼了嚼，果然如老御厨所说，这饭确有些濡软了。

卫璜评点完这十道菜后，转身看着刘一手，并不急于说话，先从随从手里接过水烟袋，咕噜咕噜抽了两口，缓缓从鼻孔里喷出两道烟柱后，才道：“刘师傅，适才老朽的评点，可当你的意？”

从实说，卫璜和李存宝今天闯进来，颇有踢场子的意味，刘一手心里是极为不舒服的。即便你姓卫的当过御厨，你姓李的有张之洞在后面撑腰，那又如何？大德居是刘一手在坐镇，不是你们的一亩三分地。

但就事论事，卫璜适才的一圈点评确实精彩，换作刘一手，也未必能点拨得这么好，当下笑着抱拳：“卫老爷子费心了！”抬眼在那些厨子脸上扫了一圈，沉声说，“还不赶快谢过老爷子！”

那些厨子便齐声言谢，唯有吕良没附和，只深深鞠了一躬。刘一手瞧在眼里，更是来气。忽听卫璜对李存宝说：“东家，咱们也别藏着掖着了，有什么话，开门见山地说得了。”

刘一手和梁子清心里一惊，果然，他们今天登门是别有用心。

只见李存宝笑嘻嘻地抱拳，对梁子清说：“梁老板，实不相瞒，我们今天是为了鹰扬宴而来。”

梁子清脸色一变：“怎么，会贤堂也想插手承办吗？”

“不是想，而是已成事实。顺天府和内务府都有意让小号来承办！”

刘一手登时觉得一股浊气从腹部涌上来，一个按捺不住，竟然剧烈地咳嗽起来，以至于急切间连话也说不出了。院子里的厨子听说今年的鹰扬宴要易主，被会贤堂凭空夺了去，惊诧莫名，都小声嘀咕起来。

兆龙这些天一直听姥爷将鹰扬宴三个字挂在嘴边，尤其是父亲今年也参加乡试，一旦考中，大德居又着手承办，刘一手脸上自然更添光彩。谁想，武科乡试还没结束，连续承办了三届的鹰扬宴，却轮不到大德居再承办了。

这无论是对刘一手个人来说，还是对大德居的名声，都是个沉重的打击。消息传出去，此间的生意定受影响，刘一手的名望也将受损。梁子清就算再有涵养，被人逼到这分儿上，也火冒三丈了。

“敢情两位今天是来给我们难堪的！”他是知道会贤堂跟内务府的关系的，要说拿下鹰扬宴的承办权来，也不是办不到，只是不该占了便宜还当面来羞辱人，“李老板，你这胃口真是大得没边了。京城这么大，勤行（饭馆）这么多，你什么都想独吞，难道不怕把肚皮撑坏了？”

“梁老板误会了！”李存宝苦笑着摇头，对卫璜说，“老爷子，我就说今天别来，你非得走这一趟，看吧，惹得人家眼烦心躁了不是？”

卫璜便朝梁子清一抱拳：“梁老板，这事还真不怨李老板，今天是我非要走这一趟的。”

刘一手冷冷地道：“卫师傅还有什么要指教的，请一股脑儿都倒出来吧，我等今天正好长长见识！”

“指教谈不上！”卫璜摇着脑袋说，“老刘你的菜自称秘制，全京城独一份儿，老实说，我还真尝过了，有几道菜确实是这个——”说着，他竖起了大拇指。

刘一手听他夸自己的菜品，脸色稍霁。那个来宝的小伙计却突然叫起来：“哎呀，我想起来了，老爷子您确实来过。”

那来宝一边说还一边敲着脑门：“那天您可不是这副打扮，还戴着副老花镜呢！我记得那一桌总共五个人，您老点的是虾子芹心、酱爆鸡丁、京酱肉丝、黄焖鱼翅、清汤燕菜。甜品上的核桃甜酪。主食您要的是玉米面鹅油蒸饼。酒水呢，您喝的是竹叶青。”

“你这小兔崽子啊，真真好记性。”卫璜伸出指头，老远点着来宝说，“就你这张嘴巴，死人也能给说活喽！”

刘一手却讥笑起来：“原来卫师傅为了今天，早就下足了功夫！”

兆龙本就觉得卫璜面目可憎，此时更觉得他行事卑鄙。武林中人为了个名气，你争我斗的，没想到当厨师也不能消停，真是到哪里都有“江湖”啊！

卫璜听刘一手讥笑，却并不生气，翘着山羊胡子说：“‘六爆’烹调之法，素来为咱们北方独有，而你老刘呢，又专攻‘酱爆’这一门，并把它精研细调，终成一绝，说是秘制倒也不为过。只有一样，你十年前以酱爆菜品闻名，十年后还在吃老本，这便是一个名厨的大忌了！”

刘一手听他这一言，也暗自惊心。卫璜所言没错，菜品贵在创新，一个酒楼若是翻来覆去只有那几样菜式，食客终究会厌倦的。可是，创新又谈何容易，尤其是他擅长酱爆之法，并堪称其中翘楚，但成也酱爆，败也酱爆，因为总脱不了一个“酱”字。

虽然厨界还有“一招鲜，吃遍天”的话，但真正的大厨是不会只抱着一招去混日子的。厨艺也讲究悟性，刘一手虽然刀工火候等方面都是一流，但悟性还是有些差。为什么在他的倡议下，大德居每年都会举行“斗菜”，就是鼓励后进创新。

正因为此，他虽然只精通酱爆之法，坐镇大德居却声名不坠，靠的是能及时挖掘新手。想到这里，他不禁暗自叹息，刘一手，刘一手，这个名字恰恰显出了他的狭窄处。

卫璜又道：“就拿鹰扬宴来说，大德居三届都以酱爆菜为主，武举们还好说，官员们却有些厌倦了。即便会贤堂不插手，这承办权早晚也会易主。”

这席话说得刘一手如坐针毡，竟是无言以对。梁子清看看全场，厨子和伙计们个个神情沮丧，心头更是添堵：“卫师傅，你和李老板今天来我大德居，话也训导了，事也交代了，姓梁的不敢留客，请便吧！”

李存宝过去扶卫璜：“老爷子，梁老板已经下逐客令了，咱们还是走吧。”

“别介！”卫璜抽出手来，“老头子还有正事没办呢！”

梁子清和刘一手听他这话的意思，另外还有事，都有些不悦。这姓卫的白活了这把年纪，竟是连一点儿人情世故都不懂。哪有上人家门这么逼闹的！兆龙见姥爷受了欺负，更是气得攥紧了拳头，却又不好上去吵，只能瞪着那三人直翻白眼。

卫璜说：“刘师傅，咱们牛刀小试，也来斗斗菜怎么样？”

刘一手没想到他会提出这样的要求，一怔，随后笑道：“卫师傅乃堂堂御厨，我这点手艺，怎敢在你驾前卖弄？”

“嘿嘿，你也不用过谦了，斗一斗只能对大德居有好处！”

“哦，此话怎讲？”

“因为咱们这次斗菜，可是有大彩头的！”

刘一手一时间弄不清他话里的意思，又问：“您的意思是……”

“借你这案板，借你刀铲，用你大德居的食材，咱们各做一个菜。你要是赢了，今年的鹰扬宴还由大德居来承办！”

刘一手听了眼睛一亮，梁子清也心头撞鹿，两人竟然异口同声地问：“此话当真？”话一出口，都有些不好意思，显得太急迫了。

“当然！”卫璜转头对李存宝说，“是不是东家？”

李存宝微笑道："老爷子怎么说，怎么来！"

刘一手沉吟道："那么，谁来品菜呢？"

他本意是要请梁子清和李存宝来担当，双方各有一人，互不吃亏。谁知，卫璜一摆手说："谁也不要，就咱们俩换着品尝，好赖在心嘛！"

刘一手紧跟问一句："那要是难分秋色呢？"

"算老朽输！"

此言一出，众人皆惊，都觉得这老头子未免太过于自大。要知道，锅灶、调料、食材都不熟悉的情况下，再高明的厨艺也打了折扣。烹饪手法呢，也从来不是铁定的，要随着时节、地点、人物的变化而变化。

众所周知，烹饪最讲究火候，这火候也要随着气候变。夏天的火候跟冬天的火候，甚至于春天跟秋天的火候，都有所差别。高明的厨师往往能把握其中的微妙，随其变化而变化，这便是兵法上说的"运用之妙，存于一心"。

如此一来，这斗菜简直跟行军布阵没什么区别，照样讲究天时地利与人和。而今，刘一手占尽这三条，哪有不敢应战的道理。

"好，承蒙卫师傅高看，我就跟您赛一场！"

梁子清也是两眼放光，卫璜此举简直是在给大德居送机会，赶忙站出来张罗，让伙计们帮着备料，打下手。不过，他心里到底还是有些拿不准，卫璜为人狂妄倒也罢了，李存宝却素来谨慎，为何也赞成这斗菜？难道说，他们果真有十足的把握能赢？

刘一手此时却没工夫想太多，先去后院换衣服。兆龙紧紧跟在身后，他看不惯卫璜"摆臭架子"，很想姥爷能教训"山羊胡子"一下。刘一手摸摸他的脑袋，没吭声，但兆龙从他表情能看出来，他信心十足。

再回转时，刘一手全身已换过衣服，还扎上围裙。大弟子彭大碗给他做下手，已遵照他的吩咐，先选好了材料，二两鸡脯肉早就在凉水里浸泡好了，他先帮着师父去掉了脂皮和白筋。

刘一手今天要炒的菜是京城传统风味的"酱爆鸡丁"，虽然用料普通，却是酱爆菜中的魁首，最见功夫。北京城大大小小的饭庄子几千家，每天炒这"鸡丁"上万份，但没有能比他炒得好的。

它是大德居十多年来的招牌菜，几乎每桌客人进来，都会点上一盘。但这些年来，他们吃到的多是刘一手徒弟们炒的“酱爆鸡丁”，寻常客人，是很难请到刘总厨下手张罗的。以至于不少新手进来后，还从没机会见到刘一手“露一手”。今天他们总算是开了眼。

再看卫璜，却并不去换过衣衫，坐在椅子上美美地吸饱了一锅烟，方才起身。李存宝笑道：“卫老，要不要我给你打下手？”

“不——用！”卫璜伸出右手，用食指一点吕良，“我找他！”

吕良听了，受宠若惊：“多谢老爷子抬举！”事实上，自从卫璜进来，他的眼神就变得不一样，高山仰止，甚至带着几分卑微。

李存宝便笑问梁子清：“梁老板，可以吗？”

“怎么不成！”梁子清朝吕良点点头，“你好好伺候卫师傅！”

吕良赶忙小步跑到卫璜跟前，躬身道：“您老有什么吩咐？”

“我要做一道汤，咱们先看看料吧。”吕良引着他走到后厨，转了一圈，不过是挑了一根香葱，一枚鸡蛋。众人都看得眼直，这用料未免也忒过简单了吧！

再看刘一手，将鸡脯放到案板上后，用手掌手背啪啪地拍打，力道力求均匀，这样使得肉脯更加松嫩。兆龙看着姥爷的动作，觉得一下下地很有节奏感，像练太极里的“阴柔劲”。他不禁暗想，说不定，姥爷这一手便是跟我们杨家学的呢！

肉拍好后，刘一手慢慢伸手，稳稳地拿起菜刀来。这刀是他用了几十年的老家什了，刀刃依旧锋利。他拿在手里，脸上的神情就变了，隐隐透出一股子晶莹的光泽。

兆龙吃惊地发现，姥爷在这一刻似乎突然长高了一头。跟武林高手不同的是，他拿刀没有一点儿杀气，如同握着一管狼毫一般。他不像在切菜，倒像在画画。

他另一只手掌轻轻在肉脯上滑过，细细地感受着肉质的松软柔嫩，经过拍打后的鸡脯，像苏州产的绸缎一样，有些滑不留手。

他深吸一口气，果断地出刀，轻轻“片”过去。因为手掌遮在肉上，人看不到刀锋是怎么划过的。随后刀提了起来，中食二指轻轻捏着肉片，那肉脯已经分成两份。他这一刀，顺着鸡肉的肌理“片”去，便如同书法家大笔一挥，轻轻写就。

那些厨子何曾见过这等绝妙的刀法，不禁大声喝起彩来。但那喝彩声很快就断了，因为刘一手再次出刀，一手推肉片，一手忽而横切，忽而竖切，方方正正的肉丁像长了腿似的，一块块地蹦起来，尽数落到盘子里。大家不禁又大声喊好，兆龙和来宝更是啪啪地鼓掌。

肉丁切好后，彭大碗也帮着把鸡蛋黄提溜出来，只用蛋清，刘一手再混合进盐、淀粉、清水，用筷子飞快地搅拌均匀，弄成糨糊，然后才把肉丁放进去浆着。

相比之下，卫璜的手段就不惊眼了。他拿个木勺，一一从几个水缸里舀了水尝。最后选中其中的一缸，让吕良弄半桶待用。

梁子清见了，暗暗点头。要知道汤菜最看重水质，再好的食材作料，倘若没有好水来煮，也是白搭。卫璜看中的那缸水，是今天早上刚从海淀镇西的玉泉山弄来，水质上佳。

京师的井水多苦涩，甜水多布在安定门外。有甜水井的地方，多建有水屋子，每天都用马车拉着送人家，以此来卖钱。而皇宫大内饮用的水，却是专门从玉泉山取来的。

卫璜让吕良将锅刷了又刷，之后又注入半锅水煮沸，却并不采用，而只是为了涤净锅里的油腻。完后，又将好水放入一大碗，小火慢慢熬煮。

鸡蛋也只取蛋清，慢慢搅匀，香葱切成碎末儿，放在小碟中备用。之后，老头子就不见什么动作，盖上锅盖，眯着眼等候。在场的人，除了李存宝外，没有一个能看透他的心思，大家也绝不相信，一个鸡子一根葱，能做出一碗好汤来。

吕良在旁边站着也觉得很尴尬，他派不上什么用场，只能像傻瓜一样站在那里。

再看刘一手那边，已经开始动手炒菜了。他抬勺舀了些生油，手腕一翻，它便化为一道弧线，倾泻进锅里，金灿灿地晃成一团，在锅底悠悠地旋转。

微火烧到四成热的时候，油香味儿溢出来，他迅速地将大碗里浆好的鸡丁扣进去，滋啦一声响，他飞快地掂着炒锅，油花溅出去，跟火焰相接，噗啦绽开朵朵火花。

在这油火交融中，鸡丁在锅里滑来滑去，随着手腕的晃抖，那些鸡丁呼地从锅底旋起来，在烟火中翻转，又唰地落下，继续沿着锅体滑动。

等滑到六成熟，刘一手右手腕一抖，炒锅中的火尽灭，随即扣进左手的漏勺里，鸡丁吱吱作响，微微颤动，多出来的热油答答地滴在油桶里。第一道烹制便算完成了。

兆龙也适时歇了口气，转头去瞧卫璜，见老头子正从锅里舀出一勺子热水来，倒进一个砂锅里。却随即又弃之不用，原来还是怕器皿里有油腻。

刘一手的“酱爆鸡丁”已到了最关键的时候。这道菜非常注重火候，火大了，酱会煳锅，发出苦味；火小了呢，酱又挂不到肉丁上。

既然是酱爆，那么用酱最为讲究。京城里最好的黄酱莫过于六必居的了。那酱颜色深黄，味道咸香，至今已有四百年的历史。京师大凡是好一点的馆子，用酱多是用六必居的。但刘一手用的酱却是自制的。配方和材料、工艺不为外人所知，他在京城之所以博得酱爆第一人的称号，也是多亏了自家秘制的酱。

那酱是装在黑坛子里密封的，刘一手每年总会酿上十坛子，多了也没有。而且酿的时候，人还会去外地，不知所踪，故而没有人知道他是怎么酿制出来的。

大德居新来的伙计厨子，平日里也很少能见识到这些酱，故而今天刘一手一打开坛子，他们便赶紧把头伸过来，瞪大眼睛辨色，耸起鼻子来闻。那酱黄灿灿的，上面弥着一层透明的油，刘一手伸勺子一挖，酱黏黏地拉出薄薄的一层。

兆龙见了，暗叫：“好家伙，姥爷做的酱这么黏糊，可不就像太极拳理的粘黏连随嘛。”

麻油和生油再次下锅，旺火烧热，那勺子酱啪地下到锅底，登时发出哧啦一声爆响。因那锅底，酱倒下去并没粘锅，一股浓香跟着溢出来，满院子都能闻得到，很多人不觉咽下口水。

刘一手勺子在酱上哗哗地炒着，跟着混入蜜汁、姜汁和绍酒。兆龙看到，外公左手反向晃动炒锅，右手的铲子则顺时针贴在酱上面飞快地滑旋，让它与料酒充分融合，像极了太极拳中的“云手”。

炒成糊状后，再将鸡丁投入，那些肉块在滚烫的酱糊糊里滑上滑下，不时地还要翻几下跟头。它们身上很快就披上了一层红黄色的袍子。

啪啪啪，他干脆利落地挥动锅铲，没几下便出锅了。往盘里一盛，红滑油亮，肉嫩透鲜，酱香和肉香融在一起，浓浓地直欲将人的馋虫给勾出来。

再看卫璜那边，此时也结束了，煮沸的水倒进砂锅里，先投入鸡蛋清，轻轻搅拌，最后放上葱末点缀，盖上盖子，这道菜便算完成了。在众人看来，这简直就是儿戏。

刘一手解下围裙，擦了两把手，将它扔给彭大碗，对卫璜道：“卫师傅，先来尝尝我这酱爆鸡丁，这菜得热吃，一冷就丢味了。”

“好，好！”卫璜眼眯缝着慢慢踱过来，李存宝也随后跟着，老头子拿筷子夹了一块鸡丁，放嘴里慢慢嚼动，然后闭上眼睛不言语了。李存宝也跟着尝了一块儿。

“如何？”

“好！”卫璜猛地睁开眼皮，竖起大拇指，“你这酱爆鸡丁堪称京师第一。”

李存宝也叹道：“这确是李某吃过的最好的酱爆菜。”

刘一手大喜，心说有你们这句话就好。梁子清和其他人也惊喜交集，没想到赢得这么顺利。却听李存宝道：“也请刘师傅过去尝尝卫老爷子的汤！”

众人拥着刘一手走过去：“不知道卫师傅这汤什么名头？”

“神——仙——汤！”卫璜一字一字地道。

“什么？”刘一手吃了一惊，“神仙汤不是失传了吗？”

“老朽偏偏就把它给找回来了！”卫璜说这话时，怡然自得。

兆龙见厨子们个个神色迷茫，刘一手却神情激动，不禁感到好奇，这神仙汤到底是什么玩意儿，姥爷这么吃惊，卫老头儿又那么得意？赶忙凑过去瞧热闹。

在场的人，除了刘一手几个外，大多不知道“神仙汤”的来历，他们也好奇，不用一滴油，不加任何作料，清汤寡水的能做出可口的好汤来？

刘一手却知道，卫璜敢当众亮出这道汤品，定是有十足把握，不然不会如此高调。这“神仙汤”传说是陶渊明所创的一道汤，还跟《桃花源记》一书有关联，用料极简，汤味极佳，堪称仙品。历代的名厨中，倒也出过几位烹过此汤的。据说，不负“神仙汤”之名，但用料配方一直没有流传下来。

到后来，这汤越传越玄乎，倒像变戏法似的永不在观众面前揭秘露底一样，这汤的配方和制法一直处于绝密状态。

刘一手认为，“神仙汤”为陶渊明所创，不过是后人在故弄玄虚，假托五柳先生的大名。但此汤定有其神妙之处，才能惹得历代名厨苦苦追寻研制。

见过这汤的人少之又少，有口福喝过这汤的人也屈指可数，能做出“神仙汤”的人更如凤毛麟角。而现在，这汤品就装在眼前的这个砂锅里，刘一手不禁心跳加速。

卫璜轻轻把盖子揭去，不少脑袋凑过来，还有的踮起脚尖来瞧。兆龙人矮，干脆从他们中间挤进去，还用上了太极拳的“云手”功夫。

一片轻声惊叹。砂锅里的汤呈乳白色，蛋清早化成一缕缕的，徐徐飘浮，像丝丝白云。那碎葱末绿莹莹的，点缀其间。

刘一手的眼光落上去，便好像拔不出来。卫璜把勺子放进他手里：“你品品看，当不当得‘神仙汤’三个字！”

刘一手这才回过神来，慢慢舀了一勺子汤，众人都屏住呼吸，看着他慢慢送进嘴巴里，能想象到汤汁在他舌头里转了个圈子，又倏地顺着喉咙滑下去……

不少人暗暗咽着唾沫。卫璜看着刘一手的脸色：“如何？”

刘一手的神色很古怪，也不知是悲还是喜，好一会儿才吐出两个字：“好汤！”

“那比你的酱爆鸡丁如何？”

这回，兆龙看出姥爷在苦笑了：“卫师傅，你这汤是仙品，我那酱爆鸡丁是凡品，如何能跟它争胜？”此话一出，众人哗然。

梁子清还不死心，拿了勺子也尝了一口，咂吧咂吧舌头，竟然无语，只是默默地退回去。彭大碗小声问：“东家，怎么样？”

梁子清叹了口气：“我就是想不明白，没有一滴油，没有一点儿作料，它的汤味怎么会如此鲜美？”

王掌柜也被他们的话挑动得按捺不住，上去尝了一口，哎呀叫了声，却又闭口不言。他不能当众再夸对手的汤品了，这对刘一手不敬。

其他人虽然好奇心鼓得满满的，却碍于身份，没有敢上去尝的。兆龙接连咽了几口唾沫，终究还是忍住了。心里想，卫老头做的汤，我才不稀罕呢！

刘一手神情很是沮丧，倒不是因为落了败，而是被卫璜这道汤给镇住了。他做一道菜，又是秘制的黄酱，又是好料好水好油，火候也适当，费时又费力。可人家呢，轻描淡写，只是用水，用一个鸡子，一根香葱，便烹出一道味道绝佳的“神仙汤”来，这手艺你怎么跟人家比？

正沮丧间，听卫璜道：“老刘，咱们借一步说话？”不容他回答，他又朝梁子清和李存宝点点头，“我有些话要跟他拉拉，劳驾两位在这里等等。”

刘一手深吸一口气，振作精神说：“那请卫师傅到楼上喝茶吧。”

兆龙知道外公说的是什么地方，楼上有一单间，算是茶室，有时候梁子清常在那里跟刘一手说事。他眼珠子一转，想听听他们到底说的是什么话，便一溜烟地跑开了。

他腿脚快，很快就转上了楼。那茶室的门虚掩着，他钻进去后随手又把门关上，四下一瞧，只有躲在屏风后面去。那屏风共四扇，分为梅兰竹菊，遮住一些瓶瓶罐罐等杂物，藏在后面正好。

耳听着楼梯传来脚步声，门轻轻被推开，听刘一手说：“里边请！”

兆龙从缝隙往外面一瞧，刘一手引着卫璜进来，后面还跟着彭大碗。两人在红木椅子上坐下，彭大碗便忙活着泡茶。他因为需要取小碟茶碗之类的东西，便转进屏风里，猛瞧见兆龙躲在里面，吓了一跳。兆龙赶紧把指头按在嘴唇上，示意他噤声。

彭大碗只好装作没看见，端着器具出去，一阵忙活后，泡好了两碗茶。刘一手说："你先去吧。"彭大碗答应着，退出去后还没忘把门关上。

兆龙懵懵懂懂，既好奇又迷惑，一碗清汤也敢冠名"神仙汤"，它有那么神吗？卫璜肯定在里面下了什么东西。好奇心涨得满满的，他竖起耳朵，好好聆听二人谈话。

"卫师傅，现在你可放心说话了。"

"这里没人，咱们就别师傅师傅地叫了。我长你几岁，叫你刘老弟，你唤我声卫老哥，可使得？"

"有什么使得不使得？卫老哥你这是抬举我呢！"

两人笑着喝了口茶，卫璜问："刘老弟，那我就开门见山了！"声音一低，"你近来是不是得罪了什么人？"

兆龙听了心一惊："这么说，卫璜是受了姥爷仇人的使唤，才来跟他作对的？"

刘一手也是惊诧，但思索再三，又摇头否定："不瞒老哥，我素来不好交际，只是窝在这大德居讨生活，授徒和做菜都讲个良心，自认没有惹下什么仇家。"

"哦，那就奇怪了。"

"此话怎讲？"

"不是我跟你老弟绕圈子，委实是此事大有蹊跷。我且问你，你那秘制的黄酱配方可曾外传过？"

"当然没有，不然又哪称得上'秘制'二字？"

"可有人告诉我，你那酱并不是在京城本地做的，而是去了镇江城，用西北山上的中泠泉水煮上好的黄豆，并在里面掺进了当地产的野山菌和河虾，封坛运回来的，不知道是也不是？"

刘一手显然吃惊不少，停了好一会儿才开口说话："也差不多！"他闷闷地喝了口茶，道，"这人还真是有心，居然连这都去查访明白了。"

"老弟你想想看，我今天为何执意要来你大德居？"

"难道也是这人在背后捣鬼？"

“嗯，我姓卫的也没想到自己今天会狂妄成这个样子！”卫璜叹息着，“夺了人家鹰扬宴的承办权，还上门来炫耀挑事……”话落连连摇头。

“难道卫老哥有什么短处捏在他手里？”

“我今天与老弟密谈，便有心告诉你底细，不过……”卫璜沉吟着，神情变得严峻，“既是密谈，我便不想让第三个人知道今天的事。”

刘一手表示理解，当场发了誓愿。躲在暗处的兆龙不禁好笑，心想你卫老头再滑溜，也没料到屏风后面有耳朵！

只听卫璜道：“说来惭愧，我老卫这番操劳都是为了这个——”

兆龙瞪大眼睛，从缝隙往外看去，见那卫璜慢慢摊开手掌，上有三块圆润透明的白色石头，个个蚕豆大小。刘一手拿起一块瞧瞧：“这是什么玉？头一次见到。”

“这不是玉，对咱们这些厨子来说，可比宝玉珍贵得多！”

刘一手放到鼻前嗅了嗅，惊叫起来：“难道是……”

卫璜郑重地点点头：“正是那物！”

兆龙吃惊地看到，刘一手居然用舌头舔了舔，叹说：“果然是那味道！”

“没有这桃源的煮羹石，我再有本事，也做不出那神仙汤来！”

事后兆龙才知道，卫璜当日做神仙汤时，什么调料没加，却把这白石放进锅里煮。此石奇就奇在能煮出绝佳的鲜味来，但不能混入油腥，只是这么用上好泉水烹煮，之后略略加点菜蔬点缀，便是一碗鲜美无比的“神仙汤”。原来，那会贤堂前身“望苏楼”，早先便是给刘一手的“仇人”盘下的。他后来转给李存宝的一个条件便是，要他将承办鹰扬宴的权利从大德居那边抢过来。

这事还不难办到，同行间进行竞争也属正常，可是要鼓动卫璜跟刘一手进行较量就难为了。如果不是卫璜实在爱煞那“煮羹石”，岂会听人摆布！还有一事，兆龙直到多年后才恍然明白。那便是卫璜煮汤的时候，为何偏偏找那个吕良来做帮手，而不是其他人？将白石放进锅里煮，帮手是一定会看到的，知道做“神仙汤”的奥秘原来就是在这石头上，消息不久便会传得满天飞。

可如果帮手是自己人，这秘密便能保得住。所以，当多年后兆龙再见到吕良，发现他原来是卫璜的高徒时，这才明白当年的因果。

当然了，这些都是后话，暂且不表。因为当日兆龙跟刘一手一样，最关心的是那个躲在幕后的仇人到底是谁。

刘一手再三询问，卫璜总是摇头，最后实在挡不过，只得透露一点儿那人的貌相，他是个独眼龙。

这话钻进兆龙的耳朵里，便如惊天霹雳一般，使他险些叫出声。原来，那个幕后的家伙便是武恶，这个阴魂不散的恶人。

一年一度的斗菜，没分出结果便草草结束，因为中午还要继续营业，大家赶紧收拾东西，忙活起来。刘一手将卫璜、李存宝送出门后，朝东家梁子清拱拱手，告了退，便去了自己后院的住处，关门躺下了。

老头子闭着眼睛想着事，有些凄凉，有些悲愤，却也知道，自己在京城红火了十来年，算着也该离开了。今年的鹰扬宴易手，今天的斗菜自己又输给卫璜，就算东家不说，他也无颜继续留在大德居了。

这般胡思乱想了好久，全身酸麻无力，竟是不愿从炕头上爬起了。换作以往，这辰点他是要去后厨溜一圈的。虽然平日里彭大碗等徒弟干得井井有条，有他无他都能置办宴席，但对刘一手来说，那后厨就是他的阵地，一个将军要是不能亲临前线，那他差不多等于废了。可如今，败阵的将军已是无颜再面对手下人了。

“不成，就是要辞，也得把今天这场面给应付下来。”刘一手咬着牙，双手撑着炕沿坐起来。外面喧哗的声浪越来越响，伴随跑堂伙计的吆喝声，显然食客正陆续上门，有人开始点菜了。

咣的一声，房门被一下子推开，兆龙一股风似的冲进来。刘一手猝不及防，吓了一跳，赶紧捂住心口窝骂道：“你这小兔崽子，慌张个什么？”

“姥爷，我要跟你说件事！”兆龙呼哧呼哧喘着，脸色涨得通红。

“快说！”

“那个独眼龙我知道是谁，他是我们杨家的大仇人！”

刘一手一怔：“什么独眼龙？”

兆龙急了：“就是卫老头末了跟你说起过的，那个暗地里使坏的独眼龙啊！”刘一手又是一惊：“你怎么知道的？”

“你们说话的时候，我就躲在屏风后头！”

原来，卫璜和李存宝前脚才走出大德居，兆龙后脚就跟上了，一直跟到他们的会贤堂。本以为那独眼龙会跟他们碰面，谁想等来等去，快晌午了也没见他人影，只得又掉头回来。

刘一手便详细问了兆龙有关武恶的事，听罢，半晌不出声。他的脸色一会儿阴一会儿晴，突然一拍大腿：“糟糕，那独眼龙既然是冲着你杨家来的，那你爹在武场上岂不危险？”

兆龙挠挠头皮：“不会吧，武场上那么多人，借他三个胆子，他也不敢乱来。再说，我爹的功夫好，不怕他！”话是这么说，心里总是没底。

就在这时，彭大碗满头大汗地跑进屋：“师父，师娘让你赶紧回去瞧瞧！”刘一手心里咯噔一下子：“怎么了？”

“好像是兆龙他爹受了伤，给人抬回来……”

还没等他说完，兆龙就大叫一声爹，拔腿往外跑。刘一手在后面胡乱追了几步，累得气喘，却哪里能赶得上，只能跺跺脚道：“哎呀，你这小崽子，倒是等我一等！”幸好，他家离着大德居不远，转过一条街就到了。一进门，就听到兆龙大哭大叫：“爹，爹，你怎么样了？”

杨云天是被另外几个广平府来的童生送回来的。他在武场上举大石的时候，伤了筋骨，还闪了腰，不但无法继续进行考试，连走动都觉得困难。在武场时，他凭着意志力还能撑得住，一等到上午赛事结束，人便垮了。几个同来的童生轮流背着他出了箭楼广场，急火火地雇了一辆马车把他送回来。杨云天疼得全身哆嗦，脸色蜡黄，眼睛紧闭，牙关紧咬，竟是有些神志不清，吓得兆龙在旁边又哭又叫。

刘一手见了，心中暗道这真是祸不单行，上午他们翁婿二人尽遭打击，他俩都无望参加今年的鹰扬宴，莫不是天意？当下不敢怠慢，赶紧请童生坐上马车，去鹤年堂请跌打大夫来。

在京城，鹤年堂的刀伤药堪称一绝，是三百多年的中药铺老字号了。请来的大夫进门查看了伤势，开下药方，刘一手才知道杨云天的伤势很是严重，一个月内不让翻身下炕，至少也得养上半年才能痊愈。

他不敢耽搁，赶紧写了封信，找人连夜送去永年，交给杨慕侠。

杨云天服药后，却并没有减轻伤痛，加上夜里闷热，呻吟了一晚上，闹得刘一手夫妇也无心安睡。兆龙守在床边，自然也没捞着合眼。

天蒙蒙亮时，他被外婆拉到那屋睡去。刘一手则拿着两样东西走到杨云天床头，却是烟枪和大烟泡。他也知道吸这东西有害，可又实在不忍心看女婿疼得死去活来，只得先让他吸两口止痛。

烟泡烧好后，他又犹豫起来，昏黄的灯光下，云天身子抽搐成大虾米，五官扭曲，青筋暴突，已被伤痛折磨得不成样子。刘一手一咬牙，把烟枪塞进杨云天嘴里，说："孩子，抽吧，抽两口就不疼了！"

杨云天痛得有些神志不清，嘴巴塞进烟枪，不由得便咬住了。抽得一口后，大声咳嗽起来，但那股烟气顺着嗓子咽下去后，疼痛果然减轻大半儿，四肢也随即慢慢松软了，身上涌出一股懒洋洋的舒服。

他贪婪地又吸了两口，神经便彻底放松了，整个人似乎慢慢往上浮升，不觉嘿嘿笑出了声，他平生头一回尝到了什么是飘飘欲仙的滋味。

这一刻，他把名利的枷锁扔了，把家族的重担卸了，化作一只鹏鸟，去作逍遥游……

第二天，当兆龙再看到杨云天时，他吃惊地发现，他爹奇迹般地摆脱了伤痛的折磨，神色安详。兆龙抱着杨云天喜极而泣："爹，你好了！"

杨云天摸摸儿子的脑壳："这点伤本来就不碍事！"

兆龙笑着笑着，又想起一事，说："爹，咱们以后不考那个狗屁武状元了，有什么好，那么多人眼巴巴地去争。"提起这事，杨云天的神色变了，他依稀还能记起当时在武场的那一幕，如果不是因为右腿弯猝然疼痛，他不至于举不起那石墩子。那个独眼龙的身影登时钻入脑海。

杨云天打个激灵，一把抓住兆龙的手："快叫你姥爷过来！"他一面说着，一面用手去摸索右腿弯，那里似乎并没什么异常。

没等兆龙去叫，刘一手已端着药碗进来了。杨云天急声问："岳父大人，大夫前来问诊时，可从我身上找到什么东西？"

刘一手一呆，随即摇头，把药碗慢慢搁在桌上。杨云天皱眉自语："不可能啊！"刘一手便问起了究竟。杨云天将当时情形一说，他怀疑当时是武恶用暗器伤了自己。可如果有暗器，为何事后又没见痕迹？

“肯定是那个恶贼！”兆龙气呼呼地说。他怒目竖眉，两个小拳头攥得紧紧的，一副要找人拼命的模样。

杨云天叹了口气：“也怨我大意，一不留心，便为仇家所乘！”

刘一手看看窗外，有些担心女婿嘴里的仇人会寻上门来。嘴上却安慰说：“没什么大不了，我昨天就给你家写了信去，算计着，他们很快就赶过来。”他还要去打理大德居那边的事，便交代了老伴儿几句匆匆出门。兆龙服侍他爹趁热喝了汤药。此后，父子俩慢慢唠着话，兆龙问杨云天，日后不考武状元了，准备怎么过？

杨云天想了想，指着柜子说：“你过去把爹的包袱拿出来。”

蓝布包袱打开，除了几件换洗衣衫，还有一本半旧的书，是庄周的《南华经》。杨云天翻开第一页，轻轻吟读：“逍——遥——游，嗯，这正是我梦想的大自在！”兆龙从父亲手里拿过书来，胡乱翻看着，见到“大宗师”的字样，便叫起来：“这原来是本武功秘籍！”

“什么话？别不懂装懂！”

“不信你看！又是什么武林宗师，又是什么说剑篇，可不是武功秘籍是什么？”杨云天笑骂：“你这小子！”

兆龙原本就想逗他爹乐和，见目的达到，便不再胡说，诚心诚意问起书中的内容。他知道，杨云天是最喜欢见他读书的，这时候自己“不耻下问”，更能让他开心。

庄周的思想确实最合杨云天的脾气。只可惜生在杨家，又身为长子，他身上的担子太重，难以活得逍遥洒脱，只能从书本里找点经典语句嚼嚼，过过干瘾。应该说，此次在武场上的失利让杨云天有些心灰意冷了，于他而言，此时这本《南华经》无疑是剂良药。

刘一手既然已经送出了信，想必父亲过两天就会赶来京城。杨云天知道，老头子向来对自己看重，满心盼他能武场得意，只是这一回，他又令父亲大人失望了。可是，又有什么办法，他已经尽力了。

杨云天绝没想到，家书送出的第二天上午，杨慕侠就赶到京城来，还带着二弟杨云鹏。原来，书信还没到永年时，他们已经动身上路了。

第七章　保镖

杨慕侠父子却是为了另一桩事进的京。麻烦是由杨云雕的镖局引起。

其时，前门外早成京城的大商圈，因而镖局也都设在这一带。其中，最有名的便是大刀王五创办的“源顺镖局”，位于东珠市口西半壁街。

镖局子向分两种：一种是硬镖，一种是软镖。软镖者，便是在镖局子开办前，先于镖车经过的沿路城镇，跟大盗土豪等取得联络，每年三节送礼。如此结下交情后，镖车经过，匪盗们非但不劫，倘遇他帮之匪，还会出面帮衬，故而不容易走失。

这种镖是一定分镖路的，道路熟，面子足，才可以走软镖。像位于狗尾巴胡同的永兴镖局、正兴镖局、天兴镖局，三家的镖道多走南宫、深州一带。设在打磨厂那边的北源成镖局和东源成镖局，则主要往东北一带走镖；粮食店街的会友镖局，常走衡水一带；光裕镖局则经年在北口外的镖道上讨钱粮……

所谓硬镖，便是保镖的跟沿途的盗匪没交情，碰上打劫，只能硬干。这便需要保镖人武功高超，名头够响，能镇得住、扛得起。

在城南大栅栏，走硬镖的人少，最有名当然非杨云雕莫属。他和杨家的几个徒弟多走暗镖，没开局子，只是在家里接买卖，所收取的报酬只叫镖礼，不叫镖费。有时，其他镖局碰上大镖，觉得扎手，也会请杨氏陪着走一遭，事后都有谢礼。

杨云雕是杨慕侠侄子，今年三十有七。他性子豪爽，长相也透着威猛，一把浓浓的络腮胡子，遮着半边红脸皮。因从小由杨慕侠亲手指点练武，并得了真传，是以出道后从未败绩。同宗兄弟里，他只服杨云鹏一人，因为每次切磋，他都没从冷面老二那里讨到好去。

他很早就和几个杨家老徒弟出来走镖了，靠着杨家太极拳的名声和一身过硬的本领，在大栅栏这一带站稳脚跟。说起走硬镖来，他的名头是排第一号的。这就像走软镖的，都以源顺镖局为翘楚一样。

不过，杨云雕认为源顺镖局的王子斌要是也走硬镖的话，名头肯定也叫得响。他那把大刀抡起来确实了得，正是云雕家传太极大枪的对手。两人私交不错，暗地里也曾较量过几次，总打成平手。放眼整个大栅栏走镖的，也唯有大刀王五可跟他杨云雕平起平坐。

数月前的一天，其他杨家弟子都走镖在外，只剩下杨云雕一人在京留守。那天早上，他照常练功，之后又去姚记粥铺吃了早点，再去旁边的茶楼美美地喝了一壶龙井，方才背着手溜达回去。

隔着老远，便看到有两个人候在家门口。一个绸缎庄掌柜打扮，一个富家子弟装束，手里捧着一个紫色的锦盒。

见他来到，掌柜的满脸含笑："杨大爷回来了！"另一人捧着锦盒不方便抱拳，只能笑着点头。

"两位是？"

"鄙姓赵，赵宝贵，广信号绸庄的。"

杨云雕便摸着胡子笑起来："怪不得有些脸熟，我是给贵号走过镖的！"话是这么说，他脑子里却记不清有姓赵的这号子人物。当年广信号跟他接洽时，是少东家亲自来送镖礼的，杨云雕拿不准这宝贵是不是见过面。但这并不妨碍大家说说客套话。

果然，他这么一说，赵宝贵满脸放光："可不是嘛，没那交情，俺也不好介绍朋友到杨大爷您这边来！"说着介绍那富家子弟，"这位金远金兄弟，是俺的一位世交，在内务府当差，有单生意想拜托杨大爷帮忙。"

"好说，咱们屋里唠唠去。"

那金远见杨云雕答应，大喜，忙将锦盒搁到赵宝贵手上，抱拳行礼："杨爷辛苦！"

杨云雕开了院门，请两人进屋说话。平常给他们看门的老张头告假几天，他只得胡乱泡了两碗茶待客。三人客气了几句，便扯到正题上。

原来，这金远老家在汉中，老父六月二十三便过六十六大寿，他却走不开身，便封了这个锦盒，想托杨云雕送去汉中。镖礼是五百两银子，回时还要从家里带点东西，到时另有谢礼奉送。

杨云雕掂掂锦盒，又看看那张龙头银票，一拍桌子："好，这镖我接了！"

两人大喜，连连谢过。当下打开锦盒，见里面装着一柄金如意，和一串玉玲珑，价值不菲。验完货后，重新用火漆封上，金远道："那便烦请杨爷给写个收条。"

杨云雕一怔："还要写这个？"

要知道，他干这硬镖的买卖，一没店面，二没掌柜，甚至连个记账先生也没有。硬碰硬全靠信用，手续极为简单，当面把话说清了，便成了铁板钉钉的事。

那赵宝贵在旁边见了，搓搓手，嘿嘿笑道："最好写一张。"

"那好，我就给你写一张！"杨云雕心里有些不悦，还是随手扯过一张纸来，也不用笔，用手指蘸了墨汁，随便在纸上划拉了个老大的"雕"字。他识字不多，杨云雕三字还是能写的。

金远瞧着这个"收条"，眼光有些发直，赵宝贵却笑着收下："有这个就中！"

杨云雕冷冷地用毛巾擦擦手，又问："金先生还有什么吩咐？"

"不敢，还请杨爷在六月二十三这天送到。早了晚了，都没那天能讨来喜庆！"

杨云雕算计着，时间绝对充裕，便也应承下来。之后在家等了几天，做些上路的准备，等看门的老张头回来后，便骑一匹黑马，拿一柄单刀，用粗布包袱将锦盒背了，上了路。

一路奔波，倒也平安无事。六月二十日赶到西安时，他便不走了，在古城留住两天，看看风土人情，之后才慢悠悠往汉中而去。

这一道走来，不时可看到奇异之士前后穿行。一看都是些练家子。杨云雕不觉心里犯了疑忌，难不成要到地头了，反倒被匪盗盯上了？

幸喜到汉中时没生什么乱子。金家在当地名头很大，此次金老爷子过寿，远近的贺客来了不少，杨云雕适才明白，原来路上看到的那些练家子也是去金家的。

但在武林中，金家的名声并不响亮，也没听说练的是哪一门哪一派。就拿那个金远来说吧，从步法身法上看，武功底子也是粗浅。金老爷子的孙子都这样，其他人又能好到哪里去?

金府门前张灯结彩，大院里扎起了戏台，唱的是秦腔。杨云雕说明来意，一个管家模样的人接了锦盒去，按他的意思，讨了回信便要起身，但管家说适逢老爷子寿辰，哪能不吃完寿宴再去，硬让小厮领去院内的流水席里。

杨云雕也不客气，凑在一桌陌生人里面尽情吃喝，嘴巴忙活，眼耳却没闲着，大致摸清了这金家的底细。这金老爷子大名金天留，膝下三子二女，今天贺寿，亲朋老友多都赶来，唯有四儿子金远没回，不免遗憾。

幸好杨云雕将锦盒及时送到，管家赶忙捧上，大着嗓门喊四爷的贺礼到了！连喊两声，意在让入席的人都听见。

金老爷子果然大喜，金家的子女也围上去，都要看看老四从京城搜罗什么宝贝来孝敬。锦盒当场打开，登时惹来一片惊呼，金老爷子身子晃了晃，险些跌倒。

杨云雕不明所以，慌忙站起来，早见管家引着金家人过来，个个横眉立目，便知道出了岔子。待过去看到锦盒里面的东西，头登时大了，里面非但没有什么宝物，还装着一只沾满黑血的人手。

那盒子里塞满石灰和香料，遮住气味，又被火漆封上，所以一路上他并没发现异常。杨云雕还看到，人手旁边放着一张纸，打开看时，赫然便是自己用手指写的那个雕字。

他登时明白，自己遭了人算计，那赵宝贵和金远显然是挖好了陷阱让他跳。可是，锦盒自从拿到手后，便不曾离过身，收条是后写的，他们是如何做的手脚?

更让杨云雕惊心的是，那只手居然真是金家四爷的，因为他是六指，上面戴的玉扳指也刻了他的名号。也就是说，那个出面保镖的金远是假冒的，真正的金家四爷极可能遭害。

至此，杨云雕百口莫辩，只能把事情经过一一道来。他虽然粗豪，却不愚笨，被逼急了便反问道，若事情真是他做下的，又岂会亲身前来犯险？还有那个雕字，是他亲手所写没错，放在盒里显然是要往他身上栽赃。

正是这番话打动了金老爷子，他出声喝止了众人，那一刻，杨云雕吃惊地看到，老人一改慈祥温厚的神态，目光像把出鞘的刀，一下子就插进他的心窝。他虽然强自镇定，冷汗还是哗哗流下。

即便是过去多年后，他依旧清晰地记得当时的那一幕。老人的眉发如雪，目光如刀，不怒自威。杨云雕与他目光相接，只觉寒气阵阵，想挪开视线，偏偏做不到。幸好金天留很快就收回了目光，眼皮慢慢合上，神情也渐渐变得平和。

当他再睁开眼时，目光已变得随和，问："你姓杨，又敢只身一人走硬镖，可见武功胆识不一般。你跟太极杨家什么关系？"

杨云雕一抱拳："杨慕侠是我二叔。"

"好，好……"金天留沉吟着，朝大儿子金前点下头，"试试他！"

金前马上走过来："请！"

杨云雕知道他要辨自己功夫的真假，也不客气，跟着他上了戏台。此时戏子们早清了场，众人都哗啦围过去观看，中间却让开一条道，让金天留一家人通行。

金前拉开个式子，前脚虚，后脚实，像三体式。杨云雕也来个手挥琵琶严阵以待，金前说："杨兄，你远来是客，先请吧。"

杨云雕微微一笑，并不上套："金兄，太极拳是什么拳？你该心里有数，我们讲究以静制动，后发制人。"

"那好，我就不客气了！"

身子一晃，人便像枪杆子一样扎过来。杀气直逼脸面，火辣辣地疼。杨云雕不及多想，连用两个云手来化缠。

"枪杆子"弹跳不已，他的手臂如影随形，只是黏化，并像蛇一样越缠越紧。噗啦一声，火星子冒出来，杨云雕手臂一阵灼痛，嗖地后退数步。

金前嘿嘿一笑："碰上我金家的拳，便是火烧身！"

这种功夫确是杨云雕头一回见识，手臂碰着居然能溅出火花。他好胜心登时涌出，大喝一声："再来！"

那人身又似大枪，倏地便刺过来。但他一动，杨云雕也动如电闪，两人眼看要接实，杨云雕脚步却往旁边一滑，早从侧位劈过去。

大枪习惯直取中门，他便用挒法去打对方的身侧，看上去便像用刀在斜劈。两人身法快如闪电，几个闪晃，台下的人还没看清楚，便唰地分开，同时向后弹出丈远。

经过此番试手，两人彼此佩服，相互抱拳致意。金前转头对金天留说："爹，确是正宗的杨家太极功夫！"

众人的目光都落到老爷子身上，等他决断，金天留朝杨云雕点下头："你走吧，记住，今天金家给了杨家一个面子。"

杨云雕跳下台来，朝金天留深深一礼："谢过老爷子！"转身将自己的单刀捧来，交与金前。离门前，自愿将自家兵器留下，这也算是给足了金家面子。

但金天留却摆手道："拿回去！你独身一人走硬镖，岂能没家伙在手！"一顿又道，"别忘了，一个月后，我金家人还要去京城走一遭，到时候你可得给个交代。"

金前也道："没错，老四可不能白死！你要觉得接不住，趁早把杨慕侠给请出来，也好有个挡头！"

听了这话，杨云雕心里一沉，便知道大麻烦还在后头。院里的宾客听了，也齐声叫嚷，纷纷表示要跟着金家赴京助拳。金天留跟儿子们四下抱拳谢过。

当此情形，杨云雕又有什么好说的，他能从金家全身而退已经不错了。当下不敢久留，出门上马疾奔，一口气跑出十几里，方才慢下来。路上越想越气，自己长这么大，何曾受过这等戏耍，还险些丢了杨家的脸面。

当夜，他不敢在汉中一带逗留，连夜急赶，坐骑实在跑不动了，才找了家客栈歇下。直等出了陕西境地，没见异常，心才放宽了。

他也不回北京，直接去永年见杨慕侠，把事情原原本本地说了。一旁的杨云鹏当场就冷笑两声，说大哥，你心肠太软了。

杨云雕不觉脸皮发烫。冷面老二这么说，显然埋怨他有失太极门的威风。杨慕侠却没急于表态，沉吟半晌才说，这只怕是他金家设下的圈套。

老头子是这样揣测的，以杨云雕的武功，要想从他身边弄走锦盒，进行调换，还不被他发觉，几乎没这种可能。唯一的空隙便是锦盒送到金家时。

那时，杨云雕写的手条想必早被拿到金家，跟一只手同装进另一只锦盒里。正好跟装着金如意、玉玲珑的盒子进行调换，这便是移花接木之计。

杨云雕早就有所怀疑，听老头子这么一分析，不禁火冒三丈，大嚷再见到金家人，非跟他们拼命不可。

杨慕侠和杨云鹏却不约而同想到了“秋水”。一年前，万家的杀手不正是受了“秋水”的唆使，前来杨家滋事吗？只怕金家的背后也有人操纵。

从杨云雕所见所闻可以看出，那些到金家贺寿的宾客只怕也多是黑道人物，武林中，也没盛传金家的威名，那金天留用乡绅大户的身份来伪装，实则却是盗魁，暗中干些杀人越货的勾当。

当下，三人商议出了计策。此事既然是由保镖引起，便撇不开镖局。金家来京城兴师问罪，借口也是所保之物丢失，还另外坏了金家老四的一只手。杨家除了会邀请太极门的人出面外，更要借重各大镖局的势力。尤其是源顺镖局的大刀王子斌，更是非请不可。由他出面居中调停，金家人在北京城便翻不起风浪来。

于是兵分两路，杨慕侠父子出面召集太极门的好手，二十五号前进京助拳。杨云雕则急三火四地赶回北京。尽管早就知道赵宝贵和金远是假冒的，他还是不死心，回到大栅栏后，分别又去广信号绸缎庄和内务府走了一遭，果然，两处并没有这两个人。

杨云雕不免又添了些恨。在住处歇了一晚，嘱咐其他人近段时日一概不得走镖，打听到王子斌在镖局，便备了四色礼品，去源顺镖局走了一趟。

那大刀王五素来急公好义，听杨云雕原原本本地一说，当场便应承下来。还主动把会面地点揽到自己镖局里。杨云雕大喜，赶忙拜谢。之后几天，王子斌陪同他走遍了大栅栏的大小镖局，约齐了人手，只等着金家人来京了。

杨慕侠父子十月十二日进了京城，因为距离跟杨云雕约定的日期还有宽余，他们决定先去刘一手家走一趟，一来是老哥俩要见面唠唠，二来是要看杨云天武场的战绩如何。

刘一手上午在大德居忙活过一阵，安排好了后厨里的大小事务，便去药房帮女婿抓药。当他乘了黄包车回到家门口时，杨慕侠父子也正好骑马赶到，他们打了个碰头。

杨慕侠先下了马，候在一旁，待刘一手付了车钱才拱手道："亲家翁，好久不见！"

刘一手转头见到是他，又惊又喜："哎呀，亲家你怎么今天就来了？"

杨慕侠一怔："怎么，老哥知道我今天来？"

"我不是昨儿个让人给你捎去书信了吗？敢情你不是见了信才来的！"

杨慕侠何等聪明，一听说刘一手给自己写信，便猜到杨云天出了事，心不觉一沉："难道是云天他……"

刘一手叹口气："可不是，这孩子在武场上伤着了！"说着，晃晃手中的草药，"伤得不轻，鹤年堂开的方子也不管用，幸好你来了！"

杨云鹏这才有空见礼，听说大哥伤得不轻，心里也自焦急。他们将马匹拴好，随刘一手进了院门，刘太太出来，自免不了一番客套。

兆龙耳朵尖，早听出爷爷的嗓门，叫着冲出来，一头扎进杨慕侠怀里："爷爷，你可来了，我爹受伤了……"说着话，眼泪就冒出来。

杨慕侠没有言语，摸了他头顶一把，便往杨云天屋走去。刘一手赶忙引路，杨云天见父亲和二弟赶到，却是惊喜中含着愧意，挣扎着坐起，叫声："爹！"

杨云鹏抢先一步到了床前："大哥，听说你伤得不轻！"

"还好，还好……"

杨慕侠脸色凝重，一把撩开被子，查看着云天的伤处，对刘一手说："亲家翁，鹤年堂的药不行，要用杨家独门的伤药。"

杨云鹏赶紧解开包袱，从中取出一个小瓶。另外让端了碗温水过来，将瓶里的药散倒出些冲了，亲眼看着云天吃下去。

杨慕侠这才问起事情经过，杨云天照实说了。老头子眉头便皱起来："你不至于连那条石也举不起吧！"颇有怨意。

兆龙在旁大声道："我爹可不是举不起大石头，是遭了人暗算！"他的嘴巴快，一咕噜将独眼龙出现在京城的事说了。

杨慕侠和杨云鹏相对一眼，马上又想到杨云雕保镖的事上去，果然，金家人又被"秋水"当枪使唤了。这些藏在暗处的家伙到底想干什么？

他们行事诡异，无法以常理推断，打个比喻来说，他们不像藏在草堆里的毒蛇，冷不丁蹿出来，对人下死口；倒更像黑夜里嗡嗡乱叫的蚊子，总围着你转，寻机会就会叮上一口，让你又疼又痒。

直到今天，杨慕侠还是拿不准这些人的身份。自从黑鱼庵被烧、悟清和尚圆寂，他便一直在苦苦寻思，到底杨家跟谁结下过仇怨？可搜遍了六十多年的记忆，包括杨家祖先的事迹，还是无法确定。

不过，金家人这次进京应该是个机会，正面交锋，或许便能够发现端倪。想到这里，杨慕侠脸色稍霁，对杨云天说："这次武场失利，错不在你，索性再熬它三年，等下一科吧。"

谁想，杨云天摇头道："我不想再考了！"

"嗯？"杨慕侠一皱眉，本想呵斥他没有出息，当着亲家翁的面，又不便出口。刘一手如何看不出来，笑道："这事啊，不急着说，得先让孩子养好伤。"

"养好伤，我也不想再考！"杨云天不敢面对杨慕侠，低着头说，"心太累了！"

"不考就不考，当个武状元有什么了不起！"杨云鹏插嘴说。

"你懂个屁！"杨慕侠一瞪眼，"杨家将来交给你们这两个没出息的，我看是要败落了！"

见老头子发火，云天、云鹏还有兆龙都不敢再作声。刘一手笑着打圆场："这事啊，还得从长计议！哎，亲家，我正好奇，你们怎么今天就赶到了？"

杨云天也好奇父亲和二弟怎会突然赶来，家里有众多徒弟等着授拳，若非有大事发生，他们也万万不会一起出门。便听杨慕侠说：“我这回来，可不是为了云天。”忍不住又冷笑，“他当真有杨家人的几分血性，也用不着我操心！”

杨云鹏怕云天难受，赶忙说：“我们是为了杨云雕大哥的事来的，他往汉中保了一趟镖，惹出些麻烦，那伙人摆明是冲着咱杨家来的，我和爹就赶过来了。”

杨云天何等聪明，马上联想到“秋水”，接口道：“明枪不可怕，要防他们暗箭伤人，要紧防着那个武恶！”

杨慕侠见儿子如此机警，脸色好看了些。杨云鹏傲然道：“你放心吧，京城是咱们的地盘，他们猖狂不起来！”

“京城的镖头们都站在咱们这边，我另外还约了太极门的几个好手助阵，想来不会出什么差错，你便在这里安心地养伤吧。”杨慕侠说着站起身，对刘一手说，“亲家，我们还些急事去办，先走一步。”

刘一手诧道：“来都来了，哪能不吃饭就走？”说什么也不让。

杨云天挣扎着要起身，被杨云鹏一把按住。杨慕侠暗中叹了口气，转身摸摸兆龙的脑门：“这些天你要乖乖的，别乱跑，好生守着你爹，他现在可少不了人照顾。”

兆龙转头瞧瞧爹，又瞧瞧爷爷，没说话，使劲地点点头。

他一直送到大门口，看着爷爷和二叔解了马缰绳。刘一手死活不让他们空肚子走，杨慕侠只得答应跟他去大德居。

此时，北京的秋风已有些凉了，槐树和梧桐叶子散落一地，连小贩们的叫卖声也被风吹得有些变了音。兆龙目送着爷爷他们的背影消失，心里闷闷的，耳畔传来鸽哨脆亮的声音，转头看时，一些灰扑扑的鸟在上空盘旋，那哨声也不断在飞上舞下。

又发了会儿呆，兆龙才转身回院，关上大门。屋檐下，几盆菊花开得金灿灿的，上面有只蝴蝶翩跹着。阳光从正屋门射进去，可以看清无数小尘粒在其中飞舞，兆龙伸手抓了抓，什么也没抓到。他一进门，身子遮住光，那些小东西也随即消失了。

刚到父亲卧室的门口，便闻到一股怪怪的香气，房门虚掩着，他一下子就推开了："爹，这是什么味儿啊！"

看清床上的情景，一下子呆住了。靠床的桌上放着一个白铜烟盘，上面放着小巧的烟灯，冒着小火苗。外婆正用一根签子挑了烟膏，放在烟灯上哧哧地烧。

她烧好一个烟泡，便把它插在烟枪上，转手递给父亲。杨云天的头躲在丈母娘身后，见不到，但两只手却飞快地接过烟枪，很快，烟雾就冒出来。

"小龙啊，你先出去，别忘关上门！"外婆又开始烧第二泡。

兆龙咬着嘴唇，闷声问："姥姥，你在干什么？"

"我在给你爹熬药呢！"

"哼，你当我不知道啊，这不是药，是大烟膏！"他气呼呼地说。

"对爹来说，这就是药！"外婆慢吞吞地说，"要不，他疼得受不了！"

兆龙觉得心里堵得满满的，偏偏又无法发泄，杨云天呢，一直挡着脸，不让他看到，他也不好凑过去，只能跺跺脚，转身逃出了屋子，一口气跑到院子里。

绕着菊花起舞的蝴蝶被惊走了，兆龙鼻子一酸，泪水便冒出来，不觉叫了声娘！泪眼婆娑中，刘氏的脸庞映出来，含着淡淡的笑容。

他心里清楚，爹伤得不轻，疼起来要死要活的，如果刘氏活着，肯定也不忍心见他痛苦，也会像外婆这样，偷偷让他抽大烟。可是，这终究不好……

外面想起当当的铃声，有人在喊："送水啰，送水啰！"

屋子里，外婆喊："小龙，开门去，人家送水来了。"但兆龙却懒得起身。后来，还是老太太出来，开门把送水的让进来，要了两桶玉泉山的水倒进大缸，交给人家几个铜板。

她回身再去找兆龙时，发现这孩子不见影了。屋子里也没有，厢房里也没有，知道他定是跑街上逛去了。

兆龙是被几匹拖煤炭的骆驼吸引走的。这牲畜在永年没见过，那里驮货多用驴子。那小东西灰不溜秋的，大多时候还算温驯，动不动便会大叫一通，犟起来要么满地打滚，要么死拉不动，非得用鞭子狠狠抽打才成。这便是所谓的驴脾气。兆龙的娘在世时，常常笑骂他是小野驴、犟棒头。说起这性子，他跟杨云天一点儿也不像。

眼前这些骆驼，倒有些像他爹的品格。吃苦耐劳，要走就走，要跪就跪，最是沉得住气。蹄子啪嗒啪嗒地迈动，嘴巴一刻不停地咀嚼，头驼脖子底下挂一颗大铃铛，尾驼脖子底下挂一颗小铃铛，就这样当啷当啷地走，一路风沙……

不过，今天他爹似乎很反常，爷爷让他来年再考武举，他就摇了头。可见，他也不愿意老当听话的骆驼，有时更想学庄子《逍遥游》里的鲲鹏。不过，他偷着抽大烟可让兆龙泄气，觉得他爹不像英雄好汉。

跟在骆驼后面走了一段，眼看着它们拐进另一条街，兆龙也觉得兴味尽了，见到前面有卖空竹的摊子，便过去凑热闹。那摊主腿一压一放，抖线儿一松一紧，空竹绕着他的小腿儿飞旋不已，发出呜呜的声响，惹得围观的孩子大声叫好。

兆龙正瞧得兴起，猛听得有人说："借问，白云观怎么走？"

他登时打了愣怔，觉得身上冰寒一片，这话声再熟悉不过，还几次出现在噩梦里。慢慢转身，果然看到一个独眼龙正拦住路人在询问，不是武恶是谁。

他心怦怦急跳着，手心不觉冒出了汗。脑子里迅速地转了几百个弯弯儿。这武恶出手狠辣，武功又高，兆龙不免有些胆怯，可转念一想，爷爷和二叔正好来京，这可是千载难逢的好机会，只要探明这王八蛋的落脚处，剩下的事就好办了。

武恶打听好路后，转身往前走，兆龙便远远地跟着。他个头矮，左遮遮右掩掩，倒也很难被发觉，直到盯着他上了窝风桥，进到白云观去。

虽然从记事起，他每年都会跟随父母来京，逛的地方却并不多。委实这北京城过大，一天下来也跑不去几个地方。眼前这白云观，兆龙还是第一回来，进得门去，见观里走动的香客不少，四下一瞧，也没瞧到武恶的身影。

兆龙心想，独眼龙也是头一回来这儿，只怕是找人的。那家伙做事不讲天良，更不会是来给三清上香的。他先进了三清阁，又到藏经楼，再去元君殿。这殿位于西路，坐南朝北，是观内唯一的倒坐殿。他东瞅瞅，西望望，还是没发现武恶的身影。

兆龙心里不免急躁，暗骂这混蛋躲哪儿去了，成心跟老子捉猫猫呢！不觉便走到了后面道士们的住处。他把脑袋从小门伸进去，左右瞧了瞧，院子里拉起绳子，挂了好些洗过的衣衫，东墙角生个小火炉子，上面煎着药，他老远就闻到一股刺鼻的中药味。

后院静悄悄的，道士们都在前面忙活。兆龙吸了口气，蹑手蹑脚地钻进去，躲在一堆冬青后面，隐隐听到东边的屋里传来话声，没错，武恶正在屋里。

他本想靠近了偷听，却又怕被人察觉。正迟疑间，忽听外面响起了脚步声，他赶忙又往里面钻了钻。刚藏好，便看到一个小道童跑进来，径直去到东墙角的火炉旁，查看草药熬得怎样。他的模样长得丑，三角眼，左边的腮帮子上还长着块猪皮痣，年纪能有十三四岁，比兆龙大些。

又听武恶说："我这就去了，那事你掂量着办吧！"

屋里的另一人声音更低："不送！"

武恶大步走出了房门。兆龙慌忙把头缩回去，直待他走出院门，才轻轻舒了口气。看来，这家伙并不是藏在这里，还要不要继续追下去呢？心里颇有些拿不准主意，因为他对屋里的人产生了兴趣。

武恶交代那人去办一件事，到底会是什么事呢？会不会跟他杨家有关？

道童已经将药罐从火炉上取下，倒出一大瓷碗黑乎乎的药汁来。他用湿布垫着手，小心翼翼地捧着进屋。兆龙见武恶去了，胆子也大起来，蹑手蹑脚地靠近房门，斜着眼一瞧，屋子里收拾得干干净净，有书有古琴有桌案有画轴，还焚着好闻的檀香。

靠墙放了一张老式床榻，有个道士歪卧在那里，道童正伺候他吃药，看年纪也不过是三十来岁，清眉秀目，只是脸色苍白，病恹恹的像是随时会散架。

他每喝一口药，都痛苦地皱下眉，显然那药汁很苦。猛地，他被呛了下，剧烈地咳嗽起来。道童慌忙放下药碗，替他捶打后背。但那道士已是上气不接下气，身子也佝偻成一团儿，慌得道童连声喊：“师父，你没事吧？”

道士脸变得一点儿血色没有，眼睛紧闭，牙关咬得咯吱响，豆粒大小的汗珠子簌簌滚落。道童的手被他死死地抓住，疼得哎呀哎呀叫。

兆龙一时间也忘了藏身，跨进门去问：“喂，他生病了吗？”

道童先是一惊，马上道：“你快帮我舀碗凉水来。”

兆龙记得水缸就在屋檐下，便跑过去拿瓢舀了些冷水。道童又喊：“右面抽屉有药，白瓷瓶装的就是！”

他一一照办，待用毛巾蘸了药水敷在道士的嘴巴上后，他的痉挛才慢慢停止了，呼吸声也没先前那么粗混了。后来，兆龙看到道士睁开了眼，在他脸上打量了会儿，有气无力地说：“多亏你这孩子……”

兆龙只是笑笑。道童说：“师父，你刚才抓得死紧，害我腾不出手来！”又端起剩下的药，递到他嘴边，“还有半碗呢！”

道士皱皱眉，却也只得硬着头皮一口口喝完。兆龙在旁边瞧着，总觉得有些不对劲，他们怎么不问自己是如何进来的？

好容易喝完，道士长长吐了口气，脸色好看了些，对兆龙说：“秋风一凉，我就要犯病，离不开吃药。可这药性霸道，稍有不慎，便能要了性命……”

兆龙忍不住问：“道长，你认识我？”

道士微微一笑：“你不是杨兆龙吗？”

兆龙听他叫出自己的名字，吓了一跳，不觉向后退了两步：“你怎么知道？”

“你不是跟了武恶来的吗？”

兆龙的头顿时大了，敢情自己上了独眼龙的当，被他引到这里来了。那家伙临走所托付道士的事，想必就是说自己。他瞪大眼珠子，瞧着道士和道童，突然转身就往外跑。

身后，传来道士的话声：“你要走吗，不送了！”语气淡淡的。

那道童嘿嘿冷笑道：“他害怕了！”

兆龙一口气跑出白云观，站到窝风桥上，回头一瞧，并没有人追来。他心里很不是滋味，他们到底演的是哪一出啊？

原地转悠了会儿，终是憋不住，转身又返回去。屋檐下，道童正在收拾煎药的器皿，见到他回来，瞪了他一眼，目光不善。兆龙往门口一站，见道士已经从床榻上起来，坐在椅子上看书，听到脚步声，抬起头来："你回来了？"

兆龙咬咬嘴唇，问："你跟那个独眼龙什么关系？"

"一个相识的人，跟你一样。"

"他是我杨家的仇人！"

道士看着兆龙气鼓鼓的模样，不觉莞尔："你是不是认为，我跟武恶认识，便是一路的。他是你的仇家，我也成了你的仇家？"

"难道不是吗？"兆龙攥紧了拳头，"他是狼，你就是狈，也不知暗地里搞个什么圈套，骗我来钻，总之没安好心！"

"既然把我想得这么坏，你怎的还要回来？"

"我就是要看看你葫芦里到底装的什么药！"兆龙一挺胸脯，"再说，我们杨家个个都是响当当的好汉，哪会被你一吓唬，就撒腿跑了？"

道士哈哈一笑："原来是为了面子！"他笑了数声，又掩口咳嗽了几下，吐出口浓痰，气息才通爽了，"小兄弟，叫你来白云观并无恶意，脚长在你身上，你可以随时来，也可以随时走。"

兆龙歪着头想了想，学着大人腔调说："我不跟无名之辈说话！"

道士笑笑，"贫道弱用，百病缠身，弱不禁风，人就派不上用场。"正好那道童捧着洗干净的碗碟进来，弱用又指着他说，"你可以叫他大风。"

兆龙看着他俩，一个清秀儒雅的师父偏偏找了个长相恶丑的徒弟，倒也是白云观的一道奇特风景。

大风模样长得猥琐，性情也古怪，对弱用倒是服服帖帖的，对兆龙却冷眼相对。兆龙也是一副吃软不吃硬的脾气，自然更不把他放眼里，甚至觉得，这小道童跟那个武恶有些像，那副尊容看着就叫人不舒服。

弱用问："听起来，你好像挺恨武恶的。"

“那当然，我们仇深似海！”

“我还以为你们有些交情。”弱用叹息着，“他告诉我，去年跟你有过口头之约，说你不耐家法严厉，想离开杨家，让他带你离开，并会将杨氏太极拳的秘诀说出来。”

“放屁！”兆龙急红了眼，“那时候他和万瞎子想杀我，我被逼得没办法，才编套瞎话糊弄他们的！”

大风这工夫已经沏好了茶，过来给弱用倒了一碗。弱用看了他一眼：“怎么不给客人倒茶？”

大风这才极不情愿地给兆龙倒了一碗。他本不想喝，转念一想，偏偏喝得吱吱响，气气这个长着三角眼的道童。

弱用却是慢慢呒了口，又把茶碗放下：“这么说，你根本不想透露家传的秘诀了？”

“秘诀？”兆龙脸上闪过一丝坏笑，“我爹和我爷爷从来没教我什么秘诀，就算有，也不是现在能学的。”

“这倒也是！”弱用点点头，“你年纪这么小，也只合练些基本功！”

“怎么样？你和独眼龙的算计落空了吧？”兆龙嘿嘿笑道，觉得很是痛快。

大风在一旁看着有些憋气，忍不住道：“我师父本来就精通太极拳，还用跟你去学！”

“哦，是吗？他练的是哪一门、哪一派？”

“没有门派，他的太极拳是自己创的！”

兆龙不置可否，大声说：“那他厉害，都能自己开宗立派了！”

“也谈不上。”弱用轻声说，“我因身体不好，想修些内家功法养生，便去参悟了些，至于杨家拳，也多少有些了解。”

“你跟谁学过杨家拳？”

弱用摇摇头：“入门功夫用不着学，天下太极本是一家嘛。”

兆龙撇撇嘴，有些不信。弱用自然瞧得出来，笑问：“你学太极拳几年了？”

“五六年吧。”

弱用一指大风："他闲着没事，跟我练了三年半，我只传了他一招起势。不过，要是比试起来，我看你多半要输给他。"

兆龙气得一瞪眼："你敢小瞧我！"

大风早就等他这句话了："不跟你废话，有种出去试试？"

"打就打，我还会怕你这只三脚猫！"

弱用看着两少年猴子一样蹿出去，也微笑着起身，慢慢踱到门口，定神细看。兆龙根本就不把这道童放在眼里，心说："什么狗屁大风，我今天非把你打得望风而逃不可！"一拍胸脯，叫道，"来吧，我让你一招！"

大风大怒："我让你三招！"

嘴巴说着让，双手却不客气，一起按来，兆龙马上接手。岂料，那双手臂异常沉重，像小山般压过来，他吃了一惊，赶忙用力撑着。猛觉对方手上一空，他脚下顿时被拔了根，呼地甩出去，连连转了几个圈子，方才稳住。

"你……"兆龙几时吃过这样的亏，哇哇叫着扑上来。

大风嘿嘿冷笑："怎么，知道厉害了吧！"照旧双手来接，忽实忽空，兆龙再次被甩出去，这次却是一屁股坐到地上。

他大怒，爬起来就往上冲，心浮气躁之下，竟被道童像戏耍猴子一样，甩过来甩过去，直到狠狠地跌到地上。大风哈哈大笑："你这是太极拳吗？"

兆龙这次想起自己犯了大忌，非但没去以静制动，还用上了僵劲。不过，这道童双手似乎有千斤力，他如果不硬顶的话，也是不成。没错，太极拳要求把自身练成一个无懈可击的球，可如果内气不够充盈的话，球就要瘪，鼓荡不起来，照样被人压扁了。

接连被对方制住，兆龙也没什么脾气了，索性坐在地上，问："喂，我看你不像只练了三年半？"

"输了就输了，你找什么借口！"大风冷笑，"不怕给杨家丢人吗？"

兆龙像泄了气的皮球一样，也懒得从地上起来，他做梦也没想到自己会输得这么惨，终于一咬牙，问："喂，你是怎么做到的？"

大风得意地道："我为什么要告诉你？你以为，光你们杨家有秘诀啊！”

弱用瞪了他一眼：“大风，好好说话！”

大风这才有所收敛：“其实也没什么了，师父教会我太极拳的起势，然后我就每天站桩走步，再就是搬水缸。”

“搬水缸？”

弱用道：“大风，你光嘴头上讲，他怕是不好理解，还不如搬几下给他看看！”

道童无奈地白了兆龙一眼：“那好吧。”

兆龙一个鲤鱼打挺从地上蹦起来：“你准备搬哪个缸？”

不等大风说，他已经看到了，西墙角那个水缸跟他们差不多一般高，里面还有半缸水。兆龙吐吐舌头：“你不会就是搬它吧？”他用双手抓住它晃了晃，纹丝不动。

“当然是它！”大风双手抓住缸沿，深吸一口气，身子往后慢慢蹲去，头往上领，尾椎往里扣，像倒拉的一张弓。

那缸果然慢慢活动了，又一点点地往大风这边倾斜。兆龙瞪大眼珠子，忘了喘气，双手半伸着，防备大风力气不支，让水缸压倒。

当水缸一边高一边低，压着边沿竖起来后，大风依靠腰胯扭动，将它往左方旋转起来，并越转越快，而且力道均匀，以至于里面的小半缸水并没有泼洒出来，只是跟着旋转。

兆龙忍不住鼓掌喝彩，却也惊讶于他的膂力。猛听弱用喊道：“往右转！”

因那水缸旋转起来后，有惯性，大风又慢慢往左挪动几步后，才稳下来，方才慢慢往右转。如此转了几圈，将水缸再旋到原来位置时，这道童已有些气喘，额头上湿漉漉的。

兆龙此时已不得不服气，追着问这问那。大风虽然有些不耐烦，却也一一相告。起先，弱用只让他旋一只小水缸，待力道身法掌握了后，才逐渐换成大水缸。直到今年，里面才加了水，转起来自然更添了难度。

兆龙听了大为羡慕，道：“回去后，我也要转水缸！”

大风嗤之以鼻：“你再转也打不过我！”气得兆龙朝他挥挥拳头。

弱用咳嗽两声，慢慢走到院中，说：“练拳要练个明白，不把其中的理说清楚，也不过是练个糊涂拳。自己糊涂倒也罢了，将来教徒弟时，还会继续糊涂下去。”

兆龙此时再也不敢小瞧这个病秧子，恭敬地道：“还请道长跟我说个明白。”

“先前我已经说过了，这转水缸的法子是为了练好太极的起势。关于这起势，你杨家是怎么个练法？”

兆龙如实一一道来。弱用听完点点头：“这练法是对的。我这转水缸不过是将它活用了。你先打半式，我给你讲解一番。”

兆龙平心静气，待全身放松下来，成了无极状态后，才将重心慢慢移到右脚跟，随着尾椎和胯骨往下松，左脚借势慢慢抬起，向左边拿出半步又轻轻放下，这便分了阴阳。

然后胯往下松，借势将双手慢慢提起。刚提到与肩同宽，弱用便叫了停，他从长长的衣袖里伸出两根手指，轻轻搭在兆龙的左手上。他登时觉得凉飕飕的，这人的手指竟然一点儿热气没有。

“这时最是关键！”弱用说，“左手要以肘带掌往后采。切记切记。要是用于对敌时，便是要将对手的来劲引进来。你看大风刚才搬水缸时，先是要往前拉一下，让水缸歪斜，这便等于是太极拳的引进落空了。这是竖劲！”

有旋水缸的演习在前，兆龙马上领会了。弱用又将手指放到他的右手上：“这只手呢，要顺势跟着旋转，或按或掤，发出一个横劲。这一横一竖，不同的方向不同的劲路，就让人不好防了。”

“太好了！”兆龙兴奋地比画着，起势经由弱用这样一讲，简单明了，他马上便领会了其中的诀窍。他不得不承认，这要比爹和爷爷讲解得生动多了。

“当然了，这还需要有相当的听劲功夫才成，才能事先查知对手的意图，随机应变。左来左旋，右来右旋。”弱用说完，便让大风和兆龙相互配合，一攻一守，对练了几遍。

掌握了这横劲和竖劲的交叉练法，兆龙兴奋得手舞足蹈，但弱用接下来的一句话却给他当头浇了一瓢冷水："你要是以为太极拳的起势就这么简单，仅仅为一横一竖，那就大错特错了。"

兆龙愕然道："可刚才你不是说这就是其中的拳理吗？"

"这只是初级阶段的练法。"弱用微笑道，"太极拳博大精深，每个阶段有每个阶段的练法、意想、精要。甚至于，练到一定程度，还要反过来练。"

"反过来练？"兆龙吃惊不小，因为这道士的想法十分奇特，杨慕侠和杨云天从来就没有这样的观点。

"你是不是觉得不可想象？"

"有点儿！"

"那问你，太极是什么？"

兆龙脱口即出："阴阳！"

"这就对了，阴阳互为其根，阴阳也互为变化！直到阴阳相济。既然是一直处于变化中，那么它的练法也不是一成不变的。"弱用指着道袍上太极图说，"说起阴阳来，你是不是脑子里就会出现这么一幅阴阳鱼的图？"

兆龙点点头。大风在一旁突然插嘴："错了！"

"怎么又错了？"兆龙不禁有些恼火。

"大多数人都像你这样，把这张死图当成了太极。"弱用叹道，"真正的太极图，它是个球，不论从哪个方位看，阴阳二鱼都会紧紧咬在一起的。它是立体的，而不是你眼中的平面！"

这番话一传到兆龙耳朵里，他登时便像被闪电击中了一样。可不是吗，他潜意识里真把太极图看成平面的了，那黑鱼和白鱼也只是首尾相咬。但如果是一个太极球的话，这阴阳鱼就不一样了，它们时刻都在旋转变化。

也就是说，转水缸的时候，那一横一竖也不是单纯的横竖，而是不断变化，始终在变化，旋到一定程度，横劲变成了竖劲，竖劲则又变成了横劲。但要是单纯理解为横竖的话，墨守成规，岂不是将横竖二劲当成了直劲来打，两者构成了十字架，恰恰不符合太极拳走弧画圆的特性了。

想到这里，兆龙欢呼一声：“我明白了！”他觉得心窝里的喜悦像泉水一般，咕咕地往外直冒，以至于全身的毛孔都觉得舒服。

这些，是他跟父亲爷爷学拳时不曾感受到的。在家院里，他感受到多是严厉辛苦，少有乐趣，仅有的一些乐趣，还是他跟兆鹰偷着创出来的新招，像结辫子练推手法等。

弱用说：“可叹世间太多人，认死理，练死拳，一天到晚抱着祖宗那一套，不敢越雷池半步，更不敢跳出师门的窠臼。因而，徒弟不如师父，拳艺便越传越稀。”

兆龙觉得，这简直就是在说他们杨家。好像他爹的功夫不如爷爷，他的功夫不如他爹，以此类推……

他打量着眼前的道士和道童，真是奇怪，独眼龙引他来这里，本是要他说出杨家太极拳的秘诀的，谁知，他倒是反过来学了不少诀窍。

这天中午，虽然担心父亲和外公会焦急，但兆龙还是留下来，跟弱用师徒吃了一餐素食方才离开。

慢慢走出白云观，回头看着那些庭廊外墙，竹柏松梅，兆龙遐想连连。连他都觉得奇怪，这弱用明明跟武恶是一路的，算他杨家的仇人，自己为何还会对他萌生好感，并且信他所说的那一套？

还有那个道童大风，明明很惹人厌，但为何自己还是愿意待在这观里面，并且一待就是大半天？

原因就是弱用对太极拳的那套说法切切实实地打动了兆龙。他深受其益，并因而得到提升。对方没有藏着掖着，也不故作高深，有什么说什么，相比之下，他杨家对外牙口咬得紧，倒显得有些小家子气了。

兆龙还得承认，弱用是个很有魅力的人，他比杨云天活得洒脱，学养更是渊博。他虽然身子弱，但一直笑语春风。如果他是一个强势的家伙，兆龙定会产生警觉，而他柔弱如水，不起波澜，反倒叫他感到心安。

他对道长产生不了敌意，却产生了敬意。经过半天的磨合，兆龙的警觉心早就化为乌有，以至于离去的时候，竟然还有几分依依不舍。

他心里甚至还在想，明天……明天是不是还要过来？

兆龙可没想到，弱用所说的那些理论，多是看了他练的起势后悟出来的。等他走了以后，这师徒俩并没有闲着，而是细细地演练起杨家太极拳的起势来。

弱用聪明绝顶，具有过目不忘的本领，再加上熟知道家功法，很快便能悟到高层境界。还有一桩事上他说了谎。道童大风搬水缸的本事练了足足有五年多，而并不是三年半。

这几天，杨慕侠带着儿侄一直忙着跟京城的武林界朋友见面，尤其是各大镖局子的镖头。说起月底汉中金家人要进京一事，各位镖头多主张以和为贵，因为他们这些走软镖的，都跟黑道保持来往；当然了，如果对方逼人过甚，他们也万不能丢了京城武林的脸面。

镖局说起来就是吃一口人情饭，对于常走的镖路、山河丛林都要熟稔在心，最要紧的是要识得当地的强人，并设法跟他们套交情、交朋友。这些强人他日若有空来京一趟，一概花销自然也由镖局来负担，非但如此，走时还会送上回路的盘缠。

越是名头响的镖局，越结交广泛。武功再高的镖师，也怕强人聚了堆，好虎害怕一群狼呢！大刀王五的武功在京城武林界那是首屈一指的，源顺镖局也是北京最大的局子，但他结交的强人也最多，名号在三山五岳报出去就管用。但这样一位响当当的人物，竟然也摸不准汉中金家的底细。

倒也听到一些传闻，金家表面上是当地豪门，其实以前也干过黑道买卖，只不过他们行踪隐秘，独来独往，从没被捕快查着。还有的说，金家人并不打家劫舍，却因武功盖世，震慑住远近的绿林好汉，他们每年反要向金天留孝敬。

这些捕风捉影的传闻不足为信，不过，京城各大镖局跟金家素无交情却是真的。如此一来，月底的交锋便充满了变数。相比起其他镖师来，大刀王五要豪迈得多，啪啪拍着胸脯，一句话掷地有声：“没那么多废话，是朋友的，交情说话；是仇敌的，拳头说话！”

这番话最合杨云鹏的脾胃，以他的意思，这桩事也犯不着找京城各大镖局出头，太极门多的是好手，兵来将挡，水来土掩，他就不信那金家会水火不侵。

杨慕侠无疑想得最远。他心里很清楚，对方处心积虑地给杨云雕设套，并迢迢千里进京“问罪”，单单依靠各大镖局的居中调和当然不成，双方一定会开打，至于是以哪种方式较量，现在还不好说。

一旦交手，各大镖局便会陷于两难。帮手的话，得罪黑道朋友；袖手的话，等于是给杨家难堪。还有，走硬镖的杨云雕算是他们同行，各家又不能不顾武林道义。

所以，老头子人还在永年的时候，便打定了主意，此次京师会面不开战则罢，战则不能将各大镖局拉下浑水。换句话说，此战是杨家对金家，是考验“杨无敌”那块金字招牌是否还能挂得住。因而，来之前他已写了数封信，分头派人给徒弟们送去，约好二十号齐聚北京，一起会会金天留。

那么，杨慕侠为何还要跟各大镖局接触呢？一来是有他们当中调停，气氛会有所缓和；二来是为了杨云雕考虑。此番劳动，无疑会加深杨家跟各大镖局的交情，以后方便杨云雕多揽生意。

正因为想得周全，这天中午，他便在大德居设宴邀请了各大镖局的头头。在席间，老头子要发出这样一个信号，此战杨家完全有信心压住汉中金家，并不会烦劳他们中的任何一位出手，包括最讲道义的王子斌。

亲家翁要在大德居请客，刘一手自然会打起十二分精神，甚至有几道菜，他还是亲自下厨做的。虽然说，鹰扬宴承办权的易手给他带来沉重的打击，并由此萌生了退意，他本打算做到七月底就离开北京，但只要在大德居一天，他便会尽心尽力。

待把一份“锅烧肚块”烹制好后，盛在大盘里，刘一手特地让伙计中最机灵的来宝给送上二楼的雅间，并特意嘱咐他要将菜名唱出来。在今年大德居的厨艺大比武中，来宝虽然年纪最小，却在唱菜一节中拔得头筹，深得客人们的喜欢。

这不，他右手端了菜后，才出门便吆喝一嗓子：“锅烧肚块，二楼本真阁上菜喽！”他腿脚麻利，腾腾腾腾一路小跑上了台阶，但还没转弯，对着梯口的雅间里却突然蹿出两个人来。

他们像两道黑烟似的，一晃就到了来宝跟前，不待他反应过来，一人早将他手中的盘子接过去。另一人则用手指按住他的嘴皮，发出细微的嘘声。

那人看上去像个大烟鬼，面黄肌瘦，两颗门牙暴出来，豌豆大小的眼珠子像不会转动，直勾勾盯着来宝。小伙计只觉全身都在打摆子，他也不知道自己在怕什么。只听那瘦子在他耳畔轻轻说了句去吧！他便像丢了魂一样，慢慢转身，一阶阶走下了楼。

拿菜的人脸皮红通通的，上面泛着油光，鹰钩鼻子大方嘴，他把盘子凑到嘴边，咬了块猪肚嚼着，转头看着瘦子："好了没有？"

瘦子从怀里抽出一封拜帖，一晃头："走吧，给他们上道好菜去！"

本真阁里笑语喧天，宾主正喝得尽兴，杨云雕主陪，杨云鹏副陪，杨慕侠坐一客位，王子斌坐二客位。一听到外面的脚步声，杨慕侠和王子斌都停下了杯筷。杨云鹏的背正冲着门口，眼眸一点点收紧。

呼啦一下，门开了，杨云鹏头也不回，挥手用筷子一指，端菜进来的那个红脸人登时觉得一股寒风嗖地射过来，下意识地摆头一闪。

其他宾客都住了声，房间顿时静下来。杨云鹏还是不转身，冷冷地问："你是谁？"

"上菜的！"

坐在杨云鹏旁边的是正兴镖局的崔英杰，眼见对方不像什么善类，呼地站起来，喝道："娘的，你欺负爷们儿的招子不亮吗！"

他是练黑沙掌的好手，上前一把抓过去，眼看着对方要给他当胸揪住，眼前一花，竟是抓了个空。那红脸人竟然倏地绕过他，将菜盘放到桌子上，嘴上还说："锅烧肚块！"

众人此时都听出他的口音是陕甘宁一带，自然都联想到金家人身上。只有崔英杰恼羞成怒，呼地一掌拍过来。王子斌急声叫道："老崔，住手！"

但这一记黑沙掌已打实了，噗的一声，红脸人的身子晃了晃，慢慢转身冲崔英杰一笑："你在给老子挠痒痒啊！"

崔英杰登时打个寒战，自己那一掌打下去，碎石裂砖，这家伙居然没事似的，可见其武功高出自己好些。害怕他反扑，嗖地闪开数步："阁下什么来头？"

杨云鹏冷笑一声，右手只握一根筷子，看也不看，反手刺过去。他的速度看上去不快，像练太极拳时那样舒缓。但红脸人神色却为之一变，抬手去挡，手掌将要碰到筷子时，忽然又舒开五指，变掌为爪。

眼看着要将筷子抓在手中，谁知，那筷子像是活的泥鳅，居然从掌心溜了，依旧刺向他的心窝。红脸人吼叫着，急切间另一只手也用上了，上下飞舞，但竟然还是抓不住一根筷子。

他眼珠子瞪得溜圆，额头已冒出汗珠，呼吸也变得急促了。这当口，虽然被那根筷子逼得有些慌乱，却半分不愿意往后退去。那等于说他败了。筷子突然停住，依旧指向他的心窝，红脸人的手掌也收住了，护在胸前，不敢有丝毫大意。房间里的镖师大多是头一回见识杨家的功夫，竟然如此神妙，不禁都暗暗称奇。

这时会友镖局的总镖头冯绍良叫道："敢问，阁下可是朱飞、朱先生？"

原来，红脸人施展出鹰爪功，让他猛地想起一位黑道朋友说过的话，论起鹰爪手来，西南有一个叫朱飞的大盗，堪称西南第一能手。眼前这家伙无论从相貌还是手法上看，都跟那人相像。

红脸人没想到这里还有人晓得他的来历，嘿嘿一笑："正是朱某！"

杨云鹏还是不转身，右手筷子逼着对手，伸出左手拿起杯子，慢慢喝了一口："你跟金家什么关系？"

朱飞道："我替金老爷子跑跑腿，送送信！"

杨慕侠突然道："外面还有一位，怎么不一并进来？"

王子斌也说："这人的轻功了得……"

外面突然传来嘿嘿笑声："能被你两位听见，这轻功也马马虎虎！"话音刚落，一物就嗖地射进来。但这东西并不是暗器，也没冲着人来，噗地射进圆桌的中央，颤巍巍地晃动。

在座的人见那物竟是一封请柬，都为之一惊，能把一件软物易烂的东西扔进来，还插进木头里，这份内劲确实霸道。

王子斌猛地抬手往桌上一拍，那请柬啪地弹起来，落到他的手中，然后用双手捏着下角递给杨慕侠："外面的朋友，来也来了，怎不进来喝一杯，大家也好攀攀交情！"

“不敢当，信也送到了，这便告辞！”

那朱飞见状，赶忙也要撤出身去，眼前一花，一人早从他身边掠过去，疾如电闪。他悚然一惊，这才发现杨云鹏不见了，顿时冷汗淋漓，心想幸亏刚才没跟他动真格的。

屋里的人见杨云鹏急追而去，也呼啦跟着涌出来。正兴镖局的崔英杰刚才冒冒失失地打了朱飞一掌，怕就此结下梁子，趁此机会拉着会友镖局的总镖头冯绍良上前，跟他抱拳拉近乎。朱飞刚才在杨云鹏手下吃瘪，骄气大减，也客气地跟他们抱拳行礼。

包括老头子在内的食客都站在二楼走廊上，看杨云鹏如何追赶送信之人。本真阁的人一轰隆出来，旁边雅间的老饕们也都惊动了，纷纷出门观看。只见两条黑影在下面嗖嗖乱窜，正是中午客多热闹的时候，伙计们都脚不点地忙着上菜，两个人在他们中间穿梭，虽然连伙计的衣襟也没碰一下，却吓得他们胆战心惊。

追着跑着，黑影突然攀着柱子，嗖嗖上到二楼，走廊上的人赶忙闪开一条道，他们却丝毫不耽搁，身形闪晃，又跳上了房顶。屋脊上铺的琉璃瓦有些滑脚，两人的速度方才慢了些。

众人才看清，前面那人长得面黄肌瘦，像个大烟鬼，岂料轻功和内力竟是如此了得。还是冯绍良猜到了他的来历，当年那位黑道朋友曾经说过，朱飞常和一个外号叫没影子的大盗联手干些没本钱的买卖。这人姓名不传，西南一带的黑道仅知道他的绰号，轻功像是得自青城山紫云观。

这没影子向来自负轻功无敌，没想到今天碰上了硬茬子，竟是被杨云鹏追得不敢停脚。几个来回摆脱不了，他心里不免急躁，却也起了好胜之心，暗道你果真要掂量老子的轻功，我便奉陪到底。

他猛地提气往前一蹿，弹出一丈多远，眨眼便翻到屋顶的背面不见了。杨云鹏自然不肯舍弃，身子也跟着腾空，像大鸟一样落去后面。

食客中不少人发出叫好声，这样神奇的功夫，寻常人一辈子也难以见到。刘一手和厨师们也闻声赶出来，来宝跑在最前面，嘴巴说个不停，双手也胡乱比画，显然在讲述他适才的“遭遇”。

王子斌笑着对杨慕侠道：“前辈，没想到云鹏世兄的轻功如此了得！”

“那人也是练内家的，腿法好，难得难得！”

正说着，呼啦一声，两条黑影居然又从本真阁里钻出来。原来，没影子翻到屋顶的背面后，随即从后窗又钻进了屋里。杨云鹏身子往下弹跳时，见底下没见对手的踪迹，先是一惊，他却也机警，一眼瞧见本真阁的后窗还有些晃，便知道那家伙钻进去了。

在杨家青壮一辈中，杨云鹏向来以实战著称，出手狠辣，又胆大心细。对手既然先一步躲进本真阁，便有可能在他钻进来时趁机偷袭。

好个杨云鹏，身子往下落去，脚尖在没影子钻进去的窗户上轻轻一踩，双手黏住墙壁，飞快地从另一扇窗户翻进去。

没影子果然在墙角躲避，窗户一响，人便迎头撞过去。谁知，杨云鹏却从另一个窗户钻进来。没影子一惊，不敢应战，闪身又冲出屋子。

走廊上乱哄哄地挤满了人，谁也没料到他们竟在屋里打了照面。两人一冲出去，见缝插针，人缝里穿梭。几个根基弱的镖头没提防后面，惊叫着向两旁跌去。杨慕侠见状，暗叹：“云鹏今天真是碰上了对手！”王子斌却不免心惊，这金家的信使都如此了得，其他人的身手可想而知。

没影子见杨云鹏一直紧紧咬在身后，简直成了甩不掉的尾巴，又惊又怒，再这样下去，自己这外号便成了笑话。

他一个跟头从二楼翻下去。站在下面的刘一手和厨师们吓了一跳，赶忙躲闪。没影子早一把将来宝抓住，往后一甩：“接着！”

来宝身子腾地起空，哇哇叫着扑上杨云鹏。杨云鹏顺势来了个“云手”，将他轻轻一旋，化消劲道。来宝落地后，身子兀自转了七八个圈子，才一屁股坐在地上，眼前金星闪闪。

没影子钻进一堆厨师里，不待那些逃开，双手上下乱抓，将他们一个个推向杨云鹏。杨慕侠见状，脸上却浮出笑容：“好了，老二赢了！”

王子斌很是诧异：“您老怎么看出来的？”

“说起借力打力的功夫来，没人能胜过杨家！”老头子话语里透出一股傲气。果然，杨云鹏身子晃闪腾挪，轻生生就将那些人划拉到一边去。没影子反倒因为耗了力气，身法有些慢了。但是最后一抓，他竟然将刘一手当胸揪起来。

刘老头是杨云天的岳父，杨云鹏自然不能叫他吃亏。杨慕侠见亲家翁落入敌手，也是一惊。谁知，不待没影子进一步动作，杨云鹏已是抢先出手了。他抬手在刘一手身上拍了一记，老头子没动弹，没影子的身子却剧烈地一抖。他只觉一股热流从刘一手手臂上射出来，顿时半边身子麻酥酥的。

杨云鹏毫不迟疑，第二掌又拍上去。没影子顿时觉得手心遭受无数针刺，再也扛不住了，踉踉跄跄地向后连退几步，双手抓住了门框才没有跌倒。

围观的人发出了叫好声。杨云鹏上前扶住刘一手："老伯，没事吧？"

刘一手一时间竟开不了口。原来，人受了惊讶，有些神志迷糊了。厨子们赶紧上去搀扶。王子斌惊喜地问杨慕侠："老爷子，世兄使的是隔山打牛？"

"这是太极拳中的穿透，一种巧劲。"

没影子遭此打击，再没了刚才的神气，抬头见红脸人朱飞还在楼上，恼道："你还杵在上面干吗，走啊！"

朱飞此时已跟冯绍良和崔英杰两镖头聊出了交情，忙道："这就来！"想走时，被两人拉住手臂，可劲地挽留。王子斌高声道："两位不辞劳苦，千里迢迢来送信，好歹也给北京的武林同道一点儿薄面，让我们稍尽地主之谊才是！"其他镖头纷纷出声附和。

杨云鹏也冲着没影子一抱拳："朋友，不打不成交，上去喝一杯如何？"对他来说，碰上轻功这么好的对手还是头一回，不免有些惺惺相惜。

没影子见他表情庄重，其意真诚，又有几个镖头匆匆下来留客，突然仰头哈哈一笑："不过是替人来送一封信，就算输了也不丢人。"

下来的几个镖头没想到他这样豁达，闻言大喜，他们都是惯走江湖的，和稀泥的功夫早练得纯熟。几句话下来，说得杨云鹏和没影子都心里舒坦。这两个对手最后竟是手挽着手，被镖头们簇拥着上了楼。

于是，本真阁里重整席面，添了碗筷和桌位，大家一起畅饮。此时，杨慕侠已经先看完了信，并交与各位镖头读了。金天留在信中说得简单明了，七月二十五日至八月初一，金顶妙峰山有“秋香”大会，名甲天下，他届时将带亲友去山上的“碧霞元君祠”替四子金远祈福，并想跟太极杨家以及北京武林同道在山巅之上笑谈风云。

从这信上的口气看，倒没什么火药味，不像战书。只是这金家的胃口着实不小，除了太极杨家，整个北京武林界也在邀请之列。难道说，金家的功夫如此高绝，已经能够横行于天下了？

抱着这个疑惑，镖头们请教没影子和朱飞。两人相视一眼，朱飞笑道：“这话可就不好说了，毕竟我们是受金老爷子托付而来。”他把杯中酒干了，竖起一根指头，“只说一句，一句，金家人的功夫确实了得！”

没影子挠挠额头：“不然的话，像我兄弟这样的，又怎会替金老爷子跑腿？不过也好，走了这一遭，俺们欠金家的人情债便算还清了。”

王子斌笑道：“那我们不难为二位，金家的事不提，咱们只说金远，毕竟这乱子跟他有牵连。”

大刀王五的名头太响，他开口询问，没影子和朱飞不能不给面子，便将那金家四子的事尽数说了。原来，金天留的三子二女中最聪明的便是老四金远，但偏偏这小子不愿守着家业，十六岁后便外出闯荡，常常几年也不回去一次。金天留的大儿子金前和二儿子金后，以及两个女儿都得了他的真传，武功了得，入赘的女婿自然也是个个身怀绝技。但金家有个规矩，便是武功从不外传，也不在江湖上走动，所以名头不响。

金家并非当地土著，搬来汉中不过才十几年，却已拥有良田近千顷、商铺十几处。有传闻说，金家前人曾几代为官，积攒下家私千万。还有的说，金家前人是独行巨盗，作案无数，后到汉中归隐。

外来的财主，乍来到汉中那地方安家，自然会引起远近强人的注意。可金家一直过得风平浪静。随着岁月流逝，强人们倒是主动去接近金天留，每年的两节一生，都要登门送上贺礼。渐渐地，这便成了一条规矩。

估计黑道上的英豪们都在金家人手里栽过跟头，此后便都心怀惧怕，不敢不敬。只是金家从不外传，大家也心照不宣。

一道道热菜送上来，酒劝了一圈又一圈，本真阁里的人都有了几分醉意，说话不免都拔高了嗓门。那没影子和朱飞说是少说话，但几圈酒劝下去，嘴巴自然就滑溜了，不觉吐出一大堆来。冯绍良趁机问："两位适才说，曾经欠过金家的人情，到底怎么回事？"

"这个却不便说！"朱飞喝过酒后，那张红脸早变成紫色，还汩汩直冒汗珠子。

"有什么不好意思说的！"没影子却扯着嗓子喊，"输了不掉价，夹着尾巴才丢人！"朱飞瞪了他一眼："那你说去，反正当年那祸是你惹下的。"

没影子抿嘴一乐："我说就我说，有什么大不了！"

王子斌和几个镖头叫了声好，又帮他斟满了酒。没影子嘿嘿笑着，瞅瞅左右："各位镖头想必看出来了，我没影子跟他朱红脸，也是干没有本钱的买卖的。只有一样，我们一不开山立柜，二不拦路抢劫，专门盯着豪门大户。如今来到天子脚下，想到过去犯下的累累大案，又跟各位保镖的朋友一桌喝酒，说这些闯暗门的勾当，倒也刺激！"说完，他便哈哈大笑起来。众镖头听了面面相觑，他们虽然跟这些黑道上的强人来往，也只是为了走镖顺利，有些人在江湖，身不由己的味道。大家毕竟干的是正经的生意，在官府那里是备了案的，如今在这里听大盗说些大逆不道的犯案经过，确有些尴尬。

杨云鹏依旧波澜不惊，慢慢喝着酒，菜始终吃得少。杨云雕则按捺不住道："你有胆子说，我们还能没胆子听吗？"

"好，这话够意思！"大烟鬼兴奋地一拍桌子，要从位子上站起来。但他目光跟杨慕侠一接时，又慢慢坐下。老头子虽然不声不响地坐在那里，眼也不瞧他，脸上还挂着笑，但他却感到一股无形的压力，竟不敢太放肆。

没影子干笑两声，又喝了一口酒才道："说起来，该是八年前的事了。那晚上我记得月亮很圆，像是过中秋？"

后面一句话是问朱飞的。红脸人没好气地道："是中秋节后的第三天！"

"对，对，就是那天。"没影子拍拍脑门道，"早些天，我们就得到线报，说汉中朱百万得了一颗夜明珠，是从前朝皇宫流出来的稀罕物。老家伙把它当成了命根子。这样惹眼的好货，自然有不少道上的兄弟惦记着，可最终谁也没捞到手。一来是，夜明珠的藏点严密；二来是，朱百万重金聘请的那几个看家护院很扎手。这倒激起俺们兄弟的好胜心，非得去碰碰这宝贝不可！

“起先，老朱还有些犹豫，架不住我磨叽，只得答应了。我和他搭档多年，从来没出过岔子。这次为那颗夜明珠，更是严密地踩了几番盘子，才定在十八日那晚上动手。

“那晚上天公也作美，居然下起了不大不小的雨。我们半夜潜入，终是将那宝贝弄到手。这其中的环节，就不便跟各位透露了，哈哈！”

冯绍良见他卖起关子，笑道：“后来呢？这事怎么跟金家扯上关系了？”

“你们别听老烟鬼嘴上说得轻巧！”朱飞插口道，“那晚上，我们可费老鼻子劲了，好不容易才弄到手，可没等跑出来，又被两个护院的堵住了。他奶奶的，那两个家伙果然扎手，死缠不放，逼着我们使出绝招，才脱了身。可这么一来，人家也瞧出了我们的身份，眼看着追不及，便报出了金家的名号。”

“那时我和老朱并没把这话放心里去，骑马一口气跑出二十几里，才咂出味儿来。那护院最后嘴里说的金家，难道是金天留府上？”没影子说到这儿，看看众人，脸色有些异样，“那晚上，深秋的雨一直稀稀拉拉下着，我和老朱身上本就湿透了，再想到金天留的时候，更是觉得寒意刺骨。

“后来一合计，反正拿也拿了，总不能送回去。道上的弟兄把金家传得那么神，我们偏偏不信这个邪。连夜冒雨急赶，快天亮的时候，人马早出了汉中，进到西安地面。

“那雨还是没停，人还能硬扛，马却不行了，只能找个小店歇歇脚，喂点草料。我们奔波一夜，也有些饥渴，让店家准备热汤热饭，待稀里哗啦吃下去，人才慢慢长了精神。

“我们商量着，那颗夜明珠要尽早脱手，进西安城便赶紧找个妥实人给处理了。昨晚，在拿宝贝的时候，老朱还顺手捡了朱家一张银票。当时没顾上细看，如今一瞧，居然是一千两，真真把我们乐开了花。

“正准备收拾上路，门外面突然进来一个打伞的后生，穿青布大褂，黑缎子马甲，头上一顶便帽，眉清目秀的，不过二十来岁。奇怪，我们坐在靠窗位置，一眼就能看到官道，居然没瞧见他是怎么来的？

“更奇异的是，他脚下那双黑缎面的鞋子，鞋底洁白如新，竟然没有被泥水弄脏。难道说，他本来就住在店里？可此处又没有后门，他从哪里转出来的？

“我和老朱使了个眼色，暗暗戒备。那后生身上倒没有什么杀气，把伞收了后，朝我们走来，抱拳说：‘两位脚程可真够快，害得我好赶！’他的右手多了一根小指头，居然是个六指。

“我当时心就咯噔一下子，问你是谁？他笑笑说，是金家老四，金远！

“听他报出名号，我心头巨震。汉中离此甚远，他得信后，竟然徒步追上来，这份轻功便远胜于我。

“我强作镇定，但语气还是发抖，勉强问了他的来意。金远说，朱百万跟他金家交好，夜明珠定要归还回去，至于那张一千两的银票，不妨拿走，算是辛苦钱。

“他话才说完，老朱就重重地拍了下桌子，喝问：‘你说还，我们就得还，哪有这么便宜的事？’当时，他吼这么一嗓子，我真是挺佩服，事后才知道，他故意大声吆喝，不过是给自己壮胆。

“老朱一开口，金远脸上的笑容就不见了，盯着我们俩说：‘真的不还吗？’那一刻，我发现他的脸色突然变红，眼里透出一股凶残的光，人就像一只可怕的野兽，随时会扑上来。

“那气势登时就震慑住了我俩。跟着，他脸上又漫出一股青气，脸皮绿油油的，目光更是瘆人……那当口，我神智也有些恍惚，依稀记得那张脸又变了几次颜色。他像鬼魅一样，绕着我们的桌子转了几圈，等停下来时，已经端端正正地坐在我们对面，嘴里还是那句话：‘真的不还吗？’

“老朱不等我开口，便把包袱推过去。那金远的脸色慢慢变回去，杀气一点点消退，还是那副眉清目秀的模样。他解开包袱，打开装有夜明珠的盒子，验过货后，点点头，又把包袱里的银票放到我们面前。那根多出来的小指头翘起来，像洁白的花瓣。他慢吞吞地说：‘九月初九，家中菊

花开得正好，请两位去府上小酌几杯，万勿推却。’

“之后，他就拿了夜明珠和伞，扬长而去。我和老朱再也忍不住了，肚子里面翻江倒海一般难受，哇哇呕吐起来……”

没影子说完这席话，脸上依稀还带着些许惊悸，老朱神色看起来也不自然。屋子里一时间沉重如铅，众人都震惊于金远诡异恐怖的武功。这些人都是老江湖，如果没影子这番话是在胡乱吹嘘，他们定然能够瞧得出破绽，可从这两个神情上看，应该不假。

杨云鹏的眼眸收紧，脸上的肌肉微微痉挛，他慢慢抬起头，盯着没影子问：“这个金远，真有这么厉害？”

杨云雕也道：“我在金家时，倒是跟那金前交过手，虽说武功不坏，但跟你说的金远差一大截子！”没影子叹口：“各位请想，要不是被折服，以我和老朱的身手，会听他金家的差遣？”

杨慕侠突然开口说：“金家老四练的是五行变！”

听了这话，没影子和朱飞吃了一惊，脱口道：“前辈如何知道？”

“不过是听人偶然说起。”杨慕侠神色郑重，“金变伤肺，木变伤肝，水变伤肾，火变伤心，土变伤脾！据说这种功夫练成后，伤人更伤己，委实霸道！”

没影子呆了呆：“前辈说得没错，金家的这种武功确实邪门！”

冯绍良道：“我听说，四川唱戏的有一种变脸的绝活，不知道跟金家这五行变有什么关联？”

“根本就是两码子事儿！”没影子摇手说，“金远那脸，是真的在变颜色，不是往下揭脸谱！还有，他把自己的身子练‘没’了，快不可挡！”

“还真是把他金家传得越来越神了！”王子斌灌了一口酒，道，“那九月九两位是去了金家的，又瞧见什么稀奇事了？”

众人也对此感兴趣，纷纷催促没影子往下说。他倒是有些勉强了。朱飞见状，接着道：“其实也没什么好说的了，那次我们去金家，见到了金天留。老爷子倒是挺客气，别的话没说，还真拉着我们赏菊。金前、金后还有金家的几个女婿也作陪。”

“那金远呢？”朱飞摇摇头：“我们日后就再也没见过他。听说，他早就离开了汉中，不知去哪里浪荡了。一晃，这便过去七八年了。如果这次不是替金家送信，我们还不知道金远来了这里。”

“幸好，金家老四这些年不在汉中，不然的话……”没影子借着酒劲自嘲道，话没说囫囵，就打了一个响亮的嗝儿。

“可他在北京！”王子斌看看众位镖头，“各位，看来咱们的耳朵聋了，眼也瞎了。”

“咱们京城武林，从来就没听说过这号人物。”冯绍良瞧瞧杨云雕，“我看这里面闹玄虚，那金远要是真厉害，怎会被人剁了手去，让云雕不远千里地送到汉中？”

“这摆明了就是个圈套！”杨云雕大声道，“是冲我们太极杨家来的。”

这话无疑添了众人的兴奋，镖头们纷纷猜疑。朱飞和没影子察言观色，并不言语。王子斌突然一拍桌子：“各位，金家这趟来可不单单是冲着杨家，那信上不是也写有北京武林同道吗？”

“没错，人家口气大着呢！”

“那咱们就不能置身事外！”王子斌拍拍胸脯，“镖局这边，我毛遂自荐，出来代表大家会会他金家的各位英雄。”

众人一起喊声好。杨云雕赶忙抱拳道谢。冯绍良笑道：“除了你王子斌，别人还真挑不了这担子。不过，只出你大刀王五一个，怕是显不出咱们的分量来。这样，我会友镖局也出一个人！”

“出谁？你老冯这年纪，怕是打不动了吧？”王子斌打趣说，众人听了都笑。冯绍良却不马上说出那人名姓，只慢条斯理地拿起杯子吮了一口，咂吧咂吧嘴。王子斌突然一拍大腿：“我知道是谁了！”眼光灼灼，“你是说他吗？”

“除了他还有谁！”王子斌哈哈大笑：“他那两下子确实要得，也是个见血就眼红的主儿！”

“闹了半天，你们到底说谁啊？”有些不知情的镖头纷纷询问。

正兴镖局的崔英杰跟冯绍良最要好，熟知会友镖局的情况，索性替他说了：“老冯那边最能打的，不就是铁螳螂宋启云嘛。”

众人方才释然。那宋启云来自胶东，是梅花螳螂拳的正宗传人。三年前来京津一带游历，折服了不少武林好手，后被冯绍良重金请去会友做了镖头。他轻易不跟人动手，一出招就见红，煞气浓重。

杨云雕早听说过他的名号，有一回上街溜达，正好撞见冯绍良带宋启云去喝茶，外表挺斯文的一个人，说话也客客气气，不过眼神冷不丁扫过来，像针会扎人。杨云雕便知道他手里有硬活。

他那一路螳螂拳法，全靠一股气势和狠劲赢人，不讲虚套，上阵就是性命相搏。杨云雕认为，不少名头大的好手之所以折在宋启云的手里，便是输在心底软弱上。这样铁硬的人出战自然会多几分胜算。大栅栏里的镖头们听说铁螳螂的名头久矣，但没几个见过他出手，如今有这么一个机会见识，还是跟神秘的金家人交手，真真叫人期待。

没影子眼见一干镖头们借着酒劲，说得热火朝天。相比之下，杨家父子却要冷静得多。那杨云鹏酒喝虽然不少，人却依旧冷冷的，有些遗世独立的味道。但他举杯遥敬时，杨云鹏眼里却闪过一丝暖意。

席间，杨慕侠脸色始终祥和淡定，即便是讲到金远诡异的身手时，也未曾失色。这份养气的功夫更让没影子和朱飞不得不佩服。

到底是一代内家拳掌门，相比之下，金天留便没这么内敛。不过，两人也隐约感受到，杨家对于金家进京挑战一事像是很谨慎。太极门在北方势力最大，难道他们还有什么别的顾虑不成？

他们猜得没错，杨慕侠一直防着的劲敌是“秋水”，而不是在明处打前锋的汉中金家。太极拳最讲究阴阳，刚劲没柔劲可怕，明劲没暗劲可怕。大多时候，阴比阳可怕。还有那个金远，十六岁便练成“五行变”的金家老四，据说他是金家最聪明的人，也是武功最高的一个。没影子和朱飞说，那年九月九，重阳节，他们依约去金家拜访，没见到金远，都暗自松了口气。由此可见，金远是多么可怕的一个对手。

不过，从这话里面也可以听出来，金家其他人的武功都没那成色。

杨慕侠自信以杨家的实力，跟金家争锋没什么过不去的险滩，他只是有些担心那个早就隐身京城多年的金远。那个长着六指的后生，七八年过去了，如今他的功夫又达到了什么程度？

第八章　香会

兆龙第二次到白云观时，终于看到了弱用的右手。上回，这道士要么犯病卧床，要么把手笼在袖子里，他便一直没在意那只右手。

但今天他终于瞧见了，弱用右手上多出一根小指头。他的手掌白嫩，手指细长，多出的那根小指便像白里透红的小花瓣，翘翘着，还挺好玩。让兆龙生出要上去摸摸它的冲动。

昨天，他在观里待的时间挺长，回去后，刘氏和杨云天都急得不行，以为他出了事，待见他回来，心才落了底。兆龙不敢说实话，随口编了一套瞒过去，今天上午杨云天严禁他出门，但他终究还是瞅个空子跑出来。

如今，弱用所在的白云观对他具有莫大的吸引力，恨不得一整天待在这里。只不过，道童大风的态度让人生厌，那家伙对兆龙抱有敌意，老爱翻白眼。

不过，为了能开眼界长见识，兆龙对这些都能忍耐。实在有些气不过时，就在心里说狠话："瞧着吧，老子学好了本事，非把你打个落花流水不可，看你还怎么神气！"

秋风起时，暑热便给吹淡了，天色也湛蓝无比，上面不见浮云。在弱用所住的后院里，栽有一棵一搂粗的银杏树，叶子已变得金黄灿烂，风一吹，就哗啦哗啦往下掉。

这叶子是一种药材，大风拿个袋子，将它们一把把抓起来装了。

弱用今天看起来精神头不错，呼吸也顺畅了好些，脸色显出红润来。他撩起袖子，指着银杏树说："看到那棵树没有？"

这一指，兆龙便看到了他右手掌上多出的那根小指头，没看向树。在阳光映照下，那小指头洁白如玉，像是半透明，他忍不住伸手去摸了摸。登时，身子酥麻了半边，接连退出几步。

弱用笑道："我让你看树呢，你摸我手干什么？"

兆龙嘻嘻一笑："我觉得你的手厉害！"

"怎么个厉害法？"

"刚才那一下，跟我爷爷摆弄我一样，轻轻黏住我，把人提起来，又弹出去。"

弱用眼睛一亮，便也不再说树了，招招手："你来你来，我再用小指头黏黏你，看看那劲路跟你爷爷有什么不同？"

兆龙依言上前，扎稳了步子，慢慢伸出手去。弱用翘着那根小指头，像京戏表演中的兰花指。手掌与小指一贴，兆龙觉得像被烙铁烧了一下，手臂唰地缩回，人也一个高蹦起来。

这次跟上次的劲道大不一样，刚才摸的时候，那小指是冰冷的，这次却像火炭。兆龙好奇地打量着弱用，心说他练的太极功夫可真是神奇。

弱用问："你且说说，我这劲法跟杨家的有什么两样？"

"很不一样！"兆龙摇着头说，"我爷爷的粘黏挺柔的，粘住你一点，便像粘住你全身，一点儿劲使不出来，人也被拔根了，站不稳，心也老悬着。还有，他还能'听'到你的想法，你脑子里不管转什么念头，他总能抢先一步知道，让你老是不得劲！"

弱用听着，神情很是向往，手指跟着轻轻颤动，眉毛也一抖一抖的。兆龙笑道："不过，我还是觉得你这个厉害，一会儿冷，一会儿热，怪吓人的！"

"你不懂，你杨家那功夫才是正宗。"弱用叹了口气，"我这玩意儿，终究还是霸道了些！"

"霸道不好吗？那样别人才打不过你。"

弱用笑笑："太极拳追求的可不是这个，要不战而屈人之兵。你要是抱着刚才那念头练拳，便是违背了太极拳的拳理。"

兆龙挠挠头皮："你这调调，倒跟我爹说的一样。不过，我二叔就不同了，他出手重，在我们家门数他最能打。"

“你爷爷呢，他想必已经练得没了火气。”

兆龙想起去年爷爷惩罚自己时，如雷霆震怒，一点儿不像平日里的慈祥，便闭嘴不答。弱用瞧在眼里，笑笑说：“我知道了，练功跟人的成长是一样的，一个阶段说一个阶段的话，不能违背规律，这才是顺其自然。”

这番话兆龙觉得难懂，弱用又给他解释：“你少年时，不免稚嫩；青年呢，火气旺些；中年呢，慢慢变得稳重；年纪大了，人便老辣，成老油条了。人呢，终是要一天天地长大，不能踩着锅台上炕头。”

言下之意是说，练拳需要经过春天的萌芽、夏天的奔放、秋天的收敛，冬天的内藏。再转到春天的时候，则一派祥和，如春风拂面。

这一点，不管是外家拳还是内家拳，都是必经的阶段，勉强不得。

“好了，你还是看那棵树吧。”弱用又一次指向那棵银杏。这时，大风已经捡满了一小袋子，把口儿系上，送进厢房里。

兆龙歪着头打量那棵银杏，并不觉得它有什么奇特之处，不就是长得粗一些吗？听弱用道：“每天我都会看看这棵树，它给我很多启发，其中就包括一些修炼太极拳的道理。”

“道理？我怎么看不出来？”

弱用笑道：“那我来问你，你第一眼看到树，最喜欢它的什么？”

“当然是花朵啦，果实啦，像这棵大银杏，叶子也很漂亮，我也会多瞅几眼。道长，你喜欢看哪儿？”

“我喜欢它的主干。”弱用指着银杏说，“瞧，它的干是最高的。你所喜欢的花、叶、枝条，都是从它身上分出来的。”

兆龙疑惑地看看树，又看看弱用：“可是……我看不出这跟太极拳有什么关系？”

“很简单，这根主干，便是太极拳的大道所在，是它的本源。传说，太极拳是张三丰祖师所创，那么，八门五步十三式，便是它的主干。其他的像陈式、你们杨式、武式……不过都是由此长出来的侧枝，对不对？”

兆龙点点头。

“这还不算完，主干还会继续分出侧枝，侧枝呢，还会分出越来越多的细枝，随着年月的增长，它才会长得枝繁叶茂，不至于看上去光秃秃的。这现象不光是拳术上有，其他门类，像书法、绘画、京戏都在不断分流派；像禅宗，有一花五叶之说，我们道教呢，也极多派别。不过你发现没有，虽然同是从一根主干分成来的，每根枝条却各有不同。如果让你爬眼前这棵树，怎么爬，才能爬得最高？”

“当然是抱着主干一直往上了！”兆龙可是爬树的老手，他小时候没少干过上树掏鸟窝的事。

“那要是你往侧枝爬呢？”

“爬着爬着就不敢动了，枝太细了，驮不住人。”

“正是如此！”弱用拍拍兆龙的肩膀说，“练太极拳最重要的是如何能达到高度，而不是花花哨哨地去追求那些外形的东西。说穿了，各门各派的拳法只是风格上的不同，所蕴含的太极拳理却是一样的。这便是它的本源，它的主干！”

兆龙不觉叫起好来，有些激动，弱用这番“树”的理论再贴切不过，他记得爷爷也说过类似的话：“要练好太极拳，必须抓住它的规律，领会它的拳理。咱们这些练内家子的，一定要往内这个字上靠，多琢磨。那些外形花哨的架子不顶用，关键还是要看里面的修为，那可做不来假……”

这时候，大风又回到庭院，站在廊檐下，斜眼瞪着兆龙，自己捡了半天树叶子，这姓杨的却跟师父在那儿悠闲地聊天，他自然很憋气。

他越这样，兆龙偏就不睬他，越发跟弱用说得起劲。他本来就聪明，受道士刚才那番话启发，马上也想到一些拳理，可以拿眼前这棵树说道说道。

他故意夸张地说：“道长，你院里这棵太极树确实了得！”

“怎么说？”

“它下面有根，往土里一个劲地扎，与大地成为一体，这不就是太极拳里讲的松沉、浊气下降嘛。上面树枝柔软，迎风摆动，又有弹性。这不就是太极拳里说的轻灵嘛，又叫清气上扬，哈哈！”

弱用不禁为之莞尔：“说得在理！”

大风突然道：“喂，姓杨的，我现在就是一棵树，你能推得动我吗？”他自信功力比兆龙深厚，脚下已经生根，定能胜得过他。

岂不知，兆龙在老家时常跟兆鹰他们兄弟玩这游戏，深知其中诀窍，知道不能用拙力去推，那样容易被对方“吃”住劲，全身合住后就不好摆弄了。最好的法子就是将对手“松”出去，而不是推出去。

他赶忙应道：“我怎么推不动？两个你捆起来，我照样拔你根！”

“来，来！”大风使个弓步，招呼他来推。

兆龙笑嘻嘻地走近前，突然张嘴打了个喷嚏。大风害怕他的唾沫鼻涕甩到脸上，赶忙退后两步。兆龙指着他哈哈大笑：“你看吧，我一个喷嚏就把你吓跑了，都不用手推。”

大风气得满脸憋红，狠狠瞪了他两眼，再次走近前扎好步子。兆龙笑道：“我这回来真格的，不戏弄你了。”双手轻轻伸出，贴住大风的胸膛，却并不去推，而是把掌心旋转，暗中将“转水缸”那法子使上了。

大风顿时觉出身子往旁边扭转，他慌忙调整，兆龙顺势轻轻一抬手，把他往后推出去，叫道：“可惜，你就是一棵死树，哈哈！”

“好啦，你们也疯够了！”弱用道，“还是来看看你杨家的太极拳吧。”

这一次，兆龙演习的是揽雀尾。他练过一遍后，弱用马上给他指出种种要点，如何走劲，如何化劲。

道士采用的是一种零打碎敲的办法，将这一招的每一个变化都单独拿出来讲解，然后再串联起来进行练习，让兆龙豁然开朗，至此才真正明白揽雀尾的妙用。

那天中午，他照旧留下来吃素斋，因为受母亲和外公的熏染，他对饮食之道也有些想法，边吃边说出来。没想到，弱用也精于此道，从《本味》篇说到《山家清供》，从《食宪鸿秘》说到《随园食单》，又说到近人薛宝辰的《素食说略》，当真是口若悬河，滔滔不绝。

兆龙只听得嘴巴都合不拢，刘一手虽然烧菜拿手，但在说辞上终归贫乏了些，哪像弱用这样有理有据？他说得眉飞色舞，兆龙在旁边也听得热血澎湃，越发佩服他。

其后几天，他们除了研习太极拳外，还探讨了书法、国画、茶道、围棋，弱用甚至还特意用古琴谈了几首曲子给兆龙听。更神奇的是，不管是说哪一门类，他总能将其跟太极拳连在一起。

以至于后来，兆龙甚至便想留在白云观不走了。他很愿意当个道童，陪伴弱用左右。那个大风心术不正，是块烂木头，他怎么有资格当道长的徒弟？兆龙心里很替弱用不值。

还有一样，兆龙觉得道长跟杨云天太相像，他虽然身体弱，活得却潇洒。兆龙觉得他身上真正透着庄子的那份“逍遥”。

当天傍晚回去，正好撞见杨慕侠和二叔在刘家，他们是来看杨云天伤势的。老头子见兆龙不在家里待着，胡乱外跑，大为不悦。不过，当他考察起兆龙的太极功夫时，却又感到意外，小家伙非但拳打得比以前有味，还能讲出一些拳理来。

他可不知道，兆龙说的这一套大多来自弱用。尤其是把太极拳跟树做比较时，他还不忘指着刘府院里的那棵大槐树，连比画带解说，听得杨慕侠和杨云鹏不住点头。杨云天也忍不住夸他这比喻生动。

“没想到几天不见，兆龙倒把一些拳理给吃透了！”杨云鹏脸上也难得露出笑容，“我记得当年练拳的时候，就是一味地埋头苦干，没想这么多。”

“经他这么一说，我也觉得这太极树确有讲头！”杨慕侠也指着外面的槐树说，“我们内家拳上去就讲虚灵顶劲，多像这树，往上长枝干长花叶；下面却恰恰相反，要生根，要深入大地……”

兆龙听了这话，脑子里灵光一闪：“爷爷，我又想到一点，就是不知道对错。”

“说来听听！”

“咱们太极拳讲究以静制动，是草木派（植物）。那些外家拳呢，以快打慢，以强胜弱，嘻嘻，是鸟兽派（动物）！”

几人听了，不觉都笑起来。杨云天眼见儿子如此灵透，更是心花怒放。以往，这小子老是偷懒耍刁，爱惹是非，没想到这次来京城长了些见识，竟似一夜间长大成人。

杨慕侠这次来京，因杨云雕惹下乱子，杨云天又武场失利，本是心带焦躁的，如今给孙子这么一搅和，胸间登时舒畅了好些。兆龙毕竟是长孙，将来杨家的担子还是得由他来挑。

想到这里，老头子脸上流露出慈祥的神色，朝兆龙招招手，让他靠近自己身前："你有这些想法是好的，不过，功夫终究是练出来的，不能光凭着嘴巴去说。"一顿，又问，"你还记得兆鸣的师父悟清吧？悟清老和尚有一回跟我说禅，有一番话非常好，我想你最好牢记在心。"老头子眯起了眼睛，似乎在重温与悟清在黑鱼庵里的旧日时光，好一会儿才说，"你要从永年来京城，我用笔给画了张路线图，做上标记，不过就是短短的一条线而已。可地图终究是地图，它不代表你已经到了那里。"

"我明白了，"兆龙大声说，"拳理就像这地图，有了它，就不会再走弯路。至于这路嘛，我还要一步步地走。"

杨慕侠见孙子领会了自己的心思，很是高兴："正是这样，只要方向没错，哪怕慢得像虫子爬，终究会有走到的一天，早晚而已。"

兆龙心想："我可不要下笨功夫，能飞着去，为啥还要爬？"嘴上却道，"爷爷说得是！"

老头子赞许地摸摸兆龙的头顶。这一刻，小家伙觉得全身热烘烘的，要知道杨慕侠是很少跟小辈做这样亲昵的举动的。也许是现在远离了永年，孙子辈只有他在膝下，说话又多顺着他，因而才讨了他的欢心。

兆龙正沉浸在这难得的慈爱中，却被杨慕侠轻轻推开了："兆龙，你先出去玩一会儿，我有话跟你爹说。"他虽然满心不愿意，却不敢不听话，只得慢慢走开了。

房门马上被关上了，他好奇心却按不住，装作大踏步走出屋子，却又像只壁虎，蹑手蹑脚地慢慢退回去。他知道爷爷和二叔机警，是以动作很缓慢，退到门旁才把耳朵轻轻贴到门板上。

屋里人的话声低，但他还是差不多听囫囵了。大意是杨云雕保镖去汉中，惹上麻烦，金家人月底来访，约杨家在后天妙峰山的香会上，了绝此事云云。

兆龙听得血脉贲张，这下子有热闹瞧了。香会上有好多好玩的且不去说它，单单只是他杨家跟金家人比武，看上一看也最是过瘾。

不过，他随即又想到，爷爷既然不想让他听这事，摆明了是不愿让他跟着去。爹又伤病在床，他想去就更没有指望了。再说，妙峰山好像离北京城挺远，有七八十里，要偷着去一趟也着实不易。想到这里，不觉黯然，空欢喜了一场。幸好还有白云观可去，不然他定烦恼得要命。

当晚无话，第二天早上，杨慕侠和杨云鹏用过早饭后，便去了大栅栏，跟镖头们敲定明日去妙峰山的事。兆龙则依旧找借口溜出去。杨云天因见他在老头子面前表现不错，也就没有拦挡。

到白云观后，一见到弱用，他就把杨慕侠那番论太极拳的话“借”过来，说了一大通。道长拍手称善，大风却满脸的不屑。

这天，他们接连练了“白鹤亮翅”和“玉女穿梭”两式，将它们分解成数个小动作，弱用一一给他指出其中的要点，让兆龙深受其益。

其间，他又和大风推手，虽然还处在下风，却再没像头一天那样狼狈。兆龙知道，自己明白拳理之后，推手功夫有所增高。

这天，他还跟弱用请教了一些道家的调息法。他看到道长为了调理身子，多做这些“六字诀”之类的养生功，便也起了兴趣。弱用一点儿不藏私，问则必答，讲解得也甚是详细。

当然，他在传授这些时，往往也会捎带着问兆龙，杨家的内功调息都有哪些？如何修炼？

兆龙回答说，父亲只让他们练基本功，练单式，呼吸没有特别说，只要求用腹式呼吸。弱用说，杨家太极拳肯定会有特殊的呼吸方法，只不过你现在根基尚浅，不宜修习。

那天，道长还给兆龙讲了书法中的阴阳之道，从白纸黑字说起，一直到毛笔的构造。笔杆是硬的，刚的；笔头是软的，柔的，处处皆有阴阳。太极拳有八种手法，书法里也有永字八法……

兆龙现在很享受每天在白云观的时光，静谧而美好。他还恍惚产生了错觉，好像跟那弱用早就相识了，有好多年。起先，他还因武恶跟弱用走近，对道长抱有一定的戒备之心，可一些时日下来，那念头早被甩去了爪哇国。

自长这么大，他还是头一次见到如此聪明博学的人，弱用几乎无所不能，甚至连兆龙引以为傲的厨艺，在他面前也拿不出手。道长对于饮食之道的理解也异于常人，其“知味”之说将卫璜、刘一手等名厨也比下去。

在弱用看来，他们过于追求精细，恰恰忘了“大巧不工”，因而境界总也上不去。

弱用并非光说不练。他某天兴致一起，果真用白水煮了一份青菜给兆龙吃。这居然是他以前从没尝过的美味。为此，兆龙兴奋了好久，回到刘一手家后便嚷着给杨云天和姥姥露一手，结果煮出的青菜索然无味。

后来他才想到，道观的水、器皿、自种的蔬菜以及周边的环境都不同，因而便烹制不出那样的清味来。还有一点至关重要，如果心怀与弱用不融，只怕也尝不出那菜蔬的甘味吧？

总之，兆龙愈来愈贪恋在白云观的时光。可是这天傍晚，在临离开时，弱用突然对他说：“明天你就别过来了！”

“怎么了？”兆龙吃了一惊，看到大风脸上露出几分得意，不禁怀疑是他暗中说了自己的坏话。

“明天妙峰山上开香会，我和大风会去元君祠帮着做道场，要住上一段时间……”

“真的？”

“那还有假？”大风斜着眼说。

“我也去！”兆龙高兴得差点蹦起来。早先听爷爷和二叔商议去赶香会，他就惦记着跟去瞧热闹，不承想弱用师徒也要去那里，真是太赶巧了。

大风白了他一眼，满脸的不乐意。弱用问：“你可要想好了，这一上山，便不会马上下来，万一……”

兆龙抢着道：“道长，我今晚回去就跟我爹说！”

“你爹肯定不会叫你去的！”大风尖着嗓门说，“他怕他的宝贝疙瘩被人拐走！”

“放屁！”兆龙火了，朝道童挥挥拳头，他不明白这家伙怎么老喜欢跟自己对着干。

“斯——文！”弱用喝了一句。两个小家伙都轻哼了声，把头扭一边去，谁也不看谁。

一阵风过，带来微凉，院里的银杏叶子跟着落下几片，弱用咳嗽了几声，说：“兆龙，你背着家人来白云观，还不打紧。可偷着跟我们上山，只怕会惹出麻烦。咱们还是就此别过吧。”

“道长，不会有麻烦的。”兆龙热切地说，“我爷爷和二叔明天也会去山上看香会，我们正好做了一路！”

弱用却是表情依旧，只淡淡地问：“当真？”

兆龙使劲地点头：“你们到时候一起聊聊太极拳理，肯定很有意思！”

“我看你是在撒谎，哪有这么巧的事儿？”大风在一旁阴阳怪气地说。

兆龙涨红了脸：“我敢发誓……他们跟人约好了在香会上比武，就算你们不去，我也会上山的！”

弱用笑着拍拍他的肩膀：“好了，你要是一心想去，我们也不能拴着你的腿，果真要跟着上山，明儿个可要起个早了！”

兆龙这才称心了，却又不忘朝大风扮个鬼脸，羞羞他。把个道童气得直翻白眼。

原来，这金顶妙峰山的“山期”，每年有两次。一是“春香”，从每年的四月初一开山，直到二十八日封顶。四月十八日是碧霞元君的诞辰日，香会由此达到高潮，会吸引到几十万的香客来此朝山进香。其中，不少人是来自千里之外的川贵、湖广、东北一带。

而“秋香”是从每年的七月二十五到八月初一，因天热多雨，远不如“春香”热闹。但粗略算起来，进山的善男信女也有数万人。

这天一大早，天还蒙蒙亮，兆龙就离开刘家。昨晚上，他几次想跟他爹说上山看香会的事，又几次硬憋回去。以杨云天求稳的性子，是肯定不会让兆龙去的，尤其是金家人要在那里跟他杨家比武，孩子去了还不是要添乱子？

故而兆龙最后决定瞒住他爹，只留下张纸条，简单写了几句，却也没提弱用师徒的事，只说去妙峰山找爷爷了。

他偷偷溜出刘家院子时，刘一手夫妇还没起床，天边尚有残星眨眼，半弯月亮还挂在西天。一站到街上，深吸了一口凉凉的气，兆龙的心便乐开了花，舒服得恨不得大喊大叫一番。

他一口气跑到白云观时，见观门还没开，便坐在窝风桥上，吃着半路上买来的煎饼果子，等着弱用师徒出来。眼瞧着日头慢慢爬上墙头，有道士把大门推开，拿着扫帚出来清扫，他便有些沉不住气了，猜想，他们该不会是丢下自己先走了吧？

正狐疑间，远处响起马车的辚辚声，转头一瞧，一匹黑骡子拖着一辆带篷的马车吱呀吱呀地拱上桥来，辕上的车把式瘦得像麻秆，嘴里叼着烟袋锅子，不时地喷出一口烟雾。

随着他“吁”的一声，马车在白云观门前停下，骡子噗噗地打了两个响鼻。兆龙看到车厢的布帘一挑，蹦出一个道童来，三角眼，猪皮痣，可不是大风是谁？

他却正眼也不瞧兆龙，撒腿往观里跑去。兆龙呆了呆，马上跟进去，还没等走到后院，迎头就看到弱用带着大风出来。道长已经换过一身新道袍，手里持一柄拂尘，大风肩上则背了两个包袱。

“你来了！”弱用笑着点下头。不等他回答，大风早把其中一个小包袱丢过来。

兆龙赶忙抱住：“这是什么？”

“打开来瞧瞧！”

里面是一套小道服，衣冠鞋袜都有。兆龙喜道：“给我的？”

“从今天起，你扮我的道童！”弱用笑问，“可愿意？”

兆龙使劲点点头，并得意地瞥了大风一样，道童哼了声，扭头走出道观，嘴里还大叫：“这衣服是我的，借你穿就臭了！”

等他们坐上马车出发时，兆龙已将道袍换上，辫子解开，戴上道冠，活脱脱一副道童模样。他摸摸这儿，扯扯那儿，很是新鲜，心里还想，要是爷爷和二叔见到自己这副模样，肯定大跌眼镜。

太阳爬上能有一竿高的时候，他们赶到了德胜门附近。尽管挂着布帘子，还是能够听到外面鼎沸的人声，锣鼓和唢呐声、鞭炮声不时响起。马车越走越慢，车把式不住声地吆喝，让路让路。

兆龙忍不住把帘子揭开一条缝，把右眼凑过去瞧，好家伙，路上黑压压的全是香客，有的肩放搭袋，腋下夹着衣包；有的挑担而来，手举梗香；还有夫妇背着孩子的，大多身上背着香袋。还有不少穿破衣，拿破碗的叫花子，唱着莲花落，朝路人行乞。

忽听咣咣的鸣锣开道声，两队兵丁一路小跑地过来清道，香客们纷纷避让，从中闪开一条路。车把式也慌忙鞭打骡子，让它拉着车转向路边。

很快，十几名骑马的戈什哈拥着他们的主子刮风般而来，那人身穿黄行装，上罩五爪金龙四团石青褂子，头戴三眼花翎宝石顶的凉帽，年纪有三十左右，透着一股精干英武之气。

车帘此时已撩开大半，弱用瞧见那人面目，心说："原来是他！"这人正是溥伦贝子。他有几次携家眷去白云观上香，跟弱用有过数面之识。

正前便是妙峰山香会上最有名的茶棚"千秋永乐茶会"，里面供奉着老娘娘的画像，但凡进山上香的，多要在这里拜祭了，方才启程。

溥伦一行下了马，早有香会的香首、把头、都管、文武双会的师傅们上来迎接。兆龙的目光猛地直了，他在那堆人中瞅见了爷爷和二叔，他们跟十几个镖师站在一起，也鱼贯上前，与溥伦见礼。

随后，又有七八停黄轿子也赶过来，下来的全是妃子和格格。开道的兵丁待她们走进茶棚后，也就收了队，却重新部署，环着棚子护卫。兆龙还是头一回见到贝勒格格，眼珠子瞪得老大，心说："这次回去，在兆鹰他们面前可有的吹了。"

接着，十二档武会和四档文会的人员依次入场，有的两挑四笼，有的四挑八笼，分别是开路、五虎棍、秧歌、天平、小车会、旱船、中幡、杠子、石锁、花坛、双石头、踏车、吵子等。每一档会的前面都打着门旗，后面护着轩门。

兆龙和大风何曾见过这等热闹的场面，如何不喜，嘴巴没闲着，手上也指指点点，浑然忘了他们还是一对"仇家"。

原来，各档香会在进山朝顶前，要先烧起驾香，拜祭祖师爷，然后在这德胜门的娘娘庙进香，再表演献艺。很快，在溥伦贝子的主持下，各会一起烧香见"娘娘"，锣鼓喧天中，各档香会的会头大声喊着："见见守驾的文武各会，见见遇缘的文武各会，憋小会上香有见了！"

鞭炮噼里啪啦响起来，兆龙和大风干脆从车篷里钻出来，站在车辕上手搭凉棚，左右张望。参驾的各会中，他们觉得高跷秧歌中的头陀最威风，他站得最高，着装又像行者武松，黑衣黑裤，脖子上悬挂一大串佛珠，双手持一对短木棒，不时地啪啪敲打。

他的嗓门也最大，吼起来时像从半空往下打霹雳："见见神坛守驾的，见见北京城关内外，三山五顶，四乡八镇，四股香道，行香坐棚，文武各会，憨小会上香有——见——了！"

最后一句，拖到老长，像唱戏文一样有嚼头。末了，还不忘凌空翻个跟头。他带着三尺高的木棍倏地翻起来，又稳稳落地，登时便博得了全场的喝彩。兆龙和大风看得眉飞色舞，连连叫好。

车把式却是个行家，知道下一个关口在什么地方。茶棚这边围得人山人海，到时一起挤拥肯定麻烦，便把两个道童推进车篷，甩开鞭子，赶着骡子往右边折去。

路虽难走，风景却是美得让人目眩，苍郁的树林、清幽的溪流、大片的野菊，都颇能惹人情思。忽而有群雁在上空飞过，叫声顿时将人的思绪引上云端。

下午申时，过了老龙湾，骡车便无法再通行，香道上黑压压挤满了人，将原本像条宽带子样的山路，染得黑乎乎的，从山腰转过去，一直缠向山背。

看这样子，是要步行了，弱用给足了车把式银两，将他打发了。四周像赶集一样热闹，谁也别想走快，他只得在兆龙和大风的搀扶下，一步步跟着众香客慢吞吞地往前挪。

兆龙在人群里看到一些奇怪的上香客。其中一人，嘴上居然戴着嚼子，背了一个马鞍子，上面拖着"娘娘码"，脖子上还挂着好多串纸元宝。胳膊肘和膝盖上又牢牢地绑着鞋底子，他就这样像骡马一样趴在地上，有一个孩子在前面牵着往山上爬。

他们所经过的地方，人群自动闪开。兆龙惊愕地问："师父，他要一直这样爬上去吗？"

弱用点点头："这叫爬香，只有许了生死大愿还愿的香客，才会这样

‘自变犬马，以赎己罪’。”

兆龙歪头想了想：“这样遭罪，真的能赎罪了吗？”

“罪能否得赎不好说，至少爬香的人能得到心安。”

兆龙眼看着爬香人一下下艰难地往前挨，他脸色已晒得黝黑，身上尽是尘土，汗水在脖子上留下一道道泥痕，两眼直勾勾的，只是机械地往前重复每一个动作。

他所到之处，人们早早地让开路，还有香客替他祷告，说老娘娘保佑。兆龙听到有人说：“快点告诉里边，有爬香的上来了！”一个传一个，很快就传进茶棚里去。

不多时，便听得当当当当几声锣响，拥挤的香客们自觉闪开一条道，只见四个壮汉飞快地从四合院里跑出来。兆龙看到他们每人手中一条白带子，不知派何用场。

很快，那爬香的便被四人用白带子兜起来，他们说声替老娘娘来救你了！往肩上一扛，四人抬一人，飞也似的往山上跑去。众香客们一起喊好。

兆龙方才明白，大家这么做，原是为了让那人少爬一些路。不觉心里就感动起来，环视周围热热闹闹的香客，觉得这才是人间真情。

得子是福，祛病是福，免灾是福，得财是福，长寿是福，求官是福……这祈愿总是有血有肉的。

那妙峰山在居庸关诸山之南向，与天寿山相接，主峰近旁有一组山石，绝险参天，远看便似一朵巨大的莲花，中间突出一块巨石，经阳光一照，金黄灿烂，由此得名为莲花金顶。

弱用体弱，走到山脚下，已有些不堪劳顿，便雇了一乘“爬山虎”。

所谓的“爬山虎”，其实便是两边绑上长杆子的藤椅，由四个棒小伙抬着，四十里山路，小歇八九次，大歇四五回，五六个时辰也就上去了。

这些肩夫可都是走山路走惯了的，道长身子骨又轻，一坐上藤椅，四人发声喊便上了肩，脚下快步如风，简直将山路当成平地。只是苦了兆龙和大风两个孩子，他们虽然都练过功夫，无奈人小步短，一路小跑地跟上去，都累得大口喘气。

幸好随着山路的弯转陡峭，肩夫们放慢了步子，他俩又听了弱用的指点，头顶上的百会穴领着，气沉丹田，依靠胯骨的晃动往前走，才渐渐走得舒畅了。

兆龙心想，这不等于是在山路上走太极步吗？只要头顶拎得住，肩部以下放松，使得肌肉筋骨以及经络不紧张，全凭丹田气来驱使，走山路便等同于平地。

掌握其中的诀窍后，果然脚下生风，也有心思赏看四周的风光了。一路松柏掩映，山花烂漫，心怀越发地欢畅。那些抬杆子的小伙也有意思，尤其前面那个“挑哨的”（行话），他是头儿，一路负责报道路况。

兆龙听他喊路觉得像在听戏文，譬如碰上大石头，便喊声：“迎门大堤！”路上有小石头，就喊声：“一溜子长堤！”路上有坑或水洼，便喊：“卧脚滑呀！”头顶上有树枝挡遮，便喊：“上照照！”

最有意思的是上茅厕，挑哨的一喊道：“便意，便意！”他们就一起撂杆子，跑到背人处解手去了。那副猴急相每每惹得兆龙和大风哈哈大笑。

走到一多半时，晚霞就映红了整个山川，连带每个人都染得红彤彤。山路满满都是人，话语声却渐渐地清远了。似乎黄昏到了，山间静得虚空，把人的声音也吸了去。

那些山鸟平时早早地就会钻进树林里，被众多香客一惊扰，大片大片地在头顶上盘旋，发出叽叽喳喳的叫声，响彻山谷。

远处，云海在翻腾，金顶上面的那朵“莲花”果然发出一道道的金光来，惹得众香客一片欢呼，更有不少人当场跪翻，朝那个方向磕头不止。

他们在一处平坦处大歇了会儿。抬杠子的小伙子喝水吃干粮，弱用也与兆龙、大风吃些点心。晚风呼啦啦地吹着，有些凉飕飕的。西边，那个大红球正一点点地沉下去，唯有晚霞还在呼啦啦燃烧。

“你们看那山势！”弱用指着远处连绵起伏的群山说，“像不像一条卧龙，虽然趴在那里，山脉却纵横有动势。这不正像太极拳论里说的那样，静中触动动犹静。”

兆龙顺着他的指向望去，群山给霞光镀上了一层金边，灿烂夺目。他也猛然想起杨慕侠和杨云天平日里常跟他们说的“视动犹静，视静犹动，内固精神，外示安逸”，不觉就脱口说了出来。

弱用听了，击掌说好：“你们再好好看，从山的静中能否瞧出水的动来？”

这又一次说到了阴阳上。水有洪流，山有潜伏；水有吞旋，山有高低。兆龙伸出一根食指，顺着山脉起伏勾画，那群山果然像龙一样跃动起来。

他又往下看，山路弯曲如蛇，一圈圈地盘旋而上。这也是为了省力。太极拳法随屈就伸，几乎没有直来直去的打法，也是为了省力借力。

兆龙将心中所想的说与弱用听，博得了他的赞许，不免为之得意。相比之下，大风就迟钝了些，没有从眼前的山景中悟到什么，表情就有些讪讪的。

“再看看那些树！”

弱用指的是岩石缝里长出来的矮松。没有水，没有土，但它们却像一条条玩命的小蟠龙，神奇地把石头挤出裂缝，然后一点点地钻出头来，吐出嫩芽，抽出枝椏，直到傲然地悬长在岩壁上。

“你养过花吗？”

兆龙摇头。弱用说：“花其实不难养，有时候只要把些籽儿丢进水里，它就慢慢活过来了。”

兆龙便问：“师父，你是说，我们练武的人不是被养大的花草，要像那些跟石头缝较劲的松树吗？”

“你这样想也可以，只是粗浅了。”

大风听兆龙说错了，哈地笑出来，但声腔并不响亮。其实他也没弄明白道长的真实想法。弱用说：“我要说的是一种太初的力量。一粒种子，萌发时芽儿娇嫩，竟然会把泥土，甚至石头钻破，这股子劲儿不正是我们练内家拳的人所追求的吗？练太极拳需要放松，回归婴儿状态，不是跟这嫩芽一样？”弱用侃侃而谈，“你们想那花苞，将开未开，那是最动人的一刻。真要开了，跟着便要败落。所以练太极拳时，不能一味地放，更要学着收，放是阳，收是阴，收放并存，才是阴阳相济。”

兆龙听着听着，不觉就随手比画起来。他的外形往外舒展，意识却往里收着，便觉得身子变成了球状，达到了八面支撑。

大风见了，鄙夷地撇撇嘴：“嘚瑟什么，就好像你真懂了一般！”随手打去，却砰地被弹出数步，手心火辣辣地疼。

“臭小子，你……”他又惊又怒。兆龙却哈哈大笑起来，这一刻，他终于弄明白为什么往日里碰上二叔和爷爷的身上，就如同被火烧着了手。原来他们一直含而不发，一旦受到外力侵扰，便噗啦炸开了。

弱用见大风像头犟驴一样，又去跟兆龙缠斗，不禁摇头叹息。别看一粒种子小，却能蕴藏着巨大的劲力。别看话语平实，却包含了深刻的拳理。可惜这话只让杨家小子听进去了。

烟霞慢慢在西天烧尽了，山鸟们也终于收了声，藏进山林中。缓过劲来的肩夫们起了身，招呼三人上路。

兆龙问弱用：“师父，还要多久才能到山顶？”

“多半个时辰吧。”

“我还是头一回摸黑儿走山路，”兆龙笑嘻嘻地说，“很好玩！”

大风白了他一眼：“什么好玩？两眼一摸黑儿，摔下山去你就再也玩不了了！”

兆龙哼了声：“要摔也是摔你！谁叫你一肚子坏水烂了肚肠呢！”

“好了你俩！”弱用笑道，“待会儿还有好光景看，你们谁也别摔下去！”

果然，待夜幕降临时，挑哨的便将一盏红灯笼点起来，挂在杆头。再看那些香客，每人都取了灯笼点上。很快便满山灯火通明，恍如密集的星斗。并且，那些红灯笼还在徐徐移动，隔远了瞧，便如同一条长长的火龙，围着大山盘旋不停。

兆龙和大风不禁高声欢呼起来，觉得像是身处梦幻境域。更奇妙的是，顶峰上还特别开辟出一块地方，无数盏灯火组成了“一山善人”四个大字，约有数亩地大小，十分壮观。

再往上看，顶峰的庙宇也闪烁着点点灯光，勾出屋墙的轮廓，它们跟天上的星星融为了一体，分不出哪是天上，哪是人间。

上到山顶的惠济祠，已是亥时。山门殿前的平地上，灯火通明亮如白昼，黑压压的香客像蚂蚁一样集中于此，

弱用身子骨弱，在人群里挤的时间长了，便有些吃不住劲儿，汗出如浆。兆龙和大风扶着他，正着急，猛听人群里有人喊了一嗓子："各位香客，别挡着道长的道儿，他可是要在老娘娘面前念咒祈福的！"

这一喊还真管用，兆龙马上看到他们前面的人群像水浪一样向两边分开，中间大摇大摆地走过一个邋遢老道，左手一柄拂尘，右手一只酒葫芦，张嘴笑时，露出满嘴的金牙。

还没等兆龙反应过来，那老道早将两个娃娃脸面具塞到他和大风手里："戴上戴上，好玩得紧！"跟着搀起弱用，往山门殿走去。

那里面供着降龙、伏虎两尊护法的神像，上面的匾额"敕建惠济祠"，乃是嘉庆皇帝御赐。兆龙和大风拿到娃娃脸后，觉得新鲜，果真戴在脸上，转头再看弱用和老道，早进了门，他们赶紧喊叫着在后面追。

这里的正殿灵感宫，俗称娘娘庙，供奉着以"天仙圣母碧霞元君"为首的五位娘娘的塑像，东耳房是地藏殿，西耳房是药王殿。院里的香客不多，又有戈什哈把守，原来那些皇亲国戚已经到了，为了烧头炷香，便把后院的房间全占用了。

老道拉着弱用走得飞快，兆龙和大风汗淋淋地在后边追着。一没留神，他们便从钻进东角的月亮门不见了。俩孩子围着后殿转了两圈也没寻到，后来，总算在西北边的院落找见了他们。

他们正站在一棵大槐树下小声说着什么，见到两个孩子寻来，才打住话头。兆龙看到弱用朝着老道拱了拱手："多谢道兄指点！"

"客气客气！"老道还了一礼，转身朝兆龙龇牙一笑，晃悠着身子走了，边走还不忘向嘴里灌酒。

两个小家伙一路上山，早乏累不堪，不住声跟弱用嚷嚷。幸好老道早就给他们安排好了住所，进去一瞧，虽然简陋，但在这山顶有床可供歇卧已经不错了。兆龙和大风倒下去就不愿再动弹。

弱用却又赶他们出去打来热水热饭，烫了脚，胡乱吃了些饭食。才丢下碗筷，他们就歪到床上呼呼睡过去。可似乎没怎么闭眼，他们又一次被

弱用揪醒了。

但兆龙实在困得睁不开眼皮，哼哼唧唧地赖在床上不愿意动弹。蒙眬中听弱用说：“好吧，你们尽管贪睡去，耽误了看热闹，可怨不得我！”依稀听见开门关门，道长自行走了。

房间里静悄悄的，只听得大风的呼噜声一阵响过一阵儿。外面隐约传来鼓声和钟声，一下下很有节奏。兆龙觉得身子软塌塌的，一点儿力气没有，像摊稀泥。意识也模糊不着边际。

也不知过了多久，他突然清醒过来，呼地从床上坐起。黑暗中，大风的呼噜声越发响亮。看看窗外，远处灯光点点，他猛地记起弱用临走时说的话，想到爷爷他们还要和金家决斗，也许便在今夜，不由得打了激灵，一个高从床上蹦下来。

他一把抓起桌上的娃娃面具，开门出去。外面凉飕飕的，空气清新，山门方向传来一阵阵声浪，墙外的大树和旗杆上都挂满灯笼，不时还有烟花嗖嗖地蹿上天。

他撒腿就往前殿跑去，山门那边早安放了几排座椅，格格妃子贝勒们正在那里赏玩，旁边站了两班卫兵，但因兆龙扮作道童，倒也没有阻拦。

山门殿前方的空地上是一片灯笼的海洋，它顺着山路弯转而来，将大半个妙峰山装点得闪闪放亮。兆龙挤到山门的一角，往下看去，好家伙，武会场正掀起高潮，他们有的在耍双石头，有的在舞石锁，有的在蹬花坛子，有的在练杠子，还有跑旱船的、下车会的……花样繁多，很是热闹。

这么多武会凑在一起演练，真让人眼花缭乱。兆龙定了定神，转头去找寻弱用的身影，但并没瞧见。倒是在东边的门洞处发现了杨慕侠和二叔一伙，还好，他们正同那个溥伦贝子爷说话，又背对他，才没发觉。

但兆龙还是赶紧把手中的娃娃脸戴上。下方有一帮大头和尚追柳翠的香会，都是人人戴着假面具，装成和尚和妇女，相互挑逗调笑，看上去很是滑稽。

兆龙心想，那金家人不是说要在山顶跟我们杨家较量嘛，他们人都跑哪儿去了？

忽听远处传来喊声：“龙来了，龙来了！”

他往远处一瞧，好家伙，山路上的灯火纷纷躲向两旁，中间有一条金黄的龙“游”过来，伴随着大鼓的咚咚声响，一晃一晃来得很快。

兆龙还是头一次见到舞龙的，眼珠子瞪得浑圆，那龙腹中点上了蜡烛，映得龙身的鳞片光艳照人。整条龙近两丈长，下支竹竿十数根，由十来个人持竿挥舞，上下盘旋，左右腾跃。前面又有一人包头锦衣，手持彩灯一盏，引龙而动，有戏珠之意。

这条火龙很快扑近，山道上的香客们纷纷躲避，免得被它绞在里面。转眼间，龙便游到会场前，却不忙着蹿进来，而是神气活现地在外围张牙舞爪，不时还张开巨口喷出一道火蛇，显得十分威猛。

兆龙正看得刺激过瘾，便听身边有人喊：“这是一条他妈的南方的龙，咱们北方才没这玩意儿呢！”

兆龙听了心中一动，南方？难道说这是金家人弄来的？转身去瞧杨慕侠，果然见他站起了身，正在跟杨云鹏和杨云雕交代什么，其他镖师则对着火龙指指点点。

原来，民间一向有“南龙北狮”的说法，也就是北京耍狮子，南方耍龙。北京的香会中是不允许有龙的，因为龙是皇上专用之物，不能乱耍。故而，妙峰山香会中向来只有舞狮子的，今天突然出现舞龙的，也是破天荒的头一遭。

早在火龙在山腰上出现那一刻，杨慕侠便应声而起，道：“好了，金家人现身了。”龙是江湖中的神灵，黑道中的头领每每被称为龙头大爷，这也暗示了金天留的身份，他确是蛰伏在汉中一带的魁首。

“好啊，他们演了一出金龙闹湖海啊！”王子斌兴奋得摩拳擦掌。

“舞龙？这金家人也真敢胡闹！”溥伦把折扇啪地一挥，“不过呢，京城里少见这玩意儿，斗一斗，耍一耍，倒也开眼！”

随行的镖师们原怕这位贝子爷不悦，待见他如此开通，都为之舒怀，随声附和。转眼间，那火龙已蹿上山顶的会场，四下游走，将那些踩高跷、跑海船、追柳翠的挤到边上。

“人家都霸占全场了，咱们的手段呢？”溥伦叫道。

“贝子爷别急，好戏马上开锣！”杨云雕一挥手，喊道，“出狮！”

随着鼓声一响，站在山门殿口的镖师们往两旁一分，两头太狮像插了翅膀一般，从台阶上扑下来。左边这只黄色，右边那只青色，却是有名的“京都二闸铜铃武太狮”，青狮头重八十五斤，黄狮头重七十五斤，很少有人能舞得起。

随着铜铃哗哗作响，两只太狮摇头摆尾，张牙舞爪，时而昂首欲啸，时而低伏欲纵，样子十分凶猛。围观的人不由得喝起彩来。

杨云雕喊道：“这便叫做双狮拜仙山！”

那撑灯的锦衣人见状，纵身一跃，跳到太狮身前，将手中的彩灯高高举起，晃了三晃。那条火龙便快速游过来，将两只狮子圈在当中。那十多个人举着竹竿，脚下飞奔，嘴里发出嗨嗨的叫声。

随着锦衣人的彩灯晃闪，火龙越游越快。但圈在里面的两只太狮却并不理会，它们脑袋贴着脑袋，作亲昵状，相互梳理卷毛、搔痒、抖腰、曲背、弯腿……神态活灵活现。

兆龙从高处看着，喜得抓耳挠腮。太极门派出的双狮代表一阴一阳；金家的火龙游走四周，便是圆圈，这看上去简直就是一幅太极图！

这时，山门里又闪出一个武士打扮的人来，手中拿着一颗绣球，原来是“狮子郎”。兆龙一瞧见他的面目，不禁一呆，这中年人他认识，是旗人，名叫全佑，是杨慕侠在京城的老徒弟。每年老头子寿诞时，他跟其他几人铁定是要到场的。

兆龙还记得，另外两人一个叫万春，一个凌山。都是杨慕侠当年到旗营做教习时，收下的得意徒弟，有凌山得其筋、万山得其骨、全佑得其皮的说法。

只见那狮子郎腾空跃起，箭矢般射进场中，脚尖在火龙的背上轻轻一点，借势翻进圈里。他的身姿美妙轻灵，像燕子剪水，惹得四周一片如雷般的喝彩。

兆龙心想，全佑师伯既然到了，那么万春和凌山两位在哪儿呢？眼珠子一转，难道说，他们一个扮演黄狮，一个扮演青狮？

他还真蒙对了。杨慕侠一下子将三位高徒尽数派出去，便是要借双狮斗金龙的机会，把金家的气焰彻底压下去。因为决斗就在今夜。

全佑扮的狮子郎一跳进圈来，那两头太狮便也停了休憩，随着他的绣球，纵跳舞跃，向游走的火龙发出挑衅。

彩灯人手脚不见活动，却突然滑过来，全佑近了才看清，那竟是一个女子所扮。脸上虽然浓墨重彩，脖颈却白皙娇嫩，耳坠晃晃当当。他暗暗皱了下眉头，师父交代下的事本不难办，只是没想到对手会是个女的。

“你是杨家什么人？”虽是女声，有些粗豪，看来没有寻常女子的忸怩。

“慕侠杨老夫子乃在下恩师。”

“我是金左，金家长女！”

全佑抱了抱拳，报出名姓：“家师事先有过交代，此次金杨两家以武会友，点到为止。我可没想到要跟金大小姐放对，可真有些难为了。”

金左微微摇头：“也没什么难为，一旦上到场来，眼中便只有对手，没有男女！”

“好！大小姐女中丈夫，我全佑领教你的高招！”

金左身子早向旁边滑去，脚下如同安了轮子，快捷无匹。全佑要移身追赶，她一阵风似的，又滑向另一边。

全佑凝然不动，状如无极。金左转了几个圈后，突然从他身后发动攻击，右掌拍向他的后心。眼看击中，全佑还是没动，手指一沾着衣衫，顿时像打进虚空里去，那肌肉筋骨瞬间变成棉花一样柔软。

金左吃了一惊，赶忙收手，谁知那身子却蓦然鼓胀起来，瞬间变成了大球。还好，她变招迅速，借劲向后飞起，化消了劲力。但全佑却跟着动了，这一动便如惊雷震荡，轰隆隆一路炸开来。金左急切间竟然无法转身，对方攻势绵绵不绝，黏住就不会轻易放手。

杨云雕等人见他占了上风，都喊起好来。兆龙心说：“爷爷的这个老徒弟果然了得。”转头瞧向杨慕侠，见他脸色如水，十分平静。

金左接连闪晃，竟是摆脱不了全佑的追击，心中也胆寒，猛地一扬手，那盏彩灯突然射出白光。全佑眼前登时白茫茫一片，被刺花了眼。

他赶忙扭头，金左却趁机反扑，一掌拍向他的心窝。全佑倒也机警，随势化解，两人的手掌一触，劲力含而未发，各自向后退出两步。

“好功夫！杨氏太极拳果然名不虚传！”

“金小姐你也好手段！”

“可惜我胜不了你！”

“不然，是金小姐你手下留情了！”全佑口里客气着。以他多年的经验，但凡敢上场跟男人放对的女子，都甚为自负。她们即便败北口头上也不会输的，要么死缠烂打，要么会在话头上讨便宜。

谁知金左居然落落大方地笑道：“用不着你让，我还输得起！”

全佑不禁感到意外，金家原先来势汹汹，末了怎么却这般放低了姿态，难道说，他们另有所图？

又听金左说：“先前你也说过了，金杨两家此次相会旨在以武会友，没必要非打个你死我活。咱们比也比过了，且看他们双狮如何跟金龙斗吧！”

“很好！我们便上前引逗一番！”全佑轻松赢下这一场，心怀大畅，也来了兴致。他挥了挥绣球，蹿到青狮和黄狮跟前，引动他们起舞。

金左也很配合，身形一滑，转到金龙头前，晃动手中的彩灯，引着火龙游走，不再转圈子，而是从两头狮子的中间钻过去，将它们从中分开。

舞黄狮子的便是会友镖局派出的铁螳螂宋启云。他是梅花螳螂拳的第一高手，出了名的拼命三郎。此时早和凌山舞的青狮子商量好了，一个攻龙头，一个攻龙尾，好让它首尾不能相顾。

舞龙头和龙尾的分别是金天留的大女婿巴矛和二女婿周谷城，见狮子们冲过来，也各使手段应挡。

龙头大，狮子头重，眼看着要撞到一起。宋启云和跟他一起出狮的搭档配合默契，闪电般顺着龙头滑去一边。同时蹲下身子，两人一起使用扫堂腿，朝舞龙人踹去。

巴矛应变快捷，怪叫一声弹起来，闪过那腿。紧随后面的舞龙人却挡不住宋启云的一扫，当场跌翻出去。幸好舞龙的人多，少他一个还能硬撑。那人摔得龇牙咧嘴，咬着牙爬起来，却是不敢误事，慌忙又钻进龙腹下。

这还是宋启云脚下留情，只使了两分气力，不然那人腿脚早残了。巴矛却觉得当众丢了脸面，怒火上涌，挥舞着龙头扑过来，同时指挥后面的将黄狮子圈起来，再把它绞烂。

到底是龙身长占了便宜，眼看着黄狮子被圈起来，并一点点往里面挤压。宋启云情急之下，猛地跳到搭档的肩上，就势扑到龙身上，张开血盆大口就啃。不防那龙突然掉头，对准它喷出一股火焰。

宋启云吃了一惊，赶紧蹦下来，跟搭档一起在地上翻滚。那狮毛上已沾上火星，他们慌忙拍打，模样很是狼狈。巴矛扳回一局，不禁哈哈笑出声来。

他可不知道，龙头光顾着追绞黄狮子，却苦了后面持龙尾的周谷城。他原本与凌山舞动的青狮子接上了手，无奈被龙头拖着往前，无法定步扎根，竟被凌山追着打，闹得手忙脚乱。直待巴矛停下，他才稍稍缓过一口气。

杨慕侠等人远远瞧着，见场中如此热闹，都不禁莞尔。杨云雕却暗自思忖，那个金天留怎么还不露面？偶然一转头，他发现右边人群里有一邋遢老道，一手拿着酒葫芦，眼睛盯着场中，边喝边看。

他一怔，这不是金府的那个管家吗？他既然扮作道人在此出现，想必金天留就在附近，可四下搜了两遍，还是没发现踪影。杨云雕有些按捺不住，几步蹿到老道跟前，喝道："金天留在哪儿？"

那老道吃了一惊，见杨云雕认出了自己，也慌了神，猛地一张口喷出一股酒水。杨云雕反应也快，用袖遮面，嗖地蹿到一旁去。

邋遢老道转身就要跑，没想到回头差点碰到一个人的鼻子。杨云鹏冷冷地瞪着他，两人几乎是脸贴着脸说话："我问你，金远在哪儿？"

老道吓得魂不附体，脚下匆忙后退。但杨云鹏的身子却始终紧贴着他，目光如冷刀切割，让他心魂俱裂。

猛听一人喝道："接招！"一拳猛击杨云鹏的后心。这一下来得突然，话出时拳头已先击出。眼看着击中，冷风簌簌，杨云鹏竟然凭空消失。

兆龙隔远看得清清楚楚，二叔快如闪电一般，追逼那个老道。人群里突然蹦出一个大汉，出拳偷袭。兆龙一声惊叫还没来得及发出，眼前一花，二叔早闪出圈外。

那汉子没想到自己这一拳能打空，呆在当场。兆龙看清他的脸时，又是一惊。这人竟然便是那个在山下看到的爬香客，当时他身上背满了香，脖子上拴着缰绳，像骡马一样手脚趴在地上，任一个孩子牵着往山上一步步跪爬着走。

那时候，他那虔诚的神态着实打动了兆龙，所以印象深刻，一下子就记起来。却没想到他竟然也是金家一伙儿的。

场中，火龙跟两头狮子的较量还在继续。周谷城和巴矛改变玩法，将狮子围在当中，然后慢慢收紧。但宋启云和凌山早有防备，待那圈子快要压倒时，他们一起往上跳起，两头狮子轻飘飘地翻到龙背上。

这数百斤猛压下来，中间举竹竿的人哪里承受得住，竹子扎成的骨架也咔嚓乱响。宋启云和凌山既然想给火龙来个绝的，便不会手软，抬起八十多斤重的狮头重重砸下去。

轰隆一声，龙脊梁从中断裂，两头狮子弹身蹿出去，在地上各打了一个滚儿。起身看时，火龙已经断成两截。巴矛和周谷城就此分成两队。

场边上，杨云鹏一指那老道和爬香客：“你们两个一起上吧！”

爬香客一咬牙，怪叫一声冲上来。他的步法诡异，左右闪晃，旁人看得眼花时，竟似有两个他一起进攻。

杨云鹏却并不妄动，只是冷冷地盯着对手，在距离他有两步远的时候，蓦然出手，嘴里发出哼哈两声。外人根本看不清他们是如何交手的，只见爬香客像皮球一样高高弹起，跌出三丈多远。

那老道冲到半路，又给吓回去。但杨云鹏却不想放过他，鬼魅一般扑到跟前，手掌一按他的后心。老道人便瘫软了：“我问你，金远在哪里？”

忽听一人喝道：“问他不如问我！”

杨云鹏心中一凛，此人好快的身法，潜进来自己居然没有察觉。猛地将老道的身子弹出去，人却跟着往前出掌，只待那人接住老道后，发出攻击。

谁知，那人非但不接，反先一步绕到侧位，出拳砸过来，快似闪电，势如惊雷。杨云鹏赶忙转腰，就势来个揽雀尾，要顺势来捋。

右手与那人拳头一接，觉得像碰到了一块冰坨子。此式没完，那人左拳又到，杨云鹏抬手去迎，又似碰到一块烙铁。转眼间，两人的身子就贴近了，却又各使用靠法，噗噗撞在一起，一个感觉像撞到铁壁上，一个感觉像撞在木头上，各自向后退了两步。

杨云鹏这才看清，那人头戴斗笠，遮住面目，但嘴下飘着白须，心中一动，这人莫不是金天留？不然，别人也没这身手。

他每每与人对阵，多能先以犀利的目光将敌手“剖开”，先是皮肉，后是骨骼，再是内心，探得一清二楚，再出手时便能一招制胜。这跟传统意义上的“听劲”还不一样，算是更高一层的“用意”。目光可以摄人心魄，进而抓到对手的念头。

可眼前这斗笠老人不同，他那气势如同泰山压顶，让杨云鹏无法在意识层面占到上风，只能实打实了。管他金天留还是银天留，敢跟杨无敌放对便不能让他讨了便宜。他身形一晃，几乎是贴着地面蹿过去。

“好身手，果然不愧是杨家最能打的！”老头子大吼一声，“再接一招！”

也不见他腿脚如何动弹，身子也唰地下沉，与矮身的杨云鹏撞个正着。两人身子同时一晃，各往旁边滑去。老者蓦然探出双手，死死抓住杨云鹏的一条胳膊。他马上化解，但老头子快速地再锁。两人的手臂化成一片虚影，你锁我解，你化我打，衣衫也像充满了气，鼓胀起来，不时地发出噗噗的响声。

“金天留到了！”杨慕侠霍地站起身来，一挥手，带着众人下到场中。围观的香客中也稀里哗啦涌出不少人，都是金家请来助拳的。

啪啪，金天留和杨云鹏借势向后退出数步，竟是没分出胜负。杨云鹏向来临阵干脆利落，只哼哈两声便能分出结果，从未像今天这样费劲，对手又是一位六十老者，如何好再死缠烂打，当下抱拳道：“老前辈果然好本事！在下佩服！”

“再好也奈何不了你杨二爷，白吃了几十年的干饭！”金天留哈哈大笑，一把揭了斗笠，当真是鹤发童颜，气度不凡。

杨云鹏不觉肃然起敬，金家此次北上，借口找得不光彩，他本有些低看他们。如今真见了金天留，武功风姿皆异于常人，不由得为之心折。

“我听说，金四公子是人中之龙，武学奇才，前辈怎不让他出来一见？”

“你说的是金远吧。”金天留眼光从杨云鹏脸上移开，看向别处，老脸上的笑容慢慢见淡，“不瞒你，我也有些年头没见着他了！”语气中颇有凄凉之意。

兆龙站在台阶上，一眼不眨地盯着场中看。金天留一露面，便跟二叔交手，那气势稳如泰山，待见他揭了斗笠，须发皆白，偏偏一张脸又红润如丹，活脱脱一位南极仙翁，顿时也添了好感。

杨慕侠已带人迎上去。两帮人之间虽说结了梁子，但毕竟武林同道，言语中透着客气。兆龙正想凑近了去瞧，猛觉得身后有人轻轻拍拍他的肩膀，回头一看，却是弱用来了。他喜道：“师父，我爷爷他们跟金家人碰上了，就在那边！”

弱用的目光飘进场中，轻轻说：“人到齐了吗？”

“好像金远还没露面！”

兆龙看着场中，那个引他们进山门殿的老道此时就站在金天留身后，原来他也是金家人。心中一动，不觉看向弱用。

正好与道士的目光相对，弱用笑了笑：“你说错了。加上你我，两家的人才算到齐了。”

兆龙恍然大悟：“你，你就是金远？”

弱用微微点头。兆龙倒吸口凉气，登时生出一种受骗的感觉，原来这家伙从一开始便在打自己的主意。不觉脸皮就涨红了，拳头也慢慢攥紧。

但弱用却好像没有察觉：“金家和杨家没有仇怨，只不过是为了我，才有了误会。如果他们能像你这样信任我，也就没眼前这些麻烦了！”

兆龙本来心里憋着气，要驳他一句：“我不信任你！”但瞧着弱用幽深的眼神，不觉又咽了回去。

“兆龙，你实话跟我说，咱们相处的这几天，是不是过得开心？”

他只能点点头。应该说，自从母亲死后，兆龙再没有像在白云观里活得这么快乐了。尽管不过是短短的几天，弱用却引他上了另一层境界。

“很好，”弱用脸上露出笑意，他用手绢掩口咳嗽了几声，借以平息心中的激动，“兆龙，咱们这便过去，解了两家的这场纷争吧。事到如今，我也不想再躲了。我已经躲了……六年了……”说到后来，语气竟有些悲咽。

他的话声轻细，却能勾到人心底处。兆龙心口一热，脱口道：“好，咱们不跟他们藏猫猫了！”一把将娃娃脸面具摘了。

弱用伸出手来，兆龙一把抓住，两人挤下台阶，分开人群，径直走到金天留和杨慕侠跟前。众人乍见一个道士牵着一个道童挤过来，正有些诧异。只见他俩都跪下来，一个冲着金天留喊爹，一个冲着杨慕侠喊爷爷。

“金——远！”金天留颤巍巍地将儿子扶起，不觉老泪纵横。杨慕侠看到孙子穿着道袍，跪下也死握着金远的手不放，脸色不禁一沉。

杨云雕上前一把将他揪起来：“小混蛋，你怎么跑来了，还跟金家人混在一起？”

“爷爷、大伯、二叔，道长他不是坏人！”兆龙热切地跟他们解释，“世间上没有金远这个人了，他早在白云观出家，叫弱用。这几天，他在白云观教了我好多东西，尤其是太极拳方面的……”

杨慕侠听了这番话，脸色越发难看。杨云雕气得一跺脚：“你个活祖宗，被人卖了还在帮人数钱，你真是傻到家了！”

“我没有！”

杨云鹏一直没吭声，猛地将目光射向金远。金家兄弟一班人正围着他问长问短，不禁冷笑数声：“金四公子，听说你五行变的功夫十分了得，杨云鹏不才，想要领教领教。”

他声音不高，却异常刺耳，弄得金家人很是难受。金前正想开口，眼前一花，杨云鹏已闪身抢进来，居然擦着他们的衣襟钻进人堆里，正好贴在弱用的面前，两人相距不过两寸。

众人没想到他身法这么快，简直像鬼魂一样，都吓了一跳，呼啦围成一圈。弱用却并不慌张，伸出手绢捂着嘴巴咳嗽几声，苍白的脸上闪过一丝笑意：“杨二爷，你看我这个病秧子还能禁得起你的拳头吗？”

杨云鹏呆了呆。金远虽然神态从容，但气息粗重，脚下也虚飘无根，确是一副久病缠身的模样。更让他感到奇异的是，自己刀锋一般的目光明明穿透了金远，但并没有捕捉到对手的意识。他的皮肉筋骨像纸一样薄，轻易便可被刺穿，但偏偏就是“剖”不开里层。

如果说金天留像山峰一样厚重，金远则像云雾一样轻飘。可面对这样的轻轻薄薄的弱者，杨云鹏却无法震慑住他，倒也费解。

又听金天留叹道：“我儿因习练了五行变的第五层，出了偏差，险些丢了性命。他能活到今天已属不易，跟人过招早不成了。杨二爷如果执意要比试，那么老朽也就不吝惜这把骨头了。”

其他金家人也纷纷道：“没错，我四弟要是身子骨好好的，何至于躲出去？”

“我们要不是为了寻他，也不会千里迢迢地来京城了！”

“笑话，倒是显得你们委屈了！”杨云鹏目光在众人脸上扫了一圈，嘿嘿冷笑，“只为了寻金四爷出来，你们便可以往杨家头上乱扣帽子吗？为了应对你们金家的挑战，太极门的好手和京城武林同道都到了这妙峰山上，难不成就这样白走了一趟？”

“当然不会让各位白白劳碌！”金天留朝杨云鹏点点头，“杨二爷，武林可有这样的规矩，辈分低的不能擅自挑战辈分高的？”

“有！”杨云鹏眼光一闪，“不过，刚才是老前辈出手在先，我才接了。”

“那好，礼尚往来，我便替犬子向杨掌门讨个机会！”金天留说着，朝着杨慕侠一抱拳。

“请前辈不吝指教！”弱用说着，朝着杨慕侠躬身一个大礼。围观的人见他以如此虚弱之身，竟敢挑战太极门武功最高的掌门人，都是一惊。

杨慕侠看看左右，突然朗声笑了：“果然不出我之所料，金家人精心布下的这局棋，其实便是冲着我杨家太极拳的内功心法来的！”

他身穿半旧的青布大褂，黑裤，白底布鞋，腰带上别着烟袋锅子，看上去其貌不扬，活像个乡野出来的老农夫。不明底细的人，哪里会把他跟杨氏太极拳掌门人扯在一起。相比之下，金天留却气宇轩昂，一派大宗师的风范。

老头子为人行事也极为低调。这些天，王子斌等一干镖头与杨慕侠往来，发现老头子话语不多，凡事多让杨云雕和杨云鹏出头拿主意，他则不显峥嵘。这些年，也没有人再见过他出手，故而当年那个“杨无敌”的风采早被大家淡忘了。

若不是他的子侄辈武功惊人，大伙儿甚至会怀疑这老头子是不是还能在江湖上占一席地位。大家当然知道太极拳讲究“藏”，可也不能藏得一点儿锋芒没有，让人低看慢待。

要知道，从京城到妙峰山的一路上，杨慕侠活像个多余的人。跟金家人对垒，头场靠的是大刀王五打开了局面。后来几役，太极门应对得还算平稳。这位杨掌门呢，多陪溥伦贝子左右，像是真的来逛香会的。

如今，机会总算被金天留给等来了，可杨慕侠照样没出手，这不免让京城武林同道泄气。不过，金家人行事也果然邪气，竟然鼓动弱不禁风的金远向大名鼎鼎的杨掌门讨教，同样叫人难以理解。难道说，杨慕侠的武功不如当年了？

此时，场中的那些武香会都停下了。黑压压的香客举着灯笼，看圈里的那些武林中人如何动作。骚动像水浪一样，一波波地涌来。

坐在山门殿下观赏走会表演的溥伦贝子怕下面的武林人士闹大了，不好收场，抬手招一名心腹过来：“你下去跟杨老师说，今天是喜日子，大家玩玩就好，别闹得过了！”

那人应声下去，分开人群来到杨慕侠身旁，凑着他耳根转述了一遍。虽然声小，其他人却也听见了。杨慕侠笑道：“请转告贝子爷，让他放心，就说杨某自有分寸！”

他清了清嗓子，抬眼环视众人，那目光灼灼如电，竟是无人敢接。即便是金天留，也下意识地将视线往旁边移了移。就这么溜一圈，众人心中都不免震荡，先前的疑惑顿时消除了。王子斌心说，这杨无敌果然了得，他宝刀未老，只是不轻易出鞘。

杨慕侠的目光最后落在弱用的脸上，后者虽然虚弱，神情却平静如水。两人对视了片刻，并没激起波澜，像风轻悠悠拂过，水面微微起了皱纹。

“你说，你要向我讨教？”杨慕侠笑问。

弱用又是一揖：“是，请前辈成全！”

“好，勇气可嘉！”杨慕侠转头瞥了兆龙一眼。小家伙本来站在杨云鹏身后，见爷爷瞧他，不觉又后退了几步，靠在杨云雕的右首。

这孩子此时也想明白了，不管自己心里对弱用如何敬重，如今他既然跟爷爷对阵，就等于代表金家挑战杨家。身为杨氏长孙，兆龙当然要站到爷爷这边。

“金远，听说你十六岁时便成了金家第一高手，乃百世难遇的武学奇才。”只听杨慕侠侃侃而谈，“金家的五行变功夫，唯有你全部练成，这一点，就连你父亲也没有做到，他只练成三层。而你在七年前便练成五层。五行变乃金家秘传武学，从不外流，你那么小的年纪便能大成，委实是个异数。”

金天留见杨慕侠说起了自己儿子的往事，丝毫不差，暗自惊惧。弱用倒是神色如常。

“只不过，那五行变的功夫最是霸道，伤人更伤己。常人练到两层三层，还可以仗着内功深厚进行调节，但你金远年纪轻轻便练成五层，五脏俱伤，时间一长伤了元气，人便跟着垮了。我猜你离家出走，应该是为了外出寻医救命。因为那时候这五行变功夫非但不能保你，还成了你身上毒瘤，每动用一次，便等于是伤自己一分。”

王子斌等人始才恍然，为何金家最厉害的金远会变得如此虚弱。兆龙却猛地想起第一次在白云观见到金远的情形，他突然犯病，痛不欲生……

杨云鹏和杨云雕都用敬佩的眼神看着杨慕侠，如同羔羊面对喂草的主人。押镖事件发生后，他们动用了不少人手去调查金家的底细，所获无几。而老头子却不动声色地抓住了藤，摸到了瓜。

“我听说，这些年你几乎走遍大江南北，四处求医，但疗效不佳，后来到得京城，在白云观修道静养，才出现转机。在一个偶然机会，你结识了一个奇人，蒙他传了太极拳，病情慢慢得到控制，还有好转的迹象。对你而言，这不啻于重生，此后对你那恩人便言听计从。只是，太极拳可以保你的命，却难以除掉那病根，你到今天还只能虚着身子……”

弱用一直神情如一，只是在杨慕侠提到奇人传他太极拳一事时，脸色才变了。他手心不觉渗出汗来，暗道：这等隐秘的事，杨慕侠是如何知晓的？

杨云鹏好奇的却是谁在传太极拳给金远？细数京城一带，除了杨家太极拳不作他想，这人到底是谁呢？

王子斌一干镖师却惊诧于杨慕侠的消息灵通，他们居然都看走了眼，老头子在他们面前不显山不露水，暗地里却早把对手的底细摸得一清二楚，这份“藏拙”的功夫当真了得。

“我琢磨着，当你再次绝望时，那个奇人肯定会说，要想彻底治愈你这身子，也不是全无可能，办法只有一个，那便是要从杨家人口里得到内功心法。如此三番，你的心思便活动了！”

弱用见杨慕侠娓娓道来，如同目睹，更是感到心寒，不觉接口说：“杨前辈，您果然厉害，猜得丝毫不差。没错，当日我那恩公确实说起了你杨门的秘密。只不过，能治愈我病的并不是寻常的太极心法，而是您得自武当的《授密歌》！”

此话一出，一干人都是心动目眩。杨云鹏暗中叹道：“又是那个武当的玩意儿，只可惜，到今天爹还是不肯传授给我！”

杨云雕心里也咚咚乱跳，暗想：“怪不得老二武功超我这么多，原来是多练了那武当的《授密歌》！”

只听杨慕侠道：“你既然知道《授密歌》得自何处，难保不去武当山走一遭吧？你这道人的身份，倒是方便你行事！”

“可是我白白在武当山住了两年，还是落了空！”

“也就是说，到头来你还是只能打我杨家的主意。所以你便听从那位奇人的话，开始暗中策划这桩事了……”

“不！”弱用提高声腔，“前辈要是这么想，便是小看了金远。我起先只想投入杨家门下，靠一份诚心来打动您！我甚至想学您当年在陈家沟时的法子，不惜卖身为奴去偷拳，可惜我这身子骨太弱，无法成行……”

杨云雕在旁边听了不觉动气，冷笑道：“偷拳不成，你就把主意打到老子身上，给我下了套子是吧？”

“那你可就冤枉他了！”杨慕侠一摆手，“假冒金远身份去找你保镖的另有其人！”

“是谁？”

众人的目光都落到弱用身上，但他并没有开口的意思。金前急了，知道这当口要是不把金家给撇清了，少不得有麻烦，忙道：“我说老四，都到这分儿上了，你还藏着掖着作甚？咱金家的人死得起，脸面可丢不起！”

金家的长女金左也赶忙帮兄弟申辩：“我们金家可不是无缘无故来找麻烦的，当日在俺爹寿宴上，乍见到那盒子里的手，还真以为是四弟遇害了呢，他身子骨弱，不比从前，难保不被宵小所乘。后来真过来了，才知道根本不是这么回事。有人在暗中瞎捣鼓，我们金家被架到老虎背上，不好下了。”

王子斌等人听他们这番话，方才明白，为何金家人后来一味地示弱退让，原来是自知理亏。

金天留见四儿子脸色苍白，嘴唇微微颤抖，流露出一丝痛苦的神情，不禁暗自长叹，大声道：“你们别逼他了，受人点滴之恩，应当涌泉相报。你们叫他出卖恩公，便等于逼他去死！”

“用不着他说，我已经知道那人的底细了！”杨慕侠盯着弱用，慢慢说出两字，“秋——水！”

弱用听老头子说出这“秋水”二字，震惊当场。杨慕侠却把目光转向了兆龙，“在这件事上，我这个孙子也可做个见证！”

那目光威压中透着股寒意，兆龙不由得打了个激灵，原来自己偷偷去白云观，自始至终都没逃过爷爷的眼睛。不禁将事情的前前后后一股脑都说了。武恶的现身，恰恰证明这件事从头到尾由“秋水”在背后谋划。

金家人不觉都矮下三分，他们非但输了情理，还输了道义，事情到了这份儿上，他们还有什么资格跟杨家叫阵？弱用长叹一声：“千错万错，都是我金远一人的错，杨前辈，我……”

杨慕侠却突然插口问金天留：“金先生，我还有一事不明，还想请教！”

“杨掌门请讲！”

“按理说，五行变乃金家祖传武学，在多练伤身这条上，早该有所警觉，如何金远还会伤成这样？”

“掌门说得是，我祖上原有规矩，五行变不宜多练，最多只能练出三变，便不得擅自修习。因而我倾六十年工夫，也只练了水金土三变。至于金前、金后、金左、金右，每人只限他们修习一种。唯有我这四子金远，聪明绝顶，我一高兴便传了他两种。”

“既然这样，他又是如何学全了五行变？”

“嗯，五行变虽然是五种打法，其实心法遵循五行变化，自有一定规律可循。这孩子过于聪明，将水火两变练熟后，便起了贪念，缠着其他人想学另外的变化。总算孩子们都在祖宗牌位前发过毒誓，不会相互传授。他一时间倒也无法探寻那三变的玄机。

“可是，此术练成之后，他们自然少不了要相互切磋，谁也没有想到，金远在跟他兄长姊妹的交手中，竟将另外三变的心法悟透了。这孩子太过聪明，暗地里下气力，居然将五行变全部练成，却不知就此种下了祸根……”

杨云鹏听了这番话，突然嘿嘿冷笑：“我总算明白了，金老爷子为何今天要抢着跟我动手，原来是要给你家老四弄个时机，好让他跟我爹斗一斗，从中悟悟那《授密歌》的功夫！是吗？”

金天留被他这一逼问，甚是难堪，却又叹息一声微微摇头：“杨二爷，事到如今，我们也不敢有此奢想了！”

杨云雕却插口道：“你们就算想偷学《授密歌》的功夫，那也不该找老爷子，他的武功摸不着底，打他金远何须用武当那宝贝儿，随便什么招都成。照我说，你金四上来便该去挑战我们的杨二爷！”

杨云鹏见云雕笑得有些怪异，忙道：“错，我又没学那《授密歌》，他找我比武还不是瞎忙活？”

杨慕侠微微一笑，知道侄子心里面有想法，便多加上一句：“《授密歌》是武当的，不是咱们杨家的！想要修炼，那要看缘分！”

王子斌一干人听了，不觉都怦然心动，杨慕侠无敌于武林，原来除了从陈家沟学的绵掌外，背后还有武当的一套心法。可是，他为何不传自己儿子呢？杨云鹏没有修习《授密歌》都如此厉害，真要学了，那还不是又一个杨无敌？

只见杨慕侠背着手，慢慢走到弱用跟前，打量了片刻，突然问：“你那恩公果真说，《授密歌》能救你于水火？”

“晚辈修炼太极拳也有些年头，受益匪浅，如果能见识下《授密歌》，自然会百尺高竿，更进一步！”

“好，你既然想见识下《授密歌》的功夫，我便给你个机会，记住，缘分只有一次！”

弱用一呆，竟没反应过来。其他金家人也都怔住了。王子斌等人瞪大眼珠子，几乎不敢相信自己的耳朵。杨慕侠明明知道金远是个绝世奇才，还敢让他与之交流，当真出人意料。

“爹，你，你怎么能答应他？”杨云鹏有些气急败坏。如果金远真如传说的那么聪明，跟老头子交手期间，便极有可能将《授密歌》的功夫学了去。

杨云雕也慌道：“掌门，这万万使不得，他金家本就是冲着《授密歌》来的，后面少不了还有圈套，千万不能大意！”他担心的是杨慕侠对金远的态度。老头子对这病秧子怀有好感，万一王八看绿豆，看对了眼儿，将金远收入门墙，传了《授密歌》，可不是就没有他们的分儿了吗？

弱用早翻身跪倒：“多谢前辈成全！”金天留则激动得老泪纵横，说不出话来。杨云鹏则脸色铁青，甩身走去一边。兆龙却是乐得看到爷爷跟弱用和解，高兴得合不拢嘴巴。

当当，庙宇里面传来洪亮的撞钟声，幽幽地向夜色浓重的远方荡去，久久不歇。

杨慕侠环视夜色中的妙峰山，叹道：“今天是老娘娘的好日子，咱们两家在上山路上争执，本就不妥。要是还在山门前斗狠，只怕更会惹来天怒人怨。”他指了指惠济祠说，“金远，我们进去找一静室，闭门切磋吧。”

山顶上灯火点点，夜空上星斗万千。在顶峰上，由无数盏灯火组成的

“一山善人”四个大字，正随风晃动，如同要飞起来一样。

青天无一人，青山无一尘；天上唯一月，山中唯一人。

看到挂在茶室墙上的这首诗，弱用顿觉入了清凉之地，心头像舒舒缓缓地流过雪水，胸中早先燃起的燥意一点点熄了。

杨慕侠则不免生出遗世独立之叹。唯有他这样的宗师才能体味到这种寂寞，一种无法跟人言说的寂寞。他甚至还暗暗自问，如果没有修炼《授密歌》，悟到了太极拳的高深层面，自己是否能意会到诗中所描画的幽缈高古，那简直就是太素、太初之境。

应该说，他读书识字无多，少时一心习武，数十年不曾间断。后来悟到太极拳的精髓，才恍然觉察学识方面的薄浅已经绊了他的脚。拳练到后来，已不是修身，而是在修心了。

故而，他跟黑鱼庵的悟清和尚谈佛、跟武当的银尘真人论道，甚至跟一班文人墨客交友，都是为了饮笔墨解渴。

无人，无尘，一月，一人。黑墨在白纸上轻轻洒洒地写就，笔笔清瘦，不见烟火气，落款是一虚老道。恍惚间，杨慕侠似卷入一个巨大的阴阳鱼里。那月便是黑鱼中的白眼，他人便是白鱼中的黑眼。

不过是眨眼工夫，他又清醒过来，不觉转眼看向弱用。正好那人也移目回望，两人目光一接，竟冒出火花，都是会心一笑。

杨慕侠暗叹：“这后生果然悟性高，可惜，我杨家不曾有这等人……”微微摇头，把那念头给熄了。慢慢从那幅挂轴跟前走开，坐在矮凳上。

溥伦给他们安排的这间茶室位于惠济祠的东北角。里面茶几明净，不染纤尘，不管是插花的瓷瓶，还是摆列的屏风，皆显得雅致。这本是贝子爷独个儿占用的，为了杨家与金家的这最后一战，特意让了出来。

算起来，弱用在武林中辈分尚小，却以残弱之身，敢向杨氏太极拳掌门发出挑战，显然早把生死置之度外了。可出乎众人意料的是，杨慕侠居然也答应了这位后辈所请。

老头子显然也很想见识一下，这个金家四子是如何的绝顶聪慧。传说他只要跟人交过一次手，便能悟透对手的武功奥秘。世上当真有如此神人吗？杨慕侠决定见识见识。

其他人，像包括大刀王五在内的京城众镖师、太极门的诸位高手、金家一行人无不想看看两人的对决。谁想，到了小院门都被拦在外头，待这茶室的门窗再一关，其他人更是没了眼福。

室内，煮茶品茶的器具早备得全了。水是妙峰山的山泉，炉下燃着的是山上的桃树枝。壶是紫砂壶，小盅个个小巧堪玩。茶盘上也绘有草兰一株。茶装在竹筒里，还没启封，打开来瞧，并不是什么嫩芽，而是一个个状如瓜子的六安瓜片。

弱用凑上去闻了闻，说声好。杨慕侠笑道：“我喝茶是门外汉，就是个解渴，你今天不妨给我说道说道。”

“前辈过谦了。吃茶跟练太极一样，不在于排场，而在于知味。”弱用说着，便开始煮起山泉来。

这才发觉，外面有淅淅的夜风，还有沥沥的秋雨，弹在窗纸上发出噗噗的声响。弱用看着窗外若有所思，叹道：“下了雨，夜里的灯会要耽搁了……”转头一笑，“不过，这倒是最宜品茶了！”

杨慕侠看着他有条不紊地摆弄着，脸上浮着淡淡的笑意。火烧着桃枝发出脆响，水煮开了，盛进壶中，投入茶去，它们忽上忽下，慢慢变得柔嫩。

弱用喃喃道：“茶快醒了……”

那些瓜片果然像伸开了懒腰，在热汤中翩翩起舞，像一个个活物。

“茶笑了！”弱用又说。

汤色开始染上青绿，腾腾的热气缭绕着，开始透出甜香来。弱用拿起壶，将茶盅一一烫过，剩下的茶汤弃之不用。第二泡，方才是吃茶。

杨慕侠还是头一遭喝这瓜片，入口明亮，回味清甜，隐隐有吃西瓜样的爽然，无怪叫瓜片呢。只听弱用叹道：“贝子爷真是有心呢！”

杨慕侠闻弦歌而知雅意，微笑道：“我们今晚本也不想做涩苦之事！”

弱用却怅叹一声：“人生之不如意十之八九，岂是想避能避开的？”

杨慕侠慢慢说出后面一句：“茶中乾坤大啊！”

“我虽比老爷子您年少，心却早已老了。”

“那你岂不是白喝了这些茶了？”

“好！”弱用拍手赞道，一旦振作，人便眉飞色舞，“这茶确像习练太极拳。忍蒸炒酵，受挤压揉，此乃磨炼；除懒惰，醒神智，这是精进；叶片里面蕴藏茶香，这是内敛；茶叶遇水而成茶饮，这是舍得；茶禅一味，身心如一，这是臻境。”

杨慕侠听了这番话，久久不语，慢慢将盅中残茶喝尽，不得不叹服，这金家四郎果然有些不凡处。面上却并不显露，只淡淡地说：“十几年前，我也曾和一位绿林朋友斗茶。那时人在山寨，可没这么文雅，匪徒数十人围着聚义厅，大锅烧开了山泉水，随手扔进一大把茶叶，咕咚咕咚煮成红色，每人一大碗，倒也解渴。”

弱用笑道：“那当口，倒是该喝酒来着，大碗酒大块肉才显男儿本色。”

“此人绰号打人王，乃是燕青门的好手，极为难缠。幸好那时我已经初悟了《授密歌》，在斗茶上，轻松地赢了他。那人倒也不含糊，二话不说，便将财货交还了我。

“因那山寨是险地，我不敢久待，即刻下了山。不承想，早有几路盗匪候在山下，口口声声要我交出英王府的那些宝物。原来，他们事先已听到了风声，便约齐了，把持住山口，发誓要拔我的根子。

“他们人多，我若不要那宝物，倒也能闯出去，可这么一来，江湖上的威名也就算糟践了。无奈，也只能硬拼了。不承想，那个打人王又从山下赶来，替我解围。那些盗贼虽然跟他有过结盟，不好驳他面子，但又不愿白跑一趟。打人王也不说二话，唰地抽出刀来，竟割下两根指头，算是给各路兄弟一个交代。”

弱用听到这里，大赞了声：“这人称得上是一条好汉！”

“怎么不是呢，当时我也为之动容，至此便认了他这个朋友。半年后，他果然去京城英王府拜访，我害怕他的身份暴露，吃公差缉捕，便将他安排在徒弟家。我则跟王爷告了几天假，专门陪他，每日吃酒说些江湖中的奇闻逸事，相处甚欢。后来，他乘着酒意，突然提出要拜于我门下。他少我十岁，又出身绿林，我不能不有所忌讳，便笑说咱们当朋友比做师徒好，就此含糊过去。

“他也不啰唆，当场打个哈哈，便转了话题。可第二天一大早便不告而别。此后，有两年我再没听到他的音信。那一年的三月，我预感到武当山将有人来访，便留在永年的家里等候。三日那天，我早早让云天、云鹏去路口迎客，果然迎来银尘真人。不想，有个南少林的久康僧也追踪而来，逼迫银尘道长交出武当的宝贝。”

杨慕侠说到这里，抬眼盯着弱用：“你应该知道那武当的宝贝是何物？”弱用微微一笑：“自然便是那《授密歌》了！”

“那日，我施展《授密歌》的功夫惊走了久康僧，便与银尘道长闭关三天，一起修行。出关当夜，我们月下小饮，谈得兴起，不免又说起《授密歌》里的功夫，自然要比画一番。那时，后院的茅亭里只有我和他二人，云天、云鹏都没有作陪。这倒不是我信不过自家的两个孩儿，委实是碍于当日在武当山三丰真人塑像前发过的誓言，万万不可违背。”

弱用目光灼灼：“前辈当日发过什么誓言？”

杨慕侠盯着他，没有言语。弱用笑道：“您要是不方便透露，便自当我没说过。”

“也不是不可跟你提及。”杨慕侠慢吞吞地把盅里的茶饮尽，“不过这话，只限于你一个人听听。”

“前辈放心，我对天发誓，今夜的话绝不透露给第二个人！”

“《授密歌》不落人文字，在你有生之年，只能授予一人。”

“什么？”弱用打了愣神。

杨慕侠淡淡地道：“便是这句话，你自个琢磨去吧。”

弱用登时倒吸了口凉气，心便冷了半截儿。原来杨慕侠当年在武当发下了这样的誓言，即便是他两个儿子，也只有一个可以修炼《授密歌》，怎么着也轮不到外人。这就无怪杨云鹏和杨云天都不曾修炼过，因为老头子还在犹豫，到底是传给长子，还是二子。

“那天，我们聊得夜深，却都没有睡意。后来，不知道怎么就起风了。银尘突然冲我点头，说有人在暗中窥伺。其实我早有所察觉，还以为是杨云鹏暗中偷看。既然被银尘发觉，也只能上前查看。谁想，暗处跳出来的竟然是一个蒙面人。

“我吃了一惊，上前追拿，没想到他施展的居然也是太极拳，却又不是云鹏、云天兄弟，到底他功夫尚浅，被我逼得节节败退。他突然变招，使出外家功夫，我修炼那《授密歌》后，已能做到自然反应，瞬间便将他的重力反击回去，伤了他。他跌倒在地，月光下松开拳头，看到右手只有三根指头，我才认出他原来便是打人王。

“天亮后，银尘道长告辞而去，我亲自给打人王敷了伤药，问他从哪里学来的太极拳，又为何暗中偷窥？他就是一言不发，把自己当作哑巴。我不好再逼问他，只得先让他歇着，谁想，他随后又没了踪影。”

杨慕侠说到这里，目光一下子变得锐利，盯在弱用脸上：“你如今明白我为何要说起这件往事了吧？”

弱用淡淡地道：“前辈想必好奇我怎么也会使杨氏太极拳，因而怀疑教打人王的、传我的，可能是同一个人。”

“没错，十年前调教打人王，十年后指使你金远，这个对手很有耐心……”杨慕侠说着，转头看向窗外，风雨没停，窗纸依旧啪啦啪啦作响。

弱用却是不接话，兀自将茶盅握在手里，旋过来，旋过去。

“你不说我也知道，他便是秋水的头头。可是这《授密歌》呢，它只装在我脑袋里，想把它挖出来，还真不是件容易事。”

“前辈，那东西藏在脑袋里，其实让你很为难。”

“此话怎讲？”

弱用说：“你一来怕选错了人，二来怕传过去后，又会给他带来祸患！”见杨慕侠眼光一凛，他微微一笑，转了话题，“也不知道那个打人王后来怎么样了？前辈能告之吗？”

杨慕侠的脸色慢慢浮上了一层凄凉：“这位老友行事怪异，一年后，我再见到他的时候，他居然落发为僧了。出家的地方就在广府城西。他化缘在水丘子上修了一座小小的黑鱼庵，便一个人在那里当住持了。我得了闲，常去他那里坐坐。但他从来不提往事，更不谈及武功，似乎真的看淡了人间情色。他有慧根，识得佛法精义，常常能给我点化。一晃这么多年过去，周遭没有人知道他还懂武功，曾经是赫赫有名的打人王，只知道他法号悟清。”

弱用眉毛挑了挑，笑了：“一个出家为僧，一个避世修道，我们之间倒也有些说头。有机会的话，我当去黑鱼庵拜访一下他。”

“你没有机会了。”

“怎么？”

“他去年圆寂了。”杨慕侠目光炯炯，“知道死在什么人手里吗？”

弱用何等聪明，脸色突变：“难道是秋水的人？”

杨慕侠不明说，叹了口气：“黑鱼庵也给一把火烧干净了。悟清无清，老友死后还留下道不清说不明的谜题，好不闷煞个人！”

弱用默默无言，将冲过两泡的六安瓜片倒了，又从茶几下面摸出一筒茶来，打开瞧，却是祁红。茶叶细细的，红中透点黑，倒泛出了紫光。

他用小镊子夹了少许，凑到鼻尖轻嗅，若有若无的香气，一丝一缕漾出来。这些本都是枝头上最鲜嫩的芽尖，沐浴阳光雨露，还没尽情释放便被采摘了，挤压焙炒，失去了鲜活，变成这样的一撮撮。

这么看来，自己的命运也像这茶，在年华最美好的时候，却提前凋零，成了一个病鬼。弱用轻叹着把那红茶投入壶中，倒入沸水，看着茶叶跟水交欢，汤汁慢慢地染红了。可怜，这茶唯有在水中才能释放余香。

那茶汤一泡清淡香甜，像少女；二泡红香浓烈，像艳妓；三泡红艳不减，唯口感平和，像秀外慧中的妇人；四泡之后，便是美人迟暮了……

夜深人静，外面的风雨还没停，淅淅沥沥的。灯下的一老一少默默地品着茶，再也无话，似乎心身都浸入茶汤的香醇中，有些醺醺而醉了。

茶汤渐渐变白，茶叶无力地瘫在壶底下，它们已经吐尽了最后的一丝芬芳。末了，弱用给杨慕侠的杯子斟的是白水。他右手慢慢提起壶来，将壶嘴一点点地往前伸，像是负了千斤力。眼睛突然射出利箭样的光芒，尖尖锐锐。

杨慕侠左手擎杯，脸上带着淡淡的平和的笑，像是丝毫不曾觉察。茶壶嘴冒出一缕缕的雾气，慢慢凑近。那热气突然变成了“针”，直刺杨慕侠的腕底。

老头子还是不动，那“针”刺到时，自动转了弯儿，瞬间粉碎，袅袅散去了。弱用一咬牙，左手伸出中食二指，啪地点在自己的右腕上，脸色倏地变成红色，茶壶嘴闪电般刺过去。

老头子依旧没动，像尊佛像，那壶嘴明明点中他的手掌，却似没有遇到阻碍，刺了个空。弱用喘息着，还是不死心，瞪大眼睛，再次扎过去。

明明刺个正着，却如钻进水中，没什么阻力，但攻势尽数落了空。弱用已有多年未曾施展五行变的功夫，如今豁了出去，脸色一变，染上黑色，却是水变。

壶嘴离着杨慕侠的茶杯还有两指远，却突然射出一根水柱来。老头子目光一盛，衣衫簌簌抖动，那水柱却倏地又倒灌回去，缩进壶嘴，滑进壶底。

弱用又惊又急，脸色瞬间又变成金黄色，却是金变。那壶嘴呜呜地发出尖厉的声响。他觉得耳膜震荡，五官扭曲，口水鼻涕一起流下来。好像人被罩在巨大的铜钟下面，外面铁棒一敲，人在里面就被震得七荤八素。

这一刻，天地似乎倒转了过来，他的五脏六腑像被人揪出了胸腔，猛劲地乱抖，纠缠在一起，还打了一个死结。

恍惚间，人便像昏死过去，魂魄也像飘出体外。也不知道过了多久，神智才慢慢清醒。一块石头砸向水中，激起水花，翻出一圈圈的涟漪，层层涤荡，随着水纹越来越大，水面也慢慢恢复了平静。

水面又成了一面镜子，人也醒过来。弱用神情慢慢松动，杨慕侠正在往火炉里添柴，咕咕地煮着山泉。水开了，他拿起壶来，将残茶倒出去，加入开水。弱用原先杯子中的茶汤也给倒掉，老头子持壶倒水，先将两个小盅烫了，才重新斟满，朝弱用点点头："喝了它！"

弱用气息已经平复，但心里头还有些难受，伸手捏起茶盅，手簌簌抖颤，那热水入喉，慢慢滑下。在喝过清甜的瓜片和浓香的祁红后，这山泉入口味儿极淡，一股热气却随之腾腾涌上来，并带有一丝丝的甜香。这便是所谓的回甘。

杨慕侠笑道："我没那么多讲究，只知道，人可以离了茶，却离不了水。来，再喝一杯！"第二杯入口，味道更淡，无色无味，却觉得舒服。弱用叹道："前辈刚才施展的便是《授密歌》上的功夫？"

"没错！"

"就像这白水一样，无迹可寻，无味可嗅，无色可看？"

杨慕侠欣然道：“你这比方说得不差。如何，你可曾从中悟出些门道来？”

“惭愧！晚辈适才倒也出了些招数，无奈都像泥牛入海，化为无形。我觉得，都打进了空里去。前辈明明就在眼前，却又不像血肉之躯，太极拳的高层功夫，竟能练到这般地步，真是不可思议……”

杨慕侠眼里泛出一丝怜惜，轻叹道：“连你也悟不出来，其他人……”微微摇头，“也罢，只能说是跟它无缘吧！”

弱用脸上泛出了凄凉：“我明白了！”站起身来，朝着杨慕侠深深一躬，“多谢前辈给我这个机会，虽然进宝山空手回，却也开了眼界。”

他说完这话，径直朝房门走去。哗的一下，房门拉开，外面的风雨淅淅沥沥下着，他也不打伞，一脚踏进漆黑的夜色里，走进凄冷的风雨里。

他仰起头，看着上面黑漆漆的夜空。阴云在那里堆积，雨水打在脸上，混合了泪水，一道道地滑下去。

他深吸一口气，头也不回，又大步走向院门。拉开门闩，在灯笼照映下，看到外面黑压压地挤满了人。他们正等得焦心，见有人出来，面现喜色。

金天留抢先一步，将弱用一把抱住，上下看他没有什么异常，心才落回实处：“老四，怎么样？”杨云鹏和杨云雕见弱用先出来，脸色都变了。站在一旁的兆龙眼瞅着弱用，轻轻用牙齿咬着食指。

弱用轻轻摇头：“孩儿无能，没看出什么门道来。”

金天留身子晃了晃，知道这线希望灭了。金远的性命再次悬于一线，不觉老泪纵横：“孩子，都是爹的错，是我害了你……”

“爹！”弱用跪下去，抱住金天留的双腿。金前、金后、金左都拥过来，一片唏嘘声响起。兆龙在旁边看着，不觉眼角也润湿了。但很快，他便看到杨慕侠的身影晃了出来，一步步的，沉稳平定，心头一热，叫了声爷爷。他撒腿迎上前去，钻进老头子的怀里。

风吹着冷雨在头上倾洒，本该是热热闹闹的香会，因这一场秋雨变得冷清下来。泪水一滑出眼眶时是热的，慢慢变凉变冷，人心也就跟着变得凄凄恻恻了。只是时光还在流逝，生活还要度过。秋色深浓了，而传奇还在继续……

第九章　毒

初冬不觉就到了，风也越发地萧萧清冷。墙外的老树掉光了叶子，一副落魄寒酸相；墙头屋檐上的茅草也枯黄成一片，还死抓着黄泥，任风吹得呜呜作响，赖着不去。

华北的乡野一派荒凉，庄稼早就收毕，田野瞧不见什么人影，唯有零星的槐杨树挺着光秃秃的枝柯，划拉着时而阴沉、时而湛蓝的天空，只等着某一日，上面呼啦飘下雪花来。

庄户人家不再上田出工，也难得有几日清闲，或是推了粮食去集市上卖，或是置办过冬用的物什，因而永年县城倒是更热闹了些。

杨家练武场上，也明显多了些新来的后生。农活忙完了，手头有了些闲钱，大人们便会送孩子来练上一段时日。这样的新茬子是不够格让杨云鹏这等大师来教的，从老徒弟堆里随便拎几个出来，也能指点得似模似样。

杨云鹏从前是轻易不出来教拳的，事实上也没几个徒弟能受得了他的严训捶打。只因那杨云天月前在京城武场上受了伤，短时间里难以露面，二先生只得勉为其难，每天都要去教场蹓几圈。

外面虽然人多热闹，内院的场子还是跟从前一个样。依旧是兆龙带头，兆鹰、兆虎、兆麟外加一个去年才新入门的刘兆鸣，五个人苦练基本功。

每天还是一样地站桩、走步、练单式，只不过，兆龙受了弱用的影响，将太极的拳理能够生动地讲述出来，将大家的兴头鼓得足足的，拳术也越练越起劲，各自都悟出了些门道。

老头子自从京城回来，很少去外场转悠了。每天多闭关静修，只是在傍晚时分才会来到后院溜达一趟，指点指点这些孙子辈。让他欣慰的是，孩子们像突然间开了窍，日日精进，日日出新，让人开怀。

应该说，京城一行虽然化解了与汉中金家的恩怨，但杨云天武场上的失利还是让杨慕侠觉着心堵得慌。另一面，外面那么多人觊觎《授密歌》，也让老头子心中不畅快，杨家等于是被架到火尖上了，除了秋水外，不少武林人士也想探究这里面的神奇。

回来后，杨云鹏曾不止一次询问过，杨慕侠何时才肯传他《授密歌》。老头子每次都摇头说还不是时候。

有一回，杨云鹏急了，催问他，难不成只想传大哥一人？

杨慕侠笑容中蕴着一丝苦意，叹说：“你以为得传了《授密歌》，便真是件好事吗？这可说不准。”

杨云鹏哪里能听得进去。随便找个人问问，谁不知道他杨家老二武功最盛，杨家今天的声名有一半是他给争来的。他只痴迷武学，对什么掌门位子从来不眼热，只一门心思想学那《授密歌》。无奈，老头子终是不肯松口。

杨慕侠确实心存犹豫，按理说，《授密歌》是应该传给未来的掌门人的。杨云天性子温和，办事滴水不漏，确实也是修习《授密歌》的最佳人选。云鹏性子火暴，与该秘诀所需的境地相悖，要练成它，难上加难。

只是武场失利后，杨云天除了病痛外，斗志也磨耗得尽了。两个月后，筋骨的伤痛其实已经好全了，但他还是从不到外场露面，还老避着杨慕侠。独自吃病号饭习惯了，他现今一日三餐还是让兆龙端到屋里吃。

说不出这是一种什么心态。杨云天只是觉得整个人已经废掉了。武功家业名望一点儿引不起他的兴趣，每天一睁眼，脑子里只晃闪着一个念头，那就是如何能弄来大烟土，偷偷摸摸地抽上一两口。

那东西简直成了他的救命草，一口下去，飘飘欲仙，全身舒服得直想笑，每个毛孔都张开了口，美哉乐哉。

那东西也成了他的勾魂草。每天只要不吸上一口，人便全身哆嗦，筋骨抽搐，肌肉痉挛，神情恍恍惚惚，恨不得往墙上撞。重的时候，口水眼泪一起哗哗地流，全身上下像爬满了蚂蚁，又痒又痛。

从京城回来前，刘一手可怜女婿的伤痛，偷偷帮他买了一大包烟土带回来。尽管省着抽，还是不到一个月就抽完了。他躲在屋里，像野兽一样折腾，实在是耗不过，只能翻出些碎银子，叫兆龙悄没声地去替他“买药”。

兆龙虽然讨厌父亲抽鸦片，可见他没烟抽时那痛不欲生的模样，心早软了，还是一路小跑地去买回来。当他看到消瘦憔悴的父亲哆嗦着吸上几口后，人慢慢活过来，脸上多了光彩，并笑着拍拍他的脑门，将他揽入怀里。兆龙当时也觉得心里暖暖的，好像自己刚才真的用“药”救了父亲一命。

这事他不敢跟别人透露，只能去娘坟头上偷偷地说。

不过，从那以后杨云天再没叫兆龙去烟馆。那不是什么干净的地方，他怎忍心再让孩子去晃荡。他腿伤也好得差不多了。每次从后门出去，慢慢溜达到烟馆附近，瞧见没什么熟人，便进去买些回来。

只是，抽鸦片是极耗费钱财的，杨家财政大权只握在老头子一人手里，每月的开支用度由管家算好了，一并开出。杨云天手里有的，不过是刘氏留下的一点儿私房钱而已。

这天，眼看着断顿了，他手头只剩下可怜的几个铜板，却忍耐不住还是溜达出家门，心道买不买两说，哪怕闻闻那香气也是好的。

烟馆的伙计早就识得他，老远就点头哈腰来招呼：“杨爷，你老来了，怎么，刚来的好货，我先弄两口您抽抽看？”

杨云天手头没钱，到底说话没底气，却又按捺不住那诱惑，便支吾一声，在竹椅上坐了，开始连连打哈欠，眼泪鼻涕都出来了。幸好，伙计很快端来了烟枪，伺候他吸上两口，精神为之一振，这芙蓉膏真是够劲。

“如何，您老还抽得惯？”

“好，好……”他又贪婪地吸了两口，眼看着烟泡烧没了。可那瘾头才刚刚被抓拎出来，心正痒痒呢。

“你看，您老来多少？”伙计含笑道。

杨云天摸摸口袋，赧笑着：“今儿个……出门急了，忘记带钱，还是等下回吧。”

“没带钱不相干的，您老尽管带回去抽就是。”伙计脸上露出神秘的笑容，“杨爷到底是有头脸的人，干啥都有捧场的。前天您有一位故旧来交代过了，今后只要您来拿烟土，一律记在他账上。”

杨云天不禁疑惑，故旧？会是谁呢？他脑子里有些犯迷糊，虽然杨家的老徒弟多，他也交游广泛，但说起能暗中帮他买烟土的，却猜想不到是哪位。

伙计凑近他的耳根说：“不瞒杨爷，您那位老友留下一大笔钱，够您抽上半年的。”

事情到了这地步，杨云天还有什么好说的，何况他的烟瘾也上来，便顾不上多想，草草在伙计拿来的账本上写下名字，揣上烟土回了。

当他钻进自己屋，关上房门，烧好烟泡，美美地吸了几口后，硬硬的身子才慢慢松软下来。那种松简直酥到了骨头里，每一根筋、每一根神经、每一个毛孔都松下来。他心里甚至还在想，练太极拳追求的松——那种至高境界是否也是这样？

他名字叫云天，其实从记事起就没活得像云那样自由，像天那样高阔。八岁时，母亲过了世，父亲虽然没有再续弦，但此后却将他和云鹏的童年给完全接管了。

每天早起晚睡一门心思地练功，汗水和泪水想来也流成了河，咸咸地浸湿了那无味的童年。以至于现在追想起来，他的云是乌云，他的天也是阴天。

不过，在饱吸了一顿大烟之后，杨云天觉得终于解脱了，卸下压在身上的千斤重担，天光明媚，白云舒卷。

恍惚中，他还记起了小时候的一段往事。那应该是三伏的一天，热得天地成了大火炉子，什么都烤得蔫蔫的。午后睡起，阳光依旧毒辣，他们练功不多会儿，就热得呼呼直喘。杨慕侠便不让他们再打拳了，带他们去了东边的滏阳河洗澡。

天热，河里煮饺子似的泡着不少人。杨慕侠和俩小子在里面一泡就是两个时辰，还打了会儿水仗。水花喷溅中，杨云天惊奇地看到他爹脸上也露出孩子般的笑容，简直像开出了一朵花。只可惜，那是他第一次看到杨慕侠那样笑，也是最后一次。

那天泡在微凉的河水里，他们父子还细细体会了，盘太极拳架子时如何能像在水中游泳一样，既有阻力又有浮力。哪怕再锋利的钢刀也劈不开水，哪怕再力大的拳头在水中也发不出威力。如果练拳真练到像水一样柔化，那功夫也就成了。可那么柔润的水却能够穿石，一旦咆哮起来，还能山崩地裂。这便是积柔成刚的威力。

傍晚，在凉爽的微风中，父子三人踏着夕照回家，个个晒得黝黑，就那样一路嘻嘻哈哈地走进广府城……

杨云天想，唯有那一天，杨慕侠最像一个父亲，只可惜，那样的时光不再有，一晃便过去了二十多年。以至于现在回想起来，竟有些不真实。那天他们当真去滏阳河了吗？当真打水仗了吗？

沉浸在烟土的迷醉中，杨云天重温了往日的温情，眼角慢慢湿润了。

天高了，云淡了，他跟着飞起来。可夜总是要来，云总是要散，他最终还是要坠落……

这一年的春节，杨家过得热热闹闹，云雕一帮子在外跑镖的都赶了回来，祭祖敬天，走亲访友。节后，杨家的门徒又纷纷登门给老头子拜年，闹哄哄地一直要排到正月十五。

杨云天的伤痛也好了，每日里只要偷摸着抽上一顿大烟，便能打起精神应付大半天。虽然说经历了那事后他情绪低落，如今干什么也没往常的热诚，但还是将面上的事情都应付了过去。杨慕侠一直不喜他成天憋屋里，至此心才放下了。

这段时间，兆龙一直忙活得团团转。从腊月二十起，他便被二婶拖去厨下帮忙，倒也不用他动手，只张嘴吩咐就行。

一过了祭灶，年货便开始置办，杀猪宰羊、煮肉炖鸡、炸豆腐炸丸子。肥肠一灌就是五十多斤，挂在阴冷处风干；还要用大锅蒸上供的枣饽饽、银丝卷。一个节下来，少说也得摆弄百八十个。家口大，亲戚多，扒糕年糕都要多做些备着，光包子的馅儿一次就剁了两大盆。一笼屉一笼屉地蒸好，天冷也不怕坏，放进大缸里压好，每顿都拿出来热着吃。

临近年关几天，武场也散了，那些弟子们都赶回家准备过年，兆麟兆虎兄弟也不来后院了。刘兆鸣孤身一人，自然还留在杨家，便去厨下帮兆龙的忙。他对厨艺没兴趣，只管挑水烧火。

年三十那晚整夜不睡，谓之守岁。五更时候，头等大事便是迎神，其间不许大声说话，洗脸洗手，上完供，行迎神礼，满城尽是爆竹声。之后，老头子穿戴一新在堂上高坐，受儿孙叩拜，他随手也准备了红包，给小辈们散发压岁钱。

刘兆鸣也领到一个，打开来瞧，里面是两块铮亮的银圆。跟兆龙和兆鹰两人的钱数一样。他心里自然暖暖的。虽然身在杨门，不免有寄人篱下的感觉，但老头子顾念着死去的悟清和尚，对他一向亲和，像对待亲孙子一样。

兆鸣也央求管家帮着给悟清师父写了一个牌位，黑鱼庵虽然不在了，他也早不是小沙弥，但心里还是有那么一个结儿扎着。他烧香悼念时，总忘不了那个害死师父的万瞎子，总有一天，他得手刃这恶人……

初十那天，富周一班在京城的老徒弟登门拜年，给杨慕侠带来了溥伦贝子的一封书信。原来，妙峰山香会上跟金家的一战，惊动京华，杨无敌的大名再次鹊起。溥伦在上山一道上，跟老头子谈得投机，又仰慕杨氏太极拳的神奇，便想邀请他重新出山，去京城授拳。

杨慕侠自觉这些年隐身广府，已将《授密歌》参悟得差不多，从长远之计，如今也该是去弘扬杨氏太极拳声威的时候了。溥伦这封信来得及时，正合了他的心思。

他决定十五之后，就带着杨云鹏进京，先去蹚蹚路，家里则留下杨云天主持。京城对于长子来说是一块伤心地，杨慕侠自然不愿让他为难。

听到老头子要去京城，杨云天暗地里松了一口气。父亲太要强，连带着他也觉得心累，哪怕是老头子不言不语，只用眼光瞥两下，杨云天便会如坐针毡。他这一走，不啻于打开笼子盖儿。

抱这个想法的当然不止杨云天一人。兆龙几个少年虽然过年都长了一岁，但玩性不减，新年热乎劲儿还没过去，他们还都没玩尽兴，自然也懒得去练武。

可老头子在家，他们都要装模作样地练起来（除了兆鸣那个死心眼舍命苦练外）。如今好了，杨慕侠带着二叔一走，他们又可以混要些日子，都暗地里大大松了口气。

有些事，只有等到老头子不在家才可能做，譬如说搬水缸的训练。兆龙从一开始接触便知道这法子不错，但传这法子的弱用却是汉中金家的四子，在妙峰山香会上还跟杨慕侠交过手，兆龙害怕爷爷不悦，就不敢贸然搬弄。

如今头上没了紧箍咒，他可乐翻天了。跟杨云天商议过后，马上让杨奉带着他们买来五个中号的水缸，他、兆鹰、兆虎、兆麟、兆鸣每人一个。里面各放半缸水后，他们便吭哧吭哧地旋转起来，这练法好玩，他们一练就多半个时辰，累得满身大汗。

不过见效也快，其中的诀窍也容易掌握，他们很快便将太极起势的要点领悟透了。

老头子和杨云鹏在家时，杨云天便得过且过，如今人一走，担子落到他肩上，他也只有打起精神头来挑着。再说，他性子本来稳沉，并非滑要之辈。只要保证每日里能够吸上一泡大烟，去到外场教拳时，还是能撑下来。

兆龙起先跟他说搬水缸的事时，他正犯着烟瘾，没听进心去便胡乱答应了。后来去后院武场一看，发现这法子确实管用，不禁乐了。心说兆龙这小子总是能想出些新鲜点子，像推手时把各自辫子缠在一起，看上去有些胡闹，其实蛮实用的。

他也不是个拖泥带水的人，马上又叫杨奉买了六个大号的水缸回来，放在外场那边，灌入水后，让弟子们轮流去转。此后，这便作为一种训练方法在杨家保留下来。

春二月的京城，有一样不好，就是风沙大，呼呼一刮，猛往嘴巴里灌沙子。外出一趟回来，眼掉泪鼻发痒，嘴巴里头咯吱响，真是牙碜。

这不，溥伦贝子一回府，丫鬟们赶紧送上湿毛巾净面，之后的那一碗热茶也不是用来喝的，咕噜涮了下口，连带尘沙一起唾进痰盂里。

略歇了歇，又喝过一碗浓浓的祁红，待上早朝带来的乏劲消了，他才问站在一旁的管家承禄："老先生也早起了吧。"

"回主子，老先生和二先生天蒙蒙亮就在后院伸胳膊腿儿了。"

“到底是练武的人呢！”溥伦笑道，抬起屁股，“走，瞧瞧去！”跨出两步猛然想到什么，又收住脚，“嗯，昆山他们几个呢？”

“都在院子里候着。”承禄笑眯眯地说，“大家伙的心早痒痒了，就等着贝子您一句话了。”

“只怕是手痒痒吧！”溥伦哈哈一笑，挥了挥手，“叫他们跟着吧。”

承禄应声是，快步跑出去喊人。他是旗人，姓汪，虽才进而立之年，但因为从小跟随载治，算是王府中的老人，待郡王过世后，溥伦袭了贝子，便抬举他做了府中的总管。

他和溥伦还有一样相同的爱好，便是酷爱习武。十年里，先后聘了七位武林高手前来王府授艺。此外，府中的侍卫像昆山、季如林等，也都是江湖好手，一听见斗勇便眼红的主儿。

贝子府位于大甜水井胡同路北，大门的气派自不必说，单单只瞧那垂花门里的天棚，便另透着气度。上头搭着利物浦海运进口的洋铁页钉子，罩棚两壁镶着威尼斯彩色玻璃，由此看得出，家主是个新潮人物。

厅前廊下，太湖石假山拱绕着月牙河，里面有金鳞游弋。一阵轻风旋溜而过，撩动两棵老杏树，那枝上只凸出一粒粒细小的花苞，像少女浅笑的颊。

承禄一露头，候在月牙河边的几个侍卫就围过来，打头的昆山面如黑炭，声似洪钟；季如林长得极为彪悍，这些人都一门心思想见识见识杨氏太极宗师的风采，只苦于贝子没有发话，不敢造次。

咸丰年间，杨家先祖东魁名动京华时，他们还都少不更事，那些逸闻听来如同神话。之后，杨慕侠突然归隐，直到去年才再次来到京城，于妙峰山与汉中金家争斗，再现了杨无敌的绝世风采。

自从听说溥伦贝子有意礼聘杨慕侠进府授拳，这些侍卫就天天盼着老宗师的到来。前头进府的那些个教头，有不少曾经吃了他们的亏，背铺盖卷走道。还有几个当时是撑下来了，但教着教着便打了怯，怕看家东西给掏干净后，又会吃这些狠角色算计，也就不敢待了。

这么算来，杨慕侠父子应该是贝子府请来的名头最大的人物，要说让昆山和季如林再上演从前的套路，他们还真没那胆子。他们只是非常好奇太极拳这种功夫。从前杨东魁在京时传授的多是皇室子弟，常人甚至连它到底什么样都不曾见识到，只是听说它有“四两拨千斤”的神奇。

听说这太极拳又叫绵掌，讲究以柔克刚，用意不用力，那是一种什么打法？又听说，它练起来缓慢，看似软塌塌的，这便更让人费解。没有力度和速度，哪能谈得上克敌制胜？

可是，风闻妙峰山一战，京城各大镖师对杨家的功夫佩服得五体投地。溥伦贝子回来后更是赞不绝口，自言活了二十多年，从未见过如此神奇的武功。

这样，昆山和季如林的好奇心被逗弄得涨天起，恨不得插翅先飞到直隶广平府去见识见识。幸好转过年根，溥伦拜请富周富二爷出面，相邀杨家老先生进京了。

杨慕侠跟杨云鹏是昨晚上赶到的，溥伦在八大楼之首的东兴楼摆下宴席，还特别请了红豆馆主溥侗、顺源镖局王子斌等名流作陪，一直喝到深夜。

粗粗打量，众侍卫瞧见杨慕侠粗布衣衫，腰间别着烟袋锅子，活脱脱一个乡下老头，身上哪里有一派宗师的影子。那杨云鹏号称如今杨门最能打的，人长得精瘦，个头也矮，看上去也不是一个有煞威的。大家伙不免失望。

虽然说，人不可貌相这句老话总在耳边晃荡，杨家还是在他们心中打了折扣。代之而起的，便想真去称称二人的斤两。

只是，溥伦贝子事先告诫过，他们才不敢冒失。而今听说主子唤他们一同前往后院客房，如何不喜，赶紧跟在承禄后面。

他们穿过月亮门，追上溥伦，都不好说什么，只是嘻嘻笑着。溥伦故意端着脸，说：“我跟你们说，杨老先生非同别人，你们都给我规矩着点，别坏了事。”

“是，是！”一干人小鸡啄米般点头。

“主子，您就不想瞧瞧那杨老宗师的身手？”季如林大着胆子问。

“我在妙峰山上早见识过了！”溥伦说这话时，到底有些心虚，因为那晚上金远跟杨慕侠斗的时候，没一个外人在场。

昆山是急脾气，有些按捺不住：“我就不信他杨家拳能神到什么地方去！老先生咱就不说了，身为掌门，我敬他个老。那杨云鹏又矮又瘦，像个大烟鬼，又哪里能禁得起捶打？”说着，还一个劲地直摇晃脑袋。

溥伦终是露出笑脸来：“你们这帮子奴才，真真是不到黄河不死心。”

“也难怪弟兄们有这心思，”承禄在旁边笑道，“往常来咱府里当教头的，不都要露两手，抖抖威。杨家两位虽说名头响，还总领一派，可终归要先捧稳了饭碗才吃得踏实。”

“就是这话！”季如林嚷道。

后院到了，溥伦一瞪眼，示意他们噤声，众人这才闭口。转过一堵照壁，眼前是一个满栽了花木的院落，中间有一片空地，此时正有人在那里慢悠悠地蹚拳架子。

正是杨慕侠在那里神定气闲地一式式地打来，从白鹤亮翅、倒卷肱到云手、单鞭，慢吞吞，有滋有味，不带一点儿烟火气息。

起初，昆山等人见他打得丝毫不见波澜，还有些不以为然，渐渐地看进去了，老者拳打得静，风木不惊，连带着他们的心也跟着静下来。

呼吸轻轻的，怕粗了就会惊起纤尘。意识如蝴蝶歇在花瓣上，微微扇着翅，叶片上的露珠颤巍巍的，似动非动……

那种感觉像什么呢，便如《论语》中曾子说的，暮春三月，穿上新裁好的衣衫（宽松），约着老者三五个（老阴），少年七八个（少阳），去河里痛痛快快地洗个澡（洁净），高高兴兴地唱着歌（通透），携手走在回家的路上（大道）。

一派祥和之气弥漫在后院，让众人深受感染。昆山、季如林几个侍卫来前本有向杨慕侠父子挑战的冲动，如今这念头也早化为了乌有。他们在老者打完一套拳，慢慢收势后，个个心怀敞亮，觉得春光静好。

溥伦不禁心中暗叹。杨慕侠的太极拳一切似乎都是不经意的，平常的，悠然的，招招温润，式式舒缓，已淡尽了火气。

在妙峰山上，他看到过杨云雕、杨云鹏、富周、宋启云、万春、全佑这些太极高手出招，各有千秋，但没一个人能做到杨慕侠这样，全身上下透出静、清、远、澹、逸、洁、圆、明，好一派和风之境。

继而，他脑子里闪过一个念头：杨云鹏去了哪里？

便听昆山叫起来："啊，看那儿！"

顺着指向，溥伦的目光落到院子西角的那棵合欢树上，虽然还没长出嫩芽，枝干光秃秃的，但有人背对着树干，贴在上面。

那人竟是杨云鹏，溥伦不觉跟随众人往西边迈出几步，调整了视线后，杨家这位二先生便暴露在眼前。他双臂并没抓住树枝，只是紧贴在上面，双脚也没有弯曲夹住树干，看上去便像只大壁虎，紧紧地吸住墙壁。

他本是合眼挂在上面，听见人声，眼睛一睁，昆山等人顿觉目光刺眼，如同利箭射到，慌忙移开视线。杨云鹏早翻身弹起，轻飘飘地落地，也没见腿脚怎么动，人已闪到跟前，朝溥伦一抱拳："贝子爷！"

溥伦一笑，冲他竖起大拇指："好轻功！"杨云鹏只是点点头，退去一边，杨慕侠也过来了。

两人见礼，溥伦问了些知冷知热的话，彼此客套了一番，便请他父子二人去前厅叙话。其时，昆山和季如林几个早被折服，别说是老爷子了，就是杨云鹏近前所发出的威势也压得他们喘不过气来。

他们个个垂手逢迎，执弟子之礼，但那二先生生性冷傲，又不易接近，只能赔着笑脸跟在后面。这些人中，数承禄的武功最高，但照样不敢跟云鹏的目光触碰，一接，便觉得心口疼，精神恍惚。

但杨慕侠又不同了，目光柔和温润，让他们心生敬意的同时，还觉得可亲。这父子俩的气场竟是如此不同，简直一个暖春一个严冬。

宾主分别落了座，承禄忙活着招呼下人上茶点，那些侍卫自然没资格上厅堂，却都不肯舍去，全候在台阶下，竖起耳朵来听里面人说话。

昆山和季如林相视一眼，心里突然觉得不是滋味。他们兄弟以往怕过谁啊，怎么今天跟那杨二先生一靠近，心魂便丢了七八成？别说过招了，连胆子都吓没了，想想也真是丢人。

还真是邪门，跟杨云鹏离得远了，他们胆儿也壮了，气势也长了，故而才又蹦出这些个念头。可又能怎样，人家武功就是高，用不着动手就炸了你的魂魄，这才可怕。

他们正在院子里叽咕，突然听到脚步声响，却是门房王廉一路跑着过来。昆山笑骂：“你他娘的跑什么，抓兔子啊！”

王廉喘着气说：“镇国公来了……”

昆山一怔，季如林忙问：“那个夺目红跟来没？”

“来了，另外还有两个，看上去也不好惹。”王廉扔下一句话，快步跨上台阶，进前厅禀报了。

昆山和季如林几个的脸色早变得阴沉了。原来，这镇国公载英生性爱武，曾拜鹰爪王为师，学得一手好功夫，只是出手狠了些。他还慕战国四公子的作风，在府里养着一班江湖异士，成天殴斗较量，还不时地外出滋事，在京城出了名地难惹。

上个月，昆山和季如林陪溥伦去多罗郡王府上听戏，恰好载英也在，还带一个穿大红袍的藏僧。那怪物学了一身诡异的密宗功夫，身体铁硬如同木石，两手心火红似炭。

载英是到了哪里都不安分的主儿，看那些文戏不得劲儿，便怂恿夺目红跟溥伦带来的侍卫斗一场，还拿出十两银子做赌注，赌昆山和季如林两个捆一块儿也挡不住藏僧的三拳头。

溥伦稳重，不想在郡王府生事，两侍卫可气得直哆嗦，要不是主子压着，早抄家伙上去了。即便这样，散席离去时，两人还是瞄上了夺目红。

他们上前各抓住那家伙的一只手，想将他架走。谁想，藏僧嘿嘿一笑，两人全身巨震，手心火辣辣地像被烙铁烫着，尖叫着蹦出去。

两人回去后不住地干呕，手掌也慢慢变得乌黑。还是溥伦贝子亲自去载英府上走了一遭，要来了伤药才救回两条命来。

经历这事后，昆山和季如林沮丧了好长一段时间，自觉丢了溥伦贝子的脸，更恨那藏僧入骨，一门心思想怎么将面子找回来。可如今一听说对头上门了，心底先冒出的却是阵阵寒意。

还没等溥伦出迎，载英等已先行进门了，人还没转过照壁，那粗狂的笑声就滚滚而来。跟着，他彪悍的身影就钻进来，眼珠子四下骨碌乱转，隔远就喊：“老四，老四！”

身后跟着的正是那个藏僧夺目红，无袖的深红僧袍，皮肤黑黝黝的像铸铁，鼻梁高鼓着，眼窝深陷下去，眼珠子绿油油的，透着诡异。

溥伦快步跑出厅堂，身后跟着承禄：“三叔，今天是什么风把您给吹来了？”

“什么风，妖风！哈哈！”载英咧嘴笑道，“听说你府上来了个什么人物，咱今天得见识见识！”

他嘴上说着，脚下大步未停，瞥见昆山几个站在假山旁，一皱眉，啧啧两声：“我说老四，你可真有出息，怎么还把这两块废物留在府上？”

溥伦笑笑不答，往里面让他。昆山和季如林气得直哆嗦，牙齿咬得咯吱响。载英哼了声：“我那边就没这毛病，打死了有安家银子，丢人现眼的趁早卷铺盖卷滚他妈的蛋！”

“三叔说笑了，我怎么敢跟您那边比！”

一干人进到前厅，杨慕侠早带着杨云鹏守在门口，待溥伦做过介绍，便躬身行礼：“草民见过镇国公。”

载英满面放光，大声笑道：“杨掌门的威名我可是早听说了！”伸出双手来搀扶。杨慕侠正要顺势起身，谁知，载英双手像铁钩子一样抓下来。

杨慕侠早觉出他有杀气，手臂往下一沉，载英顿觉入手滑溜，像抓着两条泥鳅，眼看着要脱开。他不死心，施展鹰爪功，连环抓出，死死地扯住杨慕侠的衣袖。

杨云鹏在旁边见了，眼光一澶，便要上前，那藏僧却先一步抢上来，跟他面面相对。

溥伦急声道：“三叔，且慢！”

载英抓实了，嘿嘿笑道：“没事，撕烂了衣衫我赔！”

话音才落，只听老头子哼了声：“镇国公请上座！”也没见他身子动弹，载英手心先是一热，继而全身发烫，人便轻飘飘地向后飞出去，正好坐在太师椅上。

这一刻，他脑海里一片空白，坐下后双手按着椅背，怔了怔，叫道：“他奶奶的邪门！”呼地站起身，还要上前。不承想杨慕侠的力道还有残留，一用劲，便再次反弹，登时觉得全身酸麻，腿肚子一软，又一屁股蹲坐回去。

杨慕侠转头朝承禄道：“王爷渴了，还不上茶！”

承禄赶忙招呼下人上茶点，溥伦又招呼那藏僧落了座。载英吃了这个暗亏，不免肚子里憋火。茶碗上来后，也不怕烫，咕咚咕咚一仰脖子灌下去，他又抓起碟子里的茶点往嘴里塞，一面咯吱咯吱嚼着，一面用眼去打量杨家父子。

杨云鹏毫不退让，也用目光去逼视他。杨慕侠却微笑着抱拳："王爷请！"

下人又给载英斟了一碗浓茶，他又一口喝干，重重地把茶碗往桌子上一拍，叫道："好茶！"

溥伦笑道："这是我包衣奴才从武夷山捎回来的正山小种，三叔喝着好，回头我叫人包些带回去。"

"你这茶好，人更好！"载英说着哈哈大笑，指着杨慕侠道，"我早想见识见识太极拳如何神奇，今天真是开眼了！"

杨慕侠抱拳道："镇国公过奖了！"

载英的目光落到杨云鹏的身上："我还听说，杨家最能打的便是二先生，就是这一位吗？"

杨云鹏也不啰唆，起身道："不敢，草民正是杨云鹏！"他早对载英有气，语气不免有些辣味。

载英瞥了藏僧一眼，夺目红慢慢站起身，问："太极拳软绵绵的，也能打人吗？"他的话声刺耳，像钉子划过铁板。

"我这拳只不打一种人！"

"哪种？"

"死人！"

此时，昆山和季如林都贴到门外侧耳细听，听杨云鹏说出这句话，心底里都喊了声好。两个月前在多罗郡王府上受的恶气，看来今天要借杨云鹏的手来出了。

夺目红眼眸先是慢慢收缩，又一点点放大："那我倒要领教领教了！"慢慢走到大厅正中，猛地一跺脚，地上铺的青砖竟然裂成碎块。

载英哈哈笑着，拍着巴掌："好，我就喜欢这硬碰硬的调调儿！"

杨云鹏眼见对方露了这手功夫，也暗自赞赏："那好，我今天就借溥伦贝子的地儿，来碰碰藏密的功夫。”

“云鹏，不可造次！”杨慕侠沉声道。

溥伦赶忙道：“三叔，杨掌门是我请来的客人，昨晚才到。我府上也不比你府上的规矩，打打杀杀我看还是免了吧。”

“免什么免，练武的要是怕打架，还不如回家抱孩子去！”载英哈哈笑着，“老四，你且坐下，我来你府上可不是瞎捣乱，大家都是爱耍枪弄棒，切磋切磋没什么要紧，权当一乐呗！”

杨慕侠眼见此战不可避免，自家想重新出山，在京城立得住脚，这种事便少不了。今天如果不给这载英一点儿颜色，他定会变本加厉，没完没了。只是，对方毕竟是皇亲国戚，太伤脸面的话终究不妥，便道：“镇国公真的想试手的话，草民自然要陪到底。不过拳脚无眼，只怕会伤了和气。”

“什么伤不伤的，怕伤着就别他娘的练武，沿街讨饭得了！”

杨慕侠见载英出言不逊，脸色一沉：“那好，咱们今天不妨就玩点新鲜的。”

“怎么玩，你说。”

杨慕侠转头对溥伦说：“贝子爷，请叫人拿二十个海碗来。”

“你拿那么多碗做什么，比吃饭吗？我可不是饭桶！”载英吆喝着。

溥伦不理他，朝承禄一点头：“快去！”自从上回夺目红打伤了昆山和季如林，他心里面就憋着气，今天也盼着杨家父子能找回面子来。

两个下人各端了一摞子碗进来，按杨慕侠的吩咐，半步一个反扣在大厅地上，均匀地围成一圈。夺目红和载英不明白它的用场，昆山几个侍卫也凑到门口，探头来瞧，不时地小声嘀咕着。

“喂，杨掌门，你这个闷葫芦要装到什么时候，快把我给憋死了！”载英忍不住嚷嚷。

“我来告诉你！”杨云鹏一个高弹起来，轻轻落下去，单脚踩在碗底上，摆出个“金鸡独立”的架式，他手指藏僧说，“咱们在这上边过几招，谁要是踩空了碗，脚掌着了地，便算输。”

还没等夺目红表态，载英就哈哈大笑起来：“真是见面不如闻名，你杨云鹏自认身子灵巧，便想跟夺目红比轻功，未免太有点那个了吧。”

不光是他，溥伦和承禄几个也觉得杨家父子这么做有些胜之不武。但杨慕侠脸色平静，还微微含着笑意。杨云鹏却冷冷地道：“镇国公，我的话还没完呢，”依旧指着夺目红说，“这和尚刚才不是显摆他脚下功夫了得吗，只要比试期间他踩烂一个海碗，便算我输！”

此话一出，不但溥伦几人瞠目，载英和夺目红也呆住了。杨云鹏此举太过托大，刚才藏僧明明一脚下去，便踩碎了青砖，相比下海碗又薄又脆，如何禁得住他的脚力。

别看载英表面粗鲁，其实心底奸猾，眼见有这等便宜可占，如何不答应，赶忙道：“好，杨无敌果然就是爽气，够胆识！”转头朝夺目红使个眼色，“那咱们就速战速决吧！”

藏僧会意，猛地起身，纵过去。他已听懂了载英的话意，不跟对方讲规矩，上去先摆好架子再干。双脚往下落的时候，便使出了九分气力，只要落下来，海碗定能粉碎。

杨云鹏眼光闪处，早明白了他的用意，身子早一股风似的旋过去。他速度太快，眨眼就逼到跟前，而夺目红身子还在半空，躲闪不得，吓出一身冷汗。

但杨云鹏并没有趁机出手，身子往后一晃，又退回去。他的身法太快，一进一退，旁观者连眨眼都来不及。那藏僧经他这么虚晃一枪，气早泄了，踩到碗底时身子晃了两晃，才稳住了，哪里还顾得上踩碎它。

载英见了，不禁憋气，骂道：“他奶奶的！”

藏僧稳了稳神，深吸一口气，一对绿油油的眼珠子死盯着杨云鹏。因为半步一碗，空间不大，两人相距不过三尺距离，甚至连对手的呼吸和心跳都听得见。

夺目红心想，踩不踩碎碗另外再说，不如先攻他几下，让他也乱乱阵脚。这么想着，双掌慢慢变得火烫，猛地大叫一声，震得窗户纸呼呼直响。

他闪身扑上去，双掌连环击出。不承想，眼前一花，杨云鹏又失去了踪影。耳听载英惊叫着，夺目红转身又击，杨云鹏果然闪到他的身后。

但这一击又落了空，对手身法快如电闪，他根本搂不着分毫。夺目红又惊又怒，抬脚又往海碗跺下去。但杨云鹏早一步贴住他，趁势调了他的平衡，并转了他脚力的方向。这一手正是太极拳最擅长的“借力打力”。

藏僧突然失去了重心，慌忙调整，但杨云鹏此时已牵住他的“牛鼻子”，控制了他的中正，简直像摆弄一个吊线木偶般，顺着他劲力的方向，忽而左晃，忽而右闪。

昆山几个在外面看得解气，忍不住大声叫起好来。载英见夺目红被杨云鹏当成了孩童一般在戏耍，气得鼻子都歪了，愤愤地一拍巴掌，连骂他奶奶的。

溥伦此时心怀大畅，亲自过来给他斟茶：“三叔，别光顾着看，来来，喝茶！”

载英一仰脖子灌进去，随手将杯子摔到地上，碎成无数片：“我管你什么藏密臭密的，只要给老子丢了脸，就他妈的滚蛋！”

夺目红听了这话，登时拼了命，号叫着朝杨云鹏撞过去，想跟他一起跌出圈外。云鹏听劲的功夫何等了得，顺势一闪，并送他一记“挒”法，那人一头栽出去，居然从厅堂跌出去。

藏僧几时吃过这等亏，号叫着弹起来，正好昆山几个笑嘻嘻地过来察看。他随手一扒拉，他们便跌起了跟头，倒去两边。

他几步蹿进厅堂，号叫：“姓杨的，我跟你拼了！”手脚甩打过来，地上的海碗骨碌乱转。

溥伦赶忙道：“好了，到此为止！”他眼见载英怂恿手下在自己客厅胡闹，也冒了火气。

说话间，杨云鹏已闪过数下。他见夺目红不知进退，冷冷一笑，顺势来个“揽雀尾”，那家伙又弹出老远。还好，这次他及时抓住门槛，没栽到院里。

载英气得转头不看，嘴巴里依旧叽里呱啦地骂娘。杨慕侠冷眼瞧着，也不言语，反正这镇国公的面子也扫了，对方又不知进退，己方并不输理，给他点教训也不为过。谁叫杨家肩上扛着块无敌的牌匾呢！

杨云鹏眼见藏僧翻身跳起，又要上前，两眼一瞪：“好啊，我看你这和尚病得不轻，需要好好治治！”

承禄忍不住插声："二先生，你准备怎么治？"

"当然要给他拔拔罐，去去火了！"说着话，杨云鹏便矮身拾了一个海碗在手，手腕一转，那碗竟然便在掌心呼呼地旋起来。

昆山在外边听了，也尖笑着应了句："不是去火，是去毒！"他们看着云鹏耍戏法似的转着海碗，都觉得有趣，却猜不到这位二先生要怎样给夺目红去火。

藏僧已号叫着蹿过来，杨云鹏往旁边一闪，顺手将手里旋转的海碗拍到他的后背上。好家伙，居然真的吸住了衣衫和肌肤，箍在上边。

不待他反应过来，杨云鹏又拾起两只海碗，左右手同时旋转，一个拍在他的肚子上，一个拍在胸口上。

藏僧只觉中招处火辣辣地疼，挥手又击打对手，杨云鹏顺势转身，再将一个海碗拍在他的屁股上，溥伦再也憋不住，一口茶水喷了出来，其他人都哄然大笑。

杨慕侠喝道："住手！"杨云鹏听老头子发了话，这才闪身跳到一边。

那藏僧气急败坏地去拔肚子和胸口的海碗，居然碗"咬"得紧紧的，纹丝不动。一气之下，挥掌拍碎。好家伙，碗口所盖处的衣衫整个碎烂了。等四个碗都烂了，那身红袍子也露了四个大洞，人显得异常狼狈。昆山几个又哈哈大笑起来。

溥伦赶紧吩咐承禄，带藏僧下去换件衣服来。他们离去时，昆山几个自不免又跟在屁股后面讥笑一番，数月来积压在心头的怨愤终是发泄干净。

厅堂上，载英黑着脸兀自生着闷气，杨慕侠上前抱拳道："镇国公，适才小儿莽撞无礼，还望大人海涵。"

溥伦也笑着打圆场："三叔，不过是闹着玩玩，您可别生侄儿的气啊！"

载英眼珠子转了转，突然哈哈大笑起来："好玩，好玩，你老四有眼光，这回挖到高人了！"

"三叔客气了，我府上哪比得你那里水深，京城谁不知道国公府才是藏龙卧虎之地。"

"老四你少来这官面话搪塞我。"载英脸色闪过一丝诡秘，拉着溥伦走去一边，小声道："三叔我要求你一件事，就看你肯不肯割爱。"

溥伦哪里会不明白他的意思，赶忙道："别说一件，十件都行，只要不跟杨家扯上关系，三叔您就尽管交代侄儿。"

载英其实就是想让杨云鹏去他府上教拳，被溥伦一句话堵死，倒不好勉强，只得讪讪道："十件也未必赶上对心思的一件。得了，我今天也没什么兴致，咱们改日再计较。"说着，摇晃着脑袋，也不抬眼瞧杨氏父子，径直去了。

溥伦随后送出，边走边说："三叔您这么急着走干啥，我还没来得及给您包茶叶呢！"

"下回再说！"载英甩下一句话便扬长而去，竟是抛下夺目红不管不顾了。

正好，那藏僧也在后边换好了衣服，随着承禄出来，瞧见载英的背影，慌忙追出去。那身半新的衣袍本是承禄的，穿在他身上有些肥透，跑起来呼啦呼啦直扯风，溥伦和承禄忍俊不禁。

"主子，今天咱府上可真添光彩了，我估摸着镇国公回去后，也得好好找个郎中拔拔罐，泄泄火气！"

溥伦听他说得阴损，又好气又好笑，抬脚踢了承禄屁股一下："你个死奴才，说话就不知道留点口德！"嘴上这么说，其实心里特别畅快，联想到两月前为了昆山和季如林的伤，害他特意跑趟镇国公府求伤药，今天这场面可真叫人解气。

转回府去，见昆山几个早把杨云鹏围在当中，格外巴结，一来是杨二先生败了夺目红，替他们出得一口恶气，心存感激；二来是对他的太极功夫佩服得五体投地，此时在他们眼中，杨家父子简直便像神人一样。

杨云鹏也自觉今天赢得漂亮，被几个侍卫一奉承，冷峻的脸上不禁流露出几分得意。杨慕侠却不像儿子想得这么简单，见溥伦回转，赶忙迎上前："贝子爷，小儿今天莽撞，只怕给您惹来麻烦了。"

"这话从何说起啊，比武就得分出个胜负，咱们赢在明处，没什么好顾虑的。"

"只怕镇国公不会这么想。"

溥伦沉吟道："三叔这人的脾性我还吃得透，虽说面上狂傲了些，但肚子里还撑得起船。他这人也最爱才，不瞒你，刚才他还向我透露出要请二位去他府上授拳，被我一口拒绝了。"

"那就好，一切还要仰仗贝子您去周全。"

"老先生您太客气了，"溥伦笑道，"您二位是我请来的贵客，再说，我还想拜于先生门下，学这太极功夫，以后咱们就是一家人，千万别见外。"当下吩咐承禄，马上摆起香案，他要正儿八经地向杨慕侠行拜师大礼。

很快，贝子府便洋溢出喜庆的气氛，家人们忙活着摆弄香烛桌案，祭品酒水，人人换上干净衣衫，昆山几个侍卫更是忙得团团转，缠着承禄去跟溥伦商量，他们也想趁这当口，一起拜入杨云鹏门下。

最终，杨慕侠应承下来，于是皆大欢喜。中午在府上摆开酒宴，宾主开怀畅饮，唯有老头子只应景喝了两杯，便借口不胜酒力，回屋休憩去了。

他盘腿在床上打坐，无奈一直无法入定，因那脑海里像煮开了锅，浮想联翩，竟是不能自已。十年前，为了专心修炼《授密歌》，他离京归隐，武功确实大有长进。可十年后，为了子孙的前途，他不得不再次回京，寄身于皇族门下。

十年时间不谓不长，可以目前的修为看，他并没有达到原先设想的境地。心里默想着父亲杨东魁传给自己的那幅修真图，人身分三百六十节，八万四千毛孔，经络分布其间，上到百会，下到涌泉，可看作一座高山。

从山脚到山巅，共有十三层台阶，直达南天门。自然是武功修为越高，所达的阶层越靠上。杨东魁位于第八层，自己专心修炼十年，如今还是位于第七层。

云鹏和云天没有修炼过《授密歌》，目前一个在第五层，一个在第四层。第一层为懂劲，第二层能用劲……

可是，为何直到今天老头子还没将《授密歌》传给二子其中的一人呢？便在于他举棋不定，并没想好到底传给谁。

碍于当年在武当真庆宫发下的誓言，他只能传于一人，因而对于这个人选便颇费思量。应该说，单就武学造诣上看，云鹏确实胜过了云天，只是，他脾气暴躁，好勇斗狠，这与太极拳高层功法所追求的境界有悖。武学修炼到了一定程度，便是修心，老二心性不改，将来再难有进步，哪怕是传他《授密歌》，也未必能够悟透。云鹏终其一生，超不过自己，更别说是先祖了。这一点杨慕侠可以预见。

云天呢，性子好，为人也沉稳，本是老头子最为看好的接班人。一度，他也有心传其《授密歌》，只是，老大骨子里有些软弱，做事稳则稳矣，却少了云鹏身上的那股冲劲。毕竟是武林中人，在江湖上混饭吃的，靠的就是敢拼敢打。一个门派要想发扬光大，当头的是好好先生还不成，还要有一股子豪气霸气。

哎，如果两个小子的脾性匀一匀就好了。可是，世间哪有这么好的事，让他老杨家都占全了?

思之再三，杨慕侠最终还是觉得云天更适合修炼《授密歌》，只是他自打在武场上受伤后，一直萎靡，让老头子有些窝火。下次回永年，定得好好开导他一番。

这么胡乱想着，杨慕侠不觉又心泛凄凉。他是可以一个人躲起来修炼《授密歌》，可为了家族的兴旺，杨氏太极拳的地位，以及儿孙辈的前途，他又不得不重新出山。

活了这把子年纪，杨慕侠才着实理解“舍得”二字的真意。针对这个话题，他在黑鱼庵跟悟清和尚不止一次谈起。可话说得清了，禅悟得透了，临到头去做时却又是另一番光景。

如今为了上述的原因，他只能舍去修炼《授密歌》高层境界的机会，而去为儿孙和门派谋划。舍得舍得，有舍才有得，有得必有舍，杨慕侠而今也只有随波逐流了。

转眼阳春二月，阳光似乎格外透着喜庆，照得枝条抽了嫩芽，野草泛了绿，花卉结了苞。人们也脱去了厚衣袍，换上轻便衫子，越发显得精神。

有时，还会下一两场绵绵的雨，淅淅沥沥的，能拖拉一天一夜，大地又透出丝丝缕缕的清寒。春雷听起来格外像天公在敲大鼓，为的是惊醒冬眠了很久的蛇虫。

似乎在过了春节后，杨家的几个少年突然长大了好些。个头猛蹿，胃口也出奇地好，自然脾性也越发地突出。原先精灵古怪的变本加厉，原先吃苦耐劳的依旧坚持，那道原本就不高的院墙如今在他们眼里显得更矮了，根本挡不住这些想跳圈的小马驹。

唯一不变的似乎只有杨云天。每天照例会在外场和内场转几个时辰，其余时间歇在屋里，关上房门。尽管心里也想着克制，但他的毒瘾却越来越重了。每天早晚要是不抽上一个大烟泡，便怎么也打不起精神来。

掐指算着，父亲和二弟去了京城也近一个月，云天少了敬畏，活得好生舒坦。每隔着五六天，他都要去烟馆走一遭，趁着周围没有熟人，赶紧钻进去拿货。幸好暗中有熟人替他交了定金，让他不必为钱银的事犯愁。

这天过午，在外场转了一圈后，杨云天便觉得有些乏力，不住口地打着哈欠，泪水和鼻涕开始往外冒。上午那烟泡似乎劲头不够，没过足瘾，匣子里又没了余粮，他便有些吃不消了。

如同前头有人用缰绳牵着似的，他不觉又转去了烟馆那条街，低着头，急步跨进去。柜台里的伙计笑嘻嘻地招呼："杨爷，您老来了！"

杨云天强忍着哈欠："快着点儿！"

伙计答应着，拿出烟土来，杨云天一把抢在手，恨不得马上回去抽起来。却又强忍下来，看着伙计翻开账本，拿起毛笔记账。谁想，那小子看了又看，翻了又翻，才笑道："不好意思杨爷，您那位朋友付的钱已经花光了。"

"花光了？"杨云天一时间还没反应过来。

伙计盯着他手里的烟土："也就是说，从今儿个起，您老要抽大烟便得自己掏腰包了。"

杨云天心里烦躁，越发难受，偏偏今天出门急，带钱不多，手里抓着那包烟土，全身都在哆嗦，哪里舍得放下："伙计，先赊账，改日带钱给你！"

"这……我们店里可没这规矩……"

杨云天心乱如麻，衣衫中似乎有不少蚂蚁在爬上爬下，他脸上的肌肉痉挛着，瞪眼道："我杨家可是赖账的主儿？"

他目光有威，伙计吓了一跳："杨爷，是小的糊涂，您别怪罪，烟土拿走。"

杨云天摇晃着脑袋嘿嘿一笑，从他手里接过毛笔，在账本上划拉几下，啪地把笔往桌上一拍，转身就走。走没两步想到什么，又呼地转过身来，眼珠子瞪得圆溜溜，上面渗出血丝："我问你，那个替我付账的是什么人？"

伙计嘿嘿摆手："杨爷，人家不让说……"

杨云天此时有些疯癫，探手一把将伙计从柜台里揪出来："你敢不说！"

那伙计哭丧着脸哀号："我也不知那客人叫啥姓啥！"

"他的长相呢？"

"他左眼瞎了，是个独眼龙！"

杨云天脑子里轰的一下，一松手，伙计一屁股蹲到地上。他惨然一笑，原来又是那个武恶在背地里捣鼓。抓着烟土，跌跌撞撞地出了烟馆大门，猛地哈哈大笑起来，笑得眼泪都流出了。

那个独眼龙原来一直在暗地里盯着他，从永年到京城，又从京城跟到永年，还真是阴魂不散。也不知怎么的，云天现在对他竟是恨不起来，反而觉得有些好笑。尽管心里也清楚，那家伙暗中替他付账没安什么好心，不过是软刀子杀人，想诱导他的毒瘾越发深重，直到不能自拔。

街上的来往人等都被云天怪异的笑声吓住了，有熟知他的身份的，更是觉得惊诧，谁都知道杨家的大先生出了名地稳重，如何今天疯疯癫癫的？

"云天，你在做什么？"一个威严的声音由身后响起。

杨云天怔了怔，慢慢转过身去，不禁打个寒噤，杨慕侠和杨云鹏骑马跟在身后，老头子脸上有怒色，胡子一翘一翘的。

杨云鹏狐疑地看着他："大哥，出什么事了？"

两人已瞧见杨云天从烟馆里晃荡出来，杨慕侠又恼又怒，喝道："你手里拿的是什么？说！"

杨云天从小生活在父亲的积威下，那种恐惧早就生了根。虽长大了后，杨慕侠已很少这般声色俱厉地呵斥他，却始终摆脱不了阴影，它已是长进了骨头里。

啪，杨慕侠一鞭子抽过去，将杨云天手里的那包烟土打翻，一个个烟泡滚到地上。老头子气得五官都扭成一团："孽障，你真是越来越出息了，竟然背着我抽上了大烟，我打死你这个败家子！"

还没等杨云天反应过来，一鞭子劈头抽下来。他下意识地一闪，还是被打在肩上。他本来毒瘾发作身子虚弱，挨了这下，打个趔趄滑倒在地。

杨慕侠见状，更是气得七窍冒烟，怒骂："我让你抽，让你抽！"一扯缰绳，胯下的红马嘶叫一声，抬起前蹄往烟土上踩踏。

杨云天此时已有些神志不清，眼里尽是那些烟土，居然趴在地上伸手去划拉。杨云鹏见状，翻身下马，一把将大哥拎到一边去。路人越聚越多，胡乱猜疑者有之，幸灾乐祸者有之，贪看热闹者有之。有识得杨家的弄清了事情原由，耳朵咬耳朵，唾沫喷唾沫。很快，这话头便像瘟疫一样在广平府散播开了。

杨慕侠万万没想到长子居然会染上毒瘾，这么一来，从小打下的武功底子便毁去大半，杨家几代英雄，江湖威名如何能被一个烟鬼毁掉。想到狠处，他简直想当场将这个孽子打死。

杨云鹏瞧见街上行人冲着他们父子指指点点，赶忙道："爹，有什么话回去再说。"他的目光朝左右一瞪，有些人受了惊吓，都不由得往后倒退。

老头子气呼呼地道："他都不要脸了，我还怕什么丢人！"狠劲抽了一鞭子，那红马嘶叫一声，嗒嗒地朝前冲去，惊得路人纷纷避让。

杨云鹏丝毫不耽搁，右手揽着大哥的腰，矮身一纵，便利落地蹦到马背上，双腿一夹，随后跟着去了。而残留在地上的碎烟土，却被周遭的人一哄而上抢了。

杨慕侠打马旋风般冲到家门口，正好碰上杨奉带下人在打扫门口，隔远听见马蹄声响，抬头见是他父子俩回来，不免惊喜："老爷，您回来了！"

杨慕侠铁青着脸不答，不待马停稳，早一偏身跳下来，顺手将马缰绳扔给杨奉，一撩袍襟，大步跨进门去。杨奉正自惊疑，又瞧见杨云鹏挟了杨云天而来，慌忙问："二爷，大爷他这是怎么了？"

杨云鹏并不见如何动作，身子就轻飘飘地着了地："大爷他身子骨不利索，你们赶紧扶进去歇着！"

"快快！"杨奉不敢怠慢，忙叫下人们将杨云天搀扶起来，还没等进门，就听老头子吼道："管他做什么，让他死在外头，我杨家没他这号人！"杨慕侠又气呼呼地转回身来，两眼冒火，脸色涨紫。

杨云鹏道："爹，您消消气，待会儿大哥清醒了，我好好问问他，再给您个交代。"

"是啊老爷，您一路鞍马劳顿，还是保重身子骨要紧！"

杨慕侠嘿嘿冷笑："家门不幸，出了这么个孽子，我早晚得被他气死！"拂袖而去。正好待在后院练功的兆龙几个小子听见前头有动静，都跑出来看光景。迎头撞见杨慕侠气冲冲而来，脸色不善，想躲闪时已是不及。

老头子一瞪眼，他们便像老鼠见了猫般打起了哆嗦，站也不是走也不是。还好，杨慕侠没难为他们，只是往后院的练武场一指，几个小子便乖乖地退回去。

此时，杨云天的毒瘾发作得厉害，身子不停地抽搐，嘴巴往外冒着白沫，牙齿咬得咯吱咯吱响，五官都扭成一团儿。

他长长发出一声号叫，双手死力一晃，搀扶他的下人尖叫着弹出去，摔出老远。杨云天咬牙切齿地抓着衣领子，哧啦一下将胸衣扯开，露出半截子胸膛。

杨云鹏不假思索，嗖地蹿上去，一拳将他打昏，转头朝杨奉说："还不快请大夫去！"

杨奉这才回过神来："大爷这是患的啥病啊？"

"他抽上大烟了！"

杨奉心里咯噔一下子，知道碰上那玩意儿，人差不多便毁了，赶紧跑了一趟广平府最好的药店——庆吉堂，请那里的坐堂神医王铁庵来出诊。

谁知，那王神医一听说是犯了烟瘾，便直摇头，这东西可不是用药汁能压得住的，也不来府上出诊，只给开了些安神的药丸带回。

回去时，杨云天正闹得凶，叫声之惨烈站在街上也能听见。他躺在床上也不安分，几个下人一起使劲也压不住，老头子一火，索性便叫人拿绳子来将他捆在床上。

杨奉赶紧叫人端来温水，强逼着他吞下几粒药丸去，但效用不大，很快，杨云天又像困兽一样哀号起来。老头子在外头听得烦躁，全身又开始哆嗦，指着杨云鹏道："去，把他的嘴给堵上！"

杨云鹏无奈，只得找了条干净毛巾，塞进杨云天的嘴巴里。看着大哥满脸汗珠子，青筋暴突，脸色紫黑，身子佝偻成一团，心里说不出地难受。

他实在不忍心看了，便留下杨奉看护着，走出房门，正好撞见兆龙探头探脑地往这边瞧，怯生生地问："二叔，我爹怎么样了？"

杨云鹏不愿让孩子看到大人的惨状，摸了他脑门一把，拉他来到院中，装作淡然："没事，你爹睡一觉就会好起来。"

"不！"兆龙摇摇头，"我知道他是犯毒瘾了！"

杨云鹏一惊："你怎么知道？"

"去年在京城外公家，我就知道了！"当下兆龙便把父亲如何受伤痛不可挡，外公让他抽大烟止痛的事原原本本地说了。

杨云鹏听了，不觉黯然，大哥也真是命苦。兆龙既然比他知道得还多，瞒着便是多余，当下叹道："你进去看看吧。"

他则转去杨慕侠的屋子，老头子气犹未消，还掐着腰瞪着外面的槐树，呼哧呼哧喘着粗气。一直以来，二子都是他的左右手，他更是有意将掌门的位子传给云天接掌。老大沉稳大度，知书达礼，定可将太极门大小事宜处理妥当。谁想，偏偏就是这个性子好的长子却背着他抽上了大烟。

杨云天当街出丑，不啻在杨慕侠脸上抽了一记耳光。武林中，本就是好事不出门，丑事传千里，老大这番行止不但让家门蒙羞，更是太极门的耻辱……

尽管心里塞着股恨，但毕竟是自己骨肉，见老二进来，老头子还是瓮声瓮气地问："那……孽畜安顿了？"

“爹，我知道大哥是怎么抽上大烟的了！”

“哦，说来我听！”

杨云鹏便将兆龙的话转述了一遍，老头子听了，半晌不语：“我说老大一向知轻重，怎么可能这么糊涂，原来……”有心要埋怨亲家几句，却又压回去。说起来，如若不是自己硬逼着云天去考那劳什子武举，他也不会受人暗算，伤了筋骨。这么一算，前因倒是自己给种下的。

长叹一口气，杨慕侠将烟袋锅子从腰间拔出来，从荷包里捏了些烟丝按进去。杨云鹏赶忙拿火镰敲打出了火，点着纸媒，凑上去给他点燃。老头子默默地抽了几口，眉头一直皱着，很快被一团烟雾把面孔遮住。

“看来，老大是指望不上了！”

杨云鹏一皱眉：“爹，你这是说哪里话来，大哥他好端端地在家里呢！”

“我不是指他的死活，是说将来门里的事。”杨慕侠抬眼看着云鹏，“我看，将来这掌门的位子少不得要你来接。”

“这事以后再说吧爹，眼眉前儿咱们得商量一下，怎么把大哥的毒给戒了。”

杨慕侠默默地抽完一锅子烟，把烟锅子往鞋底子上敲了敲：“就算戒了，他身子骨也比不上从前了，武功就更打了折扣。”

“那也得试试！”

“明儿一早，你就请郎中过来给他治。”杨慕侠说着，抬头看着杨云鹏，对老二对兄长的骨肉之情感到满意，“老二，你不是一门心思想修炼《授密歌》吗？”

杨云鹏心中一动，迎着老头子的目光看去，杨慕侠脸色很是复杂：“我原本想，云天脾性和悟性都不差，将来是可以传他秘诀的，谁知，他如今染上这恶习，不能练了……”

这话杨云鹏听了，觉得异常刺耳。他可是骨子里透着傲气的主儿，心道，听爹这意思，传我这《授密歌》完全是因大哥不得志，才轮到了我，倒好像捡人家吃剩下的。他向来对自己的武功自负，就算不练那《授密歌》又能怎样？自己还不是照样无敌？

自从出道以来，他十年中跟人也较量过百八十回，从无败绩，用的全是家传的武功。想想，也真是笑话，杨家这块无敌的金匾从爷爷那辈子起，便是靠着一拳一脚拼来的，难道离了它武当的功夫，杨氏太极拳就不能称雄了吗？

想到这里，杨云鹏闷声闷气地道："爹，这事还是往后放放吧。"

杨慕侠一怔，没想到老二这么个态度。要知道，以前他可是不止一次询问过这《授密歌》的事。他打量着二儿子，云鹏半歪着头，表情冷冷，嘴角甚至还流露出一丝丝讥笑，让老头子瞧着很不舒服。

他忍不住问："你笑什么？"

杨云鹏反问："爹，大哥现在捆在那里要死要活的，你却跟我提《授密歌》……"

"他是他，你是你！"杨慕侠眼珠子一瞪。

杨云鹏尽管胆识过人，但因为从小活在老头子的积威下，还是下意识地打了个寒战，却又强自保持镇静。说来也奇怪，越是怕到了骨头里，他偏偏生出一股玩火的冲动，脱口道："去他的《授密歌》，离了它，咱家照样能出杨无敌！"

"你……"杨慕侠没想到老二敢顶撞他，火腾地蹿出来，挥巴掌便扇过去。杨云鹏竟然不躲，依旧冷着张脸，甚至连眼皮也不眨一下。

老头子的巴掌离着他脸皮不到一指的地方又硬生生地停下，尽管如此，云鹏还是觉得脸皮火辣辣地疼，那股掌风像刀锋一样削进皮肉里。

"你真是不知天高地厚！"

看着杨慕侠慢慢缩回了手，杨云鹏残忍地笑了，生出一种痛快。十多年了，老头子再没打过他，也没有一个对手伤得了他，他几乎早忘了挨打是什么滋味。

"爹，我原先以为，您修炼了《授密歌》，会超脱些呢！"言下之意，这秘诀不练也罢。

应该说，正是这句话击中了杨慕侠的要害，他呆了呆，神经松弛了，看上去便像是脊梁骨散了架子。人登时矮小了好些。没错，自从由杨东魁那里接过掌门位子后，他既没助长杨家的声望，也没扩大太极门在武林的影响，就算在《授密歌》的修炼方面的成就，也跟杨东魁在世时无法相提并论。

杨云鹏见父亲如此沮丧，眉头紧锁，像是冷不丁衰老了十岁，心中不忍：“爹，我……”

杨慕侠重重地叹了口气，只挥了挥手。杨云鹏无奈，只得慢慢退出去，并小心翼翼地将房门反带上。

屋子里静下来，阳光从窗外射进来，光柱儿中无数颗尘埃在飞舞。隐约地，还会有几声嘶叫传来，也不知是谁把杨云天嘴巴里的毛巾给去了，他又吆喝开了。

杨慕侠慢慢合上眼皮，尽管不言不动，其实心里面早就煮开了锅。那些烦心事没头没脑地在翻腾，一刻也不知道停歇。

在脑海中闪过最多的，当然是杨云天的模样，这才想到，好像自从老大老二成了家后，他们父子间的距离似乎一下子就远了。

云天出生在四月，那天风也柔和，阳光也暖暖怡人，他那时恰好不在家，外出帮一位燕青门前辈一个忙，去保定府走了一趟。因为知道妻子生产便在这一两天，完事后不敢逗留，又驱马往回急赶。

那天真是个喜日子，他事办得顺利，回途心情也好，湛蓝的天空飘浮着朵朵白云，形状竟然像一个个胖娃娃。当时，杨慕侠心里便给孩子起好了名字，就叫云天。如果是个丫头，便叫云妮。

那天傍晚，他披着火红的晚霞进到家门，家人喜滋滋地告诉他，他当爹了，有了一个大胖小子。杨慕侠在那一刻觉得整个人飞了起来，真的飞上了云天。

在杨慕侠的记忆中，云天从小便乖乖的，懂事早，从不给大人惹麻烦。大凡来往的宾客亲友，无不对这孩子夸赞有加。杨东魁更是对这个孙子宠爱，五六岁起，便经常带他出门走动。小家伙也确实给老人家长脸，脑瓜子聪明，唇舌灵巧，又懂礼貌，那时候起，杨东魁常爱挂在嘴边的一句话就是：杨家后继有人了！

这话有深意。不单单是说他杨慕侠有后，还说杨家拳术有了好传承，太极门有了光大者。

云鹏出生时，恰恰相反，昏天黑地的，半夜里电闪雷鸣，风雨大作。

杨慕侠冒雨去将接生婆找来，折腾了五个多时辰，这小子才钻出来。样子也长得丑，干巴瘦，哭号的嗓门倒不小，吃奶的时候也有股子狠劲，用他娘的话说，像个狼崽子。

他性子也乖戾，不喜欢说话，脾气还犟，胆子大起来没边儿，闯下天大的祸来眉头都不会皱一下。杨慕侠教训他时也下得去手，棍子抽两下就断成两截，他倒显得不疼不痒的。换了云天，棍子还没打在身上，泪花早在眼眶里打转转了。

云鹏看上去没有云天那么出众，不过也有一样好处，便是对别人狠，对自己也狠。这点，从后来教他们学拳便看出来了，云鹏明显高出他哥一截子。他能玩命，玩命地去学，玩命地练，也玩命地跟人较量。

不过，云鹏再能打，充其量只能算是个武夫，未来掌门人的位子还得交给云天。这似乎已成定论，不但杨慕侠这么想，外人也都这么认为，更何况云天还是长子。云鹏也服云天的为人，兄弟俩之间从未红过脸，这让杨慕侠觉得很欣慰。

可如今云天抽上了大烟，眼看着京城的门路蹚开了，长子却出此岔子，难不成这是杨家的报应？

想起杨东魁的临终嘱托，想起早逝的妻子，又想起前年故去的老大媳妇，杨慕侠悲从中来，云天啊云天，你怎的如此命苦？

不觉，一颗老泪就缓缓涌出，在眼眶里颤巍巍地晃了几个圈子，终于突儿地滑下来。杨慕侠长长叹口气。

尽管摊上这些坎坎坷坷，可日子又不能不过，只是云天这副模样，又怎好带他去京城呢？

第十章　拳来拳往

看到杨云天生不如死的惨状，兆龙怕得不行，母亲才刚刚过世不到两年，他万万不能再没有爹。他不想看到他娘的坟前多了伴，也竖起他爹的碑。

杨云天人被捆在床上，嘴巴里塞着毛巾，身子不停地痉挛，脸皮涨成紫黑色，口水鼻涕和眼泪不断地呛出来，十指死死地抠进草席里，也是血迹斑斑。

杨奉和一个下人站在一旁束手无策，又不敢离开。此时的大少爷在他们眼中完全变成另外一个人，怎么也不能把他跟从前那个庄重温和、知书达礼的大先生联系在一起。

兆龙扑过去，抱着父亲哭喊："爹，你怎么了……"

杨奉过来劝他，被兆龙一把推开，他看到父亲憋得脸色发紫，上去一把就将他嘴里的毛巾扯出来。啊！云天惨叫声吼出来，震得窗户纸都噗噗作响。

"我要死了，要死了！"

杨云天神志恍惚，一个劲地挣扎哀号。杨奉慌忙让下人帮忙喂他吃药丸，但灌进去后，很快又喷出来。

眼看着他爹翻了眼白，兆龙脸色也变得煞白，撒腿就往外跑，一口气跑到杨慕侠屋前，咣地将房门撞开。不等老头子开口，就扑通跪倒在地，一把抱住他的两条腿，哭喊："爷爷，你快去救救爹，他不行了！"

杨慕侠泪水才干，孩子这么一哭叫，心头又酸楚起来。一把将兆龙拎起来："好孩子，没事，你爹会好起来。"

"真的？"兆龙泪眼模糊地问。

"你几时见过爷爷诳人了？"

兆龙点头，老头子向来为人持重，说到做到，好像这世上还真没能难倒他的事。"走，看看你爹去！"

一老一少出门，往杨云天的屋子走去。杨慕侠依旧步履从容，兆龙还是一路小跑，在前头跑跑停停，像一头小鹿，不时要转头看看身后。

屋里，杨云天还在折腾，杨奉正用湿毛巾给他擦脸，不防被他一口咬住，使劲嚼着，竟要把毛巾吞吃了，慌得他和下人赶忙往外扯拉。

杨慕侠见状，暗叹了口气，沉声道："你们让开！"

杨奉这才知道老爷子来到，赶忙闪到一边。杨慕侠猛地出指，飞快地点了云天的脸颊一下，他的嘴巴登时张开来，兆龙手快，一把将毛巾抽出来。

杨慕侠暗暗运气，又出指在儿子百会、人中点了两下。杨云天长长吐出一口气，身子慢慢松弛下来，也不再号叫了。兆龙又惊又喜，赶忙凑上去查看，发现云天慢慢拉开了眼皮，他喜道："爷爷，我爹醒了！"

杨慕侠点点头，心里异常沉重，云天的毒瘾比他想象的要深，非超绝的毅力只怕是难以戒除。就算戒掉，身子也被掏空了，那武功也差不多废掉……便似一棵芯遭了虫蛀的树，外看还有枝有叶，其实已走向枯朽了。

短暂的平息让杨云天缓过了一口气，眼前的黑雾慢慢散开，兆龙和杨慕侠的脸慢慢映出来，他艰难地吐出一个字："爹……"

兆龙喜极而泣，用袖子擦着脸。杨慕侠叹道："云天，你先好好睡一觉吧！"出指封了他的穴道。杨云天又慢慢吐出一口气来，眼皮一点点阖上了。

"爷爷，你真好本事，"兆龙喜笑颜开，"一出手就把我爹治好了！"

"可不是吗？庆吉堂配的药丸根本不管用！"杨奉也赞道，"哪有老爷您这手段，妙手回春呢！"

杨慕侠脸上却并没喜色，只是伸手摸摸兆龙的脑门，转身走出房门。他站在前院，看着抽出新叶的柳树在风中拂袖，有鸟雀在飞上飞下，不觉悲从中来。眼前春光十分，他心里却寒凉如同严冬。

外面的练武场上，传来弟子们的喊叫声，显然他们推手要到了精彩处。可老头子并没过去瞧瞧的念头，可惜啊，太极拳功夫再好，老大以后也难以再练到高妙处了。

正自晦丧，便瞧见杨云鹏匆匆进门，眼光灼灼："爹，我刚才去烟馆走了一遭，你猜我问出什么来了？"

"老大欠下债了？"

"那倒没有，"杨云鹏冷笑道，"反倒是有人替大哥先垫了一笔银子。"

"有这等事？"杨慕侠吃惊不少，"是谁？"

"我就知道有鬼，再三追问，才知道这五百两银子的烟钱是那个独眼龙武恶垫付的。"

杨慕侠倒吸口凉气："是他？"他马上明白，老大又遭了"秋水"的算计。怒火腾地蹿上来，这些贼子在武场上暗算不说，还背后使软刀子，当真要赶尽杀绝吗?

老头子眼中冒出杀气来："老二，你马上撒下人手去找找，广府周边都别放过，仇家贼心不死，我们也不能手软。"

"好嘞爹，"杨云鹏恨声道，"只要他还在，我就能把他给挖出来！"

"去吧！"杨慕侠挥挥手，却又加上一句狠话，"活的弄不回来，死的也好！"

可是，尽管查遍了方圆百里，杨家弟子却并没有发现武恶的影子，显然，这家伙早就溜走了。他像一条藏在草丛中的毒蛇，轻易不露面，但攻击起来却毫不留情。

就在杨云鹏带人四处搜寻"秋水"人的同时，杨云天也艰难地戒起了毒。之前，父子俩曾有过一次深谈，云天答应下来，这次一定要把毒戒掉。

之后，杨慕侠便召集家人，说了此事，特别将西厢房腾出一间来，把杨云天关在里面，每日三餐都由杨奉送去，此外谁也不得靠近，包括兆龙。

对杨云天来说，接下来的那段日子生不如死，尽管郎中给配的药每顿都服用，但并不能减轻他的苦痛。他的嘴唇咬烂了，头撞肿了，腿脚也磨掉了皮，血淋淋的。实在熬不住，杨奉便会去找杨云鹏来，把云天给点昏。

这期间，外公刘一手曾来杨家探视过一次。他去年年底便辞了大德居总厨的职位，回到保定老家养老了。当他听说了女婿的遭遇后，悔恨莫及，毕竟当初是自己先引云天抽上大烟的。

只可惜，这世上没有卖后悔药的，如今这位前大厨能做的便是好好做些饭菜，让待在黑屋子里的女婿能够多吃上一两口，补补身子。

兆龙从未像现在这样惶恐，自从他爹被关起来，自己也像丢了魂儿，茶饭不香，卧睡不甜，更别说练功了。很快，他整个人瘦下一圈儿。娘早过了世，他爹可不能再有什么差池。为此，他还特地跑去城东庙宇烧过香，求过签。而在这之前，他是从来不信这一套的。

外公的来到让他大大松了一口气，有外公依靠着，他心觉得踏实。

也真是奇怪，虽然心里面敬畏爷爷，但杨慕侠不像刘一手这样能给他带来温暖。兆龙每天跟爷爷同住一院，却觉得相隔甚远；外公身处异地，兆龙偏偏觉得跟他亲近。

刘一手来了，他便也有了下厨的兴头，一老一少待在里面，细心地给杨云天烹制饮食，兴味浓浓，笑容也日渐多了。少年也重新勾起学厨艺的念头，一天到晚跟着刘一手，寸步不离。

他不去武场练功，杨慕侠也没说什么，知道孩子心里憋闷，便准他陪着刘一手。他带外公去了黑鱼庵，虽然黑鱼庵早就化为乌有，但他还是指着柳树上那条生了锈的铁链，以及生满杂草和芦苇的断壁残垣，给刘一手说起往事来。

他告诉刘一手，当年的那个小沙弥就是现在的刘兆鸣，这家伙练功可是最能吃苦了。不觉，脑子里又闪过武云的模样，心口竟然一热，过了这么长时间，不知道她现在怎么样了？

他不是不知道武云的来历，按理说，她是“秋水”那边的，算自己的仇家。可他总是恨她不起来。女孩水灵的大眼睛忽闪着，像是会说话，怯生生的，柔弱的……

兆龙使劲晃晃脑袋，将她的身影赶走。正是受了秋水的暗害，父亲如今才生不如死，她是他的仇家，恨她还来不及呢！

日子一天天滑过，杨云天的情形日益见好，食量大了，苦痛则相对减少。杨府上下都松了口气，兆龙更是乐得直蹦。

刘一手一直待到云天被放出来。毒瘾戒掉后，女婿瘦成一把骨头，只剩下九十多斤，虚弱得出气多，进气少，一阵风吹来就能把他刮倒。老厨子看在眼里，疼在心里，又着手给云天进行食补。

兆龙自然更是起劲，为了能让他爹好起来，恨不得把集市上所有的好补品都买回来。这期间，他又跟刘一手学了不少厨艺，热炒冷拼面食样样能拿得起。

一番调补后，杨云天的脸色逐渐红润起来，说话的中气也足了，恢复了以前的丰姿。只不过，那眼神还是变了，总蕴着一丝丝伤感。

他如今跟谁说话都十分地客气，声腔也低沉，全无从前的爽朗。这点，兆龙还没察觉到，杨慕侠和杨云鹏却是一目了然。杨云天的人虽然被救回来了，心却死了大半。武场失利后，他本就自卑，抽大烟这事上又蒙了羞，无论在家人和外人面前，他都有些抬不起头。

一个男人，一个练武的男人，如果没了底气，少了自信，便等于被抽去了脊梁骨。或者说，从前杨家的那位大先生已经死了。

刘一手因为自己一时糊涂，让女婿抽上了大烟，心里一直愧疚不安，如今看到他康复，一块石头总算落了地。算着，他离家出来时间也不短了，安了心，人也该回去了。

当晚，杨慕侠要在广平府最大的酒楼摆上一桌，替刘一手送行，老厨子说什么也不肯，他干了半辈子的厨师，尝尽了人间美味，外面吃什么也不觉得香。

于是还是吃了家宴。只不过，每一道菜都是由兆龙下厨做的。大人们喝着小酒，品着菜肴，赞不绝口。刘一手夸道，这孩子做菜还真有两手，干脆叫他杨两手得了。

杨慕侠却暗自苦笑，这小子要是能把做菜的心思全放到练拳上，现在肯定更出息。

第二天一早，吃罢了饭，雇好的马车便上路了。杨云天带着兆龙送刘一手一直出了东城门，阳光照在滏阳河上，波光闪烁，两岸的绿柳飘拂，桃花开成粉红一片。

站在弘济桥上，杨云天仰起头，沐浴着暖暖的日光。很长时间了，他没有像这样晒到太阳，竟有些两世为人的感觉。

兆龙一路拉着外公的手，亲昵地不愿意松开。刘一手的手心有茧子，那是长年握菜刀和炒锅留下的印记，杨慕侠的手掌却软得如同一团棉花，那是因为练太极拳要松到四梢的结果。可是，他从来不敢“放肆”地去拉着老头子的手，更别说像这样拉着走一路了。

同样都是手，一个拿可以用来切菜的刀，一个拿可以用来杀人的刀。这两只手给兆龙的感觉全然不同，因而他对外公和爷爷的感情也不一样。前者于他没有任何禁忌，一股脑地全是慈爱。老头子呢，却是严厉多一些。

其实，兆龙心里面更想靠近爷爷一些，牵他的手，甚至于撒个娇。可在杨慕侠威严目光下，少年大气不敢多喘，这个念头便只能深深埋在心底，以至于日子久了，便再也没了这想法。

“好了，便送到这里吧！”刘一手摸着兆龙的脑门，对杨云天说，“你身子骨还有些虚，要多养着才是。”

“谢泰山大人！”杨云天没了往日的神采，似乎嘴上也寡词寡语了，只有多多行礼。

刘一手看着心酸，只能暗叹一声，嘱咐兆龙：“杨两手，我要交代你一件事，须得好好去做！”

“是，姥爷！”兆龙听外公喊了自己的外号，喜笑颜开。

“我走了后，你每日别忘了给你爹熬汤喝，至少还得半个月。”

“得——令！”兆龙向后退一步，挨在云天身旁。

看着他们父子俩亲昵的样子，一旁偏偏少了女儿的陪伴，老厨子不觉凄然。这熬汤的活儿本该是闺女做的，现在只能烦劳小孩子家了。

刘一手转身爬上了车，挥挥手：“回吧！”随着车夫一甩鞭子，马车就轰隆轰隆下了桥面。

人影渐小，兆龙使劲挥手：“姥爷，你放心，我会替娘照顾好爹的！”刘一手不觉老泪奔涌出来，不忍心再看，赶忙把布帘放下了。

日光洒进滏阳河上，那水清澈，还透着丝丝绿意，像被春色染过了。在那条蛇一样爬去远方的官道上，马车已经变成了小黑点，像蚂蚁一样还在挪移。

父子俩收回目光，转而看向河面。暮春时分，不少小飞虫在水面上舞动，溅起一圈圈的水纹。天上的白云也掉进水下，在里面徐徐移着，一朵走了，一朵又来了。

原本这次杨慕侠父子回永年，便是要做些安排，举家搬去京城。不承想，半道上冒出云天戒毒这乱子，便耽搁了些时日，如今他总算太平了，那事便提上了日程。

但云天并不想跟着父亲兄弟去京城，那里是他的伤心地。从武场上失利后，他便一直在倒霉运。染上芙蓉膏癖更是让他脸面丢尽，往日里的豪情壮志早就消磨尽了，如今留下来的只有深深的自卑。

他知道，自己跟老头子之间有了一条无形的深沟，看不到，却能切实地感受到。

他好起来后，杨慕侠跟他说话时，总是和颜悦色的，甚至于有几分客气。而在这之前，老头子在家人面前，一举一动总是透着威严的。

杨慕侠越客气，云天就越拘谨。父子俩交谈起来都拿着几分小心，有所顾忌，便失了从前的大方，越发显得生分了。

云天和云鹏之间还好些，二弟本来话少，兄弟俩三十多年一起过活，早相互摸底，往往只交换个眼神，便能心领神会。那事出来后，唯有二弟没有多说话，这让云天很是感激。

人有时就是这么怪，遭受冷落了往往气不顺，处处被人挂记着也会觉得不自在。对云天来说，如今最急需的便是尽快忘记过去，他不想当个弱者，被人念叨。

可是，想重振往日的声威，他又有些底气不足，拿眼前进京这件事来说，那是父亲和二弟打开的门路，他要跟了去，日后便等于是躲在他们屁股后面讨饭吃。京城是他落马的地方，难道还要继续龟缩着脑袋去混日子吗？

杨云天如今也说不清自己的心思，自卑又自傲，患得又患失，前一刻涌出凌云之志，下一刻又像蜗牛一样畏畏缩缩。

故而，在听父亲说完今后的打算，他支吾了老半天也没应声。按老头子的意思，全家都去投奔溥伦，在京城站稳脚跟后再谋图前程。武举不考也罢，有溥伦贝子在身后照应，或在飞虎营、或在健锐营也能谋个职事，挣份钱粮。

杨云鹏说起这事来也很兴奋："大哥，你是不知道，上回在妙峰山跟汉中金家那场较量，打出了太极门的威风，就算是在天子脚下，咱们杨家也是这个！"说着，竖起大拇指。

云天不愿扫云鹏的兴头，只得笑笑，心里却叹息，可惜这威风不是他帮着打出来的。那回，他在武场上是给杨家抹了羞。

"老大，说了半天，你倒是也帮着拿个章程出来。"杨慕侠又问。

云天笑得有些勉强："我就是在想，人都走了，咱家谁来看护？爹，祖坟在永年，咱们总有一天要落叶归根吧。"

"我早想好了，杨奉留下来便是。"

杨云天没有接口。这回杨慕侠和云鹏看出来了，敢情老大对于去京城这事一点儿不热心。果然，云天目光迟疑着，神情犹豫着，语气试探着，终于说出了心里话："爹，二弟，我……我想京城那边儿，这回我就不去了。"

云鹏急了："你不去京城去哪儿，难不成就窝在永年这芝麻粒大小的地方？"

"永年有什么不好，我在这里过惯了，还真不贪恋外面的繁华。再说了，咱们家可以拍拍屁股走人，外场的那些徒弟呢，他们可不能都跟着去京城吧。我要是留下来，正好再带带他们，也省得人家说闲话。"

这话倒不是没道理，云鹏摸摸头皮，转头看杨慕侠。老头子默默抽起了旱烟，眼皮耷拉着，像在咂摸大儿子话里的滋味，好一会儿才抬起眼皮："老大，刚才说的可是真心话？"

"是的爹。"云天摸摸心口窝，"您看我这身子还没好利索，跟去只能碍事，反不如留家里跟杨奉做个伴。"

杨慕侠盯着他，脸色如旧："那我问你，兆龙咋办？"

"对呀大哥，你怎么也得替孩子着想，待在咱这小地方没什么大出息。"

云天一笑："兆龙当然得跟你们走，要不然，小辈们只留他一个在家里，太孤单了，功夫也会耽搁下。"

"你能这么想很好，"杨慕侠叹了声，"只是苦了你一个。"

"爹，我没事！再说，京城离着也不远，我们随时能见面。"杨云天嘴巴上说得痛快，心里面还涌出一股酸楚来，有些悲壮。

云鹏却不以为然，摇头道："大哥，你这是何苦来。"

杨慕侠把烟袋锅子在鞋底子上磕了磕："我看这么着，云天不妨先在家里留半年，把身子养利索，外场的那些个徒弟也都安抚下，再去京城聚头。"

云天觉得这个主意不坏，点点头，杨云鹏却不言语，有些不耐大哥的拖拉。老头子既然拍了板，便不啰唆，马上叫杨奉将兆龙唤来。

自从杨云天戒毒后，兆龙心便没放在练功上面去，后来刘一手来了，他又常陪左右，后院的练武场就更少去了。这天，安下心思的他总算跟兆鹰、兆鸣他们几个起了早，一板一眼地练开来。

松松拉拉过了半个月，伙伴们都进步颇大，兆龙心里头还真有点急了，他再要不赶上去，以后就难以服众了。

上午练完基本功、单式后，瞧见大人们都没露面，他们又兴高采烈地练起推手。兆龙虽然近段时间荒疏了功夫，但仗着在白云观时受到弱用的点化，还是能略占上风，这不免让他得意。

这时，杨奉来递话，杨慕侠叫他赶紧过去。老头子从未找孙子们去他屋，这让兆龙感到狐疑，赶忙问杨奉，他爷爷脸色咋样。自己最近忙于照顾父亲，也没闯什么祸呀。

杨奉笑着告诉他，别担心，是好事。兆龙这才安下心来，去到杨慕侠屋里，探头往里瞧瞧，杨云鹏笑骂："瞅什么，快点滚进来吧！"

兆龙这才笑嘻嘻地跨进门，他想站在杨云天身后，谁想老头子招招手："到我这边来。"这让他有些受宠若惊，小步挨过去。杨慕侠摸着他的脑门，温和地询问了几句练功方面的事，兆龙一一照答。

杨慕侠点点头，看上去很是满意，清清嗓子，又问：“兆龙，刚刚我跟你爹、二叔商议了，咱们全家要搬去京城……”

话没说完，兆龙就高兴地叫起来，“好哇！”紧跟又问，“兆虎哥俩也去吗，兆鸣也跟着去吗？”

“都去，一个不落！”

兆龙心里乐开了花。他们一帮少年整天困在家里，早觉得无味，京城就不一样，好吃的好玩的多得数不清。再说，抽个空子他还能拉着兆鹰他们去趟白云观，见见弱用呢！他越想越美，恨不得马上跑去告诉兄弟们。

但老头子接下来一句话，却当头给他浇了一瓢冷水：“不过呢，你爹这回不能跟着走，他和杨奉要留下来看家。”

兆龙马上转身看着杨云天：“真的吗，爹？”

杨云天强笑着点点头：“你先跟去，我随后到。”

但兆龙虽然年少，却一下子看穿了他爹的心思。他依稀还记得刘一手前几天说的话，当时，他问外公怎么不在京城当总厨了？刘一手叹说：“天子脚下是繁华了些，可我和你爹都在那地儿栽了跟头，人是回来了，脸面还撂在那儿呢，你说，外公我还回得去吗？”

是啊，外公回不去，爹也一样回不去，因为京城是他们的伤心地。

他们不去，自己难道就能跟着走？娘早不在了，如果他也跟着去了，只剩下爹孤零零一人，还拖着个病歪歪的身子，叫他可如何熬煎？

兆龙又想起了娘临死前的泪眼，想起外公的长叹，还有眼前杨云天这忧郁的眼神。长这么大，他不曾记得和爹分开过半月以上。

想到这里，兆龙居然笑了笑，对大人们说：“爹不去，我也不去。”

杨云天急了：“你胡说什么！”

“爷爷，二叔！”兆龙转向杨慕侠和杨云鹏，“就这么说定了，哪天大家伙上路，我好好弄桌菜给你们送行！”说完，转身跑出屋子。

杨云天急得搓搓手：“这孩子，这孩子……”冲杨慕侠讪笑道，“爹，兆龙他就这臭脾气，不随流，您别怪他。”

“有什么怪不怪的，孩子不走，是记挂着你呢！”杨慕侠道，“我看他比你有骨头！”

这话有深意，但杨云天不愿去细品，起身说：“我去劝劝他。怎么也得跟你们走。”急匆匆走出去。先到后院一瞧，练武场上兆鹰几个正练得火热，却没见兆龙的身影。

兆鹰几个见杨云天来到，都上来见礼，云天问：“兆龙呢？”

“刚才不是被爷爷叫去了，没见回来啊！”

“这死小子，一转眼就跑没影了。”云天嘴里念叨着，往前院走去，迎头碰见杨奉，问过才知道，兆龙跑到大街上了。

自从戒毒后，杨云天轻易不愿出门，站在街上左右一瞧，街坊邻居都朝这边观望，心里便有些不自在。隔壁粮店的伙计冲他打招呼：“大先生，找你家孩子吧！”

杨云天笑着点点头。伙计一指西面：“朝那边下去了。”杨云天朝他拱了拱手，急步赶下去。他隐约已知道兆龙去了哪里。

出城西门，沿着泥路往西北角走了二里地，便到杨家祖坟了。远远地，果然看到兆龙跪在那里，面前是他娘刘氏的碑。

走进坟地，杨云天放慢步子，兆龙小声嘀咕着什么，像是在同地下的刘氏拉呱。他走近侧耳细听，还是听不清咕噜些什么。

坟前的桃树花都落完了，只剩下一树绿油油的叶子。山野上，粉蝶儿翩翩起舞，风不大，吹在脸上有些痒痒的，叫人舒服得想打哆嗦。

杨云天靠着儿子坐下来，把手搭在他肩头，问：“想你娘了？”

“娘走了两年多了。”

“过来陪陪她也好。你要是去京城，以后便隔得她远了。”

兆龙转头看着云天：“爹，你信我能听见娘在地下说的话吗？”

杨云天迟疑了下，笑笑：“我信！”

“娘刚才跟我说，不能把爹一个人留在永年。咱们好赖要活在一块儿。”

杨云天不觉鼻子一酸：“我是最懂你娘心思的。她要是知道你去京城后，会有大出息，肯定盼着你走。我呢，留下来陪着她，人间地下都不会孤单。”

“娘才不会这么说呢！”兆龙一骨碌爬起来，“她从来不会逼我，只想叫我开开心心的。爹，你不是总想着逍遥游吗？离开爷爷，你就敢去飞

了！”他越说声越大，脸皮也涨得通红，

杨云天呆呆地看着儿子，浑没想到他居然能说出这番话来，激动之下，他剧烈地咳嗽起来。兆龙赶忙给他捶背，好一会儿，云天才气息通畅了，抓着儿子的肩膀问：“难道你不喜欢京城？”

“我是喜欢，可我更想跟爹在一起。”

云天眼角润湿了，一把将兆龙搂在怀里：“好孩子，爹知道了！”他们一起转身面对刘氏的坟头，“孩儿她娘，你听见了吗？兆龙他长大了，知道疼人了！”

微风吹过，桃枝挑着嫩叶摇晃着，似在点头称许。兆龙眼里面闪着光，把腰板挺得笔直，胸膛挺得高高，这一刻，他觉得自己确实像杨云天说的，有些大人样了。

敲定下进京的日子后，杨家老小就忙活开了，打包的打包，封存的封存，送的送，扔的扔。该结的账、该还的人情，一样都不能落掉。

一连三天，杨慕侠和杨云鹏都去喝亲友、同道、世谊们备办的送行酒。杨云天本也在邀请之列，但他此时委实不愿在这样的场合露面，便借口有要事办，推了，再说他也不走。

几个少年也不用耗在后院练功了，各帮各的家人收拾行李。兆鸣孤身一个，不过是几件换洗衣服，随便用包袱一卷就了事。兆龙不走，两个人倒落得好几天的闲空儿，可以四处溜达溜达了。

这回，他们真的弄了块木板踩着，抓着那条满是铁锈的锁链，上到了水丘子。当年的一把火，将黑鱼庵烧塌了，再经过日晒雨淋，那里早变成一片长满茅草的土坷垃。

兆龙看着长得瘦高的兆鸣，腰杆子挺得笔直，目光深沉发亮，他跟昔日的小沙弥禾谷判若两人，除了脸上的几粒麻子外，几乎是看不到什么影子了。

可不知为什么，兆龙还是喜欢从前的那个禾谷，兴许那时剃光头的他淳朴可爱，不像后来还俗的兆鸣，身上挑着复仇的担子，从此少言寡语，每天只知道拼命地练功，透着一股狠劲儿。

兆龙觉得，兆鸣越来越像二叔了。他的话越来越少，人也越来越冷，自然，他们两人间的距离也越来越远了。真不愧是二先生的徒弟，对别人狠，对自己更狠。

当初决定要留下来陪父亲时，兆龙其实心里面还闪过一丝希望，想着兆鸣也能留下来，那样他至少多了个伴儿，有些不能跟大人说的悄悄话，也能嘀咕嘀咕。可很快他就打消了这个念头，因为兆鸣早不是当年的禾谷了。

暮春的天气很好，不冷不热，半人多高的草丛里，到处有蛐虫在鸣叫，芦苇荡里还不时传来野鸭和大雁的嘎嘎声。这反而添了几分幽静。

兆鸣依稀还记得悟清师父的葬身处。火起时，他早就圆寂，离着院中的那口水井不远。黑鱼庵本就简陋，房屋陷入火海后，兆鸣只得将悟清的尸身推进井里，然后从破墙洞里钻出去，跳进河里逃生。

尽管眼前茅草杂密，他还是很快找到水井所在的位置。但那里早被烧塌的土石掩盖了。兆鸣默默地站了会儿，慢慢跪下去。

自从进到杨家，改名刘兆鸣，世上便没有了那个叫禾谷的小沙弥。这期间，兆龙几次拖他来岸边祭奠悟清师傅，他都显得很勉强。自从由大火中逃生后，这还是他头一回上到水丘子来。

好像积攒了不少话在肚里，兆鸣嘴唇翻动着，小声嘀咕着。兆龙想起在黑鱼庵中的那场拼杀，悟清与万瞎子激斗、女孩武云的啼哭、独眼龙的阴险狡诈……风一吹，芦苇和茅草哗啦作响，那天的杀气似乎至今还没有消尽。

他靠着兆鸣，也慢慢跪下来。不等合十祷告，转头就看到兆鸣紧闭着眼，泪水像断了线的珠子，哗啦哗啦掉下来。

兆龙忍不住伸出手，握住兆鸣的手。水丘子四周空旷，除了芦苇就是茅草，没什么挡头，风便显得格外大，呼啦一吹，草叶便像水浪一样起伏，一层层地卷来。

两人就那样紧靠着，都在回味往日的时光。好一会儿，兆鸣才说："兆龙，对不起。"

"什么？"

"我不够义气，抛下你不管，跟大家去京城。"

兆龙不禁心头一热，有了这句话就够了，兆鸣毕竟心里还记挂着他："你当然要跟着去，二叔走到哪里，你这个徒弟就要跟到哪里，天经地义。"

"没错！"兆鸣咬着嘴唇，"我刚才跪在这里，就是对地下的师父发誓，一定要学成绝艺，替他报仇。"

兆龙发现，一旦提到复仇这个字眼，兆鸣马上变得冷峻，小沙弥禾谷的影子便也倏地被抛远了。他的双手慢慢抓进泥土里，捧起一把土后，又轻轻撒向远处："兆龙，有件事我一直没跟你提，憋在心头好久了。"

"什么事？"

"悟清师父好像有一个相好的。"

"相好的？女人？"兆龙吃惊不少。在他看来，悟清平日里修行持戒，如老井无波，怎么还会惹出这样的艳事？

"我头一回见到她，是刚到黑鱼庵的第五天。那时人还小，有些懵懂，记得那晚上跟师父学念经，唱着唱着，不觉睡过去。等醒来后，发现大殿里面的佛灯还亮着，只我一个趴在蒲团上，师父不见影了。

"我揉揉发涩的眼皮，正要叫唤，便听到外面有响动，听师父说：'你还是死了那条心吧，我不会去祸害他！'我吃了一惊，赶忙溜到门口去瞧，可是，院子里只站着师父一个，并不见其他人。

那晚上月亮又大又白，照得院子明晃晃的，师父半仰着头，我顺着他视线往上瞧，好家伙，有个人正盘膝坐在墙根的槐树枝上。那枝很细，他在上面颤巍巍地晃着，竟然掉不下来。

"这人难道是神仙吗？我好奇地瞪大眼珠子，想好好看那神仙长得什么样，但他头上戴了斗笠，遮住了面目。不过从身形看，个子不高。

"突然间，树上那人嘿嘿笑起来。这一笑，倒把我吓了一跳，因为那笑声很好听，居然是女人的笑声。她说：'你少给我装正经，难道你以前见不得人的事儿还少干了？'

"我听悟清师父念了声佛：'以前那个人已经死了，如今在你面前的，只是一个光头和尚！'

"那女人听了，显然动了气，也不见她怎么挥手弄脚，人嗖地就蹦到

地下，倒吓得我往后一仰，哎呀叫出来。哧啦一下，便觉得脸上火辣辣地疼。听见师父喊：‘别伤他，他是我新收的徒儿！’

“我眼前一黑，便昏死过去。待醒来后，天光已亮，人好端端地躺在床上，上下摸索，也没伤痛处。后来，我就去问悟清师父昨晚的事。他却说：‘禾谷，你是在做梦呢。梦里乾坤大，好好去读两卷经就醒了。’

“可我记得清清楚楚，那并不是做梦。日后我又在师父面前提过一次，但他照旧用做梦这话头搪塞过去。我也就死心不问了。”

兆龙听得津津有味，原来，小小的黑鱼庵里面还发生这等奇事。别看它小，又筑在水中央，却是极其隐蔽，套用悟清的话说，便是庵小乾坤大。

“以后呢，听你口气，那女人后来还出现过。”

兆鸣继续说：“对，隔了能有大半年吧，有一天，悟清师父突然对我说，他要外出云游几天，让我好好在庵里待着。师父很少到外面走动，所以我乍听还挺意外。当晚，我一个人在殿里念经更孤单，庵里荒凉还有些怕，就想早早钻进被窝去。

没想到，正殿门呼啦被风吹开了，我吓了一跳，赶忙起身去关。再转身回来时，居然发现那个穿黑袍、戴斗笠的女人已经坐在师父的蒲团上。

“我当时吓傻了，僵在那里不言不动。那女人问：‘悟清去哪儿了？’我说：‘师父云游去了。’她就哼了声：‘想躲，可没那么容易，跑得了和尚跑不了庙！’”

兆龙听到这里，忍不住问：“怎么听着这话头，那婆娘不像悟清师父的相好，倒是他的对头！”

“如果是仇家，师父就不会躲出去，让我一个人留下来应对！”兆鸣道，“我听那话声，女人的年纪也不小了，与师父相仿，她还口口声声说，师父欠她的，跑到天边也要还。事后我就想，什么债能让出家人往外躲，只怕是人情债。”

“没想到你还挺会摸人的心思。”兆龙笑嘻嘻地说，“这便应了不是冤家不聚头那句老话了。”

“那天，女人临走时，还要我转告悟清师父一句话。”

“什么话？”

兆鸣脸色庄重，一字一字地转述：“你转告悟清，那个东西我要定了，他不肯要，我豁出命也要拿回来。”

风吹动着草叶哗啦作响，水花拍打着岸边发出汩汩的声音。两个少年你看我，我看你，心里面都泛着问号，女人嘴里的那个东西到底是什么？

“悟清师父后来听了，他怎么说？”

“师父只是合十念叨，罪过罪过。以后就再也没提这事，而那女人日后也没再出现过。再后来，你逃到庵里避难，万瞎子也追过来……”兆鸣说着，声音低下去，似乎火烧黑鱼庵那件祸事变成了一根鱼刺，扎中他的喉咙。

当年那个小小的黑鱼庵，原来一点儿不像表面那么平静。

兆龙环视杂草丛生的水丘子，突发奇想：“悟清师父死后，那个女人是不是也会来这里凭吊？看着眼前这情景，会不会也感伤怅叹？”

心中一动，猛然有个念头蹦进脑子里，爷爷曾经说过悟清的来历，他曾经想拜到杨家门下学太极拳。后来不果，便遁入佛门。为何这庵建在此处？难道说，此事跟杨家有关？或者说，那东西其实是杨家的，女人想谋夺去，便催促悟清下手？

杨家能有什么东西值得人这么惦记，不外乎便是太极拳。最高层的秘诀，当然就是《授密歌》了。

他越想越深，不觉倒吸口凉气。难道说，这才是悟清将黑鱼庵建在永年的目的？他原先确实答应过那女人，要从杨家偷取《授密歌》。后来他修佛日久，心境发生变化，不再想着那些阴谋勾当，因而才跟那女子交恶？

兆龙想到这层，便觉得心头泛出一阵阵寒意。要不要回去跟爷爷说呢？可是，悟清早死了，那女人也不见踪影……

兆鸣见他脸色阴晴不定，便拍拍他的肩膀：“别多想了，事情早过去了。”

兆龙打个愣神，想想也是，这些不过是自己的猜疑，当不得真的。忍不住笑着道：“悟清师父要是泉下有知，知道我们在这里嘀咕他那些事，肯定不乐意……”猛地又冒出个想法来，难不成老和尚当年那样拼命，是因为早就存有辞世的念头？

却见兆鸣从怀里摸出一样东西，在他面前晃了晃，居然是一壶酒。他先是倒了些祭奠下悟清，之后仰脖子灌了一大口，呛得大声咳嗽起来。

“酒不是这样灌的，要慢慢抿嘴，细细地品！”兆龙抓过酒壶，学着爷爷的模样，抿嘴吮了一口，又冲又辣，喉咙里登时着了一把火，“你从哪里搞来的，这么烈？”

“昨天就沽好了，想跟你喝两口！”

兆龙听着感动，便不再装模作样地小口抿，也大灌了一口，呛得眼泪都出来了。嘴里却大叫：“过瘾，过瘾！”

杨家家教严，即便逢年过节，小孩子们也不怎么碰酒。这回偷摸着喝起来，有些急，酒劲上来后便觉得天地倒转，全身发软。一开始，他们还一人一口地喝，喝到后来犯迷糊了，便抢着喝。

两个少年嘻嘻哈哈，跌跌撞撞，在满是杂草的水丘子上转悠，忽而大声高歌，忽而放声吆喝。

兆龙觉得人轻飘飘的，像在腾云驾雾，恍惚中，看到兆鸣瞪着一对发红的眼睛，死死地抓住他的肩膀，嘶哑着嗓子说：“兆龙，你不去京城………做得对！”

“对个屁，”兆龙猛然哇哇哭起来，“你走了，我以后连个说话的伴儿也没有！”

“你不跟大家走，是非就不找你……你做得对！”兆鸣大着舌头咕噜，“黑鱼庵——没了，悟清师父——没了，神秘女人——没了，你不见我，麻烦也——没了……”

两个少年哭笑了会儿，终于像摊烂泥一样倒下去，你的腿压着我的胸，我的手勾着你的腰，便这样呼呼大睡起来……

往日里热闹的家院一下子变得冷清清的，就好像秋风狂扫过的老树，只剩下枝头零星的几片干叶子，挂在那里瑟缩发抖，好不凄凉。

云天站在空落落的院子里，心里说不出什么滋味，兆龙夸张地伸着懒腰，笑道：“现在好了，这么大的一个家全归咱们了。”

云天心里却叹了气，要是刘氏还活着就好了，至少一家三口可以过过清闲自在的小日子。缺了她，这个家怎么也不囫囵。

杨慕侠和杨云鹏带着家眷走后，地上落掉不少杂物，杨奉跟他的婆娘开始清扫收拾，在云天听来，扫帚划过地面的声响异常刺耳。

“走吧，跟我到外场去看看。”杨云天招呼了儿子一声。

“外场现在应该没人了吧。”兆龙心想，爷爷和二叔走了，爹的身子骨还没好利索，谁还来杨家外场费工夫？

可去到外头的练功场一瞧，那里居然还有三个徒弟在练功，兆龙不禁暗自松了口气，阿弥陀佛，总算是没冷场。要知道，杨慕侠临走前曾嘱咐过他，要他好好陪着杨云天。老头子担心他和杨云鹏走后，杨家的外场就会垮掉，没人再来学拳。那样的话，便会伤了杨云天的自尊。

事实上，看到场中只有三人，杨云天心里已泛起了凄凉，区区三人，将来如何能靠授拳养家？总不能靠着爹和二弟接济吧？

那几个徒弟见云天和兆龙来到，都招呼说：“大先生来了！”

“老先生和二先生去京城了，你们几个还肯到场子里来，真是难得！”

“大先生说哪里话来，往常不也是您老来指点我们吗？”

“对，我们几个从来就是你大先生的徒弟！”

听他们这么一说，杨云天不禁哂笑，可不是吗，往常多是他在外场传艺，老二脾气火暴，出手重，敢跟他学拳的没几个。老头子呢，每天不过是来溜达两趟，很少出声。这些年，外场一大半是由他撑起来的。

这么一想，心里便畅快了好些，三个就三个吧，好歹还没走光，也算不容易。杨云天胸间豪气顿生，心说，只怕要从头干起了，便冲那三人点点头：“那就别管什么内场外场，都到家里来练吧，反正后院也空着了。”

“真的？”那些弟子闻听大喜，谁都知道杨家的规矩大，进不到内场，便学不到杨氏太极拳的精髓。大先生既然向他们开放，便等于变相收他们为入室弟子了。虽说他身子因抽鸦片变得虚弱，但毕竟武功见识在那里摆着，只要肯多加指点，他们日后便受用不尽了。

兆龙见他爹打了精神头儿，最高兴不过，拍着巴掌喊：“太好了，我练武有伴儿了！”

杨云天一笑，转身欲走，其中一个徒弟就喊：“大先生您先走一步，我们等齐了人，随后就过去！”

等人？杨云天有些疑惑。那人笑道：“还有几个去打点酒菜去了，准备中午请您老喝一顿！”

兆龙听说留下来的不止三个，更是高兴得直蹦。那天中午，他在厨房里忙活了一通，整治一些菜肴，跟留下来的七个弟子，以及杨奉夫妻好好吃了一餐。

从那以后，杨云天抖擞起精神，全心授拳。一些散去的弟子听说大先生又在内场教拳，纷纷回来，二十几个人把后院塞得满满当当。兆龙只好带着几个新入门的去到前院练功，他也没什么怨言，只要看到爹忙活得有滋有味，他心里就高兴。

杨云天虽然说身手不及从前了，但经历几番磨折后，如今倒是更吃透了拳理。人生之起起落落，就像那天地变化，风来后，自然会带来雨雪，阴云散去，丽日自然当头，总归是一个变字。

吃透了阴阳，也就吃透了那变的根源。当然也有不该变的，如果能够将一颗心修炼得静如止水，风动而无波，不管是临阵也好，临事也好，总能泰然处之，那才算大成。

兆龙发现，自从爷爷和二叔走了后，他爹反倒像从阴影里走出来，开始活得滋润有味了。白天在后院授拳，跟弟子们探讨拳艺；晚上则教兆龙读书识字，还能得出闲空来写写书法，甚至是拿箫来吹上一两曲。这在老头子当家的时候，是不可想象的。

在杨慕侠眼皮底子，没人敢消遣欢娱，只能一味子苦练武功，以此来保持杨家不败的神话。看着杨云天的神采日渐飞扬，兆龙暗自庆幸，当初爹的选择没错，如果跟着大家伙去了京城，他再也不会有眼前这等逍遥的日子过。

每到晚上，兆龙灯下读书，杨云天挥毫洒墨。外头夜色深重，室内人影在墙壁上晃动，让少年常常泛起一股暖意。有一晚，他忍不住对杨云天说：“爹，你知道吗，你现在跟一个人很像。”

“说来听听，”杨云天住了笔，笑着，“我像谁？”

“他是白云观的一个道士，名叫弱用。为啥叫这名儿呢，因为他跟爹你一样病恹恹的。不过，他是汉中金家的四少爷，武功造诣是这个！”兆龙说着，竖起了大拇指。

杨云天登时想起来了，去年十月时，他爹带着二弟去京城，便是为了金家走镖惹出的乱子。

“我记起来了，你那几天总爱往外边跑，就是去的白云观吧？”

兆龙点点头。他和弱用交往一直没有跟杨云天说起，因为父亲自从京城武考铩羽归来后，便一蹶不振，成天关在屋里养伤，他也不好提及。如今便趁这个话头，把他和弱用之间的事一五一十地说了。

杨云天听罢也不禁油然向往，叹道：“这样的人可做良师，也可当益友，难得！”

“爹，那下回咱们进京的话，你们不妨也见见。”

“看缘分吧！”杨云天眉头皱了皱，“只可惜，金家跟杨家有过节儿……”

“早没事了，爷爷跟弱用还一起喝茶呢！”兆龙呱啦呱啦说了在妙峰山香会上的事。

杨云天摇摇头：“你想得太简单了。”那弱用既然想从杨慕侠那里得到《授密歌》，老头子怎能不提防，只怕也不容许儿孙再跟金家人走近。

不过，那个弱用确实吸引了杨云天，他甚至对那种出家生活油然向往：“如果没有兆龙，我是不是也会去修道……”赶忙摇晃了下头，不禁自嘲，你在胡思乱想什么？

接下来的一段日子，父子俩生活得很平静，每天教拳练功，读书识字，倒也其乐融融。十天后，接到杨云鹏捎来的家信，却是兆鹰代笔写的。跟永年老家的平静不同，他们在京城这段日子却活在了风口浪尖上。即便只是几页薄薄的信纸，杨云天依旧能从字里行间感受到腾腾的杀气。

在京城，受了溥伦贝子的照顾，杨慕侠一家老小很快在那里安了家，内城南沟沿北头的一座大宅子，三进的院子，比永年老家还阔一些。杨家在京城的老徒弟以及镖局子里的朋友纷纷过来贺喜，一连热闹了三天，才算清闲下来。这些琐碎之事也不消细说。

第四天头上，父子俩吃过早饭，便去到溥伦贝子府邸候着，等溥伦从宫里回来。自从杨云鹏上回败了镇国公府上的藏僧夺目红后，贝子府上上下下便都为杨门那神奇的功夫所折服，尤其是总管承禄，更是对杨家父子恭敬有加，倒茶奉水犹如服侍至亲长辈。

他的心思不外乎是也想从中学上两手，杨慕侠如何不知，却并不急于应承，这事要看缘分的。说起传溥伦贝子拳来，其实他一人足够，杨云鹏来京可不单单是跟他一样在王府混饭吃，儿子需要另谋一份前程。

溥伦之前给过话儿，想安排云鹏去锐健营做教习，杨慕侠如今便安心等着伦贝子为之谋划。先在后花园练武场里慢悠悠地盘了路拳架，之后，承禄泡了茶来，老头子喝过一壶后，又坐在凳子上抽起了烟。

杨云鹏则站在一角抖大杆子，碗口粗细，长一丈二尺的家伙，在他手中像面条一样颤晃，发出嗡嗡的震响。承禄远远看着咋舌，这位二先生一口气抖上百来下，脸上依旧不见半颗汗珠子。

天有些微热，林木泛着深绿，树上的海棠花开得粉白一片，墙角和假山旁是一簇簇的蔷薇连翘，花儿朵朵都含着笑，香气惹得蜂蝶团团乱转。

杨慕侠瞅着那花木若有所思，任凭烟雾在面前缭绕，竟是忘了去吮吸。恍惚间，他产生了错觉，便像还坐在永年老家的后院，面对墙角栽种的几簇兰草、茱萸。

自然，他又想到留在那里的云天和兆龙，他父子俩可也能打起精神来教拳练拳？步量步量，永年其实离着京城算不上多远，可如今他们心却隔得几重山。这怎能不叫老头子心酸？

正心弦摇晃之际，忽听承禄叫道：“好了，贝子爷回来了。”

随着脚步声响，溥伦从假山后面转出来，后面跟着昆山、季如林两个护卫。却是已经换过了衣衫，紧衣短打，他边走边笑道：“劳先生久候！”

“贝子爷客气了！”杨慕侠把烟袋锅别回腰间，抱抱拳。杨云鹏也放了大杆子走过来，昆山和季如林两个朝着他们垂首哈腰，姿态甚是恭敬。

闲聊过几句，杨慕侠便请溥伦示下，要不要马上开练。溥伦笑道：“功夫不是一天两天能练成的，可眼眉前有桩事，还得先跟老先生通通气。”说着，从昆山手里拿过一个请帖，递过来。

杨慕侠打开一瞧，请柬竟是镇国公载英下的，大意是说，闻听杨氏父子举家来京，在贝子府传拳，特备下酒宴，于今晚请溥伦携杨慕侠、杨云鹏去府邸一叙。

“酒无好酒，宴无好宴呢！我那三叔自从上回在这边丢了面子，心便结了疙瘩。”溥伦苦笑道，“他是想在今晚这‘鸿门宴’上，把丢掉的再抢回来。”

“贝子爷，那咱们就走一趟好了！”杨云鹏插口说。

“二先生果然豪气。”溥伦道，“人家赏脸来请，咱们自然不能推却，可是有一点我要提醒老先生和二先生，我这位三叔向来以孟尝君自居，门下搜罗的武林好汉不下三十几位，里面有几个扎手的人物，所以……”

看到他眼神忽闪，杨慕侠笑道：“贝子爷有何建议？”

“杨家在京城有不少老徒弟，老先生何不招来几个，今晚一同过去热闹热闹？”

昆山和季如林可是知道镇国公府里的水是深是浅，马上附和，一个说：“主子说得没错，人去少了不成，那帮孙子心狠手辣，保不准会干出什么阴损的勾当来。”另一个说：“老先生，二先生，以您二位的威名和功夫，当然走去哪里都能镇得住，可小心驶得万年船，多一对眼，便少一分风险。”

溥伦哈哈大笑：“你俩兔崽子今天说话倒也抓理！”朝着杨慕侠一点头，“还是请老先生拿主意吧。”

杨慕侠心里早有了主张，手捻胡须，却并不急于表态，而是转向杨云鹏：“老二你怎么说？”

杨云鹏眼里闪过一丝杀气：“这种场合人去多了没用，碍手碍脚！”

“没错！”杨慕侠高声道，“贝子爷，咱们是去赴宴的，又不是去打斗，只我父子俩陪您前往即可。”

溥伦听他二人一说，心下不禁一热，老话说艺高人胆大，果然不假。只不过，那场面如何应付，尺度还得好好把握。镇不住席面不成，闹翻了脸更不行，今晚在镇国公府上的这场戏，他们三个可得好好唱演了。

登多大的台子唱多大的戏，尤其是在京城这样的地方，露脸的角色除了身上要有过硬的本事外，人脉也得广，胆子也得壮。天上掉馅饼的事也许有，但如果不及早地张开嘴巴，怎么也不会吃到嘴里。

如果说，去年在贝子府败了藏僧夺目红算是开场锣的话，那么，今晚去镇国公府的这一场便算是正式登台亮相了。杨慕侠知道，他父子此次重新出山，暗地里有不少眼睛在瞄着，一步也错不得，一步也败不得。

他身上扛着“杨无敌”这块金字招牌也十多年了，在永年老家不曾有半点闪失，来到京城更得谨慎。这十年他隐居修炼《授密歌》，有所得也有所失，杨家离开京城武林日久，威名已不如杨东魁在世时响亮，只是有赖于那些杨门的老徒弟给撑门面，还过得去。

所以他跟云鹏此番投靠溥伦贝子，先稳住了脚跟，接下来便要重振太极门的声威。如此看来，今晚要赴的这场“鸿门宴”虽有风险，闯荡好了也不失为一步好棋。此宴不能推，只能闯，闯便要闯出点名堂来。

杨慕侠在答应溥伦那一刻，便知道今晚应该怎样去扮演角色了，要想震住那场面，少不得要用霹雳手段。 哪怕今晚这块骨头再硬，也得利利索索地啃下来。

老头子心想，多亏了老二身上这股子拼劲儿，有他当这个开路先锋，确实省心不小。不禁又想起当年自己跟杨东魁闯荡京华的日子。

那时候，杨家还没崭露头角，日子过得比现在艰苦多了。他跟师弟徐雁北、胡玉斋一起，充当父亲的马前卒，大大小小的比武不下三十几场，最终让杨东魁把杨家的第一块无敌的招牌给拿下来。

当年的那些逸事中，最为人津津乐道的自然是杨东魁跟八卦门的董海川一战。那一役震惊武林，随着两位内家拳开山宗师的威名日盛，太极拳和八卦掌也随之传播开来。

但是，有关两位高人比武的传说很多，多是走了样。无不说两人斗了三天三夜，比试了千招也未分胜负，最后惺惺惜惺惺，携手言和，成就了一段武林佳话。

其实，这一战从头到尾，杨慕侠都瞧在眼里。那天上午，两位宗师相约在英王府见面，只是笑着相互抱了抱拳，杨东魁端了杯茶来敬，董海川慢慢来接。两人的手黏在一起，久久不动，杯子里的茶水也没溅出半点。

他和徐雁北、胡玉斋在旁边瞧得清清楚楚，两人的腿不动，肩不动，手臂不动，腕也没动。只不过偶尔勾了两下手指。也只是限于无名指和小指。

他们脸上的笑容也一直没断，英王在旁边看得好奇，觉得他们这茶敬得时间未免有些长，但看两人的神态又没有什么异样，不觉便走近了些。

两位宗师便也嘻哈一笑，轻轻放开，董海川把茶吃尽了，之后两人就向王爷告辞，手拉着手，去到关王庙里找了一处静室，关起门来。

他和胡玉斋、徐雁北在外面守着，始终未听到什么异样的响动，只能听到两人在低声私语，偶尔还会发出一两声爽朗的笑声。

这样子，他们一连交谈了三天，竟没有再动手过招，只各自说了好些对武学的领悟，相互磨合印证，最后皆大欢喜，携手出门……

后来，杨慕侠才明白了，朋友虽多，但知己难逢。有时候，你的对手也许才是你的知己。这真是挺无奈的。

像父亲和董海川这样同等分量的武林人物，先是对手，后成知己，又成朋友，该从哪里寻。也许百年中寻不出几对。所以，当年两位宗师留在杨慕侠印象里的，不是他们的身手，也不是他们的风采，而是他们会心的朗朗笑声。

在京城的那段岁月里，留给杨慕侠印象最深的还不是两位宗师的绝世之战。而是他和胡玉斋在西山百花岭时，跟十几位武林好手激战的那一幕幕。深秋，满山枫叶飘红，他们心胸像烧着腾腾的烈火，在那些人中冲来杀去，最终看着对手惊恐逃走，两人相视大笑，然后背靠着背，各举起酒葫芦狂饮，头顶上的夕阳又红又圆，映得他们一身灿烂……

日子真是禁不得混呢，似乎一转眼，他就变老朽了，而师弟胡玉斋也早在地下埋了八年。杨慕侠摸摸胸口，那颗心还跳得有力，热血还在激荡，只是，他再也笑不出当年的爽朗和豪情了。

这天，杨慕侠坐在贝子府的后院里，抽着旱烟，喝着茶水，想了好多。似乎人老了后，便更容易怀旧，往日里的那些个事儿，时不时地就会蹦出来，让你好好地去咂摸咂摸味道。一直到天色暗了，要换上衣衫出门，那份心情才烟一样慢慢散淡了。

溥伦乘了轿子，他们坐了马车，在昆山、季如林等四名护卫的陪同下，来到麻线胡同那边的镇国公府。杨慕侠一瞧，这府邸跟贝子府差不多模样，大式起脊的灰瓦顶门楼，罩住两扇紫红色的油饰大门，门口左右各压着一对上马石。倒是两旁的大槐树长得叶茂，黑幽幽地遮了一大片天，炎夏最可乘凉。

人一到，管事就赶紧去禀报了，溥伦却不等里面的人出来，便带着杨氏父子跨进门。

府里张灯结彩，过了垂花门，转过照壁，沿着抄手游廊走，看到大厅一片通亮，喧闹声滚滚而来，看得出，今晚赴宴的人不在少数。

载英听说溥伦到了，快步迎出来，老远就喊："老四，你来得可有些晚了，待会儿要认罚！"

"三叔要侄儿喝的罚酒，多少杯也得喝！喝少了也不成！"

"这话中听！"载英说着，目光早落到杨氏父子身上。杨慕侠和杨云鹏一起朝他行礼，载英一边拍打着溥伦的肩头，一边打量着杨慕侠，"实说了吧，今天这酒席是给杨老英雄摆的，老三你再跟我亲，今儿个也得靠后！"

"多谢镇国公抬举！"杨慕侠抱抱拳，看到载英身后又闪出几个人来，灯影下，当先那个长着国字脸，身材魁伟，辫子在脖子上绕了两圈，小臂粗细。后面那个，青布长衫，倒有几分文秀模样，不像个练武的。

载英一抬手，指向他俩："我给你们介绍，这位是陈炯，那位叫万岩林，是我府上的教习，你们多亲近亲近。"

这两个都是四十左右年岁，上前作揖，称杨慕侠为老先生。杨云鹏则与他们同辈相称。老头子虽然十年未曾在江湖上走动，但眼力见儿却够用，又辨了他们的口音，便也猜了个八九不离十："陈世兄可出自少林？万世兄练过心意六合拳？跟山西万丰谷老先生怎么称呼？"

两人见杨慕侠一一道出了他们的来历，不免惊诧。杨云鹏听父亲这一说，也留心到陈炯头顶上还隐隐有受戒燃顶时留下的香疤，至于那姓万的，话音透出一股醋溜味儿，抬脚便是鸡腿步，也不难看出他的来历。

大厅里面人声鼎沸，两溜儿排开七八张桌案，约有二十几个宾客就坐。看那模样也都是练家子。看到载英带人进来，顿时话声哑下去，纷纷起身。

陈炯身为教习的头头，抢先说话，依次介绍溥伦贝子、杨家父子。一干人抱拳行礼，脸色各异，有冷有热。

当下，载英和溥伦面朝南，居中坐着，杨慕侠父子被安排在左边的主宾席上，他们正对着陈万二人。桌上摆着瓜果茶点，有肚饿的已经开始自行取用了，看得出，大家平日里也很随便。

载英摸摸光滑的脑门儿，嘿嘿笑着："我呢，喜欢直来直去，文绉绉的那一套老子最讨厌了……"话才出口，底下的人便轰然大笑。

"今天，请溥伦贝子——我四侄儿过来，喝酒还在其次，主要还是想让大家伙见见太极门的杨老先生和杨二先生。不为别的，单单只为人家身上扛着的杨无敌招牌，我就想让你们见识见识，什么是高人，什么叫能手！"

溥伦见载英说出这番话后，底下的人有的冷笑，有的不屑，还有的瞪眼竖眉，赶忙笑道："三叔，这酒还没开始喝，你怎么就说出醉话来了？"

"我怎么说的是醉话？"载英一拍桌子，"老子说的是实话！"

杨慕侠微微一笑，起身抱拳："镇国公，您这实话好说，可叫姓杨的听得坐不下去了！"杨云鹏也是霍然起身，目光冷厉。

溥伦暗中扯一扯载英的衣角，嘴上笑着说："三叔，要不我也起来站着？"

"嘿嘿，一句玩笑话，老先生还当真了。"载英发出一连串怪笑，把脑袋摇得像个拨浪鼓，"您请坐，喝杯茶，听我慢慢道来。"

他端起茶杯让了让，杨慕侠这才笑着慢慢坐下去。杨云鹏的目光却转向其他人，滑了一圈儿，跟着坐下。

"人人都知道，我载英好的是结交天下豪杰，府上接待的也是各路好汉。承蒙江湖朋友的抬举，还赚了个小孟尝的诨名。这些年下来，我府上早定下一条不大不小的规矩。”

“规矩？”溥伦目光闪烁，“我以前倒是不曾听说。”

“你没听过的事儿多着呢！”载英冲着陈炯一点头，“你说说那话儿！”

“很简单，大凡武林人士走进国公府，来时露一手，走时留一手！”

载英啪地一拍桌案：“着，就是这话！”他笑眯眯地转向杨慕侠，“老先生，意下如何？”

杨慕侠坦然一笑：“既然国公爷这么抬举，我杨家也就斗胆在各位好汉面前献丑了！”说罢，朝云鹏点了下头。

那万岩林招呼道：“杨二先生可要称手的兵器舞弄？”

“不劳费心！”也不见杨云鹏如何动弹，身子竟然拔高而起，却是屁股依旧坐在椅子上，凌空翻到大厅当中。

众人见他上去就展露这手惊人的轻功，都呆住了，那声好塞在嗓子眼里忘了发出来。杨云鹏像鹤一样，徐徐飘起，双脚立在椅子上：“各位，今天初次见面，我便将杨家拳打上一套，送给朋友下酒！”

他说着，便立在椅子面上那方寸之间，风驰电掣般打起太极快拳来。身法如影随形，飘忽不定，竟然还能在椅子上弹抖、飞腿，如履平地。

他发劲时冷弹脆快，时有哼哈声响，震得众人耳膜嗡嗡发痒。而他脸上的表情也随着拳式的刚柔快慢而不断变化，忽而祥和微笑，如云中神仙；忽而面带怒容，杀气腾腾。

直把一干人看傻呆了。在他们印象中，太极拳柔和缓慢，像轻歌曼舞，讲究的是以柔克刚。但云鹏此拳打起来却如疾风骤雨，居然比外家拳还要快。

当然，不少懂行的看出其中的妙处，那拳每出一下，都在旋转，没有丝毫间断，真正做到了刚柔相济，阴阳互用。

更可怕的是杨云鹏脚下生根的功夫，在椅子上闪转腾挪，竟然从容自如，这份身法步法放眼武林只怕也没有几个能够做到。

这拳打得痛快，畅利，惊得众人眼睛都舍不得眨一下。只待杨云鹏做了收式，他们那口憋了好久的气才慢慢吐出来。

载英摸摸脑门上的汗水，掏出怀表一瞧，杨云鹏这套拳打了二分多钟。见他站在上面，如扑鼠之猫，神气摄人心魄，打完后双手抱拳，大气也不多喘：“献丑了！”

“好！”两旁的人方才喝起了彩，纷纷咬耳朵，小声嘀咕。

万岩林更是亲自跑下去，替云鹏将椅子擦了干净，端回原位，并斟茶奉上。他是真心佩服了杨家人。陈炯身为总教习，却不免觉得有些尴尬，杨云鹏这风头出得太狠，压得他们喘不过气来。

“好拳呢，好拳！”载英嘴里念叨着，心有不甘地瞪了陈炯一眼，后者心领神会，又站起了身，“杨家太极拳果然霸道！”

杨慕侠听他说出“霸道”二字，眉头一皱。果然，陈炯下面还有话：“就算少林连环拳打起来，也没这变化。敢问老先生，您现在的拳架子也是这样盘的吗？”

这话倒也问到了点子上。杨慕侠笑道：“我已老朽，不打这快拳很久了。”

“那晚辈就迷惑了。老先生跟人过招，又如何能取胜？”

“全凭意快！”

“这个意，便是用意不用力的意？”载英叫起来，“听着倒是很玄乎！”

陈炯附和道：“没错，这话儿以前就听过，只是还没见识过……”

话刚出口，杨慕侠竟像老龙一样，发出一声长长的沉吼。那吼声像是从地底下传出，滚滚而来，震得地皮乱晃，之后又往上喷涌。

陈炯只觉脸皮如同针刺，眼前一阵发黑，心弦摇晃，头发根根竖起。桌上的茶杯哗啦哗啦乱响乱颤，茶水泼得满桌都是。

那气波还在往外扩散，噗的一声，外面的窗户纸全部震碎，像白蝴蝶般飘落一地。厅前的芙蓉树也像遭了雨打，簌簌作响，几只宿鸟嘎嘎叫着逃了。

吼声慢慢沉下去，大厅里一片死寂，只有头顶上的数盏灯笼还在来回荡着，发出吱呀的声响。随着灯火的闪晃，人影也摇晃不定。

还是载英最先反应过来。杨慕侠发威时，他正端起茶杯往嘴巴里送，可倒好，不等手腕抬起，茶水就噗地晃出来，泼了他一脸。等一切消停了，他才顾上用手摸了把脸，大叫道："好功夫，我这回可是真服气了！"

杨慕侠缓缓抱拳："国公爷过奖了！"

再看在场的人，也都是表情不一，有的艳羡，有的惊惧，有的沮丧，有的迷糊，委实是杨慕侠展露的这一手太可怕，将他们都震慑住了。溥伦也是头一回见杨慕侠施展这等神奇的功夫，似非血肉之躯可以练成的，他还不忘瞄杨云鹏一眼，后者脸色也显异常，可能也没想到老头子还会这一手。

这当然是《授密歌》里的高深武学，不然的话，他习练杨氏太极拳近三十载，却从没能把神意气声势结合到这程度，由此可见，武当的那玩意儿确有不凡之处。

应该说，杨慕侠当众施展出的是一种让大众感到绝望的武功。它的威力、神奇、声势超出了众人的想象，让你觉得深不见底，高不可攀，别说想跟人家较量了，在场的人甚至没一个人有资格做老爷子的对手。哪怕你再苦练上几十年，甚至押上下辈子，这种神奇的功夫也未必能摸得到边儿。

震惊沮丧之余，陈炯和万岩林起身走到大厅当中，他们身为府中教习的头头，自当出来表态。要是换作以往，他们觉得今天遭人一个下马威，害得镇国公丢了脸面，定是要出头把场子找回来的。可是杨慕侠露了这一手，让他们惊为天神，服服帖帖，全无再上前讨教的念想。

按照老规矩，进府要露一手，留一手，杨慕侠露的这一手只怕日后无人再能比得过。也可以说，经过今晚这一遭，杨家那块无敌的金字招牌又重新刷上金漆，第二代杨无敌并非浪得虚名，而是实至名归。

陈、万二人一带头，其他人也都纷纷出声，对杨慕侠施展的太极神功赞不绝口。杨云鹏留心察言观色，这些人的赞誉是发自内心的，并非曲意逢迎。

人心真是奇怪得很，如果你的能力比他人高不出多少，换来的常常是妒忌。但如果高出不止一个山头，使其终生无法展望，他倒是真心肯俯身叩拜了。

杨云鹏看着这些练家子对父亲高山仰止的神情，不觉心头一阵激荡。其中一个中年矮个子，仰着一张红脸，手里还拿着一只酒葫芦，可能是带了几分醉意，竟然朝着杨慕侠接连作了三个揖，才被人笑骂着拖走。

还有几个，甚至当场就询问起杨慕侠是不是愿意收他们为徒。溥伦在旁边看了自然也是满面春风，本来他还担心两边一闹，会弄得不好收场。现在看来，杨慕侠非但镇住了场面，还镇住了他们的心，大家居然“打”出交情来了。

他笑嘻嘻地对载英说：“三叔，我看今天那罚酒是不用喝了，咱们得喝个交心酒。”

载英也咧嘴笑道：“管他什么酒，喝不醉，你就别想回！”猛地拔高嗓门，“好了好了，想拜师想学艺的，也不急于一时，哪天我心下一乐，指不定就带着大伙儿一块去拜老先生了。”

众人听了他这番话，都大声叫好。载英摇晃着脑袋：“可眼眉前儿，我们要解决的是肚子问题。”一拍桌子，“兔崽子们，你们都不觉得饿吗？”

一席话惹得众人大笑。大家纷纷嚷：“怎么不饿，早他娘的饿翻了！”

“那还不快点上酒上菜！”载英朝着下人们一瞪眼，他们就急火火地跑下去忙活了。不多时，每张桌子都摆得满满当当。

载英左右看看，起了身，端起杯子，神情居然变得庄重起来，“来，我们先敬老先生一杯！”众人纷纷起身，面向杨慕侠。

这一杯酒落了肚，杨慕侠才切实地感到杨家在京城扎稳了根。正如陈炯他们所言，第二代杨无敌将由他开始。杨东魁遗留下的光环正逐渐淡去了。

里九外七皇城四，从这句老话便可以瞧得出京城的格局。内城多住着旗人和高官政要，有九个城门；外城则是平头百姓的杂居，有七个城门。一到晚上大门关闭，泾渭分明，化作两个世界。

从镇国公府上出来后，时候已不早了，杨氏父子乘坐的马车在前，溥伦贝子搭的轿子在后，在数名护卫的环拥下，出了麻线胡同，转向东城方向。街道上行人寥寥，嗒嗒的马蹄声和沙沙的脚步声带出了回音，撞在两旁的店铺墙垣又弹回来，比往常透亮。

夜色浓黑，天气倒是不冷不热，只不过对酒足饭饱的人来说，却更能催起浓浓的睡意。溥伦今晚心情爽好，不免多喝了几杯，在国公府时尚可坚持，一坐上轿人便泛起迷糊。加上晃荡得如同摇篮，很快便要坠入梦乡。

可不知何时，轿子停了，溥伦又慢慢清醒，正疑惑间，轿帘被撩开，杨慕侠探进头来："贝子爷别惊，咱们有客人拜访！"

"客人？"溥伦脑子里还没转过弯儿来，在轿子周围，昆山、季如林几个护卫如临大敌，都亮出了兵刃。

杨慕侠搀扶着溥伦从轿子里钻出来，他酒劲上来后，脚下有些发飘，不过胆子倒是壮，说声咱们过去瞧瞧，便跟杨慕侠并肩往前。绕过马车后，果然看到杨云鹏站在街心，在他前面两丈远的地上，躺着一个人。

昆山唰地抽出佩刀，呼呼虚劈了两下，喝道："你是什么人，敢挡贝子爷的道？"

杨云鹏冷笑："他拦的不是贝子爷，而是我杨云鹏！"

地上人听他这一说，哈哈一笑，双腿就势再一绞，身子便腾空弹起来。脚刚站稳，便从腰间解下一个葫芦，拔了塞子，仰脖子灌了两大口，喊道："痛快，痛快！"

溥伦打个愣神，这人他有印象，也是载英府上的。半个时辰前，他还随着一班人轮流上前敬酒，一张大红脸，小矮个儿，酒葫芦不离口，醉醺醺地直冲杨慕侠作揖呢。

"你不是镇国公府上的人吗，怎么折到这儿来了？"

那人把酒葫芦往腰带上一别，施个武式安，欠欠身子，右腿往后撤半跪，右手伸到右腿的外侧："不敢惊扰贝子爷，小的此来是专程向杨家二先生讨教的。"

杨云鹏冷冷地道："报上名来，杨二手下不打无名之辈！"

"高——成，地躺门传人！"

应该说，江湖上习练地躺拳的人不多，杨云鹏素来好战，乍碰上这样新鲜的对手，眼睛不禁一亮。这就好比常年吃大鱼大肉的食客，冷不丁捞着了素菜来吃，刺激得胃口大开："好，我今天就领教领教你的地躺拳功夫！”

高成嘿嘿一笑：“二先生，太极拳借力打力，我站着打稀松平常，躺下来打却有一手，倒要看看你是怎么借力的？”

“你既然有这道行，怎么适才不在国公府里施展，那样的话，你主子脸上多少还添些光彩？”

高成听杨云鹏这一说，又是哈哈大笑：“镇国公要是能早些看出我身上有门道，姓高的也不用成天抱着个酒葫芦混日子了！”

“听你这话，倒是我那三叔眼力不济，屈了阁下了！”溥伦道，“高成，我有几句话想送你，可愿意听？”

“贝子爷请讲！”

“你何不毛遂自荐一回呢？按江湖规矩，赶明儿代表镇国公府下战书，递战表，光明正大地跟杨二侠打一场。总胜过挑这么个时辰来生事，让人小瞧了！”

听了溥伦这番话，高成正色地抱拳道：“多谢贝子爷指点，只是，小的并没替镇国公出头的意思。我连夜仓促追过来，也是出于无奈，因为明日一早，俺便要离开京城了。”

这话的意思再明白不过，他不为名不为利，只想为自己一战。

一直没吭声的杨慕侠此时表态了：“这么做倒也简单，省却不少麻烦。”

高成闻听大喜，深深一躬：“多谢老先生成全！”

“这里不合动拳脚，你想必已经有了中意的地场？”

“是，往西不到二里地，有一处废院子，足够我们打斗了！”

杨慕侠便朝杨云鹏点点头：“那你就跟着这位高兄弟走一遭吧，同道交流，大家点到为止，切莫伤了和气。”

杨云鹏和高成同时应了声，两人又朝溥伦抱了抱拳，身形一晃，瞬间就消失在浓黑的夜色里。溥伦贝子没想到他们说走就走，不禁一呆：“老先生，怎么真叫他们走了？万一这是个圈套可就麻烦了。”

杨慕侠笑笑道：“贝子爷宽心就是，我看那高成并非奸诈小人，是真心想领教杨家拳的精妙。云鹏呢，也一门心思想见识见识地躺拳，他们这一仗肯定打得精彩。”

溥伦搓搓手："那咱们更应该跟去见识见识。"

"您这千金之体，还是不要去那种场合的好。"杨慕侠说着，扶溥伦上轿。昆山几个也怕出意外，赶忙催促轿夫起行，一路小跑起来。

这么一颠晃，溥伦顿觉得酒劲又涌上来了，迷糊中，还不忘替载英叹息。三叔枉自戴了个好养士的名头，明明高手在眼前，却是发现不了，真是可悲可叹。

天上不见月，星斗倒是一片璀璨，衬得夜色浓重。内城此时已经很少有人走动，间或听到梆子声当当地敲响，传得遥遥远远，引得几声狗吠响起，却很快又沉寂下去。

两条黑影像利箭一样，嗖嗖地弹跳着，分开浓黑的夜色往前闪去。高成自打在镇国公府见识过杨云鹏的拳法后，便知道他的轻功十分了得，所以一冲出去，便使出了十分气力，头也不回，只是拣最近的路往选好的废园子奔去。

耳边风声呼呼，毛孔个个张开，口鼻都像冒出了火。几个闪晃冲到街尾，又猛地一个鹞子翻身，拐向一条偏僻的小胡同。那里面黑咕隆咚的，尽管脚步轻，还是传出了回声，惹得看家狗嗷嗷叫起来。

高成又在曲里拐弯的胡同跑了会儿，才翻过一道高墙，跳进了早就踩好点的荒院子里。他一落地，便转身去听身后的动静，墙外声息全无，杨云鹏竟然没跟上来，只能听到自己微微的气喘声。

嘿嘿，要是他杨二跟丢了，这武比不比也没什么了。输了第一场，也够臊他一回了。高成正自得意，便听身后有人道："你这轻功也算不错了！"

高成吓得一个高儿蹦起来。好家伙，一条黑影站在他身后不远，正是杨云鹏。敢情，他一直紧紧贴在高成身后，直到蹦进园子，才闪到一边去。

高成呆了半晌，猛地大声道："好，好，我的轻功不及你，算是输了第一场！"从腰间拔出酒葫芦，仰脖子灌了两大口，随手扔给杨云鹏，"好酒不可独饮，三十年的陈酿，二先生赏脸尝尝吧！"

杨云鹏一把抓住，漫漫凑到鼻前闻了闻，猛地把它甩向旁边的假山，哗啦碎成片了。高成呀地蹦起来：“我的葫芦！”

他跳过去查看，葫芦和酒都报销了。高成转头恨恨地骂：“姓杨的，我跟你没完！”

“怎么，恕我敬酒不吃吃罚酒？”杨云鹏冷冷地吐出这句，猛地拔高嗓门，“就你这穷酸样儿，好好当个缩头王八得了，非要出来蹦跶，丢人现眼，你以为老子有闲空陪你来这里喝马尿吗？”

高成吃惊地看着杨云鹏，浑没想到杨家的二先生说话如此粗鲁，气得直翻白眼，一时间竟说不上话来。杨云鹏虽然脾气暴烈，但从来是动手不动口，很少像今天这样耍嘴皮伤人，乍这么一吼一骂，心头憋了半天的闷气一出，倒是异常痛快。

这也是有原因的。今晚在镇国公府上，他站在红木椅子上，四平八稳地打完一套太极小架，那可是一等一的真功夫，放眼武林没几个人能够做到，谁知，还是没有将载英府上的那些家伙镇住。最后，还是老头子亮了一手御气的功夫，才算将那些人折服了。

虽说收场不坏，但杨云鹏脸上终究有些挂不住。武林中，谁不知道他是杨家最能打的一个，大凡前来挑战的人，无不乖乖臣服，但末了在镇国公府，那些混蛋还是只服气老头子一个人。

这点挫折本来不算什么，回途时他就忘到脑后了，谁知，半道上突然又冒出个高成，非要拦着他较量。显然，这家伙在镇国公府上时就不怵他的太极小架，所以才会在散席后偷偷跟上来，这叫杨云鹏如何能不着恼。急怒之下，话头也狠辣了。

高成气得直哆嗦，叫道：“姓杨的，今晚我跟你赌命！”身子往下一蹲，呼地弹起来。眼看着冲到跟前，脚下一滑，竟一跤跌倒在地。

杨云鹏一愣，以为他酒喝多了已站不稳，谁知高成一个侧跌后，紧跟着一个前滚翻，已经钻到他的身下，双腿猛地一绞，使出地躺拳的杀着“下风剪”来。

这种打法确实少见，杨云鹏不敢怠慢，赶忙用云手来化解，双手才黏住对方的腿，高成的双手反倒别住了他的右腿，就势拔了他的根。

两人抱成一团，在地上滚了几滚，杨云鹏急切间按住假山，一个弹抖，将高成甩出去。他才跳起来，对方又一个“扑地蹦”翻过来，双腿又在地上连环扫出。

杨云鹏连连后退，喝了声彩：“好腿法！”

高成嘿嘿冷笑：“要命的还在后头呢！”他的杀气旺，士气足，一口气抢攻了七八招，虽然没有击倒杨云鹏，但一直压制着对手，让他缓不过气来。

当他使出地躺拳的绝杀技“蝙蝠腿”时，杨云鹏已经无法再退避了，这位二先生一改战术，马上进行反攻，先是用下势将高成双腿挡住，跟着就是一个挤劲，将他砰地击出两丈多远。

为了探究这种不常见的拳术，杨云鹏与人对阵居然拖了这么久，也算是少见。现在他一旦摸清了对方的路数，杀气就腾腾冒出来。

高成又一个“倒背镰”攻上来，可惜式子还没使出一半，杨云鹏早一记“海底针”击到，将他再次打出两丈多远。

这下子，高成撞到假山上，疼得筋骨如裂，张嘴就喷出一口血来。杨云鹏拍拍身上的灰尘，冷冷道：“杨家拳出手见红，你能接住两招，也算不坏了。”不待对方开口，脚尖一点，身子就纵出老远，翻过墙头不见了。

高成撑着假山慢慢爬起来，又吐出一口血痰，强忍着伤痛，从怀里掏出一个小药瓶，将里面的药散尽数吞下去，之后又盘膝打坐，运气静养了半个时辰。

等高成调息完毕后，身上的伤痛已经消除了大半，他不得不承认，杨云鹏适才手下留了情，以他的功力，若是下狠手，自己的小命只怕早丢了。

“好你个杨家老二，等着瞧吧，我定要再找你打上一场。”可话是这么说，高成心里却半分把握没有。看来，也只好请龙哥出头了。

这么想着，他左右瞧瞧，见没什么异常动静，方才慢慢摸到假山洞里。他在里面摸索了会儿，再拔出身子时，手里已经多了个包袱。

包袱沉甸甸的，他拿在手里掂量了下，忍不住笑道：“总算是没白费工夫。”

这时，一阵夜风吹来，树枝乱叶哗哗作响，高成心中一凛，转头看去。风吹来的地方没有什么异样，可是，手中一轻，包袱已经到了另一个人手里。

高成吓了一跳，眼前那人竟然便是杨云鹏。他瞪大眼珠子，半晌作声不得，只觉一股寒意慢慢从后背涌上来。

“我猜得没错，你果然是个贼！”杨云鹏冷笑着晃晃包袱，原来，他刚才一直潜身藏在附近窥看。

高成咬咬牙，目露凶光：“姓杨的，你是怎么知道的？”

“镇国公虽然少见识，可好歹养肥了你们这帮人。如果你清白的话，就算要离开，也不至于连夜走，连招呼也不打一声！姓高的，你这一手玩得实在不怎么高明！”

“没想到你杨二还这么机警，我今天眼瞎，活该落在你的手里。”

“怎么样，留个名号吧？”

高成虽然有些色厉内荏，还是挺起了胸膛：“天地二盗，你听说过吗？我就是其中的鼠盗！”

“还真听说过，天盗就是龙盗吧，听说他的青龙大枪很厉害，不知道跟我杨家的太极十三杆比，有几分胜算！”

“真想知道输赢，打一场就是了！”

“好，”杨云鹏挥挥手，“你走吧！”

高成没想到他轻易让自己离去，倒有些半信半疑：“你肯放我走？”

“我可没有替镇国公抓贼的职责，不过，这东西不能让你带走，总归要还回去的！”杨云鹏把包袱往肩上一背，“如果不服气，就叫龙盗替你来讨面子吧！”

“好个杨云鹏，冲你这句话，我今天服气了！”高成说着一抱拳，“山不转水转，咱们后会有期！”他说着，背贴着墙壁猛然拔起，竟是倒着往上爬去，随即又折腰弹起，消失在墙后。

看他亮了这一手，杨云鹏也不禁称赞，毕竟鼠盗能在他手中腾挪几招，也算是少见了。

黑夜里的内城，像一只困顿的巨兽，打起了盹儿，为数不多的零星灯火懒洋洋地闪晃着，也没了神气。倒是一小队巡夜的兵丁，仗了灯笼，踏着尚算齐整的步子缓缓而来，让冷冷清清的长街有了回声。

伴随着嗒嗒的脚步响，是连天价哈欠，间或还夹杂着几声咳嗽。这小队兵丁前脚刚过，高成就从墙头冒出来，猫一样无声地跳到街上，朝相反方向跑去。

他不愧是走夜路积年，拐弯抹角，很快就来到内城根下。西面的是宣武门，瓮城和箭楼上都有军兵把守，他挑个偏僻所在，也不用绳索和虎抓，摊开手掌，两腿蹬着，便像头壁虎一样嗖嗖游上去。

出城不难，过护城河却有些麻烦，幸好天早变暖和了，他脱光衣衫和鞋袜顶在头上，慢慢下水游过去，倒也没怎么费事。只是身上湿漉漉的，穿上衣服后还是觉得难受，高成忍不住又骂了声娘，把这笔账又记在杨云鹏头上。

外城人烟密集，也没内城和皇城护守得那样森严，因而更多了些烟火气息。一些酒馆妓院彻夜有客，天桥一带更是热闹非凡，三教九流都在这里摇头晃脑，夜里也不会消停。

西小市的交易就是在夜里进行，俗称鬼市。挑鼓的和挑筐的每人都要提一只风灯，跟同行谈买卖，先说行话，再动手语，把手缩在袖口里，互握手指讲价钱，然后货款两清拍屁股走人。

高成原本约了几个老客在这里碰头，好尽早把到手的财货撒出去，谁知，碰上杨云鹏那个煞星，让他空手而归，还浑身湿透，狼狈不堪。

西小市靠北有一条胡同，弯弯伸进老远，里面开设着一家家旧货铺。高成钻进其中一家名叫丰庆祥的，老板瞧见他来，脸色变得庄重，出门左右瞧瞧，便上门板歇了业。

“人在哪儿？”

老板朝隔壁房间指了指，里面一片乌黑，没有掌灯。高成冷笑了下，说：“你去唤他出来！”

“那主儿来时就说了，让您进屋说去。”

“架子倒不小！”高成哼了声。老板拎过一盏风灯，引着他走到隔壁，轻轻敲下门，“万先生，高爷来了！”

里面还是没动静。高成皱皱眉，从老板手里抓过风灯，推门进去。才要掌灯查看，嗖地一下，冷风袭到，高成下意识地往旁边一闪，人没事，灯笼里的蜡烛却噗地灭了。

高成大怒，正要吱声，角落里有人慢吞吞地说：“高爷，咱们关上门说话吧。”

“姓万的，你见不得人吗？非要摸黑说话！”

“也差不多啦！”万先生倒是不着恼，依旧慢腔慢调地说，“我见不到人，你也见不得人，咱们一杆秤两个砣，大哥别说二哥！”

高成随手将灯笼扔出去，候在外面的老板赶忙接着，又将两扇门轻轻带上。屋子里黑得伸手不见五指，依稀能听得到人微微的气息声。过了会儿，高成的眼睛适应了光线，才慢慢辨出东墙角的那个黑影来。

“你受伤了？”

高成不禁惊讶：“你怎么知道？”

“我招子不好使，耳朵却够灵巧！”万先生一抬盲公杖，一条方凳滑出去，堪堪贴着高成腿弯停住，“请坐！”

“几年不见，你万瞎子的武功好像长进了！”

“还是说说你吧，能伤得了鼠盗的，可不是一般人物。”

提起今晚的事，高成就恨得牙痒痒，他自出道以来，还从没这么糗过呢！哼了声说：“不提这事还好，一提，老子就窝火。说起来，这祸还是你万瞎子给惹出来的。”

“哦，怎么怨到我头上了？”万瞎子有些惊讶。

高成冷笑道：“不是你叫我盯着太极杨家吗！”

万瞎子浑身一震：“原来你是跟杨云鹏交了手，怪不得！”

“咦，你怎么知道是杨家老二？”

“杨家老大早成了废人，杨慕侠自视甚高，不会轻易跟人动手，唯有那位二先生好勇斗狠，你说不是他能是谁？”

这番话说得高成不住点头：“没错，老子今晚就栽到杨云鹏手里了。”当下便把事情的前前后后说了一遍。

万瞎子听说杨慕侠在镇国公府展露了那手绝世神功，不禁也为之气短，叹道："杨家父子这么难斗，幸好你我的对手不是他们！"

"什么？"高成蹦了起来，"死瞎子，你既然不想跟太极杨家作对，怎么还鼓弄我和龙哥出面。娘的，你万家还要不要在江湖上混了？"

"高老二，消消气。"万瞎子说着，扔过一样东西来。高成一把接住，竟然是壶酒，"我知道你好这口，特意弄了三十年的杏花村陈酿，你尝尝看。"

高成呸了声："我稀罕，还怕你在酒里下毒呢！"话是这么说，还是打开闻了闻，慢慢咂摸了一口。

"高老二，你说我鼓弄你跟杨家人作对，那可真是冤枉了我。我只不过是要你帮着盯住杨家父子。"

高成一翻白眼："还不是一样？"

"我重金请你和龙盗相助，目的不是为了对付杨家，而是他们的对头！"

高成吃了一惊，酒壶刚挨到嘴角又放下："娘的，我今天是给你这瞎子搞昏头了，敢情你跟杨家是一路的？杨慕侠一派宗师，怎么可能跟你这杀手结交？"

"这话说来就长了。"万瞎子冷声说，"敌人的对头便是朋友。你可听说过秋水吗？"

高成晃晃脑袋："没印象，它什么来头？"

万瞎子就将当初的事说了一遍，秋水如何请他们万家去找杨家晦气，那个武恶如何杀了他的兄弟万斤力，如何又销声匿迹。他这两年撒遍了人手，偏偏那秋水的人就是藏得深，一直找不出他们的窝点。

无奈，他只好使出这个笨法子。秋水既然是杨家的死对头，他便死死盯住杨家，好比是鱼钩上挂着的饵料，秋水要动杨家，早晚是得碰上鱼钩的。

万瞎子告诉高成，万家此后不再接生意，目标只有一个，那就是不惜血本也要干掉武恶。如今，只要提起那个独眼龙，他就恨得咬牙切齿，骨头发冷。

大凡在江湖上走动者，不管是走镖的，还是劫道的；不管是当巡捕的，还是做杀手的；多要守些规矩，讲些道义。像武恶那样没人性的，万瞎子还是头一遭碰上。

那个独眼龙根本就是个疯子。

为了追杀他，万家帮几乎撒出了全部人手，却硬是查不到他们藏身的窝点。不过，总是有些蛛丝马迹被捕捉到。万瞎子发现，武恶多次在京城出现，然后便凭空消失，难道说，秋水就隐藏在皇城根下？

北京城地面大，人多乱杂，天子脚下虽颇多忌讳，但打探消息的路子却多，可奇怪的是，有关秋水的线索却少之又少。万家胡乱撒网，偏偏就是捞不上鱼来。

就在他们灰心时，杨家父子进京了。对万瞎子来说，这不啻于久旱逢甘霖。有杨家这只蝉在明处晃着，早晚会引出秋水这只躲在暗处的螳螂来。

去年秋天时，杨家跟金家在妙峰山香会上有过纷争，闹得声势颇大。从一开始，万瞎子便料到了结局，金家必败无疑。在北方，太极门的名头最盛，金家人敢到京城脚下找杨家人的麻烦，真是吃错了药。

不过，万瞎子最感兴趣的还是隐藏在金家后头的人。很快，他便查实了，背后的黑手果然是秋水。

那事过去后，他特意去白云观走了一趟，企图说服弱用跟秋水为敌，谁知，那金家四小子水米不进，很干脆地将他心头燃起的火苗浇灭。看来，金家还是得了秋水的好处的，不然金远也不至于替他们隐瞒。

万瞎子再次气苦，连金家人也恨上了，他安排了人手死盯住弱用。指不定哪天，那个武恶又会跟这病道士碰头，那样他的机会就来了。

当然喽，比起弱用来，杨慕侠和杨云鹏更是扎手的角色。上回在永年，万瞎子跟他们便结下了梁子，太极门如今是万家潜在的对手，并且非常难啃。万瞎子不敢大意，只得又跟天地二盗搭上线，请他们相助。龙盗以前欠他个人情，此时正好还债。

至于留在永年的杨云天和那个坏小子杨兆龙，他则不作理会，大凡染上烟瘾的，便算是废人。他不会死盯着，秋水想必也不会浪费精力，再去找那杨家大先生的麻烦。

第十一章　重生

春风吹绿了百草，百草开出了千花。春光灿烂过后，夏日热乎乎地跑来了。它跑得太急，累得直冒汗，幸好跟着秋风凉了，才不再遭罪。

这半年，兆龙和他爹守在老家，跟一班师兄弟每天探讨拳艺，倒是过得蛮舒心。因为杨云天对外敞开了门槛，传授真功夫，加上兆龙出的不少新点子，使得大伙儿进展神速，这么一来，盛名便传得远了，前来学拳的人慢慢多起来。

到后来，后院的练武场客不下了，只得将新人安排在外场，由杨云天带几个老徒弟过去传拳。算算，人数倒是并不比老头子在家坐镇时少。因此父子俩的干劲很足。

练武少了以往的拘束，也让他们真正尝到了放松的滋味，越练越舒服。就连杨奉也一下子开了窍，突飞猛进，他跟随杨家三十几年，武功一直平平，如今被兆龙父子捅开了窗户纸，一下子明白过来，“莫名其妙”地成了高手。

家里的厨房如今成了兆龙的第二块阵地。一日三餐，他都会变化着花样调弄饭菜，杨奉老婆当下手，每每被少年的奇思妙想惊得咋舌。在烹饪上面，兆龙的胆子出奇地大，敢下手，敢用料，做法也常常变化，大多时候，他总是能捧上一两道让人叫绝的美味来。

自从老头子走了后，他们就再没出去吃过酒席，外面那些酒楼里的厨子，手艺已难比过兆龙。要知道，他可是由刘一手亲自教导出来的，再加上脑瓜子灵活，做菜的本事如今已是顶呱呱了。

不但杨云天和杨奉没出去吃酒席，那些弟子想请师父打打牙祭，也改为家宴了。他们凑钱买来好酒好料，剩下的事便交给兆龙。他来者不拒，总是能漂漂亮亮地整治出一大桌像样的菜肴来，让弟子们吃得赞不绝口。以后每次闻到杨家的饭炊香，都忍不住要咽口水。

杨奉老婆每次出去买菜，逢人都夸兆龙的手艺好，妇人们都叹说，也不知谁家姑娘有口福，将来能嫁过来。哎，本该是媳妇做一手好汤水，怎么到他杨家偏就颠倒过来了呢？

就拿一道最为家常的炝土豆丝来说，不管刀工还是菜色，以及口味，兆龙都能弄得恰到火候。一根根细细如针，咬在嘴里软中还带着一丁点脆，有咬劲，配着白米吃最是下饭。

对于这样一道家常菜，杨云天还特别到厨房去看过。兆龙的刀工确实没得说，肩不动，肘不动，只是腕部在微动，刀锋也压得低低的，像跟土豆片亲嘴似的，只听案板上发出叮叮叮叮的细响，一簇簇细丝便齐刷刷地“长”出来。

它们被投入清水里，轻得都能漂浮，淀粉渗出后，捞出来根根晶莹。再抛入锅里，跟热油混炒，加上青椒丝和葱姜丝，调味的不过是醋和盐，以及少许酱汁。出锅后却香味扑鼻，叫人忍不住咽口水。

这才是做菜的高手！杨云天心想，跟练拳一样，同样一套拳，由高手打出来，味道就是不一样。那天，他忍不住夸出来，说这是他吃过的最好吃的土豆丝。

兆龙听了这话，乐得直蹦，觉得这是世上最好听的话。

太极拳讲究中正，不偏不倚，调味呢，也讲究中和，多一点少一点都会败味儿。一个好厨子从把握火候、刀工上面无不如此。

杨云天虽然从来没下过厨，却相信做菜的最高境界也是“中和”。兆龙很高兴父亲能够把太极拳的拳理往这边上引。那天，他们在厨房嘀咕了好长一段时间，从水缸米缸，到酱坛子、锅灶、蒸笼、碗筷勺子、菜刀菜板等器具上面，都能分析出周易和太极的原理来。

这么一对照，兆龙的心更亮堂了。原来，书本上的那些大道理都隐藏在日常生活中。或者说，先哲们正是从这看似平淡的一炊一饭中得悟了。而大众对此却是日用而不知。

从那以后，兆龙对于厨房的感情更深厚了。那里面有五行，有八卦，更藏着太极。太极无处不在，不只是在太极拳里，更蕴藏在他的厨艺里。

秋风一天天凉了，丰收的季节，一切都显得厚实，对少年来说，他的青涩气也在一点点地褪去。闲下来的时候，兆龙偶尔也会想起兆鹰和兆鸣几个，也不知道这半年他们是怎么过的，武功长进了多少。

本来是一家人，分开后，只能身处了两片天地。可是，如果让他重新选过，他还是会挑选留在家里陪父亲。亲情的味道有时是最易醉人的，他的心跟爷爷、跟二叔毕竟还离着远了点儿。

更何况，家族的根在这里，母亲的坟也在左近。尽管兆龙孤单的时候，会加倍想念那些伙伴，并贪恋起京城的热闹和繁华来，但大多时候，他还是安于现时的。

一天下午，杨云天正在外场看着徒弟们练武，猛听马蹄声响，一匹枣红马沿街冲过来，它在杨家门前打个旋儿，又嘚嘚朝外场奔过来。

杨云天老远就瞧出骑客是谁，大步迎上前，喊声："老二，你回来了！"

杨云鹏腿一跷，人嗖地蹦到地上，随手一拽马缰绳，那畜生竟然就地打了个趔趄，乖乖停下来。他也不拴它，丢掉缰绳奔过来，跟云天抱在一起。

他虽然素日里冷峻，此时神情却也微微透出激动："大哥，你脸色好看多了！"

场中的老徒弟都过来见礼，那些新人听说来者就是杨家最能打的二先生，也都涌上来围住这位传奇人物。见他个子不高，精瘦的身子，若不是眼光扫过来如同急电，叫人骨头发冷，多不会把这人跟武林高手联系到一块儿。

"半年不见，外场的弟子还来这么多。大哥辛苦了！"

"谈不上辛苦，都是大家来捧场！"

杨云鹏嘿嘿笑道："咱杨家的威名可不是靠人捧场赚来的。靠的是真功夫赢来的。"朝弟子们勾勾手指头，"上来六个人，我瞧瞧这半年你们练得怎么样？"

弟子们嘻嘻哈哈地相互让着，最后推出六个粗壮的围住云鹏，按照他的吩咐，有的抓手，有的搂腰，还有的抱腿，结结实实地将他勒紧了。

杨云鹏淡淡地问："好了没有？"

"好了！"

"走！"他猛然一声暴喝，如同当头炸响一个霹雳，也不见他身子动弹，那六个弟子如遭电击，同时跌飞出两丈多远，摔得人仰马翻。

围观的人都看傻了眼，这一手太漂亮，二先生竟然不动手脚，便能将六个彪形大汉弹出去，武功当真是高得可怕。

"好！"杨云天一声喊，跟着彩声雷动，众弟子哗哗一起鼓掌。

杨云鹏脸上却依旧挂冰，抱拳转了一圈，正色道："杨家厉害的玩意儿多着呢，诸君切勿懈怠，要勤于练习，日后自然有功成的一天！"

之后，兄弟俩就离开外场，云天替云鹏牵了马，往家中走去。云鹏打量着眼前这住过几十年的老宅院，不免也心有感触，他却是个慎言的人，轻易不会泛起波澜。他问："兆龙呢？"

"在后院跟另一班弟子一起练功呢。"

云鹏一怔："内场进外人了？"

云天笑笑："你和爹去了京城后，剩下的弟子不多，也就不分什么内场外场，混在一起学了，不想后来人又逐日多起来，这才分出一些人到外面去练。"

"大哥你这么做，可是坏了咱们杨家的规矩。"

杨云天转头扫了云鹏一眼，老二脸色染上霜气，不是随便一说，笑着摇摇头："没你说的那么严重。"一顿又问，"你这次回来……"

"也没什么大事，就是爹挂着你们，让我回来看看。他想兆龙了，这次想要我带孩子去京城住几天。"

"也好，他一个人憋在家里也闷，时间久了，我怕闷出病来。"

迎头看到杨奉，见到杨云鹏大喜，赶忙替二少爷把马牵去了马厩。两人则去了后院的武场。这边的老徒弟多，正一对对地练习推手，兆龙则在墙角转大水缸。

只不过扫了几眼，云鹏就瞧出那些老徒弟的推手功夫有很大长进。有些手法本是轻易不外传的，但他们却能熟练地运用，由此可见，老大透露的秘诀不在少数，脸色不禁越发地严峻。

可是，他想板着脸也难，因为兆龙远远看到他们过来，大叫一声二叔，就刮风一般冲过来，一头扎进云鹏的怀里："二叔二叔，你几时回来的，可把我想坏了。"

孩子的真情流露让云鹏的心感到一阵阵暖意，他不禁伸手摸着兆龙的脑门："你爷爷、兆鹰他们几个也都成天惦记着你，这不，特地叫我回来看看你和你爹。"

云天道："你二叔这次回来，还要带你进京去住些日子呢！"

"太好了！"兆龙蹦起来，老家虽好，毕竟有些单调，他天性又是喜欢热闹的，心里装着一头小兽，大多时爱东撞西闯，难能安顿下来。

"爹，咱们什么时候动身？"兆龙抓着云天的手问。

两个大人交换了个眼神，云天说："都走了，家里谁能教场子？"

"哦……"兆龙不言语了，头低下，脚尖在地上碾来碾去。刚才的惊喜像两个水泡泡，现在灭了一个。

那些老徒弟涌过来，冲云鹏行礼，二先生却只是淡淡地应对，并没有抱之热情。好在众人都知道他素来冷面，也不以为忤，便这样嘻嘻哈哈地糊弄过去。

晚上，兆龙打起十二分精神，下厨给二叔精心炒了几样热菜，就着永年本地出的老白干，云鹏吃得口滑，夸道："半年不见，兆龙这烧菜的手艺越发地好了！"

"那当然了，二叔，你没看见我爹人都胖了？"兆龙夸张地说，"有我这位神厨当家，他老有口福了。"少年这么说，其实也含有替他爹争脸子的意思。

没错，云天身为长子没能跟去京城闯荡，是有些失落，可他却吃了好些别人吃不到的美味，好歹也算是一点儿填补。

"那你的功夫呢？"云鹏喝过二两后，话也多起来，"但愿你太极拳练得跟做菜一样好。"

"我拳打得一样呱呱叫！"兆龙拍起了胸脯。

"中，待会儿我要好好考较考较你！"

云天陪兄弟喝过几杯后，问起父亲在京里的情况，云鹏一一说了，说到他们威震镇国公府时，把个兆龙听得热血沸腾，心说："我有爷爷这么厉害的功夫就好了，太威风了。不过，最好我还学了外公的厨艺，那才叫两全其美。"

云鹏又说起了他的去处："多承贝子爷抬举，给我在锐健营谋了个职事，下个月就要去当差了，以后不得闲，老家也难能回了。"他这样说着，看似有遗憾的意味，其实里面透着自得的意思。

"二弟，恭喜你了！"云天竭力忍着，心里还是觉得有些凄苦，举杯的手微微颤抖。身为长子，他至今碌碌无为，委实是愧对列祖列宗。

兆龙瞧在眼中，心里有些不是滋味，便撇开话题，说起来杨家学拳的徒弟，人跟从前一样多，个个练得卖力，末了自然忘不了夸他父亲，好话说了一箩筐。

云鹏的脸色却沉下来，把酒杯往桌上一搁："大哥，我正想说这事呢！"

"啥事？"云天故意装糊涂。

云鹏冷冷道："我和爹远在京城，也听说你传拳的事，你怎么忘了家规，轻易把杨家绝学传出去了？想让杨家子孙没饭吃吗？"

云天摇摇头："我没有，不信你问兆龙，我们不过是把他那一套照搬出来。"

"笑话，他一个孩子能有什么道道？"

兆龙急了，叫道："二叔，不骗你，那套法子真管用，不信你问兆鹰去。"

"管用？"云鹏冷笑，"那你是从哪里学来的？"

"就是弱用道长教的！"

"金——远？"云鹏眼眸收紧，"你太天真了，居然相信一个跟杨家作对的外人。"

兆龙不禁有些憋气，尽管二叔脸色难看，还是支吾道："金家和咱杨家不是和解了吗？"

"大哥，你怎么说？"

云天苦笑一下："爹是什么意思？"

云鹏慢慢从怀里掏出一封信，放在桌上，轻轻推到云天面前。看上面的字迹，正是老头子的手笔。他抽出信来一瞧，短短几句话，两句勉励，四句说了传拳的事，能看得出，杨慕侠对此挺多忌讳，让他慎重。

“好，既然爹发话了，我自然照办，还改回以往的教法。”

“爹！那可不成！”兆龙叫起来，“有些东西，本来就不是咱杨家的法门……”

“既然不是杨家的，那就别在杨家的武场上显摆！”云鹏眼光犀利，硬生生将兆龙的话憋回去。他转头看向云天，“大哥，明儿头晌，你把徒弟们都唤到外场去，我要给他们好好改改拳。”

杨云天只是点点头，一仰脖子，将杯子里的白酒灌进去。眉头锁得更深了。

每天练武前，内场的弟子总要去杨家祖先牌位前行礼，外场的那些入门弟子不够资格，只能朝着门庭方向抱拳。

上午，杨云天把弟子们都归拢到外边去，带大家行过礼后，他强自笑了笑说：“老先生去京城后，对本门拳法又有了新的参悟，这不，还记挂着大家，让二先生亲自回来帮着整拳架子，大家伙先谢过二先生！”

那些弟子们听他这般说，自然都满怀感激，接连朝杨云鹏鞠躬谢礼。只有兆龙没动弹，知道父亲和二叔在合伙演戏，怎么看怎么别扭，心想，人家花钱来学功夫，就盼着能得点真本事。可是二叔为何不让传呢？怎么传出去后，杨家后人就能饿死？大家都学不到太极拳的真功夫，那还不是坏了杨家的名声？

昨晚临睡前，他就问起过他爹。杨云天敷衍不过，只得强打精神给他解释，说杨家不是不往外传真拳，只不过是不轻易传，也就是说，要想学到太极拳的精髓，非得入室弟子才成。

真功夫便相当于一柄利器，如果所传非人，便有可能种下祸根。杨慕侠和杨云鹏这么慎重没错，自有他们的道理。得来不易的东西才知道珍惜，如此才能显出杨家拳的金贵来。

这番回答并不能叫兆龙满意。择徒严不是问题，可明明知道捷径却不去走，反而领着他们绕大圈子，这就显得不地道了。

兆龙不服气，自然要刨根究底。杨云天本来就心烦，被他这一搅和，更是躁乱，只得把脸一沉，说声这是家规，还轮不到你来操心，把兆龙的话给硬生生憋回去了。

其实，杨云天心里更是愁苦，看到儿子赌气扭头走了，却只能苦笑。这一晚，父子俩竟是都没睡好。

如今，杨云天当着众人面说了要改拳的事，大家伙还都相信了，并喝起彩来，兆龙瞧在眼中，有些哭笑不得。

杨云鹏瞧了瞧在场的人，一多半是陌生面孔，便指着其中两个长得最精壮的："你们两个出来，咱们搭搭手，让你们见识见识，什么才是真正的杨氏太极拳。"

杨云天听云鹏这样说，不禁一皱眉，心头不悦，二弟这么说话，倒显得他教的并不是地道的杨氏太极拳了。将来，叫他如何跟徒弟们解释，他们还会信服自己吗？拳一改，便等于说他原先教错了。日后在他们面前，他还有何师道尊严可谈？

那两名汉子出列，一边一个，分站杨云鹏两侧。云鹏给众人示范说："任他们双手来攻，我左手用黏劲粘住一个，右手用冷劲击倒一个，大家看清楚了。"

左手伸出，跟一个汉子接手。右手伸出，迎住另一人的双手，那汉子正要推过来，劲还没等出，便觉得手臂一麻，身子像遭了雷击一般，倏地向后飞出去。

他弹得既高又远，呼地就撞到围观的几名弟子身上，连带着他们一起向后跌倒。后边的人慌忙伸手去接，岂料那股劲竟是绵绵不绝，像水浪从大腿下方卷过来，呼啦倒下一大片，模样甚是狼狈。

大家相互搀扶着起来，这才发现，被杨云鹏左手黏住的那个汉子身子正一个劲地抽搐，已屈膝跪到地上，鼻涕眼泪哗啦哗啦往下流。一双手无力地耷拉着，杨云鹏左手只是贴着，并不抓握，他偏偏就是挣脱不了，直把众人看傻了眼。

云鹏脸上不禁流露出一丝笑意。杨云天咳嗽一声："老二，收了吧！"

云鹏这才收了劲，那汉子登时委顿于地。云鹏目光在场中扫了一圈：

“如何？”

那些徒弟这才反应过来，纷纷喊道：“太厉害了，二先生，您真是神人！”

兆龙在旁边看着却有些腻味，他依稀觉得，二叔自从进京后，人就有些变了。以前他可不像现在这么话多、爱显摆。难道说，马上就要去兵营当官，官衣还没穿，就染上老爷脾气？

果然，众人一哄抬，杨云鹏脸上越发放了光彩，随手把长袍的襟儿撩起来，别在腰带上：“今儿个兴致好，索性陪你们好好玩玩。”

“二先生想怎么玩？”

“你们都散开来，围住场子，尽管使出吃奶的劲儿抢攻。我背着手，也不用脚，看谁能坚持到最后不倒。”

“那要是跳出场外呢？”

“同样算输！”杨云鹏冷笑，“能被人打死，不能被人吓死。杨门弟子可没有临阵脱逃的孬种！”

他说着，果真背着双手一步步踏入外场的中心位置。那些弟子也呼啦一下各自向后退开，随着他的移动，有的进，有的退，像水纹扩散。

他们适才见识过二先生的惊世武功，竟是没有敢主动上前的，尽管对方说好了不用手脚，等于废去一半武功，但他们心里还是没有底儿。

有几个胆大的被伙伴们推搡着往前，才侵入几步，又慌忙后退。他们不敢动手，杨云鹏却不含糊，身形一晃，便在他们面前消失，早钻进右面人群里。

肩扛背靠胯撞，所到之处，弟子们人仰马翻。还有的胡乱反击，拳头落到云鹏身上早被卸了力，人接着被弹出去。

他的身法太快，像一股黑烟蹿来蹿去，遛了一大圈后，场中的人都倒下了，有几个摔倒重的还忍不住发出呻吟声，更显得杨云鹏高高在上。他口中吟道：“变转虚实须留意，气遍身躯不少滞；静中触动动犹静，因敌变化示神奇！”

吟罢，人也转回原位，可杨云天竟然不在了。杨云鹏大为意外，四下一寻摸，都没瞧见人影。兆龙也不在，父子俩竟然中途走开了。他这才意识到，自己适才有些得意忘形了。

其实，还没等他下场时，杨云天就走开了。却不是自己要走，而是被兆龙死拉硬拽走的："爹，二叔在这里威风，有你没你一个样。反正要给大伙改拳的又不是你！"

他们拐进胡同，上了大街，云天站住脚："你这是要去哪儿？"

"找个地方逛逛呗，咱们好久没出去走走了。"见杨云天还有些犹豫，兆龙又道，"别担心二叔，没你在场，他教得更欢。您呢，正好眼不见心不烦！"

杨云天苦笑了下："你可别对你二叔抱成见，过几天还要跟着他去京城呢！"

兆龙摇摇头："我不要去京城了！"

"怎么又不去了？"

"去干吗？"兆龙叫起来，"去了心里也不痛快！"

云天知道他心里有了阴影，忙劝道："你想多了，去了只能有好处。如果你还是个犟孙头，那这几年的太极拳算是白练了！"

"那……我该怎么做才不算白练？"

"如果从太极层面去看待事物，没有好坏，只有阴阳。就看你怎么去理解，去接受了。"杨云天耐心地给儿子解说，"爷爷和二叔身上都有绝活，需要你好好跟去学，耐心地学，他们都比爹强。只要学了来，便像长成你身上的血肉，谁也夺不去，那样子，你才可能自由地用它们！"

兆龙低头看地，还是不言语。杨云天又抛出了饵料："再说，你不是还想跟弱用道长见面吗？"

听了这话，兆龙眼睛一亮："当然要见了！"

这次轮到杨云天笑着不说了。兆龙道："好，我这次就跟二叔进京去；再说，我也很想瞧瞧兆鹰他们的功夫，大半年不见了，也不知道他们长进了多少。"

原来，杨云鹏在他们的练功场上大耍威风，让兆龙心里头觉得不爽，便想着在京城那边露两手，也好挽回些面子来。尽管是一家人，不过，一旦好胜心上来，亲情也抛去脑后了。

三天后，兆龙果真随着杨云鹏踏上了去京的路途。临分手时，他忍不住眼冒泪花，就那样看着站在街口的父亲一点点地后退，一点点缩小。比起前几年，杨云天确实见老了，甚至背还有些佝偻，全然没有当年的英姿飒爽。这让少年备感酸楚。

他一直等到看不见他爹的身影，才转回了头。和二叔同骑一匹马，在官道上缓缓跑着，看着两旁树木和远处的山脉，以及头顶上的白云徐徐后退，兆龙突然产生了错觉，好像他再次和父亲骑马奔行在去京城的路上。

没错，那是去年的深秋十月，杨云天进京考武举，父子俩在路上看尽风吹叶落，满地金黄的浓浓秋色。那时，杨云天还高吟一曲《苏幕遮》，兆龙依稀还记得其中的“碧云天，黄叶地，波上寒烟翠”的句子。

而今是初秋，暑气将消未消，树木庄稼都泛着浓绿，风吹在身上也没凉意，温吞吞的。兆龙的心情竟是欢快不起来。按理说，在家里憋了这么久，乍然被放出来，他定会像出笼的马驹子一样爱尥蹶子，撒欢撒野。

杨云鹏不是个多话的人，一路上只知道快马加鞭，根本没闲心跟侄儿搭腔。不过，对杨云天他心里确实有些愧疚，拳一改，等于是打了大哥的脸面。老大本来就孱弱，如此一来，今后的日子又难了。

正是抱有这样的心怀，他在歇息时，对兆龙就格外客气。却没想到，这一客气，叔侄间反显得生分了。总之，这一路上走得不慢，心情却一直半悬着，没以前自在。

第二天赶到京城时，快晌午了，他们跟在一群门头沟来的驼队晃晃悠悠地进了外城，然后融入滚滚的人流中。又穿过几道城门，进了内城，也不知道再转过几条街，几条胡同，兆龙正有些头昏昏的，拐进一条僻静的胡同后，深入了二十来步，才听杨云鹏说到了。

进了杨家的宅院，兆龙吃惊地看到，这栋三进的四合院环境很幽雅，方方正正的，槐树榆树枣树遮出一大片浓荫来，粉刷一新的影壁、垂花门，假山、鱼缸，一道朱红的回廊走道，拐进后院去，关上大门，外面的什么声响也钻不进来，只有院里树上的知了在叫……

正房厅屋是连着的三间北房，一色的红木家具，上头匾额题着“高艺堂”三字，下面是一幅山水中堂，两边的对联兆龙再熟悉不过，正是当年翁同龢书写给曾祖父的那副对子：手捧太极震宇，胸怀绝技压群英。

杨慕侠正坐在太师椅上闭目养神，他们一踏进来，他正好睁开眼皮：“爷爷！”兆龙赶紧上前磕头，啪啪啪一连三个。

“起来吧！”杨慕侠抬抬手，笑眯眯地打量着他。兆龙也起身看着爷爷，老头子一身青色长袍，干干净净，半年不见，已不是那副乡下老头的模样了，显些富贵气。

杨云鹏凑过来说：“爹，这趟回去，我把拳给改回来了。”

老头子听话神色没变，只淡淡地说：“改不改的，也没多大意思。”摆了摆手，“你一路上也累了，先下去歇着吧！”

杨云鹏答应一声，转身去了。兆龙听那意思，好像老头子对于改拳的事不置可否，想来是二叔一个人坚持这么干的。

他看到杨慕侠笑着冲自己招招手：“来，坐爷爷边上。”还从盒子里拿出两块点心递过来。兆龙还是头一回吃这样的东西，觉得口感醇好，不住地点头，连说好吃。

“这是宫里做的豌豆黄，是溥伦贝子送来的。”

既然是皇家点心，又是贝子爷送的，可见盒子里也没装几块，老头子却一下子就给他两块，这让兆龙觉得心暖融融的。

杨慕侠摸着他的头，眼里满是怜惜：“半年没见，你倒是蹿个儿了！”

兆龙笑逐颜开，也伸出五指来比画：“爷爷，我还差这么一块儿，就赶上我爹了！”

祖孙二人开心地笑了。杨慕侠又问起杨云天的事，兆龙一一作答，他怕扫了老头子的兴，便没提二叔改拳后杨云天心情失落的事。

但他不提，杨慕侠反倒问起来。兆龙便把真实情况一五一十地说了，末了还不忘加上一句：“爷爷，我和爹都觉得这拳不应该改。这不是脱裤子放屁吗？”

老头子一瞪眼，“粗俗！”

兆龙吐吐舌头：“那爷爷你说，这拳二叔是不是改错了？”

“我不是已说过了吗，改不改的，都没多大的意思。”

“那就是错喽？”

杨慕侠耐不住被他一直逼问，只好点点头。兆龙大喜，拍手道：“太好了，我回去后再叫爹改回来！”

“不能改！”

“为啥？”

“你们这么三天两头地改，早晚得把杨家的名头给搞坏。”

“可是爷爷，你平常不是教导我们，要知错就改吗？”

“那要看什么场合、什么时候。”杨慕侠说着，把烟袋锅子拿起来，从荷包里捏了点烟丝按进去。兆龙赶忙用火镰敲着了纸媒，给他点上。老头子现在穿衣戴帽都比从前讲究，只有这个玩意儿还是用几十年的老家伙。

美美地抽了两口后，老头子才慢吞吞地说出了原由：“你也不想想，那些徒弟现在都信服了你二叔，再想改回去，已不是件容易事。还有，改一次倒也罢了，再改会让他们怎么想，谁还再信杨家的大先生和二先生？只怕你爷爷我这张老脸也挂不住了。”

兆龙哦了声，觉得杨慕侠说得也在理。哎，学拳教拳本来是一件简单的事，却被大人们搞混杂了。二叔也真是多事，他在京城教就好了，怎么还要把手伸回老家去？

又听杨慕侠叹道：“我走了后，你爹还能收那么多徒弟，也真难为他了。”

但兆龙已是没耐心在听这些了，觉得烦心。就问：“爷爷，兆鹰他们呢？”

“在后院练功呢，”杨慕侠还把他当小孩子，以为他的玩性大，朝兆龙屁股上轻轻打了一巴掌，“去找他们吧！”

这里的后院也比老家那边的幽静，黑瓦粉墙，假山茂竹，绿油油的爬山虎将整面墙侵满了。石榴树下是长条石桌和石墩子，上面摆着茶壶和茶碗。靠墙是兵器架，大小两副石锁懒洋洋地躺在那里。

兆龙先不忙跨进月亮门，歪着脑袋往里一瞧，兄弟们正专心地在盘架子。兆鹰在前面领着，兆鸣兆虎兆麟三个在后面跟着，个个精神抖擞，身法利落。

兆龙发现他们的架子打得很低，冷不丁还会发劲，呼呼有声，完全是杨云鹏的风格。是了，爷爷每日里都要去贝子府教两个时辰拳，二叔在没去锐健营当差前，便多留在家里教导他们。

杨家的老先生、大先生和二先生打拳的风格各有不同，二先生拳架小而刚，动作快而沉，最爱使冷劲和寸劲，常人跟他接一下都难，要练他这一路拳法更是不容易，气血不足，身骨文弱的根本练不了，更何况还要天天磨，日日耗。

半年不多见，兆鹰他们也都长高了。兆鸣呢，脸色也丰润起来，但他打起拳来还是像从前，带股子“狠”色，在四个人中，发劲也是最多最猛的。

看来，他肩上那副复仇的担子一点儿没落轻。以前在老家的时候，自己还会劝他几句，生活上也多加照顾，也不知道在这里会是什么样？

很早以前，兆龙就心存疑惑，太极拳既然是以松柔为主，讲究慢练慢打，可为什么二叔却快如闪电，发劲看上去还十分刚猛？

杨云天回答说，杨云鹏的快是建立在松的基础上，发劲看上去猛烈，其实也松着发出。或许不应该说他在发劲，而是像皮球一样在弹抖。

兆龙后来又特地去问了爷爷。杨慕侠说，太极拳起初练的时候，确要一味纯柔，不用气力。这便是拳法所说的“先求开展，后求紧凑”。等练得周身柔软如绵，内脏充实了，才能讲求紧凑，只须意到，不尚外形，只求快捷，不尚迂缓。这便是极柔软然后极坚刚，刚柔相济，阴阳互用了。

父亲和爷爷都这么说，拳理自然是正确的了。可是看到眼前兆鹰兆鸣他们这样去练，兆龙还是觉得有些不妥。难道说，他们现在已经松到家了，柔到头了？才快打快发？还是二叔性子急躁，迫得他们不得不硬干？这么一来，岂不是拔苗助长了？

兆龙胡思乱想着，一直等他们打完了一路拳，这才抬脚迈进月亮门去。兆鹰四个打完一趟拳后，累得腿肚子都软了，正要回到石榴树下喝水歇息，猛见兆龙出现，都是一呆，还是兆鹰先叫起来：“哎呀，你是几时到的？”几个箭步迎上去，兆虎和兆麟也欢喜地跟上。兆鸣却是跟了两步，又慢下来。

几个少年相互摸着头顶，打量着，说些亲热话。兆龙笑道：“看你们几个都长肉了，想来京城的小日子过得滋润，人也养肥了。”

兆鹰回应："说起吃得好来，我们哪里敢跟你比，"朝兆麟兄弟眨眨眼，"谁不知你兆龙是神厨啊！"

兆虎憨憨地笑道："是啊，龙哥做的菜最好吃，我现在想起来还流口水。"

"就怕他光记得烧菜，忘了练功！"

"说什么呢？我是那样惫懒的人？"兆龙说着，摆出一个手挥琵琶的式子，"要不要比画比画呀？"

兆鹰笑着摆手："我可不欺负一个刚走过远道的人！"

兆龙的目光却跃过他们，落去身后，原来，兆鸣靠过来了。他收了式子，对兆鸣说："你怎么样，过得还好吧？"

兆鸣只是淡淡笑了下，站在那里不动弹。反倒是兆龙过去，伸开手臂抱住他："你这家伙一点儿没变，还是从前那个闷葫芦！"

兆鸣的身子先是一僵，然后才慢慢松弛下来。受了兆龙热情的感染，也伸开手臂，抱住了他。这一刻，两人眼眶发热，鼻子酸酸的，分开后却又一起笑了。毕竟是一起患过难的，即便不说话，也能感受到对方的心意。

之后，兆鹰便招呼大家在石榴树下坐了，喝过一碗白开水后，兆龙问："你们什么时候开始练发劲的？"

"一个多月前吧，你呢，大伯新教你啥了？"

兆龙笑道："我还是松着去练，不发劲。筑基功夫不够，贸然发劲，会不会烧干锅啊？"

"不会！"兆鹰道，"我爹说，哥几个的筋骨抻得差不多了，发发劲没坏处。"

兆虎附和道："发劲很过瘾，就是累了点儿。"

兆麟得意地说："不但过瘾，还很管用！"

"你试过了？"

"当然！没那茬子，二叔也不会现在教我们这一手！"

兆龙最感兴趣的就是这个，赶忙追问他们原由。兆鹰便一五一十地说了。原来，离南沟沿不远的麻线胡同里，住着一伙痞子，有天兆鹰他们外出碰上，发生冲突，四人跟十几个打成一团，虽然靠技巧撂倒几个，他们也吃了亏，还被痞子们讥笑太极拳软绵绵的是病夫练的玩意儿。

兆鹰气不过，回来跟杨云鹏说了，结果，他爹非但不出头，还重重责罚了他，害他一天没捞着饭吃。不过，后来再练功的时候，杨云鹏就传授了他们一些发劲的杀着。

少年们也都是些机灵鬼儿，如何不明白他的用意，个个豁上命去苦练，半个月后就打得似模似样了。

那帮子痞子却也都练过几天外家拳，平日里在街头打架多了，下手狠，心肠硬，并不好斗。但十天前，兆鹰四人约了他们去海淀，在野外找了个清闲地方。这一打起来，少年们就来了精神，简直叫一个过瘾，尽管对方人多，还是被打得满地乱滚……

兆鹰说到这里，一拍胸脯："从那以后，这附近几条街的痞子见了我们都绕道走，再也不敢上来惹逗了。"

兆虎也跟着点头："拳头硬是哥哥，就是这句话！"

兆龙抬眼瞟了兆鸣一眼，他脸上没什么表情，便摇头说："你们能打倒对手，是因为他们顶抗，如果不给力点，就算是发劲也没用。"

"没力点也不成！"兆麟手掌在空中画个半弧，"管你是实是虚，我都来这么一下，你不接也得接，不接直接挨打，接了随后挨打，总之是脱不了！"

"你们这么一说，倒是弄得我心痒痒的。"兆龙站起身来，朝兆鹰招招手，"来，咱们比画比画！"

"大哥，你又来了，先前不是说过了吗，你一路劳累，还是先歇歇的好……"

"少来这一套，自已兄弟比画比画，有什么要紧！"兆龙果真摆出迎战的式子。这一刻，他心里突然泛起个念头，二叔在武场上改了爹的拳，我也要在这边给他们换换脑筋。

兆鹰勉强笑笑，朝兆麟点点头，他便起身走过来："大哥，那我就陪你玩玩。"

"这才像话，来吧！"

两人的手便黏在一起，在肌肤接触的那一瞬间，兆龙早将兆麟听了个清楚。按他跟杨云天平日里的训练，手臂相接时，只能是用点儿去接，而不能是用面去接。用面去接，目标太大，容易吃对手发觉，靠接触点儿的移动来变化自己的中正，不让对手听到“劲”儿去，这才是纯粹的太极拳功夫。

再进一步，手臂相接时，要去“听”对手的骨头，而不是外面的皮肉。这样才不会犯了双重的毛病。因为皮肉、骨头分了阴阳。当然，这还不是上层功夫，上层功夫应该是听到对方的念头、想法，经络的运行，气血的流动。

但对兆龙来说，能听到兆麟的劲路已经足够了。对方的手一搭过来，刚欲发劲，他便顺势用了捋法，便好像瞬间牵住了牛鼻子一样，把他的力道改了方向。

兆麟只觉身下一空，人便拔了根，要往前栽倒。他吃了一惊，赶忙向后收，兆龙早就觉察到了，顺势又“送”他一程，兆麟便踉踉跄跄地跌出几步。

兆鹰和兆虎没想到他败得这么快，都是一愣。兆鸣却是心里有数，面上表情如旧。

兆龙嘴里发出啧啧的响声，又朝兆虎招招手：“轮到你了！”

“没想到大哥你半年不见，功夫长进不少！”兆虎嘿嘿笑着走过去，突然发劲进攻。兆龙的脚下很滑溜，一退一踩，让他往前翻个骨碌摔到地上。

“这就叫铁锤打在棉花上，白费劲！”兆龙得意地笑着，伸手将兆虎拉起来。这兄弟俩没想到他们竟然都没接住一招，大为丧气，只得悻悻地走开。

兆鹰也没想到兆龙赢得这么顺溜，心头震荡。他知道兆鸣素来跟兆龙要好，不会出场，而自己身为杨云鹏的儿子，势必要挽回些脸面来，不然的话，他们几个白白跟着老先生二先生住在京城了。

眼看着兆龙带些嘲弄的目光扫向他，兆鹰脸皮一烫，正要迎上去时，兆鸣却抢先一步跨出去：“二先生的打法没有错，只是兆虎、兆麟他们意慢，没有打出效果来。”

哦，兆龙饶有兴趣地看着他：“我倒是忘了，你一开始就是跟着二叔学艺的，这么说，你练习发劲的本事，已经练到家了？”

兆鸣摇摇头：“我也不知道行不行，不过可以一试。”

“那就别磨蹭了，快快放马过来，”兆龙兴奋地叫唤，“我可是好久没跟你们比画了，手早痒痒了。”在永年老家，他没有同龄的伙伴一起练功，只有那些新老徒弟，个个都是五大三粗的小伙子，但他照样打得疯了，不怯场，所以对阵兆鹰他们就更轻松。

转眼间，两人已缠在一起，一个发劲一个柔化，同时身子一震，各自后退一步，谁也没制伏谁。兆龙叫了声好，把搬水缸等功夫一一施展出来。但兆鸣的步子很稳，扎根很深，尽管处处被动，却始终不乱阵脚。

兆鹰在旁边看了，心里咚咚打鼓，竟然出了一身热汗。场中两人果真超过他不少。也就是说，如果今天不是兆鸣出场，他一定是要栽跟头的。

两人又争斗了会儿，还是个平局，兆鹰觉得他这方使用车轮战术，未免太那个了，赶忙叫停。兆龙便趁机收手，大呼过瘾，却并不再看兆鸣，转身走向兆鹰：“改天我再跟你搭搭手。”

“不用比了，我赢不了你。”

“咱们自家兄弟，比什么输赢，左右是为了长功夫。”

兆鹰笑了，拉着他的手道：“走，去我屋里瞧瞧！”两人搂肩搭背地往外走，兆虎和兆麟赶忙在后面跟着。

没人招呼兆鸣，他也没跟着去，只是目送他们的身影在月亮门消失。一股无言的悲哀涌上来，压得他的身子摇晃起来。毕竟，他是外人啊！

看看周遭的树木花草，都透出一股压抑的沉寂。他也无心再练功，索性在石墩上坐下，抓起水壶，对准壶嘴，一仰脖子咕咚咕咚灌下去。凉凉的水下了肚，才觉得燥热的腹内好受了些。

可这只是暂时的，很快，全身又变得不得劲。更糟的是心里头像塞了铁块子，还生了锈，憋压得他身子一阵阵抽搐。他痛苦地用双手抓住脑袋，指甲在头皮上乱抓乱扣，牙关也咬得咯吱响，像是身中剧毒，渗入骨髓，人陷于疯狂。

没有兆龙，他不会进到杨家，不会由小沙弥禾谷变成兆鸣。寄人篱下的日子不好过，他每天总是要小心翼翼地看人脸色，饭不敢多吃，话不敢多说，就连睡觉也不敢过头，他还要抢着做活，拼命去练功，从来不敢抢杨家孩子的风头。

唯有跟兆龙在一起，他才能放松一会儿，心才能落地。因为他们一起经历过生死，师父悟清正是为了兆龙才送了命。也就是说，兆龙身上欠着债，而在悟清死后，他便代替师父当了债主。所以，面对兆龙对他的好，他有些受之坦然。

可是来到京城后，他每天只能看着兆鹰几个脸色行事了。今天，看到兆龙接连败了兆虎和兆麟，他便知道自己一定要出场，兆鹰本来就把他视为兆龙那边的，这当口要是还不有所表示，他们之间就会有隔阂。

没错，他是跟兆龙的心最贴近，可问题是后者如今待在老家，无法给他应有的照应。

这么胡思乱想着，兆鸣不觉发出呻吟声，觉得头痛欲裂。人真是奇怪的动物，越是你亲近的人，你越会无所忌讳地去伤害他。因为你知道，他终会原谅你。

可是，他今天这么做似乎并没有讨到什么好。兆鹰他们还是只跟兆龙走得近，他这个外人照旧被排挤在外，想想也真是可悲可笑。

突然，有人在他肩上拍了拍，兆鸣吃了一惊，呼地蹦起来。兆龙也没想到他的反应这么激烈，也打个愣神："喂，你这么惊吓做什么？"

兆鸣脸色红白不定："你，你怎么又转回来了？"

"来看看你这小沙弥不行吗？"

兆鸣见他神情轻松，心也慢慢落地，便也笑了笑。只不过这么一笑，让兆龙依稀又看到了当年禾谷的样子。

秋风中，两个少年目光慢慢融化在一起，兆龙先伸开手臂，兆鸣也随后跟他搂抱了下，相互拍了拍后背。

"我还以为你恼我了呢。"兆鸣说，"我刚才不该跟你过招的。"

"我起先是有些冒火，不过走出去后，见你没跟上来，心又软了，想想你这家伙的处境，也就明白你的难处了。"

兆鸣眼眶一热，强忍不让泪水涌出来，把头扭到一边去。

兆龙看到他这副模样，心里也觉得酸酸的："好了，不说这些烦心事了。给你透露个好消息吧！"

"什么好事？"

"我在路上跟二叔聊了不少，他对你很看好，有收你为义子的意思。"

"真的？"兆鸣的心又咚咚跳得急了，喜悦刺激得他不由得哆嗦起来。

"那样的话，我们从名分上也真成兄弟了，你也算是在杨家扎住根了。"

"兆龙，谢谢你！"兆鸣使劲地抓着对方的手，由衷地说。这个消息对他来说真是太重要了，能成为杨云鹏的义子，这就意味着他会得到杨家的真传，并且会因此摆脱"外人"的身份。他暗暗下定决心，此后自当更加努力，不让老头子和二先生失望。

"还有一件事。"兆龙压低了声音，左右扫了一眼，"后天我准备去白云观见一个人。"

兆鸣马上明白了："你说的是弱用？"

"怎么样，你要不要也跟着走一趟？"

"当然要去！"兆鸣心里面早就想去见识一下这位奇人了，"就算是上刀山，下火海，这次我也要陪着你。"

白云观还是往日的风景，没多大变化。弱用所住的那个院落里，银杏树的叶子还没染成金色，嫩黄中晕着白，半透明状，风一吹，它们像一把把可爱的小团扇，哗哗地摇着。

外门是虚掩的，一推就开，但兆龙没见到院里的小火炉子，也没闻见药香。那个叫大风的道童不见人影儿，弱用的咳嗽声也没传出。房门落了锁。

兆龙大失所望，难道说他们不住这里了？同来的兆鸣倒是围着院落转了一圈，尤其是对墙角的那一大一小的水缸产生兴趣。去年的秋天，兆龙正是在这里学转了水缸。还有眼前的银杏树，弱用借此说出了一大篇与太极拳相关的道理。

"道长该不是早就离开这里了吧？"

“谁知道呢！”兆龙咬咬嘴唇，他在院里没瞧见熬药的火炉子，心里便有种不好的预感，弱用极可能不在白云观了。

他们出了院落，到前头找到一个干粗活的道人，问他弱用的事。谁知，那道人竟说观里根本就没有弱用这么个人。

兆龙急了，追问：“怎么没有，去年他还住在后院呢，病恹恹的，每天把药当饭吃，手底下还有一个叫大风的道童供他使唤！”

“没有就是没有，施主还是去别处找吧！”道士说完，匆匆走了。

兆鸣冷笑道：“瞧着吧，他说不在时，定然就是在这里了。”

“是啊，这牛鼻子撒谎都没撒到点上，弱用去年明明在这儿住，他却说没有，这不是睁眼说瞎话吗？”兆龙说着，眼珠子一转，脸显喜色，啪地一拍巴掌，“我知道该怎么找了！”

“怎么找？”

他摸摸鼻子，笑嘻嘻地说：“要靠这个！”

兆鸣可不是个喜欢开玩笑的人，索性不说话，拿眼瞪他。兆龙只得不卖关子：“你想啊，弱用既然是个药罐子，那么他走到哪里都少不了药……”

兆鸣恍然大悟：“你是说，我们到处闻闻，有药香味儿的地方，可能就是他的藏身之所？”

“然也，现在起，好好用鼻子去闻吧！”兆龙说着，就哈哈笑起来，他突然想到，他们这样子嗅来嗅去的倒好像是一对哈巴狗。

不过，这法子还是管用。很快，兆鸣就先闻到了，但赶去一看，却是道士们配制朱砂、八宝紫金锭和炼丹的地方，里面没有弱用的身影。

后来，转去藏经楼那边，兆龙再次闻到了药香，没错，就是这种药香味儿，他去年在这里闻到过。只不过这药味很淡很淡，要不是他以前闻到过，定会忽略过去。

藏经楼里面不让闲人近前，门关着，他从窗缝往里瞧了瞧，光线暗弱，一排排书架子上面插满了书册。侧耳听听，里面一点儿动静没有。

兆鸣已经在叫他：“走吧，这里没人，咱们再去别的地方闻闻。”

但兆龙不死心，又转到另一扇窗户去查看。这一回，他发现了弱用，那人倚着墙根坐在藤椅上，双手搁在膝盖上，手里拿着书卷。他已经睡着了。

阳光从窗缝里透进去，光柱里有无数的尘埃在飞舞，屋里十分幽静，远处那敲法器的声响传到这里时，也变得若有若无。

弱用的脸色看上去跟去年差不多，但道冠道袍却穿得齐整，不像从前那样随意。他还蓄起了须，因而看去老相了些。

兆龙按捺不住心里的激动，小声招呼："师父，师父！"

弱用一下子惊醒了，猛地坐直身子。兆龙敲敲窗棂："我在这儿！"

门很快拉开了，外面光线刺眼，弱用乍从幽暗中出来有些不适用，下意识地伸手掌遮了下。兆龙凑过去，拉住他的手，喜道："是我，兆龙！"

弱用微微一笑："难得，居然没忘了我！"

"师父，你这样说便等于是打我耳光了！"兆龙说着，又指着兆鸣，"这是我兄弟兆鸣，他也很佩服你的武功见识！"

兆鸣也过来行礼："见过道长！"

弱用瞅了他一眼，点点头，又问："你们是怎么找到这里的？"

"你原先住的地方铁将军把门，我们就找一个道士问问，谁知，他竟然说观里没有弱用这么个人。"

"是我嘱咐他这么说的，为的是讨些清静！"

兆龙喜道："我看您这身子骨倒是比从前见好了呢！"

弱用微微一笑："知道我这道号出自哪里吗？"两人摇摇头，"《道德经》里的一句话，反者道之动，弱者道之用。老子说，我生病，是因为有身体，如果没有身体，也就谈不上生老病死了！自从安心修道以来，我抱朴守拙，病情倒是真的减轻了！"

"所以，您现在也不用火炉子熬药了？"

"只是用原来药方配制了药丸，每天服用一两粒，我琢磨着，用不了多久，兴许药丸也可以停了！"

"修道能治您的病，那可真神奇！"兆龙见弱用说话时，确实比去年气顺，也不由得不信。但兆鸣听道士说得玄虚，却是半信半疑。

“这里不是说话的地方，你们跟我来吧。”道士在前头慢慢走，两少年在后面跟着，一前一后，眼看着又走去后院。

兆鸣看着道士弱不禁风的样子，很难相信他便是汉中金家武功最好的四公子金远，而且是唯一一个练成“五行变”的人，心里便升起想试他一试的念头，暗吸一口气，正要蹿上去。偏在这时，弱用却转过身来，瞥了他一眼。

那眼光既不锐利，也不温和，只是那么淡淡的，像这初秋的风轻轻拂过，兆鸣那试一试的念头居然便给他按下去了。

弱用转过身去，继续慢慢走，两少年的步子也跟着节奏，一步步地随着。兆鸣越发地吃惊，自己只要想加快步伐，身心就觉得不舒服，看来，这人确实有些门道。

还是那个院落，还是那个屋，只是里面少了好些摆设，没了茶具，没了香炉，也没了笔墨砚台。兆龙四下瞧瞧，才想到这里面还少了什么，忙问：“大风呢？”

“走了。”

对于那个昔日的冤家对头，兆龙还是有些追念的，便打破砂锅问到底：“去哪儿了？”

“回他原先的主人那边去了。我既然已经出家，也不用再叫人陪着了。了无牵挂，很好，很好！”

兆龙却看不出有多么好，不过，跟去年对比起来，弱用性情确实有了变化。身上那股子名士风采淡了，低调，朴素，饮食穿着也普普通通。性子也更随和，像静水一样无波无澜。

这不，招待兆龙兆鸣的，只是一杯白开水。而以往，他是要品茶焚香，畅谈风月的。可眼前这个弱用，喝一杯白水也是慢慢去品，似乎韵味无穷。

“师父，现在还练太极拳吗？”

“对我来说，如今无极比太极更适合。”弱用放下杯子，微笑着看向兆龙，“妙峰山香会我在老先生手里输得心服口服，倒也不是全无所获，一旦绝了那个念头，身上的包袱反倒是放下了。从那以后，我便专心修道，真的出家了！”

兆鸣在永年老家的时候，曾经听兆龙说起过那次在山上发生的事，杨慕侠与眼前这道人闭门切磋，以高超的武功折服了他。按理说，身为武林高人，这金远应该有骨头，输了便要再接再厉，谁想，他竟然就此放弃了。这么想着，兆鸣对眼前这个弱用便有些瞧不起。

他今天跟兆龙来白云观，便是想从道人身上得些练太极拳的心得，谁知，弱用接下来说的全是无极、玄虚、澡雪、清静为天下正等话语，总之，就是劝人如何无为，不起争强好胜之心云云。

兆鸣听得如同嚼蜡。他辛辛苦苦地学拳，便是为了进取，怎么能抱着舍去、放弃的念头去修炼。他待得越久，越觉得不值，后悔今天跟兆龙跑来一趟。

尤其今天，杨云鹏刚从老家回来，上午势必要查看他们的武功进展程度，可他却随了兆龙跑来这里。二先生向来以严厉著称，偏偏他外出的理由是要陪兆龙到街上转转，这会叫杨云鹏怎么想？

还有，今天兆鹰看他的眼神也有些异样，他陪着兆龙在外边闲逛，这不正好表明他们是一个阵营的吗？自己要想早日成为杨云鹏的义子，兆鹰这一关无论如何也是绕不过去的……

兆鸣越想越头大，哪里还能坐得住，终于寻个借口，拉着兆龙跟弱用告辞。道士也不挽留，陪他们走去前面，自回藏经楼读《道藏》去了。

按兆龙的意思，他们还要在外面继续逛逛，兆鸣哪里陪伴得起，死拉着他回去。果不其然，杨云鹏上午在给兆鹰他们整拳架子，两人一回来，马上也被唤过去操练。

只不过，兆龙的心思全然没有放在这上面，他隐约觉得，弱用那边有更好的文章等他去读。故而，第二天跟兆鹰说了声，便又溜回到白云观去。

还是藏经楼，这次门是虚掩着的，兆龙正要抬手敲时，谁想门一下子开了，倒是吓了他一跳。只见弱用笑眯眯地站在门里，说：“我算谋着，你今天还会来。”

兆龙嘿嘿一笑，摸摸后脑勺：“我也是觉得跟师父有好多话没说透，想再来听听。”

“昨天那个小子呢？”

“他留在家里练拳了。”

“那孩子有些阴，跟我不太对路。”弱用神情有些异样，又问，“他什么来历？”

兆龙便把兆鸣的身世说了：“兆鸣自从悟清师父死了后，脾气就变得古怪，一门心思想报仇，练拳比谁都下力气。”

“怪不得我觉得那孩子有些阴呢。”弱用淡淡地道，“他那样的心性，是听不进我的话去，所以我昨天也就说得云笼雾罩了。”

“不过，我倒是听得蛮有味儿！”兆龙笑嘻嘻地道。

“那说明你有这个慧根！”弱用终究还是看重眼前这少年，他是杨家人，却又没被家门家风圈在里头，真性情，热心肠，这确实难得。

这次他们没有去后院，关上门后，都在藏经楼里坐了。屋里光线幽暗，充溢着一股纸墨味儿和潮霉味儿。那些线本搁在架子上，静悄悄的，像一个个先哲老人正在闭目养神。你要是想从他们那里获取智慧，先要使得自己的心静下来。

“老子说得好，福祸相依。去年香会上我虽然没有得到《授密歌》，此后却悟透了人生，专心修道，这未尝不是一种福分。都说命运无常，其实还是掌握在你手里的，什么样的心性、什么样的心境，决定你走什么样的路，做什么样的事。”

弱用这番话算是由衷而发，说完后，犹自感叹不已。兆龙却笑道：“我现在最想做的，便是如何练好拳，烧好菜。”

“志向还是蛮高的，一个好字，说起来容易，要做起来就难了。”

“难？我还是头一回从师父你嘴里听到这个字。”

弱用笑了：“你这孩子，还挺滑头，用激将法呢？”一顿，又道，“关于太极拳，我昨天说的无极也不是胡乱说的，最高境界必然要归于无极。”

“那未免太玄虚了。师父，对我这样的雏儿来说，还是要来点实打实的。”

“你有什么疑问，不妨先说来听听。”

兆龙便将杨云鹏改拳一事说了：“二叔说的一句话，我听着有些迷糊，太极拳由柔得刚，外家拳由刚得柔，其一致也。兆鹰他们便说，松到一定程度，就该是刚了。还说，拳论中有极柔软，然后极坚刚的说辞。照他们这样练的话，太极拳练到后来就像外家拳那样刚猛了？我觉得有问题。”

“这么说，你是怀疑你二叔杨云鹏的武功了？”

“我不敢怀疑，二叔可是号称杨家最能打的。我就是觉得兆鹰他们理解有问题。”

弱用想了想，说：“极柔软，然后极坚刚这些话其实也没错，只不过说法有些含糊，往往会叫人产生误解。以我的理解，所谓的柔软应该是指形体，外形一直是柔的，但里面的内劲却坚不可摧，是刚的。所以外形要时刻保持柔软松空，通道畅通，内劲才能如意地发出。唯有这样，才谈得上刚柔相济，阴中有阳，阳中有阴！”

一席话便好像在兆龙黑暗的心田里点上了蜡烛，他登时觉得透亮了，兴奋得一拍大腿：“没错，就是这个道理。太极拳不能纯柔，也不能纯刚，兆鹰他们自己理解偏了。我就说嘛，二叔出拳那么快，原来也是松着打，只不过是碰到外力就反弹，看上去就很刚猛。”

弱用又补充道：“其实想想绵里藏针这句话就明白了。太极拳不正是要求外形一直如棉花般柔软，可以运化外力。而里面的内气却可以积聚在一起，如钢针，锐利而坚韧吗？”

兆龙听了，更是点头如捣蒜。往日里，练太极拳的人多把绵里藏针这词挂在嘴上，却没一个像弱用跟他说的这么形象。可不是吗，铁锤抡得再猛，也打不碎棉花；皮肉再结实，能禁得起棍棒敲打，却受不了小小的一根针来刺。

他兴奋起来，像乞丐冷不丁捡了宝贝一般，喜得手舞足蹈，以至于藏经楼里腾腾冒起了尘埃。迫得弱用连说了两声斯文，斯文，他才停下来。

之后，兆龙又将他新学的拳法一一说给弱用听。道长果然聪慧过人，很快就能指出每一招、每一式的要点。有些甚至是兆龙从未想到的。杨云天教他的时候，也没有点拨出来。

“道长师父，你以前又没学过，怎么能张口就来？”兆龙慨叹着，“我真想钻进你脑袋，瞧瞧里面都装着什么机关。”

弱用微微一笑：“也没那么神奇，大凡是拳术都有相通的地方，我也许不精于太极拳，但练五行变同样到了高层境界。就好比爬山，山势不同，风景迥异，但一样都少不了花草树木山石泉水。你总能找到相似之处。”

“我明白了！”兆龙笑嘻嘻地补充，“你练五行变，好比登上了华山。这太极拳呢，就等于是武当山，爬过高儿后，就算不上武当，心胸见识也非常人可比。”

两人又热络络地说了好些话，直到外面的钟声响了，才意识到该吃午饭了。去年他们初见的时候，讲究吃穿的弱用还自开小灶，他在烹饪方面也有一手，尤其是得了《山家清供》的真味儿。

可这一回，弱用带他径直去了后面的饭堂。道士们先一个个拜了墙角的祖师牌位，然后才各自取了自己的碗筷。兆龙瞧了瞧，每人只盛一碗白饭，围着一张大圆桌坐定，上面摆着一盆萝卜炖豆腐，另外有一大碗咸菜丝。

简单的食物，道士们却吃得十分香甜，而且讲究“食无语”，甚至连咀嚼声也是细细的。弱用和兆龙不想跟他们挤，便先退出去，等会再进。

秋天的阳光还有些热，天色一片碧蓝，没有一丝云，倒有一群大雁排成人字形，徐徐飞过，不时还嘎嘎叫上两声，余韵久久不散。

兆龙问：“师父，你现在也懒得烧饭了？”

“有什么不好吗？”

兆龙嘿嘿一笑：“你要是哪天想打打牙祭，我给您露一手！”

弱用瞥了他一眼，笑问：“你的厨艺是不错，可是，你果真懂得吃饭吗？”

“这还用说，谁生下来没这样的本事？”

“嗯，那还真不一定。”弱用隔窗指着饭堂桌上的菜盆，“你是不是觉得他们吃得太简单，食物也不精细，难得有好胃口？”

“那倒不是！”兆龙把头摇得像拨浪鼓，“我知道出家人清苦，肚子里缺油水，所以饿了什么都吃得香甜。”

“不是这样！你还是没抛开烹饪那套调子来琢磨这件事。”弱用抬手先指指眼睛，后指指鼻子，“你学的那一套厨艺，做出的菜品是精美，像工艺品，眼睛先看着舒服，然后鼻子闻着香，之后才是嘴巴舌头来品味。”

“没错呀，难道这里面有什么不对吗？”

“也许还有另一种，那就是大味必淡！它外看普普通通，用鼻来嗅，香味也稀，唯有切实地用嘴舌去嚼，才能品出那股子隐藏的味儿来。”

兆龙挠挠头皮：“我想起来了，师父你说的这些，是不是那《山家清供》里面所追求的境界？”

弱用点点头：“这个话题一样可以用阴阳来讲。香是味道之阳，用鼻子先闻到，鲜是味道之阴，后用阴柔舌感才能感受到。学老子去思辨的话，那些过于浓香辛辣的菜肴，是阳盛阴衰，不符合中和的宗旨。”

兆龙一拍脑门：“我明白了，这样的菜就像外家拳！”

弱用含笑点头：“而这里的饭食，洗尽了铅华，你要细细地嚼，慢慢地咽，就跟你练太极拳一样，将食物的每一丝甜香味儿都要咂摸到。那样子，你才真正地懂得了吃饭，懂得了享受食物的甘美香甜。”

“好一个大味必淡！”兆龙眼光像猫一样闪亮，“师父，你这番话真是太好了，不管我今后练拳还是做菜，都会考虑这个阴阳，这个中和！哈哈，我又得到了秘传！”

看着兆龙神采飞扬的模样，弱用心里也颇为敞亮。这孩子透灵，一点就明白，无怪先哲曾说，择其精英而教授，人生一大乐也。

等一班道士出来后，他们才进去盛饭食用。有了先前的一番谈话，兆龙每吃一口饭、每嚼一口菜，都细细地品味，每一粒米、每一片萝卜、每一块豆腐都用心去嚼。

奇迹发生了，他果然尝出前所未有的鲜美之味。

这让他激动得全身哆嗦。弱用师父说得没错，他枉自活了十多年，今天才真正学会了吃饭。

相比之下，米饭的味道要比菜肴的味道淡好多，它似有似无，像太极图里面的那个白鱼。菜肴呢，像黑鱼那样有实实在在的味道。

米饭和菜肴相继入口，两种味道交替糅合，相互反衬，又产生出一种不同于菜和饭本身的味道。这中和的味道带给人奇妙的享受……哈哈，真是人生无处不太极啊！

兆龙觉得，他今天吃到天底下最好的美味。

饭后，他又陪着弱用在白云观里遛了好几圈，享受着午后秋日的悠闲时光，更觉岁月静好。舌尖上还残留着饭菜的淡淡香气，如果是大酒楼的烹饪，吃一通后，舌头便会变得迟钝，至多打个饱嗝，返上来的气味混杂，怪怪的。难能有这样清淡的余味。

他的鼻舌经过一番洗礼后，眼睛也发生了变化，看那竹林，每一片叶子每一根竿子都显出不同的姿影。风一吹，婆娑而动，以至于他的思绪也跟着泛起涟漪。

墙角的菊花开得正繁，香气随风送出，花色在阳光下跳动，一切都显得那样鲜活。后来，二人在东院雷祖殿前的“九皇会碑”边上停下，见墙角的古槐哗哗地往下掉叶子，最上面的枝干差不多都落光了，黑黝黝的树杈抓向湛蓝的天空。

弱用不觉又捂着嘴巴咳嗽了数声，叹息说：“过得可真快啊，一晃，又深秋了!”

兆龙知道，道长身上那病是怕过秋冬的，去年见他的时候，又是咳嗽又是气喘，简直要熬不过去的样子。可现在看来，弱用的病情没有恶化，稳定下来了。哎，要是爷爷肯将《授密歌》传给弱用，那么他肯定会更有起色。

这么想着，兆龙不免又有些愧疚：“师父，明年咱们再碰面，你身子骨肯定比现在强！”

弱用淡淡一笑：“明年我人还不知道在哪儿呢？”

兆龙一惊：“怎么，您要离开白云观？”

“我会去云游四海，在有生之年要是能走遍天下的大好河川，那也算不虚度此生了！”

“那我倒是该去哪里找师父您呢？”

弱用笑笑不答。这意思很明白，只能看两个人之间的缘分了。兆龙不禁生出淡淡的伤感来。在这个午后，尽管周围不时有香客经过，耳畔还传来法器叮叮的敲击声，鼻间还闻到香烛点燃时的烟火气，他们内心里却是幽静无波的。像一泓深潭，飞舞的蜂蝶只能把影子投射在水面。

“临走前，我要送你一本书。”

“什么书？”

“你要读通了它，别说练好太极拳了，天下大事尽在掌握之中了！”

兆龙不禁又惊又喜。他以为弱用给的会是什么武林秘笈，谁知，竟是一本手抄的《道德经》。他拿在手里，翻了几页，上面一色清秀的小楷，有的地方还加了评点，出自弱用的手笔。

这本书他不陌生，老头子也是经常看的。他也确实听说，太极拳的好多道理是从这本书里来的。这大概是世间流传最广的一本“武林秘籍”了。

弱用告诉他，这五千言字字珠玑，常读常新，足够用一辈子时间来研读的。可大多时候，人们会读偏了，悟错了。

“知道”二字说来容易，做起来却难。道如果是那么容易就知晓的，也就不是大道了。

揣着这本书，带着弱用说的一大堆“道理”，兆龙慢慢走出了白云观。很快他就被人流淹没了。红尘虽然喧嚣，但毕竟带着几分可喜，透着几分人情味儿，这都是他心里面贪恋的。

现在好了，兆龙如今拥有了两本书。杨云天送他的是《庄子》，弱用送他的是《老子》。他觉得难懂，费解，不过他有信心，终有一天会弄明白的。

他现在要做的，便是忘掉这些，一头扎进市井的嬉闹喧哗中。在少年看来，那一串串红艳艳的冰糖葫芦，可要比书本更叫人垂涎。

杨云天又一次喝醉了。自从兆龙随着杨云鹏回京后，他便开始借酒消愁，心里面积压了太多不如意，憋闷得他快要发疯了。起先只想喝两杯，可几杯下肚后，有些晕乎，人就变得懒洋洋的，那些烦心事似乎也一件件地飘走了。

喝完一坛子后，他觉得自己的魂儿飞上天了，唯有地上还留着一团赘肉。这种感觉跟抽大烟有些像，他进入了另一个境地，也不知道是不是天堂。总之，他用不着姓杨了，也不再守着杨家的门面了。他愿意就这样长醉不要醒来。

自从受伤患上阿芙蓉癖后，杨云天的身子差不多已被掏空了。虽然后来把大烟戒了，却也只剩下个架子。因为底子差，冷不丁喝得大醉，一连呕吐了几个时辰，人都虚脱了。可把杨奉给吓坏了，和他婆娘轮流守着，直到杨云天吐干净了，呼呼大睡过去。

从那以后，杨奉便不敢往家里放酒，可却挡不住杨云天到外边喝去。有一次，他等到半夜也没见少爷回来，出去一打听，才知道在三笑楼喝酒了。最后到底是在一条臭水沟里把人找到。经过那一遭，杨云天大病了一场，卧床几天才渐渐好起来。

不用说，杨家大先生一酗酒，外场的那些徒弟便没人光顾了。虽然有杨奉在那里维持着，怎奈他武功和见识都压不住人，很快便散走了一大半。

当然，这事也跟杨云鹏回来改拳有关。徒弟们眼见杨云天教“错”了，如何还能像从前那样信任他。大先生的名声早就因为抽大烟而一落千丈，再加上醉酒误工，更是叫人小瞧了三分。

外面传的闲话很多，甚至有人怀疑，杨云天因为不成器，早被老先生嫌弃，所以进京没他的份儿、做官没他的份儿。试问跟这样的人练拳，又能学到几分杨家的真东西？更何况杨云鹏回来那一趟，早把事情挑明了，杨家大先生先前的拳教错了。先前他开放了内场，看似大度不保守，实质上是在故意演戏，好借此赚几个小钱养家糊口来着。

人一少，外场自然便撤了，剩下的徒弟有杨奉领着，总算还能混下去。只是如此一来，杨云天教拳越发地不上心，三天倒有两天醉醺醺的。如果有兆龙在身旁盯着，说话解闷，他还能有些振作，如今可真是人如秋后的花木，变得凋零萧瑟了。

这天上午，杨奉正领着留下的弟子们盘架子，他婆娘匆匆走了来，手里拿着一张名帖，却是从单县来的刘半丁刘双丁兄弟登门拜访。

自从老头子带着二先生去了京城，前来造访的武林人士便寥寥无几。杨奉这些年来一直守在杨家，对江湖已见陌生，并不了解这刘氏兄弟的来头，而杨云天早上在后院武场露了一面后，便再没见身影，无奈何，杨奉只得硬着头皮前去接待。

一转到前厅，便听到有人在高声吟读："手捧太极震寰宇，胸怀绝技压群英！"念的正是挂在厅堂上的楹联，乃帝师翁同龢所书。

另一个人则跟着说："好大的口气！走遍大江南北，唯有他杨家敢挂这样的对联！"

杨奉听了心头一沉，不用说，这两人上门是来生事的。当下咳嗽一声，迈进门去，那两个人也马上住嘴。见他们三十左右年纪，穿着打扮相像，站在楹联旁的那个身子细长些，头上缠着块白布，坐在椅子上的那个粗壮些，长着络腮胡子。

"劳二位久候了，恕罪恕罪！不才杨奉，是杨府的管家。"

那个缠白布的抱拳道："单县刘半丁！"络腮胡子也不啰唆，"刘双丁！"

当下彼此寒暄了几句，各自落了座，杨奉家的捧上茶来，三人喝了一口，杨奉含笑道："敢问二位今天是来见我家老先生呢，还是大先生，二先生？"

刘家兄弟换了个眼色，刘半丁问："杨管家这话何意？"

"不瞒二位，你们要是想见老先生和二先生，那得去京城找，半年前他们便迁居北京了。而今杨府由大先生管事！"

杨奉这么说，不外乎是想把麻烦事往门外推。他太熟悉杨云天的性子了，从不在外惹事，也没什么仇家。倒是杨云鹏在外打翻的人最多，老头子也不少，武林中人向来讲"冤有头，债有主"，这刘氏兄弟真跟杨家有过节儿的话，也多半会再去京城讨面子。

"我说呢，一进杨家觉得怪荒凉的，原来搬去了京城！"刘双丁一摸络腮胡子，嘿嘿笑道，"可今天俺们兄弟来，偏偏找的就是他杨云天！"扭头对刘半丁说，"大哥，你从头说说，咱们为何要来会会那杨家大先生？"

“这个还不急！”刘半丁笑道，“我先请教杨管家，你现在是不是该把大先生请出来了？”

“对，事摊在头上了，想躲是躲不了的！”

“谁躲了？”杨奉啪地一拍桌子，眼睛一瞪，“也不瞧瞧这是哪里，杨家可是你们胡来的地方！”

刘半丁冷笑：“我们要是胡来，就不会跟你在这里坐着说话了！”

刘双丁涨红了脸，眼珠子鼓得滚圆：“当年杨云天在洛阳伤了家父，害得他老人家几年没下炕头，就那样窝囊死了。姓杨的早该料到有一天我们哥俩会找上门来！”

这番话传到杨奉耳朵里，不由得惊心。六年前，杨云天确实跟杨慕侠去过洛阳，但回来时并没多说什么，谁想还是惹下祸事。上门切磋武功的还好应付，这寻仇的可就不是他这个管家能摆平的了。

当下一抱拳：“我原以为两位没带家伙，是好朋友上门攀交情的，原来却是寻仇结怨的……”

刘半丁一抬手，打断了杨奉的话：“我们兄弟上门不带家伙，那是礼数，跟杨云天划下道道后，自然有好手段招呼他。”

刘双丁的脾气有些急躁，见杨奉推三阻四的，啪地又拍了桌子：“姓杨的，我们兄弟来府上又不是找你，你在这里瞎推什么磨盘？”

这是变相在骂杨奉是蒙眼的驴，他如何不气：“对不住，大先生如今不在府上。两位要是真想见，且等我派人去外面找找！”

刘半丁淡淡地道：“我们这么远的路都走过来了，也不争这一时，可是杨管家，你也别以为咱兄弟好糊弄，还是尽早让大先生露面吧！”说着话，伸手在桌脚上一推，一股暗劲呼地弹过来。

杨奉的手臂放在桌面上，忽然一麻，跟着身子就打个寒战，腾地从椅子上蹦起来。他倒吸口凉气，这家伙的功夫好怪异，倒有些像是少林的隔山打牛。

刘双丁见杨奉兀自站在那里发呆，脸皮红白不定，一瞪眼，吼道：“你还不快去！”

“等着！”杨奉恨恨地拂袖而去。他浑身上下都在颤抖，出门后，被秋风一吹，意识才清醒了些。眼见这刘氏兄弟武功奇高，以大少爷现在的身子骨，只怕难以抵御，这可如何是好？

可是，人家指名道姓找杨云天，大少爷又不能避而不见，哎，真是造化弄人，要是这两家伙早来几天，或是二少爷晚走几天，这事都不难解决。

他气咻咻地来到后院，将所有的弟子都派出去，一部分人去找杨云天，另一些人分头去找杨家的几个老徒弟前来助拳。他们受过杨慕侠精心调教，都能独当一面，只是如今或在外走镖，或在官衙当差，或是经营买卖，能否及时赶来也不敢保证。

徒弟们一走，杨家更显得空荡，杨奉守在大门口，看着冷清清的家院，觉得满腔凄凉。昔日杨东魁在世时，杨家名头最盛，三五日便有武林同道前来拜访，那时的广府因杨家和武家的太极拳而名动江湖。之后，杨慕侠做了掌门，虽说十多年来呈隐居状态，但也从无一败，这院内的武场上曾经发生过忒多叫人热血激涌的逸事。

可如今，这家门已经衰败了。对手找上门来时，竟然无人可以出来应对，以至于不得不去找外姓弟子来撑门面。杨奉想到这里，心中酸楚难耐，不觉用衣襟拭起泪水来。

但这又能抱怨谁呢？怨大少爷不争气，他也真是悲苦，自从武场上失利后，身子骨就留下旧伤，又因抽大烟惹得老爷子不待见，没能跟去京城。好容易戒烟了吧，现在又酗上酒了，这样下去，一身武功差不多也就废掉了。

可是今天，杨家面临着大祸，大少爷又不能不出来顶缸。杨奉胡思乱想一气，最后又恨起自己来，他当年大凡勤奋一点儿，多跟杨慕侠学上几手硬功夫，也不至于今天被那刘氏兄弟看扁了。

从徒弟们出门那刻起，他就点起了一根香，插在门口的沙堆上。香一点点地矮下去，残剩下一段段白灰。再点上第二根香的时候，杨奉拿火镰的手抖得厉害，好几次都没敲出火星来。

依稀，他能听到刘氏兄弟在厅堂上骂咧咧的，他婆娘也躲着不去续热水，沏新茶，生怕遭那两个访客呵斥。第二根香烧到一半时，好容易看到两个徒弟气咻咻地赶回来，杨奉认出他们是去乡下请帮手的，赶忙问：“怎么样？”

那两个人连比画带说，他们请的人去外地走镖了。杨奉只得挥手让他们先下去歇着，两人不肯，便蹲在门口大喘气。

不多会儿，又有两组人回来，却是找遍了几条街，也没发现杨云天的身影。大家不免都垂头丧气的，看天上的日头，都快移到中天了，杨奉知道再也没法子拖下去，只得硬着头皮走去厅堂。

人还没到，便见刘氏兄弟抢了出来。刘双丁怒目圆睁，络腮胡子根根竖起，骂道：“姓杨的，你在消遣咱爷们是不是？让我们干等一个多时辰了，你他娘的葫芦里到底卖的什么药？”

刘半丁的眼珠子直勾勾地瞪着：“杨管家，你给我句实话，杨云天到底在哪里？”

杨奉苦笑道：“我确实撒下人手去找了，奈何就是没见大先生的踪影，你说该如何是好？”

刘双丁哼了一声：“该不会是那杨云天听说俺兄弟前来找他晦气，吓得躲出去了吧？”

杨奉正色道：“两位说话放尊重点儿，都是同道中人，山不转水转……”

“你少他娘的拿大话压人！”刘双丁呼地从台阶上蹦下来，“杨云天再不出来，可别怪我们兄弟不客气了！”

就在这时，猛听门外的弟子喊道：“好了，大先生回来了！”

杨奉又惊又喜，赶忙往门外跑，谁想，杨云天却是被两名弟子搀扶进来，他喝得醉醺醺的，人事不知，身上全是泥水，嘴里兀自胡言乱语。

刘氏兄弟见状也是一怔，随后又相视大笑：“我说姓杨的，你们从哪里找这么个醉鬼来冒充杨云天？”

“什么冒充，他正是杨家的大先生！”

“那他会耍太极拳吗？我看够呛，只怕光会打醉拳，哈哈！”

杨奉强忍着怒气，抱拳道：“两位也看到了，我们大先生今天醉酒，无法待客，两位要是真有心，何不改日再来？”

刘双丁跟刘半丁又相对使个眼色：“这倒也是个法子。不然的话，传将出去，还叫人误以为我们兄弟乘人之危呢！”

杨奉暗暗舒了口气，朝那徒弟们点点头：“快扶大先生下去歇息！”

“不过呢，”刘半丁拖长了嗓门，“我们兄弟大老远地来，就这样空手走了，未免太丢份了！”

“你这话什么意思？”

刘双丁嘿嘿冷笑：“这意思最简单了，告诉你，我们临走要拿杨家一样东西当个凭证！”

那两个搀扶着杨云天的徒弟本来走出了几步，听到这话又停下了。大家都瞪着刘氏兄弟，杨奉更是气得攥紧了拳头，他咬牙问：“你们想拿什么？”

刘半丁回身一指挂在厅堂上的楹联：“杨家在武林的威名今不如昔，我看那楹联只配挂一半，另一半，不妨就送给我们兄弟了！”

“放肆！”杨奉吼道，“我看今天谁敢动杨家一草一木！”

“我他娘的偏偏就动了！”刘双丁说着，也不见他转身，脚跟一跺地，人便倒射出去，像箭矢一样射向厅堂。

杨奉发声喊，跟十几个弟子一起冲过来。刘半丁身形一晃，先一步抢过来，双拳齐出，快如电闪，啪啪击中杨奉的胸膛，他竟然来不及躲闪。

可奇怪的是，那拳头砸在身上竟然不疼，只是酥麻一下，脚下却不能再动了。身后呼啦涌上来的弟子们，却嗷嗷叫着向后飞出去，敢情那两拳穿透他的身体，暗劲都弹在后面人身上了。

杨奉惊怒之下，又是一记“扳拦捶”打出去。谁知，刘半丁还是不躲，拳头砸在他的胸膛上，先像个皮球一样陷下去一块儿，随后一鼓胀，又将他弹出去。幸好有徒弟们从身后接着，不然定会跌个仰八叉。

杨奉气急败坏地喊：“兄弟们，咱们跟他拼了！”众人正要一哄而上，猛觉劲风扑面，一块黑乎乎的东西撞了过来。

弟子们赶紧躲闪，还是有几个被撞翻在地。一条黑影随后射到，他抓起那块长条形的黑东西，上下舞动，眨眼工夫，将一干人尽皆放倒在地，惨叫连声。

杨奉这才看清，弹过来的正是刘双丁，他手里拿的正是楹联的下半联“胸怀绝技压群英”，黑底金字。他得意地将楹联往地上一扔：“这下半句送给我们哥俩，倒也配得上！”

听了这话，杨奉差点气得吐血，转头寻那杨云天的身影，见他四肢朝天，大咧咧地躺在那里，依旧人事不省，不禁沮丧到极点，一屁股蹲在地上。

刘半丁见状，摇摇头道：“杨管家，等杨云天醒酒后，烦请告诉他一声，我们兄弟就在城南升平楼候着，明天下午前人不赶到，这半副楹联可就没了！”说完，跟刘双丁扬长而去。

秋风吹动墙边的槐树，摇头晃身，哗啦啦撒落一地叶子。那股子凉意慢慢地在院落里溢满开来。天边，一团团黑乎乎的云正像乌龟一样，慢吞吞地往这边爬。

杨云天被扶回房去不多会儿，杨奉请的帮手终于来了两位：一位是东辛寨的辛三银，是名铁匠，在镇上开个铺子，曾跟杨慕侠学过六年拳，也算把好手；一位是护驾南的郁雄，六十多了，跟杨东魁学过两年拳，辈分很高，功夫一般。杨奉派人原来不是找他，但找的人不在，他听说后跟着焦急，也就赶来了。

他们一来到，听说了事情的经过，又看到杨云天醉成一团乱泥，不免摇头，谁能料到一向沉稳的杨家大先生，竟然会堕落到这个地步。

虽然说请来的帮手不够分量，但到底肯来助拳，这份情面总是难得，杨奉赶忙安排茶饭招待客人。席间，说起当年杨家无限风光时，几个人不免又叹息了会儿。饭后，杨奉请辛、郁二位先到客房歇息，一切还要等到杨云天醒来再定。

此时，他婆娘已经伺候大先生呕吐过几次，好歹算是安顿下来。杨奉去看时，他正打着呼噜，睡得香甜。杨奉在旁边闷闷地坐着，越想越气，终是忍耐不住，去厨房舀了一瓢冷水，呼地扣到杨云天的脸上。他打个激灵，登时苏醒了。

杨奉也不多话，把瓢往桌子上一扔，就站在那里叉着腰，直勾勾地盯着杨云天看。后者先是在脸上抹了一把，又愣了会儿才问：“我，我怎么在这里？”

杨奉听了哭笑不得：“少爷，出大事了！”

“什么大事？”

杨奉见杨云天一副迷糊相，满肚子话也懒得说了：“少爷，我先去前厅等着你，你过去瞧瞧就明白了！”转身就走。

杨云天坐在床上，又发了会呆才慢慢下地，宿醉未消，他走起路还有些发飘。来到前厅，见杨奉板着脸，杠子一样直挺挺地戳在那里，他还未见过杨奉这么严肃，笑道：“大管家，到底怎么了？”

“少爷，你先看看这厅堂之上少了什么？”

杨云天这才注意到，楹联少了一幅，忙问：“下联去哪儿了？”

“我的好少爷，你终于晓得出事了！老爷把这个家交给我们守着，倒好，才不过半年就把杨家的脸面给丢了！”杨奉于是把事情的经过一五一十地说了，杨云天的脸色一点点地变得苍白，像蒙了一层纸。

一阵脚步响，郁雄和辛三银一前一后地走进来，杨云天看到他们，不免吃惊，赶忙行礼：“郁师叔、辛师兄，你们几时来的？”

杨奉没好气地说：“还不是因为被人夺走了联子，少爷你又不在，无奈何，我只得到处找帮手，还好，有老师叔和辛爷赶来助拳，不然，咱杨家又添笑话了。”

郁雄仗着辈分高，拖长了调子道：“云天呢，你这回可是糟践了杨家的门面了，这要是传到掌门耳朵里，还不得把他给气死？更别说愧对杨家的列祖列宗了！”

辛三银听老师叔越扯越远了，赶忙插话：“是啊，师弟你今天喝的是多了些！不过男人嘛，喜欢这玩意儿也没什么打紧，只是别误了大事。”

杨奉附和道：“老师叔和辛师兄教训的是！大少爷这两年确实太放纵自己了！”

杨云天却没言语，只是盯着那墙壁发呆，那副楹联挂在那里很久了，从他记事起，便在那里。他还记得每隔几天，家人便会擦擦上面的灰尘。刻着字的木板挂得日久了，贴墙的地方白花花的，跟旁边的墙不是一个颜色。就算是下联被摘走，墙壁还是留下长条形的印记，只不过看上去很扎眼。

又听郁雄叹息："想当年，师父他老人家在世时，凭一身太极神功打遍天下无敌手，那时候武林中人提起永年杨家来，谁不竖大拇指！可今天，居然连不见名头的三流人物都敢上门捣乱，真是叫人气煞！"

"师叔，人家可不是三流人物，你没听说，这么多人都没拦住他们吗？"

"怎么不是三流人物？"郁雄说着说着就动了气，吹着胡子，"但凡是个人物，就不会做出拿人牌匾的勾当！"

杨奉想起上午吃的亏，也恨恨地骂："没错，那刘家兄弟是他娘的不地道！"

杨云天兀自沉浸在往日的回忆中，不管是爷爷和父亲，每当有来客问起这副楹联事，都会眉飞色舞地跟人细说当年的情形：杨东魁是如何如何技压群雄，名满京华的；大学士翁同龢是如何如何对杨氏太极拳夸赞有加，欣然挥毫写就的。

云天还记得，爷爷在临终前，也不忘到厅堂前多看楹联几眼，它委实算得上是杨家的传家宝，是杨家的脸面，杨家的金字招牌。杨东魁当年亲手把它挂在这里，便不想它再被摘下来。故而杨慕侠在去京城时，掂量再三，还是决定将它放在老家，跟列祖列宗的牌位靠得更近。

杨云天直到现在才明白了他留在老家的重要，那就是要用性命保住这个传家宝。这副担子可一点儿也不比云鹏在京城闯荡轻。

"我看眼前有两条道，"辛三银虽是打铁出身，脑瓜子却一点儿不笨，开始出谋划策，"一是派人去京城告诉师父，让他回来料理；二是赶紧再去找其他师兄弟回来助拳。"

"不行不行！"郁雄使劲摇晃着脑袋，"这事不能劳动掌门人，再说，时间也来不及，等他们赶回来黄花菜都凉了！"

"那就得赶紧再去找帮手了。"辛三银虽然身手不弱，但听杨奉所言，那两人的武功深不可测，也不敢托大。更何况，杨云天如今差不多成了半个废人，指望不上。他倒也不是胆小，自诩跟其中一个交手还成，无奈对手是两个便有些麻烦。

杨奉眼见帮手你一言我一语地，身为主人的云天却在装哑巴，不禁大为憋气，忍不住道：“我说少爷，你几时成没嘴的葫芦了，倒是给句话儿啊！”

谁知，杨云天一转身，大步朝厅外走去。三人面面相觑，都被他这举动闹糊涂了。杨奉清醒过来，撒腿就往外追：“少爷，少爷，你这是去哪儿？”

却见杨云天几步跨到墙角的水缸前，一弯腰，竟把脑袋伸进去。杨奉吓了一跳：“少爷，你疯了！”跑过去正要拉他，杨云天已经水淋淋地直起了腰。

他仰起脸来，条条水蛇往下滑去，水珠子嗒嗒地打在衣衫上。杨奉呆呆地看着，支吾道：“少爷，你这是……”

杨云天面对已经移到西边的太阳，长长吐了一口气，像是将积攒在体内好久的酒气都喷出来。然后，他整个人就复活了，清醒了。

杨奉吃惊地看到，他的眼眸变得晶亮，眉毛生动了，五官匀称了，衣衫里面的肌肉筋骨也随着呼吸在弹动。没错，这正是两年以前的那个大先生，准确地说，是在刘氏去世前的那个杨云天。

郁雄和辛三银也随后赶过来，他们瞧见杨云天这副模样，都是一呆，跟先前落魄的醉汉比，简直是换了一个人，不禁啧啧称奇。他冲着两人一抱拳：“郁师叔，辛师兄，有劳了！”这话说得有气势、有分量，杨奉瞧在眼里，喜在心头。

“云天，你客气了！”郁雄心说，杨家子孙还真是好样的，酒醒后个个是好汉。

辛三银却没他这么宽心，问：“师弟，你实话跟我们说，有把握去把那下联要回来吗？”

“当然，那是杨家的东西，他怎么拿走的，还得怎么送回来！”杨云天说到这里，猛地拔高了嗓门，“不，我要他敲锣打鼓地给送回来！”

“好，”辛三银拍了胸脯，“就冲着杨师弟你这份豪气，我就陪你走一趟，打个头阵！”

郁雄也笑道：“你们两个都是好样的，老朽虽然年迈不能打了，却也能帮你们在一边儿掠阵，擂鼓助威！”

杨奉高兴地一跺脚："好，我这就把徒弟们召集起来，马上赶去升平楼！"

辛三银一皱眉："去那么多人干啥，又帮不上忙，反倒叫人以为咱们以多欺少！"

"成，那就咱们四个人去！"

"不，你也留下！"杨云天道。他的话声干脆，让人不容反驳。杨奉心里虽然很不情愿错过这场热闹，可想到府里实在是少不了他看着，也只得答应。

后院那些徒弟听到消息，也一窝蜂赶来前院，他们目睹大先生腰杆子挺得笔直，神情从容，目光炯炯，都暗暗称奇。此时的杨云天，果然有一派宗师的风范。

三人大步跨出门去。杨云天在前，郁雄和辛三银随后。杨奉跟众人送出门外，目送他们的背影一晃晃地，渐渐消失在街头。

城南的升平楼，应该是永年最大的一家客栈了。两层楼，两进的院子，也兼着做些行栈的买卖，因而来往的客人也多。

刘氏兄弟昨晚上住进来时，要了一间上房，吃得也特别挑剔，酒水和菜肴稍有差池，便叫伙计端下去。当晚，巡夜的兵丁进来盘查，进每间屋时都大呼小叫的，唯独在刘氏兄弟那里退出来时，点头哈腰的。这不免勾起了掌柜和伙计的好奇心，这两位客官到底什么来头？

后来才从巡夜兵丁的嘴里打听到消息，说这两位身上带有内务府的腰牌，好像是武备司的官差。掌柜这才觉察到，那两人虽然操着山东方言，但却夹带着一股京片子味儿，尤其是每句话后面几个字都拖长了调子。

因而，他们伺候起来便越发地小心了。今天上午，两位客人跟伙计打听去杨家的路怎么走，掌柜的心便突突急跳起来。不用说，这又是来找太极门比武的，可是，内务府的官差怎么也干起这调调来了？

那两人直到临近晌午才回转，那个长络腮胡子的居然还夹着一块长条木板回来，上面涂着黑漆，刻着金字。他们径直上楼，又点了饭菜送进房间里，只是没要酒水。

掌柜的心里不由得塞了谜团。杨家的老先生和二先生早去了京城，留下看家的大先生呢，以前抽大烟，好容易戒掉后，而今却又成天到晚喝得醉醺醺的，一身武功差不多也废掉了。这两人要去找碴子的话，杨家人也不好应对。那块长条木板又是何物？上面的字没看清楚，也不好判别，也就猜不透他们拿它的用意。

午后，天上的阴云越聚越密，起先它们移动得像乌龟一样缓慢，现在臃肿得像头怪兽，远处传来的隐隐雷声，好像它在闷哼。风突然大起来，吹到身上凉飕飕的，还带着潮气，刮得客栈幌子来回摇晃。

掌柜的知道深秋的雨下起来就个没完没了，赶忙指使伙计去院里拾掇，该收的收，该遮的遮。这时，带着一股冷风，三个人大步跨进来，为首的正是杨云天。

掌柜的瞧见他目光锐利，带着杀气，不禁一呆。杨云天问："陈掌柜，你这里可住着两位姓刘的客人？"

"是的大先生……"

"那就麻烦你上去请他们下来。"

还没等掌柜的动弹，楼上传来一声喊："杨云天，你来得不慢呢！"刘半丁和刘双丁应声出现在楼道口。

"那半副楹联呢？"

"在这里！"刘双丁从身后抓过木板，往楼道上一扨，"赢了俺们兄弟，这东西你就拿走！"

"拿走？你话说得倒轻巧！"辛三银一晃手里的大枪，指着两人道，"敢在杨家抢东西，你们胆子不小，今天要是不好好招呼你们，还真以为太极门没人了呢！"

刘半丁微微一笑："这位兄弟怎么称呼？"

"老子便是辛三银，杨慕侠老先生门下弟子！"

杨云天转身介绍郁雄："这位是我们的师叔——郁雄郁老爷子！"

刘双丁冷笑："好嘛，太极门老老少少齐上阵！"刘半丁却被杨云天的气势所迷惑，这哪里还是先前那个醉鬼，分明是位内家圣手才有的神采。

只见郁雄清清嗓子道："老朽这把骨头，打是不能打了，不过，好歹也活了这么大的岁数，给你们当个见证人还算有资格！”

刘半丁笑着抱拳：“老人家说的是，我们今天便听你的安排！”朝刘双丁使了个眼色，两人纵身跳下来。

辛三银看着刘双丁手里的楹联，火气直冒，恨恨地瞪了他一眼。后者也恶目相向。杨云天和刘半丁倒是沉稳冷静，虽然相互瞧着对方，眼神却是往里收着。

郁雄又道：“听说，两位家里的先人跟杨家结过梁子，所以今天才来永年走这一趟？”

“是有这话！”刘半丁盯着杨云天道，“大先生可还记得六年前在洛阳，你同一位叫神刀刘的交过手？”

“没错，当日我是替龙门镖局出面摆平了一桩事，对方为首的正是一位使刀的好手，姓刘字全真。可是，那天我们只不过各自展露了两手，之后那位刘大爷还跟我喝了和头酒，化干戈为玉帛，怎么两位今天还要来寻仇？”

刘半丁猛地哈哈大笑起来：“好个化干戈为玉帛！”笑声戛然而止，他眼露凶光，死死盯着杨云天，“可是我爹他回去后，没几天就卧床不起，又怎么说？”

杨云天一怔：“有这事？”

“没错，他老人家身子骨从那时起便垮了，没熬过半年就离了世！难道说，这跟你杨云天没关系吗？”

辛三银没好气地道：“生老病死，有什么稀奇，你凭什么一定要栽到杨家头上？”

“放你娘的屁！”刘双丁怒骂起来。

辛三银两眼一瞪，也张口回骂，两人都是火暴脾气，马上便要挽袖子开打。“好了！”郁雄一抬手，制止他们，“既然谈不拢，那么只有拳脚上说话。这里也不是放对的地方，要找个开阔地方。”

杨云天朝掌柜的一点头：“陈老板，我们要借你后院用用，请行个方便！”陈掌柜哪里有不应的道理。刘半丁见状，也暗叹杨云天痛快，确有大家风范。

客栈的后院倒是有一大片空地，辛三银一个箭步蹦出来，舞个枪花，刘双丁左手握着刀柄，并不出鞘，而是冷笑着一步步走过来。

“拔刀啊！”辛三银挥了挥枪杆子。

刘双丁还是不理睬，径直走过来。辛三银心头发毛，暗想，这人莫不是疯子？一咬牙，抖手就一枪，直取对方胸膛。这一枪却是虚招，枪头打个闪晃，又扎向他的下盘。

眼前寒光一闪，刀锋劈到，凛凛的杀气如针扎一般。辛三银竟没看到对方如何动作，刀光已缠住了他，此时脑子里也没什么念头，下意识地将大枪舞成一团儿，护住上下。

谁也没想到刘双丁的刀如此急快，杨云天更是倒吸口凉气，这人要比六年前的那个神刀刘厉害多了，甚至不是一路子刀法，倒有些像八卦门的手法，却又不尽相同。他脑子里瞬间转过不少念头，太极门和八卦门、形意门共为内家拳三大派，向来交好，怎么会突然冒出个陌生面孔来跟杨家为敌？

刘双丁的刀快，步子也快，像陀螺一样围着辛三银转着圈子，单刀上下左右接连使出八八六十四刀，正是应了六十四卦之数。

辛三银每天里经营铁匠铺，耍枪的工夫有限，平日里又少了陪练的，如今临阵便显得慢了。转过一圈后，大枪终于漏出空当，吃对手的单刀一挑，虎口发麻，枪便脱了手。而那刀却就势压在脖子上，他不敢动弹了。

郁雄没想到师侄这么快就败北，急声叫道：“刀下留情！”

刘双丁脸上露出一丝诡异的笑容，一手抓住对手的肩膀，一手持刀：“你身上怎么闻着有股铁锈味儿？”

辛三银吃那刀锋逼着脖子，全身发冷，汗毛倒竖，但还是强咬着牙道：“老子是，是打铁的……”

“怪不得枪法这般粗疏，原来是打铁的把式！”刘双丁哈哈一笑，撤了刀，身子向后弹出丈远，又站到楹联旁边。

杨云天冲他一抱拳：“敢问刘爷，你跟八卦门程廷华程爷怎么称呼？”程廷华是董海川的高足，是现今八卦门的巨擘，门下传人无数，只要是学过八卦掌的，多会与他有些挂联。

谁知，刘双丁讥笑道：“怎么，你大先生怕了，想通过八卦门来攀交情？那你这番苦心可就白费了，在下不认识程大爷！”

“有阁下这句话我就放心了！”杨云天淡淡地道，“我怕的是中间有这份交情，伤着你便等于伤了八卦门的脸面！”

“哎哟，你大先生的口气好大啊！”

刘半丁也嘿嘿笑道：“杨云天，我们如今已经先赢了一场，你好像没多少棋子好下了。”

“三战两胜，今天杨家赢定了！”

刘半丁眼眸收紧：“你想怎么赢？”

杨云天脚尖一挑，地上的大枪蹦起来，钻进他的右手里，往地上一纵，伸出左手指着刘双丁道：“下面一场，我先放倒他，之后就轮到你了！”

刘半丁怒极反笑：“杨云天，你未免也太狂妄了！”

刘双丁虽然刚胜了一场，但并没生出骄怠之心，因为杨云天那副气定神闲的姿态给他带来了无形的压力。毕竟杨家扛着无敌的名头不是一天两天了，没有点真本事，哪能撑到今天。所以杨云天冲他发起挑战后，他竭力克制心里的冲动，一步步走过来，右手慢慢抓住刀柄。

辛三银新败，神情沮丧，郁雄却头脑清醒。他知道，杨云天已经不是从前的杨家大先生了，在经历病伤、烟毒、酗酒之后，那副身子骨基本被掏空了。这样的情形下，他还要面对劲敌连续打两场，委实是在赌命。

可是，自己本就学艺不高，如今又年老体衰不堪一战，也只能暗中祈求，但愿杨云天练有杨家保命的绝招，能够速战速决。

刘双丁慢慢走近，距离着杨云天两丈便停下了，正好在那大枪堪堪能够刺到他的位置外。杨云天轻声道：“请！”

刘双丁不敢大意，步子往外撇去，开始慢慢绕着他走开了八卦步。他每一步都很小心，如履薄冰。他在外面的大圈走动，杨云天便在里面的小圈随着转动，枪头一直对着他。

乌黑的云朵密密匝匝地遮住头顶，如同拉起了夜幕。哧啦一下，一道耀眼的闪电划破天际，跟着就是一声雷在东北边炸响，霹雳的轰隆声滚滚而来。

杨云天心中却平静如水，波澜不惊。长这么大，他还是头一次做到神经意识彻底地放松。太极拳将松放在第一位，可是身体方面的松，筋骨方面的松容易练到，要做到身心都放松却是极难。

可这一回，杨云天切切实实地感受到了“松”。

原来，这便是一种松空松静的感觉，尽管外面如何风大浪急，内里却似止水。

在躯体出现伤痛后，他一度身心崩溃，甚至于自暴自弃，因而下意识地将自己当成了一个弱者。但就在半个时辰前，他突然想“通”了，跟着信心倍增，人变“空”了，他切切实实地感受到内动的巨大能量。

在他完全放弃筋骨表皮的勇武后，里面蕴藏的“真气”却得到了激发。尽管他还没有将它完全导引出来，却隐隐觉察出它的威力。

而现在，刘双丁已经感受到这种无形的压力，所以他不敢妄动，小心翼翼地走着，试探着，寻找一丝一毫的可乘之机。

蓦然，他的脚下一纵，步子加快，嗖地跳到杨云天身后，闪电般地拔刀，便要发动进攻。可是杨云天却先他一步转过来，此时他的毛孔尽数张开，汗毛也根根竖起，对方要突变时，他已感受到其气场的变化，大枪像蛇一样颤悠一下，准确地“咬”在刘双丁的臂弯上。

郁雄和辛三银看得清清楚楚，杨云天这一枪看似简单，却直击要害，那是从“单鞭”一式变化来的，枪身由下往上斜着划出一道弧。刘双丁的刀才出鞘，他的枪便钻出去，绕过刀锋，狠狠地抽在对手的手臂上。

单刀嗖地飞出去，钉在门板上，刘双丁闷哼一声，身子斜着飞出两丈多远，他的后背撞到院墙上，险些又滑倒在地，却又强撑着立住了。

“好！”辛三银和郁雄忍不住喊出了声。

刘半丁几个箭步抢到他兄弟跟前，一扶他的那只伤臂，脸色登时变得惨白，那条胳膊像装满了碎石的口袋，显然废掉了。

他转身狠狠地瞪着杨云天，站起身，慢慢走过来，并竖起了大拇指：“杨云天，你有种！”

杨云天把枪扔给辛三银，冲着刘半丁抱了抱拳：“刘兄，咱们此时算战成平局，大家握手言和如何？”

“晚了！”刘半丁眼眸收紧，“今天不是你死，就是我亡！”呼地蹿过来，鬼魅一般，双拳已砸中杨云天的胸膛。

杨云天虽然嘴巴里说言和，其实暗地里早做好了准备，胸膛先一步凹陷，化消对方劲力，随手拍去。刘半丁撤拳抵挡，拳掌相碰，竟然像铜钟一样发出嗡的一声震响。他们的衣衫也像充满了气，呼地向外鼓胀，发出噗噗之声。

两人的身法实在太快，旋转一起时，竟像一对陀螺，观战的人无不觉得头晕目眩，陈掌柜更是夸张，打个趔趄后，居然瘫软在地上。

像是龙卷风似的，外面摧枯拉朽，威力惊人，风眼里却相对要平静许多。尽管刘半丁的拳法刚猛有力，但杨云天却总能先一步觉察到他的攻击方向，这时候，眼睛的作用已经让位于心灵感应。

如果刘半丁的攻击像风的话，杨云天的防御便像水，风扫过水面，波纹层层递进，劲力也便在这过程中慢慢消减，最终化为无形。

刘半丁越打越心惊，因为对手虽然一直在柔化，但那股子反弹力却震得他心里很不好受。杨云天的内力似乎也没想象的那样深厚，却又总是难以攻破，而以他一枪击败兄弟刘双丁那气势来看，应该更厉害才对。

难道是个陷阱？为的是引他麻痹，好突然发难？

他可不知道，杨云天此时已有些勉强支撑了。毕竟身子骨受到了极大的损害，一招败了刘双丁后，也耗了大半元气。而现在面对的刘双丁却又是更强悍的对手。他的金刚拳快如电闪，很难借力，只有柔化和防御。好在他的心还能保持平静，想也不想，只是自然而动，却又能及时将对手的进攻化掉。

在经过一轮进攻无效后，刘半丁终于判定，杨云天这么做就是在消耗他的劲力，等时机出现，才会猝然发出致命一击。他暗叹一声，到这种地步了，少不得要使出杀手锏来了。这便是少林七十二绝技中最高境界的“心意把”。

虽然他这些年修炼此术，始终悟不透最终的诀窍，却相信唯有此绝技才能克制住太极拳。姓杨的，你不能耗吗？我就舍命相陪了。

观战的人很快发现，他们旋风般的攻势渐渐慢下来，以至于到后来，竟如同太极推手一样，都在柔化了。辛三银擦擦眼睛，有些不敢相信，难不成这姓刘的也会太极拳？

但他们随后又发现，刘半丁的拳法虽然也以松柔为主，却跟太极拳差别很大。两人的拳掌出得轻而快，往往是轻轻一触就随即化开了。

如此走了十几个圈子，杀气渐渐淡了，杨云天觉得身心都放松了不少。刘半丁也渐渐做到心形合一，人简直便像喝了琼浆玉液一样，美得所有毛孔都张开来。

他还觉得热气一点点地从脚底升腾起，很快，全身上下便像泡进温泉里面。继而，他体内似有声响从心底传出。渐渐从胸腔钻进喉管，又从舌尖发出，如同洪钟一般，他喊出了一声佛号："阿弥陀佛！"

登时，刘半丁脑海里闪过一道白光，他终于明白了传他武功的慧慈大师说过的，少林武学终是禅武合一的。

两人的衣袖缠在一起，越转越慢，到后来已不像在拼斗，竟似朋友在饮酒之后，趁兴舞之蹈之。

雷声还在轰隆隆地响，闪电还唰唰地劈下，杀气却没了，两人慢慢分开来。刘半丁双手合十，朝同样神色祥和的杨云天躬身一礼："多谢杨兄成全！"

围观的人都呆呆地看着，做梦也没想到会是这么一个结局。天上开始落下豆大的雨珠子，打得地面噗噗响。雷声也一个接一个地炸响。

刘半丁慢慢走到兄弟跟前，搀扶着他往外走去。已经悟透禅机，并领会到武学的高层境界，此行收获多多，相比下仇恨已经不重要了。

看着他们的身影慢慢消失在风雨中。杨云天长长吐了一口气，走到那半副楹联前，弯身将它拾起来，用衣袖在上面擦擦，轻轻读着上面的金字："胸怀绝技压群英！"

郁雄兴奋地道："云天，你今天打得好，打出了杨家的威风！"

辛三银也笑道："可不是，杨家那无敌的名号可不是白叫的。"

杨云天叹了声："惭愧，我今天可没赢！"

霹雳一声，闪电照亮院子，他抬起头，让雨水尽情地洗涤，像是要将从前的一些前尘旧迹都冲刷掉。此后，他将变成"新"人。

风雨中，杨云天的身子晃了两晃，一口鲜血呛出来，尽数喷在那刷了黑漆的木板上，金字上面的血被雨水一打，划出一条条小蛇在游动，又嗒嗒地滴到地上……

这一夜，京城也是雷雨连绵，一直到深夜也不曾停歇。秋雨淋湿了皇宫内院，也淋湿了农家小院。大内禁苑的串串宫灯和千家万户的灯火一样在夜雨中闪闪晃晃，诉说着透着酸甜苦辣咸的家国故事。

这一夜，杨慕侠有些心神不宁，便是打坐也难以持静，只能摸黑抽起了烟锅子。黑暗中，那点火星子一会儿亮，一会儿暗……

半夜里，睡在客房里的兆龙突然被噩梦吓醒，他从被窝里爬起来，呼哧呼哧地喘着粗气，额头满是汗水。“爹……”他低声叫着，透出惊恐，好一会儿才适应了眼前的黑暗。只是，外面的风雨还是没停，那是天在哭。

（敬请期待第二部：《太极食神之妙手天机》）